Sparkling Nights

Kira Licht · Asuka Lionera
Magdalena Gammel · Regina Meissner · Fam Schaper

Sparkling Nights

5 ROMANTASY
WINTER STORIES

LOOMLIGHT

Kira Licht

A Winter's dark Embrace

1. Kapitel

Asher

Ernsthaft. Wer dachte sich so etwas aus?

Sie nannten es einen »vorweihnachtlichen Ball«. Ich nannte es »fünf Stunden geballte Zeitverschwendung«. Meine Erzeuger hatten sich mächtig in Schale geworfen und glitten durch die Menge, beide ein entrücktes Grinsen ins Gesicht betoniert. Mutter verteilte Küsschen rechts, Küsschen links, mein Vater klopfte Freunden und Geschäftspartnern auf die Schulter, und beide warfen mit den üblichen Floskeln um sich, an die sich nach den Feiertagen niemand mehr erinnerte. »Ja, Darling, wir müssen uns kommendes Jahr unbedingt öfter sehen.« »Nein, hast du das gehört? Ich war so schockiert!« »Das sollten wir mal bei einem Abendessen besprechen. Ich lasse meine Sekretärin einen Termin ausmachen.« Blablabla. Der pseudo-harmonische Nonsens, den alle vor Weihnachten von sich gaben, und nicht mal wir Vampire waren davor gefeit.

Ich unterdrückte ein Gähnen und war froh, einen Eckplatz gefunden zu haben, von dem aus ich das Treiben überblicken konnte, ohne dass mich jemand groß bemerkte. Seit dem Beginn meines Studiums arbeitete ich nebenher in der Unternehmensberatung meiner Familie mit und im Kopf ging ich nun all die geschäftlichen Dinge durch, die ich erledigen könnte, wenn es die Tradition nicht verlangte, dass ich mich diesem Abend voller Langeweile hingab. Das Addendum für Longwell Healthcare wollte ich ein letztes Mal checken, bevor ich es meinem Vater am Montag zur Prüfung vorlegte. Der Vertrag zwischen Sweet Tooth Inc und Modern Chems war aufgesetzt, doch die Verschwiegenheitsklausel bedurfte noch einer Überarbeitung, um sie wasserdicht zu machen. Außerdem musste ich gleich noch kurz ins Büro, um zwei Akten zu holen, weil ein Termin in Brüssel vorgezogen worden war und ich die Notizen für meinen Vater und seine Kollegen ordnen wollte.

Mutter hatte mir das Versprechen abgenommen, dieses Jahr nicht wieder nach einer Stunde zu verschwinden, aber es gab noch so verdammt viel zu tun … Ich spielte mit der Zunge an der Spitze meines rechten Fangzahns herum, so wie ich es häufig tat, wenn ich nachdachte.

»Hier versteckst du dich, alter Junge.« Carson boxte mir freundschaftlich gegen die Schulter. Wir waren beide Harvard-Studenten und deshalb verzieh ich ihm, dass er sich – aus was für Gründen auch immer – für meinen Kumpel hielt. Er war einen Kopf kleiner als ich, besaß die treu blickenden Augen eines Cockerspaniels und die omnipräsent roten Flecken auf seinen Wangen schimmerten heute lila. Vermutlich, weil er der Blutbowle, die mit einem großzügigen Anteil Cognac aufgepeppt war, ausgiebig zugesprochen hatte. Wie immer war er gekleidet wie ein ältlicher Sonntagsschullehrer: ockerfarbene Tweedhose, olivgrünes Oberhemd, braune Cordweste mit Uhrenkette.

»Alles klar?«, brummte ich und sah schnell wieder weg. Ich war komplett in nachtschwarzes Armani gehüllt und meine

Augen wurden durch Carsons abenteuerliche Farbzusammenstellung leicht traumatisiert.

»Prächtig, prächtig.« Carson kicherte. »Mir geht es prächtig.«

Oh, ganz vergessen. Er sprach auch wie ein ältlicher Sonntagsschullehrer.

»Bist du schon lange hier?« Ich war zwar nicht begeistert von seinem Auftauchen, aber zu gut erzogen, um ihn zu ignorieren.

Schon wieder ein Kichern. »Seit sie die Pforten geöffnet haben.«

Es juckte mich so sehr, irgendetwas wie »Wohlan, so gebe er sich weiter dem munteren Treiben hin« zu erwidern, aber ich verkniff es mir. Ich nickte also nur, da stupste er mich erneut an.

»Und du? Und hast du die Bowle probiert? Sie ist so viel besser als im letzten Jahr.«

Mir war beim Eintreffen ein Glas gereicht worden, aber ich hatte nur einmal daran genippt, als ich mit meinen Eltern angestoßen hatte. Ich mochte kein gepantschtes Blut. »Ist ganz okay«, erwiderte ich, weil ich keine Lust hatte, mit ihm über Pro und Kontra von Alkohol in Blut zu diskutieren, denn dass er ein Fan war, war unübersehbar. »Ich bin erst seit 'ner halben Stunde da, aber vermutlich haue ich gleich ab. Ist nicht so meine Party.« Und *sie* war nicht da. Normalerweise warf ich wenigstens einen kurzen Blick auf sie, bevor ich verschwand.

Carson sprach noch immer über die Bowle, als ein paar Nachzügler eintrafen. Die Menge wich zur Seite, es erklangen »Hallos« und die Ober eilten herbei, die Tabletts voller langstieliger Gläser mit ... richtig, der Bowle.

Mein kaltes Herz regte sich.

Auftritt die kleine Eiskönigin.

Ich reckte mich, straffte unwillkürlich die Schultern und erschrak, als ich bemerkte, wie sehr ich plötzlich gesehen werden wollte.

Aber nur von *ihr.* Wie immer, wenn ich sie ansah, erwachte etwas in mir. Etwas Dunkles, etwas Knurrendes, etwas Forderndes, das an seinen Ketten zerrte.

Sie schüttelte Hände, gab Küsschen und verteilte Umarmungen. Jeder wollte von ihr bemerkt und begrüßt werden. Der Ballsaal war groß, doch zum Glück überragte ich die meisten hier und sie spürte vermutlich, dass ich sie über die Menge hinweg anstarrte wie ein hungriger Wolf. Unsere Blicke trafen sich, verknoteten sich für den Bruchteil einer Sekunde, bevor sie die Nase rümpfte und dann wegsah.

Ich grinste. Wäre ich ihr scheißegal, würde sie diese Show nicht abziehen – das wussten wir beide.

Ich betrachtete sie im warmen Schein der Kerzen, der einen goldenen Schimmer auf ihr helles Haar warf. Elouise Mirabelle Winterson. Angehende Linguistin, Wohltäterin, Papis kleiner Augenstern.

Das Kleid, das sie trug, war elegant, geschmackvoll, ganz Understatement. Es stand ihr hervorragend. Und dennoch explodierten Bilder in meinem Kopf, wie sie wohl aussah, wenn sie nichts als Mondlicht auf der Haut trug.

Entschieden riss ich mich von ihrem Anblick los. Wo wohl ihr Angetrauter steckte? Er ließ sie an so einem Abend garantiert nicht allein auftauchen. Was für ein Skandal. Keuch! Nochmals sah ich mich um. *Wo steckst du, Lucas Pappenheimer Bellum?* Das war nicht wirklich sein zweiter Vorname. Er lautete Arthur? Alistaire? Egal. Ich hatte ihm den Spitznamen verpasst, weil er so viel Rückgrat besaß wie ein wirbelloses Kriechtier – nämlich gar keins.

»Da ist Elouise.« Carsons Stimme war eine Oktave höher gewandert. »Begrüßen wir sie.«

»Ich gehe jetzt.« Schon wieder glitt mein Blick zu ihr.

»Wie bitte?« Enttäuschung schwang in Carsons Stimme mit. »Na, wenn du meinst. Aber dann komm wenigstens mit, wenn ich kurz mit ihr spreche. Wir sollten ihr zeigen, dass wir uns freuen, dass sie wieder an gesellschaftlichen Terminen teilnimmt. Es ist sicherlich nicht einfach für sie nach dem Drama mit Lucas hier aufzutauchen.«

Was. Zur. Hölle? Mein Blick schnellte zu Carson. »Was?«

Er wirkte irritiert. »Die geplatzte Verlobung? Klingelt es da bei dir?«

Was. Zur. Fucking. Hölle?

Carson schnaufte. »Wo lebst du? Unter einem Stein?«

»Hey …«, knurrte ich. Ich gab nichts auf den aktuellen Tratsch der Vampir High Society, auch wenn ich dank meiner Familie unfreiwillig selbst ein Teil davon war.

»Puh. Hast du eine Laune. Gut, dann bekommst du die Kurzfassung.« Carson riss seine Spaniel-Augen auf, um seiner Erzählung mehr Dramatik zu verleihen. »Im Januar hat Lucas die Verlobung gelöst. Er hat sich einer spirituellen Gemeinschaft angeschlossen, die auf Bali lebt. Er ist jetzt hauptberuflich Perlentaucher und mit einer Schamanin liiert.«

Ich musste Carson so entgeistert angesehen haben, dass die Betroffenheit in seinem Blick noch mal zunahm. »Unglaublich, oder?«

Ich nickte. In meinem Kopf ratterten alle Zahnräder. Pappenheimer Bellum hatte das Feld geräumt. Das war interessant. Die Wut, die in mir aufbrandete, überraschte mich. Er hatte ihr wehgetan. Ich wollte *ihm* wehtun. Wie lange dauerte wohl ein Flug nach Bali?

Carson seufzte. »Dann los. Sprechen wir mit ihr. Nur ein paar Minuten, gib dir einen Ruck. Es wäre nett.«

»Ich bin nicht nett.«

Carson wollte etwas erwidern, dann winkte er ab und ließ mich stehen, um die mittlerweile in der Menge abgetauchte Elouise zu suchen.

❄

Ich machte meine Mutter sehr glücklich. Es war bereits kurz vor Mitternacht und ich hatte die Veranstaltung immer noch nicht verlassen. Drei ganze Stunden waren vergangen. Mutter hatte mir schon viermal über die Menge hinweg zugewunken, mein Vater mir anerkennend zugenickt. Es war herzig, dass es Mutter so viel bedeutete, ohne sie wäre ich schon längst auf dem Weg ins Büro. Im Moment war Elouise mal wieder in der Menge verschwunden. Sie hatte sich unterhalten, an der Bowle genippt, getanzt, gelacht ... und betont nicht mehr in meine Richtung geblickt.

Wo bist du? Ich will dich ansehen ...

»Da steckt ja unsere Partygranate.« Gelächter bekannter Stimmen erklang.

»Erwischt.« Ich grinste. Jackson, Fleur, Ju-Lin, Greta, Santal, Brenson, Alexander und Elouise. Wir kannten uns alle schon seit unserer Kindheit. Sommer auf Martha's Vineyard, Winter in Aspen, exklusive Internate in Vermont und einen Studienplatz an einer der Ivy-League-Universitäten. Wir entstammten den ältesten Vampir-Coven der USA und besaßen so viel Geld, das wir nie darüber sprachen. Sie lächelten mich alle an, nur Elouise drehte den Stiel ihres Glases zwischen den Fingern und sah etwas zu bemüht zur Tanzfläche.

»Du bist noch da?« Ju-Lin legte fragend den Kopf schief. »Bist du krank?«

Schon wieder lachten die anderen. Ich wusste, dass sie sich regelmäßig trafen. Ich hingegen war ein Einzelgänger.

Einen Moment lang hing Schweigen zwischen uns. Dann sagte ich »Ich wollte jetzt los« in dem Moment, in dem Elouise sich zu uns drehte und »Ich glaube, ich gehe jetzt« murmelte.

Santal lächelte breit und schlug mir auf die Schulter. »Dann macht doch zusammen den Abflug.« Anders als die Mädels der Gruppe schien der gute Santal nicht eingeweiht in unsere Vorgeschichte. Während Elouise erstarrte, warfen Fleur, Greta und Ju-Lin einander eindeutige Blicke zu.

»Es wäre mir eine Freude, dich zu deinem Wagen zu bringen.« Ich wollte lächeln, doch vermutlich glich es eher einem Zähneblecken.

Greta sprang ein. »Wir wollten noch über diese Sache sprechen. Jetzt wäre der ...«

Elouise reckte die Schultern und zum dritten Mal an diesem Abend sah sie mich direkt an. Ihr Blick war herausfordernd. »Danke, Greta. Ich gehe mit Asher.«

Die kleine Eiskönigin hatte wohl ihre mutigen fünf Minuten. Ich musste mir ein Grinsen verkneifen. Dann reichte ich ihr meinen Arm. »Wollen wir?«

Sie zögerte. Wieder verkniff ich mir ein Grinsen.

Elouise gab nach und ließ es zu, dass ich ihren Arm unter meinen hakte. Ich spürte, wie sie kurz erschauerte, als unsere Hände sich berührten, auch wenn sie sich Mühe gab, es zu verbergen. Ich legte meine Hand auf ihre, absichtlich natürlich, um sie aus der Reserve zu locken.

Zeig mir, was für ein Feuer in dir lodert, kleine Eiskönigin ...

2. Kapitel

Lou

Ich fühlte den stechenden Blick meiner Mutter im Rücken, als ich den Ballsaal mit Asher verließ. Im Kopf hörte ich schon die Gardinenpredigt, die sie mir morgen halten würde. *Ich verstehe, dass du dich trösten möchtest, aber muss es ausgerechnet er sein?* Natürlich hatte sie nicht unrecht. Einerseits benutzte ich Asher, damit die gesamte Vampirgesellschaft sah, dass ich den Ball mit einem Mann verließ. Einem attraktiven Mann, der den Ruf hatte, nichts anbrennen zu lassen. Andererseits hatte ich nicht vor, Asher in mein Bett zu lassen. Mit ihm hatte ich abgeschlossen, auch wenn es mir in seiner Gegenwart immer schwerfiel, mich so zu verhalten. Denn ja, ich musste es zugeben, er sah so gut aus, dass er jede Frau nervös machen würde.

Der Eingangsbereich mit der Garderobe war ebenso weihnachtlich geschmückt wie der Saal an sich. Überall kleine Lichter und jede Menge glitzernde Deko. Ranken aus Tannengrün verbreiteten einen angenehmen Duft. Asher gab meinen Arm frei und ging zur Garderobe, um unsere Mäntel zu holen. Ich beobachtete ihn dabei. Das Selbstbewusstsein, das er verströmte, hatte er schon zu Schulzeiten besessen. Er gab einem immer das Gefühl, alles im Griff zu haben, egal ob bei einem Projekt im Biologieunterricht oder wenn er dich durch einen vollen Club geleitete und dabei mühelos sicherstellte, dass dich niemand anrempelte. Sein Benehmen hatte etwas Altmodisches an sich, aber er war schon immer zu cool und zu beliebt gewesen, als dass das jemals jemand kommentiert hätte. Asher war unantastbar. Nicht, weil er sich darum bemühte, sondern weil es sein geborenes Recht zu sein schien. Überflüssig zu erwähnen, was *das* für eine Wirkung auf Frauen, mich eingeschlossen, hatte. Die ältere Vampirin an der Garderobe kicherte wie ein Schulmädchen, als er ein paar Worte mit ihr wechselte. Ich schüttelte leicht den Kopf. Ja, genauso war Asher van Hoyd. Er wickelte jeden mühelos um den Finger. Man wollte von ihm gesehen, beachtet werden, und dass er als Einzelgänger galt, machte ihn noch reizvoller. Asher kam zurück, und die Art, wie sein Blick auf mir ruhte, sandte ein Prickeln durch den gesamten Körper. Oder vielleicht war es auch nur die Wirkung der Blutbowle, die ich in meinen Adern spürte? Ich trank nicht oft Alkohol und dementsprechend machte sich dieser sofort bemerkbar. Vermutlich war auch er verantwortlich für meine Gedanken, die mir prompt durch den Kopf schossen. Nicht jugendfreie Gedanken. Enthemmt Alkohol nicht? War es das? »Darf ich?« Seine tiefe Stimme ging mir durch und durch, als er den Mantel hielt, sodass ich hineinschlüpfen konnte.

»Danke.« Ich klang ein bisschen atemlos, was mich ärgerte. Asher ließ den Mantel nicht sofort los. Stattdessen ruhten seine Hände einen Moment zu lang auf meinen Schultern. Ich hatte das Gefühl, dass er etwas sagen wollte, doch er schwieg. Stattdessen reichte er mir wieder seinen Arm. Wir traten hinaus in die Kälte. Hier in Boston war die Weihnachtszeit eine Garantie für Schnee. Natürlich war der Parkplatz geräumt worden, aber vereinzelte Flocken fielen vom Himmel und die dichten Wolken verrieten, dass uns in den frühen Morgenstunden ein Schneetreiben bevorstand. Ich ging zielstrebig auf mein weißes Elektroauto zu. In der Stadt konnte man alles mühelos mit den öffentlichen Verkehrsmitteln erreichen und bei gutem Wetter nutzte ich auch gerne mein Fahrrad. In den Ferien war ich jedoch dankbar für das Auto, weil ich in der Stiftung meiner Eltern jobbte und oft den Tag über viele verschiedene Termine an unterschiedlichsten Orten innerhalb und außerhalb der Stadt wahrnahm. Ich löste mich von Asher, um meinen Schlüssel aus meiner kleinen Abendhandtasche zu holen. »Danke dir.« Mein Herz klopfte schnell. Er machte mich nervös, das konnte ich nicht verheimlichen. Aber er hatte mir auch wehgetan, und da mir der Charakter eines Mannes wichtiger war als sein blendendes Aussehen, würde ich mich nicht davon beeindrucken lassen. Ich lächelte ihn kurz an. »Gute Nacht, Asher.« Ich hatte ihm gerade den Rücken zugedreht und die Lampen im Innenraum meines Wagens sprangen an, als er entriegelte, da erklang seine dunkle Stimme hinter mir. »Geh mit mir aus, Elouise.«

Ich erstarrte. Mit der Hand schon an der Türklinke wollte ich einmal tief Luft holen. Langsam drehte ich mich wieder zu ihm um. »Wie bitte?«

Der Blick aus seinen dunklen Augen war eindringlich. »Geh mit mir aus.«

»Nein.« Meine Antwort kam wie aus der Pistole geschossen.

»Bitte.«

Er kam nicht näher, er berührte mich nicht, er sah mich einfach nur an und da war etwas in seinen Augen, das mich nicht losließ.

»Warum?« Ein Wort, fast geflüstert. Die Schneeflocken begannen schneller zu fallen, waren dichter geworden, und eine von ihnen verfing sich in seinem dunklen Haar. *Warum?* Das Wort hallte in meinem Kopf nach.

»Weil das mit uns noch nicht vorbei ist.« Asher war bekannt für seine Direktheit. Er nahm kein Blatt vor den Mund. Niemals. Ganz besonders dann nicht, wenn es darum ging, seine Interessen durchzusetzen. Oder jemandem die Meinung zu sagen.

Ich verschränkte die Arme vor der Brust, lehnte mich an meinen Wagen. Ich brauchte eine Stütze in meinem Rücken. Es fiel mir nicht leicht, darüber zu sprechen. »Doch, das ist es. Es endete, als du mich am Abend des Abschlussballs hast sitzen lassen. Ohne ein Wort. Du warst mein Date. Du bist nicht aufgetaucht. Mein Vater hat mich zur Schule gefahren. Wo ich dann allein aufkreuzen musste.« Meine Sätze klangen spröde und abgehackt. »Wo ich dann allein ein Foto von mir machen lassen musste. Ein Erinnerungsfoto, das man noch seinen Enkeln zeigen soll. Der Platz neben mir am Tisch blieb leer. Der erste Tanz und ich saß als Einzige auf meinem Stuhl. Allein, unter den Blicken aller, gedemütigt. Zum Glück habe ich Freunde, die sich dann deine Rolle als mein Begleiter geteilt haben. Deren Dates freundlicherweise gestattet haben, dass sie sich auch um mich kümmern.« Ich sah ihn fest an. »Ganz ehrlich? An diesem Abend war es nicht nur einmal vorbei mit uns, es war so oft vorbei mit uns, dass es für mehrere Leben reichen wird und …« Ich brach ab, als ich den rohen Schmerz in seinem Gesicht sah, wie eine offene Wunde, aus der Emotionen strömten, die zu unterschiedlich waren, um sie alle zu benennen: Angst, Schmerz, Schuld, Reue. Meine Worte versiegten, gebannt von seiner Reaktion, mit der ich nicht gerechnet hatte. Sein Gesicht, sonst so verschlossen, so eine perfekte Maske von Arroganz und Überlegenheit, war jetzt wie ein offenes Buch. Und das, was ich darin las, schnürte mir die Brust zu. Dann war der Moment vorbei. Asher blinzelte und hatte sich prompt wieder im Griff. Er kam einen Schritt näher. Nicht so nah, dass er meinen persönlichen Distanzbereich verletzt hätte, aber nah genug, dass ich das Funkeln in seinen Augen sah. Er war wieder zurück, der Asher, den er der Welt zeigte. »Gib mir eine zweite Chance.«

Ich schüttelte den Kopf. Was glaubt er eigentlich? Dass ich nur auf ihn gewartet hatte? Er dachte nach, ich erkannte es an der Art, wie er die Brauen runzelte. Verflixt, das sollte so nicht sein. Ich kannte ihn zu gut. Hatte ihn zu viele Jahre lang zu genau studiert. Genauer gesagt, hatte ich mich mit 13 Jahren in ihn verliebt. Seitdem hatte ich ihn aus der Ferne angeschmachtet. Aber ich war ein kleiner Bücherwurm und er die Sportskanone. Er hatte Mädchen gedatet, die wussten, wie man flirtete. Oft sogar ältere, die raffiniertes Make-up trugen und in Parfümwolken gehüllt waren. Er hatte in der zwölften Klasse eine Freundin gehabt, die bereits aufs College ging. All das hatte mich eingeschüchtert. Als er mich dann gefragt hatte, ob ich mit ihm auf den Abschlussball gehen wollte, hatte ich es nicht glauben können. Und der Rest war Geschichte ...

»Gib mir bis Weihnachten Zeit. Das sind vier Wochenenden, inklusive diesem hier. Wir unternehmen etwas. Treffen uns. Verbringen Zeit zusammen.«

Ich schnaubte. »Und du glaubst, dass ich mich dann in dich verliebe?«

Er erwiderte nichts, sah mich nur an, aber ich wusste, was er dachte. Denn so war er nun mal. Er glaubte ans Gewinnen, nicht ans Verlieren.

»Das schaffst du niemals.«

Wieder blitzte da etwas in seinen Augen auf, aber jetzt war es etwas Amüsiertes. »Wollen wir wetten?« Seine Stimme war eine Nuance dunkler geworden.

Ich sah immer noch zu ihm hoch und mir war erneut danach, zu schnauben. Etwas hatte in meiner Magengegend leicht zu flattern begonnen. Wie würde es sein, wenn er sich um mich bemühte? Wenn er alles dafür gab, diese Wette zu gewinnen? Und wie würde es sich anfühlen, wenn ich alles dafür tun würde, dass er sie verlor? Das Kribbeln in meinem Bauch verstärkte sich. »Worum wetten wir?«

Wieder kam er etwas näher. Er legte eine Hand neben mir auf dem Wagendach ab. »Sag du es mir.« Er lächelte, sein Blick unverwandt auf mein Gesicht geheftet.

Er hatte diese Art, einen anzusehen, dass man das Gefühl bekam, man sei mit ihm allein auf dieser Welt. Die Umgebung um mich herum verschwand. Mein Blick glitt zu seinem Mund. Mit 13 Jahren hatte ich mir zum ersten Mal vorgestellt, wie es sich anfühlen würde, diese Lippen auf meinen zu spüren. Jetzt war ich 21 Jahre alt und hin und wieder träumte ich noch immer davon. Es war eine blasse Erinnerung an mein altes Ich; es war eine ungeliebte Erinnerung, während ich mit Lucas eine Zukunft geplant hatte. Er war ein Schatten aus der Vergangenheit, der immer noch die Macht besaß, mich mit einer Intensität zu packen, die mir Sorgen bereitete. Ich versuchte, klar zu denken, aber es war schwierig. Wenn wir wetten, dann brauchte ich etwas, das ihm gewaltig auf die Nerven gehen würde, sollte er verlieren. »Du wirst ein Jahr lang meinen persönlichen Assistenten spielen.« Die Worte entkamen aus meinem Mund, bevor ich weiter darüber nachdenken konnte. Doch wie gesagt, ich kannte ihn gut. Asher war ein Anführer, er sagte, wo es langging. Er war ehrgeizig, einer der Besten seines Jahrgangs, er vertraute auf seinen Verstand. Ich wusste von Jackson, dass er ganze Nächte in der Bibliothek verbrachte. Brenson hatte erzählt, dass er neben dem Studium fast so etwas wie einen Vollzeitjob in der Kanzlei seines Vaters hatte. Und von Alexander wusste ich, dass er jeden Morgen um fünf Uhr aufstand, um mindestens eine Stunde Sport zu machen und dieses Programm am Abend sogar wiederholte. Er wollte ganz an die Spitze. Wie würde es sich wohl anfühlen, wenn ich ihn per Textnachricht zum nächsten Starbucks schicken würde, um mir einen Matcha Latte zu holen? Eigentlich war ich niemand, der auf Machtspielchen stand. Aber bei Asher …? Es war einfach zu verlockend.

»Bitte was?« Er klang, als kämpfe er darum, ein Lachen zu unterdrücken. Ich hingegen war stolz auf mich, wie gnadenlos ich sein konnte.

Ich imitierte sein amüsiertes Gesicht. »Du hast richtig gehört. Ich werde dich losschicken, um mir einen Kaffee zu holen. Du wirst meine Sachen aus der Reinigung holen, Theaterkarten für mich buchen, mich zu meinen ehrenamtlichen Tätigkeiten, wie dem Bingoabend im Altenheim, begleiten und natürlich zu meinem Häkel-Kränzchen einmal im Monat.«

Auf Ashers sonst so unbewegtem Gesicht zuckte ein Muskel.

»Das sind meine Bedingungen.« Ich lächelte zuckersüß. »Akzeptiere sie oder lass es bleiben.«

Er presste die Lippen aufeinander. Ich sah, wie er mit sich kämpfte, und oh, wie ich es genoss.

»Sprechen wir erst mal über meinen Teil«, gab er schließlich zurück. »Wenn du dich in mich verliebst, wirst du mit mir zusammen zum Neujahrsball gehen und dort der gesamten Vampirgesellschaft erzählen, dass du mit mir zusammen bist, weil du schon immer scharf auf mich warst und sich das nie geändert hat.«

Ich schnappte nach Luft. Das letzte Jahr war sowieso ein Spießrutenlauf gewesen. Als Lucas mich verlassen hatte, war ich durch ein Tal der Tränen gegangen, nicht nur allein im stillen Kämmerlein, sondern auch sehr öffentlich. Ich hatte die hämischen Blicke gespürt, das Getuschel, die Spekulationen. Ein weiterer Skandal würde die Leute nicht mehr so vom Hocker hauen. Vermutlich rechneten sie sogar damit. Außerdem würde ich zu verhindern wissen, dass er mir so nah kam und ich mich in ihn verliebte. Und wie wollte er das überhaupt messen? Er konnte mir schließlich keine Elektroden an die Brust heften, um meine Ausschläge zu überprüfen. Ich reckte das Kinn und kam ihm unbewusst etwas entgegen. »Wie willst du das feststellen? Man kann Verliebtheit nicht messen.«

Asher neigte leicht den Kopf, wobei sich unsere Lippen ganz nah kamen und ich seinen Atem auf meinem Gesicht spürte. »Ich will einen Kuss.« Er wisperte die Worte nur. »Ich will einen einzigen echten Kuss. Und danach werden wir beide spüren, was Sache ist.« Er wich etwas zurück. »Sex zählt nicht.«

Meine Wangen wurden sofort heiß. »Was hat Sex mit einem Kuss zu tun?«

Er legte den Kopf schief. »Du weißt aber schon, worüber wir reden? Sex ist das, was zwei Menschen tun, die sich attraktiv finden? Und dabei küsst man sich für gewöhnlich?«

Ich spürte, wie ich rot wurde, und ich hasste mich dafür. »Ich kann dir trotzdem nicht folgen.«

Asher sah mich wieder eindringlich an. »Sex hat nicht unbedingt etwas mit Gefühlen zu tun. Na ja, jedenfalls nicht mit den Gefühlen, bei denen es um Verliebtheit geht. Wir können gerne miteinander ins Bett gehen, aber das ist nicht das, was ich will.«

»Na, herzlichen Dank für deine Großzügigkeit«, erwiderte ich.

Er grinste.

»Also ein echter Kuss, ja?«

Asher nickte. »So richtig echt.« Für den Bruchteil einer Sekunde glitt sein Blick zu meinen Lippen.

Schon wieder hatte ich dieses Kribbeln im Bauch. Okay, das würde nicht einfach werden. Doch ich hatte die Zügel in der Hand. Und ich würde ihm beweisen, dass er nicht immer alles bekam, was er sich in den Kopf gesetzt hatte. Kein Sex und erst recht keine »echten Küsse«, was auch immer er sich darunter vorstellte. Es war verlockend, es war leicht, und ich hätte ein paar nette Verabredungen mit einem attraktiven Mann, der alles dafür geben würde, mich von sich zu überzeugen. Und ich hatte gedacht, die Vorweihnachtszeit würde langweilig werden …

»Nehmen wir mal an, ich stimme der Wette zu. Wie würden diese Verabredungen ablaufen?«

»Zwei Aktivitäten pro Wochenende, entweder aufgeteilt auf einen Tag oder zwei Tage. Jeder von uns sucht etwas aus, damit es fair bleibt.«

Das klang gut. Ich nickte. »Abgemacht.«

Ich konnte zusehen, wie sich ein charmantes Lächeln auf seinem Gesicht ausbreitete. Die Spiele waren eröffnet und das gefiel ihm. »Abgemacht.«

Ich reichte ihm die Hand. Er umgriff sanft meine Finger, schüttelte sie einmal, dann hob er sie an seine Lippen und hauchte einen Kuss auf die Haut. Ein Schauer rieselte von meiner Wirbelsäule bis hinab in meine Zehen. Ich entzog ihm die Hand etwas ruppiger als gewollt. »Dann morgen?«

Wir hatten nur noch den Sonntag an diesem Wochenende.

Er nickte. »Dann morgen.«

Wir tauschten Handynummern.

Im Auto konnte ich ein Lächeln nicht unterdrücken. *Du hast schon verloren, Asher ...*

3. Kapitel

Lou

»Dot, wo steckst du denn? Wir sind spät dran.« Ich schlüpfte in meine dicken Wintersocken, während ich gleichzeitig mein Handy und die Hundeleine in der freien Hand jonglierte. Seit gestern Nacht glühte der Gruppenchat mit den Mädels. Sie konnten nicht glauben, was Asher vorgeschlagen hatte und dass ich darauf eingegangen war. Greta war sich sicher, er würde mir das Herz brechen. Zum zweiten Mal! Fleur war überzeugt, dass er noch ganz andere Absichten verfolgte. Was genau das war, wusste sie nicht, aber sie war sich sehr sicher mit ihrer Vermutung. Ju-Lin hielt an ihrer Theorie fest, dass er mich nur ins Bett bekommen wollte. Ich wusste heute Morgen überhaupt nicht, was ich denken sollte. Deshalb beschränkte ich mich auf die Fakten. Asher hatte darauf bestanden, mich abzuholen. Um zwölf Uhr sollte es losgehen. Eigentlich eine humane Zeit, aber da wir gestern bis nach Mitternacht auf dem Ball waren, hatte ich doch etwas länger geschlafen.

»Dot!«, rief ich erneut. So groß war meine Wohnung nicht. Wie schaffte es ein riesiger Hund, vermutlich eine Mischung aus einem Bernhardiner und einem Greyhound, sich hier zu verstecken? Oder war sie noch im Garten?

Ich hüpfte halb auf einem Bein den Korridor entlang, weil

ich mit den dicken Socken nicht in meine Stiefel kam. Leise fluchend kriegte ich es schließlich hin und richtete mich auf. Dot stand in der Tür des Schlafzimmers und ihr Blick sagte: Warum schreist du hier so rum? Ich bin doch schon da. »Da bist du, Mäuschen.« Ich hakte die Leine an ihr Halsband. »Komm mit, wir haben eine Verabredung.« Dot drückte ihren Kopf gegen mein Bein und ich kraulte sie hinterm linken Ohr.

Ich hatte sie als Welpe in einem Tierheim entdeckt. Niemand wollte sie haben, weil sie vermutlich das hässlichste kleine Hundebaby auf diesem Planeten war. Unregelmäßig verteilte Fellbüschel am Körper, die undefinierbar grau waren. Ihr Schwanz war gänzlich unbehaart gewesen. Sie hatte riesige, wässrige Augen besessen und einen leichten Überbiss. Ich hatte mich sofort verliebt. Niemand hätte damit gerechnet, dass sie mal zu so einem hübschen Hund werden würde. Jetzt war sie für einen großen Hund schon alt, elf Jahre, trotzdem nahm ich sie noch überallhin mit, denn sie wollte mich gerne begleiten, das spürte ich. Normalerweise wartete sie an der Tür, wenn ich meine Schuhe anzog, es sei denn, sie verschlief diesen Moment, weil sie im letzten Jahr etwas schwerhörig geworden war.

Es klingelte und Dot spitzte die Ohren. Sie bellte einmal, ein tiefer und bedrohlich klingender Ton, der ihren Charakter so gar nicht widerspiegelte. Sie war sanftmütig und freundlich zu jedem.

»Auf geht's.« Ich schnappte mir meine Handtasche und stiefelte aus der Wohnung, Dot im gemächlichen Tempo hinter mir her. Da ich ebenerdig wohnte, waren wir schnell an der Haustür.

Asher wirkte etwas überrascht, offenbar hatte er nicht damit gerechnet, dass ich ihm die Tür persönlich öffnen würde.

Wie immer war er gekleidet, als wäre er nebenberuflich ein Auftragskiller. Ganz in Schwarz mit streng zurückgekämmten Haaren und einer silbergerahmten Pilotenbrille auf der Nase, die seine messerscharf geschnittenen Wangenknochen betonte. Als er mich sah, nahm er die Brille ab und lächelte. »Guten Morgen.« Seine Augen weiteten sich ein wenig, als sein Blick auf Dot fiel. »Und wer ist das?« Er streckte nicht die Hand aus, um sie zu streicheln, wie viele Leute es taten. Aber er lächelte sie an und Dot wedelte mit dem Schwanz, als sie zu ihm hochsah.

Es verletzte mich, dass er nicht mal wusste, dass ich einen Hund hatte. Ich war zehn gewesen, als mein Vater mir erlaubt hatte, mir einen Hund aus dem Tierheim auszusuchen. Sie und ich waren ein eingespieltes Team, uns gab es praktisch nur im Doppelpack. Asher wusste so wenig über mich, dass er sie, mein Schatten, meine Begleiterin und Freundin, nicht auf dem Schirm hatte.

Ich schluckte die bitteren Gefühle hinunter und stellte sie einander vor. Dann ging Asher in die Hocke, um Dot zu streicheln. Sie stupste ihn mit ihrer großen Nase an und er lachte. Immerhin war er tierlieb. Das war eindeutig ein Punkt für ihn.

Wir verließen den Eingang und *natürlich* steuerte Asher auf den großen, schwarzen SUV zu, der am Straßenrand in zweiter Reihe geparkt war. Er öffnete die Tür und half uns beiden beim Einsteigen. Er wartete, bis Dot bequem im Fußraum Platz genommen hatte, bevor er sie vorsichtig schloss.

Während er um den Wagen herumging, sah ich schnell auf mein Handy. Schon wieder fünf neue Nachrichten in dem Gruppenchat. Die Mädels bestanden darauf, dass ich sofort Bescheid sagte, wenn ich wusste, wohin wir fuhren. Offenbar trauten sie ihm zu, mich direkt beim ersten Treffen zu verführen. Ich lächelte grimmig. Das würde nicht passieren. »Wohin geht es?«, fragte ich, sobald Asher hinter das Lenkrad glitt.

Er sah mich nicht an, sondern startete den Motor. »Ist eine Überraschung.«

Bei seinen Worten wurde mir etwas mulmig. Ich wusste, dass er nicht mein Kaliber war. Er war zwar nicht gefährlich, aber er war auf eine Art und Weise unberechenbar, die mein kleines Herz beunruhigte. Ich traute ihm zu, dass wir zu einem Space Shuttle fuhren und er einen kurzen Ausflug in die Atmosphäre geplant hatte. Umso erleichterter war ich, als wir Richtung Innenstadt fuhren, wo er an einer Seitenstraße anhielt. Sonntags mittags war hier nicht viel los, denn in dieser Gegend gab es nur wenige Restaurants.

Kaum, dass wir sicher in der Parklücke standen, war er erneut um das Auto herumgekommen, um mir die Tür zu öffnen. Er half zuerst Dot aus dem Auto, er war sogar stark genug, sie hochzuheben. Sie wirkte genauso überrascht wie ich. Dann hielt er mir in einer eleganten Geste die Hand hin. Ich fühlte mich, als würde ich aus einer Kutsche steigen. Lucas hatte zwar auch gutes Benehmen besessen, aber Asher war noch mal ganz anders. Er hielt meine Hand zuerst fest und die Art, wie er dann langsam meine Finger durch seine gleiten ließ, verriet, dass er wusste, was er tat. Und er hatte Erfolg damit. Schon wieder kribbelte es in meinem Bauch.

Wir gingen an drei oder vier Geschäften vorbei, bis er an einem Laden hielt, vor dem sich eine kleine Gruppe Menschen versammelt hatte. Überrascht musste ich feststellen, dass es sich um einen Buchladen handelte. Bevor ich etwas sagen konnte, wurde die Tür aufgeschlossen.

Eine Frau mittleren Alters mit auffallend schönen kastanienbraunen Locken öffnete mit einem breiten Lächeln die Tür. »Kommen Sie herein. Ich freue mich, dass Sie so zahlreich erschienen sind. Was für eine schöne Überraschung.«

Ich hatte immer noch keine Ahnung, was mich erwartete. Vielleicht eine Lesung? Wäre das nicht etwas früh? Der Buchladen war von innen wunderschön. Ich war schon ein paar Mal daran vorbeigefahren, allerdings hielt ich mich nicht oft in diesem Teil der Stand auf, deshalb war ich nie dazu gekommen, hineinzugehen. Große hölzerne Regale säumten die Wände. Sie waren bis oben hin vollgestellt mit Büchern jeglicher Art. Belletristik, Sachbücher, sogar antike Werke in Einbänden aus Stoff. Es roch nach kräftigem schwarzem Tee, Papier und jener guten Art von Staub, die Gemütlichkeit und Stille verhieß. Ich fühlte mich sofort wohl.

Wir folgten den anderen in den Laden und ich hielt kurz nach einem Schild Ausschau, das vielleicht offenbarte, dass hier keine Tiere gestattet waren. Doch ich fand nichts dazu und auch die zwei Angestellten im Laden lächelten uns freundlich an, als wir sie passierten.

Zu meiner Überraschung gingen wir in einen Bereich, der mit Tischen ausgestattet worden war. Ganz sicher fanden hier auch Lesungen statt, denn es gab eine kleine Bühne, aber die Tische? Es sah fast aus wie in der Schule.

Asher führte uns zu einem Tisch für zwei, wo er mir erst aus meiner Jacke half und mir dann den Stuhl zurückzog. Ich platzte mittlerweile vor Neugier. Die Frau hatte inzwischen ein Whiteboard vor die Bühne gerollt. Sie drehte sich zu uns und lächelte breit.

»Herzlich willkommen zu unserem offenen Kalligrafie-Workshop. Es ist schön, dass Sie heute bei uns sind.« Überrascht sah ich Asher an.

Er grinste schief. »Du bist doch angehende Linguistin. Ihr steht also total auf Sprache und die hat ja auch mit Schrift zu tun.«

Nicht unbedingt, wollte ich erwidern, aber das klang zu besserwisserisch. Außerdem freute ich mich über seine Idee. Sie war persönlich und gleichzeitig auch irgendwie besonders. Ein Kalligrafie-Workshop. Darauf musste man erst mal kommen. Ich bekam fast so etwas wie ein schlechtes Gewissen, als ich an meinen Plan für heute Nachmittag dachte. Aber dann wurden wir abgelenkt, weil die Mitarbeiter des Buchladens Papier austeilten und wir jeweils ein Tintenfass und einen Becher mit verschiedenen Stiften darin bekamen. Einige waren sogar aus Glas!

Dot hatte es sich an meiner Seite auf dem Boden gemütlich gemacht und bekam einen Napf mit Wasser und einen Haferkeks. Große Becher wurden verteilt und Tee eingeschenkt. Im Hintergrund begann leise Musik zu spielen. Es war angenehm warm und als die Mitarbeiter begannen, mit großen Körben voller Kekse herumzugehen, war die Luft in kürzester Zeit erfüllt von dem Duft nach Zimt und anderen weihnachtlichen Gewürzen. Ich fand es einfach wunderbar.

Dass wir normale Speisen gut vertrugen, erleichterte es uns Vampiren, unerkannt unter den Menschen zu leben. Sie machten uns nur leider nicht satt. Ich biss in einen Keks mit Haferflocken und seufzte leise vor Genuss.

Die Frau, die sich als Angie vorstellte, besaß Marker mit einer extra breiten Spitze. So konnte sie uns zeigen, wie wir die Buchstaben schreiben sollten.

Ich textete den Mädels, wo wir waren und dass alles okay war.

Mir fiel es leicht, Angies Bewegungen nachzuahmen, aber

Asher hatte so seine Schwierigkeiten. Der filigrane Stift aus Glas wirkte winzig in seiner großen Hand. Ich musste lächeln, als ich ihn von der Seite betrachtete und seine Zungenspitze ein kleines Stückchen hervorschnellte, weil er so konzentriert war. Er bemerkte es nicht, und als es mir selbst klar wurde, sah ich schnell weg. *Ich würde mich nicht in ihn verlieben.* Ich würde es nicht zulassen, dass mein Herz eine zweite Demütigung von ihm einstecken musste. Ich würde ihn auf Distanz halten.

Dot neben mir seufzte zufrieden und schmatzte, was mich zurück in die Realität katapultierte. Wir bekamen von Angie eine Übung und da es mir leichtfiel, beschloss ich, die Zeit für ein paar Fragen zu nutzen. Ich stellte mich absichtlich dumm. Nicht nur, weil es irgendwie immer noch wehtat, dass Asher so wenig über mich wusste, sondern auch, damit er kapierte, dass ich unsere Treffen betont oberflächlich hielt. »Du bist ein Einzelkind, oder?«

»Richtig.« Er war so konzentriert, dass er nicht von seinem Papier aufblickte. An seinem Zeigefinger prangte ein Tintenfleck. »Du hast Brüder, oder?«

Seine Gegenfrage überraschte mich. Eigentlich hatte ich vorgehabt, möglichst »wie nebenher« Small Talk zu machen, indem ich ihn mit Fragen bombardierte.

»Ja. Ich habe zwei ältere Brüder. Einmal zehn und einmal zwölf Jahre älter. Ich bin quasi der Nachzügler, mit dem keiner gerechnet hat. Angus ist im diplomatischen Dienst der Vampire tätig und lebt in England. Fred ist Arzt und arbeitet für eine wohltätige Organisation, die in Ländern mit unzureichender medizinischer Versorgung oder in Kriegsgebieten hilft. Ich sehe sie beide höchstens an den Feiertagen, wir haben kaum Kontakt.«

Asher stoppte in dem kläglichen Versuch, das Wort »Veranda« in möglichst elegantem Kursiv zu schreiben. »Ich glaube, ich hätte auch gerne Geschwister gehabt.« Er drehte sich zu mir, sah mich an und wirkte gleichzeitig nachdenklich. »Es wäre schön gewesen, einen Verbündeten in diesem übermächtigen Bollwerk mit Namen ›Eltern‹ zu haben.«

Ich lächelte. »Ja, dafür sind Geschwister gut.«

Sein Blick blieb ernst. »Du solltest mehr Kontakt zu deinen Brüdern haben. Lass es ihnen nicht durchgehen. Männer sind einfach anders, sie drehen sich um und fangen irgendwo ein neues Leben an. Aber die beiden haben eine jüngere Schwester. Sie sollten sich dafür interessieren, wie es dir geht, was dich beschäftigt und ob du etwas brauchst.« Die Art, wie er das sagte, verriet, dass es keine Floskel war. Er klang eindringlich und vielleicht sogar ein wenig verärgert.

Wieder kämpfte ich meine Faszination herunter. Verliebe. Dich. Nicht. In. Ihn. Lass es! Schütze dein Herz. Sei vernünftig. »Ich möchte ihnen nicht hinterherrennen«, erwiderte ich deshalb nur. »Und ich will ihnen auch kein schlechtes Gewissen machen, wenn es ihre Zeit nicht zulässt, den Kontakt mit mir zu halten.«

»Zeit hat man nicht für Familie, man nimmt sie sich.« Er hob den zierlichen Stift aus Glas hoch und drehte ihn grüblerisch in seinen Händen. »Du bist ihre kleine Schwester«, sagte er dann, fast mehr zu sich selbst als zu mir. »Es sollte ihnen wichtig sein, dass es dir gut geht.«

Ich musste mich abwenden. Ganz dringend, denn die Art, wie er sprach, so ruhig und eindringlich, nachdenklich, und das, was er sagte, es traf etwas in mir, denn tief in meinem Inneren dachte ich ähnlich. Ich brachte es fertig, nur unverbindlich zu lächeln.

Zum Glück bat Angie vorn vor der Bühne erneut um Aufmerksamkeit. Asher legte den Stift zur Seite, lehnte sich in seinem Stuhl nach hinten und legte dann wie selbstverständlich seinen Arm auf meiner Lehne ab. Ich wusste nicht recht, wie ich reagieren sollte. Und er roch so gut! Immer wenn er sich bewegte, schwebte ein Hauch seines Eau de Toilette zu mir herüber. Warm, dunkel und holzig, aber nicht auf die Art, die einem in der Nase kratzte, sondern eher gemütlich, wie ein lauschiger Abend am Kamin. Ich entspannte mich. Was sollte schon passieren? Und wenn es mich störte, könnte ich ihn darauf hinweisen, und er würde den Arm wegnehmen, dessen war ich mir sicher.

Ich durfte nicht vergessen, dass er bei diesem Treffen vermutlich daran arbeitete, mich für sich zu gewinnen. Denn warum sonst wären wir hier? Also versuchte er natürlich, mich auf irgendeine Art und Weise einzuwickeln. Und sei es nur mit dieser äußerst plakativen Methode.

Ich lehnte mich absichtlich noch etwas mehr zurück, rutschte in meinem Stuhl ein bisschen hin und her und konnte so weit zurückweichen, dass sein Arm meine Schulter berührte. Ich wollte wissen, wie er reagierte. Ich tat so, als würde ich an meinem Pullover eine Fluse abzupfen, in Wirklichkeit beobachtete ich ihn. Jetzt wirkten wir vertraut, so als wären wir ein Paar. Sein Arm berührte mich.

Er schluckte und für einen Moment wirkte er aus dem Konzept gebracht. Ich lächelte. Es war die Bestätigung, nach der ich gesucht hatte, und sie gab mir etwas Sicherheit zurück. Ich konnte das hier mit ihm machen. Er reagierte auf mich. Es war keine eiskalte Wette, um irgendjemandem etwas zu beweisen. Natürlich war es kein verlässliches Zeichen für tiefgehende Gefühle von seiner Seite aus. Aber immerhin … Ich hatte es geschafft, ihn kurz aus dem Konzept zu bringen. Und das sprach eine deutliche Sprache.

Leider hatte ich Asher unterschätzt – mal wieder. Vorne vor der Bühne dozierte Angie ausführlich über eine weitere Technik. Ich hörte nur mit halbem Ohr zu. Und genau deshalb spürte ich es so deutlich, als sein Daumen plötzlich über meine Schulter strich. Die Berührung war zart, kaum spürbar. Sie war vorsichtig, kaum mehr als ein Tasten. Einmal, zweimal. Ganz sanft. Ich holte Luft, konnte mich nicht bewegen. Er wartete ab, das wusste ich. Würde ich zurückweichen, würde er es nicht noch mal versuchen. Aber ich rührte mich nicht. Noch einmal strich er ganz zart über meine Schulter, wieder nur mit dem Daumen.

Ich verharrte einen ewigen Moment lang in diesem Meer aus Gefühlen, dann besann ich mich auf meinen Plan. Ich würde es ihm nicht leicht machen. Und jetzt, da ich wusste, dass auch ich eine Wirkung auf ihn hatte, würde ich das ausnutzen.

Ich entschloss mich, aufs Ganze zu gehen. Auch ich legte meine Feder zur Seite. Dann hob ich die Hand und legte sie kurz über seine.

Ich hörte, wie er scharf Luft holte. Ein Lächeln spielte um meine Lippen. *Du magst zwar ein Profi sein, lieber Asher, aber ich lerne sehr schnell, und was du kannst, kann ich schon lange.*

4. Kapitel

Asher

»Es dauert nicht lange. Ich muss nur Dot etwas zu essen machen und mir eine Strumpfhose unter die Jeans anziehen, sonst kriege ich Frostbeulen.« Ich stand in dem winzigen Flur einer noch winzigeren Wohnung mit bunter Einrichtung. Elouise schien von den Farben Weiß oder Schwarz eindeutig nichts zu halten. Ich hatte während des Workshops darüber nachgegrübelt, wie ihr Zuhause wohl aussah. Aber mit so einer Farbexplosion hatte ich nicht gerechnet.

Dot, vermutlich der größte Hund auf diesem Planeten, baute sich vor ihr auf und wedelte mit dem Schwanz, weil sie sie anscheinend verstanden hatte. Sie ging Elouise fast bis zur Hüfte. Und wie konnte man so ein riesiges Tier Dot nennen? Pünktchen, ernsthaft?

Sie kickte sich die Stiefel von den Füßen, schlüpfte in ein paar rosa Schlappen aus Cord, die mit Blümchen bestickt waren. »Zieh deine Schuhe aus und mach es dir einen Moment bequem. Ich bin gleich fertig.«

»Wenn ich bis dahin nicht blind geworden bin, dann gerne.« Sie hielt mir ein paar hellblaue Schlappen mit Hasenohren hin. »Deine Gästepantoffeln.«

Ich schnaubte. »Das wird niemals passieren.«

Sie warf die Schuhe zurück in ein niedriges Regal. »Gut, dann hab kalte Füße. Die Wohnung ist ebenerdig, wie dir sicherlich schon aufgefallen ist, und der Holzboden besitzt keine Heizung darunter.«

Ich war eher besorgt um die Farbkombination und ihre Wirkung auf meine Augen, aber ich zuckte nur mit den Schultern, schob mir die Schuhe aus und folgte ihr. Wie zu erwarten war, war das Wohnzimmer samt Wohnküche nicht angenehmer für das Auge. Sie liebte Farben. Auf der Theke, in der auch ein Kochfeld integriert war, lagen stapelweise Bücher, sogar ein Tagebuch.

Elouise ging schnurstracks zum Kühlschrank. »Was gefiel dir an den Pantoffeln nicht?«

»Wie alt bist du? Zwölf?« Ich schob auf der Theke ein paar Bücher von rechts nach links und ließ den Blick zum Kühlschrank gleiten. In den obersten Fächern lagerten Dutzende Blutbeutel.

»Ach, jetzt halt aber mal den Mund.« Sie verschwand fast komplett in dem riesigen Kühlschrank. Ihre Stimme hallte dumpf daraus hervor. »Die sind witzig und süß.«

»Klar. Wie gesagt, für jemanden, der gerade zwölf geworden ist.« Ich warf einen schnellen Blick auf ihren Hintern, den sie mir immer noch entgegenreckte. Nice ...

Elouise tauchte aus dem Kühlschrank hervor, schwang herum und trug jetzt eine riesige Dose Hundefutter. Sie knallte sie auf die Theke mir gegenüber und riss dann eine Schublade heraus, um sich einen Löffel zu nehmen. »Egal. Es liegt mir fern, dich von irgendetwas zu überzeugen, was mich angeht.«

Ich musterte sie interessiert. Das war eindeutig eine Spitze gewesen. Wenn ich sie für mich gewinnen wollte, sollte ich mir vielleicht etwas mehr Mühe geben. Ich war mir sicher, dass ich mit dem Kalligrafie-Workshop schon ziemlich gepunktet hatte. Aber jetzt? So wie sie mich ansah … Ich beschloss, das Thema zu wechseln. »Wo geht es denn gleich hin?«

»Ist eine Überraschung.« Sie imitierte meinen Tonfall von heute Morgen im Auto. *Punkt für dich, kleine Eiskönigin.* Ich mochte ihren wachen Verstand und ihre scharfe Zunge. Oder besser gesagt, es machte mich ziemlich an.

Wieder fiel mein Blick auf ihren Mund, bevor er unauffällig über ihr Gesicht wanderte, während sie Hundefutter in eine Schale schaufelte. Sie war schön und sie wusste es nicht mal. Gut, vielleicht wusste sie es schon irgendwie. Sie war auf eine Art und Weise attraktiv, die es heutzutage nur noch selten gab. Sie scherte sich nicht um aktuelle Schönheitsideale, um konturierte Wangenknochen, verführerische Katzenaugen und perfekt gezupfte Augenbrauen. Sie war schön auf eine unangestrengte Art, mühelos und trotzdem mit einer subtilen Eleganz, die andere auf den zweiten Platz verwies. Wenn überhaupt trug sie lediglich einen Hauch Puder und etwas Wimperntusche. Und trotzdem konnte ich kaum meinen Blick von ihr lösen.

Es war nicht das erste Mal, es waren Hunderte Male, dass ich mich selbst mental geohrfeigt hatte, die Sache damals nicht aufgeklärt zu haben. Ich hatte das Fenster verpasst, die Chance vertan und jetzt verhielt ich mich wie ein Trottel, um sie erneut für mich zu gewinnen. Eine Wette! Nicht sie war zwölf, ich war's. Natürlich würde ich das vor ihr nicht zugeben, aber innerlich fühlte ich mich wie der letzte Vollidiot.

Dot fiel über ihr Futter her, während Elouise in ihr Schlafzimmer lief. Sie schloss die Tür nicht, sie lehnte sie nur an und ich hörte sie in einem Schrank wühlen. Minuten später war sie zurück. »Entschuldige, ich habe dir gar nichts zu trinken angeboten.«

»Ich brauche nichts«, erwiderte ich. »Sollen wir los?«

Sie nickte und ging voraus in den Flur.

Wir verabschiedeten uns von Dot, die uns zur Tür gefolgt war und dann saßen wir wieder in meinem Wagen. Elouise tippte die Adresse eines Parkhauses im Zentrum von Boston in mein Navi und ich hatte keine Ahnung, worauf das alles hier hinauslief. Dieses süffisante Grinsen um die Mundwinkel machte mir allerdings Sorgen.

❄

»Nicht dein Ernst.« Ich blieb abrupt stehen, als mir klar wurde, was sie vorhatte.

Ihr unbekümmertes Lachen perlte wie Champagner. »Jetzt sei kein Frosch. Es macht Spaß.«

Ich rührte mich immer noch nicht. »Auch auf die Gefahr hin, dass ich mich wiederhole: Wie alt bist du? Zwölf?« Einerseits war ich echt genervt angesichts dessen, was mir bevorstand. Andererseits sah Elouise unglaublich niedlich aus mit dieser riesigen Pudelmütze, die nicht nur ihre komplette Stirn, sondern die Hälfte ihrer Augen bedeckte. Wie könnte ich ihr etwas abschlagen? Wie konnte ich nur darüber nachdenken? Und ganz sicher wollte ich kein ganzes Jahr lang ihren Laufburschen spielen. Sie sah zwar aus, als könne sie kein Wässerchen trüben, aber ich traute ihr so einiges zu. Häkelkränzchen? Bingo? Nein, danke.

»Du hast doch bloß schlechte Laune, weil du es nicht kannst.«

Meine Stimme klang wie ein Knurren. »Ich kann alles.«

»Das wirst du mir beweisen müssen.« Schon wieder hallte ein Lachen in ihrer Stimme mit, als sie sich umdrehte und weiterging. Sie ließ mich stehen.

Ich folgte ihr nicht. Wir befanden uns auf einem Platz im Zentrum von Boston. Hier hatte man einen kleinen Weihnachtsmarkt aufgebaut, mit hübsch dekorierten Buden aus Holz, Sitzgelegenheiten unter großen Wärmestrahlern und ... und das würde mein Ende sein ... in der Mitte eine große beleuchtete Eisbahn.

Menschen standen drum herum und beobachteten die Läufer. Kinder kreischten, als sie sich anrempelten. Verliebte Paare glitten Hand in Hand über das Eis. Und ich würde mich zum Volltrottel machen.

Natürlich hatte ich nur geblufft. Ich konnte *nicht* alles. Eislaufen gehörte definitiv nicht zu meinen Stärken. Ich hatte als 14-Jähriger mal ein Paar Schlittschuhe besessen. Hauptsächlich, um ein Mädchen zu beeindrucken, die ich zum Zweitwohnsitz meiner Familie einlud, um mit ihr gemeinsam auf einem der umgebenden Seen eiszulaufen und sie im besten Falle heldenhaft auffangen zu können, sollte sie stürzen. Und dabei ein wenig auf Tuchfühlung zu gehen ... Sie hatte sich jedoch bei unserer Verabredung nicht auf das Eis getraut und so war ich danach ein paarmal allein gelaufen, inklusive ein paar heftiger Stürze und Blessuren, von denen ich natürlich niemandem erzählt hatte.

Und nun sollte ich das Ganze in der Öffentlichkeit wiederholen? Ich war so was von geliefert.

Ich gab mir einen Ruck und folgte Elouise. Sie stand bereits an der Bude, an der man sich Schuhe in der passenden Größe ausleihen konnte.

Ihr strahlendes Lächeln verrutschte nicht, als sie meine finstere Miene sah. »Welche Größe hast du?«

»46«, brummte ich.

Der Mitarbeiter hinter der Theke reichte mir ein Paar. Elouise bezahlte, bevor ich mein Portemonnaie zücken konnte und zog mich dann am Ärmel meines Wollmantels hinter sich her.

Wir fanden freie Plätze auf einer der vielen Bänke, die um die quadratische Eisbahn aufgebaut worden waren. Sie zog mich sogar auf meinen Platz, bis ich nicht anders konnte, als mich hinzusetzen. Jetzt war ich eindeutig der Zwölfjährige.

Die Art, wie sie die Schlittschuhe schnürte, verriet Übung. Damit sie nicht merkte, dass ich nur geblufft hatte, fragte ich nicht danach.

Elouise ging voran und öffnete den Zugang zur Eisbahn. Im nächsten Moment war sie schon gefühlte fünf Meter voraus. Sie glitt über das Eis mit einer mühelosen Eleganz, die mich schlucken ließ. Ich betrat auf wackligen Füßen die milchig glänzende Fläche.

Elouise drehte sich zu mir um und glitt dann wieder näher. »Wenn du doch nicht mehr so sicher auf dem Eis bist, können wir am Rand bleiben. Dann kannst du dich mit einer Hand an der Bande festhalten.«

Ganz sicher nicht. »Geht schon«, erwiderte ich deshalb möglichst unbeeindruckt. »Muss nur wieder ein Gefühl dafür bekommen. Ich bin früher ständig gelaufen. Drüben in Vermont auf einem unserer Seen.«

»Das hätte ich nie von dir gedacht.« Ihre Augen leuchteten. »Wie schön. Eigentlich hatte ich mich darauf vorbereitet, dir ein wenig übers Eislaufen beizubringen. Aber da du ja jetzt praktisch ein Profi bist, können wir zusammen ein paar Bahnen drehen. Ich glaube, man darf sich sogar etwas zu trinken holen. Hast du Lust?«

Vor meinem geistigen Auge beobachtete ich mich bereits, wie ich mir die Scherben eines zerbrochenen Bechers aus der Stirn puhlte.

»Sie sind extra aus Melamin«, fügte Elouise hinzu, als könne sie Gedanken lesen.

Erleichterung durchflutete mich. »Für mich erst mal nicht. Möchtest du was trinken? Dann hole ich es dir.«

Sie schüttelte den Kopf und wollte gerade etwas erwidern, da erwischte ich mit einer Kufe eine kleine Unebenheit. Ich blieb mit dem Fuß daran hängen und schwankte plötzlich gefährlich. Wir Vampire besaßen gute Reflexe, aber sie waren nicht überirdisch. Ich kämpfte mit dem Gleichgewicht, da war Elouise schon da.

»Ganz langsam, Casanova. Willst du dir den Hals brechen?« Wie automatisch hielt sie mir eine Hand hin, damit ich mich daran festhalten konnte. Ich fing mich, schneller und eleganter als erwartet, während meine Finger sich mit ihren verknoteten. Sie hatte sich mir so schnell genähert, dass sie nun nicht mehr gut bremsen konnte. Sie berührte mich nicht, aber sie kam nah vor mir zum Halt. Sehr nah.

Ich konnte die goldenen Sprenkel in ihren dunklen Augen erkennen.

In diesem Moment passierte etwas in mir. Etwas erwachte, das so lange verborgen gewesen war. Etwas, das mich an den Jungen erinnerte, der allein eislaufen ging auf einem See in Vermont und der unbedingt ein Mädchen hatte beeindrucken wollen.

Diese Aufregung, diese unschuldige Neugier, das Kribbeln bei so einer harmlosen Geste. Ich hatte es schon viel zu lange nicht mehr gespürt. Es war ein rohes, ehrliches Gefühl, das wie eine Splitterbombe in mir explodierte und jede Zelle meines Körpers zum Bersten brachte. Heilige Scheiße. Ich hatte verdammt noch mal Schmetterlinge im Bauch. Ich hatte verdammt noch mal Schmetterlinge im Bauch, einfach, weil ich ihre Hand hielt! Ich hatte ...

Elouise lachte nervös auf. »Dafür ist es wohl noch etwas zu früh.« Sie wollte mir ihre Finger entziehen.

Reflexartig hielt ich sie fest. Ich hatte mich wieder im Griff. »Es könnte hilfreich sein.« Ich grinste sie süffisant an. »Ich glaube, ich bin doch etwas aus der Übung. Willst du etwa, dass ich hinfalle?«

Sie runzelte die Stirn. »Sag mir noch mal, wie groß du bist und wie viel du wiegst?«

»187 cm und zuletzt habe ich 86 Kilo auf die Waage gebracht.«

Sie nickte vielsagend. »Glaubst du wirklich, dass ich in der Lage bin, einen fallenden Baum von 86 Kilogramm aufzufangen?«

Schön, sie kam mir mit Logik. Zeit, die Taktik zu ändern. Ich schenkte ihr meinen treuherzigsten Blick. »Ich würde mich dann sicherer fühlen.«

Sie schüttelte erneut den Kopf. »Du bist einfach ...«

»Unglaublich charmant und unwiderstehlich?«, soufflierte ich.

»Unmöglich«, flüsterte sie, aber sie versuchte nicht erneut, ihre Finger aus meinen zu lösen.

Wir glitten über das Eis, während ich immer mehr an Sicherheit gewann. Anscheinend verlernte man so etwas tatsächlich nicht. Hatte ich mir vorher Sorgen um einen Sturz gemacht, dachte ich jetzt daran, was die Berührung von Elouise in mir ausgelöst hatte. Dieses Kribbeln. Ob es echt gewesen war? Hatte ich es mir vielleicht nur eingebildet, weil ich nervös war? Ich bewegte meine Finger leicht, strich mit dem Daumen über ihre zarte Haut.

Prompt war sie wohl abgelenkt, denn wir beide bemerkten zu spät, dass sich uns von der Seite her ein Paar näherte, das nicht mehr bremsen konnte. Elouise gab eine Mischung aus überraschtem Geräusch und verlegenem Lachen von sich, als sie sich rasch zur Seite drehte, um keinen Zusammenstoß zu riskieren. Sie besaß genug Gleichgewichtssinn, um nicht zu schwanken, dabei drehte sie sich zweimal um sich selbst, während ich versuchte, sie zu stützen. Im nächsten Moment prallte sie gegen meine Brust. Ich löste unsere Finger, um sie mit beiden Armen aufrecht zu halten. Erst Sekunden später wurde mir klar, dass ich sie im Arm hielt. Sie an mich drückte. Ihr Körper sich gegen meinen presste.

»Entschuldige«, murmelte sie in den Stoff meines Wintermantels. Als sie zu mir hochsah, saß ihre Mütze schief auf ihrem Kopf. Sie sah so entzückend aus, dass ich einen Moment lang nach Worten suchte. »Die anderen sind die Idioten. Du hast alles richtig gemacht. Gut, dass du so sicher auf diesen Kufen stehst.« Ich hielt sie noch immer im Arm. Sie hatte sich auch nicht losgemacht. Als ich den Blick in ihren Augen sah, wusste ich, dass sie mit sich kämpfte.

Uns war beiden klar, dass wir uns gegenseitig attraktiv fanden. Ich kannte sie zu gut, um das falsch zu interpretieren. Und dass ich auf sie stand, hatte ich ihr nicht nur einmal gesagt. Vorsichtig richtete ich ihre Mütze, dann ließ ich meinen Zeigefinger von ihrer Schläfe ganz langsam ihre Wange hinab bis zu ihrem Kinn gleiten.

Wieder fand mein Blick ihren Mund.

Ich wollte sie küssen. Jetzt. Hier. Sofort. Ich wollte meine Lippen auf ihre legen, sie zärtlich teilen und mit meiner Zunge tief in ihren Mund gleiten. Ich wollte sie küssen, bis wir beide nicht mehr wussten, wie wir hießen. Bis uns schwindlig war vor Lust.

In diesem Moment drehte der dämliche DJ die Musik lauter und der Augenblick war vorbei. Mit einem verlegenen Lächeln löste sie sich von mir.

»Entschuldige«, sagte sie ein zweites Mal. Eine zarte Röte überzog ihre Wangen. Das Einzige, woran ich denken konnte, war, dass ich wieder ihre Hand halten wollte. Ich wollte das, was ich vorhin gespürt hatte, noch mal fühlen. Es war zu gut gewesen.

Elouise fuhr einen guten Meter voraus, dann drehte sie sich zu mir um. »Kommst du?« Ihre Stimme klang seltsam belegt, ihre Augen glänzten. Offensichtlich war ihr warm, denn sie riss sich in einer schnellen Geste den Schal herunter, nur um ihn sich dann locker um die Schultern zu legen. Der Wollstoff entblößte einen Blick auf ihren blanken Hals.

Meine Eckzähne regten sich. Eigentlich waren sie zur Futteraufnahme gedacht, dafür gemacht, Menschenblut zu trinken. Heutzutage lief das alles zivilisierter ab, es gab Blutbanken, Spender, die mit finanziellen Zuwendungen großzügig für ihre Dienste entlohnt wurden, Barcodes, Rechnungen, Bestellungen per App, das volle Programm.

Einen anderen Vampir in den Hals zu beißen hingegen war die Vollendung von Lust und Leidenschaft. Vampirblut war wie ein berauschender Cocktail. Und gebissen zu werden oder selbst zu beißen, war mit solch erotischen Empfindungen verbunden, dass es beim Sex regelmäßig dazu kam. Ich mochte einen hübschen Hintern, Brüste waren auch toll, aber ich stand eindeutig auf Hälse. Und ihrer war wunderschön.

»Komme ja schon«, gab ich betont sachlich zurück und zwang meine Eckzähne zurück an ihren Platz. Abgelenkt wie ich war, blieb ich erneut an der Kuhle im Eis hängen. Ich schwankte wie ein Boot auf hoher See.

»Das kann man ja nicht mit ansehen.« Schon war Elouise wieder da. Schon umfassten ihre Finger meine. Und ich stand lichterloh in Flammen.

Bei allen Göttern und Dämonen. Was machte sie mit mir?

5. Kapitel

Asher

Ich stand an einem Grab, das mit Blumen und winterlichen Zweigen aufwendig dekoriert war. Der Schriftzug hob sich silbern leuchtend von dem schwarzen Marmor ab. Maria Geraldine Houston.

Meine Brust zog sich zusammen. Schuld wallte in mir auf. »Du weißt, dass es mir leidtut«, flüsterte ich. »Das war nicht meine Absicht. Du wolltest mir einen Gefallen tun, den ich gar nicht verdient hatte. Ich war unfair zu dir, gemein. Du warst immer für mich da und ich habe dich so behandelt.« Obwohl Schnee lag, ging ich auf ein Knie und legte meine Hand auf den Grabstein. »Du fehlst mir.«

Mein Handy gab einen Ton von sich und ich richtete mich auf. Ich blickte auf das Display. Elouise hatte mir per Google Maps ihren Standort geschickt. Eine Woche war seit unserem Treffen auf der Eisbahn vergangen. Eine Woche, in der wir jeden Tag getextet hatten. Ich mochte sie sehr. Ihre fröhliche Art vertrieb meine oft grüblerischen Gedanken. Auch sie hatte einen Nebenjob, der sie forderte, doch sie schien alles mühelos unter einen Hut zu bringen. Sie jonglierte Termine, als hätte sie nie etwas anderes gemacht. Und ganz nebenbei besuchte sie Vorlesungen und Seminare. Seit Freitag hatten offiziell die Weihnachtsferien angefangen. Für mich bedeutete es keine Auszeit, aber ich freute mich auf die freien Stunden am Morgen, wenn ich eigentlich Vorlesungen gehabt hätte. Und irgendwie hatte ich mich dabei ertappt, dass ich überlegte, wie ich die freie Zeit mit ihr verbringen konnte. Bis jetzt waren uns die Themen nicht ausgegangen. Unsere Unterhaltung floss dahin wie ein kleiner Bach, sie sprudelte, war lebendig und frei von Floskeln und leeren Phrasen. Ich hatte das Gefühl, mit ihr ehrlich sein zu können. Sie hatte mir von ihren Ängsten erzählt, zu versagen, nicht abzuliefern, ihre Eltern zu enttäuschen. Ich hatte mich ihr nicht ganz so sehr geöffnet, dennoch hatte ich zugegeben, wie groß der Druck war, wenn familiäre Erwartungen auf einem lasteten. Ich wollte sie erfüllen, ich wollte die Firma meiner Eltern übernehmen, sie erfolgreich weiterführen, aber hin und wieder brauchte ich einfach eine Auszeit. Dann war ich müde, erschöpft und mein Selbstbewusstsein hatte sich in die hintere letzte Ecke verzogen.

Ich blickte ein letztes Mal auf das Grab, ehe ich mich mit einem traurigen Lächeln abwandte. Dann öffnete ich WhatsApp, um zu sehen, was Elouise mir geschickt hatte. Wir hatten uns dieses Mal ein Motto überlegt. Wir wollten die Stadt wie Touristen erkunden. Unsere Heimatstadt, in der wir aufgewachsen waren und bestimmt alles kannten, neu entdecken. Ich hatte schon eine Idee, jetzt war ich gespannt, was sie sich ausgedacht hatte.

❄

Zwei Dumme, ein Gedanke. Ich schüttelte innerlich den Kopf, als ich auf Elouise und Dot zuging. Was für ein Zufall konnte es sein, dass wir ausgerechnet beide das gleiche Museum ausgesucht hatten?

Es handelte sich hierbei eher um eine Art modernes Erleben als um das Anstarren von Gemälden. Zu dem Museum gehörte nämlich auch ein Schiff, das im Hafen lag und der Nachbau eines der Boote war, mit dem die Pilger von England aus nach Amerika gesegelt waren.

Die *Beaver* war leuchtend gelb gestrichen und schaukelte gemütlich auf den Wellen am Pier. Elouise winkte und Dot wedelte mit ihrem großen Schwanz einmal hin und her. Wir begrüßten uns und es fiel mir auf, wie vertraut wir miteinander umgingen.

Ich zog sie in meine Arme und küsste sie auf die linke Wange. Es fühlte sich ganz natürlich an. Der zarte Duft ihres Parfums stieg mir in die Nase, kombiniert mit dem Geruch ihrer Haut. Die weiche Haut ihres Halses war nur Zentimeter entfernt. Himmel, es war so verlockend.

Ich hielt sie immer noch fest und sie rührte sich nicht. Mein Herz überschlug sich. Ich hauchte einen zweiten Kuss auf ihre Wange, spürte, wie sie darauf reagierte und wie der Geruch ihrer Haut sich veränderte. Jetzt wurde er dunkler, süßer. Sie spürte das Gleiche wie ich. Und sie musste es riechen können. Ich hörte, wie sie Luft holte. Tief durch die Nase. Ein winziges Seufzen mischte sich hinein. Meine Wange lag an ihrer. Ihre weiche Haut an den Stoppeln meines Dreitagebarts. Ich wollte mehr. Ihren Mund, ihren Hals, die leisen Geräusche, die sie von sich gab, wenn ich ihr nah kam.

»Nehmt euch ein Zimmer, ey.« Die männliche Stimme ließ uns auseinanderfahren. Zwei junge Typen gingen vorbei und klatschten sich ab, als sie unsere betretenen Gesichter sahen.

»Wenn ich mit dir fertig bin, wirst *du* ein Zimmer brauchen – und zwar im Krankenhaus«, knurrte ich.

»Asher.« Elouises Stimme klang vorwurfsvoll. »Jetzt mach mal halblang.«

Die Typen trollten sich mit eingezogenen Köpfen, ihr Glück. Ich war nicht gewalttätig, hatte aber schon immer eine verdammt kurze Zündschnur besessen. Ich besann mich auf das Wesentliche. Ich streichelte Dots großen Kopf, während ich Elouise angrinste. »Würdest du mir glauben, wenn ich dir erzählte, dass ich genau diesen Ort ebenfalls für unser Treffen ausgesucht habe?«

»Wirklich?« Ihr Lachen wirkte etwas aufgesetzt. In uns beiden hallte noch der Moment nach, den wir gerade geteilt hatten.

»Ja. Ich habe für uns in der Teestube einen Platz reserviert. Dort können wir die Originaltees, die damals nach Amerika importiert wurden, probieren. Und es gibt Kuchen und Kekse. Ich dachte, so etwas gefällt dir.« Und das meinte ich ganz ernst. Ich hatte versucht, etwas zu finden, das ihr Freude machen würde. Eine schöne Erfahrung, die sie mit meiner Gesellschaft verbinden würde. Schließlich wollte ich diesen einen ehrlichen Kuss von ihr.

Sie sollte mir verzeihen, sie sollte mir verfallen, und sie sollte mich so küssen, wie ich es mir damals erträumt hatte mit ihr. Das sagte ich mir zumindest. Dass ich großartig darin war, mich selbst zu belügen, das wusste ich. Es ging mir nicht nur um diesen einen Kuss.

»Das klingt zauberhaft.« Sie wirkte tatsächlich ein wenig überrascht. »Ich freue mich schon darauf. Weißt du, was ich geplant habe?«

»Nicht auch eine Teestunde?«

»Nein. Ich dachte, dir würde das Erleben von Geschichte besser gefallen. Wir werden eine Führung über die *Beaver* bekommen und dann wie aufsässige Pilger einige Pakete Tee über Bord werfen. Genau wie bei der Boston Tea Party.«

Ich lächelte. Das gefiel mir wirklich. Ich war mir nicht mehr ganz sicher, ob ich bereits als kleines Kind mal einen Ausflug auf dieses Boot gemacht hatte. Wenn ich mich richtig erinnerte, machte es auch Hafenrundfahrten. Aber ich konnte mich einfach nicht mehr erinnern und deshalb würde das hier wie eine komplett neue Erfahrung sein. Und ich würde Zeit mit ihr verbringen. Ich bekam die Chance, sie von mir zu überzeugen, sie weiter zu bezirzen und für mich einzunehmen. Es war ein Gefühl, das seltsam intensiv war.

Normalerweise gab ich mir bei Frauen nicht so viel Mühe. Sie kennenzulernen war leicht, sie um den Finger zu wickeln noch leichter. Aber das hier mit ihr, es machte mir tatsächlich Spaß und stellte mich vor Herausforderungen, die mir neu waren. Die Reservierung hatte geklappt und die freundliche Pilgerfrau am Eingang fand unsere Namen auf ihrer Liste. Nur Dot war ein Problem. Die Frau sah uns bedauernd an. »Ich selbst liebe Hunde. Aber es könnte sein, dass Gäste allergisch sind. Darauf wollen wir Rücksicht nehmen.«

Elouise sah betreten aus. »Das verstehe ich natürlich. Aber normalerweise ist sie in Cafés immer willkommen.«

Die Frau wirkte noch etwas betroffener. »Ich liebe Hunde, verstehen Sie mich bitte nicht falsch. Nur ist es ein sehr kleiner Raum und wir müssen deswegen streng sein.«

Elouise sah zu mir. Sie und Dot schienen eine sehr enge Bindung zu haben, und sie wollte sie garantiert dabeihaben. Den ganzen Tag zu Hause zu sein, musste für einen großen Hund auch schrecklich langweilig sein. Ich überlegte fieberhaft. Vielleicht konnte ich noch mit ihr verhandeln. Ich studierte Jura, so etwas lernten wir bereits im Studium. Ich beäugte möglichst unauffällig ihr Namensschild. »Jennifer«, sagte ich dann mit einem betont charmanten Lächeln. »Ich darf Sie doch so nennen?«

Sie nickte etwas überrumpelt.

»Jennifer, meine zwei Freundinnen …« Ich deutete erst auf Elouise, dann auf Dot, »verbringen gerne jede Minute des Tages zusammen, wenn es ihre Zeit erlaubt. Und wie Sie sehen können, ist Dot schon etwas älter. Wie wäre es, wenn wir uns auf folgenden Kompromiss einigen: Sie fragen an den anderen besetzten Tischen nach, ob dort jemand mit Hundeallergie anwesend ist. Sollte das nicht der Fall sein, nehmen ich und meine Freundinnen unseren Tisch ein. Sollte ein Gast mit Hundeallergie auftauchen, verspreche ich, dass wir sofort verschwinden werden.« Ich zückte mein Portemonnaie und hielt ihr einen Hundertdollarschein hin. »Wäre das eine Lösung?«

Jennifer sah auf das Geld, dann hoch zu mir, dann erneut auf das Geld. Mit spitzen Fingern nahm sie es, faltete den Schein klein und steckte ihn in die Tasche ihres Rocks. »Das klingt nach einer guten Lösung. Lassen Sie mich kurz überprüfen, wie es mit den Gästen aussieht.«

Mein Lächeln wurde noch breiter. »Wunderbar. Ich danke Ihnen, Jennifer.«

Sie verschwand und ich drehte mich zu Elouise. »Wir haben bestimmt Glück.«

Sie sah mich an, Ungläubigkeit schwang in ihrem Blick mit. »Du bist so ein Anwalt.«

»Das klang wie ein Schimpfwort.« Ich war etwas enttäuscht. Eigentlich hatte ich gedacht, dass ich mit diesem Manöver bei ihr punkten konnte.

»Es sollte keine Beleidigung sein. Ich bin beeindruckt von dieser Idee. Und die Art, wie du es vorgetragen hast.« Sie nickte langsam. »Ja, das Wort *vorgetragen* passt hier sehr gut. Es war fast wie in einem Gerichtsprozess.«

»Sag mir, dass du wenigstens ein bisschen beeindruckt bist.«

Sie lächelte schief. »Ich bin mehr als nur ein bisschen beeindruckt. Aber echt mal ...« Sie stupste mich spielerisch vor den Oberarm. »Du bist so ein Anwalt.«

»Und du bist die einzige Person, die so einen Satz wie eine Beleidigung klingen lassen kann.«

Jennifer war zurück. Wir bekamen unseren Tisch. Dot ließ sich mit einem Seufzen auf den Boden sinken und beobachtete die anderen Gäste. Wir studierten die Speisekarte.

Der Fokus lag auf den fünf Teesorten, die bei der Boston Tea Party zerstört worden waren. Elouise war so begeistert, dass sie laut vorlas. »Bei den Teesorten handelt es sich hauptsächlich um Schwarztee.« Sie zog die Nase kraus. »Bohea, ein Schwarztee, der oft als der ›klassische‹ chinesische Schwarztee angesehen wird. Congou, ein weiterer Schwarztee, der in China hergestellt wird. Souchong, ein Schwarztee, der für seinen intensiven und würzigen Geschmack bekannt ist. Singlo, ein Grüntee, der einen leicht blumigen Geschmack hat. Und Hyson, ein Grüntee, mit eher mildem, süßem Aroma.« Sie sah mich an. »Absolut faszinierend!«

Ich freute mich, dass sie sich freute.

Wir bestellten eine Auswahl aller Tees und dazu kleine Sandwiches und Scones mit Marmelade und Sahne. Essen und Getränke wurden schnell serviert und zuerst waren wir zu sehr mit all den Köstlichkeiten beschäftigt, um uns zu unterhalten. Elouise kaute noch immer, als ich mich in meinem Stuhl zurücklehnte und sie eingehender betrachtete.

Sie trug einen hellblauen Wollpullover, an den sie eine winzige Brosche in Form eines Fuchses geheftet hatte. Ihr helles Haar war locker zurückgenommen und sie trug einen Lidschatten, der hin und wieder glitzerte, wenn das Licht der hellen Wintersonne durch eins der großen Fenster fiel. Ich hätte sie stundenlang schweigend betrachten können, aber ich wollte mehr über sie erfahren. »Du bist angehende Linguistin. Was willst du mal werden?«

Sie schluckte den letzten Bissen herunter. »Eine fertige Linguistin?«

Wir lachten beide.

»Ich werde in der Stiftung meiner Eltern arbeiten.« Sie zuckte die Schultern. »Du weißt, wie das bei uns ist, wir bleiben unter uns. Wir müssen unsere Identität schützen.«

Natürlich spielte sie auf unsere geheime Vampiridentität an. Es lag nah, ins Familienunternehmen einzusteigen, statt sich in die große weite Welt zu begeben. Ich verstand sie nur zu gut, denn im Endeffekt stand mir die gleiche Zukunft bevor. »Und ist es das, was du wirklich willst?« Es war nur der Bruchteil einer Sekunde, als auf ihrem Gesicht etwas verrutschte. Es war nur ein Hauch, eine Andeutung, eine Ahnung. Aber da war etwas.

»Ich …« Sie zögerte. »Ich weiß, dass du sehr entschlossen bist, was die Firma deines Vaters angeht. Und du bist mit Feuer und Flamme dabei, das habe ich von den anderen gehört. Ich glaube, ich sollte nicht …« Sie brach ab. »Ich sollte nicht.« Sie wiederholte sich, wich mir aus, indem sie zur Seite sah und Dot den Kopf tätschelte.

Ich beugte mich vor, lehnte beide Unterarme auf den Tisch. »Du willst das gar nicht, oder?« Sie wirkte schrecklich ertappt. Ich verfluchte mich für meine direkten Worte.

»Ich …« Sie biss sich auf die Zunge. »Unsere Familien kennen sich, es wird viel geredet und ich möchte auf gar keinen Fall …«

Ich wagte mich vor. Es war vielleicht riskant, doch ich nahm das Risiko in Kauf, dass sie dichtmachte. Ich schob meine Hand über den Tisch, vorbei an dem Tablett mit den Sandwiches und an ihrer Teetasse entlang, bis ich ihre Hand umfassen konnte. »Hey.« Ich neigte leicht den Kopf. »Ich will dich zu nichts drängen. Ich hatte nur das Gefühl, dass da mehr ist.«

Sie machte nicht dicht. Sie sah auf unsere ineinander verschlungenen Finger, dann hinauf in meine Augen. Die rohe Verletzlichkeit in ihrem Blick traf mich wie ein Faustschlag. »Sag mir, dass du das hier nicht tust, um mich einzuwickeln.«

Ich schüttelte den Kopf. Es war die Wahrheit. Das hier war nicht Teil meines Plans, sie mit meinem Charme für mich einzunehmen. »Ist es nicht.«

Einen ewigen Augenblick lang sah sie mich erneut an. Ihr Blick ging mir durch und durch. Jetzt wirkte sie verunsichert und nervös. Was auch immer sie beschäftigte, es war etwas Großes. Ich spürte, dass sie darüber reden wollte, aber andererseits zweifelte sie an mir. Und das ärgerte mich.

Es stand auf Messers Schneide, ob sie sich mir öffnen würde oder nicht. Und dann konnte ich zusehen, wie der Vorhang runterging. Sie löste sich von mir, ein unbehagliches Lächeln spielte um ihre Mundwinkel. »Tut mir leid, Asher. Das ist eine Nummer zu groß für diese kleine Wette.«

Ich hasste es, zu verlieren. Normalerweise war ich danach schlecht gelaunt und keine gute Gesellschaft. Das war anders. Ich verstand sie, denn auch ich vertraute nicht leicht.

Dennoch nagte es an mir. Sie hatte mich, uns, als eine *Wette* bezeichnet. Und das waren wir. Nicht mehr und nicht weniger. Das, was wir taten, war ein Spiel. Und sie vertraute mir nicht.

Es überraschte mich, wie nah mir das ging.

6. Kapitel

Lou

Winzige Eisschollen trieben im Hafenbecken auf dem Wasser.

Wir hatten bereits den Rundgang unter Deck der *Beaver* hinter uns. Dort hatte es nach feuchtem Holz und klammem Stoff gerochen, weshalb ich froh war, dass wir wieder frische Luft atmen konnten. Dot neben mir schnaufte leise. Ich hatte vor unserem Ausflug extra gecheckt, dass sie mit an Bord kommen durfte. Schließlich handelt es sich um ein Museum. Zum Glück war das kein Problem gewesen.

So 100-prozentig wohl fühlte sie sich allerdings nicht. Schon bei unserem Einstieg hatte sie misstrauisch an dem beweglichen Steg geschnüffelt. Während der Tour unter Deck hatte sie an mir geklebt wie ein Schatten. Jetzt blühte sie sichtbar auf, die Nase im leichten Wind, und ihre Schlappohren bewegten sich aufmerksam hin und her.

Asher war dicht hinter mir, und als ich abrupt stehen blieb, um die Aussicht zu genießen, berührten sich kurz unsere Körper. Im nächsten Moment stellte er sich neben mich an die Reling.

Unsere Gruppe, geführt von zwei Museumsmitarbeitern in traditioneller Tracht der Pilger, war schon weiter voraus und bewunderte irgendetwas an dem Mast. Wir hatten uns unbewusst abgesondert, aber das gefiel mir. Ich kannte die historischen Hintergründe bereits, deshalb war die Führung für mich nichts Neues gewesen. Asher hatte interessiert gelauscht, was mich gefreut hatte. Es hatte nicht so ausgesehen, als ob er es nur meinetwegen tat.

Es fiel mir schwer, nicht wie ein Wasserfall sämtliche geschichtlichen Details auszuspucken, denn Geschichte war mein heimliches Steckenpferd. Asher wirkte entspannt neben mir, Dot an meiner anderen freien Seite gab ein zufriedenes Schnaufen von sich. Wir alle beobachteten die friedlich schaukelnden Wellen. Meine Gedanken schweiften ab.

Ich hatte Geschichte schon immer geliebt. Ich hätte dieses Fach studiert, wenn meine Eltern nicht eindringlich auf mich eingewirkt hätten. In meiner Familie gab es gewisse Berufe, die man ergriff, gewisse Fächer, die man studierte. Wer davon abwich, wurde automatisch zu einem schwarzen Schaf. Es war mittelalterlich, es war brutal, und ich hatte nicht die Kraft gehabt, mich von den geliebten Menschen loszusagen, die mir so viel bedeuteten. Meine Eltern und ich hatten ein gutes Verhältnis. Also tat ich, was sie verlangten: Ich wurde Linguistin. Auch dieses Fach gefiel mir, denn es war in so vielen Bereichen eng mit Geschichte verknüpft. Trotzdem war es nur eine Notlösung, und ich wusste noch nicht, ob ich das Rückgrat besaß, genau diese Überschneidung der zwei Fächer auszunutzen, um doch noch meinem Traum zu folgen. Denn das würde auf Protest stoßen, das hatte meine Familiengeschichte sehr deutlich bewiesen.

Wie von selbst begann ich zu sprechen. »Das hier war eine stille Revolution. Kein Aufstand mit Mistgabeln und Fackeln, keine schreienden Menschen in den Straßen. Nur Männer und Frauen, die im stillen Protest Kisten mit Tee ins

Wasser warfen. Es war fast zu höflich für eine Revolution. Aber sie wollten zeigen, dass sie nicht mehr einverstanden waren mit der ungerechten Kontrolle und Unterdrückung durch die britische Regierung, und es war ihnen wichtig, niemanden zu verletzen.« Ich starrte hinaus auf die Wellen. »Manchmal ist das Mutigste, einfach das Richtige zu tun, leise und ohne großes Pathos.« Asher sagte nichts, aber ich spürte, dass er mich von der Seite betrachtete. Ein ewiger Moment verging, über uns kreischten Möwen, und Dot hob neugierig den Kopf.

»Du liebst das.« Es war eine Feststellung, keine Frage.

Ich drehte mich ihm zu. »Was?«

»Geschichte«, erwiderte Asher schlicht. »Wenn du über Dinge sprichst, die längst vergangen sind, wirkst du dabei so lebendig. Ich kann deine Energie bis hierher fühlen.« Er deutete auf die Stelle auf seinem dicken Wintermantel, unter der sein Herz schlagen musste.

Seine Geste berührte mich, machte mich irgendwie sprachlos und auch die Tatsache, wie mühelos er mich durchschaut hatte. Ich wollte etwas erwidern, da fiel einem der Museumsmitarbeiter auf, dass wir zurückgeblieben waren. Ich verstand nicht genau, was er uns zurief, aber da er auffordernd winkte, war es ziemlich deutlich.

Ich lachte nervös und folgte Asher. Ich war abgelenkt, verlegen, und deshalb bemerkte ich die Ecke der hochstehenden Planke nicht sofort. Mit der Spitze meines Stiefels blieb ich hängen, und noch schlimmer, ich stolperte. Normalerweise war ich kein bisschen ungeschickt oder tollpatschig, aber ich war leicht in Verlegenheit zu bringen, und dann gehorchte mir mein Körper nicht mehr richtig. Ich ruderte mit den Armen, schwankte, und im nächsten Moment war Asher da.

Seine Hand lag sanft um meinen Ellbogen, fest, sicher und irgendwie vertraut.

»Ganz vorsichtig.« Seine Stimme war leise, aber durchdringend. »Alles in Ordnung?«

Ich nickte und lief ganz sicher tomatenrot an. »Ich war unachtsam. Auf diesen alten Schiffen sollte man aufpassen, wohin man seine Füße setzt.« Ich löste mich von ihm, nicht, weil ich seine Geste als unangenehm empfand, sondern weil sie mich verwirrte. Ich sah zu unserer Gruppe und endlich verstand ich, warum man uns zu sich gerufen hatte. Sie hatten an den nachgebauten Teeballen angehalten, die an langen Seilen befestigt waren. »Wer möchte ein rebellischer Pilger sein?« Der Mann trug die traditionelle Kleidung der Pilger mit einem auffälligen Federkiel an der Mütze.

Wir ließen zwei Kindern den Vortritt, dann schnappten sich auch die Erwachsenen die Stoffballen mit Tee. Es war unglaublich befreiend, den Ballen in hohem Bogen ins Hafenbecken zu werfen. Ich lachte, während mein Paket durch die Luft flog. Ich drehte mich zu Asher, der seinen Tee immer noch umklammert hielt. Sein Blick ruhte auf mir. Die Art, wie er mich ansah, machte mich erneut verlegen. Er hatte die Gabe, einem bis hinab auf die Seele zu blicken. Dieser dunkle, eindringliche Blick, diese brutale Offenheit in seinen Zügen. Es verwirrte mich, es machte mich neugierig, und es war magisch anziehend. Erst da schien ihm das bewusst zu werden. Er grinste schief, dann wandte er sich von mir ab und warf seinen Tee ins Hafenbecken. Ich applaudierte und der Rest der Gruppe fiel darin ein, als wir uns über die Reling beugten, um unser Werk zu bewundern. Ich hätte niemals gedacht, wie befreiend es sich anfühlte, wie leicht ich mich plötzlich fühlte, wie unbeschwert, obwohl all diese Adjektive momentan auf mein Leben so gar nicht zutrafen. »Wir sollten viel öfter Ballast über Bord werfen«, flüsterte ich. Eigentlich hatte ich es nur für mich selbst gesagt, aber Asher hatte mich gehört. »Wie recht du hast«, murmelte er, und da war er wieder, dieser Schmerz, den ich bereits zuvor gespürt hatte. Ich sah ihn an, doch dieses Mal hatte er seine Mimik im Griff. Als sich unsere Blicke trafen, grinste er zum zweiten Mal schief. Ich war mir nicht sicher, ob ich erleichtert oder enttäuscht war.

❄

»Du kannst unmöglich schon wieder etwas essen wollen.« Ich sah ihn fassungslos an. »Hunger kann es nicht sein, das wissen wir beide. Wir essen nur zum Vergnügen. Und dein Bauch ist garantiert noch voll.«

»Erklär das meinem Bauch«, erwiderte Asher knapp und marschierte auf die Fischbude zu, die am Pier strategisch günstig mit Blick auf die *Beaver* aufgestellt worden war.

Eine Wolke aus Frittierfett, Fisch und Essig schwebte uns entgegen. Dot neben mir rümpfte die Nase. Ich streichelte ihren Kopf im Gehen.

»Ich liebe Hummer. Und diese Brötchen da drüben in der Auslage sehen verdammt gut aus.« Asher war langsamer geworden, sodass er neben mir ging. Mir wurde bewusst, wie vertraut wir inzwischen waren. Wir gingen eng nebeneinanderher, und es fühlte sich normal an. So, als wären wir gute Freunde.

Ich warf ihm einen schnellen Seitenblick zu. Er hatte sich bei beiden von ihm gestalteten Treffen wirklich Mühe gegeben. Der Kalligrafie-Workshop hatte mir unglaublich gut gefallen, und er passte zu meinen Interessen und meinem

Studium. Und das Café des Museums mit seinen vielen historischen Teesorten hatte auch genau meinen Geschmack getroffen. Er kannte mich nicht, aber er *sah* mich. Anders als meine eigene Familie.

Es war faszinierend und erschreckend zugleich. Er wusste fast nichts über mich, dessen war ich mir sicher, und dennoch hatte er instinktiv die Treffen so gestaltet, dass sie perfekt zu mir passten. Er hatte nicht mal bei meinen Freunden nachgefragt, denn das hätten sie mir erzählt.

Er musste sich einzig und allein auf seine Intuition verlassen haben. Und das war wirklich beeindruckend. Ich konnte nicht verhindern, dass ich erneut ein Kribbeln im Bauch spürte. Asher sah unverschämt gut aus, er hatte eine ganz besondere Ausstrahlung, er war welt- und wortgewandt. Und ja, hin und wieder klang er wie ein Anwalt. Sogar das war irgendwie sexy.

Er hatte sich für meine Interessen eingesetzt, er hatte dafür gesorgt, dass wir mit Dot in das Café durften. Er regelte Dinge, er hatte sie im Griff, er wirkte immer Herr der Lage. Und das war so verdammt anziehend und verführerisch zugleich. Leider hatte er auch ein Ego groß wie ein Hochhaus.

Und irgendwie wollte ich nicht, dass er diese Wette gewann, schon rein aus Prinzip und weil er es so nüchtern und sachlich angegangen war. Eine Wette, das war fast wie ein Vertrag. Daran war nichts romantisch. Wer wollte schon eine Beziehung so beginnen? Was diesbezüglich in Ashers hübschem Kopf vorging, konnte ich mir nicht erklären, genauso wenig wie diese ominöse Sache mit dem »richtigen Kuss«. Kurz gesagt: Ich war komplett hin- und hergerissen.

Sein Oberarm berührte mich, als wir das Ende des Piers erreichten. Dann spürte ich seine Hand an meinem Rücken.

Federleicht, wie eine kleine Geste der Sicherheit. Er war da, er passte auf, er beschützte.

Ich rückte noch etwas näher an ihn heran, und wie automatisch glitt seine Hand zu meiner Schulter. Jetzt hielt er mich fast im Arm. Es war aufregend, es war beunruhigend. Als ich erneut kurz in seine Richtung blickte, sah ich den konzentrierten Ausdruck auf seinem Gesicht, und mir wurde klar, dass er das nicht geplant hatte. Dass er genauso mit der Situation kämpfte wie ich. War das echt?

Hatte er wirklich Gefühle für mich? Aber was wollte er dann mit diesem einzigen Kuss? Ich wurde nicht schlau aus ihm.

Ich hätte gerne noch weiter darüber nachgedacht, doch wir hatten die Fischbude erreicht. Asher bestellte ein Brötchen mit Hummer und für uns beide jeweils eine Orangenlimo. Ich nuckelte an dem Strohhalm, während er das Brötchen inhalierte.

»Miss Winterson?« Die Stimme ließ mich herumfahren. Die Überraschung hätte nicht größer sein können, als mein Blick auf den älteren Mann in der sportlichen, dunkelblauen Winterjacke fiel.

»Professor Hallsteen.«

Er lächelte und sah kurz zu Asher. »Genießen Sie die Ferien? Ich möchte auch gar nicht lange stören. Aber es ist gut, dass wir uns hier durch Zufall treffen.«

Warum?, hätte ich am liebsten gefragt, doch meine gute Erziehung hinderte mich daran. Zuerst stellte ich die beiden einander vor.

»Was kann ich für Sie tun, Professor?«, fragte ich danach. Ich war mir sicher, dass ich alle Aufgaben in seinem Seminar erledigt hatte.

»Sie hatten sich doch auf meine Liste eingetragen«, begann er. »Mit den Praktikumsvorschlägen. Ich fand, dass Ihre Idee ganz hervorragend klang. Aber als ich die Daten in meinen Computer übertragen wollte, hatten Sie Ihren Vorschlag durchgestrichen.«

Plötzlich schlug mir das Herz bis zum Hals. Beide Männer musterten mich, Asher trank währenddessen von seiner Limonade und hatte sein altbekanntes Pokerface aufgesetzt.

»Das musste ich leider ändern«, erwiderte ich tonlos. »Ich werde ... Ich werde anderweitig eingespannt sein.«

»Sie müssen ein Praktikum absolvieren«, erinnerte der Professor mich gutmütig. »Was hält sie davon ab?«

»Es war etwas vorschnell«, erwiderte ich absichtlich vage.

»Wenn man es genau nimmt, haben Sie Ihren Praktikumsvorschlag nicht geändert. Sie haben ihn lediglich gestrichen.« Ich sah, dass der Professor bemüht war, freundlich und verbindlich zu bleiben.

Wir hatten uns während des Semesters immer gut verstanden und ich wusste, dass er mir nichts Böses wollte, sondern nur noch mal nachhakte, weil wir uns eben durch Zufall über den Weg gelaufen waren. Ich war eine seiner besten Studentinnen gewesen und hatte auch nach dem Seminar manchmal noch ein kurzes Gespräch mit ihm geführt. Es verwunderte mich nicht, dass er mich hier und jetzt auf etwas ansprach, das mein Studium betraf.

»Tut mir leid. Ich habe noch keine Alternative. Sobald ich etwas weiß, schreibe ich Ihnen eine E-Mail. Versprochen.« Ich rang mir ein höfliches Lächeln ab. »Und falls wir nicht mehr voneinander hören, dann wünsche ich Ihnen schon jetzt frohe Weihnachten.«

Professor Hallsteen besaß Antennen, die fein genug waren, dass er die Misstöne in meiner Aussage erkannte. Sein

Lächeln verrutschte leicht. »Natürlich. Sie haben ja noch Zeit. Ihnen auch frohe Weihnachten.« Er deutete auf Dot. »Übrigens ein ganz reizendes Tier. Wunderschön.« Er nickte Asher und mir zu, dann war er auf und davon.

Asher hatte inzwischen seine Limonade vernichtet und stellte die leere Dose zurück auf die Theke. »Gehen wir noch ein Stück am Wasser entlang.« Schon wieder keine Frage. Er besaß das Talent, Befehle zu erteilen, und man hatte doch das Gefühl, als wenn er einem die Entscheidung überließ. Ich hingegen war noch zu verwirrt, um zu protestieren.

Ich nickte.

Wieder gingen wir so nah nebeneinanderher, es schien intuitiv zu passieren. Und dann tat ich etwas, von dem ich im Nachhinein nicht mehr ganz sagen konnte, wie es eigentlich passiert war. Ich schob meine Hand vor und hakte mich bei Asher unter. Ihm noch näher zu sein, war tröstlich und verwirrend zugleich. Ganz kurz legte Asher seine Hand über meine, wie zur Bestätigung, dass es in Ordnung war, so wie es war.

»Das war dein Professor?«, begann er dann vorsichtig.

Ich nickte nur.

»Möchtest du über das Praktikum sprechen?«

Ich schüttelte den Kopf.

»Es muss etwas Besonderes gewesen sein, wenn es ihm so im Gedächtnis geblieben ist. Professoren geben jedes Jahr Listen herum, in denen man Vorschläge für ein Praktikum machen kann.«

Ich gab mir einen Ruck. »Ich hatte den Louvre in Frankreich vorgeschlagen. Geisteswissenschaftlicher Sonderbereich, Relikte und Dokumentationen. Das wäre ein wahrer Traum gewesen.«

»Und du hast es durchgestrichen, weil …?«, fragte er vorsichtig.

Meine Antwort fiel heftiger aus, als ich es geplant hatte. »Weil ich die Erwartungen meiner Familie erfüllen muss. Ich soll Spendenappelle schreiben, Präsentationen halten, mit potenziellen Spendern Small Talk machen oder sie zum Essen ausführen. Weil ich nicht in die Fußstapfen meiner Großmutter treten soll.«

»Geschichte verbunden mit Linguistik liegt doch eigentlich nahe. Es macht dir Freude. Das müsste doch deine Familie einsehen.«

»Vielleicht sehen sie's ja auch ein. Aber das wäre nicht der Job, den sie für mich geplant haben. Als Wissenschaftlerin, Forscherin, würde ich überall auf der Welt arbeiten. So aber bleibe ich innerhalb des Familienunternehmens, sicher, kontrollierbar, verlässlich. Würde ich nach Paris gehen …« Ich beendete den Satz nicht.

Es war zu schmerzvoll, in meinem Alter schon zu resignieren.

Und ich hatte nicht die Kraft, mich aufzulehnen. Plötzlich dachte ich wieder an die Pilger und wie sie in stiller Revolution den wertvollen Tee in den Hafen geworfen hatten.

Asher hatte die Brauen gerunzelt, wirkte grüblerisch und hatte die Schultern hochgezogen, als sei er tief in seine eigenen Gedanken versunken.

Seine Stimme war so leise, dass der Wind sie fast mit sich forttrug. »Weißt du, Elouise, manchmal muss man den Tee trotzdem werfen. Um sich selbst treu zu bleiben, um neue Wege zu gehen, um alte Konventionen abzuwerfen. Und wenn eine das schafft, dann bist du das.«

Seine Worte zerrissen mich fast. »Ich bin nicht stark. Ich

bin noch nicht mal besonders klug, denn an der Uni bin ich in einigen Fächern wirklich schlecht.«

Asher blieb abrupt stehen. Im nächsten Moment drehte er mich an den Schultern zu sich. »Jeder ist in irgendwas schlecht. Wir sind keine Maschinen. Du bist stark. Wenn du über Geschichte redest, dann spüre ich, was in dir steckt. Sogar als du über das Praktikum gesprochen hast, schwang da diese subtile Energie mit.« Er beugte sich ein kleines Stückchen zu mir. »Ich glaube an dich.«

Ich schluckte.

Ein Windstoß jagte über uns hinweg und zerrte an meinem Haar. »Ich glaube an dich, Elouise.«

Er wiederholte die Worte noch mal, eindringlich und voller Kraft.

Ich war verwirrt, gerührt und fasziniert zugleich. »Lou«, sagte ich dann. »Du kannst mich Lou nennen. So nennen mich meine Freunde.«

7. Kapitel

Lou

Obwohl die Spenden-Matinée mit dem klangvollen Namen *Echo Room* am Vormittag stattfand, trugen die meisten Gäste elegante Kleidung. So war das nun mal in den gehobenen Kreisen. Man zeigte, was man hatte, und das rund um die Uhr. Ich unterdrückte ein Gähnen, bevor ich mich mit einem Lächeln umwandte. »Ah, Mr und Mrs Baxter-Hallifax. Es ist mir eine Freude. Sie kennen den Künstler?«

Das Ehepaar in den Vierzigern, er mit Vollbart und Orden am Revers, sie mit Schmuck behangen und etwas zu blond für die konservative Ostküste, schüttelte selbstbewusst die Köpfe.

»Dann erlauben Sie?« Ich wartete ihre Antwort nicht ab, sondern ratterte meinen erlernten Text herunter. »Conrad Leontioux wurde 1993 als Sohn einer griechisch-französischen Musikerin und eines britischen Architekten in Marseille geboren. Aufgewachsen zwischen antiken Ruinen und modernen Betonbauten, entwickelte er früh eine Leidenschaft für Gegensätze, und das spiegelt sich bis heute in seiner Malerei wider. Er besuchte das renommierte Chelsea College of Arts in London, lebte dann abwechselnd in Athen, Berlin und New York. Seine Arbeiten bewegen sich zwischen figurativer Erinnerung und abstrakter Überlagerung, oft kombiniert er klassische Öltechniken mit urbanen Materialien wie Bitumen, Kreiden, Kaffee oder vergoldetem Aquatinta-Papier. Leontioux' Gemälde wirken wie geflüsterte Erinnerungen: fragmentierte Körper, überstrahlte Gesichter, aufgebrochene Architekturteile, fragile Stofffalten, leere Räume voller Stille. Immer wieder finden sich in seinen Werken spätere Übermalungen, als ob er seine Motive mehrfach befragt, manchmal verwirft, manchmal rettet. Er gilt als Diskursmaler der ›Zwischenräume‹. Seine Themen sind kollektive Identität gepaart mit urbaner Zerbrechlichkeit.«

Die Baxter-Hallifax sahen mich an, als hätte ich plötzlich Chinesisch geredet.

Ich verstand sie nur zu gut. Der Werbetext über den Maler war darauf angelegt, potenzielle Käufer zu beeindrucken.

»Haben Sie was mit Kaffee?« Mr Baxter-Hallifax schwitzte leicht. »Irgendwas um die 10.000 Dollar« Er wandte sich an seine Frau. »Wir trinken doch beide gerne Kaffee, nicht wahr, Mäuschen? Vielleicht macht der Schinken sich ganz gut in unserer Küche?« Sein breiter Akzent verriet, dass er aus Texas stammte. Aber das war egal. Geld war Geld, und unsere Stiftung hatte früh Gemälde des Künstlers aufgekauft, weil die Expertise der Kunstkenner, die für die Stiftung arbeiten, besagte, dass er schon bald zu großem Erfolg kommen würde.

Und sie hatte mal wieder nicht versagt. Jetzt konnten wir Conrads Gemälde für das Zehnfache des Preises verkaufen und so sehr viel Geld für die Stiftung einnehmen.

»Dort drüben gibt es ein Exponat mit Kaffeebohnen.« Ich deutete elegant in die Ecke des Saals, wo wir das Gemälde in weiser Voraussicht gehängt hatten. Es war nicht besonders hübsch. »Es ist auch im Rahmen Ihrer Preisvorstellungen. Ich glaube, es liegt bei 11.000.«

Mr Baxter-Hallifax warf nur einen schnellen Blick in die Richtung. »Gekauft. Packen Sie es ein.« Er lachte über seinen eigenen Witz.

Ich war so höflich und fiel darin ein. »Ich danke Ihnen ganz herzlich. Wenn Sie sich nun etwas erfrischen möchten oder einen Happen essen? Das Buffet finden Sie dort drüben«, sagte ich und deutete in den nächsten Raum, in dem ein sehr angesagter Caterer Spezialitäten der molekularen Küche präsentierte.

Ich geleitete die Baxter-Hallifax noch ein Stückchen, dann entschuldigte ich mich, um ihr Kunstwerk einpacken zu lassen.

Auf dem Weg dorthin traf mich der wohlwollende Blick meiner Mutter. Sie nickte mir anerkennend zu. Vermutlich hatte ich sie jetzt wieder versöhnt mit dem Umstand, dass ich Asher mitgebracht hatte. Er passte ihr so gar nicht ins Konzept. Unauffällig sah ich mich um. Er war kurz zu seinem Auto gelaufen, weil er sein Telefon dort vergessen hatte. Wo steckte er? Inzwischen sollte er längst zurück sein.

Ich beobachtete die illustre Gruppe der Gäste, da trafen sich unsere Blicke. Er sah gut aus in dem dunklen Anzug. Sein schwarzes Haar besaß in dem grellen Licht der Halogenleuchten einen fast bläulichen Schimmer. Die Art, wie er quer durch den Raum ging, direkt auf mich zu, den Blick immer noch unverwandt auf mich gerichtet, und wie die anderen ihm automatisch Platz machten ... das alles ließ meine Knie weich werden.

Wir waren zusammen hergekommen, ich hatte ihn abgeholt, aber jetzt, als er vor mir stehen blieb, nahm er meine Hand und hob sie an seine Lippen. Er hauchte einen Kuss darauf, als würden wir uns gerade zum ersten Mal an diesem

Vormittag sehen. Es wirkte wie eine verbotene Geste, aufregend und sündig zugleich. Obwohl es doch nur ein eher antiquierter Handkuss war ...

Aber genauso war Asher, das war seine Wirkung, seine Magie. Er pfiff auf Konventionen. Er tat, was er wollte, und niemand traute sich, ihn zu kritisieren.

Der Blick meiner Mutter brannte mir fast ein Loch ins Gesicht. Auch Asher bemerkte es. »Also, entweder ist deine Mutter kein Morgenmensch oder sie hat etwas gegen mich.«

»Sie hat Lucas sehr gemocht, und ich glaube, sie hofft, dass er plötzlich wieder vor uns steht und mich um Verzeihung bittet.«

Asher schnaubte abfällig. »Du würdest ihn doch nicht zurücknehmen, oder?« Irrte ich mich, oder war da plötzlich diese Anspannung rund um seinen Kiefer?

»Würde ich nicht«, erwiderte ich schnell. Und das entsprach der Wahrheit. Lucas und ich waren miteinander fertig. Ich hatte geweint, getrauert und ihn verflucht. Aber dann hatte ich mit ihm abgeschlossen.

Asher legte einen Arm um meine Schultern zog mich sanft etwas näher. »Wollen wir Mami ein bisschen ärgern?« Die Art, wie er mich ansah, ging mir durch und durch. Es hatte etwas Herausforderndes an sich, etwas Gefährliches. Asher wirkte wie der vergiftete Apfel in der Hand der bösen Königin. Die verbotene Frucht im Garten Eden. Der Schierlingsbecher, der den Untergang bedeutete.

»Wir sollten sie besser nicht provozieren«, erwiderte ich matt.

Asher zog mich noch etwas näher, neigte leicht den Kopf zu meinem Ohr. »Warum?«

»Weil ich es ausbaden muss, wenn du dann schon wieder

gemütlich bei dir zu Hause sitzt.« Meine Stimme klang belegt. Ich spürte seinen warmen Atem an meinem Ohr, als er leise lachte.

»Dann komme ich einfach mit zu dir nach Hause. Dort sind wir beschäftigt und Mami hat keine Chance, dich für eine Moralpredigt anzurufen.«

Bilder explodierten in meinem Kopf. Bilder von zerwühlten Laken, einem dunklen Haarschopf auf meinem Kissen, dem leisen Geräusch von …

»Amüsiert ihr euch beide gut?« Die schneidende Stimme meiner Mutter riss mich aus meiner Starre. Könnten Blicke töten, wäre Asher gerade wortlos in sich zusammengesunken.

»Ganz wunderbar, Misses Winterson.« Asher grinste süffisant.

»Alles gut, Mom«, meine Stimme klang etwas zu hoch. Asher hatte immer noch einen Arm um mich gelegt und ihr Blick kommentierte wortlos, was sie davon hielt.

Ich starb tausend Tode.

»Du hast ein Gemälde verkauft?« Meine Mutter musterte mich, als wolle sie mir gleich erklären, dass meine Schuhe nicht zu meinem Kleid passten.

»Ja.«

Plötzlich fühlte ich, wie Asher seine Hand um meine Schultern auf Wanderschaft gehen ließ und meinen Rücken hinabglitt. Ich trug ein Cocktailkleid aus pfauenblauer Seide, das oben eng geschnitten war und ab der Hüfte in einen Rock überging, der in Dutzende Falten fiel. Der Stoff war dünn und so zart, dass ich jeden einzelnen Finger wie auf meiner Haut fühlte.

»Wie viel kostet das Gemälde?« Meine Mutter schien es nicht bemerkt zu haben.

»11.000 Dollar«, erwiderte ich schnell. Seine Hand wanderte tiefer bis knapp über meinen Steiß, dann wanderte sie wieder höher. Es war eine zärtliche Berührung, die meine Mutter glücklicherweise nicht sehen konnte. Mir hingegen ging sie durch und durch.

»Wie schön.« Sie klang gelangweilt. »Wie viele Bilder hast du heute schon verkauft?«

»Vier, dieses mit eingerechnet.«

Ashers Finger überwanden den Stoff und strichen jetzt über meine Haut, dort, wo mein Rückenausschnitt begann. Ich hätte am liebsten leise aufgestöhnt.

»Wer waren die Käufer?«

Konnte sie mir diese Frage nicht ein anderes Mal stellen? Meine sämtlichen Gehirnzellen hatten sich nämlich gerade verabschiedet. Immer noch spürte ich seine Finger auf meiner nackten Haut. Ich warf ihm einen schnellen Blick zu. Seine Miene war völlig ungerührt. Er lächelte, schien dem Gespräch zwischen uns zu folgen und wirkte dennoch höflich-unbeteiligt.

Dieser Schuft.

»Ich äh ...« Ich brach ab, als seine Finger ein Stückchen unter den Stoff streiften.

»Bitte sage nicht *äh*«, korrigierte mich meine Mutter sofort. »Das wirkt sehr unprofessionell. Wenn du nicht weißt, was du antworten sollst, dann halte einen Moment inne und sortiere die Worte in deinem Kopf. Und sprich sie dann bitte erst aus.«

»Das klingt ja, als wäre sie gerade zwölf. Ich finde, Lou hat sich bis jetzt richtig gut geschlagen. Wie viele Gemälde haben Sie denn verkauft?«

Meine Mutter und ich holten beide erschrocken Luft. So traute sich normalerweise niemand, mit ihr zu reden. Asher hingegen wirkte völlig entspannt. Auch seine Stimme klang so, als würde er gepflegt Small Talk machen.

»Wie bitte?« Meine Mutter funkelte ihn an.

Asher streichelte unbeeindruckt weiter meine nackte Haut, ich zerfloss innerlich und es fehlte nicht viel und das hier wäre eskaliert. Dessen war ich mir sicher.

»Asher, wir sollten mal nachsehen, ob das Gemälde eingepackt wird«, sagte ich schnell.

»Ach ja?« Asher wirkte amüsiert. Erneut wanderten seine Finger unter den Stoff meines Kleids.

Ich gab mir einen Ruck. »Ja, wir sollten vielleicht doch besser …«

Seine Finger waren nun noch tiefer, erreichten noch mehr Haut an verbotenen Stellen.

Himmel. Wie sollte ich mich so konzentrieren können?

Zu allem Überfluss gesellte sich dann noch ein Paar zu uns, das uns allen wohlbekannt war. Die Familie Meyer galt als Wohltäter, und sie waren überall beliebt aufgrund ihrer herzlichen und offenen Art. Wir hatten uns alle schon begrüßt, was gut war, weil ich mir nicht ganz sicher war, ob ich mich in diesem Moment an meinen eigenen Namen erinnern konnte.

Ich hätte mich nur ein klein wenig bewegen müssen, damit Asher seine Hand von mir löst. Aber irgendwie konnte ich mich nicht rühren. Ich wollte es gar nicht.

Meine Mutter und die Meyers sprachen über Conrad. Mutter versuchte, sie mit ihrem Wissen zu übertrumpfen. »Conrad spricht fünf Sprachen, sammelt antike Gebetsbücher und hat während der Pandemie begonnen, Gemälde auf alten Notenblättern seines Großvaters zu entwerfen, der Dirigent war. Seitdem trägt jedes seiner Bilder einen poetischen Titel aus Musik oder Dichtung.«

Die Meyers waren sichtlich beeindruckt.

Mrs Meyer sah zu mir, gerade als Asher seine Hand sanft, aber bestimmt zurückzog. »Und was sagt die Tochter des Hauses zu so einem beeindruckenden Künstler?«

Ich hatte mich gerade einen Moment lang gefangen, da berührte Ashers Hand meine Hüfte. Seine Finger lagen erst sanft auf meiner Haut, dann drückten sie ein wenig zu. Genau an der Stelle, direkt über meiner Hüfte, wo die Haut besonders weich und empfindlich ist. Außerdem war es die Stelle, an der Männer so gerne ihre Hände platzierten, wenn sie ...

Ich vergaß die Frage, Bilder jagten vor meinem inneren Auge vorbei, in denen ich auf Asher ...

»Entschuldigung«, stieß ich hervor. »Was hatten Sie gesagt?« Mrs Meyer wiederholte die Frage zu Conrad.

Noch mal drückte Asher leicht zu. Das hier machte ihm Spaß. *Dieser elende Mistkerl! Asher wusste ganz genau, was er mit mir anstellte!*

»Er ist toll«, stieß ich hervor. »Wirklich toll. Und ich mag seine Haare.« *Oh Himmel. Wo war das nächste Erdloch, wenn man es brauchte?*

Meine Mutter und die Meyers sahen mich an, als überlegten sie, ob ich gerade einen Schlaganfall hatte.

»Homer, Geraldine, haben Sie schon das Buffet entdeckt?«, sprang meine Mutter routiniert ein und strahlte die Meyers an. »Wollen wir gemeinsam mal nachsehen, was Chef James gezaubert hat?«

Sie führte sie weg, jedoch nicht ohne mir über die Schulter noch einen strafenden Blick zuzuwerfen. Als ich zu Asher sah, bemerkte ich, wie ein kleines süffisantes Grinsen um seine Mundwinkel spielte.

Ich schob seine Hand entschieden weg und blinzelte, um

seine Wirkung auf mich abzuschütteln. »Was stimmt nicht mit dir, Asher van Hoyd?« Ich sprach durch geschlossene Zähne, denn es war merklich voller um uns geworden.

Wieder beugte er sich zu mir. »Es hätte dich ein winziges Ausweichen, eine klitzekleine Geste gekostet und ich hätte meine Hand weggezogen, das weißt du.«

Innerlich schüttelte ich den Kopf. Ja, ich hatte recht gehabt. Das hier *machte* ihm Spaß. »Was glaubst du, wenn ich das bei dir abgezogen hätte? Du hättest vermutlich *gar nicht mehr* reagieren können.«

Sein Blick auf mich herunter sagte eindeutig: Also das bezweifle ich stark.

Es war verrückt. Irgendwie spürte ich seine Finger immer noch auf meiner nackten Haut. Ich war etwas enttäuscht.

Der Besuch am Bostoner Hafen hatte uns einander nähergebracht, aber jetzt hatte Asher es auf eine körperliche Ebene gehoben ... oder besser gesagt, reduziert, die mir nicht gefiel. Also ... es gefiel mir schon, irgendwie, nur nicht in diesem Stadium unserer Dates. Es war zu früh, zu forsch, zu sehr abzielend auf eine rein körperliche Reaktion. Ich konnte mir zwar sehr gut vorstellen, mit Asher zu schlafen, aber das gerade? Es hatte eher etwas kaputt gemacht ... ich war enttäuscht und ein wenig wütend.

»Ich hole dich morgen dann um 19 Uhr ab. Wir fahren ins *Brass & Birch*. Es ist Teil einer Kette kleiner traditioneller Vier-Sterne-Restaurants, die der Familie meiner Mutter gehören.« Ashers Stimme klang jetzt wieder geschäftsmäßig. »Es ist eine Location mit begrenztem Platz, nur 10 Tische. Du weißt, ich mag Dot, aber ich glaube, es wäre dort zu eng für sie und sie würde sich nicht wohlfühlen. Bitte überlege dir, ob du sie nicht lieber zu Hause lässt.«

Das fand ich rücksichtsvoll. Auch zur Spenden-Matinée hatte ich sie nicht mitgenommen. Zum Glück störte es sie nicht, hin und wieder mal ein paar Stunden allein zu bleiben. Ich machte es ihr dann gemütlich, versteckte Leckerli in der Wohnung und schaltete ihr *Dog TV* an. Das sollte also kein Problem sein.

Gerade als ich ein ebenso nüchternes »Alles klar« erwiderte, kam mir eine Idee. Eine *teuflische* Idee. Was, wenn ich den Spieß umdrehte?

Als wir am Anfang der Woche festgestellt hatten, dass wir dieses Wochenende beide geschäftliche Termine hatten, war es uns wie ein lustiger Zufall vorgekommen. Es war sogar meine Idee gewesen, den jeweils anderen als Begleiter mitzunehmen. Und Asher hatte sofort zugestimmt.

Doch heute hatte er die Spielregeln geändert. Über meinen Kopf hinweg. In seiner leicht arroganten Art, die mir beweisen sollte, wie sehr ich auf ihn ansprang – sogar mitten in der Öffentlichkeit.

Und ich würde darauf reagieren.

Oh ja, das würde ich. Meine Pläne nahmen in meinem Kopf bereits Gestalt an. Ich unterdrückte ein kleines Bösewicht-Grinsen. Rache ist süß, Asher van Hoyd, Rache ist süß …

8. Kapitel

Asher

Sie sah wunderschön aus in dem Kerzenschein, der ihre makellose Haut in ein zartes Licht tauchte.

Das *Brass & Birch* war gemütlich und elegant eingerichtet, ohne Kitsch und überflüssigen Pomp. Eben ein Traditionshaus mit raffinierter Küche in entspanntem, stilvollem Rahmen.

Lou trug wieder Seide. Dieses Mal war es ein cremefarbener Ton, der gut zu ihrem hellen Haar passte. Es war eine schlicht geschnittene Bluse, ganz klassisch Understatement, die Kennern allein durch ihre Verarbeitung verriet, dass sie vermutlich mehr gekostet hatte als ein Wochenendtrip nach Disneyland. Die weich fallende schwarze Marlene-Hose aus Leinen komplettierte ihre subtile Eleganz zusammen mit einem kaum erkennbaren Make-up und dezentem, filigranen Schmuck.

Lou war perfekt für den Anlass gekleidet und darüber hinaus zauberhaft, nicht nur äußerlich, sondern auch in der Art, wie sie mühelos leichte Konversation betrieb, dass etwas in mir zu flattern begann. Ich horchte in mich hinein.

Ja, kein Zweifel.

Ich hatte Schmetterlinge im Bauch, obwohl ich nur neben ihr saß. Es verunsicherte mich und plötzlich fühlte ich mich wieder wie der Junge, der sich Schlittschuhe gekauft hatte, um ein Mädchen zu beeindrucken und dann doch Stunden allein auf dem Eis verbracht hatte.

»Ich frage mich jedes Jahr aufs Neue, warum ich mir das eigentlich antue. Plötzlich habe ich wieder vier Listen auf dem Schreibtisch plus Rückmeldungen von drei persönlichen Einkäufern und nicht zu vergessen eine Geschenkberatung vom Interior-Team, so verrückt!«

Ich verdrehte innerlich die Augen. Clara und Greg Wellers, Menschen, keine Vampire, und unsere Gäste des heutigen Abends, waren solche Angeber. Vermutlich hatten meine Eltern deshalb keine Lust auf ein persönliches Treffen mit ihnen gehabt und sie stattdessen an mich abgeschoben. Meine Mutter sagte immer: Neues Geld schreit und alter Wohlstand flüstert. Da war definitiv etwas dran, gerade in Bezug auf Clara und Greg.

Die Art, wie Clara über Weihnachten sprach verriet, dass für sie Konsum und das Zeigen von »Wir haben es geschafft« oberste Priorität hatte. Ich wollte etwas Höfliches und Nichtssagendes erwidern, doch ihr Ehemann Greg kam mir zuvor. Er legte eine Hand auf ihre, mit einem schmachtenden Blick, der mir vermutlich, wäre ich kein Vampir, Diabetes verpasst hätte – nur vom Zuschauen!

»Letzte Woche standen plötzlich 25 Kartons von Dean & DeLuca im Gästehaus. Ich dachte nur: Hoffentlich überfordert sie sich nicht mit all dem.«

Mit Pakete ins Haus liefern lassen?

Clara lachte und es klang schrill in meinen Ohren. »Nicht doch, Liebster. Es waren schließlich nur kleine Präsentboxen für meine Angestellten.« Sie sah Beifall heischend zu Lou und mir. »Limitierte Zitronenmarmelade und kandierte Mandeln in essbarer Roségold-Folie, alles verpackt in einer reizenden Silberdose.«

»Mit Monogramm, wohlgemerkt. C.W., falls jemand Zweifel an der Herkunft hat«, fügte Greg noch hinzu.

Ernsthaft? Wer schenkte denn seinen Angestellten eine Silberdose mit dem eigenen Monogramm darauf? Mir fehlten die Worte und das kam nicht oft vor.

»Das klingt nach einem sehr schönen und persönlichen Geschenk«, sagte Lou, bevor sie nach ihrem Cranberry Citrus Tonic griff. Ich hörte genau, wie bemüht sie war, ihren höflichen Tonfall beizubehalten.

Clara hatte ihre hausgemachten Lobster-Tortelloni in Sherry-Sahne mit Zitronenthymian kaum angerührt. Sie war seit zweieinhalb Stunden zu beschäftig damit, uns zu beeindrucken.

»Das ist es.« Sie nickte Lou zu. »Aber das gehört nun mal dazu, wenn man seine Angestellten motivieren will. Sie sollen schließlich gute Arbeit leisten.«

Ich fragte mich, wie viel Prozent der Menschheit auf diesem Planeten auf Zitronenmarmelade stand.

Greg lehnte sich vertraulich zu uns herüber. Er und seine Frau hatten darauf bestanden, auf den Stühlen vor uns Platz zu nehmen, sodass wir die Bank bekamen. »Ich lasse mittlerweile meinen Uhrenhändler die Geschenke für meine Neffen vorschlagen. Sie bekommen natürlich keine Luxus-Uhren, keine Sorge. Letztes Jahr waren es 3D-Stifte aus Titan. Natürlich absurd teuer, dafür waren die drei eine Viertelstunde lang sprachlos, das war es mir wert.«

Himmel. Konnte mich jemand erschießen, bitte?

Lous Stimme klang zuckersüß. »Was für beeindruckende Geschenke.« Sie war ein Engel.

Ich schnitt ein Stückchen von meinem Dry-Aged Ribeye ab und spießte noch eine Trüffel-Pommes auf. Die beiden waren so nervig, überlegte ich, während ich kaute. Ich sollte das Gespräch so schnell wie möglich aufs Geschäft zurücklenken, damit wir mit dem Ganzen zügig durch waren.

Ich wollte noch Zeit mit Lou allein verbringen, hatte einen kurzen Nacht-Spaziergang und den Besuch von *Botanics After Dark* geplant, einem Event in einer restaurierten Orangerie nicht weit von hier.

Danny, ein Vampir und der Geschäftsführer, war eingeweiht, dass wir heute ein wichtiges Treffen hatten und so waren sechs von zehn Tischen frei geblieben, damit wir ungestört reden konnten. Außerdem waren nur frühe Termine für ein Essen vergeben worden. Die meisten anderen Gäste waren jetzt, um kurz vor 22 Uhr, längst wieder auf dem Heimweg. Es war nur noch wenig Vampir-Personal vor Ort und die warteten auch darauf, dass wir gingen. Also gab ich mir einen Ruck, nachdem ich geschluckt hatte.

»Clara, Greg, um auf den Vertrag zurückzukommen: Wir befinden uns damit in einer rechtlichen Grauzone, das hatten wir ja schon in einer Mail angedeutet. Wenn wir das wirklich durchziehen, dann sollten wir ...« Ich brach ab, als sich eine Hand auf mein Knie legte. Abrupt drehte ich den Kopf zu Lou. Sie hatte ein engelsgleiches Lächeln auf den Lippen, sah aber nicht mich an, sondern unsere Gegenüber.

»Sollen wir jetzt wirklich übers Geschäft reden?« Clara klang schmollend. »Stellt euch vor, ich habe von meinem Patenkind eine Amazon-Wunschliste per Mail bekommen. Früher haben wir so was per Hand geschrieben. Aber was soll man da tun. Man muss mit der Technik gehen. Ich habe natürlich alles darauf bestellt.«

Greg lachte heiser. »Das ist ja schon fast antiquiert, Liebes. Heute verschicken Sechsjährige QR-Codes statt Wunschzettel.«

Die Hand unter dem Tisch wanderte von meinem Knie ganz langsam meinen Oberschenkel hinauf. Ich räusperte mich. »Das klingt alles sehr faszinierend, aber wir wollten diesen Abend doch nutzen, um noch ein paar letzte Details in gemütlicher Runde zu besprechen.«

Die Hand wanderte höher.

»Dann kommen wir lieber noch mal ins Büro.« Clara zog eine Schnute und sah mich von unten nach oben an. Sie war eine attraktive Frau, keine Frage, aber überhaupt nicht mein Typ und ich hatte eine Frau an meiner Seite. Meine Ehre ließ es nicht zu, einer anderen die Art von Aufmerksamkeit zu schenken, die ihr nicht zustand.

Greg hatte seine gebratenen Jakobsmuscheln auf Maispüree verputzt und schob den Teller von sich. »Genau. Das machen wir so. Um ehrlich zu sein, ich bin auch noch ein wenig geschafft von unserem Trip nach Honduras. Das Essen war sehr lecker, aber ich glaube, ich werde heute nicht alt.«

Die Hand wanderte noch ein paar Zentimeter höher, näherte sich meinem Schritt.

»Da bin ich ganz bei dir, mein Liebster«, erwiderte Clara. Sie sah zu uns. »Ihr seid eine reizende Gesellschaft und das Essen war ganz hervorragend, aber das versteht ihr doch, oder?«

Mein Blick fiel auf ihren vollen Teller, dann räusperte ich mich.

Wenn Lou ihre Finger auch nur wenige Zentimeter höher bewegte, würde ich keinen klaren Gedanken mehr fassen können. Ich musste mich jetzt schon bemühen, meine

Stimme ruhig und gefasst klingen zu lassen. »Das verstehe ich absolut. Es war schön, dass ihr heute für uns Zeit hattet. Es war ein angenehmer und entspannter Abend.« Ich sah zu Lou. Ihr süffisantes Grinsen verriet, dass sie genau wusste, was sie mit mir anstclltc.

»Absolut«, flötete sie. Und ihre Finger übten plötzlich einen kleinen Druck aus. Nicht schmerzhaft, aber unmöglich zu ignorieren. Es machte die Berührung nur noch intensiver.

»Na dann.« Ich klammerte mich an meine eiserne Selbstbeherrschung. Mir war klar, was sie abzog. Es sollte eine Retourkutsche sein und ich musste zugeben, sie hatte einen guten Zeitpunkt gewählt. Und irgendwie macht es mich gewaltig an, dass sie auch so eine Seite in sich trug. Ich mochte es, wenn sie Krallen zeigte.

»Ihr seid natürlich eingeladen«, stieß ich hervor.

Clara legte eine Hand auf ihr Herz. »Das ist so lieb von dir!« In ihrer Stimme klang ein übertriebenes Quietschen mit, als wäre ich ein Fünfjähriger, der seine letzten Cents zusammengekratzt hatte, um ihr einen Lolly zu kaufen.

Ich schenkte ihr ein flüchtiges Lächeln, dann sah ich erneut zu Lou. Einen ewigen Moment duellierten wir uns mit Blicken. Dann besaß sie die Frechheit, ihre Finger noch einen Millimeter weiter höher zu schieben. *Na gut, du hast es so gewollt, kleine Eiskönigin …*

Clara und Greg verabschiedeten sich kurz darauf, Lou und ich blieben noch am Tisch sitzen, während das Personal unsere Teller abräumte und letzte Handgriffe für den wohlverdienten Feierabend tätigte. Unser Tisch bekam eine frische Decke und ein leeres Brotkörbchen in Vorbereitung für den nächsten Tag. Ich ging zur Theke, bedankte mich bei Danny und entließ ihn und sein Team mit dem Versprechen, den Laden abzuschließen, wenn wir gingen. Innerlich musste ich grinsen, als ich wieder auf unseren Tisch zuging.

In der Küche wurde das Licht ausgeschaltet und ich hörte Stimmen, die leiser wurden. Jetzt waren wir ganz allein.

Ich schnalzte, als ich vor dem Tisch stehen blieb. Lou sah neugierig zu mir hoch.

»Was war denn das gerade für eine Aktion?«

Sofort errötete sie. »Das weißt du ganz genau.«

Ich tat unbeeindruckt. »Gut gespielt.«

Sie wirkte verlegen. »Danke.«

Ich deutete auf den Tisch. »Du hast deine Absichten sehr deutlich kundgetan, also bring es zu Ende.«

Die hübsche Röte auf ihren Wangen verschwand, jetzt war sie so blass wie der Mond.

Ich fegte in einer einzigen Geste Tischdecke und leeres Brotkörbchen vom Tisch. Dann deutete ich mit dem Kopf darauf. »Hopp hopp. Du willst mich, du kriegst mich.«

Lous Mund öffnete sich und schloss sich dann wieder, ohne dass sie einen Ton hervorbrachte.

Ich öffnete meinen Reißverschluss und sah sie dann auffordernd an. »Du solltest damit anfangen, etwas auszuziehen.«

»Ehm.« Ihr Blick glitt hektisch zu meinem Schritt, dann hoch in mein Gesicht. »Das war nicht …«

»Was?« Ich riss gespielt enttäuscht die Augen auf und schob meine Hand in meinen Hosenschlitz. Natürlich würde ich niemals sexuelle Gefälligkeiten bei einer Frau einfordern. Aber sie zu provozieren, gefiel mir zu gut, um damit aufzuhören.

Ich legte deutlich sichtbar eine Hand auf die Beule in meiner Hose.

»Aufhören.« Ihre Stimme war eine Oktave höher gewandert, ihre Wangen hatten die hübsche Röte zurück. Und dann legte sich tatsächlich eine Hand über ihre Augen.

Bei allen Dämonen der Hölle ... sie war so niedlich.

»Lou, ich verstehe dich nicht. Und deine widersprüchlichen Signale verunsichern mich. Was soll ich jetzt denken?« Wie durch ein Wunder gelang es mir, ein Lachen zu unterdrücken. Sie sprang auf. Mit der Hand über den Augen! Sie musste den Gleichgewichtssinn eines Ninjas besitzen. »Es war ein Missverständnis.«

»Deine Hand in meinem Schritt war ein Versehen?«

»Nein. Ich meine, ja. Also ...« Als sie die Hand sinken ließ und sich unsere Blicke trafen, konnte ich nicht mehr. Ich brach in Gelächter aus.

Ihr Blick wandelte sich von peinlich berührt über fassungslos zu angefressen. Sie verschränkte die Arme vor der Brust. »Du bist so ein Arsch.«

Ich grinste und zog den Reißverschluss wieder zu. »Ach komm schon. Das war doch ’ne Steilvorlage.«

»Ich hasse dich. Nicht mal.«

Ich lachte schon wieder. Dann griff ich nach ihrer Hand und zog sie sanft zu mir. Sie ließ es zu. »Hey.« Ich legte die freie Hand unter ihr Kinn und bog es leicht hoch, damit sie mir ins Gesicht sah. »Tut mir leid, okay? Und zwar beides. Ich verspreche, ich mache so etwas nicht wieder.« Ich ließ sie los und strich ihr einmal kurz über die Wange.

Sie wandte den Blick ab. »Du bist so ein Arsch ...«, murmelte sie erneut, aber ihre Stimme klang viel sanfter.

Ich seufzte. »Oje. Da bin ich doch lieber Anwalt.«

Ihr leises Lachen überraschte mich.

»Hast du Hunger?« Das Restaurant gehörte meiner Familie, es wurde von Vampiren geführt. Natürlich gab es hier Vorräte von Blut. Jede Menge davon.

»Mein Salat war köstlich, aber ich könnte tatsächlich einen Schluck vertragen.«

»Dann komm mit.« Ich nahm ihre Hand. Wieder spürte ich Schmetterlinge in meinem Bauch.

In der Küche öffnete ich den Kühlschrank und drückte dann auf den Knopf für das Geheimfach. Die hintere Wand glitt auf und offenbarte ein schmales Fach, in dem Dutzende Beutel mit Blut aufgereiht waren. Ich nahm ein paar heraus und drehte mich dann wieder zu Lou um, die sich einmal um sich selbst gedreht hatte, um alles zu betrachten.

»Hier kommt das Abendessen.« Ich legte die Beutel auf die Arbeitsplatte, neben der sie stand. »Machen wir es uns gemütlich.« Sie war fast einen Kopf kleiner als ich, deshalb griff ich kurzerhand unter ihre Achseln und setzte sie auf die Theke. Wir mussten in der Küche bleiben, das Blut im Gastraum zu konsumieren war gefährlich, dort gab es zu viele Fenster. Hier war es eindeutig sicherer. Ich lehnte mich neben sie an die Theke, ihr linkes Knie berührte meine Hüfte.

Ein paar Minuten lang speisten wir in trauter Zweisamkeit. Ich hörte die saugenden Geräusche, als sie ihre Fänge durch das Plastik bohrte. Es war vertraut und aufregend zugleich.

Als ich mich gesättigt hatte, warf ich die drei Beutel in den Müll und drehte mich zu ihr.

»Also ich lasse ja meinen Augenbrauen-Stylisten immer die Geschenke für meine Nichten aussuchen. Dieses Jahr waren es Bastelscheren aus reinem Gold.«

Lou kicherte und senkte ihre zweite Blutkonserve. Ein wenig rote Flüssigkeit klebte an ihren Lippen und ihre Fangzähne waren noch voll ausgefahren. Ihr Anblick erregte mich mehr, als sie sich vermutlich vorstellen konnte, denn plötzlich hatte ich das Bild im Kopf, dass sie so aussehen würde, nachdem sie mich gebissen hatte. Die Erregung fuhr mir direkt in mein bestes Stück.

Lou drehte sich mir etwas zu. »Ich schenke meinen Angestellten dieses Jahr Fußkettchen mit meinem Namen darauf. Sie sollen schließlich wissen, wo ihr Platz ist.«

Ich lachte. »Himmel, die beiden waren echt nervig.«

»Sie waren etwas anstrengend.«

»Und wie Greg sie angeschmachtet hat. Das war irgendwie total übertrieben und fake.«

Sie reichte mir ihre zwei leeren Blutbeutel. »Ja, er ist echt ein Traumprinz.«

Ich warf sie in den Müll und drehte mich dann wieder zu ihr. »Und wie muss dein Traumprinz aussehen?«

Zu meiner Überraschung hakte sie den Zeigefinger unter meinen Gürtel und zog mich etwas näher. War das jetzt echt? Oder spielte sie immer noch mit mir? Ich war schon lange nicht mehr so verunsichert gewesen und das wollte etwas heißen. Denn das ließ nur eine einzige Schlussfolgerung zu: Ich wollte, dass sie mich mochte, so richtig, mit allem Drum und Dran, den echten Asher, nicht den routinierten Verführer. Ich sah ihr in die Augen und plötzlich hatte ich eine Idee. Ich wollte ihr schon davon erzählen, da lächelte sie mich an und ich vergaß, was ich hätte sagen wollen.

»Wie mein Traumprinz aussehen soll? Du meinst äußerlich?« Ihr Blick wanderte betont meinen Körper entlang. »Nun, er muss natürlich wunderschöne blonde Locken haben. Und grüne Augen, ich liebe grüne Augen. Außerdem mag ich es nicht, wenn Männer so groß sind. Er sollte nur ein winziges Stückchen größer sein als ich. Oder vielleicht sogar etwas kleiner.«

Sie nahm mich hoch. Und zwar ganz gewaltig. Ich grinste und tat so, als bemerkte ich es nicht. »Ich meinte, charakterlich und so. Dass das dein Typ ist, habe ich mir schon fast gedacht.«

Jetzt wurde ihr Blick träumerisch und ich spürte, dass sie sich jetzt auf das Terrain der Wahrheit begab. Noch immer hatte sie den Zeigefinger unter meinen Gürtel gehakt. Ich stand zwischen ihren gespreizten Beinen, trotzdem hatte es nichts Aufreizendes an sich. Es war vertraut und aufregend zugleich. Und ich wollte mehr davon.

Sie seufzte leise und es klang sehnsüchtig. »Mein Traumprinz … Er ist süß und männlich zugleich. Er wäre einfühlsam, aber mutig und ein Blick würde genügen und er würde wissen, was ich denke. Ihm fallen Kleinigkeiten auf und wenn ich bei ihm bin, gibt er mir das Gefühl, als gäbe es nur uns beide auf dieser Welt. Er würde jedes Detail von mir behalten und sich wirklich für mich interessieren. Meine Wünsche, Träume und Hoffnungen. Er wäre romantisch. Er will einen ganzen Weg mit Blumen pflastern, einfach nur, weil ich das mal in einem Film gesehen habe und es wunderschön fand. Und wenn wir uns küssen, dann schaffen wir neue Erinnerungen, die sich für immer in unsere Seelen brennen wie ein Tattoo und …« Sie brach ab, ihr Blick glitt zu mir, weich und offen.

»Und er wird für immer ein Produkt deiner Fantasie bleiben«, vermasselte ich es zielsicher. »Werd' erwachsen, kleine Eiskönigin.«

Zu meiner Überraschung lachte sie. Sie zog mich noch etwas näher zu sich. »Wie hast du mich gerade genannt?«

Verflixt. Mein Spitzname für sie ging wirklich niemanden außer mich selbst etwas an. Ich grinste und hoffte, dass sie nicht darauf herumreiten würde.

»Und überhaupt. Was erlaubst du dir?« Noch immer schwang ein Lachen in ihrer Stimme mit. »Ich öffne hier meine Seele und du?«

Sie sah zu mir hoch, auffordernd und wie automatisch beugte ich mich zu ihr.

»Ich würde dich auf den Boden der Tatsachen zurückholen.« Wir flirteten, umkreisten einander. Sie hatte keine Ahnung, wie sehr mir das gefiel.

»Ach wirklich?« Spielerisch griff sie in meine Haare und zog leicht daran. Ich folgte der Einladung und beugte mich ihr entgegen. Ihre Fangzähne schimmerten sichtbar in ihrem Mund. Sie sah so verführerisch aus.

»Und wenn ich das gar nicht will? Was, wenn du damit eindeutig zu weit gehst?«

Mach mit mir, was du willst, wollte ich flüstern. Egal was du tust, du hast keine Ahnung, welche Macht du über mich hast. Schon immer hattest. Ich habe dich nie vergessen, und ich will es auch nicht. Und jetzt will ich dich nie wieder gehen lassen.

»Dafür bin ich bekannt«, flüsterte ich mit rauer Stimme.

»Und ich will Vergeltung dafür«, wisperte sie und ich hörte das leise Lachen in ihrer Stimme. Im nächsten Moment waren ihre Fangzähne an meinem Hals. Sie kratzten leicht über die Haut, bevor sie zubiss. Es war spielerisch, keine große Sache, Paare bissen sich häufig – auch außerhalb des Bettes, es war eine kleine Geste von Dominanz oder auch eine Einladung. Bei mir verfehlte es seine Wirkung nicht. Ich spürte alles auf einmal. Ein Cocktail an Emotionen, den ich nicht bändigen konnte. Natürlich war ich erregt, doch da war so viel mehr. Es war intim, es war aufregend es war ... Ich stöhnte leise.

Im nächsten Moment hatte sie sich von mir gelöst. Ich wich zurück, während ich spürte, wie sich die Wunden schlossen.

Jetzt glänzte mein Blut an ihren Lippen. Wir sahen uns an. Sie wirkte etwas überrascht, vermutlich überrumpelt von ihrer eigenen Courage. Ich hingegen brannte immer noch lichterloh. Jede andere Frau hätte ich jetzt über die Theke gebeugt, ihr die Kleider mit den Zähnen heruntergerissen und sie leidenschaftlich geliebt. Aber bei Lou genügt es mir vollkommen, sie einfach nur anzusehen. Mein Blick glitt zu ihrem Mund. Noch nie in meinem ganzen verdammten Leben hatte ich jemanden so sehr küssen wollen. Sanft und wild, spontan und doch voller Kalkül, so lange, bis wir die Zeit vergaßen, weil sie für uns unwichtig geworden war.

Sie wollte etwas sagen, schloss den Mund aber sofort wieder. Ich hob die Hand, langsam und vorsichtig, dann strich ich mit dem Daumen über ihre Oberlippe, wo noch etwas Blut glänzte. Sie lächelte schüchtern, als ich die Hand sinken ließ. Der aufgeladene Moment zwischen uns war vorbei, aber auch das war in Ordnung.

Ich wollte etwas sagen, ohne zu wissen, was.

Plötzlich gähnte sie. »Ich werde immer müde, wenn ich mir so den Bauch vollschlage.«

»Ich auch«, erwiderte ich, obwohl ich ganz und gar nicht müde war. Im Gegenteil. Die Idee, die sich bereits in meinem Kopf festgesetzt hatte, war durch den Cocktail an Emotionen genährt worden und gewachsen. Ich war fest entschlossen, daraus etwas zu machen.

»Dann sehen wir mal zu, dass wir dich nach Hause bekommen.« Ich half ihr von der Theke herunter. Sie wollte sich gerade umdrehen und gehen, da hielt ich sie auf. »Ist es in Ordnung, wenn nur ich an unserem letzten Wochenende etwas plane?« Ab da waren es nur noch drei Tage bis Weihnachten und ich hoffte, dass sie bereits zu verplant war, um groß zu diskutieren.

Sie wirkte erst etwas überrascht, ehe sie mir ein Lächeln schenkte.

»Gerne. Was hast du vor?«

»Ist eine Überraschung.«

Sie schüttelte den Kopf, während wir uns zum Gehen wandten. »Du und deine Überraschungen ... Du bist echt ...«

Ich legte einen Arm um sie, während wir die Küche verließen. »Ich weiß, ich bin nicht so ein Anwalt.«

Sie lachte und ich küsste sie kurz auf den Scheitel. Innerlich summte alles in mir vor Vorfreude. Das nächste Wochenende würde sie nicht so bald vergessen ...

9. Kapitel

Lou

Ich blickte von dem Balkon unserer Suite hinab auf die Stadt. Mein Herz machte einen Satz. *Paris*, die Stadt der Lichter.

Asher hatte gesagt, ich solle Klamotten für drei Tage einpacken, aber ich hatte damit gerechnet, dass wir einen Ausflug nach Long Island oder Martha's Vineyard machten. Natürlich war mir während des Fluges klar geworden, dass das nicht der Fall war, aber Paris hatte ich erst erkannt, als der Privatjet der Familie van Hoyd zum Landeanflug ansetzte.

Mein Handy brummte und ich zog es hervor, um auf das Display zu sehen. Greta hatte mir ein Foto geschickt. Ich musste unwillkürlich lächeln. Dot hatte offenbar versucht, sich in das kleine Körbchen von Gretas Beagle namens Charlie zu quetschen. Der Stoff dehnte sich gefährlich, Dot wirkte ziemlich zufrieden, während Charlie mit anklagendem Blick daneben saß. Es war ein entzückendes Foto und ich schickte ihr einen Regen Herzchen dafür. Dann bedankte ich mich noch mal bei ihr, dass sie sich dieses Wochenende um meine Hündin kümmerte.

Ich hörte die Tür zur Suite und steckte das Telefon weg. Asher kam durch den Flur. Er wirkte ziemlich zufrieden und das befeuerte meine Neugier. Zwar hatte er vorgegeben, dass er nur an der Rezeption etwas regeln wollte, aber ich war mir ziemlich sicher, dass er etwas plante.

»Das Taxi ist in fünf Minuten da.«

Er gab sich geschäftsmäßig, aber ich kannte ihn mittlerweile gut genug, um zu spüren, dass er nervös war. Was verflixt noch mal heckte er aus?

»Ich bin so weit, erwiderte ich. »Ich kann mir Mantel und Handtasche schnappen und dann können wir los.«

Er nickte knapp und ich spürte seine Anspannung förmlich. Einerseits beunruhigte es mich, stellte ich fest, während ich in meinen Wollmantel schlüpfte, andererseits war es irgendwie süß. Unsere Konversation war die ganze Woche nicht abgerissen. Wir hatten Nachrichten geschrieben, abends telefoniert. Manchmal war er in langen Besprechungen, aber dann entschuldigte er sich und klärte mich auf. Ich war überrascht, als ich feststellte, dass ich eigentlich immer wusste, wo er war und was er vorhatte. Er war nicht absichtlich so transparent, dessen war ich mir sicher. Da war kein Plan dahinter. Nein, er war einfach so. Er war ehrlich.

Und genau deshalb nagte es immer noch so schmerzhaft an mir, dass er mich vor Jahren ohne Erklärung abserviert hatte. Ich verdrängte diesen Gedanken, als wir in dem Aufzug runter in die Hotellobby fuhren. Jetzt wollte ich mich freuen. Ich war neugierig, was er sich für uns ausgedacht hatte.

Das Taxi fuhr uns durch eine wunderschön weihnachtlich geschmückte Stadt. Es war das letzte Wochenende vor Weihnachten und die Menschen waren damit beschäftigt, letzte Einkäufe zu tätigen. Die Straßen waren voll von Menschen und Touristen, die die bezaubernde Atmosphäre genossen.

Als wir unweit des Louvre hielten, machte sich Aufregung in mir breit. Was hatte das zu bedeuten?

Wir gingen tatsächlich zum Louvre und je mehr ich ihn mit Fragen löcherte, desto eiserner schwieg Asher sich über seinen Plan aus. Nur ein kleines Lächeln spielte um seine Mundwinkel. Im Louvre selbst ging er schnurstracks auf die Information zu, während er mich bat, etwas abseits zu warten. Ich beobachtete, wie er mit der Frau sprach und diese zum Telefonhörer griff. Jetzt kam ich gar nicht mehr mit. Hatte er vielleicht eine Privatführung für uns organisiert? Mein Herz beschleunigte bei dem Gedanken. Auf den Spuren meiner Großmutter zu wandern wäre absolut faszinierend und schon jetzt war ich absolut gerührt von Ashers Idee.

Er schlenderte zurück zu mir, lächelte schief und blieb dann vor mir stehen.

»Jetzt sag schon. Was ist hier los?« Ich piekte ihm spielerisch in seinen harten Bauch. »Du Geheimniskrämer.«

Er fing meine Hand auf und hielt sie fest. »Du wirst schon sehen.«

Ich wollte gerade etwas erwidern, da stellte sich ein Mann zu uns. Er trug einen leicht abgewetzten Anzug aus Cord, Nickelbrille und einen Kopf voll dunkler Locken, die bereits mit grauen Strähnen durchzogen waren. »Sie sind Asher und Elouise?« Er lächelte uns freundlich an.

»Dr. Lecombe«, erwiderte Asher und streckte ihm die Hand hin. »Das stimmt, wir hatten telefoniert. Freut mich sehr, Sie persönlich kennenzulernen. Vielen Dank, dass Sie Zeit für uns haben.«

»Pierre, bitte«, sagte der Mann, während er auch mir die Hand schüttelte und mich dann etwas zu lange musterte. »Mon Dieu. Ich kenne alte Fotos. Es ist fast ein wenig unheimlich.«

Entschuldigung? Ich kam nicht mehr mit. Was ging hier vor?

»Wir sind sehr gespannt«, sagte Asher. »Nochmals vielen Dank für Ihre Zeit.«

»Für Sie sehr gerne«, erwiderte Pierre höflich und deutete dann mit einer Hand nach rechts. »Wollen wir?«

Wir folgten ihm, während ich Asher auffordernd anstarrte. Doch der reagierte nicht. Wir gingen auf eine Tür zu, die unauffällig in die Wand eingelassen war. Wusste man nicht, dass sie da war, hätte man sie glatt übersehen können. Nur warum betraten wir nicht das eigentliche Museum? Die Tür wirkte wie der Eingang zur Hausmeisterkammer.

Der Gang, den wir betraten, war steril in Grau gestrichen. Das Treppenhaus sah aus wie jedes andere auf dieser Welt, nüchtern, sachlich und über die Jahre hinweg lieblos, aber effizient instand gehalten. Erst als Pierre eine Sicherheitskarte vor eine Tür hielt, die nicht mal ein Schloss besaß, rückte ich etwas von meiner Hausmeister-Theorie ab. Die Tür war massiv, dicker Stahl, sodass sie vermutlich sogar einem Feuer Einhalt gebieten könnte. Was dahinter geschah, war also bestimmt bedeutsam und wertvoll.

Als rechts und links Türen von einem Gang abgingen, der scheinbar endlos schien, wurde es mir klar. Es musste sich um die Forschungsräume des Louvre handeln. Hier arbeiteten nicht nur Restauratoren, sondern Wissenschaftler aus aller Welt.

Mir wurde heiß und kalt zugleich. An diesem Ort musste meine Großmutter gearbeitet haben. Vielleicht hatte sie sogar diesen Gang betreten, war ihn regelmäßig entlanggelaufen. Was beneidete ich sie. Zwei Frauen in weißen Kitteln kamen uns entgegen und nickten uns freundlich zu. Ich hingegen konnte vor Aufregung kaum atmen. Dann endlich betraten wir einen Raum. Auf einem Tisch lagen verschiedene kleine Objekte aus Elfenbein.

Pierre stellte sich auf die eine Seite des Tisches und bedeutete uns, sich ihm gegenüberzustellen. Er deutete auf die Objekte, dann öffnete er einen kleinen Holzkasten und nahm zwei kleine Tafeln heraus, die aus purem Gold zu bestehen schienen. Er legte sie vor uns auf den Tisch. »Das interdisziplinäre Forschungsprojekt *Écho des mots* widmet sich seit knapp einhundert Jahren der systematischen Erfassung, digitalen Sicherung, Transkription und linguistischen Analyse von Inschriften auf mittelalterlichen Objekten, darunter Elfenbeinschnitzereien, Altäre, Tafeln, Reliquiare, Goldschmiedearbeiten und Textilien, alle aus den Sammlungen des Musée du Louvre. Ziel des Projekts ist es, altfranzösische, lateinische und hybride Inschriften aus dem Zeitraum 1050–1300 zu entschlüsseln, sprachgeschichtlich zu verorten und im kulturhistorischen Kontext zu interpretieren. Dabei liegt der Fokus auf sprachlichen Besonderheiten wie regionalen Varietäten, lautlichen Entwicklungen, Lexik und Schreibkonventionen sowie der Frage nach der Wechselwirkung zwischen Bild und Schrift.« Er streifte einen weißen Handschuh aus Stoff über und schob mir dann die zwei kleinen Objekte aus Elfenbein entgegen. »Ihre Großmutter, Janne Marchand, hat als Linguistin an diesem Projekt mitgewirkt und französisch-normannische Inschriften auf diesen Elfenbeinreliefs aus dem 12. Jahrhundert erforscht.« Er reichte mir ein paar Handschuhe.

Meine Hände zitterten, als ich hineinschlüpfte. Diese Objekte hatte meine Großmutter berührt. Mit ihnen hatte sie gearbeitet, hatte als Linguistin geforscht und zu so einem geschichtlich bedeutsamen Projekt beigetragen.

Ganz vorsichtig hob ich das winzige Stück Elfenbein hoch. Ich besah die Inschrift darin, las einen Teil davon und erkannte es als einen sakralen Text, einen Auszug aus der Bibel, uralt und geheimnisvoll. »Ich bin überwältigt«, flüsterte ich. Bedacht senkte ich das Elfenbein, um es nicht anzuatmen. Objekte wie diese waren sehr empfindlich, besonders gegenüber Feuchtigkeit. Als Pierre es bemerkte, nickte er mir anerkennend zu. Auch Asher hatte sich einen Handschuh angezogen und betrachtete eine der kleinen Platten aus Gold.

»Ihre Großmutter hat einen sehr wichtigen Beitrag zu diesem Projekt geleistet. Die Analyse linguistischer Merkmale in diesem spezifischen Objektkorpus ist Teil einer Veröffentlichung, die für große Anerkennung in der Fachwelt gesorgt hat.«

Ich hatte einen Kloß im Hals, so gerührt war ich. »Vielen Dank. Das bedeutet mir unendlich viel.« Ich drehte mich zu Asher. »Danke.« Mehr konnte ich gerade nicht sagen. Sein Lächeln war liebevoll. »Gerne.«

Pierre betrachtete mich. »Sie sind ihr wie aus dem Gesicht geschnitten. Wie gesagt, ich kenne alte Aufnahmen und die Ähnlichkeit ist frappierend.«

»Vielen Dank.« Mir war auf Fotos von meiner Großmutter die Ähnlichkeit nie so sehr aufgefallen.

»Sie sind eine sehr talentierte Studentin.« Pierre musterte mich immer noch. »Vermutlich schlagen die Gene ihrer Großmutter nicht nur beim Aussehen durch.«

Jetzt war ich verwirrt. »Woher …?«

Jetzt lächelte Pierre wieder. Er nahm seine Nickelbrille ab und polierte sie an seinem Oberhemd. »Ihr Freund Asher war so frei, mich einzuweihen. Natürlich haben Sie einen Vorteil aufgrund Ihrer Herkunft, dennoch müssen wir unsere Entscheidungen vor unseren Geldgebern rechtfertigen. Deshalb war eine Überprüfung Ihrer Leistungen notwendig.«

Jetzt kam ich überhaupt nicht mehr mit.

Pierre setzte seine Brille wieder auf und sah mich feierlich an. »Ich biete Ihnen einen Praktikumsplatz an, Elouise, in diesem Forschungsprojekt in den nächsten Semesterferien.«

❄

»Ich kann es immer noch nicht glauben.« Der Tag war viel zu schnell vergangen. Wir waren zwar erst am späten Nachmittag angekommen, dennoch fühlte es sich an, als wäre einerseits schon ewig viel Zeit vergangen und andererseits erst ein paar Minuten. Ich war aufgekratzt, euphorisch – einfach glücklich.

Jetzt spazierten Asher und ich durch kleine verschneite Straßen, deren Kopfsteinpflaster glatt und uralt war. Wir hatten in einem Restaurant, das von Vampiren geführt wurde, in einem Hinterzimmer gegessen und nun, wo mein Magen gut gefüllt war, konnte mir auch die Kälte nichts anhaben. Ich hatte mich bei ihm untergehakt und es fühlte sich selbstverständlich und absolut richtig an.

»Und wie gesagt. Dieses Projekt zu unterstützen, passt in das Portfolio der Stiftung deiner Familie. Es wäre ein Aushängeschild. Ich bin mir sicher, dass nicht nur der Aufsichtsrat, sondern auch deine Eltern zustimmen werden, wenn sie die Unterlagen vom Louvre erhalten. Wer könnte in diesem Fall noch etwas dagegen haben, dass du dort arbeitest?«

Das hatte er unglaublich schlau eingefädelt. »Du bist echt so ein Anwalt«, zog ich ihn auf. »Du hast keine Ahnung, was du mir für ein Geschenk gemacht hast, Asher van Hoyd.«

Unser Weg führte uns ein Stückchen an der Seine entlang. Mittlerweile war es dunkel geworden und die Hunderten von Lichtern spiegelten sich zusammen mit dem Mond auf dem grauen Wasser. Ich blieb stehen, ging zu dem Geländer und stützte meine Arme darauf. Einen Moment betrachtete ich die stille Oberfläche, saugte die Schönheit der Stadt in mich auf, und sortierte meine Gedanken. Asher hatte sich mit dieser Überraschung selbst übertroffen. Und noch immer hatte ich es nicht ganz verstanden. Doch tief in meinem Herzen wusste ich, dass das keine Nummer war, um mich rumzukriegen. Das hier ging tiefer. Meine Gefühle für ihn waren in den letzten Wochen gewachsen. Sie hatten sich verändert, waren reifer geworden, weg von der kindischen Schwärmerei und hin zu einem Mann, der bei jedem unserer Treffen intuitiv ein Stück von mir erkannt hatte. Dem es bei jeder Unternehmung wichtig gewesen war, dass sie *zu mir* passte. Dass es einen Teil meiner Persönlichkeit widerspiegelte. Es hatte meine Gefühle für ihn verändert, verstärkt und mich gleichzeitig noch mehr verunsichert.

Ich spürte ihn neben mir und wie er auch ganz in Gedanken versunken wirkte. Das leise Rauschen der Wellen auf der Seine mischte sich mit den zur Ruhe kommenden Geräuschen der Stadt. Es war ein Augenblick des Friedens, inmitten dieser uralten Architektur, die schon so viel erlebt hatte, an einem Fluss, der vermutlich noch da sein würde, wenn die Menschheit längst untergegangen war. Es war ein Stückchen Ewigkeit, das wir teilten und das machte es so unendlich wertvoll für mich.

»Asher, ich …«

»Ihr Name war Maria Geraldine Houston«, sagte er plötzlich.

»Wie bitte?« Ich drehte mich ihm zu.

Er tat es mir gleich, wandte sich mir ebenfalls zu. Ich war verunsichert und gleichzeitig froh, dass mir das Geländer Halt bot. Was hatte das zu bedeuten? Warum war sein Blick plötzlich so ernst? Warum sah ich den altbekannten Schmerz darin?«

»Ihr Name war Maria Geraldine Houston«, wiederholte er. »Sie war mein Kindermädchen. Ich habe sie sehr geliebt als kleiner Junge, denn meine Eltern haben schon immer viel gearbeitet und ich war als Einzelkind zu viel allein. Maria hatte zwei Söhne, etwa in meinem Alter, und sie lebte gemeinsam mit den beiden auf dem Anwesen, aber meine Eltern verboten den Umgang mit ihnen. Einen Vater gab es nicht. Maria war immer für mich da, sie liebte mich wie eine Mutter.« Er schluckte schwer, als er kurz den Blick von mir abwandte. »In der Nacht des Abschlussballs suchte ich das Hemd, das ich mir extra zu dem neuen Anzug gekauft hatte. Ich war aufgeregt wegen unseres Dates. Alles sollte perfekt sein und ich wollte dich beeindrucken, ich wollte der perfekte Begleiter an deiner Seite sein und du solltest einen unvergesslichen Abend haben. Ich war schwer verknallt in dich.« Er lachte leise, aber als er sich mir wieder zuwandte, stand in seinen Augen eine unendlich große Trauer. Sie überwältigte mich. Ich konnte ihm nicht länger regungslos zuhören. Ich zog meine Handschuhe aus, steckte sie weg und umfasste seine Hände.

»Ich habe mich wie der hinterletzte Mistkerl benommen. Maria wusste nichts von meinen Plänen. Sie hatte das Hemd aus der Verpackung geholt und es wie üblich in die Reinigung gebracht. So hatte sie es mit Dutzenden Oberhemden davor getan. Ich habe das Hemd gesucht und sie angebrüllt, weil meine Nerven blank lagen. Die Reinigung hatte bereits zu, da war nichts mehr dran zu rütteln. Aber sie fuhr los, um genau das gleiche Hemd noch mal zu kaufen. Ich weiß nicht, ob du dich an den Abend erinnerst, aber es tobte ein furchtbares Unwetter über Boston.«

Ich erinnerte mich zu gut. Ich drückte seine Hand. »Ich weiß.«

Asher schluckte erneut, die Muskeln an seinem Hals verkrampften sich. »Sie hatte einen Unfall. Ein Baum fiel auf die Straße, sie wich aus und prallte gegen einen anderen Baum.« Seine Stimme brach kurz und er musste sich sammeln. Ich zog ihn an mich, denn ich wollte bei ihm sein. Ich wollte ihm Halt geben. Er schlang die Arme um mich und hielt mich fest, als wäre ich das Einzige, das jetzt real war.

»Sie war schwer verletzt. Man brachte sie in eine örtliche Notaufnahme und flog sie dann in eine Spezialklinik. Meine Familie hat alles getan, um Maria zu helfen. Ein halbes Jahr lang hat sie an Maschinen angeschlossen um ihr Leben gekämpft. Dann ist sie gestorben.« Sein Ton klang betont nüchtern, aber ich spürte den unendlichen Schmerz darin. Die Scham und die Schuld. »Natürlich kümmern sich meine Eltern um Estaban und Ricky, ihre Söhne«, fügte er hinzu. »Sie bezahlen ihre Studiengebühren, ihre Wohnungen, Autos .... Aber natürlich haben die beiden Jungs mir nie verziehen. Und ich verdiene es. Ich war arrogant und egoistisch. Ich hätte sie niemals in diesem Sturm losfahren lassen dürfen. Als mich die Nachricht von ihrem schweren Unfall erreichte, war die Limousine gerade angekommen. Und ich hatte nicht das Rückgrat, dich anzurufen und dir alles zu erzählen. Denn dann hätte ich offenbaren müssen, wer ich bin, was ich bin. Und das konnte ich nicht. Also habe ich auch dich verletzt.« Er wich ein Stückchen von mir zurück, damit er mich ansehen konnte. »Du glaubst nicht, wie unendlich leid mir das alles tut. Das wollte ich nicht. Ich war ein Blödmann, der nie den richtigen Zeitpunkt erwischt hat, um reinen Tisch zu machen mit dir. Ich will gar nicht, dass du mir verzeihst, ich will einfach nur, dass du verstehst. Mehr wünsche ich mir nicht.«

Seine Worte hatten mich tief berührt. Die Geschichte um sein Kindermädchen war eine Tragödie, gefärbt von Schuld und Scham, und dass er sie jetzt endlich mit mir teilte, löste einen inneren Knoten in mir. Und ich verzieh ihm. »Asher,« begann ich sanft und sah ihm direkt in die Augen, »danke, dass du mir das anvertraut hast. Ich kann mir kaum vorstellen, welchen Schmerz du all die Jahre in dir getragen hast. Fehler macht jeder von uns, aber es erfordert wahre Stärke, sich ihnen zu stellen und darüber zu sprechen.« Ich legte eine Hand an seine Wange, streichelte darüber. »Und du bist nicht verantwortungslos. Du bist jemand, der die Verantwortung für seine Handlungen übernommen hat. Ich bin dankbar, dass du es mir erzählt hast. Lass uns von hier aus neue Wege gehen, ohne Geheimnisse, nur mit Offenheit und Vertrauen.« Langsam ging ich auf die Zehenspitzen. Es war mir egal, dass ich diese Wette verlor. Es war mir egal, was das bedeutete. Ich wollte das hier, den Kuss, den *einen* Kuss. Keine Absolution, kein Vergessen, aber ein neuer Anfang.

Er kam mir entgegen, langsam, zögerlich. Die Geräusche der Stadt wurden zu einem diffusen Brummen. Das sanfte Rauschen der Wellen zu einer leisen Hintergrundmusik. Die Lichter von Paris und der Sternenhimmel über uns rahmten uns ein, als unsere Lippen sich näher kamen.

Zuerst war es nur ein vorsichtiges Tasten. Haut an Haut, eine zarte Berührung. Sein Mund war unendlich weich, vorsichtig, ja fast schüchtern. Und dann verschmolzen unsere Lippen. Der Kuss war zärtlich, langsam und voller Gefühl.

Es war *der eine* Kuss.

Dass Asher genauso empfand, sah ich in seinem Blick, als wir uns voneinander lösten. Seine Augen glänzten fiebrig, seine Lippen leicht geöffnet. »Wow«, murmelte er dann.

Ich lächelte. »Wette gewonnen? Freust du dich jetzt schon auf meinen Auftritt auf dem Silvesterball?« Ich würde das durchziehen, denn Wettschulden waren Ehrenschulden.

Er schüttelte den Kopf, dann sah er mich betont fragend an. »Wette? Welche Wette? Ich weiß von keiner Wette. Ich weiß nur, dass ich dich jetzt unbedingt noch mal küssen will und dass ich nie mehr damit aufhören werde.«

Ich lachte leise, denn ich verstand die Bedeutung hinter seinen Worten. Das Versprechen, das darin lag.

Du und ich, wir beide.

Das mit uns ist etwas Gutes.

Und dann küsste ich ihn noch mal.

Asuka Lionera

Under the frozen Moonlight

1. Kapitel

Odessa

Heute sind drei Dinge schiefgelaufen – und das noch vor dem Mittag!

Erstens: Mein Zug hatte Verspätung, weil die Zwerge mal wieder das Streckennetz erweitern wollten, dabei an einer falschen Stelle gegraben und ein uraltes Wesen aus seinem ewigen Schlaf geweckt haben. Natürlich in genau dem Tunnel, durch den wir eigentlich fahren wollten. Der Umweg wird mich Stunden kosten!

Zweitens: Meine Sitznachbarin ist eine frischgebackene Drachenmama. An sich ist das nicht schlimm, aber ihr erst vor Kurzem geschlüpftes Junges, dessen grünliche Schuppen noch feucht glänzen, schläft in ihrem Arm. Bei jedem Ausatmen stößt es kleine Rauchwölkchen aus – direkt in mein Gesicht.

Drittens: Es gibt ein technisches Problem im Bordbistro, das die Hexen einfach nicht gelöst kriegen. Bereits dreimal ist der Goblinkontrolleur durch die Abteile gelaufen und hat sich entschuldigt.

Ich sitze also hier, das Gesicht gegen die kühle Scheibe gepresst, um dem Rauchgeruch neben mir zu entgehen, und versuche, die restlichen Morgenstunden irgendwie ohne meinen dringend benötigten Magic Spiced Latte durchzustehen. Mehrmals verlagere ich mein Gewicht, um meine empfindlichen Flügel nicht platt zu drücken. Vergebens. In einem schwachen Moment verfluche ich mich dafür, dass ich meinen eigentlichen Sitzplatz mit dem breiteren Rückenteil extra für Wesen mit Flügeln der Drachendame überlassen habe.

Ich werfe einen Blick auf mein Handy. Direkt unter der Uhrzeit – ich hätte bereits vor einer halben Stunde an meinem Zielbahnhof ankommen sollen – erwartet mich eine Nachricht von meiner Tante und gleichzeitig Chefin für die nächsten drei Wochen. Ich schürze die Lippen, während mein Daumen über dem Display schwebt.

Als ich vor einer Woche in ihrer Matchmaking Agentur »Magical Mates« mein Praktikum begonnen habe, hätte ich nicht stolzer sein können. Über dreihundert andere Studenten hatten sich um einen Platz beworben, aber es war meine Projektidee, die sie überzeugt hat. Das und der Verwandtschaftsbonus, vermutlich. Wobei ich mir nicht einmal sicher bin, ob Tante Priscilla sich mit einer Arbeit wie dem Sichten von Praktikumsbewerbungen abgibt. Seit Jahren führt sie die Liste der erfolgreichsten Frauen an und ist quasi mit ihrer Arbeit verheiratet. Es ist schon eine Weile her, seit ich sie auf einem unserer Familienfeste gesehen habe.

Dafür hatte ich die letzte Woche mehrmals mit ihr zu tun. Wenn Priscilla Kellington den Raum betritt, hält jeder den Atem an. Ich wünschte, ich würde über halb so viel Präsenz und Eleganz verfügen wie sie. Leider ist das etwas, was uns an der Uni nicht beigebracht wird. Wir lernen, wie wir unsere Lernkarten per Magie an unseren Wohnheimwänden befestigen können oder wie wir unsere Stifte so verzaubern, dass sie Notizen machen, während wir schlafen – was jedoch von den Lehrkräften nicht gern gesehen wird. Aber was will man als Student tun, wenn man sich die Nacht auf den Partys der Satyrn herumgetrieben hat? Wenn jemand was von guten Beats versteht, dann diese Jungs.

Ich löse mich vom Handydisplay, ohne die Nachricht zu öffnen, und schaue aus dem Fenster. Schneeflocken rauschen an uns vorbei. Das sollte hier in den Bergen im Januar nicht verwunderlich sein. Aber diese Schneeflocken sind dicker als meine Faust! Ja, okay, als Fairy bin ich nicht sonderlich groß und reiche den meisten Wandlern und Fae gerade mal bis zur Nasenspitze – wenn überhaupt –, aber trotzdem! Wenn ich jetzt noch in ein Schneechaos gerate, kann ich ...

»Ich bitte um Ihre Aufmerksamkeit«, dringt die nasale Stimme des Goblins durch die Lautsprecher, der sich vorhin bei den Fahrgästen für die Verspätung und das ausgefallene Bordbistro entschuldigt hat. »Wir werden Moon Haven in wenigen Minuten mit einer Verspätung von zwei Stunden und fünfundvierzig Minuten erreichen. Ich bedanke mich für Ihre Geduld und Ihr Verständnis.«

Ich verdrehe die Augen. Von wegen Verständnis! Seit sie mich ohne Koffein und Zucker hier sitzen lassen, schwindet mein Verständnis mit jedem raucherfüllten Atemzug. Das Erste, was ich am Bahnhof von Moon Haven mache, ist, mir einen Magic Spiced Latte zu gönnen. Vielleicht mit einem Extra Charmed Topping, damit man mir den Stress der letzten Stunden nicht ansieht.

Ich krame meine Tasche aus dem Stauraum vor mir und bitte die Drachendame, mich durchzulassen. Im Gang schnappe ich mir meinen Trolley und die Jacke aus der Gepäckablage und gehe zu den Ausgängen. Mit den High Heels, auf die Tante Priscilla bestanden hat, dem knielangen Mantel, meinem Handy in der einen Hand, dem champagnerfarbenen Trolley in der anderen fühle ich mich wie ein anderes Wesen. Normalerweise bevorzuge ich ausgetretene Sneakers, bequeme Oversize-Pullover und Leggins. Doch nachdem ich Tante Priscilla an meinem ersten Tag in der Agentur in den Meetingraum habe kommen sehen, wusste ich, dass ich etwas an meinem Erscheinungsbild ändern muss, wenn ich in diesem Job wahrgenommen werden will.

Als Matchmaker ist es unsere Aufgabe, die Wesen der verschiedenen magischen Völker einander näherzubringen. Seit Generationen haben wir getrennt gelebt und sind uns bloß während blutiger Kriege um Land und Ressourcen begegnet. Doch diese Zeiten sind lange vorbei. Wir befinden uns in einem Zeitalter des Friedens und Wohlstands. Geblieben ist allerdings eine Trennung nach Arten, zumindest in den entlegeneren Gebieten. Die Fae bleiben unter sich, die Drachenwandler ebenso, die Löwenwandler bilden Löwenrudel und die Zwerge buddeln neben anderen Zwergen irgendwelche Tunnel. Die Generation meiner Tante, die bloß ein paar Jahre älter ist als ich, ist die erste, die auf eine gemischte Schule ging und sich nicht ausschließlich in den Fae-Vierteln aufgehalten hat. Dennoch ist es schwierig, jemanden aus einem anderen Volk kennenzulernen, denn nicht jeder ist so offen für Neues wie meine Tante. Sogar an meiner Uni gibt es nach Völkern getrennte Wohnheime, und nicht selten bin ich die einzige Fairy, die auf den Partys der Satyrn abhängt. Zu viele Vorurteile und zu viel Unwissen herrscht zwischen den verschiedenen Spezies.

Und was könnte diese Vorurteile besser beseitigen als die Liebe?

2. Kapitel

Odessa

Ich hätte wissen müssen, dass die High Heels eine ganz miese Idee waren.

Ja, Tante Priscilla hat darauf bestanden, weil ihre Außenmitarbeiter alle einen gewissen Look verkörpern. Und ich wollte diese wunderschönen Schuhe mit den Mörderabsätzen tragen, also kam es mir in der warmen Zentrale oder im Zug auch nicht in den Sinn, mich dagegen auszusprechen. Da habe ich dieses fremde, aber beschwingte Gefühl und meine neu gewonnene Ausstrahlung zu sehr genossen.

Hier, inmitten von Schnee, der mir bis über die Knöchel reicht und die dünne Strumpfhose durchweicht, sieht das Ganze allerdings anders aus.

Zitternd ziehe ich den Gürtel meines karamellfarbenen Mantels enger, dessen Saum mir um die Knie weht.

Moon Haven ist ein kleines, idyllisches Städtchen in den Bergen und sehr beliebt für Ausflüge. Sofern es nicht im Schnee versinkt.

Wobei es sicher genug Wesen gibt, die das zu schätzen wissen. Yetis, zum Beispiel.

Meine vier Flügel bibbern im selben Takt wie der Rest von mir, während ich den Gedanken, schnell wieder in den Zug zu springen und im Warmen weiterzufahren – egal wohin – hastig verwerfe.

In meinen schicken Schuhen hat sich ein kleiner See gebildet, der meine Zehen bei jedem Schritt umspült, als ich in dem kleinen Bahnhofsgebäude ankomme. Wenigstens weht mir sofort der Duft von Heißgetränken in die Nase. Meine Laune hebt sich schlagartig. Wie magisch werde ich von ihm angezogen und reihe mich in die Schlange vor dem Kaffeekiosk ein. Sie ist ziemlich lang für einen solch abgeschiedenen Ort außerhalb der Saison. Tante Priscilla war es überaus wichtig, dass sich unser Event nicht mit dem Wintersport überschneidet.

Als ich endlich an der Reihe bin, gebe ich meine übliche Bestellung auf, wie schon unzählige Male zuvor.

»Einen Magic Spiced Latte mit Extra Charmed Topping und Schlagsahne, bitte.«

Noch während ich die Worte sage, spüre ich, wie die Anspannung der letzten Stunden aus mir weicht und sich mein Körper auf die Glückseligkeit einstellt, die ihn gleich in flüssiger Form durchströmen wird.

Der junge Zentaur, dessen hintere Pferdehälfte fast den ganzen Kiosk einnimmt, blinzelt mich verwirrt an, ehe er etwas nervös seine Schirmkappe zurechtrückt. Er wirft einen Blick auf die Tafel hinter sich und wendet sich dann wieder mir zu. »Tut mir leid, wir haben nur … Kaffee oder Kakao.«

»Kaffee?«, wiederhole ich eine Spur ungläubig. »Sie meinen … dieses schwarze Gesöff?«

Er nickt. »Mit Milch wäre es nicht mehr schwarz, wenn das ein Problem für Sie ist. Unsere Milch stammt ausschließlich von glücklichen Minotauren.«

Überdeutlich nehme ich wieder den See in meinen Schuhen und das Bibbern meiner Flügel wahr. Kaffee ist das Widerlichste, was die Zivilisation je erfunden hat! Ausgeschlossen, dass ich ihn pur trinken könnte! Trotz Zucker und Milch würde er dennoch nach – *würg!* – Kaffee schmecken. Lediglich magische Toppings und eine Menge Sirup können die Bitterkeit übertünchen und es zu dem Getränk machen, dank dem mein Körper funktioniert.

Aber purer Kaffee ist *barbarisch!*

»Einen Kakao, bitte«, presse ich zwischen zusammengebissenen Zähnen hervor.

Der junge Zentaur wendet sich ab und beginnt mit der Zubereitung. Dabei pfeift er ein vergnügtes Lied und sein mitwippender Schweif fegt beinahe über den Tresen. Niemand bis auf mich scheint sich daran zu stören. Ich hingegen werde meinen Kakao genau inspizieren, um nicht versehentlich Rosshaar mitzutrinken.

Nachdem ich mein Getränk erhalten und bezahlt habe, verziehe ich mich zu einer der Sitzbänke und schließe beide Hände um den warmen Becher. *Alles wird gut,* sage ich mir, während ich in die dampfend-braune Flüssigkeit blicke. *Du bist nur zum ersten Mal abseits der Stadt. Du wirst dich schon daran gewöhnen, dass hier nicht alles so läuft wie zu Hause. Aber genau deswegen bist du hier: um Erfahrungen zu sammeln und deine Aufgabe zu erledigen.*

Ich nehme einen kräftigen Schluck. Schmeckt etwas wässrig, aber es wärmt mich von innen. Den See in meinen Schuhen beseitigt es leider nicht.

Kaum dass ich den Becher abgesetzt habe, öffnet sich die Schiebetür zum Bahnhofsgebäude, woraufhin ein Windzug samt Schnee hereinweht, zusammen mit einem Lizard in einem schwarzen Overall.

»Miss Odessa Windom?«, ruft er, nachdem er sein Klemmbrett gesenkt hat, von dem er den Namen abgelesen hat. »Ist hier eine Miss Odessa Windom?«

Ich springe auf und recke die freie Hand in die Luft. »Das bin ich!« Alle anderen Anwesenden drehen sich zu mir um. Schnell lasse ich die Hand sinken und räuspere mich. »Ich meine: Ja? Was kann ich für Sie tun?«

Die grünlichen Schuppen des Lizards stehen in starkem Kontrast zur dunklen Farbe seines Overalls, auf dem etwas eingestickt ist, was ich aus mehreren Metern Entfernung jedoch nicht erkennen kann.

Er tippt sich an seine Mütze. »Ich soll sie zur Hütte bringen, Miss.«

»Oh, natürlich.«

Ich leere den Becher in einem weiteren Zug, schnappe mir mein Gepäck und eile auf den Lizard zu. Nun erkenne ich anhand der Embleme auf seinem Overall, dass er für ein hiesiges Transportunternehmen arbeitet.

Durch die gläserne Schiebetür entdecke ich ein riesiges Gefährt, das direkt vor dem Bahnhofsgebäude geparkt ist. Es sieht aus wie ein Schneepflug mit Raupenantrieb; so was kenne ich nur aus dem Fernsehen! Bei uns in der Stadt flockt es sogar im Winter bloß hin und wieder, sodass solche Gerätschaften nicht gebraucht werden.

Der Lizard greift nach meinem Trolley und zupft mit der freien Hand am Kragen seines Overalls. »Ich bin Eduardo und soll Sie abholen. Wir müssen uns beeilen, Miss.«

Ich runzele die Stirn. »Wieso?«

Er dreht sich um, woraufhin sich die Tür wieder öffnet und mir eiskalte Schneeflocken ins Gesicht peitschen. Sofort bibbern meine Flügel wieder.

»Der Sturm wird schlimmer«, lässt mich Eduardo wissen, der bereits auf halbem Weg zu seinem Gefährt ist. »Wenn wir nicht sofort aufbrechen, schaffen wir es nicht mehr, bevor der Sturm uns erreicht.«

Für meine Begriffe ist der Sturm bereits da, aber das behalte ich für mich. Umständlich klettere ich die schmalen Stufen in die Fahrerkabine hinauf. Mein Mantel verfängt sich mehrmals in irgendwelchen Bauteilen, die ich auch im Hellen nicht benennen könnte. Als ich schließlich auf dem Beifahrersitz Platz genommen habe, hüllt mich eine Wolke aus kaltem Zigarettenrauch ein. Frustriert schließe ich für einen Moment die Augen.

Alles wird gut, sage ich mir erneut.

3. Kapitel

Odessa

Nichts wird gut, muss ich mir nach einer Viertelstunde eingestehen. Verbissen kralle ich mich an dem Angstgriff direkt vor mir am Armaturenbrett fest, während Eduardo sein Gefährt durch den Schnee und den Berg hinauf manövriert. Es schwankt, wackelt und rattert so ohrenbetäubend, dass eine Unterhaltung unmöglich ist. Mehrmals bleibt das Gefährt im tiefen Schnee stecken, doch Eduardo gelingt es, es irgendwie freizufahren, nachdem er mehrere wild blinkende Knöpfe vor sich gedrückt hat.

Pausenlos schicke ich ein Stoßgebet gen Himmel. Ich war nie gläubig, aber jetzt fange ich an zu beten, zu welchem Gott auch immer. Zusammen mit meinem Gepäck hüpfe ich trotz Anschnallgurt in der Fahrerkabine umher, bis mir beinahe mein Kakao wieder hochkommt.

Gerade als ich Eduardo bitten will, eine Pause zu machen, damit ich ihm nicht auf das mit Zigarettenstummeln übersäte Armaturenbrett kotze, entdecke ich am Horizont ein Licht. Mehrfach verschwindet es, wird überdeckt durch fast faustdicke Schneeflocken, kahle Bäume oder Schneehügel, doch kurz darauf taucht es wieder auf. Ich klammere mich an den Anblick des Lichts, als wäre es mir dank meiner Gebete von den Göttern geschickt worden. Mir egal, dass es immer heißt, man solle nie auf das Licht zugehen!

Eduardo rührt an einem Schaltknüppel, der bedenklich knarzt, ehe er einrastet, und steuert direkt auf das rettende Licht zu.

»Wir sind gleich da, Miss«, ruft er über das Brummen seiner Maschine hinweg.

»Gott sei Dank«, murmele ich, presse dann schnell wieder die Lippen zusammen, um mich nicht doch noch zu übergeben.

Wie lange wir unterwegs sind, kann ich unmöglich sagen. Es wurde bereits dunkel, als wir losgefahren sind, und nun ist es stockfinster um uns herum. Lediglich das Licht in der Ferne und die Scheinwerfer des Gefährts lassen mich überhaupt etwas erkennen. Wir haben uns den Berg hinaufgeschlängelt und sind durch Schneemassen gefahren, unter denen ich auch als Ortskundige keine Straße hätte erkennen können. Oder gibt es hier etwa keine Straßen?

Innerlich mahne ich mich zur Ruhe. Ich bin nicht hier, um die Umgebung zu kartografieren, sondern um das erste Event von »Magical Mates« außerhalb der Stadt vorzubereiten. Die sozialen Medien werden darüber berichten – oder eher die Tageszeitungen, denn seit einer Weile habe ich hier draußen keinen Empfang mehr.

Wie dem auch sei, die Vorbereitungen und das Event selbst werden ein voller Erfolg werden. Meine Tante wird so zufrieden sein, dass sie mir nach meinem Abschluss eine feste Stelle in ihrem Unternehmen anbietet, und an ihrer Seite werde ich die kulturelle Trennung zwischen den Wesen ein für alle Mal beenden. Um mich von der rumorenden Übelkeit in mir abzulenken, stelle ich mir vor, wie stolz Tante Priscilla auf mich sein wird, wenn ich ihr berichte, wie viele Teilnehmer das Event hatte. Wie viele einem erneuten Treffen zugestimmt haben. Wie vielen es gelungen ist, über die äußerlichen Unterschiede hinwegzusehen.

Das Licht entpuppt sich beim Näherkommen als die Beleuchtung einer zweistöckigen Holzhütte, die tapfer dem Schneetreiben trotzt. Wäre sie nicht auf einem Hügel erbaut, wäre sie bereits in den Massen versunken. So thront sie darüber wie ein Fels in der Brandung.

Im Licht der Scheinwerfer strömt die Hütte trotz des rustikalen Flairs etwas Behagliches aus. Gleich werde ich aus diesem Höllengefährt aussteigen, habe wieder festen Boden unter den Füßen und kann endlich meine durchweichten Schuhe ausziehen. Meine Zehen fühlen sich mittlerweile an wie Eiszapfen.

Eduardo hält direkt vor der Hütte an, hilft mir beim Aussteigen und stellt mein Gepäck vor dem Eingang ab.

Er tippt sich an die Mütze, als er sagt: »Ich hole Sie in einer Woche ab. Sofern der Sturm bis dahin nicht schlimmer geworden ist. Aber keine Sorge, der Betreiber ist ortskundig und hier aufgewachsen. Er kennt das Wetter und die Umgebung mindestens so gut wie ich.«

Ich nicke, verabschiede mich von Eduardo, schultere meine Tasche und schiebe meinen Trolley durch die schwere hölzerne Tür.

Dahinter empfängt mich sofort eine heimelige Wärme, die mich aufseufzen lässt. Dass mir kalt war, ist bei dem Schneesturm da draußen kein Wunder, aber ich hatte keine Ahnung, wie durchgefroren ich bin. Nun streicht diese wundervolle Wärme über mich, hüllt mich ein wie ein Kokon und vertreibt das Zittern, soweit es ihr möglich ist. Sie erreicht mich nicht überall, das wird ein warmes Bad übernehmen. Doch zuerst muss ich mich dem Betreiber vorstellen. So wie Eduardo über ihn gesprochen hat, ist es sicherlich ein älterer Mann, der bereits seit Jahrzehnten diese Hütte zusammen mit seiner Frau betreibt. Diese muss etwas für meine Ankunft gekocht haben, wie mir der Duft aus dem Inneren beweist.

Der Eingangsbereich – ein Windfang mit Haken für Jacken an beiden Seiten, Haltern für Skier und hüfthohen Schränken für Schuhe – besteht zum größten Teil aus Holz und Stein. Gerade der Stein sieht ausgetreten aus, als wären unzählbar viele Gäste hier ein und aus gegangen. Scheint wirklich ein Hotspot zu sein, wie Tante Priscilla meinte. Der perfekte Ort für unser Event! Jedenfalls wenn man vom mangelnden WLAN und Handynetz absieht.

An der Tür zum Innenbereich hängen mehrere Warnschilder, die meinen Enthusiasmus sofort trüben. Solche Schilder kenne ich nur aus sehr alten Gebäuden, wo sich niemand darum geschert hat, sie abzunehmen, aber hier scheinen sie bereits seit Generationen zu hängen, wie mich die teils verblasste, teils abgeblätterte Farbe mancher Schilder vermuten lässt. Das offenbar älteste zeigt einen grünen Kreis, darin ist ein Wolfswandler abgebildet, sowie ein Hinweis, dass es auch für katzenartige Wandler gilt. Daneben, ebenfalls mit grünem Rand, aber deutlich neuer, hängen Erlaubnisschilder für Fae – wozu auch wir Fairys zählen –, Lizards, Satyrn und einige andere Wesen. Sie alle haben etwas gemeinsam: Sie sind weder besonders groß noch verfügen sie über besonders ausgeprägte magische Fähigkeiten.

Darunter sind Schilder mit roter Umrandung angebracht. Es sind deutlich mehr als mit grüner. Im roten Kreis befinden sich die Umrisse von Drachen, Dryaden, Minotauren, Hydras und allerlei mehr.

Ich seufze innerlich. Das ist kein guter Start für eine Zusammenkunft möglichst vieler Wesen. Ich werde die Betreiber auf jeden Fall auf die Schilder ansprechen und sie bitten müssen, sie zu entfernen. Nicht, dass sich einer der Speeddating-Gäste nicht willkommen fühlt ... Das wäre nicht nur schlecht für das Event, sondern auch für die Publicity. Schließlich geht es »Magical Mates« darum, dass die wahre Liebe überall zu finden ist – nicht bloß in den eigenen Reihen.

Ich setze ein Lächeln auf und nehme mir vor, die Sache mit den Schildern gleich nach meiner Ankunft anzugehen. Zunächst muss ich mir jedoch eine genauere Übersicht über die Location verschaffen; weiter als bis zum Eingangsbereich bin ich bisher nicht gekommen. Nachdem ich meinen Mantel an einen der Haken gehängt habe, betrete ich mit Sack und Pack den Innenbereich der Hütte.

Auch im Inneren deutet nichts darauf hin, dass es in den letzten Jahrzehnten irgendwelche Umbauten oder Erneuerungen gab. Was nichts Schlechtes ist. Mir gefällt sogar die Tatsache, dass an einem solchen Ort mit althergebrachten Traditionen gebrochen wird. Das wird die beste Schlagzeile, die die Bewohner von Moon Haven seit Jahren gelesen haben!

Im Erdgeschoss befindet sich der Gastraum. Mehrere hölzerne und ansonsten blanke Tische und Stühle stehen in Gruppen zusammen. Alles wirkt altbacken und ausgrenzend. Das kann auf keinen Fall so bleiben. In Gedanken gehe ich bereits die Deko durch. Tischdeckchen, vielleicht mit Schachbrettmuster. Und Kerzen. Auf jeden Fall Kerzen. Und die Tische müssen näher aneinander stehen. Am besten wären rechteckige Tische anstatt runde, damit ich sie zu einer Tafel zusammenschieben kann.

Im Gehen zücke ich mein Handy und spreche die ersten Ideen und Punkte, die ich am dringendsten anpacken muss, in meine Memoapp.

»Kann ich dir helfen?«, tönt eine tiefe Stimme.

Sofort blicke ich auf. Mein Blick schweift einen Moment suchend umher, bis ich jemanden hinter der Bar am anderen Ende des Gastraumes erkenne. Ich blinzele verdutzt. Wie konnte er mir bisher nicht auffallen? Obwohl uns mehrere Meter, einige Tischgruppen und ein Bartresen trennen, scheint er allein durch die Tatsache, dass er dort steht und in einem fast hypnotischen Rhythmus Gläser poliert, den gesamten Raum für sich einzunehmen.

Als sich unsere Blicke treffen, könnte ich schwören, dass sich seine Nasenflügel blähen. Kurz hält er im Polieren seines Glases inne, nur um unmittelbar darauf seine Bewegung wieder fortzusetzen. Allerdings wirkt sie steifer als noch vor wenigen Sekunden.

»Ja«, krächze ich, als ich mich auf seine Frage besinne. Warum klingt meine Stimme plötzlich so hoch? Ich räuspere mich hastig, straffe den Rücken und mache ein paar Schritte auf ihn zu. Das Klackern meiner Absätze und das Rattern meines Trolleys erfüllen den hohen Raum. Als ich einen knappen Meter vor der Bar stehen bleibe, sage ich – diesmal mit fester Stimme: »Ich bin von ›Magical Mates‹.«

Zumindest war meine Stimme zu Beginn meines Satzes fest. Das ›Mates‹ verkommt zu einem Hauchen, denn mein Blick wandert bei jeder Silbe über ihn hinweg, und als er schließlich bei seinem markanten Gesicht, dem dunklen Dreitagebart, dem tintenschwarzen verwegen verwuschelten Haar und den goldenen Augen angelangt ist, habe ich nicht mehr die leiseste Ahnung, worauf ich eigentlich hinauswollte.

Ich bin schon einer Vielzahl heißer Kerle begegnet, besonders seit meiner Zeit bei »Magical Mates«. Aber auch davor auf den Partys der Fae und einiger Wandler waren echt ein paar Typen der Kategorie Boyfriend-Material dabei. Sie alle verblassen neben dem jungen Mann vor mir, der schätzungsweise Mitte zwanzig ist. Diese Oberarme, die sich unter seinem Shirt abzeichnen, hat er garantiert nicht nur dem Gläserpolieren zu verdanken, ebenso wie das breite Kreuz. Am meisten fesseln mich jedoch seine Augen. Ein solches klares Gold habe ich noch nie gesehen.

Meine Flügel vibrieren aufgeregt, was mein Herzklopfen nur verstärkt. Gegenüber einem Fairy oder einem Fae wäre dies ein untrügliches Zeichen für mein Interesse. Zum Glück ist der Typ mir gegenüber kein Fairy und bemerkt hoffentlich nicht, wie sehr er mich aus der Fassung bringt.

Eine Weile lässt er meine unverhohlene Musterung über sich ergehen, ehe er das Glas wegstellt und sich das Handtuch über die Schulter wirft. Als er die Arme vor der Brust verschränkt, bin ich zu nichts anderem fähig, als ihn weiter anzustarren.

»Gut, dass du noch vor Einbruch des Sturms angekommen bist«, sagt er mit dieser herrlich tiefen, rauen Stimme, die über mich hinweggleitet wie dunkle, flüssige Schokolade und meine Flügel stärker vibrieren lässt. Nun scheint es ihm ebenfalls aufzufallen, denn er zieht eine Augenbraue nach oben. »Alles in Ordnung?«

»Ja«, kiekse ich wenig überzeugend.

Heilige Magiermutter, Odessa, reiß dich zusammen!

Mir fallen wieder die Grundlagen der Etikette ein. »Es war

… ein ziemliches Abenteuer hierherzukommen«, bringe ich mit einem vorsichtigen Lächeln hervor.

Er nickt. »Wird noch schlimmer da draußen. Zum Glück kennt Eduardo das Gelände wie kein Zweiter.«

Ich runzele die Stirn. »*Noch* schlimmer? Es tobt doch bereits ein Sturm.«

Der junge Mann hebt einen Mundwinkel zu einem schiefen Grinsen, was sämtliche meiner Fragen ins Nirvana katapultiert. »Das ist noch gar nichts für diese Jahreszeit. Aber wir brauchen dieses Wetter.«

»Wieso?«

Er greift abermals nach seinem Handtuch und einem noch nassen Glas. »Der Sturm bringt den Schnee, den wir für die Saison ab März brauchen. Ohne Schnee keine Saison. Also sitzen wir die Sturmzeit aus und freuen uns auf das, was danach kommt – eine Menge Touristen und Wintersportler.«

Einen Moment bin ich wie erstarrt. »Sie meinen … es ist immer so ein Wetter um diese Jahreszeit?«

Er runzelt die Stirn, wahrscheinlich verwirrt über mein Siezen. Aber das kümmert mich nicht. Tante Priscilla hat mehrmals betont, dass ich mich allen Mitarbeitern in der Location gegenüber professionell zu verhalten habe. »Natürlich. Gibt es bei euch in der Stadt keinen Schnee?«

»Doch, aber … keine Stürme. Und … nicht so viel Schnee.« Ich greife nach meinem Handy. »Haben Sie meiner Tante … ich meine Priscilla Kellington, von den Stürmen erzählt, als sie das Event mit Ihnen geplant hat?«

Der junge Mann nickt erneut. »Ich habe mehrere Nachrichten an das Unternehmen geschickt, aber nur eine Priscilla hat mir geantwortet. Sie meinte, dass ein bisschen Schnee hilfreich für die Atmosphäre wäre.«

»Das da draußen ist aber nicht ›ein bisschen Schnee‹«, halte ich dagegen.

Er zuckt mit den Schultern. »Ich bin nicht dafür verantwortlich, was ihr Städter unter Schnee versteht.«

Ich lasse den Griff meines Trolleys los, den ich bis eben wie einen Rettungsanker umklammert habe, und reibe mir mit zwei Fingern über die Stirn. »Aber bei so einem Wetter werden die Gäste Probleme mit der Anreise haben.« Ich deute mit dem Zeigefinger auf mich. *»Ich* hatte ja schon Probleme mit der Anreise!«

»Wie ich schon sagte, ich habe es der Agenturchefin mitgeteilt und sie hat mir zugesichert, dass sie die Informationen an die Eventplanerin weitergeben wird.« Er widmet seine Aufmerksamkeit wieder seinem Glas. »Glaub mir, ich war genauso überrascht wie du, als mir mitgeteilt wurde, dass ich heute Besuch erhalte.«

»Sie haben ... es meiner Chefin mitgeteilt?«, wiederhole ich leise.

Verdammt, stand das etwa in dem Pamphlet, das auf meinem Schreibtisch liegt? Anhand dessen ich die perfekte Location auswählen sollte und das ich nicht angerührt habe? Hat meine Tante etwa deshalb kurz die Brauen gehoben, als ich diese Hütte im Meeting präsentiert habe?

Sie wusste, dass die Hütte um diese Jahreszeit schwierig zu erreichen wäre, trotzdem ließ sie mich machen. Tante Priscilla ist niemand, der andere ins offene Messer laufen lässt. Ich glaube nicht, dass es ihr darum geht, mir eine Lektion zu erteilen.

Bereits am ersten Tag in »Magical Mates« habe ich gelernt, dass kein Event so läuft, wie es im Voraus geplant war. Immer passiert etwas Unvorhergesehenes. Es ist die Aufgabe der

Planer, dafür zu sorgen, dass das Event trotzdem die Erwartungen der Teilnehmer erfüllt.

»Wenn du willst, rufe ich Eduardo an, damit er dich so schnell wie möglich wieder abholen kann«, bietet der Mann an, während er das saubere Glas ins Regal zu den anderen stellt und nach einem nassen aus der Spüle greift. »Sicherlich fahren noch Züge in die Hauptstadt. Falls nicht, kann ich dir eine nette Unterkunft empfehlen, die ...«

»Nein«, falle ich ihm ins Wort.

Verdutzt blickt er zu mir und sieht dabei irgendwie niedlich aus.

Ich recke das Kinn mit mehr Überzeugung, als ich empfinde. »Wenn ich schon mal hier bin, werde ich das Event auch vorbereiten.«

Einen Moment herrscht Stille zwischen uns, dann fragt er: »Hast du mir eben nicht zugehört?«

»Doch, habe ich. Aber Sie vergessen etwas Entscheidendes.«

Er runzelt erneut die Stirn. »Und was wäre das?«

Ich zupfe den Kragen meiner Bluse zurecht. »Ich arbeite für ›Magical Mates‹. Ich glaube an die Kraft der Liebe.«

Der Kerl verdreht die Augen. »Im Gegensatz zu dir glaube ich an die Macht der Elemente. Wenn du nicht schleunigst mit Sack und Pack hier verschwindest, wirst du eine Weile hier festsitzen.«

Seine Worte verfehlen ihre Wirkung nicht. Meine Lust, abseits der Zivilisation und noch dazu ohne WLAN auf unbestimmte Zeit in dieser Hütte festzusitzen, geht gegen null. Doch ich halte mir vor, dass es meine Aufgabe ist, das erste Event der Liebe außerhalb der Hauptstadt auszurichten. Wenn ich einen Rückzieher mache, wird das nicht nur mein Praktikum gefährden, sondern auch auf meine Tante zurückfallen. Ich stehe voll und ganz hinter ihren Überzeugungen und Idealen; in den letzten Wochen sind sie zu meinen geworden. Ich habe mit eigenen Augen gesehen, dass die Liebe alle Grenzen überwinden kann, wenn ihr von den richtigen Leuten ein kleiner Schubs gegeben wird.

Und diese Leute sind wir.

Ich setze mein lieblichstes Lächeln auf, ehe ich frage: »Wären Sie bitte so nett, den Betreibern mitzuteilen, dass das Event wie geplant stattfinden wird und ich sie wegen ein paar Details und Änderungen sprechen möchte?«

Der Kerl zieht die Augenbrauen zusammen. »Welche Betreiber?«

Nun bin ich es, die verdutzt dreinschaut. »Na, das ältere Ehepaar, dem die Hütte gehört.«

Er stellt sein Glas weg, legt sich das Handtuch wieder über die Schulter und lehnt sich vor, sodass er sich am Tresen auf beide Unterarme abstützt. Auf äußerst kräftige, mit sehnigen Muskeln durchzogene Unterarme. »Ich habe keine Ahnung, was man dir in deiner Firma erzählt hat, Kleine, aber der einzige Betreiber dieser Hütte bin ich. Wenn du also ein paar *Änderungen«*, dieses Wort betont er besonders, »besprechen willst, dann mit mir.«

Blinzelnd reiße ich mich vom Anblick seiner Arme los. »Sie sind der Betreiber?«

Heilige Minotauruskacke, ich hätte das Pamphlet anschauen und mich nicht anhand der geschönten Außenbilder für eine Location entscheiden sollen!

Er erwidert meinen Blick ungerührt. »Ich habe die Hütte und das umliegende Gelände vor fünf Jahren von meinem Großvater geerbt.«

»Und seitdem … haben Sie nicht viel modernisiert, oder?«

Er verengt die Augen, und am liebsten würde ich meine Worte zurücknehmen. »Diese Hütte ist das Vermächtnis meines Großvaters. Hier wird nichts modernisiert, was nicht kaputt ist.«

Ich schlucke. Wenn er mich derart anfunkelt, wirkt er so einschüchternd, dass ich für eine Millisekunde darüber nachdenke, doch meinen Kram zu schnappen und Eduardo notfalls auf Knien anzuflehen, mich von hier wegzubringen. Schnell vertreibe ich diesen Gedanken.

»Die Schilder im Eingangsbereich«, setze ich mit all meinem zusammengekratzten Mut an, »sind hinderlich für das Event. Es werden Teilnehmer verschiedener Spezies erwartet. Wir können nicht riskieren, dass sich einige von ihnen ausgeschlossen fühlen, bloß weil da draußen Schilder hängen, die größtenteils verblasst und nicht mehr zeitgemäß sind.«

»Nicht mehr zeitgemäß?«, echot er mit einem bedrohlichen Unterton, bei dem meine Flügel schneller vibrieren.

Schnell mahne ich sie zur Ruhe und erkläre voller Überzeugung: »Heutzutage ist es nicht in Ordnung, wenn bestimmte Spezies ein Gebäude nicht betreten dürfen.«

Sein Blick gleitet über jeden Zentimeter von mir. Erneut zittern meine Flügel, diesmal jedoch nicht vor Furcht, und es gelingt mir nicht, sie vom Aufhören zu überzeugen.

Die Flügel einer Fairy sind ein sicheres Indiz für ihren Gemütszustand. Und meine sind gerade der Meinung, dem Kerl mir gegenüber brühwarm auf die Nase zu binden, dass mir seine Musterung durchaus gefällt. Was völlig inakzeptabel ist.

»Wie viele Gebäude darfst du als Fairy nicht betreten?«, fragt er unvermittelt.

Mit seiner Frage bringt er mich so aus dem Konzept, dass

wenigstens meine Flügel Ruhe geben. »Ich darf … alle betreten, aber …«

»Alle also«, unterbricht er mich. »Und warum?«

»Nun, weil …« Nervös zupfe ich am Saum meiner Bluse und höre sofort damit auf, als es mir auffällt. »Weil ich als Fairy über keine Magie verfüge. Ich habe Flügel, doch ich …«

»Keine Magie, soso«, fällt er mir erneut ins Wort. So langsam geht er mir damit auf die Nerven. »Wie ist es in der Stadt mit magischen Wesen? Nehmen wir mal an, ein Drachenwandler will ein Gebäude betreten. Was passiert dann?«

»Es … wird ihm gestattet«, antworte ich.

»Warum?«

»Weil alle Gebäude in der Stadt feuerfest sind.«

Er schenkt mir ein überhebliches Grinsen, das ich zu beiden Teilen anbetungswürdig und herablassend finde. »Und was glaubst du, Kleine, wird passieren, wenn ein Drachenwandler in diese Holzhütte marschiert und … keine Ahnung, niesen muss? Oder mit dem Essen unzufrieden ist? Oder sich, warum auch immer, aufregt?«

Natürlich ist mir klar, worauf er hinauswill, aber ich werde es ihm nicht so einfach machen. »Dann wird er ein bisschen kokeln. Nichts, was ungewöhnlich wäre.«

»Da, wo du herkommst, vielleicht nicht. Aber hier, in einer Holzhütte, wäre es nicht nur ungewöhnlich, sondern auch brandgefährlich! Und würde mir nicht weniger als meine Lebensgrundlage rauben.«

Seufzend verdrehe ich die Augen. »Na gut, wir können uns sicher darauf einigen, dass ein Drachenwandler nur unter bestimmten Voraussetzungen die Hütte betreten darf, aber …«

»Es sind nicht bloß Drachenwandler«, unterbricht er mich aufs Neue. »Kannst du dir vorstellen, welchen Aufstand eine

Dryade veranstaltet, wenn sie all das verarbeitete Holz sieht? Oder welchen Schaden ein Minotaurus mit seinem Gewicht an den Dielen verursacht?« Schnaubend wendet er sich wieder seinem Glas zu. »Die Schilder bleiben, wo sie sind. Und ich verlange eine genaue Aufstellung der Gästeliste, bevor das Event stattfindet.«

»Wir von ›Magical Mates‹ können keine Ausnahme bei der Art der Wesen machen«, halte ich dagegen. »Das geht gegen unsere Firmenpolitik.«

Nur kurz sieht er von seinem Glas auf. »Dann solltest du dich nach einer neuen Location umsehen.«

»Die Location ist perfekt.« Meine Stimme gleicht einem Knurren. »Es ist der Betreiber, der schwierig ist.«

Er schmunzelt. »Kleine, du hast keine Vorstellung davon, wie schwierig ich sein kann.«

4. Kapitel

Odessa

Dieser blöde, engstirnige, halsstarrige, herablassende ... *Kerl!*

Ich wünschte, ich könnte ihn treffender beleidigen, aber weder kenne ich seinen Namen noch seine Art. Er könnte ein Vampir sein, was ich allerdings nicht glaube. Trotzdem halte ich mich an den Grundsatz meiner Tante, dass ich jeden Mitarbeiter eines Events höflich behandeln soll. Gerade Vampire und andere langlebige Wesen wie Drachen hassen kaum etwas mehr als Respektlosigkeit an ihrer Person, weshalb ich ihn vorsichtshalber lieber weiterhin sieze. Äußerlich mag er aussehen, als sei er zwei oder drei Jahre älter als ich, aber wenn er ein Vampir ist, könnte er zwei- oder dreihundert Jahre älter sein.

Wobei ich den Kerl eher für einen Wandler halte, weil seine Gestalt menschlich war. Vielleicht ist er ja ein Bär, ein Habicht, ein Löwe oder ein Walross? Oh ja, ein Walross würde zu ihm passen!

In der Stadt gibt es nur wenige Wandler, die auf ein völlig menschliches Äußeres setzen. Die meisten lassen zumindest ein paar Merkmale ihrer wahren Gestalt durchschimmern. Schnurrhaare einer Katze, die Streifen eines Tigers, die Schlappohren eines Hundes – so etwas eben. Oder sie sind in ihrer wahren Gestalt unterwegs. Böse Zungen – denen wir von »Magical Mates« natürlich nicht zuhören – behaupten, dass in den Adern jener Wandler mit rein menschlichem Äußeren zu viel Menschenblut zirkuliert. Eine Rasse, die vor einigen Jahrhunderten ausgestorben ist, weil sie sich nicht anpassen konnte. In der heutigen Zeit gibt es kaum noch Aufzeichnungen über sie, und würden nicht einige Wandler auf ein menschliches Äußeres zurückgreifen, wüssten wir nicht, wie sie ausgesehen haben. Im Grunde ähneln sie den Fairys, nur dass sie größer und breiter waren und keine Flügel besaßen. Oder den Fae, zu denen auch meine Tante gehört, bloß ohne die spitzen Ohren und die Magieaffinität.

Allgemein gelten wir Fairys als eine Unterart der Fae, genauso wie all jene mit einer tierischen Gestalt als Wandler bezeichnet werden, die schließlich in die jeweiligen Arten heruntergebrochen werden. Auch bei Drachenwesen gibt es verschiedene Arten – mit und ohne Flügel, zwei oder vier Beine –, aber sie gelten als Drachen.

Vielleicht hat der Kerl auch einen Teil seiner wahren Gestalt gezeigt und ich konnte ihn hinter der Theke nur nicht sehen. Ein ausladender Walrossunterkörper, zum Beispiel.

Bei diesem Gedanken muss ich kichern, während ich meinen Trolley ausräume. Das Zimmer, das er mir zugewiesen hat, ist klein, aber zweckmäßig und sauber. Ich habe ein Badezimmer, in dem ich mich gerade so um die eigene Achse drehen kann, doch zumindest habe ich ein eigenes. Ansonsten dominieren ein großes hölzernes Bett und ein ebenfalls aus Holz gefertigter Schrank den Raum. Ein winziger Schreibtisch, auf dem kaum ein Laptop Platz hat, steht zusammen mit einem Stuhl unter dem Fenster. Ich habe schon in deutlich schlimmeren und kleineren Wohnungen gelebt. Im Gegensatz zu meinem Zimmer im Wohnheim grenzt dieses fast an Luxus.

Ein roter Teppich dämpft die Schritte in meinen High Heels, als ich meine wenigen Sachen in den Schrank hänge. Tante Priscilla hat mir eingeschärft, nie zu viel mitzunehmen und mich auf das Wesentliche zu konzentrieren – meine Arbeit. Also habe ich lediglich zwei Wechselblusen, eine frische Hose und Unterwäsche eingepackt.

Nachdem ich im Bad war und mein Schlafshirt angezogen habe, werfe ich mich aufs Bett, das angenehm nachfedert, und greife nach meinem Handy auf dem winzigen Nachttisch neben mir.

Und tatsächlich. Kein Empfang. Kein WLAN, in das ich mich einloggen könnte.

Ich hatte bereits bei der mangelnden Kaffeeauswahl am Bahnhof das Gefühl, dass diese Gegend barbarisch ist. Nun habe ich den sicheren Beweis.

So gern würde ich Tante Priscilla anrufen und ihr sagen, dass ich gut angekommen bin und sie sich voll auf mich verlassen kann. Denn ich werde mir weder von diesem Kerl noch von dem verdammten Sturm das Event vermiesen lassen! Gleich morgen früh werde ich mit den Vorbereitungen beginnen. Es wird ein Erfolg werden – koste es, was es wolle.

❄

Am Morgen werde ich von der aufgehenden Sonne geweckt, die mir direkt ins Gesicht scheint. Blinzelnd setze ich mich auf und reibe mir mit der Hand über die Augen. Im ersten Moment weiß ich nicht, woher das Licht kommt. Die Fenster meines Wohnheimzimmers zeigen nach Norden. Zwar kriege ich etwas Tageslicht ab, aber erst gegen Mittag, wenn die Sonne es über die umliegenden Hochhäuser geschafft hat. Direkte Sonnenstrahlen auf meiner Haut fühlen sich ungewohnt an. Meine schimmernden Flügel zaubern bunte Muster an die Wand hinter mir.

Wie immer greife ich als Erstes nach meinem Handy und bin erschrocken darüber, dass ich keine Nachrichten habe. Bis mir wieder einfällt, dass mich hier niemand erreicht. Seufzend steige ich aus dem Bett. Bestimmt gibt es hier so was Steinzeitliches wie ein Festnetz, damit ich wenigstens auf diese altmodische Weise über meinen Verbleib Auskunft geben kann. Ein paar Dekobestellungen muss ich ebenfalls machen.

Ob Amazon hierher liefert?

Das Wasser in der Dusche braucht ewig, bis es mich nicht mehr zu Eis erstarren lässt. Ich nehme mit lauwarm vorlieb, um nicht noch länger zu warten, obwohl ich morgens meine heiße Dusche fast genauso dringend brauche wie meinen Magic Spiced Latte.

Den ich ebenfalls abschreiben kann.

Während ich aus der Dusche wanke und wie ein ganzer Tannenwald dufte, weiß ich mit absoluter Sicherheit, dass heute ein richtig mieser Tag wird.

Doch davon lasse ich mich nicht einschüchtern!

Mit Nachdruck rubbele ich mich ab, föhne mein blondes Haar und ziehe mein Businesskostüm an, in dem ich das Gefühl habe, genauso unbesiegbar zu sein wie Tante Priscilla. Ein bisschen Make-up, die Haare zu einer stylischen Hochsteckfrisur gebunden, meine Heels und mein Handy – und schon fühle ich mich wie eine neue Fairy. Eine, die diesem miesen Tag den Mittelfinger zeigen und ihn zu einem herausragenden machen wird!

❄

Mein Enthusiasmus erhält einen herben Dämpfer, als ich in den Gastraum hinabsteige und den Kerl von gestern Abend vorfinde, wie er – *würg* – an einer Tasse voll schwarzem Kaffee nippt. Heute trägt er ein eng anliegendes dunkles Shirt, das seine Muskeln jedes Mal betont, wenn er die Tasse an die Lippen führt und sich das Gesöff in den Mund schüttet. Ich blinzele hastig, um alle Gedanken, die nichts mit meiner Aufgabe hier zu tun haben, zu vertreiben, und konzentriere mich auf den desaströsen Mangel an Zivilisation.

»Also«, sage ich, während ich näher stöckele, mein Handy auf den Tresen lege und zu den Videos anderer Events scrolle, die wir bereits in der Stadt abgehalten haben. »Ich habe mir Folgendes gedacht. Heute ...«

»Dir auch einen guten Morgen«, grummelt er in seine Tasse.

Der raue Klang seiner Stimme lässt mich in meinem Tatendrang innehalten. Obwohl seine Worte alles andere als freundlich waren, berührt sein Timbre etwas in mir. Ich kann nichts anderes tun, als ihn anzustarren. Keine Ahnung, warum ich hier bin oder was ich sagen wollte.

Er erwidert meinen Blick aus halb geschlossenen Lidern. Das Gold seiner Iriden wirkt im Schein des Tageslichts noch intensiver als gestern Abend. Fast als könne er in mich hineinschauen. Mehrmals bläht er die Nasenflügel, als wittere er etwas. Abgesehen davon steht er einfach nur da, die Tasse auf halbem Weg zu seinen Lippen.

»Gu...Guten Morgen«, bringe ich nach einer gefühlten Ewigkeit hervor. Ich streiche mir eine Haarsträhne hinters Ohr, lasse aber schnell die Hand sinken, als mir auffällt, wie nervös diese Geste wirkt.

»Kaffee?«, fragt er in die entstandene Stille hinein.

Mir ist klar, dass dies wohl das beste Friedensangebot ist, das ich von ihm erhalten werde. Es abzulehnen, wäre nicht nur unhöflich, sondern würde auch unsere Zusammenarbeit weiter verschlechtern. Denn so ungern ich es zugebe, bin ich doch auf seine Mithilfe angewiesen. In dieser abgeschiedenen Gegend kann ich nicht einfach in den nächsten Laden marschieren und alles kaufen, was ich brauche. Ich kann ja ohne Internet nicht einmal googeln, wo der nächste Laden ist!

Aber muss es sich bei diesem Friedensangebot unbedingt um puren Kaffee handeln?

Mein Blick fällt auf die Kanne mit der pechschwarzen Flüssigkeit neben ihm. Ich schlucke angestrengt.

»Ich ... ähm ... bin eher der Teetrinker«, versuche ich, sein Angebot abzuwiegeln. Ein Muskel zuckt unter seinem Auge. Hastig füge ich hinzu: »Aber da Sie schon eine ganze Kanne Kaffee gekocht haben, nehme ich gern eine Tasse.«

Verdammt, Odessa, wo hast du dich da nur reingeritten?, frage ich mich, als er eine frische Tasse mit Kaffee füllt und vor mir abstellt. Bei dem herben, bitteren Geruch dreht sich mir beinahe der Magen um, doch ich hake tapfer den Zeigefinger in den Henkel, halte die Luft an und führe die Tasse an die Lippen. Da der Kaffee brühheiß ist, muss ich nicht mehr als einen winzigen Schluck nehmen, um den Schein fürs Erste zu wahren. Trotzdem kostet es mich meine gesamte Willenskraft, nicht angeekelt das Gesicht zu verziehen.

»Zu stark?«, fragt er.

Ich setze ein tapferes Lächeln auf. »Geht schon.« Vorsichtig schiebe ich die Tasse ein Stück zur Seite, damit mir der bittere Geruch nicht bei jedem Atemzug in der Nase kratzt. »Ich möchte heute mit ein paar Veränderungen beginnen, bei denen ich Ihre Hilfe brauche.« Erneut öffne ich die Videos auf meinem Handy und drehe es so, dass er es sehen kann. »Bei diesem Event haben wir die Location in eine Art Unterwasserwelt verwandelt, da die Gäste hauptsächlich Fischwesen waren. Selkies, Meermenschen, Sirenen – Sie wissen schon.«

Stirnrunzelnd betrachtet er das Video, auf dem das Team von »Magical Mates« eine unterirdisch gelegene Diskothek optisch in ein riesiges Aquarium umgebaut hat. Ohne Wasser – das haben wir durch Licht und Projektionen simuliert –, aber mit Algen, Tanks mit Fischen, Korallen und Ähnlichem.

Zu der Zeit war ich noch keine Praktikantin im Unternehmen, aber ich habe mir alle vorangegangenen Events angeschaut, und das ist mir in besonderer Erinnerung geblieben, weil es bis ins kleinste Detail stimmig war. Ich war so begeistert, als ich das Video das erste Mal gesehen habe, dass ich nachts sogar davon geträumt habe. Von den betreuenden Mitarbeitern habe ich mir ihr Vorgehen haargenau beschreiben lassen, wodurch meine Begeisterung und der Respekt vor ihrer Arbeit nur noch weiter wuchs.

»Sag mir nicht, dass du so was hier auch machen willst«, brummt der Kerl.

Ich verbeiße mir einen säuerlichen Kommentar. Wie kann jemand nicht erkennen, wie viel Arbeit und Leidenschaft hinter der Ausrichtung dieses Events liegt?

»Nein«, antworte ich, nachdem ich meine Stimme halbwegs im Griff habe. »Das hiesige Event ist ja nicht bloß für Wasserwesen gedacht.«

»Wäre auch schwierig in einer Holzhütte im Schnee«, murmelt er in seinen Dreitagebart.

Ich presse die Lippen zusammen und zähle innerlich bis zehn. »Hören Sie, ich habe verstanden, dass Ihnen diese Hütte viel bedeutet, und ich verspreche Ihnen, dass ich nichts verändern werde, was Sie nicht zurückändern können, da Sie ja offenbar so viel Angst vor Modernisierung haben.«

»Angst?« Ein gefährlicher Unterton, fast ein Knurren schwingt in seiner Stimme mit.

Dennoch nicke ich knapp und ignoriere seinen Einwurf. »Unser Event wird keine Mottoparty per se, sondern eine Hommage an die Liebe, die auch zwischen verschiedenen Spezies Wurzeln schlagen kann.«

Eine Falte bildet sich zwischen seinen Augenbrauen, ehe er ein freudloses Lachen ausstößt. »Ich weiß nicht, wie es da läuft, wo du herkommst, Kleine, aber bei uns heiraten Lizards Lizards. Und Wertiger Wertiger und kriegen kleine Mini-Wertiger. Und Wolpertinger heiraten Wolpertinger und kriegen … einen ganzen Haufen Wolpertinger. Da gibt es keine … Liebe zwischen Spezies, weil jeder weiß, was sich gehört.«

Ich gebe ein Schnauben von mir. »Nicht nur Ihre Hütte sieht aus, als wäre seit dem letzten Jahrtausend nichts modernisiert worden. In Ihrem Kopf scheint es ebenso zu sein. Und wenn Sie ein Vampir sind, könnte es sogar mit dem letzten Jahrtausend hinhauen.«

Seine Miene verdüstert sich. »Ich bin kein Vampir.«

Hätte mich auch gewundert, denn Vampire haben mehr Stil und Klasse als du grantiger Griesgram. Aber das sage ich nicht laut. Wenigstens habe ich nun die Bestätigung, dass er kein Vampir ist. Aber er ist noch immer der Vertragspartner der Agentur. Muss ich ihn weiterhin siezen? Wie gern würde ich meine Tante anrufen und nachfragen … Um keinen Fehler zu machen, gehe ich lieber auf Nummer sicher.

Ich recke das Kinn. »Da, wo ich herkomme, nehmen die Restriktionen zwischen den Spezies immer weiter ab. Es gibt weder extra Züge noch extra Gebäude für die einzelnen Rassen. Sie alle leben friedlich zusammen. Ja, manchmal werden bestimmte Rassen gebeten, sich etwas anzupassen. Beispielsweise während der Rushhour, wenn Wandler dazu angehalten werden, nicht in ihrer meist größeren Form in der U-Bahn mitzufahren, sondern in ihr menschliches Äußeres zu wechseln, aber, wie gesagt, bezieht sich das auf den Platzmangel und ist ein Ersuchen, kein Befehl. Und falls Ihnen das noch niemand in diesem«, ich wedele mit der Hand, »etwas abgeschiedenen Fleckchen Erde gesagt hat: Die verschiedenen Rassen sind durchaus untereinander kompatibel.«

Er betrachtet mich mit einer Mischung aus Unglauben und Faszination. Letztere blitzt jedoch bloß für einen Moment in seinen goldenen Augen auf, ehe sie von Ablehnung verdrängt wird. »Du willst mir ernsthaft erzählen, dass eine Gnomin ein Kind von einem Minotaurus kriegen kann?«

Ich blinzele. »Nun, theoretisch ja. Praktisch könnte das … schwierig werden.« Meine Ohren fangen plötzlich an zu glühen, als ich mir die praktische Seite eine Sekunde zu lange vorstelle. »Was ich sagen will, ist, dass alle Rassen, auch im Sinne von Nachkommen, untereinander kompatibel sind. Mit der Ausführung dürfte es bei manchen Paarungen schwierig werden, aber darum geht es bei unserem Event ja nicht.«

»Sondern?«

Ich seufze. »Ich vergaß, dass ich mich mitten in der Wildnis befinde. Hier draußen dreht sich alles darum, die nächste Generation hervorzubringen, oder was?«

Mit dem leisesten Anflug eines Schmunzelns hebt er seine Kaffeetasse an die Lippen. Sein Blick schweift dabei durch den Gastraum, als könnte er dort etwas erkennen, wofür ich blind bin. »Wenn du wüsstest, wie es hier während der Saison zugeht, würdest du die Frage nicht stellen. Allerdings wissen meine Gäste, was sich gehört.«

»Unser Ansatz ist neu, das gebe ich zu«, sage ich so versöhnlich, wie es mir möglich ist.

Ich hasse kaum etwas mehr als das »Wir wissen, was sich gehört«-Argument. Meine Tante kämpft seit Jahren dagegen an – mit Erfolg. In der Stadt, wo es aufgrund Platzmangels von selbst immer mehr zur Aufweichung der festgelegten Viertel für bestimmte Spezies kam. Doch ich muss zum ersten Mal eigenständig dagegen argumentieren. Noch dazu in einer Gegend, wo unser Ansatz nicht bloß neu, sondern offenbar kontrovers ist.

»Wir von ›Magical Mates‹ sind Vorreiter, wenn es darum geht, eine Vermittlung von Gefährten der verschiedenen Rassen zu ermöglichen. Wir stützen unsere Erkenntnisse sowohl auf wissenschaftliche Belege als auch unsere Erfahrungen.«

Seine Aufmerksamkeit heftet sich abermals auf mich. »Und die wären?«

Ich atme tief ein und aus. Tante Priscilla hat sichergestellt, dass ich das Statement der Firma auswendig kenne. Aber der Kerl mir gegenüber wird sich nicht durch Zahlen beeindrucken lassen. Also versuche ich es auf eine andere Art. »Vielleicht ist die Frage zu intim, und ich respektiere, wenn Sie nicht antworten wollen, aber haben Sie bereits Ihre Gefährtin oder Ihren Gefährten gefunden?«

Er nimmt einen Schluck Kaffee, ehe er antwortet. »Nein.«

»Und Ihre Eltern? Waren sie Gefährten?«

Lediglich ein Zucken um seinen Mund verrät seine Gefühlslage. »Nein.«

»Wie viele Paare kennen Sie, die Gefährten sind?«

Er überlegt zwei Schlucke lang. »Vier.«

Ich nicke. »Das sind eine Menge.«

Bevor ich weiter mit meiner Erklärung ausholen kann, sagt er: »Dass die anderen keine Gefährten sind, bedeutet aber nicht, dass sie nicht glücklich miteinander sein können.«

»Das behauptet auch niemand«, beeile ich mich zu versichern, ehe die Stimmung kippt. »Die Teilnehmer des Events sind ausnahmslos Singles. Uns geht es nicht darum, bestehende Beziehungen auseinanderzubringen oder alles infrage zu stellen. Wir möchten lediglich eine neue Sichtweise verbreiten. Es gibt viele Wesen da draußen, die sich der Suche nach ihrem Schicksalspartner verschrieben haben. Doch wie sollen sie ihn finden, wenn sie bloß in den eigenen Reihen nach ihm oder ihr suchen?«

Der Kerl bläht die Nasenflügel; eine Geste, die mir schon mehrmals bei ihm aufgefallen ist. In der Stadt sehe ich sie nur selten. Unsere Umgebung ist derart übervoll von Gerüchen – und nicht selten auch Gestank –, dass sogar die Wesen, die stark auf ihren Geruchssinn bauen, dazu übergegangen sind, ihn kaum noch zu benutzen. Aber hier in der Abgeschiedenheit scheint er noch gut zu funktionieren. Ich schnuppere ebenfalls, kann jedoch abgesehen vom herben Kaffeegeruch nichts wahrnehmen, was den Kerl zu dieser Geste veranlasst haben könnte.

»Was ist mit denen, die nicht nach ihrem Gefährten suchen, sondern mit einer erfüllten Partnerschaft zufrieden sind?«, fragt er und fügt noch hinzu: »Ohne den ganzen Schicksalskram, meine ich.«

Ich zucke mit den Schultern. »Sie sind nicht unsere Klienten. Jedes Wesen kann tun und lassen, was sie oder er für richtig erachtet, aber zu uns kommen nur die, die sich nach der besonderen Partnerschaft sehnen. Nach einer Zusammengehörigkeit, die über jedes Gefühl hinausgeht. Nach einem Verstandenwerden, das keiner Worte bedarf. Nach einer Liebe, die alle Grenzen überwindet.«

Sein goldener Blick scheint sich direkt in mich hineinzubohren. »Du klingst, als hättest du bereits deinen Schicksalspartner gefunden.«

Ich zwinge mich zu einem Lächeln. »Leider nicht. Ich kenne bloß das Firmenhandbuch ganz gut. Und ich durfte mit eigenen Augen den Zauber von Gefährten bezeugen. Es hat immer etwas Magisches, wenn sie sich zum ersten Mal begegnen, zum ersten Mal berühren. Sogar als Außenstehender kann man es erkennen.« Da er nicht widerspricht, sondern mich nur weiter mit diesem unergründlichen Blick mustert, lenke ich das Gespräch schnell wieder in die gewünschten Bahnen. »Und ich hoffe sehr, dass wir beim Event eine ganze Menge dieser besonderen Magie spüren dürfen. Dazu habe ich mir Folgendes überlegt. Ich möchte den Charme der Hütte nutzen, um ...«

»Ach, jetzt hat meine altertümliche Hütte, die seit dem letzten Jahrtausend keine Modernisierung erfahren hat, plötzlich Charme?«, spottet er, ehe er einen weiteren Schluck Kaffee nimmt.

Ich übergehe seinen Spott und beende meinen Satz. »... um eine heimelige Atmosphäre zu schaffen. Zuerst wollte ich in Richtung Après-Ski gehen, aber das war meiner Tante, ich meine, meiner Chefin und mir dann doch zu banal. Davon wird es hier während der Saison sicher eine Menge geben. Wir wollen uns etwas absetzen, deshalb dachte ich an eine

Art mittelalterliches Gasthaus, in das die Reisenden nach einem anstrengenden Tag einkehren, sich am knisternden Kaminfeuer entspannen und …«

»Ich habe hier keinen Kamin.«

Ich stoße den Atem aus. »Wenn Sie mich nur ein einziges Mal ausreden lassen würden, würden sogar Sie die Atmosphäre spüren, die ich gerade zu vermitteln versuche!«

»Vielleicht bist du nur verdammt schlecht darin, Atmosphäre zu vermitteln.« Er schenkt sich Kaffee nach. »Vor allem, wenn du Einrichtungsgegenstände in deine sogenannte Atmosphäre einbeziehst, die schlichtweg nicht vorhanden sind. Ein Kamin macht vielleicht in einem Steingebäude Sinn, aber in einer Holzhütte …« Er pfeift zwischen den Zähnen hindurch, um seine in der Luft hängenden Worte zu unterstützen.

Ich hätte doch die andere Location im Wald ohne Wiederkehr nehmen sollen …

Gedanklich überschlage ich, wie viel Mehraufwand es bedeuten würde, noch auszuweichen. *Zu viel* ist die Antwort. Finanziell und logistisch wäre es nicht machbar. Noch dazu würde ich damit die Gäste verprellen, die sich für das Event hier angemeldet haben und vielleicht schon unterwegs sind. Nein, das kann ich meiner Tante nicht antun.

Nachdem ich ein paarmal tief durchgeatmet und mir vorgestellt habe, wie meine Wut und Frustration mit jedem Ausatmen aus mir weichen, setze ich ein freundlich-distanziertes Lächeln auf, das der Kerl nur mit einem Augenbrauenzucken quittiert.

»Ich werde nun damit fortfahren, Ihnen mein Konzept vorzustellen, und wünsche dabei keine Unterbrechungen.« Nachdem ich auf mein Handy getippt habe, startet ein weiteres Video. Diesmal eines von einem Mittelaltermarkt, den ich vor zwei Jahren besucht habe und bei dem »Magical Mates« nicht involviert war. Als der Kerl Luft holt, sage ich schnell: »Mir ist bewusst, dass wir draußen nicht viel aufbauen können, also sparen Sie sich den Kommentar!«

Schnell führt er seine Tasse an die Lippen und hüllt sich in wundervolles Schweigen.

»Es geht mir auch eher um diesen Part.«

Nach ein paar Sekunden schwenkt das von mir aufgenommene Video in den Innenraum eines großen Zeltes, der mit dicken Fellen ausgelegt ist. Mehrere lange Tische und Bänke sind aufgereiht. In der Mitte befindet sich ein Kochfeuer, über dem ein Kessel hängt. Schankmaiden, ausstaffiert mit Kleidern mit weißen Schürzen und dreieckigen Kopftüchern, laufen gut gelaunt zwischen den Tischen umher, stellen volle Krüge ab und wischen mit den Zipfeln ihrer Schürzen Flecken weg.

»So in etwa habe ich mir das vorgestellt«, sage ich, nachdem das Video geendet hat. »Die Felle und einige andere Dekoartikel werden von ›Magical Mates‹ geliefert. Ein paar weitere Dinge muss ich noch irgendwo kaufen, weil ich davon ausgegangen bin, dass es …« Ich sehe mich um. »… mehr Ausstattung gäbe, mit der ich arbeiten könnte.«

»Beleidigst du etwa schon wieder meine Hütte?«, grummelt der Kerl, ehe er seufzt. »Wie dem auch sei, ich enttäusche dich wirklich ungern, aber …«

»Tatsächlich?«, werfe ich ebenfalls mit einem Grummeln ein und sehe mit Genugtuung das Zucken unter seinem rechten Auge, weil ich ihm ins Wort gefallen bin.

»… du wirst nichts irgendwo kaufen können.«

Ich runzele die Stirn. »Sagen Sie mir nicht, dass es hier draußen keine Läden gibt! Liefert Amazon überhaupt in diese

Region?« Ich ziehe übertrieben scharf die Luft ein, als hätte ich etwas Verwerfliches von mir gegeben.

»Wir haben hier sehr wohl Geschäfte.«

Seine Miene verdüstert sich zusehends. Es mag kindisch sein, aber ich erfreue mich daran. Nachdem ich versucht habe, die ganze Sache professionell und freundlich anzugehen, und seine Spitzen, so gut es ging, zu ignorieren, bekämpfe ich nun Feuer mit Feuer.

»Wo liegt dann das Problem?«, frage ich süßlich.

Er erwidert mein falsches Lächeln genauso falsch und verursacht mir damit eine Gänsehaut. »Das Problem, Kleine, liegt darin, dass du es nicht rechtzeitig ins Tal und zurück schaffst, bevor der Sturm uns trifft. Und daran, dass deine Vorstellungen des Events ziemlich ... spezifisch sind.«

»Sturm?« Stirnrunzelnd sehe ich zu der hellen Front an bodentiefen Fenstern, erblicke die Berge an Schnee, die im Sonnenlicht glitzern, während über ihnen ein blauer Himmel strahlt. Keine Spur eines Sturms. »Für mich sieht das wie ein wundervoller Tag aus.«

»Für mich nicht«, brummt er halb in seine Tasse, ehe er sie mit einem kräftigen Schluck leert. Dann deutet er mit dem Finger auf ein paar Wolken, die zügig über den Himmel wandern. »In spätestens zwei Stunden trifft uns der Sturm mit voller Wucht. Deshalb mahne ich dich dazu, so schnell wie möglich Eduardo anzurufen, dich von ihm zum Bahnhof fahren zu lassen und den nächsten Zug nach Hause zu nehmen. Sonst kommst du die nächsten zwei Tage nicht mehr hier weg.«

»Zwei ... Tage?«, kiekse ich. »Aber das Event ist bereits in drei Tagen! Bis dahin muss ich noch so viel vorbereiten und ...«, mein Blick huscht zu ihm, »... ich kann unmöglich mit Ihnen für zwei Tage in dieser Hütte bleiben!«

Ich erleide ja schon nach zwei Stunden einen Nervenzusammenbruch, denke ich säuerlich.

Er schenkt mir ein Schmunzeln, bei dem es mir abwechselnd heiß und kalt wird. »Da drüben hängt das Telefon. Eduardos Nummer steht auf dem Zettel daneben. An deiner Stelle würde ich mich beeilen.«

Mein Blick huscht zu der hölzernen Stützsäule, an deren Seite ein dunkelgrünes Schnurtelefon hängt. Während ich noch überlege, ob ich in diesem Jahrtausend bereits ein solch nostalgisches Stück gesehen habe, setze ich mich in Bewegung. Wie der Kerl gesagt hat, hängt neben dem Telefon ein Zettel, der mit einer Reißzwecke im Holz befestigt ist. Auf ihm stehen mehrere Nummern.

Meine Finger zittern ebenso wie meine Flügel, als ich nach dem Hörer greife. Er gibt ein leises *Klick* von sich, als ich ihn aus der Vorrichtung nehme. Darunter kommt ein schwarzes Tastaturfeld zum Vorschein. Das Freizeichen tönt in meinem Ohr. Ich balle die freie Hand zur Faust, öffne sie wieder und strecke den Zeigefinger zum Tastaturfeld aus. Flink huscht er über die Ziffern. Hinter mir meine ich ein zufriedenes Brummeln von dem Kerl zu hören.

Aber da kennt er mich schlecht.

Bereits nach zweimaligem Tuten nimmt jemand ab.

»Carla, hier ist Odessa«, sage ich zur Sekretärin am anderen Ende. »Richtest du meiner Tante bitte aus, dass ich gut angekommen bin und mich um alles kümmern werde? Sie braucht sich keine Sorgen zu machen.« Ich drehe mich um. Die Telefonkordel schmiegt sich an meinen Arm, während ich dem Kerl fest in die goldenen Augen schaue. »Das Event wird wie geplant stattfinden. Mit den Widrigkeiten werde ich schon fertig.«

»Widrigkeiten?«, echot Carla.

Ich winke ab, obwohl sie die Geste nicht sehen kann. »Das Wetter spielt nicht mit. Grummelige Einheimische, die Probleme mit modernen Denkweisen haben. Das Übliche eben.«

Bei meinen Worten verengt er die goldenen Augen zu Schlitzen. Mich durchströmt ein solches Hochgefühl, dass ich grinsen muss.

»Aber damit komme ich klar«, versichere ich Carla.

»Wenn du meinst …«

Carla ist eine etwas ältere Vogelwandlerin, die seit dem ersten Tag von »Magical Mates« für meine Tante arbeitet. Über die Jahre hat sie ein untrügbares Gespür für Dinge entwickelt, die nicht rundlaufen. Natürlich spürt sie auch jetzt, dass ich mich mit dem Event womöglich überschätzt habe. Aber das werde ich nicht zugeben. Nicht hier, nicht dem Kerl gegenüber.

Nicht mir selbst gegenüber.

Tante Priscilla hat mir die Hand gereicht und mich wieder auf die Füße gezogen, als ich glaubte, nie wieder aufstehen zu können. Ich bin es ihr schuldig, das Event zu einem vollen Erfolg zu machen. Und mir bin ich es ebenfalls schuldig.

»Hier draußen habe ich leider keinen Empfang«, sage ich zu der betagten Sekretärin, »aber ich melde mich, wenn ich auf weitere Probleme stoßen sollte.«

»Gut«, entgegnet Carla nach einer Weile des Schweigens, während der ich die Luft angehalten habe. »Wir erwarten dich in einer Woche zurück.«

Mit beiden Händen umklammere ich den Hörer. »Ich werde ganz viele Fotos und Videos machen, damit ich sie euch zeigen kann«, verspreche ich lächelnd, obwohl ich mit den Tränen kämpfe. Ihre Worte gehen mir so nah, dass sie sich direkt in mein Herz graben. Ob sie das weiß? Bestimmt hat sie in meiner Akte von meinen Lebensumständen gelesen oder meine Tante hat ihr davon erzählt. Zu hören, dass jemand auf meine Rückkehr wartet – und sei es bloß aus geschäftlichen Gründen –, schiebt etwas in meinem Inneren an seinen rechtmäßigen Platz.

»Bis in einer Woche«, wispere ich in den Hörer, ehe ich ihn zurück in die Vorrichtung hänge.

Nachdem ich tief Luft geholt habe, drehe ich mich mit gerecktem Kinn zu dem Kerl um und begegne seinem Starren nach außen hin ungerührt. Innerlich winde ich mich jedoch unter seinem Blick. Ich kann nicht sagen, auf welche Weise.

»Also.« Ich stöckele mit wiegenden Hüften zurück zum Tresen. »Ich würde gern Ihre Dekorationen sehen. Vielleicht können wir davon etwas verwenden. Und wir müssen über das Catering reden. Wenn Sie am Abend des Events die Bar betreiben, brauchen Sie zudem ein besseres Outfit. Dieser Holzfäller-Stil passt nicht zu meinem Konzept.«

Mit Genugtuung nehme ich die pulsierende Ader an seiner Schläfe wahr und lächele. Ganz egal, was er mir gleich entgegenschleudern wird, ich werde damit fertig.

Ich werde mit *ihm* fertig. Wäre ja noch schöner, wenn ich mir von einem Hinterwäldler wie ihm alles verderben lassen würde!

5. Kapitel

Odessa

Der befürchtete Ausbruch bleibt aus. Das bedeutet aber nicht, dass es nicht in ihm brodelt wie in einem Vulkan kurz vor der Explosion.

Nachdem er schmollend und nicht ohne mich mit Blicken zu erdolchen, eine weitere Tasse Kaffee getrunken hat, gibt er mir mit einem Kopfnicken zu verstehen, dass ich ihm folgen soll. Er führt mich hinauf in die Etage, in der mein Zimmer liegt, zum Ende des Ganges.

»Da drin lagern sämtliche Dekoartikel«, teilt er mir mit. »Allerdings bezweifle ich, dass du darin etwas Passendes findest.«

»Lassen Sie das mal meine Sorge sein«, gebe ich zurück und betrete den Raum.

Er ist kleiner als mein Zimmer und bis zur Decke vollgestopft mit Kisten und Kartons. Die meisten sind beschriftet. Mir war klar, dass es höchstwahrscheinlich keine Mittelalterdeko geben wird, aber zwischen Plastikweihnachtsbäumen, monoton einfarbigen Weihnachtskugeln und Schneeflockenlichterketten sinkt mein Tatendrang. Kaum etwas davon kann ich umfunktionieren.

»Na, habe ich zu viel versprochen?«, fragt er mit einem unüberhörbaren Grinsen in der Stimme von der Tür aus, während ich eine Kiste nach der anderen inspiziere.

»Ich bin wirklich erstaunt, dass Sie sich mit so wenig über Wasser halten können«, schieße ich zurück. »Haben Ihre Gäste keinerlei Anspruch?«

»Meine Gäste«, grollt er, »kommen nicht zu mir wegen irgendwelcher blinkenden Deko oder sinnlosen Mottopartys.«

»Sondern weil das hier die einzige Hütte weit und breit ist?«

Sein Zähneknirschen ist so laut, dass ich es über mehrere Meter hinweg hören kann. »Es gibt durchaus noch andere Hütten und Hotels in der Gegend.«

Missmutig klappe ich den fünften Weihnachtskarton in Folge wieder zu und schiebe ihn zurück ins Regal. Dann drehe ich mich zu ihm um. »Erleuchten Sie mich. Was ist so toll an dieser Hütte? Was übersehe ich?«

Er verschränkt die Arme vor der Brust, lehnt sich mit der Schulter gegen den Türrahmen und sieht dabei auf eine verstörende Weise verdammt heiß aus. »Hast du meine Hütte vorhin nicht als charmant bezeichnet? Offenbar war das eine Lüge.«

»Sie hat durchaus Charme«, gebe ich zu. »Allerdings keinen, der mich beeindruckt. Ihr fehlt das gewisse Etwas. Sie ist eben«, ich zucke mit den Schultern, »eine Holzhütte. Mit einem besonderen Marketing könnte man so viel damit machen, aber Sie sträuben sich mit Händen und Füßen gegen Veränderungen.«

»Vielleicht bin ich zufrieden mit allem, wie es ist«, erwidert er.

Seufzend schüttele ich den Kopf. »Wie können Sie mit Stillstand zufrieden sein?«

»Ich stehe nicht still. Ich verändere nur nicht gern Dinge, die funktionieren.«

»Aber wenn sie besser funktionieren könnten, wenn Sie sie ändern, wäre das nicht von Vorteil?«

Er mustert mich von oben bis unten. »Kannst du mir das garantieren? Kannst du mir hier und heute versichern, dass sich alles zum Besseren verändert? Dass es keine Rückschläge gibt? Kein Zurückrudern? Keine Momente, in denen ich mich frage, ob es nicht doch besser gewesen wäre, wenn ich es nicht getan hätte?«

Ich blinzele, trotzdem kann ich den Eindruck nicht abschütteln, dass wir gerade über mehr als Modernisierungen an seiner Hütte sprechen.

Mit geneigtem Kopf mustere ich ihn genauso intensiv wie er mich. Noch immer kann ich nicht sagen, welcher Spezies er angehört. Höchstwahrscheinlich ein Wandler. Doch was für einer? Und wieso läuft er in der Sicherheit seiner Hütte in einer angepassten Gestalt herum? Das ist ungewöhnlich für diese Spezies. Normalerweise fühlen sie sich in ihrer wahren Form am wohlsten und richten ihr Zuhause dementsprechend ein. Lediglich im Zusammenleben mit anderen Spezies greifen sie auf ihre menschliche Form zurück. Aber an ihm entdecke ich keine Hinweise darauf, was er ist.

»Nein«, antworte ich auf seine Fragen hin. »Es gibt nie eine Garantie für irgendetwas. Veränderungen bedeuten immer, dass etwas schiefgehen kann. Dass es eine Weile dauern kann, bis man Gewohnheiten angepasst hat, damit sie mit den neuen Gegebenheiten konform sind. Das ist nicht immer einfach. Manchmal sogar schmerzhaft.«

Sein Blick wirkt dunkler, und erneut habe ich das Gefühl, als könnte er direkt in mich hineinschauen.

»Aber«, fahre ich fort, obwohl meine Stimme ein wenig zittert, »all das bedeutet nicht, dass man deshalb stehen bleiben sollte. Veränderungen mögen nicht immer einfach sein, doch sie sind notwendig. Früher oder später werden auch Sie mit dieser Hütte an einen Punkt gelangen, wo es nicht mehr weitergeht. Dass keine Gäste mehr kommen. Dass eine Saison wegen des Wetters nicht stattfinden kann. Dass die Hütte den Witterungen zum Opfer fällt. Was werden Sie dann tun? Werden Sie Anpassungen vornehmen? Vielleicht neue Kundschaft erschließen? Events außerhalb der Saison anbieten? Oder bauen Sie Ihre Hütte Holzpfahl für Holzpfahl wieder genauso auf, wie sie war, in der Hoffnung, dass sie diesmal nicht unter den Schneemassen zusammenbricht?«

Mehrmals öffnet und schließt er den Mund, ohne dass ein Ton herauskommt. Ich presse ebenfalls die Lippen zusammen, plötzlich überrascht von den vielen Worten, die ich von mir gegeben habe. Warum habe ich all das gesagt? Er mag es nicht wissen, aber ich habe mehr von mir gesprochen als von ihm. Denn vor ein paar Jahren war ich genauso wie er. Ich fürchtete mich regelrecht vor Veränderungen, weil sie nichts als Schmerz und Leid brachten. Jeden Tag wachte ich mit der Angst auf, dass etwas Furchtbares geschehen würde, was ich nicht beeinflussen könnte. Deshalb verkroch ich mich, wann es mir möglich war, um ja nichts Schreckliches ins Rollen zu bringen. An manchen wenigen Tagen fühlte ich mich sicher genug, um etwas zu unternehmen. Ich ging auf Partys anderer Spezies, wo mich niemand kannte. Wo mich niemand mit mitleidigen oder abschätzigen Blicken verfolgen konnte. Wo mir niemand zu nahe kam. Auf Satyrpartys und in Zwergenbars wurde ich als Fairy zwar schräg angesehen, aber ich hatte weniger Angst als unter meinesgleichen. Selbst unter den Fae, die uns Fairys sehr ähnlich sind, fühlte ich mich unwohl. Meine Angst zusammen mit dem anderen Makel war so stark, dass ich beinahe mein Studium abbrechen musste. Ich war kurz davor, alles zu verlieren, was ich noch hatte: meine Zukunft.

Dank Tante Priscilla ist es nicht so weit gekommen. Nur dank ihr habe ich noch ein Studium, einen Platz im Wohnheim, etwas zu essen und die Möglichkeit einer Zukunft. Ihr Glaube an mich hat meinen eigenen Glauben wieder entfacht. Mit ihrer Unterstützung konnte ich den Großteil der alten, ängstlichen Odessa abstreifen, die bei jedem Klopfen an der Tür zusammengezuckt ist, weil sie dachte, es würden erneut Beamte davorstehen, die sie von dem Tod ihrer Eltern unterrichteten. Sie bändigte die wilde Odessa, die einen magischen Gin Tonic nach dem anderen kippte und sich jedem erstbesten Kerl an den Hals warf, um die Leere in sich zu vergessen. Um zu vergessen, dass sie noch am Leben war, während alle, die sie je geliebt hat, tot waren und sie allein gelassen haben.

Ohne Tante Priscilla wäre ich vermutlich ebenfalls tot. Oder wünschte mir zumindest, ich wäre es.

Eine Weile betrachte ich den jungen Mann in der Tür und frage mich, ob ihm etwas Ähnliches widerfahren ist. Ob er ebenfalls alles verloren hat und sich deshalb mit aller Macht an diese Hütte klammert, weil sie das einzig Beständige in seinem Leben ist. Ob er sich deshalb gegen jede noch so kleine Veränderung sträubt.

Wenn meine Misere mich eines gelehrt hat, dann, dass es nichts bringt, sich an etwas festzuklammern. Auch wenn es schwerfällt, ist das Einzige, was einen weiterbringt, der nächste Schritt nach vorn.

Ich stehe auf und klopfe mir den Staub von der Hose. »Glauben Sie mir, ich weiß genau, wie schwer es ist, Veränderungen zuzulassen. Aber wenn Sie sie weiterhin aussperren, werden die Veränderungen Sie eines Tages trotzdem überrollen – ob Sie dafür bereit sind oder nicht. Und meistens sind wir es nicht, was es noch schwerer macht.«

Er schnaubt. »Du willst mich mit allen Mitteln von deinem dämlichen Event überzeugen, nicht wahr?«

»Nein«, antworte ich ruhig. »Ich spreche nur die Wahrheit aus, vor der Sie bis jetzt die Augen verschlossen haben. Es mag gerade keine Saison sein und das Wetter nicht mitspielen, aber Sie tun nichts anderes, als Gläser zu polieren und Kaffee zu trinken.« Ich deute auf die Kisten. »Bis auf Weihnachten und die Skisaison scheinen Sie keinerlei Umsatz zu machen, wie mir Ihre Deko beweist. Und selbst die sieht größtenteils so aus, als wäre sie seit Jahren nicht mehr ausgepackt worden. Woraus ich schließe, dass die letzten Jahre umsatztechnisch nicht sonderlich gut für Sie waren.«

Erneut verengt er die Augen zu Schlitzen, und ich weiß mit Sicherheit, dass ich ins Schwarze getroffen habe.

»Das ist auch der Grund, warum Sie dem Event zugestimmt haben, oder?« Ich neige den Kopf. »Weil Sie dringend die Nutzungsmiete brauchen, die Ihnen ›Magical Mates‹ im Voraus bezahlt hat.«

Die Muskeln an seinem Kiefer zucken, so fest mahlt er mit den Zähnen.

Ich mache drei Schritte auf ihn zu und bin ihm so nah, dass ich den Kopf in den Nacken legen muss, um ihm in die Augen sehen zu können. Zwar wusste ich bereits, dass er groß ist, aber zum ersten Mal trennen uns kein Bartresen oder mehrere Meter. Er überragt mich um mehr als einen Kopf, wirkt trotz seiner verkniffenen Miene aber gerade nicht einschüchternd auf mich.

Sondern eher gebrochen.

»Wenn das Event stattfindet«, sage ich ruhig, »werden Sie

noch mehr einnehmen als die Nutzungsmiete. Die Getränke, das Essen – all diese Einnahmen gehören Ihnen laut unseres Vertrags. Vielleicht finden Sie auch einen oder mehrere neue Stammgäste. Doch dafür müssen wir dieses Event bestmöglich auf die Beine stellen. Und das geht nur, wenn wir an einem Strang ziehen.« Für einen Moment senke ich den Blick. »Keiner von uns kann es sich leisten zu versagen.« Ich schaue wieder zu ihm auf. »Wir hatten nicht den besten Start. Wir müssen auch keine Freunde werden. Aber wir müssen zusammenarbeiten. Oder wir beenden das hier und jetzt und machen weiter wie bisher und leben mit den Konsequenzen.«

Er bläht die Nasenflügel, als er tief einatmet. Als er die Luft wieder ausstößt, wirken seine Gesichtszüge weicher als zuvor. »Du hast recht. Mit allem. Wenn ich weitermache wie bisher, halte ich vielleicht noch zwei oder drei Jahre durch, ehe ich die Hütte schließen muss. Mein Großvater würde sich im Grabe umdrehen. Zwar glaube ich noch immer nicht, dass dieses Event ein Erfolg wird, aber ich will mir hinterher nicht vorwerfen, ich hätte nicht alles versucht.«

Erleichtert atme auch ich durch. Sein Zugeständnis bedeutet noch lange nicht, dass wir zusammenarbeiten können, aber es ist ein Schritt in die richtige Richtung – genau wie der Kaffee heute Morgen. Er wusste nicht, dass es der schlimmsten Strafe für mich gleichkommt, dieses Gesöff trinken zu müssen, doch er wollte nett sein. Und ich wollte es ebenfalls. Wir beide müssen an uns arbeiten. Müssen festgetretene Pfade, die uns nirgendwo hinbringen, verlassen und uns auf neue wagen, auf denen wir vielleicht straucheln. Doch wir werden den Pfad gemeinsam bestreiten. Und vielleicht gelingt es uns, uns gegenseitig zum Weitergehen zu motivieren.

»Ich bin übrigens Odessa«, sage ich mit einem Lächeln und

strecke ihm die Hand entgegen. »Wenn wir ab jetzt zusammenarbeiten, sollte ich vielleicht … mit dem Siezen aufhören?« Am Ende hebe ich meine Stimme wie zu einer Frage an. Bisher habe ich wegen der Vorschriften daran festgehalten und weil ich bei meinem ersten eigenen Job keinesfalls von vornherein den Betreiber verärgern wollte. Doch jetzt haben wir nicht bloß einen Waffenstillstand geschlossen, sondern werden auch an einem Strang ziehen – wie auch immer das aussehen wird.

Er bedenkt mich mit einem Stirnrunzeln, sieht abwechselnd von meinem Gesicht zu meiner Hand und wieder zurück, ehe er sagt: »Ich bin Viktor.«

Die Art, wie er seinen Namen sagt, so tief und rau, bringt meine Flügel zum Zittern. Am besten wäre es, wenn ich einen Schritt zurück mache, um erneut etwas Abstand zwischen uns zu bringen und mich zu sammeln, doch ich lasse die Hand tapfer weiter ausgestreckt.

Als er sie mit einiger Verspätung schließlich ergreift, ist es, als würde sich mein Blut auf einen Schlag in glühende Lava verwandeln. Ausgehend von unserer Berührung rauscht es in Lichtgeschwindigkeit durch meinen gesamten Körper. Ich schnappe nach Luft, entwinde meine Hand seiner größeren, als hätte ich mich verbrannt. Vielleicht habe ich das. Anders kann ich das Glühen in meinem Körper nicht erklären. Das Brennen in meinen Wangen. Meinen zu schnellen Herzschlag.

Viktor erwidert meinen Blick. Ich kann nicht sagen, ob er erschrocken über mein Verhalten ist oder ob auch er diese merkwürdige Hitze gespürt hat. Ihn zu fragen, wage ich nicht, das wäre zu peinlich.

Stattdessen setze ich ein professionelles Lächeln auf und sage: »Dann frisch ans Werk! Wir haben eine Menge zu tun.«

6. Kapitel

Viktor

Mein gesamter Körper ist angespannt wie eine Bogensehne. Ohne mich zu rühren, sehe ich dabei zu, wie die kleine Fairy an mir vorbeirauscht. Wären da nicht ihre roten Wangen, ihr leicht verwirrter Gesichtsausdruck und das kaum merkliche Zucken ihrer filigranen Flügel, könnte ich glauben, sie hätte es nicht gespürt.

Während ich es bereits ahnte, als sie meine Hütte betrat. Auf diesen Heels, die bei jedem Schritt ein unverkennbares Klackern auf den Holzdielen vernehmen ließen und durch die ihre Beine noch länger wirken. Ich ahnte es schon, als der Winterwind ihren Duft zu mir trug, der einen Teil in mir aufweckte, der für gewöhnlich friedlich schlummert. Aber seit gestern Nachmittag ist er wach, und ich habe alle Mühe, ihm nicht die Zügel zu überlassen.

Bevor diese Datingagentur sich bei mir gemeldet hatte, habe ich nie auch nur in Betracht gezogen, dass so was wie Gefährten aus verschiedenen Spezies überhaupt existieren. Ich bin davon ausgegangen, dass alle, die ihren Seelenpartner nie gefunden haben, einfach Pech hatten. Ihre Beziehungen waren in meinen Augen nicht weniger wert als jene, denen das Glück gewogen war. Das Gerede der Agentur hielt ich für nichts anderes als einen schnelllebigen Trend aus der Großstadt, wo die Leute so verzweifelt und einsam waren, dass sie alles glaubten, was man ihnen erzählte. Ich stimmte dem Event lediglich zu, weil ich das Geld brauche. *Dringend.*

Die Weihnachtsfeiertage sind zwar gerade erst vorbei, doch in meiner Kasse klafft ein riesiges Loch. Ich kann nicht einmal sagen, woran es lag, dass weniger Gäste vor und während Weihnachten da waren, aber ich weiß mit Sicherheit, dass ich es ohne dieses Event nicht bis zur Skisaison nach den Frühjahrsstürmen schaffen werde. Jedes Jahr setzen die Stürme früher ein, wüten heftiger als zuvor und bringen neben Umsatzeinbußen, weil sich kein Einheimischer vor die Tür traut, sehr viele Reparaturarbeiten an der Hütte mit sich. Rund um die Uhr bin ich hier, repariere und hoffe auf Gäste, die wenigstens genug Geld in die Kasse spülen, um die wichtigsten Kosten zu decken.

Der Fairy – Odessa – gegenüber habe ich zwar von zwei bis drei Jahren gesprochen, die ich noch durchhalte, aber die Wahrheit sieht anders aus. Wenn kein Wunder geschieht, werde ich nach der nächsten Saison zusperren müssen. Sofern ich es überhaupt bis dahin schaffe.

Trotzdem wollte ich, dass Odessa sofort wieder ihren Trolley schnappt und auf ihren sexy Heels aus meiner Hütte stöckelt. Ihre bloße Anwesenheit macht mich dünnhäutig. Außerdem glaube ich nicht an ihr Konzept. Das funktioniert vielleicht in der Stadt, aber definitiv nicht hier bei uns, wo jeder in seinem Denken so festgefahren ist, dass er keine andere Sichtweise zulässt. Auch ich hätte das nicht. Bis sie vor mir stand und sich von meinem Gegrummel nicht einschüchtern ließ.

Die frühen Stürme werden all ihre Ideen hinfortwehen, und ich wünschte, sie würde mit ihnen verschwinden.

Es war keine Lüge, als ich ihr sagte, alle hier wüssten, was sich gehört. Obwohl viele von ihnen gebildete Leute sind – nicht wenige haben in großen Städten studiert und gearbeitet –, ist der Ansatz von »Magical Mates« derart neu, dass es Jahre, wenn nicht Generationen dauern wird, bis er in abgelegenen Gebieten wie diesem auf fruchtbaren Boden fällt.

Aufgrund der Stürme befürchte ich, dass keiner der geladenen Gäste den Weg hierher findet. Und wegen des Themas können wir auch auf keine der hiesigen Bewohner hoffen.

Bereits als ich den Wetterbericht für die kommenden Tage gesehen habe, wusste ich, dass das Event nicht stattfinden kann. Ich habe sogar die Datingagentur informiert, doch ihre Vertreterin war schon unterwegs.

Seit gestern ist sie hier. Unter meinem Dach.

Und ich habe keinen blassen Schimmer, wie lange ich das noch aushalte.

Ich will, dass sie geht, damit ihr Duft, ihre Blicke und die Art, wie ihre Flügel bei jeder ihrer Bewegungen zucken, mich nicht mehr in den Wahnsinn treiben. Ich will, dass sie geht, damit ich nicht die Enttäuschung in ihrer Miene sehen muss, wenn auch sie begreift, dass das Event zum Scheitern verurteilt ist. Ich will, dass sie geht, damit ich zu meinem alten, langweiligen und zugleich schwierigen Leben zurückkehren kann, bevor sie in meine Hütte gestöckelt kam. Ich will, dass sie geht, damit ich mich nicht noch mehr in etwas hineinsteigere, was nie Wirklichkeit werden kann.

Früher oder später werde ich eine freundliche Wandlerin finden, die an meiner Seite bleiben und mit mir glücklich werden will. Ich brauche diesen Schicksalskram nicht.

Und erst recht brauche ich keine Gefährtin, die derart fragil und filigran ist wie Odessa.

All das bete ich mir herunter, während ich noch immer wie erstarrt in meinem Lagerraum stehe, der die kümmerliche Auswahl meiner Deko beinhaltet. Die Luft ist nach wie vor erfüllt von ihrem Duft, obwohl es hier drin normalerweise muffig riecht. Nun riecht der Raum nach den unendlichen Möglichkeiten eines Frühlingsanbruchs.

Schnell schüttele ich den Kopf. Was denke ich denn da? Ich zupfe mein Hemd zurecht und folge ihr hinaus.

*

Meine Schritte beschleunigen sich, als ich Odessas spitzen Schrei höre. So schnell ich kann, haste ich zurück in den Gastraum im Erdgeschoss. Bereits aus einigen Metern Entfernung vernehme ich ihre Stimme.

»Du hast mich aber erschreckt!« Kurze Pause, in der ihre Heels über den Boden klackern. »Wer bist du denn?«

Ihr antwortet ein grelles »Wuff«, das sich eher wie ein verschnupftes »Waurgh« anhört.

Seufzend trete ich näher und brumme: »An deinem Wachhunddasein müssen wir noch arbeiten.«

Odessa hat sich hingekniet, dreht den Kopf zu mir und schaut zu mir auf, während sie das einzige Wesen streichelt, mit dem ich seit gut fünf Jahren mein Leben teile. Seine Zunge hängt seitlich aus dem Maul, während er den fast kahlen Kopf gegen Odessas ausgestreckte Hand schmiegt.

»Ist das dein Hund?«, fragt sie, nachdem sie sich wieder umgedreht hat.

Ich verschränke die Arme und brumme: »Das überlege ich mir noch.«

Odessa gibt ein Lachen von sich – ob wegen meines Kommentars oder weil der Hund sich gerade vor ihr auf den Rücken gedreht hat, um ihr seinen Bauch zu präsentieren, weiß ich nicht. Wahrscheinlicher ist aber Letzteres, denn sie stößt ein erfreutes Quietschen aus, ehe sie den kleinen Verräter am Bauch krault.

»Eigentlich ist er hier, um auf die Hütte aufzupassen, wenn gerade keine Gäste da sind«, sage ich, ohne den Blick von Odessas Finger zu nehmen.

»Und uneigentlich?«, fragt sie mit einem kecken Grinsen in meine Richtung.

Ich schmunzele über das Wort, wiederhole es aber. »Uneigentlich habe ich ihn vor einem echt miesen Schicksal bewahrt. Er stammt aus schlechter Haltung, deshalb fehlt ihm teilweise das Fell.«

Als ich ihn aus diesem dunklen Loch herausgeholt habe, war er fast völlig kahl. An den meisten Stellen ist sein braunes Fell mittlerweile nachgewachsen. Bloß am Kopf und an der rechten Flanke hat er nicht mehr als ein bisschen Flaum, durch den die helle Haut durchschimmert. Und an den Stellen, wo sich wulstiges Narbengewebe gebildet hat.

»Wie heißt er?«, fragt Odessa, ohne ihr Kraulen zu unterbrechen.

Ich brauche einen Moment, um ihre Frage zu beantworten. Zu gebannt bin ich von der Bewegung ihrer Finger und dem verzückten Ausdruck im Gesicht meines »Wachhundes«. Ein nicht geringer Teil von mir würde am liebsten sofort mit ihm tauschen.

»Sven«, bringe ich hervor.

Als er seinen Namen hört, springt Sven auf, wedelt mit dem Schwanz und sieht mich erwartungsvoll an. Wenn er steht, überragt er die kniende Fairy neben sich ein Stück. Aber davon lässt sie sich nicht einschüchtern. Abermals streckt sie die Hand nach ihm aus. Und Sven unternimmt nichts dagegen.

Das verwundert mich. In den letzten knapp fünf Jahren hat er bereits einige Einbrecher das Fürchten gelehrt und nicht wenige, die dumm genug waren, während meiner Abwesenheit hier einsteigen zu wollen, schwer verletzt. Nicht einmal zu Eduardo, der regelmäßig ein und aus geht, auch wenn ich nicht geöffnet habe, hat Sven eine Bindung aufgebaut. Meist beäugt er den Lizard von seinem Platz in der Ecke und gibt ein bedrohliches Knurren von sich, wenn Eduardo einen Schritt zu viel in seine Richtung setzt.

Heute Morgen habe ich Sven wie selbstverständlich mitgebracht und nicht daran gedacht, dass ich einen Gast habe. Vielleicht habe ich auch gehofft, dass Odessa bereits abgereist ist. Nach dem, was auch immer vorhin zwischen uns im Lagerraum geschehen ist, habe ich Svens Anwesenheit vergessen. Ich könnte mich dafür ohrfeigen, schließlich hätte er sie anfallen und ihre halb durchsichtigen Flügel zerfetzen können, durch die gerade das Tageslicht in allen Farben schimmert.

»Ich hätte dich nicht für einen Hundetyp gehalten«, sagt Odessa, während sie Sven streichelt.

Ich ziehe eine Augenbraue hoch. »Ach nein?«

Sie dreht den Kopf zu mir und betrachtet mich von oben bis unten. Ein warmer Schauer rinnt mir die Wirbelsäule hinab. »Du wirkst eher wie ein Katzentyp. Das liegt bestimmt an deiner wahren Gestalt. Ich überlege schon die ganze Zeit, was du bist. Ein Puma? Ein Tiger? Oh, ich weiß es! Ein Panther, nicht wahr?«

Ich schmunzele. »Ganz kalt.«

Sie spitzt die Lippen zu einem Schmollmund. »Wirklich? Dabei war ich mir so sicher …«

Sie betrachtet mich mit diesem Blick, den ich viel zu oft zugeworfen kriege, weil ich stets in meinem angepassten Äußeren unterwegs bin. Normalerweise kümmert mich das nicht. Bei ihr macht es mir jedoch etwas aus. Allerdings nicht genug, um mein »wahres Ich«, wie sie es nannte, an die Oberfläche zu lassen. Für mich ist es ein Ärgernis. Ein anderer Teil in mir, der nichts als Schwierigkeiten macht, wenn ich ihm zu viel Freiraum gewähre. Ich habe ihn bereits so lange unterdrückt, dass ich ihn tage-, manchmal auch wochenlang nicht mehr spüre. Doch seit gestern kratzt er unentwegt in meinem Inneren. Bettelt darum, freigelassen zu werden und sich dieser Frau, die er als sein Gegenstück auserkoren hat, präsentieren zu dürfen.

Träum weiter.

Eine leise Stimme will wissen, was Odessa über mein anderes Ich denken würde. Da sie in der Stadt aufgewachsen ist, ist sie bestimmt mit Wandlern aller Rassen, Größen und Formen vertraut.

In unserem abgelegenen Örtchen Moon Haven zählte ich schon als Kind zu den größten und stärksten Wandlern. Zu groß und zu stark, um unbeachtet zu bleiben. Oder um ein Leben ohne Zwischenfälle führen zu können.

Nach wie vor betrachtet Odessa mich eindringlich, als könnte sie direkt in mein Inneres schauen und alle Geheimnisse offenlegen, die ich vor ihr und den meisten anderen verberge. »Du kannst kein Löwe sein«, sinniert sie weiter. »Die leben in Gruppen und sind keine ...« Sie beißt sich auf die volle Unterlippe.

»Keine eigenbrötlerischen Kerle, die in einer Hütte fernab der Zivilisation leben?«, beende ich ihren Satz. »Falls es dir damit besser geht: Ich lebe nicht hier. Diese Hütte ist nur für

Gäste. Meine liegt ein paar Meter den Hang hinauf. Leider ist sie zum Großteil unter den Schneemassen begraben, weshalb ich Sven und meine anderen wichtigsten Sachen hergebracht habe.«

Odessa runzelt die Stirn, grinst dann aber. »Muss ich mich jetzt vor dir fürchten?«

Das solltest du, will ich ihr antworten, schüttele jedoch den Kopf.

»Erzähl mir lieber, wie wir dein Event angehen«, sage ich stattdessen.

Sie erhebt sich, lässt aber weiterhin eine Hand auf Svens Kopf ruhen, der unser Gespräch aufmerksam verfolgt hat und mich nun mit einem Blick betrachtet, als wolle er fragen, was mein Problem ist. Gut möglich, dass ich ihm gestern Abend von einer nervigen Fairy erzählt habe, die in meine Gasthütte gestöckelt kam, um mein gesamtes Leben umzukrempeln. Im Gegensatz zu mir scheint er jedoch von Odessa angetan zu sein. Und ich kann es ihm nicht verdenken.

Odessas grüne Augen leuchten auf meine Frage hin noch heller als das erste Moos, das sich nach einem harten Winter den Weg durch die Schneedecke bahnt. »Das wird großartig! Wir werden alles dekorieren und ein passendes Menü vorbereiten und uns verkleiden, damit wir ...«

»Ich werde mich garantiert nicht verkleiden«, falle ich ihr ins Wort.

Ihr erneuter Schmollmund zieht meine Aufmerksamkeit abermals auf ihre Lippen. »Du kannst nicht während eines Mittelalterevents in einem karierten Hemd und Jeans herumlaufen. Das macht die Immersion kaputt.«

»Ja, was auch immer«, brumme ich. »Kein Kostüm für mich.«

Sie verdreht die Augen. »Dann musst du dich eben im Hintergrund halten.«

»Und wer kümmert sich dann um die Getränke? Und das Essen?«

Sie öffnet den Mund, zweifelsohne, um zu einer weiteren Erwiderung auszuholen, stoppt dann aber und fragt: »Wirst du etwa das Essen zubereiten?«

Ich zucke mit den Schultern. »Mache ich schon, seit mir die Hütte gehört. Bisher hat sich noch nie jemand beschwert.«

Ihre Mundwinkel zucken. »Du meinst die wenigen Gäste, die den Weg außerhalb der Saison hierherfinden?«

Den Seitenhieb habe ich verdient. Womöglich hätte ich ihr nicht von meiner schwierigen finanziellen Situation erzählen sollen, doch es hatte keinen Sinn, es zu verheimlichen. Ich brauche das Geld, das ihre Agentur mir für das Event zahlt. Von den zusätzlichen Einnahmen für Speisen und Getränke ganz zu schweigen.

Ich recke das Kinn. »Es liegt nicht an meinem Essen, dass so wenig Gäste kommen. Ich kann gut kochen.«

»Woran dann?«

Vor dieser Frage habe ich mich gefürchtet. Ich habe zu lange gebraucht, um mir selbst den Grund einzugestehen. Und nun soll ich ihn einer Wildfremden erklären, die noch dazu keine Wandlerin ist? Ganz sicher nicht.

Ich wende mich ab. »Das würdest du nicht verstehen.«

Ihre Absätze klackern, als sie drei Schritte macht, um sich wieder in mein Sichtfeld zu schieben. Sven folgt ihr auf dem Fuße. »Ich bin ganz gut darin, Dinge zu verstehen und Lösungen zu finden. Das ist mein Job. Oder«, eine Spur verlegen streicht sie sich eine blonde Haarsträhne hinter das spitze

Ohr, »es wird hoffentlich mein Job werden, wenn ich das hier gut mache.«

Ich presse die Lippen aufeinander. Unser beider Zukunft hängt von diesem Event ab, und ich verhalte mich wie ein Idiot. Das ist mir klar, aber ich kann nicht aus meiner Haut. Zumal ich auf die harte Tour gelernt habe, dass Veränderungen nichts als Kummer bedeuten.

Aber wenn ich weitermache wie bisher, werde ich alles verlieren, was mir geblieben ist. Mein Blick löst sich von Odessa und huscht zu Sven, der mich aufmerksam beobachtet. Manchmal wünschte ich, dass wir miteinander reden könnten, aber so ähnlich sich unsere Spezies auch sind, sind wir doch zu verschieden. Trotzdem ist er mein bester Freund und treuester Gefährte. Ohne ihn wäre ich an einem dunkleren Ort als diesem. Wenn ich mich weiterhin weigere, mit Odessa zusammenzuarbeiten, werden Sven und ich unser Dach über dem Kopf verlieren. Dann bleibt mir nichts anderes übrig, als auf allen vieren und mit demütig gesenktem Haupt zu *ihnen* zurückzukriechen. Und Sven wird einen neuen Besitzer bekommen müssen.

Ich schließe für einen Moment die Augen, atme zweimal tief durch und wende mich wieder an Odessa.

»Dieses Gebiet ist das Territorium eines Wandlerclans, zu dem ich … ebenfalls gehöre. Oder gehörte«, sage ich. »Ich habe mich schon vor Jahren von ihnen abgewandt und will nichts mit ihnen zu tun haben. Dass ich hier leben und arbeiten darf, habe ich meinem Großvater zu verdanken. Und einer sehr klaren Linie, die ich bei meinem Weggang gezogen habe.« Wie von selbst ballen sich meine Hände zu Fäusten und pulsieren, als könnte ich erneut die Schmerzen spüren, die mich durchzuckten, wann immer sie ihr Ziel trafen.

»Wenn ich scheitere, wird die Gasthütte, meine Wohnhütte und das Land, auf dem sie stehen, an den Clan zurückfallen.«

Odessa nickt zögerlich. »Das habe ich verstanden. Was ich nicht verstehe, ist, was das mit den wenigen Gästen zu tun hat. Dieser ganze Ort ist so idyllisch, dass er in den besseren Monaten von Touristen aus den Städten förmlich überrannt werden müsste.«

»Der Wandlerclan sorgt dafür, dass das nicht passiert«, sage ich düster.

Sie neigt den Kopf. »Ein territorialer Clan, also.« Als sie nachdenkt, huscht ihr Blick ziellos durch den Gastraum. »Während der Saison lassen sie dich und deine Gäste in Ruhe?«

»Dann sind sie nicht da«, antworte ich. »Ihr Gebiet ist groß. Sie lehnen technischen Fortschritt zum größten Teil ab, deshalb kümmern sie sich noch auf die gute altmodische Art um die Grenzen: Sie kontrollieren sie persönlich. So habe ich zwischendurch Ruhe. Und kurz nach dem Jahreswechsel, wenn die Stürme hier zu sehr wüten. Dann ziehen sie sich in die Täler zurück, wo es geschützter ist. Direkt danach ist die Saison, die ich ausnutzen kann, weil sie noch nicht zurück sind.«

Odessa sieht aus dem Fenster und betrachtet die dunklen Wolken, die nun aufgezogen sind, wie ich es vorhergesagt habe. »Sie sind jetzt also ... weg?«

»Sie haben sich in ihr geschütztes Gebiet verkrochen, ja.«

»Und dort bleiben sie nicht, weil ...?«

»Weil das hier ebenfalls zu ihrem Gebiet gehört.« Ich verziehe den Mund. »Und sie werden nicht müde, mir das unter die Nase zu reiben. Dass ich nur dank ihres Großmutes hier sein darf. Dass ich ein Fremder auf ihrem Land bin, seit ich ihnen den Rücken gekehrt habe. Ohne Rechte. Ohne Privilegien.«

»Was ist mit den anderen Bewohnern Moon Havens? Dass du unter dem Wandlerclan zu leiden hast, verstehe ich. Aber was ist mit Eduardo oder dem jungen Zentauren, der im Bahnhof im Coffeeshop arbeitet?«

»Die Bewohner haben wenig vom Wandlerclan zu befürchten. Sie sind … geduldet, sozusagen. Seit es die Zugroute gibt, kann der Clan nicht mehr kontrollieren, wer ihr Gebiet betritt und verlässt. Deshalb sind sie dazu übergegangen, von den hiesigen Betrieben, die Außenländer bedienen, Abgaben zu fordern.«

Ihre Augenbrauen schießen in die Höhe. »Das klingt ja fast wie die Mafia.«

Ich schenke ihr ein freudloses Lächeln. »Davon habe ich gehört. Sie soll es in den größeren Städten gegeben haben.«

Odessa nickt. »Aber sie ist zerschlagen worden. Für solche Machenschaften ist in einer Stadt voller Vielfalt und Möglichkeiten kein Platz. Es ist schon lange her, seit es die Mafia gab. Noch vor meiner Geburt. Ich kenne sie auch nur aus den Erzählungen. Dass hier draußen noch ähnliche Konstrukte existieren, schockiert mich. Auch dieses territoriale Gehabe.« Sie schüttelt beinahe mitleidig den Kopf. »Das wäre bei uns unvorstellbar.«

»Gibt es in den Städten keine territorialen Wandler und Wesen?«

Sie schürzt die Lippen. »In gewissem Sinne schon. Wir haben Stadtteile für sie, die sie aber verlassen und andere betreten dürfen. Wolf Town ist das größte, gefolgt von Lion Den. In diesen Vierteln gibt es bis heute strenge Hierarchien und Traditionen. ›Magical Mates‹ hat es sich mit einigen anderen

Agenturen und Organisationen zur Aufgabe gemacht, diese nach und nach aufzuweichen, um neuen Generationen andere Wege zu ermöglichen. Nicht jeder Wolfswandler muss darum kämpfen, zu einem Alpha aufzusteigen.«

Ich schmunzele. »So läuft das nicht. Man wird zum Alpha geboren und tritt dann gegen den amtierenden Alpha an, wenn es an der Zeit ist.«

Sie blinzelt mich an, ehe sie den Kopf neigt. »Für einen Katzentyp kennst du dich ziemlich gut mit Wolfszeug aus.«

»Und du dich erschreckend wenig mit den kulturellen Unterschieden der Wandler«, kontere ich. »Ist das nicht wichtig in eurer Agentur für ...«, ich wedele mit der Hand, »... den Findungsprozess?«

Odessa öffnet den Mund, schließt ihn jedoch gleich wieder. Eine zarte Röte überzieht ihre Wangen, als sie meinem Blick ausweicht. Auch ohne dass sie es ausspricht, weiß ich, dass ihr gerade unser Handschlag von vorhin durch den Kopf geht.

»Ich lerne noch die Grundlagen«, gibt sie leise zu. »Sie sind wichtig für den korrekten Umgang mit Kunden und für Problemlösungen, aber nicht für ... den Prozess. Das geschieht von ganz allein. Unsere Aufgabe ist es lediglich, die richtigen Wesen zusammenzubringen und ihnen zu versichern, dass sie zueinandergehören, auch wenn sie sich äußerlich unterscheiden.« Sie nimmt einen so tiefen Atemzug, dass sich ihr Jackett um die Brust spannt. »Und genau das werden wir hier tun. Dieser Clan ist gerade nicht da, richtig?«

»Richtig, aber ...«

Sie hebt die Hand. »Also werden wir jetzt alles vorbereiten. Und ich will von dir das Wort ›Aber‹ nicht mehr hören. Das hier«, sie breitet die Arme aus, »ist unsere einzige

Chance. Wir werden es uns ewig vorwerfen, wenn wir nicht alles dafür geben.«

Sven gibt ein zustimmendes Wuffen von sich, als hätte er jedes Wort verstanden.

Und ich kann nichts anderes tun, als zu nicken.

7. Kapitel

Viktor

Ich habe noch nie eine Präsentation gesehen, die mit solcher Hingabe vorgetragen wurde wie Odessas Eventbriefing. Zugegeben, es war meine erste Präsentation, aber ich bezweifle, dass dies irgendwas toppen kann. Ihr herzförmiges Gesicht strahlte geradezu, als sie mir die einzelnen Folien auf ihrem Tablet zeigte, die hauptsächlich aus vielen Bildern und einzelnen Videos bestanden. Sogar ich ließ mich von ihrem Enthusiasmus anstecken und konnte nicht anders, als ihr Lächeln zu erwidern. Was sie kurzzeitig aus dem Konzept brachte und wodurch sie niedlicher wirkte, als gut für mich ist.

Zwar bin ich noch immer der Meinung, dass ein Mittelalterevent nicht das ist, was wir hier umsetzen können und sollten, doch ich brachte es nicht über mich, ihr das zu sagen. Spätestens als sie mir die Folien zeigte, auf denen sie im Detail die Kleidung, die Deko und das Menü geplant hatte, verstand ich, mit welcher Leidenschaft sie sich dem Thema widmete. Wie viel sie dafür gibt, um das Event zu einem Erfolg zu machen, obwohl für sie weit weniger auf dem Spiel steht als für mich. Und das weckte meinen Ehrgeiz.

Leider täuschen weder Leidenschaft noch Ehrgeiz darüber hinweg, dass ihre Planung gravierende Mängel aufweist.

»Die Deko wird uns nicht mehr rechtzeitig erreichen«, sage ich, nachdem Odessa ihre Präsentation mit einer kleinen Verbeugung beendet hat. »Und dein Gepäck sah nicht so aus, als hättest du die Kostüme und Zutaten für das Menü darin.«

Ich könnte mich für meine Worte ohrfeigen, denn sie verscheuchen das Leuchten, das bis eben ihr Gesicht und ihre Augen erhellte. Nun bildet sich eine Falte zwischen ihren Augenbrauen und ihre Mundwinkel hängen herab. Sven gibt neben mir ein tadelndes Brummen von sich.

Bevor ich mich gedanklich weiter zur Schnecke machen und mich bei ihr entschuldigen kann, strafft Odessa den Rücken. »Ich bin mir sicher, dass ich in Moon Haven genau das Richtige für unser Event finde. Vielleicht nicht exakt das, was ich geplant habe, aber wir müssen eben flexibel sein und improvisieren. Du könntest währenddessen im Gastraum und der Küche alles vorbereiten, bis ich zurück bin.«

Ich runzele die Stirn. »Da draußen zieht ein Sturm auf. Es ist gefährlich, bis ins Tal zu laufen.«

Sie winkt ab. »Ich bin schnell. Das muss ich sein, wenn ich die nächste U-Bahn in der Stadt erwischen will.« Sie zwinkert mir zu und grinst dabei frech. »Wenn es windstill wäre, könnte ich vielleicht ein Stück hinab ins Tal gleiten, aber zu Fuß bin ich auch flink. Glaub mir, ich bin schneller wieder da, als dir lieb ist.«

Ich wage nicht, ihr zu widersprechen. Denn ich weiß, dass ich mit jedem Wort erneut das Lächeln aus ihrem Gesicht tilgen würde.

»Ich sollte gehen«, sage ich dennoch, obwohl sie sich bereits abgewandt hat. »Ich kenne mich besser aus als du und …«

Ihr Rücken verkrampft sich, während sie sich das Tablet fest gegen die Brust drückt. »Nein. Es ist meine Aufgabe, das

Event vorzubereiten. Du bist für das Essen und die Getränke zuständig. Da kann ich nicht auch noch von dir erwarten, dass du die Einkäufe für die Deko erledigst. Ich komme zurecht. Das tue ich schon immer.«

Ihre Worte klingen gepresst, und ich werde das Gefühl nicht los, dass mehr in ihnen mitschwingt, als sie zugeben will. Ich kenne diesen Wunsch, alles allein regeln zu wollen, um sich selbst und allen anderen etwas zu beweisen. Egal, was ich jetzt sagen würde, ich könnte sie nicht von ihrem Vorhaben abbringen. Der bloße Versuch würde unsere wackelige Beziehung womöglich zerstören. Und das will ich nicht.

»In Ordnung«, sage ich daher. Sogleich entspannt sich Odessas Haltung. »Aber lass mich wenigstens Eduardo anrufen, damit er dich ins Tal und wieder zurück bringt. Er kommt da draußen fast so gut zurecht wie ich.«

Es passt mir gar nicht, sie in die Obhut eines anderen Mannes zu geben – auch wenn dieser Mann mein guter Freund und glücklich verheiratet ist. Alles in mir sperrt sich gegen den Gedanken, sie zu ihm ins Auto zu setzen. Sie allein dort rauszulassen, wo bereits der nächste Sturm lauert. Doch wenn ich eins über Odessa gelernt habe, dann, dass sie mit Leib und Seele gegen solch festgefahrene Traditionen kämpft. Ich werde sie nicht bevormunden, nur weil mein anderes Ich der Meinung ist, irgendeinen Anspruch auf sie zu haben.

Als ich bereits hinüber zum Telefon gehe, spricht Odessa etwas in ihr Handy. Womöglich eine Sprachmemo, denn hier dürfte sie keinen Empfang haben. Jede Sekunde rechne ich damit, dass sie mich zurückhalten und auch diese Hilfe ablehnen wird, deshalb beeile ich mich, Eduardos Nummer in die Tasten zu hämmern.

»Jup«, meldet sich der Lizard.

»Ich brauche dich und dein Schneemobil für eine Fahrt hinunter in den Ort und zurück«, sage ich statt einer Begrüßung.

»Heute?«

Ich stoße ein Grummeln aus. »Jetzt.«

»Hast du mal rausgeguckt?«

Mit der freien Hand reibe ich mir über die Stirn. »Erspar mir das. Wir brauchen dringend etwas aus Moon Haven.«

»Wer ist *wir?* Meinst du Sven?«

»Nein, die Kleine, die du gestern zu mir gebracht hast.«

»Ach die. Die war niedlich.«

Ein Knurren entweicht meiner Kehle, ehe ich es aufhalten kann.

Eduardo hat es gehört. Nach einer angespannten Stille fragt er: »Alles okay bei dir?«

»Komm einfach her und bring sie sicher nach Moon Haven und wieder zurück«, erwidere ich, teils angespannt, teils enttäuscht von mir und der Tatsache, dass ich mein anderes Ich doch schlechter unter Kontrolle habe als bisher angenommen.

»Geht nicht.« Eduardos Erwiderung lässt mich die Luft anhalten.

»Was soll das heißen? Muss ich dich erst daran erinnern, dass du mir etwas für die vielen Nächte schuldest, in denen ich deinen schuppigen Hintern in einem der Gästebetten habe pennen lassen, weil du dich mit deiner Frau gezofft hast?«

Aus den Augenwinkeln sehe ich, dass Odessa mir einen verwirrten Blick zuwirft. Offenbar habe ich lauter gesprochen, als ich dachte.

»Musst du nicht«, brummt Eduardo. »Du weißt, dass ich dir jederzeit helfen würde, aber ich bin mit Betty zu einem Einsatz gerufen worden.«

Betty, sein Schneemobil, und Eduardo selbst werden häufig gerufen, wenn Touristen oder Bewohner eingeschneit sind. Dass das ausgerechnet jetzt sein muss …

»Ihr habt noch ein paar Stunden, bis der Sturm euch erreicht«, sagt er. »Aktuell wütet er bei Crescent Hills, wo ich gerade bin.«

Das ist etwa vier Stunden mit dem Auto entfernt. Mit dem Schneemobil eher sechs. Selbst wenn er mir zuliebe sofort zurückkommen würde, wäre Eduardo niemals pünktlich hier, um es zu den Öffnungszeiten der Läden nach Moon Haven zu schaffen.

Uns bleibt also keine andere Wahl, als zu laufen.

»Ich hab heute gleich nach Sonnenaufgang die Wege geräumt«, teilt mir der Lizard mit. »Ihr solltet keine Probleme haben, runter in den Ort zu gelangen. Zumindest solange der Sturm euch noch nicht erreicht hat.«

Ich beiße mir auf die Unterlippe. Bei geräumten Wegen dürfte auch eine Städterin wie Odessa problemlos nach Moon Haven gelangen.

»Alles klar«, sage ich in den Hörer. »Entschuldige die Störung.«

»Kein Ding. Sag mir Bescheid, wenn ich sie wieder abholen und zum Bahnhof bringen soll.«

Ich erwidere nichts, sondern lege auf. Mit Odessas Abreise werde ich mich jetzt nicht beschäftigen.

Ich wende mich zu ihr um und erwidere den Blick aus ihren großen grünen Augen. »Pass auf, neuer Plan. Zunächst ziehst du dir etwas an, womit du hinunter in den Ort gehen kannst.«

Sie sieht an sich hinab, mustert einige Sekunden ihre Bügelfaltenhose und die Pumps mit den hohen Absätzen, ehe sie wieder zu mir aufschaut. »Das ist das bequemste Outfit, das ich mithabe.«

Erneut massiere ich mir die Stirn, hinter der ein fieses Stechen pulsiert. »Warte einen Moment hier.«

❋

Nachdem ich meine wenigen Habseligkeiten durchsucht habe, komme ich mit einer dicken Daunenjacke über einem Arm sowie mehreren Paar gestrickten Strümpfen und hohen Winterstiefeln in der anderen Hand zurück in den Gastraum.

»Hinsetzen«, sage ich zu Odessa und deute mit einer Kopfbewegung auf die Tischgruppe links von ihr.

Sie blinzelt zweimal, kommt dann aber meiner Aufforderung nach.

Ich lege die Jacke auf dem Tisch ab und knie mich vor sie. Scharf zieht sie die Luft ein, als ich ihr behutsam den ersten Pumps von den Füßen streife.

»W-Was machst du da?«, presst sie hervor, unternimmt jedoch keinen Versuch, sich meiner Berührung zu entziehen.

Ohne zu ihr aufzusehen und mit einer Hand an ihrem Knöchel sage ich: »Dich einkleiden, damit du dir da draußen nicht deine winzigen Zehen abfrierst.«

Ihre Füße sind kleiner als meine Hand, ihr kleiner Zeh ist in etwa so groß wie das letzte Glied meines kleinen Fingers. Solch zierliche Gliedmaßen haben in der Kälte und in ungefütterten Pumps keine Überlebenschance.

Nachdem ich ihr auch den zweiten Schuh abgestreift habe, ziehe ich ihr mehrere Paar Strümpfe über. Einerseits wegen der Kälte, andererseits damit ihr meine alten Stiefel einigermaßen passen. Zwar werden sie immer noch viel zu groß sein, aber sie wird sich darin bewegen können und vor der Witterung geschützt sein. Die Stiefel sind, genau wie die Jacke, ein

Überbleibsel aus meinem früheren Leben, bevor ich Großvaters Hütte übernommen habe. Bevor ich größer und kräftiger geworden bin, wie mein Erbe es von meinem Körper verlangte.

Als sie in den Stiefeln steckt, die ihr bis zu den Knien reichen, erhebe ich mich und bedeute ihr, ebenfalls aufzustehen. Ich halte die Jacke neben sie und nehme mit den Augen Maß. Dann verschwinde ich in die Küche, hole ein großes Kochmesser und ritze den Rückenbereich der Jacke auf. Weiße Daunenfedern segeln zu Boden.

Erschrocken streckt Odessa eine Hand nach mir aus. »Was wird das?«

»Ich passe die Jacke für dich an«, antworte ich. »Sie würde sonst sicher an deinen Flügeln scheuern.«

»Aber ...« Ihr Blick huscht von mir zur aufgeschlitzten Jacke und wieder zurück. »Du musst doch wegen mir deine Sachen nicht zerstören!«

Ich zucke mit den Schultern. »Sie hat mir ohnehin seit Jahren nicht mehr gepasst und ich hätte sie schon längst wegwerfen oder spenden sollen. So erfüllt sie wenigstens noch einen Zweck.«

Zögerlich, als wolle sie weitere Gründe vorbringen, weshalb ich überreagiere, steckt sie erst einen, dann den anderen Arm in die Jacke. Sie wäre groß genug für zwei ihrer Statur, aber das lässt sich mit einem Gürtel regeln.

Mehrmals bewegt sie die Schultern, ehe sie zu mir aufschaut. »Du müsstest mir mit den Flügeln helfen. Wegen der Federn traue ich mich nicht, sie einfach durchzuschieben.«

»Klar, sag mir, was ich machen soll.« Ich stelle mich hinter sie.

»Halte die Löcher weiter auf, damit ich mit den Flügeln nicht an die Federkiele komme.«

Ich tue wie geheißen und spüre nun, was sie meint. Als ich den Stoff durchtrennt habe, habe ich auch einige Federn zerschnitten. Diese drücken sich zusammen mit den restlichen Kielen unangenehm an meine Haut. Ich will mir gar nicht vorstellen, wie schlimm sie sich an den empfindlichen Flügeln einer Fairy anfühlen müssen, wenn sie an meiner vom Kochen abgehärteten Haut pieksen.

Ganz langsam schiebt Odessa den größeren oberen Flügel durch die Rückenöffnung. Dann den kleineren unteren.

»Jetzt die andere Seite«, sagt sie, nachdem sie ihre durchgeschobenen Flügel ein paarmal bewegt hat. Egal, wie oft ich es sehe, finde ich es faszinierend, wie wunderschön das Sonnenlicht sie in verschiedenen Blau- und Grüntönen schillern lässt und ebenso bunte Lichter auf den Holzboden zaubert.

Mit einiger Verzögerung reiße ich mich von dem Anblick los und halte den nächsten Rückenschlitz auf. Als sie diesmal den größeren Flügel durchschieben will, zuckt sie jedoch zusammen. Instinktiv strecke ich die Finger nach dem einen Federkiel aus, der meiner Aufmerksamkeit entgangen ist, und streife dabei über die kühle, glatte Oberfläche ihres Flügels. Sofort schnappt Odessa nach Luft und ihr gesamter Körper versteift sich.

Hastig ziehe ich die Finger zurück. »Entschuldige, ich wollte dir nicht wehtun. Da war nur ein Kiel und …«

»Nein«, unterbricht sie mich. Ihre Stimme klingt seltsam belegt. »Du … hast mir nicht wehgetan. Ich war nur nicht … Es war …« Sie räuspert sich. »Alles gut.« Sie schüttelt sich leicht. »Nur noch der untere Flügel, dann haben wir es geschafft. Aber …« Sie bewegt die drei Flügel, die bereits an ihrem Platz sind. »… irgendwie kriege ich ihn nicht durch die Öffnung.«

»Soll ich helfen?«, biete ich an.

Ich höre sie hart schlucken. Eine Weile herrscht eine angespannte Stille zwischen uns, ehe sie wispert: »In Ordnung.«

»Wenn ich dir wehtue, musst du es sofort sagen und ich ...«

»Du tust mir nicht weh.« Ihre Stimme ist nicht mehr als ein heiseres Flüstern, das ein Feuer in meiner Brust entzündet und meine Angst, ich könnte ihr und ihren zarten Flügeln irgendwie schaden, zu einem Häufchen Asche verbrennt.

Vorsichtig schiebe ich eine Hand in die Öffnung, ertaste den unteren Flügel und lege meine Finger darum. Odessas gesamter Körper erschauert. Jederzeit rechne ich damit, dass sie mich bittet aufzuhören. Und ich würde es sofort tun. Zwar genieße ich dieses fremde Gefühl unter meinen Fingerspitzen, aber ich würde nie ...

Ihr seufzendes Stöhnen bringt meine Gedanken zum Stillstand. In meinem Kopf herrscht völlige Leere. Ich kann nichts anderes tun, als auf ihre nach vorn gelehnte Gestalt zu starren. Auf ihre Hände, die Halt suchend die Tischkante umklammern. Auf ihren Rücken, der sich unter heftigen Atemzügen hebt und senkt. Und auf die drei flatternden Flügel direkt vor mir. Ich spüre, wie auch der vierte versucht, aufgeregt zu flattern, doch damit er mir nicht entgleitet und sich womöglich in den Federkielen verfängt, verstärke ich meinen Griff leicht. Was sofort mit einem weiteren Stöhnen belohnt wird.

Ich habe Mühe, mich zu erinnern, was ich eigentlich tun wollte. Der Drang, die andere Hand von der Öffnung zu lösen und nach einem der übrigen zitternden Flügel auszustrecken, ist beinahe übermächtig.

Doch ich beherrsche mich, besinne mich wieder darauf, was meine Aufgabe ist, und helfe ihrem letzten Flügel durch die Öffnung. Länger als nötig halte ich ihn schützend in der Hand, streiche mit dem Daumen behutsam über ihn und sauge jeden Laut auf, den Odessa dabei von sich gibt. Jeder einzelne bringt mich um den Verstand. Die Art, wie sie ihren Körper windet, mir entgegenreckt, ohne mich direkt zu berühren, tut sein Übriges. Ich müsste die Hüften nur ein Stück vorschieben, um mich gegen ihren Po drücken zu können. Und ich will es so sehr, dass es fast körperlich schmerzt, es nicht zu tun.

Ich habe noch nie mit jemandem aus einer anderen Art schlafen wollen. Weil ich so erzogen wurde. Weil ich von klein auf gelehrt wurde, was sich gehört und was nicht. Ich habe nie daran gezweifelt oder hatte das Bedürfnis, das zu ändern. Nicht ein einziges Mal hat irgendein anderes Wesen meine Aufmerksamkeit genug gefesselt, dass ich nur darüber nachgedacht hätte, wie es sein könnte.

Aber Odessa tut es. Seit dem ersten Moment denke ich darüber nach, wie es wäre. Wie es sich anfühlen würde. Ob es überhaupt möglich wäre.

Gestern Abend fand ich nicht in den Schlaf, weil ich mir pausenlos vorstellte, wie ich ihren engen Bleistiftrock nach oben schob, ihre Strumpfhose mit einem Ruck zerriss, sie nach vorn über einen Tisch beugte und in sie eindrang, während vor mir ihre Flügel flatternd tanzten. Dreimal verschaffte ich mir selbst Erleichterung, aber auch das genügte nicht.

Nun bekomme ich einen Vorgeschmack darauf, wie es aussehen könnte. Zwar trägt sie viel mehr Kleidung als in meiner Fantasie, doch das kümmert mich nicht. Der Blick, den sie mir über die Schulter hinweg zuwirft, das Leuchten in ihren halb geschlossenen Augen, die Röte auf ihren Wangen und ihre leicht geöffneten Lippen verraten mir, dass ihr Ähnliches durch den Kopf geht wie mir. Der Duft ihrer Erregung hängt schwer in der Luft, erfüllt mit jedem Atemzug meine Lunge und macht mir ein klares Denken schier unmöglich. Alles in mir – auch der Teil, den ich für gewöhnlich unterdrücke – sehnt sich danach, ihr Erlösung zu verschaffen. Sie so lange zu verwöhnen, bis sie mit einem befriedigten Lächeln vor mir liegt und danach neben mir einschläft.

Ich habe über derart primitive Ansichten stets die Nase gerümpft und mich als zivilisierter angesehen. Wie falsch ich doch lag. In einem anderen Moment, wenn meine Sinne nicht mit Odessas Eindrücken überflutet werden, werde ich mich dafür vielleicht schämen, aber nicht jetzt.

Jetzt kratze ich den letzten Rest meiner Selbstbeherrschung zusammen, streichele ein letztes Mal über die glatte Oberfläche von Odessas Flügel, genieße den Laut, den sie dabei von sich gibt und ziehe meine Hände zurück. Ich umfasse ihre Hüften, drehe sie zu mir um und weiche ihrem glühenden Blick aus, der mich zweifelsohne wieder davon überzeugen würde, sie auf andere Weise zu berühren. Stattdessen greife ich nach dem mitgebrachten Gürtel, schlinge ihn ihr um die Taille und halte so die zu große Jacke an Ort und Stelle.

»Wenn du vor Einbruch des Sturms zurück sein willst, musst du jetzt gehen«, sage ich in die schwere Stille zwischen uns.

Als ich es wage, zu ihr hinabzuschauen, begegnet sie meinem Blick aus großen Augen. Ich meine, eine Spur Enttäuschung in ihrer Miene zu entdecken, doch sie fängt sich schnell. Mit einem Nicken macht sie einen Schritt zur Seite. Weg von mir. Schnell balle ich die Hände zu Fäusten, um sie nicht wieder sofort zu mir zu ziehen. An mich. Damit ich sie überall spüren kann. Nun muss ich tiefer einatmen, um noch den letzten Rest ihres Dufts in mich aufzunehmen. Aber mehr als das tue ich nicht, was mein anderes Ich dazu veranlasst, frustriert aufzuheulen. Bis eben waren wir einer Meinung. Es fühlte sich beinahe so an, als wären wir eine Einheit. Nicht mehr etwas Entgegengesetztes. Ich wünsche mir dieses Gefühl zurück, das ich dank Odessa zum ersten Mal spüren durfte.

Stumm sehe ich ihr dabei zu, wie sie ihr Handy und etwas Bargeld in den Jackentaschen verstaut und sich anschließend ein paar leere Stoffbeutel umhängt, während ich innerlich schreie.

»Ich bin bald zurück«, sagt sie mit einem beinahe schüchternen Lächeln in meine Richtung, als sie sich bereits zur Tür wendet.

Ich zwinge mich zu einem Nicken. »Lass die großen Sachen in Moon Haven. Eduardo wird sie herbringen, sobald er zurück ist. Nimm nur das mit, was wir unbedingt schon brauchen, und pack es in die Taschen.«

Das Lächeln, das sie mir nun schenkt, ist nicht mehr schüchtern, sondern ehrlich. »Ich mag es, dass du mittlerweile von ›wir‹ sprichst, wenn wir über das Event reden.«

Ich kann nicht anders, als ebenfalls zu lächeln. »Wir wissen beide, dass es dein Event ist. Aber ich helfe dir, es zu einem Erfolg zu machen, so gut es mir möglich ist.«

Sie schlägt die Augen nieder. »Wenn wir es geschafft haben und alles so gelaufen ist, wie wir es uns vorstellen, werde ich dir vielleicht zeigen, wie viel mir deine Unterstützung bedeutet.«

Mein dummes Herz vollführt einen Satz in meiner Brust, die sich plötzlich zu eng anfühlt. Bevor ich etwas erwidern kann, dreht sie sich um und verlässt die Hütte.

Erst als die Tür hinter ihr ins Schloss fällt, klingen ihre Worte in mir nach. Nicht der Teil, der eben mein Herz schneller schlagen ließ, sondern der davor. *Wenn alles so gelaufen ist, wie wir es uns vorstellen.*

Wenn ich eines gelernt habe, dann, dass nie alles so läuft, wie man es sich vorstellt. Gerade diese Dinge enden für gewöhnlich in einem völligen Desaster.

Sven drückt seinen Körper gegen mein Bein. Ich tätschele ihm den Kopf. »Sie wird das schaffen, nicht wahr?«, murmele ich mehr zu mir selbst. »Sie ist eine erwachsene, selbstständige Frau, die im Großstadtdschungel zurechtkommt. Da wird sie den schnurgeraden Abstieg nach Moon Haven schaffen, oder?«

Ich wünschte, Sven könnte mir antworten und meine Sorgen zerstreuen. Es gibt so vieles, worum ich mich kümmern muss, damit wir zum Event nicht mit leeren Händen dastehen, doch alles, woran ich denken kann, ist, dass Odessa dort draußen allein in der Kälte ist. Ich hätte vehementer darauf bestehen sollen, an ihrer Stelle zu gehen, ob sie es nun zugelassen hätte oder nicht. Wir hätten auf Eduardos Rückkehr warten sollen. Wir hätten das Event von vornherein verlegen sollen.

Aber jede Alternative hätte für Odessa eine Niederlage bedeutet. Auch ohne dass ich die genauen Umstände kenne, habe ich begriffen, dass dieses Event wichtig für sie, ihre Karriere und ihre Zukunft allgemein ist. Ich habe kein Recht, ihr etwas davon auszureden.

Trotzdem fühle ich mich elend, als ich in die Küche gehe, mir meine Kochschürze um die Hüften schlinge und mich auf die Vorbereitungen konzentriere. Fünfzig Gäste sind geladen. Alles Wesen unterschiedlicher Spezies und mit unterschiedlichen Ernährungsvorlieben. Ich habe meine gesamte Speisekammer geplündert, die Sven und mich über die nächsten Wochen, wenn nicht gar Monate bringen sollte, um ein zum Thema passendes Menü für alle auf die Beine zu stellen, für das sich »Magical Mates« nicht schämen muss. Um neue Zutaten zu kaufen, reichten meine Ersparnisse nicht. Und »Magical Mates« zahlt erst, nachdem das Event vorbei ist. Odessa wird noch ein paar Zutaten mitbringen, die sie unbedingt im Menü haben will.

Ich bin sicher, dass ich etwas Gutes zaubere, womit ich alle Gäste zufriedenstelle. Das ist mir bisher immer gelungen. Doch meine Bewegungen sind langsamer als gewöhnlich, mein Kopf hat Schwierigkeiten, alle benötigten Zutaten aufzulisten. Unzählige Male laufe ich hinaus über den Hof ins Kühlhaus, weil ich etwas vergessen habe. Und jedes Mal werfe ich einen bangen Blick in den Himmel, der verhangen ist von dicken, grauen, tief hängenden Wolken.

Ich stürze mich in meine Arbeit, schneide, hacke, zerlege, brate an, sehe Zutaten beim Köcheln zu. Irgendwann verfällt mein Körper in die bekannte Betriebsamkeit, wofür ich dankbar bin. Mein Geist hingegen lässt sich nicht so einfach beschäftigen. Er zwingt mich, in regelmäßigen Abständen auf die Uhr und aus dem Fenster zu sehen. Bei jedem Blick zieht sich der Knoten in meinem Magen fester zusammen. Ich muss Speisen mehrmals abschmecken, bis meine Zunge feststellt, welches Gewürz fehlt. Ich muss einige Speisen wegwerfen, weil sie vor meinen Augen verbrannt sind, ohne dass ich etwas dagegen unternommen habe.

Da ich mein ganzes Leben hier draußen wohne, habe ich, wie alle anderen, gelernt, das Wetter anhand der Wolkenbewegung genauer vorherzusagen, als jeder Meteorologe es könnte.

Und was ich da draußen sehe, gefällt mir ganz und gar nicht.

8. Kapitel

Odessa

Alles riecht nach ihm. Nach Viktor. Mit jedem Luftholen atme ich ihn ein. Und ich liebe es. Tiefer als nötig kuschele ich mich in den hohen Kragen seiner Jacke, die er für mich herausgesucht und … zerstört hat. Das ist das Einzige, was meine gute Laune dämpft. Ich wollte nicht, dass er etwas meinetwegen kaputt macht.

Aber das Wie hat mein schlechtes Gewissen sehr schnell zum Schweigen gebracht. Allein daran zu denken, lässt meine Wangen wieder glühen. Verdammter Hexenhut, mein gesamter Körper hat heißer als die Sonne gekocht, als er meine Flügel berührt hat. Kann die Sonne überhaupt kochen? Ich habe keine Ahnung. Vielleicht wusste ich es mal, aber meine Denkfähigkeit ist auf ein Minimum beschränkt.

Natürlich ist mir bewusst, dass die Flügel bei jeder Fairy zu den empfindlichsten Körperteilen gehören. In der Stadt ließ es sich nie vermeiden, dass andere sie berührten. Sei es in den überfüllten U-Bahnen oder während des Anstehens in der Unimensa. Jedes Mal war es so unangenehm, dass ich mich der unfreiwilligen Berührung sofort entzogen habe. Wenn ich mit einem anderen Wesen schlief, legte ich meine Flügel eng an den Rücken und achtete darauf, dass mein Partner sie nicht erreichen konnte. Weil ich es nicht wollte. Weil ich dachte, es würde sich, genau wie all die Male zuvor, nicht gut anfühlen und alles verderben. Dass ich es Viktor gestattete, war eher aus der Not heraus geboren. Ohne seine Hilfe hätte ich meine Flügel nicht unbeschadet durch die Aussparungen schieben können, und ich wollte keinesfalls, dass er seine Jacke umsonst ruiniert hatte. Niemals hätte ich damit gerechnet, dass es sich so anfühlen könnte.

So anders als alles, was ich je gespürt habe. So unbeschreiblich gut. So bis in den hintersten Winkel meines Körpers berauschend. So lebensverändernd.

Ich stand kurz davor, das verdammte Event zum Teufel zu jagen und mir augenblicklich die Kleider vom Leib zu reißen. Jede einzelne Zelle sehnte sich nach seiner Berührung, die bisher nur meine Hände und nun auch meine empfindlichen Flügel erfahren durften. Ich wollte ihn überall spüren. An mir. In mir. Allein der Gedanke beschwört ein heißes Ziehen in meinem Unterleib herauf.

Ich bleibe stehen. Als ich mich umdrehe, kann ich die Hütte nicht mehr sehen. Bloß meine Spuren im Schnee, verursacht durch viel zu große Stiefel, können mir den Weg zurückweisen, und ich täte nichts lieber, als umzukehren, um genau dort weiterzumachen, wo wir eben aufgehört haben.

Das wäre es, was die alte Odessa getan hätte. Die, die nach dem Tod ihrer Eltern allein in einer Welt war, die zu groß für sie erschien. Die unbedingt wieder etwas fühlen wollte und deshalb viele Fehler beging. Und genau das lässt mich zögern. Viktor wäre kein Fehler. Er wäre unausweichlich, aber definitiv kein Fehler. Ich habe keine Ahnung, in welche Form meiner selbst ich mich verwandeln würde, gäbe ich dieser Sehnsucht in mir nach. Nicht in die alte Odessa, so viel ist klar, aber ich wäre auch nicht mehr die neue. Denn die neue würde sich nie zu einem Ohne-Night-Stand mit einem Klienten verleiten lassen.

Auch wenn dieser Klient womöglich ihr ...

Mit einem hastigen Kopfschütteln vertreibe ich den Gedanken. Viktor kann unmöglich mein Seelengefährte sein. Das wäre ein mehr als grausamer Scherz des Universums. Seine Ansichten sind derart festgefahren, dass er keinesfalls in der Stadt zurechtkommen würde. Und ich würde hier draußen verkümmern wie eine Blume ohne Wasser. Für ein, zwei Wochen würde es sich wie Urlaub anfühlen, aber danach wäre es die Hölle. Er und ich würden uns nur unglücklich machen, weil wir nicht im Lebensraum des jeweils anderen überleben könnten.

Welch ein Glück, dass dieses Prickeln, als ich seine Hand geschüttelt habe, nichts als Einbildung war. Und dieses lebensverändernde Gefühl, als er meine Flügel berührt hat, beruht lediglich darauf, dass ich ... wie lange nicht mehr mit einem Mann zusammen war? *Zu lange,* meint mein verräterischer Körper, der sich am liebsten keinen weiteren Meter von der Hütte und von Viktor wegbewegen will.

Doch ich zwinge ihn dazu. Genau wie ich auch die verwirrenden Empfindungen dazu zwinge, endlich Ruhe zu geben. Viktor ist für mich nicht mehr als ein wichtiger Klient. Von seiner Mitarbeit hängt der Erfolg meines ersten Events ab. Das werde ich nicht aufs Spiel setzen, nur weil ich unbedingt mit ihm vögeln will!

Ich recke das Kinn. Nein, es war die alte Odessa, die sich immer das genommen hat, was sie wollte. Aus Angst, es könnte sonst von einer Sekunde auf die andere verschwunden sein, wenn sie zu lange zögert. Die neue arbeitet auf ein größeres Ziel hin, das weit über ihre körperlichen Bedürfnisse hinausgeht.

Es ist die neue Odessa, die meine Beine davon überzeugt, weiter hinab in Richtung Moon Haven zu laufen, obwohl sich ein Teil von mir, der weder die alte noch die neue Odessa ist, dagegen sträubt.

❄

Die Sonne hat sich bereits vor einer Weile hinter dicke graue Wolken zurückgezogen. Nur mein Handy gibt mir einen Hinweis darauf, wie lange ich bereits unterwegs bin. Dank Viktors Kleidung friere ich zum Glück nicht, aber ich muss mich trotzdem beeilen. Wir haben mehr zu tun, als ich mir eingestehen will. Jede Stunde, die ich hier draußen verplempere, fehlt uns bei den Vorbereitungen.

Ein Lächeln stiehlt sich auf meine Lippen, als wiederholt die Worte »wir« und »uns« durch meine Gedanken huschen, ohne dass ich es verhindern kann. Sie helfen mir dabei, meinen Marsch fortzusetzen. Zwar bin ich auch in der Stadt oft zu Fuß unterwegs, aber im hohen Schnee und in den ungewohnt schweren Stiefeln gestaltet es sich schwieriger, als ich es mir vorgestellt habe.

Vielleicht hätte ich doch Viktor bitten sollen zu gehen? Mit einem heftigen Kopfschütteln vertreibe ich den Gedanken. Er ist der Klient. Er stellt »Magical Mates« seine Hütte und die Verpflegung der Gäste zur Verfügung. Und ich beschaffe die Deko. Das ist meine Aufgabe. Meine einzige, bis das Event startet. Und ich werde sie mit Bravour erfüllen.

Abrupt bleibe ich stehen, als sich eine Weggabelung vor mir auftut. Mit zusammengekniffenen Augen versuche ich, die Buchstaben auf den Schildern zu entziffern, scheitere aber. Ein hölzernes Schild weist nach links, das andere nach rechts. Hat Viktor nicht gesagt, dass ich nur geradeaus gehen muss?

Ich kaue auf meiner kalten, fast gefühllosen Unterlippe, während ich erst in die eine, dann die andere Richtung spähe. Auf beiden Wegen erstreckt sich nichts als Schnee und kahle Bäume, so weit das Auge reicht. Welchen haben wir genommen, als Eduardo mich zur Hütte fuhr? Ich kann mich beim besten Willen nicht erinnern.

Aber ich kann mir nicht vorstellen, dass einer der Wege woanders hinführt als nach Moon Haven, schließlich gibt es keine anderen Ortschaften in der Nähe. Also entscheide ich mich kurzerhand für den rechten Weg.

9. Kapitel

Viktor

Nachdem Odessa gegangen ist, habe ich alle zehn Minuten auf die Uhr gesehen, obwohl ich mein Bestes getan habe, um mich mit Arbeit abzulenken.

Mittlerweile bin ich bei alle zwei Minuten angelangt.

Der nervöse Knoten in meinem Magen ist zu einem immer größeren festen Ball herangewachsen, der mir ein klares Denken schier unmöglich macht. Jedes Mal, wenn ich aus dem Fenster schaue, gesellt sich Übelkeit zu dem Stechen in meinem Bauch hinzu.

In der einen Minute, bevor mein Blick wieder zur Uhr fliegt, versuche ich mir einzureden, dass Odessa sicher in Moon Haven angelangt, aber zu dem Schluss gekommen ist, dass sie den Rückweg nicht mehr vor Einbruch der Nacht schafft. Sicherlich wartet sie in einer der Gaststuben auf Eduardos Rückkehr. Jeder kennt jeden in Moon Haven. Trotz der geborgten Kleidung wird Odessa auffallen wie ein bunter Hund und die Einwohner werden sich um sie kümmern. Sie nehmen ständig Leute auf, die von den Stürmen oder einem plötzlichen Schneefall überrascht wurden.

All das klingt logisch, doch diese und ähnliche Erklärungen besänftigen mich kaum mehr als sechzig Sekunden.

Als die grauen Wolken sich dunkler färben und das spärliche Tageslicht schwindet, tippe ich fester als nötig die Nummer eines Gasthauses in Moon Haven ein. Mit einem genervten Knurren überspringe ich die freundliche Begrüßung und komme gleich zum Punkt.

»Ist eine Fairy bei euch?«, frage ich barscher, als ich es will. »Ihr Name ist Odessa.«

»Nein, mein Lieber. Tut mir leid«, antwortet Greta, eine ältere Wandlerin, die das Gasthaus schon länger betreibt, als ich auf der Welt bin.

Ich murmele eine hastige Verabschiedung, lege auf und tippe bereits die nächste Nummer ein. Jede Unterkunft, jedes Café telefoniere ich ab, doch nirgends ist Odessa bekannt. Niemand hat die Fairy seit ihrer Ankunft am Bahnhof gesehen.

Nach dem siebten »Tut mir leid« hänge ich den Hörer so fest zurück in die Vorrichtung, dass ich sie beinahe vom Balken reiße. Ich wirbele herum, stütze beide Hände am Tresen ab und zwinge mich dazu, tief durchzuatmen. Mein Körper bebt, meine Gedanken rasen.

Sie ist nicht in Moon Haven angekommen.

Vorwürfe nisten sich zusätzlich zu der allgegenwärtigen Angst in meinem Inneren ein, doch ich dränge sie zurück. Für sie habe ich später noch Zeit. Zuerst muss ich Odessa finden, und zwar schnell. Wenn der Sturm uns erreicht, wird sie da draußen nicht überleben.

»Sven!«

Mit einem Wuffen macht mein treuer Begleiter auf sich aufmerksam. Stand er etwa schon die ganze Zeit neben mir? Dank ihm tauche ich aus dem Tunnel auf, in dem ich mich die letzten Stunden über befunden habe und der während den vergangenen Telefonaten immer dunkler und enger wurde.

Ich löse meine verkrampften Finger vom Holz des Tresens und streichele Sven über den Kopf. Seine wenigen stoppeligen Haare kitzeln an meiner Haut.

»Lass uns gehen.« Meine Stimme klingt nun sanfter, aber fest.

Mit Sven im Schlepptau steige ich hinauf ins erste Obergeschoss und betrete Odessas Zimmer. Eine leise Stimme mahnt mich, dass ich dafür Ärger kriegen könnte, doch das ist im Moment unwichtig. Mein Blick huscht sogleich zu Odessas Kleidung von gestern, die unordentlich über dem Bett verteilt wurde. Ich greife nach ihrer Bluse und halte sie Sven hin. Dieser schnuppert sogleich daran.

»Finde sie.«

Mein Begleiter wirbelt herum und huscht die Treppe hinunter. Ich halte mir die Bluse ebenfalls vor die Nase, nehme einen tiefen Atemzug. Odessas Duft würde ich überall herausriechen, auch in einer riesigen Menge, aber er beruhigt meine angekratzten Nerven. Nicht bloß meine, sondern auch die meines anderen Ichs. Das nur zu gern hervorbrechen und ihre Spur aufnehmen würde, aber Svens Nase wird ausreichen.

Im Erdgeschoss schlüpfe ich in meine Stiefel, greife im Gehen nach Jacke und Schal und öffne die Tür. Sofort weht mir ein eisiger Wind um die Ohren. Der Sturm ist nicht mehr fern.

»Wir müssen uns beeilen«, sage ich sowohl zu mir als auch zu Sven, der die Schnauze im Schnee vergräbt und schnüffelt.

Durch den Wind und die damit einhergehenden Schneeverwehungen wird es nicht einfach werden, Odessas Spur zu folgen. Doch ich verlasse mich auf meinen treuen Begleiter und folge ihm in die anbrechende Nacht.

❄

Je weiter wir den Hang hinunter in den Wald gehen, desto mehr verliert sich Odessas Spur in den Schneeverwehungen. Mehrmals muss Sven zurückgehen und ihren Geruch erneut suchen, damit wir unseren Weg fortsetzen können.

An der Kreuzung schnüffelt er so intensiv, dass er bis zur Stirn im Schnee versinkt, nur um sich anschließend im Kreis zu drehen und ein lang gezogenes Winseln auszustoßen.

Er hat die Spur verloren.

Eisiger Wind kriecht mir zusätzlich zu meiner Angst bis in die Knochen, während ich auf die beiden Holzschilder starre. Es ist ausgeschlossen, dass Odessa nach rechts gegangen ist – ins Gebiet der Ferals. Wandler, die sich bewusst von der Zivilisation lossagen und so leben wollen, wie ihre tierische Form es ihnen vorgibt. Wandler, zu denen ich auch einst gehörte. Und die ich anführen sollte. Odessa muss das nach links weisende Schild, auf dem klar und deutlich »Moon Haven« steht, doch gesehen haben. Auf dem rechten steht »Feral-Gebiet: Nicht betreten«, gefolgt von einem dicken X.

Ich wende mich nach links. In der Ferne meine ich, bereits die Lichter von Moon Haven erkennen zu können. Sie *muss* dort entlanggelaufen sein. Aber irgendetwas flüstert mir zu, dass dem nicht so ist. Ich reibe mir über den Nacken, um das mahnende Prickeln dort zu vertreiben, doch es nützt nichts.

Mein Blick huscht nach rechts in Richtung des Gebiets, dem ich vor Jahren den Rücken gekehrt habe, genau wie mein

Großvater. Ich konnte nicht so leben wie meine Eltern, Geschwister und die übrigen Rudelmitglieder, auch wenn ich ganz klar als ihr Anführer auserkoren war. Das wurde mir schon früh bewusst. Meine Größe und Kraft lagen weit über denen der Gleichaltrigen, sogar über denen der ausgewachsenen Wandler. Auch mein Körper unterschied sich von ihnen. Während die meisten aussahen wie wilde Tiere, sobald sie in ihre wahre Gestalt schlüpften, konnten mein Großvater, meine Mutter und ich eine andere Form annehmen, weil in uns Alphablut zirkulierte.

Seit meinem Weggang und auch schon davor habe ich die Verbindung zu dieser anderen Form in mir gekappt. Wenn ich mir vorstellte, dass sie verendete, konnte ich so tun, als gäbe es sie nicht mehr. Lediglich in wenigen Situationen, wie Odessas Auftauchen, regte sie sich in mir und erinnerte mich daran, dass sie noch existierte. Und nur darauf wartete, dass ich sie freiließ.

Bis vor wenigen Minuten war ich mir sicher, dass dies nie geschehen würde.

Nun starre ich in die Richtung des Feral-Gebiets, höre Svens Wehklagen zu und muss eine Entscheidung treffen. Wenn ich meine andere Form befreie, wird es kein Zurück mehr geben. Es wird mir nicht erneut gelingen, sie über Jahre hinweg in mir einzukerkern. Sie wird an Macht gewinnen und vielleicht mein jetziges Ich völlig verdrängen, so wie es bei meiner Mutter geschehen ist. Sie konnte sich irgendwann gar nicht mehr wandeln, sondern musste ihr Dasein in ihrer Feral-Form fristen. Was sie nicht gestört hat, da sie keinerlei Ambitionen hatte, in die Zivilisation zurückzukehren.

Doch mich würde es zerstören. In der anderen Form gebe ich alles auf, was mich ausmacht. Sie kennt keine Regeln oder Anstandsnormen. Ich habe keinerlei Kontrolle mehr über mein Handeln. Mein Denken wird überlagert von reinen Instinkten.

Nachdem ich es so lange unterdrückt und verleugnet habe, wird sich mein anderes Ich nicht einfach zurückziehen, wenn ich es darum bitte. Es wird mich verdrängen, wie ich es verdrängt habe. Ich werde den Gasthof nicht mehr führen können. Das Event wird nicht stattfinden können.

Und Odessa … Sie wird in blanker Furcht vor mir zurückweichen, und nichts von dem, was ich mir den letzten Tag, die letzten Stunden, bevor sie aufgebrochen ist, ausgemalt habe, wird Realität werden.

Aber bloß mein anderes Ich ist jetzt noch in der Lage, ihre Spur aufzunehmen. Wenn Odessa wirklich dort ist, schwebt sie in Gefahr, denn diese territorialen Wandler dulden keine Eindringlinge in ihrem Revier – auch keine Fairys, die sich offensichtlich verlaufen haben.

Ich stoße den Atem aus. Ein letztes Mal wende ich mich nach links, suche die Gewissheit, dass sie die Schilder gesehen und sich nach dort gewandt hat, doch alles in mir ist sich sicher, dass sie nach rechts gegangen ist. Hinein in ihr Verderben.

Ich knie mich hin und streichele dem noch immer winselnden Sven über den Kopf. »Halte dich einen Moment von mir fern.«

Zwischen uns herrscht seit unserem ersten Aufeinandertreffen eine Verbindung, die ich nicht genau beschreiben kann. Sven gehörte zu den glücklosen Tieren, die bei illegalen Hundekämpfen als Köder benutzt wurden. Sein Körper war übersät mit Bisswunden, sein Maul mit Klebeband zugeklebt, damit er sich nicht wehren konnte. Sein einziger Daseinszweck bestand darin, die anderen Hunde in Blutrausch zu versetzen.

Allerdings war ich es, der in Blutrausch versetzt wurde. Als ich zufällig in diese Bar am Rande unseres Gebietes stolperte, reichte der Anblick von Sven aus, der blutüberströmt am Boden lag, um mein anderes Ich hervorzurufen. In einem Blutrausch, der in meinen Erinnerungen nichts weiter als ein rotgetünchter Wimpernschlag ist, zerfetzte ich alle Wandler, die dort gerade auf ihren Favoriten wetten wollten. Einige gehörten zu meinem Rudel, aber das nahm ich in dem Moment nicht wahr. Niemand konnte mir etwas entgegensetzen. Dennoch gelang es mir, Sven und einige andere Hunde zu retten, die für Kämpfe missbraucht wurden. Der Rest von ihnen war bereits verendet oder so schlimm zugerichtet, dass sie die Nacht nicht überstanden.

Als ich aus meinem Rausch auftauchte und das Gemetzel sah, das ich angerichtet hatte, suchte ich nach Reue und Bedauern, die sich in mir einstellen mussten, immerhin hatte ich meinesgleichen lebensbedrohlich verletzt, ohne dass es sich um einen Rangkampf handelte. Doch ich fand nichts dergleichen. Das Einzige, was ich bedauerte, war, dass ich nicht schon früher von diesen Kämpfen wusste und ihnen Einhalt gebieten konnte.

Meine Mutter, die amtierende Alpha unseres Rudels, war nicht begeistert von meinem Ausbruch. In einem seltenen Anflug von Klarheit versuchte sie, mich zurechtzuweisen. Ich solle mich nicht so anstellen. Schließlich waren diese Hunde nichts als niedere Geschöpfe – keine Wandler wie wir. Und das gesamte Rudel gab ihr recht. Sie verurteilten meine Tat und forderten Vergeltung.

In diesem Moment empfand ich nichts als Abscheu für

mein anderes Ich. Ich wollte auf keinen Fall so werden wie meine Mutter und die übrigen Wandler. Niemals könnte ich solche Taten zulassen, doch wenn ich eines Tages Mutters Nachfolge antrat, bräuchte ich das ganze Rudel hinter mir – nicht gegen mich.

Also ging ich. Dunkel erinnerte ich mich an meinen Großvater, der ebenfalls das Rudel verlassen hatte, kurz bevor meine Mutter an die Macht kam. Ich spürte ihn auf, und nachdem ich ihm alles erzählt hatte, nahm er mich unter seine Fittiche, führte mich in die Zivilisation ein und lehrte mich alles, was ich heute weiß. Immer an meiner Seite war Sven. Seine Wunden heilten, aber die Narben blieben. Kein Fell konnte auf ihnen wachsen, und so erinnerte mich sein Anblick jeden Tag an meine Tat.

Eine Tat, die ich bis heute keine Sekunde lang bereut habe.

Wenn ich nun jedoch mein anderes Ich herauslasse und das Feral-Gebiet betrete, werde ich mich Konsequenzen stellen müssen, vor denen ich bisher geflohen bin. Die ich zu vermeiden versuchte, weil ich nichts mehr mit diesem Leben zu tun haben wollte. Diesmal wird mir das Rudel nicht so einfach gestatten zu gehen. Sie brauchen mich, und ein Teil von mir fürchtet sich, dass sie mein anderes instinktives Ich dazu bringen könnten zu bleiben, weil der Schutz des Rudels, das Überleben der Gemeinschaft als wichtigstes Gut in unserem Blut verankert ist. Mein rational denkendes Ich pfeift auf diese Gemeinschaft, aber ich kann das andere zu schlecht einschätzen.

Der Blick aus Svens braunen Augen bohrt sich in mich, während ich hier stehe und zögere. Ich atme tief durch. Bei seiner Rettung habe ich nicht gezögert und sie nicht bereut. Ich werde auch Odessas Rettung nicht bereuen, ganz gleich, was sie mich kosten mag. Also taste ich nach meinem anderen Ich, stelle mir vor, wie ich ihm die Hand entgegenstrecke. Zur Entschuldigung und Zusammenarbeit gleichermaßen.

Als mein anderes Ich sie ergreift, beginnt sich mein Körper zu verändern.

10. Kapitel

Odessa

Ich sollte umkehren. Dieser Gedanke schleicht sich nicht zum ersten Mal in meinen Kopf, doch wann immer ich mich umwende, kann ich nicht mehr sagen, aus welcher Richtung ich genau gekommen bin. Der Wind weht nun so stark, dass er meine Spuren sofort verwischt, wenn ich einen Schritt mache. Dicke Schneeflocken peitschen mir ins Gesicht, schrammen an meinen Flügeln entlang, sodass ich sie so nah wie möglich an mich lege. Es ist mittlerweile derart dunkel, dass ich die Taschenlampe meines Handys nutze, um überhaupt noch etwas zu sehen.

Einen Weg erkenne ich nicht. Wenn es einen gibt, ist er unter den Schneemassen versunken, die mir nun fast bis zu den Knien reichen.

Ich habe mich verlaufen, das ist mir klar. Was ist die korrekte Verhaltensweise in einem solchen Fall? Weitergehen? Zurückgehen, auch wenn man nicht weiß, wo genau dieses Zurück ist? Dort bleiben, wo man ist, und auf Hilfe warten? Ich habe nicht den leisesten Schimmer. Und ich kann nicht einmal danach googeln, weil es hier draußen kein Internet gibt. Handyempfang habe ich auch nicht; ganz egal, wie weit ich mich strecke und das Handy hochhalte – kein Balken erscheint. Wer würde mich hier draußen schon suchen und finden? Es weiß schließlich niemand, wohin ich gegangen bin.

Als ich stehen bleibe und die Augen schließe, sehe ich Viktor vor mir. Für einen Moment ist es, als wäre der Wind, der über meine Flügel streicht, seine Berührung. Doch als ich die Augen wieder öffne, ist da nichts außer dem Lichtkegel meiner Handytaschenlampe, vor dem weiße Flocken tanzen.

Und mehrere schwarze und graue Gestalten, die sich aus dem spärlichen Wald schälen. Vor Schreck lasse ich das Handy fallen. Stocksteif stehe ich da und schaue dabei zu, wie sie näher kommen, mich einkreisen und dabei ein tiefes Knurren aus mehreren Kehlen ausstoßen.

Heilige Satyrkacke, sind das etwa Wölfe? Also … *wilde* Wölfe?

Ich sehe mich schon auf ihrem Speiseplan, als sich der vorderste Wolf auf die Hinterläufe erhebt. Erleichtert stoße ich den Atem aus. Es sind keine wilden Tiere, sondern Wandler!

»Hallo«, kiekse ich. »Ich … ähm … habe mich verlaufen und … Wären Sie so freundlich, mir den Weg … zurück zu Viktors Hütte zu zeigen?«

Das Licht ist so schlecht, dass ich kaum mehr als die Umrisse der Wesen um mich herum erkennen kann, aber bei dem direkt vor mir meine ich etwas bei der Erwähnung von Viktors Namen in den Augen aufblitzen zu sehen. Etwas ganz und gar nicht Gutes. Unwillkürlich mache ich einen Schritt zurück, hopse jedoch gleich wieder vor, als es hinter mir bedrohlich knurrt.

»Bitte, ich will … keinen Ärger.« Während ich stammele, presse ich beide Hände gegen die Brust. Irgendwo habe ich mal gelesen, dass Raubtierwandler auf einen zu heftigen Herzschlag mit einem Ausbruch ihrer niederen Instinkte reagieren können. Dummerweise kriege ich mein Herz einfach nicht dazu, weniger schnell zu schlagen. »Ich habe mich nur verlaufen und ... brauche Ihre Hilfe. Wenn Sie ...«

Der Wandler vor mir beugt sich zu mir herab. Auf den Hinterläufen stehend überragt er mich fast um zwei Kopflängen. Ich spüre den Lufthauch, als er an mir schnuppert. Und das, was er riecht, scheint ihm nicht zu gefallen. Weiße spitze Zähne blitzen im Licht meiner Taschenlampe auf. Ein Zittern erfasst mich, das nicht von der Kälte herrührt.

»Vik...tor«, speit der Wandler vor mir aus. Seine Stimme klingt rau und kratzig, als hätte er sie sehr lange nicht benutzt. Etwas an ihrem Klang lässt mich glauben, dass der Wandler vor mir weiblich ist.

»Ja«, bringe ich hervor. »Viktor ist ... der Betreiber einer Gasthütte und mein ...« Es dauert einen Moment, bis mir in dieser Situation das richtige Wort einfällt. »... Klient. Wir wollen ...«

Ehe ich in ein panisches Plappern verfallen kann, knurrt mich die Wandlerin vor mir an. Soweit ich es erkennen kann, ist sie groß und muskulös. Ihr Fell ist rabenschwarz, wodurch sie sich deutlich vom umliegenden Schnee abhebt. Das Gesicht, das nur wenige Zentimeter von meinem entfernt ist, ist das eines Wolfs: lange Schnauze voller Zähne, spitze Ohren und durchdringende goldene Augen, die mich auf seltsame Weise an Viktors erinnern.

»K-Kennen Sie Viktor?«

Meine Zähne klappern, doch ich ringe ihnen diese drei Worte ab. Ich rede mir ein, dass sie mich nicht fressen kann, wenn sie sich mit mir unterhält. Seit ich auf der Welt bin, habe ich in der Stadt von nicht einem Vorfall gehört, in dem ein Wandler ausgetickt ist und sich seinen niederen Instinkten ergeben hat. Wandler, Fae und andere Wesen leben friedlich nebeneinanderher. Aber hier draußen scheinen sich einige von ihnen völlig ihrer tierischen Seite hingegeben zu haben, denn sie sehen aus wie wilde Wölfe. Bloß zwei oder drei andere wirken so wie die Wandlerin direkt vor mir, doch sie sind weitaus kleiner als sie. Kaum größer als ich, wenn sie sich aufrichten würden. Solche Erscheinungen kenne ich nicht aus der Stadt. Dort ist alles … angepasst. Jeder steckt einen Teil von sich zurück, um den anderen Mitgliedern der Gemeinschaft nicht zu schaden.

»Du stinkst … nach Viktor«, knurrt die Wandlerin vor mir.

Ich schlucke hörbar. Natürlich tue ich das. Ich war seit gestern Stunden in seiner Hütte und trage darüber hinaus seine Kleidung.

»Ich … möchte nur …« Mein Blick huscht nach links und rechts in der Hoffnung, irgendwo einen Fluchtweg zu finden, doch ich bin eingekesselt. Vielleicht könnte ich einen der kleineren Wandler überrumpeln und …

Meine Gedanken kommen jäh zum Stillstand, als die Wandlerin mich so grob am Arm packt, dass ich ihre Krallen durch den dicken Jackenstoff spüren kann. Ein Wimmern gelangt über meine Lippen. Sie zerrt mich näher zu sich. Erneut blitzen ihre Zähne im fahlen Licht auf und es wirkt, als würde sie grinsen. Ein Grinsen, bei dessen Anblick sich mir sämtliche Nackenhaare aufstellen.

»Viktor … dich suchen«, bringt sie hervor.

Offenbar ist es für sie schwierig, in dieser Form ganze Sätze zu bilden.

»Ich denke nicht, dass er …«

Sie unterbricht mich mit einem warnenden Knurren. Schnell presse ich die Lippen zusammen. Doch das ändert nichts an meiner Annahme: Viktor wird nicht kommen und mich suchen. Warum sollte er? Sicherlich denkt er, dass ich irgendwo in Moon Haven den Sturm abwarte. Keine Ahnung, wie sehr ich mich verlaufen habe, aber hier draußen wird er mich garantiert nicht …

Ein hohes Bellen, das mir vage bekannt erscheint, zerreißt die angespannte Stille. Die Wandler wirbeln herum. Knurren entsteigt mehreren Kehlen. Die große Wandlerin verstärkt den Griff um mich, bis ich aufschreie.

Ich schreie erneut, als sie umgestoßen wird und mich mitreißt, diesmal jedoch vor Überraschung, denn ich konnte den dunklen Schatten, der mit voller Wucht gegen sie geprallt ist, erst erkennen, als es bereits zu spät war. Endlich lässt sie mich los, um sich gegen ihren Angreifer zu verteidigen. Hastig rappele ich mich aus dem Schnee hoch und eile ein paar Schritte zurück, damit ich nicht zwischen die Fronten gerate.

Zwei tiefschwarze riesige Wandler stehen sich gegenüber. Ihre Bewegungen sind derart schnell, dass ich sie im schlechten Licht kaum ausmachen kann. Krallen und Zähne blitzen einen Sekundenbruchteil auf, ehe sie sich in ihren Gegner bohren.

Keifend und knurrend versuchen sie, ihr Gegenüber zur Aufgabe zu zwingen. Bei jedem Jaulen bleibt mir beinahe das Herz stehen, ohne dass ich sagen kann, warum. Zu einem klaren Gedanken bin ich nicht fähig; durch meine Adern rauscht dermaßen viel Adrenalin, dass ich bloß funktioniere. Instinktiv weiß ich, dass ich hier weg muss, denn egal, welcher der beiden riesigen Wandler gewinnt, der Sieger wird sich danach wieder mir widmen. Doch wo soll ich hin? Zwar verfolgen die kleineren Wandler derart intensiv den Kampf, dass ich mich wegschleichen könnte, aber bin ich so dumm zu glauben, ich könnte vor einem Wolfswandler fliehen? Meine Spuren wären von jedem von ihnen leicht zu verfolgen. Abgesehen davon habe ich keine Ahnung, aus welcher Richtung ich kam. Bei meinem Glück würde ich mich bloß weiter verlaufen und womöglich einem noch schlimmeren Wesen in die Arme geraten.

Während ich stocksteif dastehe und wie die restlichen Beobachter auf den Ausgang des Kampfes warte, schiebt sich etwas unter meine Hand. Im ersten Moment will ich sie angsterfüllt zurückziehen, doch dann sickert das vertraute Gefühl durch meine Panik. Weicher Flaum, dazwischen wulstige Narben. Ich sehe nach unten und schaue in Svens Gesicht. Von ihm stammte das hohe Bellen, das ich vorhin gehört habe! Aber wenn er hier ist, bedeutet das ...

Mein Blick fliegt zurück zu den beiden kämpfenden Wesen. Jetzt fällt mir auf, dass das eine noch größer ist als die Wandlerin. Noch muskulöser. Noch kräftiger. Noch dunkler.

»Viktor«, flüstere ich.

Die spitzen Ohren des Wandlers zucken für den Bruchteil einer Sekunde in meine Richtung, doch zum Glück nimmt er nicht vollends seine Aufmerksamkeit von seiner Gegnerin. Ich verkrampfe die Hände vor der Brust, während ich jeden Angriff, jeden Hieb, jede Parade mit weit aufgerissenen Augen beobachte. Nicht nur einmal würde ich sie am liebsten zukneifen, wenn die Wandlerin Viktor mit ihrer Pranke trifft, aber ich lasse sie offen. Verfolge jede Attacke. Zucke bei jedem Jaulen aus Viktors Maul zusammen. Schicke Stoßgebete zu jedem Gott, der mir einfällt, dass er ihn beschützen soll.

So wie er mich beschützt.

Sven presst seinen Körper gegen mein Bein und tut sein Bestes, um mir den dringend benötigten Halt zu geben. Meine

Hand zittert, als ich ihm über den Kopf streichele, ohne den Blick von Viktor zu nehmen.

Nie hätte ich gedacht, dass er ein Wolfswandler ist. Diese Art gehört zu den sozialsten, die es gibt. Einzeln trifft man sie nicht einmal auf dem Weg zur Arbeit an, geschweige denn in einer abgelegenen Hütte im Nirgendwo. Was ist geschehen, dass er zu dem eigenbrötlerischen Mann wurde, den ich die letzten Tage kennengelernt habe? Der gleichzeitig schroff und sanft sein kann?

Mit einem Hieb seiner Pranke gelingt es Viktor, seine Gegnerin ins Straucheln und schließlich zu Fall zu bringen. Die Zähne gefletscht, ragt er über ihr auf – jederzeit bereit, zuzubeißen und die Sache ein für alle Mal zu beenden. Der Schnee um sie herum ist aufgewirbelt und mit Blut besprenkelt.

Anstatt sich weiter gegen den größeren Gegner zu wehren, lehnt die Wandlerin den Kopf so weit wie möglich nach hinten und entblößt ihre Kehle. Viktor gibt ein rumpelndes Knurren von sich, das wie eine letzte Warnung klingt, ehe er von der Wandlerin heruntersteigt. Zuerst gleitet sein goldener Blick zu mir, betrachtet mich von oben bis unten, als suche er nach Verletzungen. Als ich ihm ein zögerliches Lächeln schenke, wirkt es, als fiele eine zentnerschwere Last von ihm ab. Sein schwarzer kräftiger Wolfskörper entspannt sich zusehends.

Nachdem er sicher ist, dass es mir gut geht, fixiert er die übrigen Wandler um mich herum. Sie alle senken sofort die Köpfe und machen mehrere Schritte zurück, ohne Viktor den Rücken zuzuwenden.

Nun, da sie mich nicht mehr eingekesselt haben und auch von der Wandlerin keine Gefahr mehr ausgeht, geben meine Beine unter mir nach und ich sacke zitternd in den Schnee. Sogleich presst Sven seine kalte Nase gegen meine Wange. Direkt vor mir taucht Viktors Gestalt auf. Es kostet mich meine letzten Kraftreserven, den Kopf so weit in den Nacken zu legen, dass ich zu ihm aufsehen kann. Langsam lässt er sich auf alle viere nieder und stupst mit der Schnauze gegen meine andere Wange. Genau wie Svens ist sie kalt und feucht.

»Ich bin okay«, versichere ich ihnen schwach.

Im nächsten Moment spüre ich, wie ich zur Seite kippe. Dann ist alles um mich herum schwarz.

11. Kapitel

Odessa

Zitternd schmiege ich mich an die Wärmequelle hinter mir, rücke so nah heran, wie es mir mit meinen Flügeln möglich ist. Ich liege auf etwas Hartem, Unbequemen. Egal, wie ich meinen Arm drapiere oder meine Knie anwinkele, es wird nicht besser. Aber die Augen aufzuschlagen, schaffe ich auch nicht. Mein ganzer Körper fühlt sich schwer und ausgelaugt an. Ich kann mich nicht erinnern, wann ich zuletzt derart erschöpft war. Trotzdem wird er von einer Rastlosigkeit geplagt, die ich mir nicht erklären kann. Beinahe so, als hätte ich etwas Wichtiges vergessen.

Das Letzte, woran ich mich erinnere, ist …

Etwas Schweres, Festes schlingt sich um meine Mitte, zieht mich weiter nach hinten. Augenblicklich ebbt die Rastlosigkeit ab. Ganz verschwindet sie jedoch nicht. Ich taste nach dem Gewicht auf meiner Taille und bin verwirrt, dass meine Finger auf warme Haut treffen.

»Wenn du dich weiter so viel bewegst«, raunt mir eine tiefe, vertraute Stimme direkt ins Ohr, »kann ich für nichts garantieren.«

Ein heißer Schauer durchrinnt mich und vertreibt die Kälte in meinen Gliedern, als ich Viktors Stimme erkenne. Plötzlich fällt es mir wieder ein: die Wandler! Und Viktor, der kam, um mir zu helfen.

Umständlich winde ich mich in seiner Umarmung, darauf bedacht, meine Flügel an dem rauen Stein, auf dem wir liegen, nicht zu beschädigen. Als es mir gelungen ist, mich zu ihm umzudrehen, ist sein Gesicht nur wenige Zentimeter von meinem entfernt. Ich müsste bloß das Kinn ein winziges Stück anheben, um mit meiner Nasenspitze gegen seine zu stupsen. Nur spärlich blitzt das durchdringende Gold seiner Iriden zwischen seinen Wimpern auf, doch der Blick aus seinen halb geschlossenen Augen ist allein auf mich gerichtet. Wie immer habe ich keine Ahnung, was in seinem Kopf vorgeht. Seine Miene gibt nicht preis, ob er froh ist, mit mir hier zu sein, oder ob er darüber verärgert ist.

»Danke«, wispere ich, als ich das Schweigen zwischen uns nicht mehr aushalte.

Viktors rechte Augenbraue zuckt, als wolle er sie anheben, aber er entscheidet sich im letzten Moment dagegen und belässt seine Miene ausdruckslos.

»Für … deine Hilfe«, füge ich hinzu, als er sich nicht weiter regt. »Gegen die … Wandler. Ich habe zwar keine Ahnung, warum sie mich angegriffen haben, aber danke, dass du da warst und mich …«

»Du hast unerlaubt ihr Revier betreten«, unterbricht er mein nervöses Geplapper, für das ich mich nun schäme. »War das Schild mit der Aufschrift ›Gefährliches Wandler-Gebiet‹ und ›Keinesfalls betreten!‹ nicht aussagekräftig genug für dich?«

Seine Worte treffen mich so hart, dass ich vor ihm zurückweichen will, doch er lässt mich nicht los.

»Was wolltest du im Wandler-Gebiet, Odessa?«, hakt er nach.

»Ich … habe mich verlaufen«, gebe ich zu.

Seine Züge verfinstern sich. »Sven und ich sind deinen Spuren gefolgt. Du standest direkt vor den Wegweisern und bist aus freien Stücken nach rechts gegangen.«

»Nein, ich …« Mein Hals fühlt sich an wie zugeschnürt, während ich fieberhaft nach einer Ausrede suche.

»Wurdest du von jemandem aus dem Rudel darauf angesetzt, dass ich den Platz meiner Mutter einnehme?«

Ich blinzele verwirrt. »Was?«

»Ich habe sie besiegt«, sagt er gefährlich ruhig. »Um dich zu beschützen. Für die Details interessiert sich aber niemand. Ich bin jetzt offiziell der Alpha des Rudels, dem ich vor Jahren den Rücken gekehrt habe.«

»Oh.« Zu einer anderen Reaktion bin ich nicht fähig.

Heiliges Zentaurhufeisen, in welche Situation habe ich ihn da nur gebracht? Ich wusste, dass er sich seinem Clan entfremdet hat. Doch meinetwegen muss er sich nun seiner Vergangenheit stellen und vielleicht sein gesamtes Leben umkrempeln. Ich weiß nicht, wie das hier draußen bei Wandlern läuft, aber offenbar ist dieses Alpha-Ding eine große Sache. Und nicht zuletzt musste er meinetwegen gegen seine eigene Mutter kämpfen. Das Herz zieht sich mir beim bloßen Gedanken daran zusammen. Ihr Kampf war nicht bloß Show; sie haben einander verletzt, und hätte die Wandlerin nicht ihre Niederlage eingestanden, hätte Viktor sie womöglich getötet.

Und es wäre meine Schuld gewesen.

»Es tut mir leid«, flüstere ich, den Blick gesenkt.

»Sieh mich an.«

Wenn Viktor mich in diesem besonderen Tonfall gebeten hätte, mit dem Atmen aufzuhören, hätte ich es getan. Genauso wenig kann ich mich dagegen wehren, ihm wieder in die Augen zu schauen.

»Sag mir den Grund. Wieso hast du den rechten Weg genommen?«

Ich wünschte, er hätte lieber von mir verlangt, nie wieder zu atmen. Dann würde mir das Luftholen nicht so schwerfallen wie jetzt. Alles in mir sträubt sich dagegen, ihm die Wahrheit zu sagen. Es ist mir zu peinlich. Doch nach dem, was er für mich getan hat, verdient er nichts Geringeres als die Wahrheit.

Ich öffne den Mund, ohne dass ein Ton herauskommt. Erst beim zweiten Versuch kann ich die Worte formen. Sie klingen angestrengt und heiser, als wollten sie mit aller Macht in mir verbleiben.

»Ich kann nicht lesen.«

Viktor reißt verdutzt die Augen auf, während ich am liebsten im Boden versinken würde. Wer kann denn bitte nicht lesen? In der Schule wurde ich pausenlos deswegen gehänselt. Egal, wie viele Nachhilfestunden meine Eltern mir von ihrem kümmerlichen Lohn bezahlt haben, es wurde nicht besser. Ich kannte die Buchstaben und konnte sie zu Silben formen, aber sobald ich ganze Wörter vor mir hatte, verschwammen sie zu einer Unkenntlichkeit, der ich beim besten Willen keinen Sinn abringen konnte. Dank meiner mündlichen Tests war mein Abschluss gut genug für ein Studium. Gleich im ersten Semester jobbte ich in einer Bar und einer Bäckerei, um mir ein neues Handy zu kaufen, mit dem ich während der Vorlesungen, mit der Erlaubnis der Dozenten, Sprachaufnahmen machen konnte. Schriftliche Tests sind noch immer ein Desaster, aber ich komme zurecht. Auch in meinem Praktikum schicke ich nur Sprachmemos oder setze bei Präsentationen auf Videos.

In der Stadt ist zum Glück die meiste Werbung in bewegter Form in Cafés zu sehen, sodass ich bloß auf eine Videoreklame zeigen muss, um etwas zu bestellen. Oder auf Bilder. Oder ich gehe im Zweifel in bekannte Läden, wo ich genau weiß, was ich will. Anders war es am Bahnhof von Moon Haven, wo ich das Angebot nicht lesen konnte …

Genauso wenig wie die Wegweiser.

Viktor muss mich für eine völlige Versagerin halten. Und er hat jedes Recht dazu. Wer kann denn bitte nicht lesen? Auch meine Tante ist aus allen Wolken gefallen, als sie es herausgefunden hatte. Ich befürchtete bereits, deswegen meinen Praktikumsplatz zu verlieren, doch sie streichelte über meinen Kopf und versicherte mir, dass wir das hinkriegen würden. Seit dem Tod meiner Eltern hat mir noch nie jemand Verständnis wegen meiner Leseschwäche entgegengebracht. Auch deshalb ist es mir ein Bedürfnis, das Event zu einem vollen Erfolg zu machen. Um meiner Tante zu danken. Um mir selbst zu beweisen, dass meine Unfähigkeit mich nicht davon abhält, Großes zu leisten.

Stattdessen habe ich nicht bloß mein, sondern auch Viktors Leben in Gefahr gebracht und seines vermutlich nachhaltig zerstört. Immerhin ist er nun der Alpha der hiesigen Wandler, obwohl er das nie sein wollte.

Als ich vorsichtig zu ihm aufblicke, um mich erneut bei ihm zu entschuldigen, bedenkt er mich mit einem sanften Lächeln, das mich völlig aus dem Konzept bringt.

»Deshalb bestand deine Präsentation für das Event nur aus Bildern und Videos«, murmelt er. »Deshalb hast du jeden Karton im Lagerraum inspiziert, obwohl sie alle genau beschriftet waren.« Er zieht die Augenbrauen zusammen. »Und deshalb hast du dir auch meine Hütte als Location ausgesucht, nicht wahr? Weil sie auf den Bildern im Prospekt so idyllisch aussieht.«

Verlegen presse ich einen Moment die Lippen aufeinander, ehe ich nicke. Von Tante Priscilla habe ich mir die Texte unter den jeweiligen Locationbildern zusammenfassen lassen, aber mein Entschluss stand bereits fest: Es *musste* die Hütte im entlegenen Moon Haven sein. Ihre malerische Lage machte den Eigentümer, der eigentlich nichts mit unserer Agentur zu tun haben wollte, wieder wett.

Viktors Mundwinkel zucken. »Die Infos zu den Stürmen, die ich dir geschickt habe …«

»Die Nachricht wurde an mich weitergeleitet, aber …« Ich breche ab.

»Du konntest nichts damit anfangen und bist trotzdem gekommen«, beendet Viktor meinen Satz.

»Ja«, hauche ich.

Er löst den Arm von meiner Taille und legt mir einen Finger unters Kinn. »Und ich habe dich angeblafft. Das tut mir leid.«

Dumme Tränen brennen mir in den Augen; hastig blinzele ich sie zurück. »Ich bin diejenige, die sich entschuldigen muss! Meinetwegen bist du …« Ich verstumme und runzele die Stirn. »… ein Alpha?«

Er schmunzelt. »Ein Alpha bin ich von Geburt an, aber ich hätte es vorgezogen, jemand anderem diese Bürde zu überlassen. Tja, wie es aussieht, habe ich nun keine andere Wahl mehr. Hätte ich nicht gleich eingegriffen, hätte meine Mutter dich so lange als Druckmittel gegen mich eingesetzt, bis ich ihren Bedingungen zugestimmt hätte. So konnte ich wenigstens meine eigenen Forderungen durchsetzen.«

Nun verstehe ich gar nichts mehr. Offenbar muss Viktor

mir das ansehen, denn er fährt fort: »Die Wandler leben schon viel zu lange sehr ursprünglich hier draußen. Für verirrte Wanderer wie dich stellen sie sogar eine Gefahr dar. Davor habe ich die Augen verschlossen und nur an mich gedacht.«

»Und … was habe ich damit zu tun?«

Sanft streicht er mir mit dem Daumen über das Kinn und den Kiefer und schließlich knapp unterhalb meiner Unterlippe entlang. Jeden Zentimeter meiner Haut setzt er damit in Brand. Sie prickelt und kribbelt vor Aufregung. »Wir waren gerade dabei, ehrlich zueinander zu sein, nicht wahr? Dann tu nicht so, als würdest du nichts spüren, wenn ich dich berühre.«

»Du spürst es auch?«, frage ich heiser. Meine Unterlippe streift dabei über seinen Daumen, woraufhin sich seine Aufmerksamkeit auf meinen Mund verlagert.

»Ist das nicht so bei Gefährten?«, entgegnet er.

Ich schnappe nach Luft, unfähig, etwas darauf zu erwidern. Bereits bei unserem Handschlag wusste ich es, konnte es aber dank meiner Arbeit verdrängen. Nun mit ihm hier zu liegen, ihn fast überall zu spüren, lässt jedoch keine Ablenkung zu. Mit jeder Faser meines Körpers weiß ich, dass der Mann vor mir mein Seelengefährte ist.

Und ich könnte nicht glücklicher darüber sein.

Den Blick fest auf meine Lippen gerichtet, sagt Viktor: »Meine Mutter hätte mir jedes Zugeständnis abpressen können, wenn ich dich im Gegenzug zurückbekommen hätte. Zum Beispiel das, mit ihnen hier draußen leben zu müssen, wie sie es schon immer von mir wollte.«

»Und das … musst du jetzt nicht?«

»Nein.« Erneut streichelt er unterhalb meines Mundes entlang. »Ich habe sie besiegt, bevor sie eine ihrer Forderungen vorbringen konnte. Normalerweise geht der Generationswechsel unblutig vonstatten – sogar hier in der Wildnis. Der amtierende Alpha nennt dem neuen seine Forderungen. Stimmt dieser zu, dankt der alte ab. Früher war das anders, aber das ist wohl unsere Hinterwäldler-Form von Zivilisation und Anpassung.«

Seine Bemerkung entlockt mir ein Lächeln.

»Dass jemand seine Mutter in einem offenen Kampf gefordert und besiegt hat, kam schon seit vielen Generationen nicht mehr vor. Aber vielleicht ist das gut so.«

»Inwiefern?«

»Es gibt keine Forderungen, die ich erfüllen muss. Keine Ansprüche, an denen die anderen mich messen. Ich bin etwas Neues. Und ich werde dieses Rudel nach anderen Maßstäben führen als bisher. Sie haben lange genug wie Wilde gehaust. Ich verlange nicht, dass sie allesamt in die Stadt umsiedeln, aber sie werden sich anpassen müssen. Deine Erzählungen vom Zusammenleben aller Wesen haben mich dazu inspiriert.«

Ich bin verdutzt darüber, dass ich ihn zu irgendetwas inspiriert haben soll.

»Und fürs Erste«, fährt er fort, »ist ihre Bewährungsprobe die Teilnahme an unserem Event. Wir brauchen schließlich ein paar Leute, die die Getränke und das Essen servieren. Ein paar der Wandler sind auch recht gute Sänger, sofern ich mich recht erinnere. Es wird Zeit, dass sie ihre Stimmbänder wieder zu etwas anderem als Heulen nutzen. Wenn wir dem Mittelalterthema treu bleiben, könnten sie vielleicht ein paar Minnelieder vortragen. Ich würde sehr gern eines über Fairys hören.«

Es fühlt sich an, als hätte mein Herz keinen Platz mehr in

meiner Brust. »Ich würde gern eines über eine Fairy *und* einen Wolfswandler hören.«

Viktor erwidert mein Lächeln. »Meinst du, so eines gab es damals schon?«

»Wohl eher nicht. Aber deine Leute haben noch ein paar Tage Zeit, eines zu komponieren. Für das Event erwarte ich nur exklusive Stücke!«

Er schlingt wieder seinen Arm um mich und zieht mich so nah an sich, dass kein Lufthauch mehr zwischen uns hindurchpasst. »Ich werde es ihnen ausrichten. Aber vorher sollten wir über etwas Wichtigeres reden als über das Event.«

Erst jetzt, da ich wieder so nah an ihm liege, fällt mir auf, dass sein Oberkörper frei ist. Ist er etwa überall nackt? Nicht, dass mich das stören würde, aber er muss furchtbar frieren! Immerhin liegen wir ... in einer mir unbekannten Höhle auf blankem Stein. Wie und wann sind wir hierhergekommen?

Ich will mich aus seiner Umarmung winden, um ihm zumindest die Jacke überzulegen, doch er umschließt mich fester. Nicht ohne mit zwei Fingern sacht über meine Flügel zu streichen, woraufhin ich am ganzen Körper wohlig erschauere.

»Ich habe noch nie etwas Schöneres berührt als deine Flügel«, murmelt er so nah an meinen Lippen, dass ich die Bewegung seines Mundes an meinem spüren kann.

»Und für mich hat sich noch nie etwas so schön angefühlt«, flüstere ich.

»Bei keinem anderen hat es sich so angefühlt?«, hakt er nach.

Ich schüttele leicht den Kopf, wobei meine Nasenspitze gegen seine stupst. »Ich habe noch nie jemandem gestattet, sie zu berühren. Im Gedränge der Stadt lässt es sich nicht immer vermeiden, aber es fühlte sich jedes Mal unangenehm an.«

»Und wenn ich das hier mache …«

Er streicht ein wenig fester über meinen Flügel. Zuvor war es ein zartes Streicheln. Eine flüchtige Berührung voller Zurückhaltung. Das ist nun nicht mehr der Fall. Ich meine sogar, ein leichtes Kratzen seines Fingernagels zu spüren. Mein Rücken wölbt sich, mein Körper drängt sich ihm entgegen, während meine Flügel aufgeregt zittern. Explosionsartig breitet sich eine verzehrende Hitze in mir aus, die mir ein klares Denken unmöglich macht.

»… fühlt es sich nicht unangenehm an?«, beendet er seinen Satz.

Ich antworte mit einem Wimmern, weil ich zu mehr nicht fähig bin. Obwohl er nur meinen Flügel berührt hat, ist es, als stünde ich komplett in Flammen.

Viktor zieht mich fester an sich und presst den Mund auf meinen. Seine Lippen fühlen sich genauso heiß an wie der Rest von mir. Mit den Händen streichele ich über seine starke, glatte Brust, halte mich an seinen breiten Schultern fest und erwidere den Kuss.

Das Kribbeln, das bereits bei unserem Handschlag durch mich hindurchgerauscht ist, erreicht nun in Lichtgeschwindigkeit jeden hintersten Winkel. Habe ich anfangs die Idee, dass Viktor mein Gefährte sein könnte, als Einbildung abgetan, könnte ich mich jetzt nicht mehr mit der kühnsten Ausrede vom Gegenteil überzeugen. Sein Kuss, seine Berührungen bringen mein Herz zum Schwingen und meine Flügel zum Flattern. Jede Zelle, jeder Nerv in mir erkennt ihn als meinen Partner an und heißt ihn willkommen. Sehnt sich nach ihm mit einer Inbrunst, die über bloße Lust hinausgeht.

Ohne sich von meinen Lippen zu lösen, murmelt er einen Fluch, der sich verdächtig nach einem »Fuck« anhört. Seine große Hand umfasst meinen Po und presst mich gegen ihn. Vor meinen geschlossenen Augen tanzen helle Sterne, als ich seine Härte an meiner Mitte spüre.

Mein Körper handelt von ganz allein. Flink öffnen meine Finger die geborgte Hose, meine Füße kicken die Stiefel weg, meine Beine winden sich heraus. Eiskalte Luft streicht über meinen nun fast nackten Unterkörper; lediglich meine Füße stecken noch in mehreren Lagen dicker Strümpfe. Mit sanftem Druck bringe ich ihn dazu, sich auf den Rücken zu legen, damit ich auf ihn klettern kann. Leider muss ich dazu unseren Kuss unterbrechen, aber bloß kurz. Kaum dass ich auf ihm sitze, lehne ich mich wieder vor und drücke meine Lippen auf seine, schlucke sein geknurrtes Stöhnen, als ich die Hüfte bewege.

Er ist tatsächlich komplett nackt. Und groß. Mein Inneres zieht sich vorfreudig zusammen, als ich ihn zwischen meinen Beinen spüre.

Mit einer gewissen Genugtuung bemerke ich, dass seine Finger zittern, als er am Reißverschluss meiner Jacke nestelt. Wenn ich es nicht besser wüsste, würde ich sagen, er sei verdammt nervös. Ich muss darüber lächeln, dass dieser große, starke Wandler, der, ohne zu zögern, einen anderen attackiert hat, um mich zu beschützen, plötzlich nervös ist. Nachdem er den Reißverschluss geöffnet hat, hakt er zwei Finger in die Knopfleiste meiner Bluse und zerrt daran. Nur einen Augenblick später klimpern die Knöpfe über den Steinboden, rollen in alle Richtungen davon.

Ich lehne mich zurück, um zu protestieren, doch Viktor grinst mich an. »Das wollte ich schon am ersten Tag machen. Und du willst lieber nicht hören, was ich über diesen verflucht engen Rock und deine Strumpfhose gedacht habe.«

Obwohl es mir um meine Bluse leidtut – es war meine Lieblingsbluse … –, erwidere ich sein Grinsen. »Ich hoffe, dass du mir das in allen Einzelheiten zeigen wirst. Vielleicht beim nächsten Mal, ohne dass meine Kleidung irreparable Schäden nimmt.«

Sein Grinsen wird breiter. »Kann ich nicht garantieren.«

Bevor ich ihn darauf hinweisen kann, dass im Büro ein gehobener Kleidungsstil herrscht und die Klamotten alles andere als billig sind, gleitet sein Blick tiefer zu meinen Brüsten. Und schließlich hinab zu meinem Schoß, wo ich auf seiner Härte sitze, die ich an meiner Mitte pulsieren spüre.

Er schluckt angestrengt, bevor er wieder zu mir aufsieht. »Bist du sicher? Ich will dir nicht wehtun. Und ich …«

Viktor presst die Lippen aufeinander und weicht meinem Blick aus. Ich lege meine Hand an seine Wange und warte, bis er mich erneut ansieht.

»Als Fairy mag ich etwas kleiner sein als du, aber ich bin nicht zerbrechlich. Du hast meinen Flügeln nicht wehgetan. Du wirst auch dem Rest von mir nicht wehtun.«

Der Anflug eines Lächelns kehrt auf seine Lippen zurück. »Ich war der Erste, der deine Flügel berühren durfte. Und du bist die Erste, mit der ich … das hier mache.«

Ich blinzele verdutzt. »Du … hast noch nie …?«

Er schüttelt den Kopf; seine Wangen nehmen eine rote Färbung an.

Schnell streichele ich mit dem Daumen darüber, um den Anflug von Scham, den er offensichtlich verspürt, zu vertreiben. »Ich werde sanft sein, versprochen.«

Und das bin ich.

Epilog

Viktor

Einige Tage später …

Mein Kopf schwirrt. Mit zusammengebissenen Zähnen versuche ich, Rubens Sauklaue zu entziffern, damit ich den Gästen ihre Getränke mixen kann. Aber da Ruben, sowie der Großteil der anderen Wandler, die heute im Gastraum aushelfen, die Schule nach wenigen Jahren abgebrochen hat, um in der Wildnis zu leben, habe ich keine Ahnung, was das auf dem Zettel heißen soll. Es könnte ein Cocktail sein. Genauso gut ein Wasser. Wenn es sich um die Bestellung der Dryade handelt, ist es mit Sicherheit Wasser. Oder soll es doch »Bier« heißen und es ist das Getränk für die Zwergin?

Als er in meine Richtung schaut, winke ich den jungen Wandler herbei. Sofort zieht Ruben den Kopf zwischen die Schultern und huscht in meine Richtung. Er ist erst sechzehn und sehr beeindruckt von mir, seinem neuen Alpha. Ich gebe mir die größte Mühe, nicht allzu finster dreinzugucken, denn dafür gibt es keinen Grund. Das Event übertrifft all meine Erwartungen; meine Hütte ist zum Bersten gefüllt. Lachen und tiefgründige Gesprächsfetzen dringen immer wieder zu mir an die Bar. Ich könnte nicht zufriedener sein, aber als guter

Gastgeber will ich all diese Leute keinesfalls auf dem Trockenen sitzen lassen.

»Wir müssen über deine Bons reden«, sage ich, als Ruben vor der Theke zum Stehen kommt und meinem Blick ausweicht. »Wenn ich sie nicht lesen kann, kann ich keine Getränke mixen.«

»Ich gebe mir Mühe«, murmelt er.

»Ich weiß, aber …«

Sogleich zügele ich mich, als ich bemerke, wie er immer weiter in sich zusammensackt. Ging es Odessa auch so, wenn jemand von ihrer Leseschwäche erfahren hat? Ruben mag seine Prioritäten falsch geordnet haben, aber es bringt mir nichts, ihm deswegen ein noch schlechteres Gefühl zu geben. Wenn das Event vorbei ist und ich die wichtigsten Punkte meines neuen Alpha-Daseins geregelt habe, werde ich dafür sorgen, dass er und die anderen Wandler, die es wünschen, wieder zur Schule gehen oder einen Abendkurs belegen können.

»Wer aus dem Rudel kann sauber schreiben? Oder zumindest so leserlich, dass ich es entziffern kann?«, frage ich.

Ruben wendet sich zum Gastraum. Mein Blick bleibt sogleich an der Fairy hängen, die sich zwischen den Gästen bewegt, als hätte sie nie etwas anderes getan. Sofort hüpft mein Herz vor Freude bei der Vorstellung, wie ich ihr später dieses niedliche Kostüm einer Weihnachtselfe in einem knappen grünen Rock Stück für Stück vom Leib reißen werde.

Leider konnten wir Odessas Idee einer Mittelalterparty nicht umsetzen. Durch den Sturm erreichten uns die Dekoartikel und Kostüme nicht rechtzeitig, und in Moon Haven gab es nicht genug, was sich umfunktionieren ließ. Deshalb plünderten wir kurzerhand meinen Vorrat an Weihnachtsdeko und borgten uns bei den Bewohnern Moon Havens noch einige weitere Utensilien, um eine Weihnachten-im-Januar-Mottoparty auf die Beine zu stellen.

Mit vollem Erfolg, wie sich herausstellt.

Viele der Teilnehmer des Events sind höhere Angestellte oder CEOs, die auch während der Feiertage arbeiten mussten oder deren Familien so weit entfernt leben, dass sie Weihnachten allein vor dem Fernseher verbracht haben. Sie alle freuen sich auf die erneute Möglichkeit eines Weihnachtsfestes. Zwar unter Fremden, aber vielleicht mit der Aussicht auf einen Seelenpartner.

Ein warmes Gefühl durchströmt mich, als ich meiner Seelenpartnerin dabei zusehe, wie sie lächelnd von Tisch zu Tisch geht und sich kurz mit den Gästen unterhält. Ihre Flügel flattern dabei aufgeregt.

»Alpha?«, fragt Ruben zögernd neben mir.

Ich verziehe den Mund und löse mich widerstrebend von Odessa. »Wie oft soll ich dir noch sagen, dass du mich Viktor nennen sollst?«

Erneut zieht er den Kopf zwischen die Schultern. »Verzeihung, ich versuche, daran zu denken. Das da drüben ist Karol. Sie kann gut schreiben.« Er deutet auf eine Wandlerin mittleren Alters, die gerade die Servietten für das Dinner kunstvoll faltet.

Ich nicke. »Dann tausch den Platz mit ihr und bitte sie, noch einmal die Bestellungen an den Tischen aufzunehmen, bei denen du schon warst.«

Ruben saust davon. Ich ziehe mich wieder hinter meinen Tresen zurück, wo Svens Körbchen liegt. Trotz des Trubels und der Lautstärke schläft er selig ruhig. Nachdem ich mich davon überzeugt habe, dass Karol weiß, was sie zu tun hat, schaue ich in der Küche vorbei, wo meine Mutter die Aufsicht über die Zubereitung des Dinners hat. Auch das Menü haben wir unserem Motto angepasst. Als Einstieg gibt es eine Maronensuppe, als Hauptgang einen Gänsebraten, gefüllt mit Sternanis, Äpfeln und Wurzelgemüse, und schließlich eine Crème Brûlée mit weihnachtlichen Gewürzen. Meine Mutter führt ein eisernes Regiment in der Küche und hält sich penibel an meine Rezepte, dennoch sehe ich lieber einmal mehr als zu wenig nach dem Rechten.

Die Übernahme des Rudels ging erstaunlich einfach und reibungslos vonstatten. Ich bin selbst überrascht, dass keinerlei Stimmen gegen mich laut wurden. Womöglich liegt es daran, dass ich allen die Wahl lasse. Viele, meine Mutter eingeschlossen, sehnen sich schon seit Langem nach einem Weg zurück in die Zivilisation und ihren Annehmlichkeiten, doch niemand aus dem Rudel wagte es, den ersten Schritt zu tun. Wahrscheinlich wollte keiner als Ausgestoßener wie mein Großvater enden. Oder wie ich.

»Wie läuft es?«, fragt Odessa von der Theke aus.

Ich nicke meiner Mutter zu, die beim Klang der Fairystimme den Kopf gehoben hat. Sie erwidert die Geste mit einem vorsichtigen Lächeln, an dessen Anblick ich mich erst noch gewöhnen muss. Dann wende ich mich meiner Gefährtin zu.

»Wir können in einer halben Stunde den ersten Gang servieren«, sage ich. »Hoffentlich haben bis dahin alle ihre Getränke.«

Just in diesem Moment bringt Karol einige Bons, die ich diesmal lesen kann. Erleichtert seufze ich auf und mache mich gleich an die Arbeit. Odessa kommt hinter den Tresen, streichelt Sven über den Kopf und hilft mir, die befüllten Gläser auf Tabletts zu stellen. Auch ohne ein Wort arbeiten wir Hand in Hand. So war es auch bei den Vorbereitungen. Nachdem sie mir ihre Idee mit groben Skizzen erklärt hatte, fügte sich eins ins andere. Und nun erstrahlt ein bis zur Decke reichender und prunkvoll geschmückter Weihnachtsbaum mitten in meiner Hütte, während Lichterketten an den Wänden um die Wette funkeln. Auf den Tischen liegen grüne und rote Tischdecken. Die Teller sind mit Weihnachtsszenen bemalt und haben einen Goldrand. Sie sind eine Leihgabe von Eduardos Mutter. Odessa fand mein Service für diesen Anlass zu clean. Und ja, nachdem ich die Deko in ihrer Gänze sehe, stimme ich ihr zu, dass reinweiße Teller und Schalen nicht gepasst hätten.

Ich lehne mich zu ihr und hauche ihr einen Kuss auf den Kopf. Sie hat ihr blondes Haar zu zwei neckischen Zöpfen zusammengefasst und glitzernde Schneeflocken hineingewoben. So nah erfüllt mich ihr Duft gänzlich. Ihrer gepaart mit meinem. Für mich ist es eine unvergleichliche Mischung. Für jeden anderen Wandler eine stumme Warnung. Ich werde nie die Gesichter des Rudels vergessen, als Odessa und ich es nach Stunden endlich aus der Höhle herausgeschafft hatten. Hunger und Durst trieben uns zurück; ohne diese leidlichen Bedürfnisse hätte ich den Rest meiner Tage dort mit ihr verbracht. Mit ihr und den wundervollen Dingen, die sie mit mir anstellen konnte. Jedenfalls glaubte das Rudel, dass nur ich zu ihnen kommen würde, doch an meiner Seite war Odessa in ihrem zusammengewürfelten Outfit und mit ihrer leicht derangierten Frisur. Odessa, die für jeden Wandler deutlich meinen Duft an und in sich trug. Anstatt ihr mit Ablehnung zu begegnen, wovon ich ausgegangen bin, wurde Odessa schnell in den Kreis meiner Leute aufgenommen und verzauberte mit ihrer herzlichen Art auch die Skeptiker.

Sie schmiegt sich an mich. Ich lasse die Hand über ihren Rücken hinab zu ihrem Po gleiten. Sie trägt eine Strumpfhose mit bunten Weihnachtsmustern, die kaum einen Widerstand bieten würde. Genauso wenig wie das knallrote Höschen darunter. Odessa erschauert an meiner Seite. Der Duft ihrer Erregung erfüllt augenblicklich meine Nase und breitet sich zu meinen übrigen Sinnen aus.

»Wir müssen arbeiten«, erinnert sie mich verschwörerisch mit geröteten Wangen.

Ich lehne mich zu ihr und flüstere ihr ins spitze Ohr: »Bis wann ist das Event angesetzt? Mitternacht?«

An meiner Wange spüre ich sie schmunzeln. »Ich glaube kaum, dass bis dahin alle gehen oder sich in ihre Zimmer zurückziehen werden. Und wo sollten wir hin?«

Das hatte ich fast vergessen: Meine Hütte ist ausgebucht. Sogar Odessa musste ihr Zimmer räumen, damit wir noch den letzten Gast unterbringen konnten.

»Ich kenne da eine nette kleine Höhle ...«, sinniere ich.

Ihr Lachen ist wie Musik in meinen Ohren. Ohne mir zu antworten, schnappt sie sich eines der Tabletts und bringt es mit wiegenden Hüften zum Tisch. Mein Blick klebt förmlich an ihrem Hintern.

»Ich mag sie.«

Mein Kopf ruckt zu meiner Mutter herum, die neben mich getreten ist, ohne dass ich es bemerkt habe. Sie erwidert meine erschrockene Miene mit einem Lächeln.

»Ein Wolfwandler und eine Fairy«, sagt sie. »Das gab es bei uns noch nie. Aber vielleicht ist es genau das, was wir brauchen. Etwas Neues. Etwas Gewagtes. Und ich freue mich, dass es endlich einem Wesen gelungen ist, dein Herz zu erreichen.«

Als ich noch im Rudel lebte, hörte ich die Gerüchte über

mich. Dass ich seltsam sei, weil ich noch nie eine Freundin oder einen Freund hatte. Niemand sagte mir das ins Gesicht, immerhin war ich ein Alpha, aber trotzdem kam es mir zu Ohren.

Ich zucke mit den Schultern. »Irgendwas in mir wusste wohl schon immer, dass ich für etwas anderes gemacht bin.«

Mutter legt mir eine Hand auf den Arm. »Das ganze Rudel freut sich auf dieses andere. Und auf sie.« Sie deutet mit einer Kopfbewegung auf Odessa, die gerade ins Gespräch mit einem Gast vertieft ist. »Ihre Wärme und ihr Verständnis sind genau das, was unsere jüngere Generation benötigt.«

Ich nicke und fühle mich an meine Gedanken zu Ruben erinnert. »Sobald wir die Zeit finden, werden wir darüber reden, wie es weitergeht. Mit dem Rudel. Und auch mit uns.«

Noch kamen wir nicht dazu, über unsere Zukunft zu reden. Odessas ist zu einem großen Teil vom Gelingen dieses Events abhängig. Wir müssen darüber sprechen, wo wir leben wollen. Wann wir uns sehen können, wenn sie in die Stadt zurückkehrt und ich hierbleibe. Ich bin sicher, dass wir eine Lösung finden, mit der wir beide glücklich sind. Aber das werden wir nicht heute Abend tun.

Heute Abend will ich meiner Gefährtin dabei zusehen, wie sie strahlt.

Magdalena Gammel

Juniper Nights

1. Kapitel

In der Hexenbäckerei …

»Das ist der eigenartigste Zauberspruch, den ich je gehört habe.«

»Das ist auch kein Zauberspruch, sondern ein Weihnachtslied«, sagte ich und lächelte Azazel an. Er stand, die Arme vor der Brust verschränkt, eine seiner dunklen Augenbrauen hochgezogen, im Türrahmen, und brauchte offenbar einige Sekunden, um die sich ihm bietende Szene zu verarbeiten.

Vier Hexen, zwei Dämonenfürsten und ein Baby hatten es sich in der mittelalterlichen Küche des Palais, dem Schloss des Arcanum-Zirkels, bequem gemacht, um Kekse zu backen.

Maya stand hinter dem antiken Herd und rührte in einem gusseisernen Topf, aus dem es köstlich nach Schokolade und Zimt duftete, während ich ihren sechs Monate alten Sohn auf dem Schoss sitzen hatte, der ganz verrückt war nach meiner schief gesungenen Version von *Last Christmas.*

»Keine Sorge«, sagte Tarel, »bis jetzt wurde noch niemand verhext, obwohl unsere Hexenkönigin ganz offensichtlich keinen geraden Ton herausbringen kann.«

Der Dämonenfürst saß zwischen Magnolia und Ondine, die ihn erfolglos davon abzuhalten versuchten, den rohen Keksteig, aus dem sie Sterne und andere Formen stachen, vor ihren Nasen wegzufuttern.

»Mit *Last Christmas* von *Wham!* könnte ich dir höchstens einen Ohrwurm ins Ohr zaubern«, sagte ich und wippte sanft mit dem Knie, was dem kleinen Eloy besonders gut zu gefallen schien, denn er begann gut gelaunt zu glucksen.

Azazel trat hinter mich und legte mir behutsam seine großen Hände auf die Schultern, was mir einen angenehmen Schauer den Rücken hinabsandte. Ich war in den vergangenen Wochen mit den Vorbereitungen für unser Hexenfest beschäftigt gewesen, während er als Teufel in der Hölle seinen Verpflichtungen hatte nachgehen müssen. Obwohl wir trotzdem jede Nacht zusammen verbrachten, vermisste ich ihn schrecklich, denn er ging, bevor ich erwachte, und kam meistens erst wieder, wenn ich bereits eingeschlafen war.

»Wie kann ich helfen?«, fragte er und gab mir einen Kuss auf den Scheitel. Ich sah überrascht zu ihm auf und atmete tief seinen verführerischen Duft nach Feuer und Zimt ein, von dem ich niemals genug bekommen würde.

»Du könntest versuchen, deinen Freund davon abzuhalten, all unseren Keksteig zu essen.«

Er runzelte die Stirn und sah zu dem Dämonenfürsten, der mitten in der Bewegung, einen ungebackenen Stern bereits vor dem geöffneten Mund, innehielt und sich jetzt nicht mehr bewegte.

»Leg das wieder hin, Tarel«, befahl Azazel, als würde er mit einem Hund und nicht mit einem jahrhundertealten gefallenen Engel sprechen, der für seine Rebellion gegen den Himmel in die Hölle verbannt wurde.

»Du bekommst davon ohnehin nur Bauchschmerzen«, mahnte Anaell, die Tarel gegenübersaß und mit wenig Geschick einen Kranz aus Tannen und Fichtenzweigen flocht. Die Dämonenfürstin wohnte erst seit Kurzem im Palais, um Ondine zu beweisen, wie ernst sie es mit ihrer Liebe zu ihr meinte.

Wenn das so weiterging und jede der dreizehn Hexen des Arcanum-Zirkels sich einen von Luzifers gefallenen Geschwistern aus der Hölle stibitzte, würde es hier im Schloss bald ziemlich voll werden.

Und heiß. Sehr, sehr heiß.

»Lass ihn ruhig«, sagte Maya und wedelte mit dem Kochlöffel. »Mein Mann lernt nur durch Schmerz.«

Tarel grinste schief, legte den Stern wieder auf den mit Mehl bestäubten Tisch und erhob sich.

»Ich habe einen Magen aus Stahl, sonst hätte mich meine reizende Frau mit ihrem fragwürdigen Zaubertrank längst vergiftet.«

»Zum letzten Mal: Das war kein Zaubertrank, sondern Glühwein, und woher hätte ich denn wissen sollen, dass du ausgerechnet gegen *Gewürznelken* allergisch bist?« Tarel schlang von hinten die Arme um sie und hauchte ihr einen Kuss auf die Wange.

»Das war ein Attentat, ganz klar.«

»Solange unser Sohn nachts noch alle drei Stunden aufwacht, brauche ich dich, um zumindest etwas Schlaf zu kriegen.« Maya tätschelte ihm die Wange. »Momentan hast du also nichts von mir zu befürchten.«

»Ich wusste nicht einmal, dass Dämonenfürsten überhaupt gegen etwas allergisch sein können«, murmelte Magnolia, sichtlich froh darüber, das Tarel keine Gefahr mehr für den Teig darstellte.

»Oh doch«, sagte ich und verhinderte, dass Eloy mit seinen Patschhändchen nach einer Ausstechform griff. »Azazel zum Beispiel bekommt von zu viel Kitsch Ausschlag, reagiert aber sehr empfindlich auf Kuschelentzug.«

Die anderen sahen auf und den Teufel an, der keine Miene verzog und lediglich mit den Schultern zuckte.

»Ersteres sollte euch nicht wirklich überraschen und für Zweiteres schäme ich mich kein bisschen. Wer die körperliche Nähe einer Hexe nicht zu schätzen weiß, hat sie nicht verdient. Aber du«, er griff von hinten nach meinem Kinn und zwang meinen Kopf in den Nacken, sodass sich unsere Blicke trafen, »solltest mit solch intimen Informationen weniger achtlos um dich werfen, sonst rutscht mit bei der nächsten Fürstenversammlung vielleicht heraus, mit was für romantischen Gesten sich das Herz einer Hexenkönigin erweichen lässt.«

Ich zuckte zusammen und funkelte ihn mahnend an, denn ich wusste ganz genau, von was für »romantischen Gesten« er sprach.

»Das wagst du nicht.«

Azazel strich mit dem Daumen die Linie meines Kiefers nach und schenkte mir ein spöttisches Lächeln.

»Lass es darauf ankommen.«

Er war noch immer der Teufel und ich liebte es, wie mein Herz zu rasen begann, wenn er mich daran erinnerte. Das Glitzern in seinen nachtblauen Augen, dieser feurige Funke, der Herausforderung und Warnung zugleich war, versetze mein Blut in Wallung und sandte eine höllische Hitze durch mich hindurch.

»He, he, he!«, rief Tarel und nahm mir Eloy vom Schoß. »Nicht vor meinem Sohn.«

Azazel ließ mit einem zufriedenen Lächeln mein Kinn los,

während ich mich verlegen räusperte, mir meiner glühenden Wangen mehr als bewusst.

»Ich glaube, Eloy bräuchte ohnehin eine frische Windel«, sagte ich an Tarel gewandt, der an seinem Sohn schnüffelte und augenblicklich die Nase krauste.

»Bin gleich zurück«, rief er und eilte mit dem Knirps aus der Küche, während Maya seinem Schatten den Kochlöffel hinhielt, sodass der überdurchschnittlich große, pechschwarze Luchs die Konfitüre davon abschlecken konnte.

Barghest, Azazels Schattenhund, schob seinen gigantischen Körper unter dem Tisch hindurch, um sich ebenfalls eine Kostprobe zu sichern.

Obwohl die beiden mit ihren monströsen Tatzen und den rasiermesserscharfen Reißzähnen problemlos Monster, die doppelt und dreifach so groß waren wie sie, in Fetzen reißen konnten, benahmen sie sich in der Gegenwart ihrer Vertrauten so harmlos und zahm wie verschmuste Haustiere. Ich wartete nur darauf, dass Eloy alt genug war, um auf einem von ihnen zu reiten, denn besonders Barghest hatte einen Narren an dem Jungen gefressen, vermutlich weil dessen Vater der beste Freund und die rechte Hand seines Herren war.

Azazel setzte sich neben mich, eine Hand unter meinem Haar, die sanft meinen Nacken massierte.

»Wie kann ich helfen?«

Ich sah ihn überrascht an und lehnte mich seiner warmen Berührung entgegen.

»Kannst du backen?«

»Kein bisschen.« Er strich mir eine Strähne hinters Ohr und betrachtete mich mit schief gelegtem Kopf. »Aber ich bin ein schneller Lerner.«

»Das glaub ich dir sofort.« Ich griff nach einer leeren Holzschüssel und ließ mir von Maya Mehl, Milch, Butter und weitere Zutaten für den Teig reichen. »Dann backen wir jetzt gemeinsam Julbrot.«

Azazels nachtblaue Augen leuchteten auf.

»Das kenne ich«, behauptete er, was mich nicht überraschte, denn viele Dämonenfürsten waren mit den Bräuchen unserer Feste vertraut, und Azazel hatte mehr als jeder andere mit der arcanischen Hexenkultur zu tun gehabt, seitdem er vor knapp zwei Jahrzehnten den Thron der Hölle bestiegen hatte.

»Lilith hat jedes Jahr welche für ihre Kinder gebacken«, fügte Maya hinzu. Sie war, genauso wie ich und zehn weitere junge Frauen, eine von Liliths Enkeltöchtern.

Denn diese hatte sich, nach ihrer Verbannung aus dem Paradies, in Luzifer verliebt, als er bereits Herrscher über die Hölle war, und durch einen Pakt mit ihm ihre Kräfte erhalten.

Ihre dreizehn Kinder, unsere Eltern, waren der erste Zirkel von Arcanum, der Stadt der Hexen und Dämonen gewesen.

Leider lebte keiner mehr von ihnen, denn Claudius, ein gefallener Engel, hatte in einer grausamen Nacht vor zwanzig Jahren nicht nur unsere Heimat eingenommen, sondern auch Luzifer und seine Kinder ermordet. Nur wir Erben, Liliths Enkelkinder, waren am Leben gelassen worden, da Claudius uns für seine Pläne gebraucht hatte. Ich war damals noch ein Baby gewesen und aus dem Schloss in die Menschenwelt gebracht worden.

Dort hatten mich die Hexenjäger des grausamen Claudius nach Jahren ausfindig gemacht und zurück nach Arcanum gebracht, wo ich nicht nur ihm, sondern auch Azazel zum ersten Mal begegnet war. Wie Luzifer, Tarel und viele andere, war auch Azazel ein gefallener Engel, der bei seinem Sturz aus dem Himmel seine Flügel verloren hatte. Um ein Dämonenfürst zu werden, musste er sein Herz im Höllenfeuer verbrennen, was die meisten Engel, die aus dem Reich über den Wolken gestoßen wurden, auch taten, denn ohne ihr heiliges Licht blieben ihnen nur noch die Flammen der Unterwelt.

Azazel hatte nach Luzifers Ermordung den Thron der Hölle bestiegen, um seine eigenen Pläne gegen Claudius zu schmieden. Dieser war davon besessen gewesen, die Hexenwelt zu vernichten und hatte mich dafür in ein Spiel aus Lügen und Intrigen verwickelt, mit dessen Regeln einzig er – und Azazel vertraut waren.

Dass ausgerechnet ich mich währenddessen in den amtierenden Teufel und seine nachtblauen Augen verlieben musste, war mir anfangs wie ein folgenschwerer Scherz mit lebensgefährlicher Pointe vorgekommen, aber niemand, am allerwenigsten ich, konnte damit rechnen, dass dieser blonde, fast zwei Meter große Satan mit der Statur eines Gottes und dem Temperament einer Naturgewalt in Wahrheit ein verdammter Softie war – und allem Anschein nach der Erfüllung all meiner Träume.

Azazel, der Mehl, Milch und Butter in der Schüssel verrührte, bemerkte, wie ich ihn beobachtete.

»Was ist?«

»Gar nichts!«, rief ich eine Spur zu laut und wandte abrupt den Kopf ab, damit ich ihn nicht länger wie ein verliebtes Schaf ansah. Azazel lachte leise, griff nach meinem Kinn und zog mich zu sich heran, um mir einen Kuss auf die Lippen zu hauchen.

»Du bist unverschämt süß, wenn du lügst.«

Ein aufgeregtes Kribbeln breitete sich in meinem Magen aus. Ich begann gerade mit dem Gedanken zu spielen, diesen Tag einfach Tag sein zu lassen, um mich mit Azazel in mein

Zimmer zu verziehen, als dieser von mir abließ und so tat, als sei das Backen seine neue Lebensaufgabe.

»Du könntest schon mal mit der Füllung anfangen, oder?«, fragte er mit Unschuldsmiene und warf sich eine Handvoll Rosinen, die man für das Julbrot brauchte, in den Mund.

Ich murmelte etwas, das selbst ich nicht verstand, und ignorierte das Gelächter der anderen, die Azazel und mich, je nach Situation, niedlich, nervig oder zum Haareausraufen fanden.

»Seit wann gibt es zum Julfest eigentlich Kekse?«, fragte Anaell, die ihrem schwarzen Panther eine Schüssel mit Ziegenblut hinstellte, weil dieses gigantische Miezekätzchen lieber das als Milch trank.

»Das war Junes Idee«, sagte Ondine. Sie schob das erste Bleck mit Plätzchen in den Ofen und setzte sich neben die Dämonenfürstin, um ihr das Haar aus der Stirn zu streichen, damit es nicht im Mehl landete, als sie sich zum Teigkneten über den Tisch beugte.

»In der Menschenwelt ist das Julfest kaum jemandem ein Begriff«, erklärte ich. »Daher haben wir dort meistens Weihnachten gefeiert.«

»Ist das nicht dieser billige Abklatsch?«, fragte Anaell.

Ich zuckte mit den Schultern.

»Mehr oder weniger.«

»Es ist ein für die Christen sehr bedeutsames Fest«, mischte Azazel sich ein.

»Oh Gott«, rief Tarel, der gerade eben mit einem frisch gewickelten Eloy zur Tür hereinkam. »Die schon wieder! Kann mir mal jemand erklären, warum dieser vor über *zweitausend Jahren* gestorbene, lederlatschentragende Nazarener von denen so angehimmelt wird?«

»Vielleicht, weil er Wunder vollbracht hat?«, schlug Maya mit unüberhörbarem Sarkasmus vor und nahm ihm Eloy aus den Armen, woraufhin er diese dramatisch in die Höhe warf.

»Na und? Ich *bin* ein Wunder. Und schreibt man über mich irgendwelche Bücher oder widmet mir gleich mehrere Feiertage? Nein.« Er goss sich aus einem Topf kochend heißen Glühwein ein und trank einen Schluck, der jedem anderen die Zunge verbrannt hätte. »Der Typ war ja ganz nett und alles, aber der Hype um ihn ist wirklich aus dem Ruder gelaufen.«

Ich verdrehte die Augen.

»Deswegen feiern wir ja auch die Wintersonnenwende und nicht Weihnachten.« Das Julfest gehörte zu einem unserer acht Hexenfeste, von denen vier zu den großen und vier zu den kleinen Sabbaten zählten. Die großen orientierten sich am Kalender, die kleinen hingen vom astronomischen Stand der Sonne ab und konnten daher jedes Jahr um ein paar Tage variieren.

Jul, die Wintersonnenwende mit dem kürzesten Tag des Jahres, würden wir in genau einer Woche, am 23. Dezember feiern.

Und die Vorbereitungen dafür liefen auf Hochtouren. Brot backen und ein paar hübsche Kränze flechten war lediglich ein kleiner Teil davon, denn nicht nur der Arcanum-Zirkel, sondern die gesamte Stadt kochte, dekorierte und hexte bereits seit Tagen für unser Fest, das Neubeginn und Hoffnung symbolisierte.

Ich beobachtete Azazel, wie er leise summend den Teig vorbereitete und dabei so entspannt und ausgeglichen wie schon lange nicht mehr wirkte. Er war nicht direkt der gesellige Typ, aber inzwischen hatte ich gelernt, wie wichtig ihm solche ruhigen Momente mit seinen engsten Vertrauten waren. Als Teufel befand man sich für gewöhnlich nicht in allzu guter Gesellschaft. Die Hölle war voller Engel, die nicht alle aus edlen Gründen gefallen waren. Einige hatten es zusammen mit Luzifer gewagt, den Himmel und seine Scheinheiligkeit infrage zu stellen, andere besaßen einfach nur einen schlechten Charakter und sehr *biegsame* Moralvorstellungen. Azazels Untertanen, und nun auch meine, bestanden aus Lügnern, Betrügern und Mördern. Er war der geborene Teufel, aber ich tat mich in meiner Rolle als Hexenkönigin noch etwas schwer, denn anders als Azazel oder meine Cousinen war ich in der Menschenwelt aufgewachsen und mein Leben lang vor Hexenjägern geflohen. Regierung und Verantwortung für jemand anderen außer mich zu tragen hatte nie auf der Tagesordnung gestanden.

»Alles in Ordnung?«, fragte Azazel und sah mich ernst an. Ihm entging nie etwas. Selbst meine kleinsten Stimmungswechsel fielen ihm auf.

Ich rang mir ein Lächeln ab und strich ihm etwas Mehl von der Weste.

»Mir ist noch immer nicht das perfekte Geschenk für dich eingefallen.«

Er hob eine seiner dunklen Augenbrauen und schmunzelte. »Das ist auch so ein Weihnachtsbrauch, oder?«

»Den find ich gut!«, rief Tarel. »Geschenke für alle!«

Das seine hatte ich bereits. Genauso wie die von Anaell und den anderen Hexen meines Zirkels. Nur Azazel, dieser undurchschaubare, seiner Behauptung nach wunschlos glückliche Sack schien unbeschenkbar zu sein.

Nicht einmal Tarel hatte mir sagen können, worüber sich sein ältester Freund freuen würde, weil Azazel prinzipiell niemanden wissen ließ, was ihm gefiel oder nicht.

Außer im Bett, aber auch da hatte mir sein Körper verraten, was er wollte, und nicht sein Mund. Vielleicht sollte ich ihm einen netten Urlaub schenken. Nur wir zwei. Weit weg von jeglicher Verantwortung. Mochte er das Meer? Wir könnten uns einen kleinen verlassenen Bungalow am Strand nehmen, damit niemand hörte, wie wir einander … *beschenkten.* Allein bei dem Gedanken daran begann mein Herz vor Aufregung schneller zu schlagen. Mir wurde entsetzlich heiß. Am liebsten hätte ich Azazel sofort aus der Küche gezogen, denn selbst wenn wir jede Nacht zusammen verbrachten, bekam ich von diesem Mann einfach nicht genug.

Seine Hand an meiner Wange riss mich plötzlich aus den Gedanken und zwang meine Aufmerksamkeit zu ihm. Er lehnte sich ein Stück über mich und musterte mein Gesicht mit einem nachdenklichen Lächeln.

»Ist dir warm?«

Heiß. Mir ist heiß! Ich räusperte mich.

»Wie kommst du darauf?«

»Du glühst.«

Er strich mit dem Daumen die Linie meines Kinnes nach und holte tief Luft, als fiele es ihm plötzlich schwer zu atmen. Der verschmitzte Ausdruck auf seinem Gesicht zeigte mir, dass er längst gespürt hatte, was in mir vorging. Und das Verlangen in seinen Augen verriet mir, was das mit ihm machte.

»Könnt ihr mal fünf Minuten lang die Finger voneinander lassen?«, unterbrach Magnolia den Moment, an dessen Ende mich Azazel vermutlich auf die Arme genommen und aus der Küche in unsere Gemächer getragen hätte, nicht ohne mich auf dem Weg bereits besinnungsloszuküssen.

»Nein«, sagte er gut gelaunt, ließ aber mein Kinn los. Bildete ich mir das ein, oder machte es ihm sogar Spaß, mit uns zusammen zu sein. Er begann die Melodie von *Last Christmas* zu summen, ließ sich von Maya einen Glühwein reichen und warf Barghest immer wieder ein paar Rosinen zu.

Wie hypnotisiert starrte ich ihn an, überwältigt von einem Gefühl des Glücks, weil ich manchmal noch immer nicht glauben konnte, dass dieser mächtige, wunderschöne, schlaue und liebevolle Mann mir gehörte.

Mir ganz allein. Er war mein. Mein Leben, meine Hoffnung, meine Zukunft. Hexen konnten sehr besitzergreifend sein und ich machte da keine Ausnahme. Wir fühlten alles intensiver und überwältigender als normale Menschen, waren wild in unserem Herzen und frei mit unserem Geist. Dass Azazel dies akzeptierte, war die eine Sache, dass er mich aber tatsächlich verstand, noch mal eine völlig andere.

Ich hatte mich in ihn verliebt, als mein Leben auf dem Spiel stand. Und jetzt konnte ich mir dieses ohne ihn nicht mehr vorstellen.

»Wenn du ihn weiterhin so ansiehst, wird er dich gleich über seine Schulter werfen und zurück in die Hölle schleppen, damit die gesamte Unterwelt hören kann, wie er seine Hexenkönigin zum Schreien bringt«, raunte Tarel, der plötzlich hinter mir stand und seine Hände auf meine Schultern legte. »Auch Azazels Selbstbeherrschung hat ihre Grenzen.«

Natürlich hörte der Teufel jedes Wort, egal, wie leise sein Freund mir ins Ohr flüsterte. Ich legte den Kopf in den Nacken und musterte Tarel belustigt.

»Ich hatte ernsthaft erwartet, dass du diese frivole Seite nach der Geburt deines Sohnes ablegen würdest.«

Tarel lachte leise und zwinkerte mir zu.

»Wo denkst du hin? Die gehört zu meinen besten Attributen.«

Nicht nur Azazel gab ein kaum falsch zu deutendes Räuspern von sich, sondern auch Maya stieß ein unüberhörbares *pf* aus.

»Nimm's ihm nicht übel«, sagte sie und reichte mir Eloy, der seine kleinen Finger nach mir ausstreckte. »Der Schlafentzug lässt ihn immer fragwürdigeren Schwachsinn von sich geben.«

Ich nahm Eloy in die Arme und wippte ihn sanft auf meinem Knie.

»Dein Papa ist größenwahnsinnig, weißt du das?«, fragte ich ihn mit verstellter Kinderstimme, woraufhin er zu lachen begann »Ja, das ist er. Komplett durchgeknallt.«

Die anderen lachten, nur Tarel tat so, als sei er bestürzt von der Reaktion seines Sohnes.

»Da habe ich es doch lieber, wenn du singst, bevor du ihm so gemeine Sachen über mich einredest.«

Ich grinste und überlegte kurz, dann fiel mir das Weihnachtslied ein, das Magnolia aus der Menschenwelt kannte und etwas auf die unsere abgestimmt hatte.

»In der Hexenbäckerei,
gibt es manche Leckerei
zwischen Molch und Maus,
backen wir viel Graus,
in der Hexenbäckerei –«

»June!«, hallte plötzlich Theodoras Stimme durch den Flur vor der Küche, bevor die rothaarige Hexe in den Raum stürzte, einen panischen Ausdruck in den Augen. Ich schlang reflexartig die Arme um Eloy, als drohe ihm Gefahr. Umgehend erhob ich mich, um ihn an Maya zu reichen, deren Blick automatisch zu ihrem Kind gezuckt war, kaum hatte sie den alarmierenden Unterton in Theodoras Stimme gehört.

»Was ist passiert?«, fragte ich und schaute zu Azazel, der ebenfalls aufgestanden war, bereit für jede Hiobsbotschaft, die uns Theodora überbringen könnte.

Sie fuhr sich durch ihr wildes Haar, holte tief Luft und straffte die Schultern.

»Ihr müsst sofort kommen!« Es sah ihr nicht ähnlich, sich so hektisch, fast schon panisch zu verhalten. Was auch immer sie ihre stoische Contenance, die meiner Meinung nach nur noch mit der Humorlosigkeit eines Beamten zu vergleichen war, hatte verlieren lassen, war ein ernst zu nehmendes Problem.

»Etwas ist im Schloss«, sagte sie und richtete sich kerzengerade auf, als könnte sie damit die offensichtlichen Sorgen in ihrem blassen Gesicht überspielen. »Etwas Gefährliches. Etwas Tödliches.«

2. Kapitel

Drei Wacholderbeeren für Juniper

Etwas Gefährliches. Etwas Tödliches.

Na wunderbar. *Alles* in unserer Welt war auf die eine oder andere Weise *gefährlich* und / oder *tödlich.*

Sowohl Azazel als auch ich machten da keine Ausnahme. Und darauf war ich verdammt stolz.

Aber während wir beide Theodora durch die von Kerzen und Laternen erhellten Flure des Palais folgten, dessen filigranen Wände, Rippengewölbe und Spitzbogenfenster an gotische Architektur erinnerten, liefen mir eiskalte Schauer den Rücken hinab.

Etwas stimmte nicht. Die Energie im Schloss hatte sich seit heute Morgen minimal verändert. Für gewöhnlich hätte selbst ein Sterblicher mit dem Feingefühl eines Backsteins beim Betreten unseres Palais gespürt, dass dieser das Zuhause von Hexen war. Verzauberte Lichter, lebendige Dunkelheit. Das Schloss besaß einen eigenen Willen und dieser spiegelte sich in seiner Unberechenbarkeit und dem Geist unseres Zirkels wider.

Doch jetzt war das Wispern der Schatten in den dunklen Ecken verstummt. Die Feuer der Fackeln, die sonst ein Eigenleben zu besitzen schienen, brannten auf kleinster Flamme.

Trotz des alten Gemäuers sorgte die Magie, die wir wie Luft atmeten, normalerweise dafür, dass es im Schloss selbst an den kältesten Herbsttagen angenehm warm war.

Nun zog ein eisiger Wind durch die Flure, der nach Rauch und Schwefel stank.

»Dieser Gestank«, murmelte ich, als wir vor den Toren zur großen Halle stehen blieben.

»Dämonen«, murmelte Azazel und stieß die Flügeltüren auf.

Der Saal dahinter diente, seitdem wir die Stadt und unser Zuhause aus den Fängen eines gefallenen Engels befreit hatten, als Hauptschauort für familiäre Festlichkeiten. Um aus ihm die Energie von Claudius, der hier viel zu lange geherrscht hatte, zu vertreiben, hexten wir, was das Zeug hielt. Fast zwanzig Jahre lang hatten er und seine Halbengel die Stadt besetzt und mit ihrer himmlischen Kälte jeden Winkel verpestet. Aber inzwischen spürte man davon nur noch einen unangenehmen Hauch, der einem gelegentlich die Nackenhaare zu Berge stehen ließ, weil Hexen verdammt allergisch auf alles reagierten, was den Himmel und seine heiligen Kräfte betraf.

»Was zum Teufel!«, entfuhr es mir, als ich sah, was Theodora so in Alarmbereitschaft versetzt hatte: Unsere dekorative Arbeit der letzten sieben Tage war völlig zerstört worden.

»Ich war das nicht«, murmelte Azazel todernst. Ich verdrehte die Augen.

»Sehr witzig.« Nur weil der feine Herr sich durch die Erwähnung seines Titels ausnahmslos jedes Mal angesprochen fühlte, würde ich nicht meine Sprüche ändern. »Was ist hier passiert?«

Theodora, deren Miene wieder so kalt und unbeteiligt

wie die eines strengen Kindermädchens war, zuckte mit den Schultern.

»Keine Ahnung. Gwen, Esme und ich haben den Saal so vorgefunden.« Erst jetzt sah ich die beiden anderen Hexen, die in jeder Hand ein glühendes Bündel aus weißem Salbei hielten, dessen Rauch sich nach und nach im ganzen Raum verteilte.

»Wer auch immer das war«, brummte Esme und verzog das Gesicht. »Hat eine total abartige Aura.« Selbst Gwen, die Schüchternste von uns zwölf Arcanum-Hexen, machte keinen Hehl daraus, wie aufgebracht sie war.

Azazel trat vor den großen Tannenbaum, den wir erst gestern nach knapp drei Tagen endlich fertig geschmückt hatten. Jetzt war er nur noch ein verkohltes Gerippe, unter dem verbrannte Strohsterne und die geschmolzenen Reste von Kerzen lagen.

»Tarel«, knurrte er, ohne seinen Freund anzusehen. »Schaff deinen Sohn hier raus und lass ihn nicht aus den Augen.« Ich sah zu Tarel, der schützend einen Arm um Maya gelegt hatte, während sie ihr Baby fast schon panisch an sich drückte. »Diese Energie …«, wisperte sie. Ich nickte.

Die Energie des Dämons, der für das Chaos verantwortlich sein musste, hing wie eine Wolke aus giftigem Gas in der Luft und drang durch jede Pore meines Körpers.

Ich legte Maya zur Beruhigung eine Hand auf die Schulter und sah ihr fest in die Augen. »Sag den anderen, sie sollen sofort damit anfangen, Schutzzauber zu wirken. Warnt die Wachen am Tor und wandert nicht mehr allein durch die Gänge. Wer oder was auch immer das gewesen ist, wird sich mit ein bisschen Vandalismus nicht zufriedengeben.«

Ich gab Eloy einen Kuss auf das kleine Köpfchen und atmete tief seinen warmen, süßen Duft ein, der im krassen Kontrast zu dem widerwärtigen Schwefelgestank stand. Er war zwar der Sohn eines Dämonenfürsten, aber noch zu klein, um sich instinktiv gegen die gefährlichen Kräfte aus der Hölle zu schützen.

Seine Eltern brachten ihn aus dem Saal und ich sah mich ratlos um. Die Dekoration an den Wänden war nur noch ein Häufchen Asche. Zwischen zerschlagenen Stühlen und dem in der Mitte zerbrochenen Tafeltisch lagen verfaulte Kiefernkränze und schimmeliges Brot.

Vermutlich hatte der bloße Atem des Dämons alles Verderbliche binnen weniger Sekunden zerstört, denn selbst jetzt konnte ich ihn noch auf meiner Zunge schmecken. Wie eine Krankheit fraßen sich die Reste seiner fauligen Essenz durch meine Muskeln und ließen mich erschaudern vor Ekel.

»Irgendeine Idee?«, fragte ich Azazel, der mit ausdrucksloser Miene und auf dem Rücken verschränkten Armen Barghest folgte. Knurrend, die große Schnauze schnüffelnd auf den Boden gepresst, bahnte sich der Höllenhund einen Weg durch Aschehaufen und zersplittertes Mobiliar.

»Wer auch immer das war«, hörte ich Theodora sagen, »hat es ins Schloss geschafft, ohne dass einer von uns etwas gemerkt hat. Das macht mir am meisten Sorgen.«

Da hatte sie recht. Wir waren zwölf Hexen, deren Magie jeden Winkel dieses Schloss durchströmte. Für gewöhnlich entging uns nichts, was in diesen heiligen Hallen geschah.

»Der Grinch«, murmelte Azazel. Ich blinzelte überrascht.

»Wie bitte?«

Er sah auf und schenkte mir ein freudloses Lächeln.

»Der Grinch«, wiederholte er schulterzuckend. »Grünes Fell, schlechte Manieren, hasst Weihnachten.«

»Woher kennst du denn jetzt plötzlich den Grinch?« Ich stemmte die Hände in die Hüften und schüttelte ungläubig den Kopf. »Bis vor einer Stunde wusstest du noch nicht mal, was Weihnachtslieder sind!«

»Was das angeht ...« Er räusperte sich und begann zu singen: *»Rudolph the Red-Nosed Reindeer Had a very shiny nose And if you ever saw it You would even say it glows ...«*

Hätte er mir in diesem Moment gestanden, der Weihnachtsmann zu sein – ich wäre nicht überrascht gewesen.

»Und im Gegensatz zu dir, treffe ich sogar den Ton.«

Das war ja wohl die Höhe!

»Das heißt, du hast dich absichtlich dumm gestellt?«, fragte ich und verspürte große Lust, ihm einen Fluch an den Hals zu hexen.

Er zuckte mit den Schultern und wandte sich Barghest zu, der etwas gefunden zu haben schien.

»Ich lasse mir gerne Dinge von dir erklären. Außerdem wollte ich dir mit meiner Engelsstimme nicht die Bühne stehlen.« Azazel ging in die Hocke und ich sah über seine Schulter auf ein Häufchen Asche hinab, das Barghest mit gefletschten Zähnen anknurrte. Jemand hatte mehr schlecht als recht aus den verbrannten Resten unseres Tannenbaums einen Halbmond gezeichnet und darauf einen frischen Zweig mit grünen Nadeln und drei dunkelblauen Beeren gelegt.

Ich bezweifelte, dass das die Hexen-Version von *Drei Haselnüsse für Aschenbrödel* war und sich in diesen Beeren wunderhübsche Kleider für mich befanden.

Reflexartig griff ich mir an die Schulter und strich mit den Fingern über das Hexenmal, dass dort auf meiner Haut prangte. Ein Halbmond. Jede Hexe wurde mit einem individuellen Zeichen geboren. Es symbolisierte nicht nur den Pakt, den Lilith damals mit Luzifer geschlossen hatte, sondern diente als direkte Verbindung zu unserer Seele.

Wellen aus heißer höllischer Energie gingen impulsartig von Azazel aus. Ein eindeutiges Zeichen dafür, dass sich seine Gelassenheit mit diesem Fund in Flammen aufgelöst hatte.

»Wacholder«, murmelte er und sah mich ernst an. »Juniper.«

Mein Magen verkrampfte sich.

Wer auch immer diese Nachricht für mich hinterlassen hatte, musste mir schon einmal so nahe gewesen sein, dass er wusste, wie mein Hexenmal aussah.

Ein unheimlicher Gedanke, bedachte man, wie vielen höllischen Kreaturen ich bereits begegnet war.

Und mindestens die Hälfte davon konnte mich nicht leiden oder wünschte mir den Tod.

»Großartig«, knurrte ich und nahm Azazel den Zweig ab. »Hätte dieser verfluchte Grinch nicht bis nach Weihnachten warten können?«

»Julfest«, korrigierte mich Theodora.

Ich winkte ab.

»Meine ich ja.« Barghest drückte seinen massigen Körper gegen meine Hüfte und schleckte mir mit seiner rauen Zunge über die Hand, was leicht prickelte, als würden Funken über meine Haut tanzen. Ich griff in sein rauchiges Fell und kraulte ihn, weil er durch meine Verbindung zwischen Azazel und mir meine Emotionen fast genauso intensiv spüren konnte wie die seines Herren.

»Könnte es einer der anderen Dämonenfürsten gewesen sein?«

Azazel rieb sich nachdenklich das Kinn und ließ seinen Blick durch den zerstörten Saal wandern.

»Schon möglich. Auch wenn ich noch immer nicht verstehe, wie niemand etwas hat bemerken können. Wenn einer meiner Brüder für dieses Theater verantwortlich ist, hätten wir seine Energie in dem Moment, in dem er das Schloss betreten hat, spüren müssen. Und dann dieser intensive Gestank …« Er kniff misstrauisch die Augen zusammen und bewegte die Finger, als könne er den Geruch, der in der Luft hing, spüren. »Schwefel gehört – trotz aller Klischees – nicht unbedingt zu dem Parfüm, das uns Dämonenfürsten anhaftet.«

Er und seine Brüder rochen höllisch gut, das wusste ich aus eigener Erfahrung. Und keinem von ihnen sah es ähnlich, solch ein plumpes Chaos anzurichten, wo sie sich doch für so gerissen und einmalig hielten.

Schließlich waren sie einst Engel gewesen und deren Stolz ging weit über die Grenzen des Erträglichen hinaus.

Außerdem hatten mich die Fürsten als Hexenkönigin anerkannt. Nicht alle, aber genügend, sodass der Rest schlau genug sein sollte, meine Position an Azazels Seite nicht mit solch einer Verwüstung infrage zu stellen.

»Vermutlich ist dieser Schwefelgestank so intensiv, weil er den wahren Geruch des Verantwortlichen überdecken soll«, sinnierte ich und trat zu den deckenhohen Fenstern, um eines zu öffnen, denn so langsam bekam ich von dem Gestank Kopfschmerzen. »Die Energie ist eindeutig höllischen Ursprungs. Aber sie wirkt nicht besonders stark.«

Azazel wiegte den Kopf und entsandte aus seinen Fingerspitzen blaue Flammen, die wie kleine Tiere über den Boden huschten, auf der Suche nach etwas, das nur die Macht des Teufels finden würde.

»Das könnte ebenfalls nur der Ablenkung dienen. Denn wer auch immer das hier war, hat sorgfältig darauf geachtet, uns bloß das zu hinterlassen, was wir auch finden sollen.« Er rief seine Flammen mit versteinerter Miene zurück, der ich trotzdem ansehen konnte, wie verärgert er über diese Situation war.

Theodora nahm mir den Zweig aus der Hand und musterte ihn nachdenklich.

»Wir könnten mit einem Zauber den Ort finden, an dem er gepflückt wurde. Vielleicht bringt uns das einer konkreten Spur näher.«

Azazel nickte.

»Das wäre ein Anfang.« Ich sah zum Eingangstor, durch das Ondine und Anaell, gefolgt von den anderen Hexen des Arcanum-Zirkels, traten.

»Was zum Teufel!«, rief Magnolia, die ihre wilde Löwenmähne zu einem Kranz geflochten hatte, der ihr beneidenswert gut stand.

»Ich war das nicht«, wiederholte Azazel, woraufhin ich ihm meinen Ellbogen in die Rippen rammte.

Die anderen Hexen sahen sich ratlos um und begannen, Esme und Gwen dabei zu helfen, den Saal aufzuräumen, Räucherrituale vorzubereiten und zu retten, was es von der Dekoration an den Wänden zu retten gab.

Ich rieb mir die brennenden Augen, öffnete sämtliche Fenster im Raum und trat auf den großzügigen Balkon hinaus.

»Scheiße«, fluchte ich leise und stützte beide Ellbogen auf der Balustrade ab. Azazel trat neben mich und schloss mich in die Arme. Es ging ein kühler Wind, denn in Arcanum war es immer Herbst.

»Wir haben genau vier Tage Zeit, um herauszufinden, wer für diesen Quatsch verantwortlich ist«, murmelte ich und sah über die krummen, schwarzen Dächer Arcanums hinweg, auf denen die roten Blätter der Aschebäume wie frisch vergossenes Blut lagen. Die Stadt breitete sich in immer größeren Kreisen um das Palais herum aus und war durchzogen von den Hauptstraßen, die wie Sonnenstrahlen bis zum Zentrum führten. »Das wird das erste Julfest sein, das wir als Familie zusammen verbringen.« Fast zwei Jahrzehnte lang, hatten die anderen Mädchen unter der Gefangenschaft des gefallenen Engels Claudius gelitten. Fast zwei Jahrzehnte lang war ich vor diesem geflohen, nur um am Ende diejenige zu sein, die ihn besiegen sollte. Die anderen zählten auf mich. Ich hatte Claudius getötet, Luzifers Erbe gerettet, und Liliths Pakt mit dem Teufel erneuert. Selbst wenn ich keine Hexenkönigin wäre: Man erwartete von mir, meinen Zirkel zu beschützen. Und das würde ich tun. Vor jedem noch so abtrünnigen Dämon.

»Keine Sorge«, murmelte Azazel und zog mich noch fester an sich. Seine Wärme kroch unter meine Kleidung und hüllte mich in kuschelige Behaglichkeit. »Ich lasse nicht zu, dass irgend so ein Grinch euch das Weihnachtsfest verdirbt.«

»Julfest.«

»Auch das.«

3. Kapitel

Liebe braucht keine Ferien

Der restliche Tag war eine absolute Katastrophe!

Nach einem Krisenmeeting mit den anderen elf Hexen des Zirkels und notdürftigen Aufräumarbeiten im Palais hatte ich jede einzelne Gruppe der Wachen persönlich organisiert und an den entscheidenden Ein- und Ausgängen des Schlosses positioniert.

Neben den allgemeinen Aufgaben als Zirkel-Mitglied und Hexenkönigin kam zu den Vorbereitungen für das Julfest nun auch noch eine Dämonenjagd dazu.

Anstatt also am gemeinsamen Abendessen teilzunehmen, zog ich mich bereits davor zurück. Ich hatte keineswegs vor, mich auszuruhen, denn dafür war mein Kopf ohnehin zu voll. Aber wenn ich heute Nacht auch nur ein Auge zumachen wollte, musste ich etwas unternehmen. Azazel war in die Hölle aufgebrochen, um sich dort umzuhören, ob vielleicht irgendjemand etwas gegen den Zirkel, respektive mich, im Schilde führte, und ich wusste nicht, ob er heute Nacht wieder nach Arcanum kommen würde. Für gewöhnlich lebten wir beide an seinem Hof, aber während der Hexenfeste verbrachte ich manchmal mehrere Wochen in Arcanum. Ich brauchte ihre kühle Herbstluft zum Atmen, ihre Magie zum

Leben und nutzte jede Gelegenheit, so viel Zeit wie möglich mit meiner wiedergefundenen Familie zu verbringen.

Hier war ich zu Hause, auch wenn ich es liebte, an Azazels Seite über die Hölle zu herrschen, würde mein Herz immer der Stadt der Hexen gehören. Ich beschwerte mich also nicht, denn so, wie wir uns arrangiert hatten, funktionierte es.

Zwei Welten, die durch Azazel miteinander verbunden waren. Wir hatten die Rollen von Lilith und Luzifer übernommen, deren Pakt nicht nur die Magie der Hexen sicherte, sondern auch die Stabilität der Unterwelt.

Der Teufel brauchte immer eine Königin.

Und da nun einmal ich das jetzt war, würde ich nicht zulassen, dass irgendein dahergelaufener Dämon mit schlechten Absichten mich und meine Familie bedrohte.

Das hatten schon ganz andere, weitaus gefährlichere Kreaturen gewagt und reihenweise mit ihrem Leben bezahlt.

Nachdenklich auf meinem Daumennagel herumkauend, öffnete ich die Tür zu meinen Gemächern, die inzwischen auch Azazels waren, wenn wir gemeinsam im Palais wohnten.

»Na endlich!«, begrüßte mich der Teufel, der auf unserem großen Doppelbett saß, ein Buch in der Hand, die Beine lässig übereinandergeschlagen. Ich zuckte erschrocken zusammen, dabei hätte ich seine feurige Energie längst spüren müssen.

Ich war wirklich nicht bei der Sache.

»Was machst du denn hier?«, platzte es aus mir heraus.

Er hob, ohne mich anzusehen, eine Augenbraue und blätterte in dem dicken Schmöker.

»Lesen?«

»Du solltest doch in der Hölle sein!«

»Das klingt gar nicht nett.«

Barghest, der es sich zur Gewohnheit gemacht hatte, am

Fußende unseres Betts zu schlafen, obwohl er so groß war wie ein Kalb, hob träge seinen riesigen Hundekopf und schaute mich aus seinen rot glühenden Augen an. Sie sahen müde aus, was mir sagte, dass Azazel erschöpfter war, als er zeigen wollte.

»Ich habe dich bereits vor der Tür denken hören«, sagte er.

Wie attraktiv konnte ein Mann beim Lesen eines Buches bitte sein? Im Kamin auf der anderen Seite des Bettes prasselte ein kleines Feuerchen. Sein Schein vermischte sich mit den Kerzen und Laternen, die an den mit Samtteppichen bezogenen Wänden hingen. Der gesamte Raum roch nach Feuer und Zimt. Azazels unverkennbarer Duft, der niemals aufhören würde, meine Sinne zu benebeln. Ich war süchtig danach.

Azazel klappte das Buch zu, legte es auf seinen Schoß und betrachtete mich. Er fuhr sich durch das blonde Haar und lächelte mich matt an. Mein Herz machte einen Satz. Er sah so schön aus in unserem Bett. Trug nichts, außer dunklen Stoffhosen und einem lockeren schwarzen Leinenhemd, das bereits zur Hälfte aufgeknöpft war.

»Komm her«, bat er sanft und streckte die Hand nach mir aus. Ich zögerte, nicht sicher, was er vorhatte, denn dass er etwas vorhatte, stand außer Frage. Langsam trat ich um das Bett herum, an seine Seite, wo ich stehen blieb und auf ihn hinabblickte.

Er hatte ein paar Bartstoppeln am Kinn, aber das stand ihm.

Behutsam, fast schon vorsichtig, griff er nach meinen Händen und musterte sie. Ich hatte mir bereits vor dem Chaos im Saal sämtliche Nägel abgekaut. Seit Wochen versuchte ich, diese schlechte Angewohnheit wieder abzulegen.

»Du bist gestresst. Und müde. Es tut mir leid, dass mir das

erst durch diesen unsinnigen Dämonenstreich aufgefallen ist.« Er küsste die Innenseite meines Handgelenkes, was einen intensiven Schauer meinen Arm hinaufsandte. »Wir müssen wieder mehr auf dich achten.«

Ich lächelte matt und legte meine Hand an seine Wange.

»Und wer achtet dann auf dich?«

»Ich bin alt genug, um auf mich selbst aufzupassen.«

»Das glaubst du doch wohl selbst nicht.« Ich hob sein Kinn an und schenkte ihm ein verschmitztes Lächeln. »Ohne mich bist du doch hoffnungslos aufgeschmissen.«

Er lachte leise und mein Magen machte einen Satz.

»Das stimmt.« Ohne seine Lippen von meiner Haut zu lösen, sah er unter schweren Lidern zu mir auf und zog mich noch ein Stückchen näher an sich, sodass meine Knie gegen die Bettkannte stießen. »Aber ich habe in unserem Job schon etwas mehr Erfahrung als du. Es passiert schnell, dass man sich in seinen Verpflichtungen verliert.«

»Dass einer von uns beiden früher oder später einen Burnout erleiden wird, ist wohl Teil des Deals, wenn man für die Hölle arbeitet.« Ich stützte eine Hand an der Rückenlehne ab und beugte mich ein Stück zu ihm hinab. »Aber noch geht's mir gut. Versprochen.«

Azazel neigte den Kopf zur Seite und betrachtete mich, als könne er noch immer nicht glauben, dass ich real war – als habe er Angst, dass ich irgendwann verschwinden würde.

»Du bist noch immer eine miserable Lügnerin«, murmelte er und strich mir das Haar hinters Ohr. Ich krauste empört die Nase und packte sein Handgelenk.

»Willst du mich ärgern?«

Sein Blick verdüsterte sich, bekam etwas Gefährliches, das mich wie magisch anzog.

»Immer.«

Er verflocht seine Hand mit der meinen und zog mich sanft mit sich, ins angrenzende Badezimmer.

Trotz dessen Größe strömte uns dichter Wasserdampf entgegen, als Azazel die Tür öffnete und mir den Vortritt ließ.

»Du hast mir … ein *Bad* eingelassen?«, fragte ich überrascht. In den Nischen der groben Steinwände standen Dutzende von Kerzen, deren warmer Schein die großzügige Badewanne beleuchtete, in der der Schaum wie frisch geschlagene Sahne schwamm.

»Sollte es mich kränken, dass du so überrascht klingst?«, fragte er belustigt und legte mir von hinten die Hände auf die Schultern. »Du liebst es zu baden.«

»Ja, schon«, gestand ich und sog tief den Duft von Nelke, Orange und Kardamom ein, eine Mischung, die weihnachtlicher nicht hätte sein können. »Aber für Entspannung war momentan keine Zeit.«

Neben der Wanne, auf einem Tischchen, stand ein Glas mit Badesalz.

»Sag mal, hast du das selbst zusammengemischt?!«

Jetzt wurde es unheimlich! Azazel hatte definitiv besseres zu tun, als ein DIY-Badesalz ganz nach meinem Geschmack anzufertigen.

»Vielleicht«, flüsterte er amüsiert und strich mir behutsam das Haar aus dem Nacken. »Von uns beiden bist du nicht die Einzige, die sich mit magischen Mixturen auskennt.«

»Dir hat Theodora geholfen, nicht wahr?«

»Definitiv.« Ich lachte leise und wandte mich zu ihm um. Azazel holte theatralisch Luft und zog verzweifelt die Stirn in Falten. »Man kann mit ein paar harmlos wirkenden Kräutern *so viel* falsch machen! Es grenzt an ein Wunder, dass jemand wie du sich beim Herstellen irgendeines Potpourris noch nicht in die Luft gejagt oder vergiftet hat.«

»Hey«, beschwerte ich mich und schlug ihm gegen die Brust. »Zweifelst du an meiner Kompetenz als Hexe?«

Er hob abwehrend die Hände und grinste schief.

»Wer wäre ich denn, das zu wagen?«

»Ein verfluchter Dämon?«

Geschickt fing er mein Handgelenk ein und schlang seinen Arm um mich, damit ich ihm nicht auskam.

»Ein verliebter Dämon vielleicht.« Das Blut schoss mir in die Wangen, weil ich mich nach allem, was wir zusammen durchgemacht hatten, noch immer nicht daran gewöhnen konnte, von einem Mann wie ihm geliebt zu werden. »Ich wünschte, du könntest hören, dass mein Herz genauso schnell schlägt wie das deine, wenn ich dich zum Erröten bringe«, murmelte er und streichelte meine Wange. »Dir nahe zu sein, dich berühren zu dürfen, wird niemals aufhören, mich bis ins Mark zu erschüttern.« Er strich mit dem Daumen über meine Unterlippe und beugte sich zu mir hinab, um sanfte Küsse auf meinen Hals zu hauchen. »Die Sehnsucht nach dir könnte mich in den Wahnsinn treiben und ich würde mich ihm mit Freuden ergeben, solange ich dabei deine Wärme spüre.«

Azazels Finger strichen meine Wirbelsäule hinab, was einen elektrisierenden Schauer nach dem anderen durch mich hindurchjagte.

»Ich glaube, du warst schon ein bisschen verrückt, bevor ich meinen Beitrag dazu geleistet habe.« Sein warmer Atem kitzelte die empfindliche Stellte unter meinem Ohr, als er ein verführerisches Lachen summte.

»Ohne dich hätte ich nicht nur meinen Verstand, sondern auch mein Leben verloren.«

Mit der freien Hand fuhr er in mein Haar und zog mir sanft den Kopf in den Nacken. Er lehnte sich ein Stück zurück und betrachtete mich mit dunklen, vor Lust und Leidenschaft verschleierten Augen.

»Nichts war mir jemals so wichtig, wie dich zu lieben.«

Der flehentliche Unterton in seiner Stimme wärmte mehr als nur mein Herz. Mir stellten sich die Nackenhaare auf, so intensiv und berauschend überflutete mich das Bedürfnis, ihn zu küssen, ihn zu spüren – überall und das sofort.

Ich legte eine Hand an seine Brust und sah ihm fest in die Augen. Auch ohne ein Wort wusste er längst, was ich von ihm brauchte, und nur einen Wimpernschlag später, hatte er seine Lippen auf die meinen gepresst, um mich in einen stürmischen Kuss zu reißen. Er war so wild und beflügelnd, dass mir die Sinne schwanden und ich ohne Azazels Arm um meine Taille das Gleichgewicht verloren hätte. Er zog an meinem Haar und entlockte mir damit ein heiseres Stöhnen, das er umgehend von meinen Lippen stahl, als brauche er meinen Atem zum Überleben.

Ich schmeckte Feuer und Zimt, als meine Zunge die seine fand und er mich noch tiefer, noch leidenschaftlicher küsste. Hektisch riss ich an seinem Hemd herum, ungeduldig, auf der verzweifelten Suche nach mehr Körperkontakt. Er lächelte an meinen Mund, riss meine Bluse auf und schälte mich aus dem Stoff, ohne unseren Kuss zu unterbrechen. Meine Hände zogen ihm das Hemd aus der Hose und machten kurzen Prozess mit deren Knöpfen, die ich um uns herum auf den Boden fallen hörte. Endlich konnte ich Azazels warme, samtweiche Haut berühren, seine wie aus Marmor gemeißelten Muskeln nachzeichnen und meiner Gier nach ihm, die unersättlich war, nachgeben.

Er hob mich hoch und ich schlang meine Beine um seine Hüften, klammerte mich an ihm fest und ließ mich zum breiten Rand der steinernen Wanne tragen, auf die er sich mit mir niederließ.

»Wo willst du mich haben, hm?«, fragte ich heiser und vergrub beide Hände in seinem Haar. Er knurrte zufrieden, als ich mich auf seinem Schoß zu bewegen begann.

»Überall«, keuchte er, streichelte meinen nackten Rücken und strich mir die Träger des BHs von den Schultern. Ich löste mich von seinen Lippen und betrachtete ihn im warmen Kerzenschein. In seinen nachtblauen Augen loderte ein Feuer, das nicht nur meinen Körper, sondern auch meinen Geist und meine Seele in Flammen aufgehen ließ.

»Lass uns in der Wanne anfangen. Wir wollen doch nicht, dass das Badewasser kalt wird.« Ich spürte seine Erregung unter mir und sehnte mich danach, ihn endlich in mir zu haben, konnte aber den Blick nicht von ihm lösen. Er war so schön. Und er gehörte mir. Mir ganz allein. Für immer.

4. Kapitel

Familienausflug

»Warum genau haben wir noch mal das Baby mit dabei?«, fragte Theodora, als wir uns am nächsten Tage im Vorhof des Schlosses trafen, um mit einem kleinen Ritual den Baum zu finden, von dem der Wacholderzweig gepflückt worden war.

Azazel und ich sahen Maya an, die gerade eine volle Tasche in den Korb des Kinderwagens packte, weil sie die Einzige war, die auf diese Frage eine Antwort wusste.

»Heute ist es ausnahmsweise mal sonnig und Eloy wird die frische Luft guttun«, erklärte sie und deckte das Baby ordentlich zu. »Außerdem haben uns unsere Eltern auch zu jedem möglichen und unmöglichen Zeitpunkt mitgenommen. Meine ersten Erinnerungen sind voller Rituale, die nicht selten gefährlich gewesen sein mussten.«

Ich sah Tarel an, der jedoch nur zustimmend nickte und sich stolz vor den Kinderwagen stellte, damit Maya ihn nicht schieben musste.

»Mein Sohn soll sich nicht eine Sekunde lang in seinem Leben ausgeschlossen fühlen. Nicht so wie sein armer Papi.«

»Ach herrje«, murmelte ich und rieb mir die Stirn.

»Sonst müsste einer von uns beiden im Schloss bleiben«, erinnerte mich Maya. »Und da das dieses Mal gewiss nicht ich sein würde, könntest du es wirklich verantworten, meinen Sohn mit seinem von Komplexen geplagten Vater allein zu lassen?«

Tarel griff sich empört an die Brust.

»Mein Herz!«

»Ich habe dazu keine Meinung!«, warf ich ein und wandte mich an Theodora, die die Gelegenheit genutzt hatte, um alles für das Ritual vorzubereiten.

Dafür brauchte man mindestens zwei Hexen, also war Maya theoretisch überflüssig, doch ich freute mich, sie dabeizuhaben, da sie nicht nur meine Zirkel-Schwester, sondern inzwischen auch beste Freundin war.

»Halt das fest«, befahl Theodora streng, weil das nun einmal ihre Art zu reden war, und reichte mir einen dicken roten Wollfaden, in den sie die Nadeln des Wacholderzweiges eingeflochten hatte. Durch jede Existenz, selbst die eines bereits gepflückten Astes, zog sich ein roter Faden, der das, was bereits geschehen war, mit dem verband, was gerade eben geschah. Theodora und ich hatten so ein Ritual schon einmal zusammen durchgeführt, aber damals waren wir von Claudius dazu gezwungen worden. Außerdem suchte ich jetzt nicht nach der Vergangenheit einer anderen Person, sondern nach der eines mickrigen Zweiges.

Ich zog meine Lederhandschuhe aus und verstaute sie in den Taschen meines Umhangs, der farblich zu dem dunkelblauen Mieder passte, das ich über die warme Leinenbluse angezogen hatte. Dazu trug ich enge Stoffhosen und kniehohe Stiefel, in denen zwei Dolche steckten. Die Athame hatte ich in eine Scheide an meinem Gürtel gesteckt, damit sie jederzeit griffbereit war.

Ich begann mit den Fingern beider Hände das Fadenspiel

und spürte bereits die ersten Wellen der Magie, die mich mit meiner Umgebung verbanden, durch mein Blut vibrieren.

Theodora entzündete eine Laterne, warf Lorbeerblätter und Salbei in die Flammen und schloss das Gehäuse. Der Rauch beider Pflanzen sollte meine magischen Kräfte stärken und die Sinne schärfen.

Azazel legte mir von hinten beide Hände auf die Schultern und lächelte mich matt an. Er trug wie immer seinen schwarzen Mantel mit Stehkragen, in dem ich ihn bestimmt auch noch in hundert Jahren so attraktiv finden würde wie bei unserer ersten Begegnung.

»Ich pass schon auf, dass du nirgendwo dagegenläufst.«

Ein aufgeregtes Kribbeln, das sich dort, wo sein Atem meinen Nacken streifte, über meinen gesamten Körper ausbreitete, ließ mich zitternd Luft holen.

»Das könnte ich dir eher glauben, wenn ich nicht wüsste, dass du das verdammt witzig finden würdest.«

Er zuckte mit den Schultern und ich schloss, nach einem scharfen Blick von Theodora, gehorsam die Augen, um mich zu konzentrieren.

»Tarel und Maya, ihr geht hinter uns und sorgt dafür, dass Juniper von niemandem unterbrochen wird«, befahl die rothaarige Hexe. Vier Schlosswachen begleiteten uns und stellten sich in einer geübten Formation, die Spitzen ihrer Lanzen gen Himmel gesteckt, so auf, dass wir von allen Seiten geschützt waren. Der Zirkel herrschte vielleicht über Arcanum, aber das hier war noch immer eine Stadt voller Lügner, Betrüger und Mörder. Treue Lügner, Betrüger und Mörder, aber trotzdem ...

Ich setzte mich in Bewegung und dankte meinem Gehirn für die Karte der Stadt, die ich selbst mit geschlossenen Augen sehen konnte. Es waren keine klaren Linien auf altem Papier, sondern Gefühle, Geräusche und Sinnesreize magischen Ursprungs, die sich in meinem Verstand zu einem Plan zusammensetzten. Ich *spürte* das große Eisentor, durch das wir den Vorhof verließen, denn in seinen Steinen hingen die Spuren all jener, die jemals hindurchgegangen waren. Arcanum lebte. Es atmete Magie, die meine Sinne an die Hand nahm und mich zuversichtlich leitete.

Die alten grauen Fachwerkhäuser besaßen durch ihre Bewohner Eigenschaften, die sie einzigartig machten. Jede Straße erzählte durch die Essenzen, die sie tagtäglich durchwanderten, eine eigene Geschichte.

Ich atmete tief durch und hatte bereits nach wenigen Metern die reale Welt um mich herum vergessen. Meine Finger knüpften geschickt das Fadenspiel, während Azazel mich sanft durch die Gassen dirigierte.

Wir wurden höflich begrüßt, aber niemals aufgehalten. Selbst blind wusste ich, wie die Arcanier unserem kleinen Trupp aus dem Weg gingen, sich tief verneigten und ehrfurchtsvoll unsere Namen wie Gebete murmelten.

So kurz vor einem Hexenfest wimmelte es in den Straßen nur so von Menschen. Hausfassaden wurden mit Tannenkränzen, getrockneten Aschebaumblättern und Laternen geschmückt. Aus jedem zweiten Fenster roch es nach Julbrot, Kastanienkuchen, Apfelpunsch oder einer anderen Köstlichkeit, die für den Abend der Wintersonnenwende vorbereitet wurde. Kinder spielten in den Gassen oder veranstalteten kleine harmlose Rituale, in denen sie Kräuter verbrannten, Feuerdrachen steigen ließen und mit Kerzen Wachsbilder auf das Pflaster malten. Hier und da spielten Straßenmusiker Volkslieder, die teilweise Zaubersprüche waren, mit denen sie Vögel aus Funken oder Schmetterlinge aus Papier durch die Lüfte fliegen ließen. Arcanier wussten, wie man sich vergnügte, und die Versuchung, Teil der ausgelassenen Stimmung zu werden, die die ganze Stadt bereits Tage vor dem eigentlichen Fest im Griff hatte, war groß.

Aber ich blieb meiner Pflicht treu und gab mich mit dem Gedanken zufrieden, jeden einzelnen Marktplatz zu besuchen, sobald wir die Bedrohung für unser erstes gemeinsames Julfest erledigt hatten.

Ich öffnete nur ein Mal minimal die Lider, als jemand direkt vor uns stehen blieb und »verdammt sei die Hexenkönigin und ihr Teufel« rief, was keineswegs eine Beleidigung, sondern das genaue Gegenteil war. Bevor die Wachen den jungen Mann fortscheuchen konnten, lächelte ich ihm freundlich zu und bedankte mich artig für den »Segen«.

»Konzentrier dich!«, zischte Theodora.

Ich schnaubte pikiert.

»Du sagst mir doch ständig, dass ich mich königlicher verhalten soll.«

»Die Leute freuen sich eben, Juniper und Azazel zusammen zu sehen«, half Maya mir aus und zog das Verdeck des entsetzlich altmodischen Kinderwagens etwas herunter, sodass Eloy nicht von der Sonne geblendet wurde. Sie hätte sich aus der Menschenwelt das teuerste Modell besorgen können, aber nein, es hatte dieses antike Ding sein müssen, da ihrer Meinung nach alles andere nicht zum historischen Stadtbild passen würde.

Ich hoffte nur, dass ihr Kind durch die Fahrt mit den alten Reifen über das holprige Kopfsteinpflaster keinen bleibenden Schaden davontragen würde, aber allem Anschein nach gefiel Eloy das Schaukeln, denn er war längst eingeschlafen.

Ein Hexenkind eben.

»Hast du schon etwas gespürt?«, raunte Azazel mir zu und massierte sanft meinen verspannten Nacken. Mir war gar nicht aufgefallen, wie ich mich mit jedem Schritt mehr verkrampft hatte.

»Noch nicht«, gestand ich und lehnte mich gegen ihn. Obwohl wir vermutlich noch keine halbe Stunde unterwegs waren, spürte, ich wie die metaphysische Besichtigung unserer Stadt an meinen Kräften zehrte.

Azazels Lippen streifen meine Schläfe und ich zuckte überrascht zusammen, als ein heißer Strom aus höllischer Energie durch mich hindurchfuhr.

»Besser?«, fragte er sanft und strich mir durchs Haar.

»Besser«, krächzte ich und räusperte mich schnell, weil meiner Stimme deutlich anzuhören war, was seine Nähe, seine Macht, mit mir anstellte.

Tarel lachte leise.

»Da drüben ist ein Gasthaus, falls ihr –«

»Halt die Klappe«, unterbrach ihn Maya und befahl ihm, eine Kinderwagenlänge hinter uns zu bleiben.

Ich schüttelte mich leicht, schloss die Augen und lenkte meine Konzentration zurück in die Welt aus magischen Essenzen und übernatürlichen Sinneseindrücken.

Die Lebensenergien Hunderter Hexen und Dämonen schwirrten durch die Gassen der alten Stadt. Und dann, wie aus dem Nichts, roch ich es: den Gestank nach Schwefel.

Eigenartig, dachte ich. Wie konnte das sein? Ich suchte nach der Spur des Wacholderstrauches, von dem der Zweig in meinen Händen gepflückt worden war, und fand plötzlich die des Dämons?

Meine Finger begannen zu kribbeln. Die Nadeln, die in den

Faden eingeflochten waren, besaßen kaum noch Lebensenergie. Die Pflanze starb. Aber das, was noch in ihr steckte, war so intensiv mit der nach Schwefel stinkenden Essenz des Dämons verunreinigt worden, dass der Weg, den beide zusammen zurückgelegt hatten, deutlich vor meinem inneren Auge sichtbar wurde.

»Ich habe was!«, rief ich triumphierend und wurde schneller. Azazel musste mich festhalten, sonst wäre ich über meine eigenen Füße gestolpert. Ich eilte durch eine der breiten Hauptstraßen, vorbei an überraschten Hexen, die von den Wachen gerade noch rechtzeitig zur Seite getrieben wurden, bevor ich sie umrennen konnte.

»Aus dem Weg«, riefen sie. »Macht Platz für die Hexen des Arcanum-Zirkels! Macht Platz für ihre höllischen Hoheiten!«

Ja ja, bla bla bla. So viel zum Thema kein Aufsehen erregen. Krampfhaft kniff ich die Augen zusammen und verließ mich nur noch auf meine magischen Sinne, aus Angst, die Spur zu verlieren.

Was genau ich verfolgte, konnte man mit Worten nur schwer beschreiben, denn es war eine Mischung aus Lichtern, Gerüchen und Tönen, für die man weder Augen, Nase noch Ohren benötigte.

Ruckartig blieb ich stehen, nicht weil ich gegen etwas gelaufen war, sondern weil Theodora mich abrupt aufhielt.

»Juniper, wo willst du hin?«

Ich riss die Augen auf und blinzelte irritiert. Wir hatten das Ende der Stadt erreicht. Vor uns führte die Hauptstraße, auf der wir bis eben noch gegangen waren, an den letzten Häusern vorbei – hinaus auf eine weite grasige Ebene. Zwischen dem satten Grün zogen sich kleine Bäche entlang, Ausläufer des Flüsternden Flusses, der sich durch ganz Arcanum schlängelte. Die Straße selbst wurde zu einem breiten Trampelpfad, der in der Ferne zwischen den ersten Bäumen des Waldes verschwand.

Scheiße ... Dorthin führte die Spur des Wacholders.

»Gut«, sagte ich und drehte mich auf dem Absatz um. »Hier ist dann wohl Schluss.«

»Hast du die Spur verloren?«, fragte mich Maya überrascht.

»Nein«, ich zuckte mit den Schultern, »sie führt direkt in den Wald hinein. Aber dort wachsen unzählige Wacholderbüsche. Der Dämon wird den Zweig von irgendeinem abgebrochen haben. Was bringt es uns, herauszufinden, von welchem genau?«

»Wacholder wächst nicht überall im Wald«, belehrte mich Theodora. »Er braucht steinigen, trockenen Boden und mehr Licht als Schatten. Die Wahrscheinlichkeit ist groß, dass der Strauch, den wir suchen, an einem Ort im Wald wächst, der uns weitere Hinweise liefern kann.«

Das war mir selbst ohne die botanischen Grundkenntnisse der Pflanze, deren Namen ich trug, klar gewesen. Nicht die Erfolgschancen unserer Suche machten mir Sorgen, sondern der Ort, an den uns diese führen würde.

Ein Hexenwald war kein Ort für gemütliche Spaziergänge.

»Fein«, murmelte ich und unterdrückte den Impuls, an meinem Daumennagel herumzukauen, denn dadurch wäre zumindest Azazel sofort aufgefallen, wie nervös ich war. »Aber wir werden den Rest des Weges reiten.« Ich wandte mich Maya zu. »Und ihr drei kehrt zurück ins Schloss.« Das war kein Vorschlag, keine Bitte, sondern ein Befehl, der mir leichter als gedacht über die Lippen kam.

»Es reicht doch, wenn einer von uns beiden mit Eloy ins Schloss zurückkehrt.«, sagte Maya, obwohl ihrer Stimme anzuhören war, wie sehr ihr ihr eigener Vorschlag missfiel. Ich neigte den Kopf zur Seite und lächelte schief.

»Mir wäre es lieber, wenn ihr beide dort seid, um ihn zu beschützen, sollte es dieses uneingeladene Schlossgespenst wagen, in unserer Abwesenheit aus seinem Versteck zu kriechen.«

Früher hätte Maya alles dafür getan, um an meiner Seite zu bleiben. Aber ein Kind veränderte die Bereitschaft, sein Leben für halsbrecherische Abenteuer in einem verfluchten Hexenwald aufs Spiel zu setzen. Und das nahm ich ihr nicht übel.

Im Augenwinkel sah ich, wie Azazel einen vielsagenden Blick mit Tarel austauschte, der seine kampflustige, draufgängerische Seite im Sinne seines Sohnes zu zügeln gelernt hatte.

Er legte Maya den Arm um und nickte ihr aufmunternd zu.

»June hat recht«, murmelte er. Worte, die ich niemals geglaubt hätte aus irgendjemandes Mund zu hören.

Maya verzog das Gesicht zu einem ungläubigen Lächeln, weil sie wohl genau dasselbe dachte.

Ich befahl zwei der vier Wachen, Maya und Tarel zurück zum Schloss zu begleiten, was eine rein formelle Aufgabe war, da die beiden sich problemlos selbst verteidigen konnten, es aber zu dem Prestige von uns Zirkel-Hexen gehörte, sich eskortieren zu lassen.

Nachdem wir die beiden verabschiedet hatten, hielt ich Azazel mit strenger Miene davon ab, zu Fuß weiterzugehen. Er seufzte.

»Egal, was ich sage, du wirst nicht laufen, oder?«

»Den Teufel werde ich tun.«

Er verdrehte die Augen und organisierte an einem Ausspann für uns vier Pferde. Zwei für die Wachen, eines für Theodora und eines für mich und Azazel, der hinter mir in den Sattel stieg, damit er die Zügel übernehmen konnte, während ich weiterhin versuchte, mit dem Fadenspiel der Spur des Wacholderzweiges zu folgen. Das war – wer hätte es gedacht – auf dem Rücken eines galoppierenden Pferdes gar nicht so einfach.

»Wehe, du lässt mich fallen«, murmelte ich, als Azazel mit beiden Armen um mich griff. Sein warmer Atem kitzelte meinen Nacken, als er leise lachte und mir einen Kuss auf die Wange hauchte.

»Nur weil ich für dich noch einmal fallen würde, verlange ich nicht, dass du das Gleiche für mich tust.«

Ein warmes, aufregendes Gefühl breitete sich in meinem Bauch aus. Von einem gefallenen Engel, dem der Sturz aus dem Himmel und das Verbrennen seiner Flügel alles geraubt hatte, was ihm bis dahin wichtig gewesen war, versichert zu bekommen, dass er für einen noch einmal fallen würde, sprengte jeden Rahmen der Romantik.

»Wenn du June weiterhin ablenkst, steigt sie bei mir auf, verstanden?«, beschwerte sich Theodora, die es bereits vor meiner Liebe für Azazel als Einzige gewagt hatte, so mit ihm zu sprechen.

»Zu Befehl«, sagte er, schlang einen Arm um meine Taille und trieb unser Pferd noch schneller an, da wir bis zum Wald ohnehin wussten, in welche Richtung es ging.

Je näher wir dem Wald kamen, desto nervöser wurde ich.

Der Hexenwald von Arcanum bestätigte jedes Klischee, das man aus Büchern voller sonst so fehlerhaften Informationen und mittelalterlichen Irrtümer finden konnte.

Er war verflucht. Damit fing es schon mal an.

Bevölkert von fleischfressenden Monstern und lebendigen Schatten, die nichts Gutes im Sinn hatten. Selbst bei schönstem Sonnenschein gab es in ihm kaum Licht, was seine Dunkelheit noch bedrohlicher machte.

In diesem Wald wurden Gruselgeschichten und Albträume gesponnen. Ich hatte ihn erst wenige Male betreten und ihn nur mit viel Glück wieder lebend verlassen. Das musste schon was heißen, bedachte man, dass wir Hexen für gewöhnlich eins mit der Natur waren, da unsere Magie auf ihr basierte. Aber nein, dieser verdammte Wald musste ja seine Blutrünstigkeit gegenüber allem und jedem beweisen.

Als wir in den Schatten der ersten knochigen Bäume eintauchten, die das Licht der Sonne zu absorbieren schienen, zog ich instinktiv den Kopf ein.

Ein verwirrendes Gefühl aus Angst und Aufregung, magischer Verbundenheit und instinktiver Vorsicht ergriff mich. Ich verabscheute diesen Wald. Und ich liebte ihn, denn keine Hexe konnte der Gefahr widerstehen und jede von uns sehnte sich nach dem Geheimnisvollen.

Wir Hexen brauchten die Freiheit und nichts symbolisierte diese deutlicher als ein Wald, in dem alles möglich war.

5. Kapitel

Die Geister, die ich rief …

»Alles in Ordnung?«, fragte mich Azazel flüsternd. Ich musste ihm nicht sagen, wie ich mich fühlte. Er spürte es und drückte mich noch etwas fester gegen seine Brust, deren Wärme und Stärke mir augenblicklich das Gefühl von Sicherheit schenkten. Ich nickte schweigend und sah zu Barghest, der ein Stück vor uns über den steinigen Weg durch den Wald trottete. Vorbei an alten, teilweise toten Bäumen, die wie verbrannte Skelette ihre krummen Äste in alle Richtungen streckten. Dazwischen wuchsen wunderschöne frische Sträucher, deren saftiges Blattwerk im starken Kontrast zu den knochigen Stämmen darum herum stand.

Kleine Insekten flogen durch die wenigen Lichtfinger, die es durch die dichten Baumkronen bis auf den Boden schafften. Über unseren Köpfen knurrte etwas. Ich hörte, wie die dämonischen Flughunde mit ihren ledrigen Flügeln flatterten und gierig ihre Reißzähne fletschten, sich aber nicht aus ihren Verstecken heraustrauten. Gegen zwei Hexen hätten sie noch eine Chance gehabt, aber sie wussten instinktiv, dass sie unter dem Schutz des Teufels standen, der kurzen Prozess mit ihnen gemacht hätte.

Barghests warnendes Knurren hallte durch den Wald und

hielt die Dämonen zusätzlich auf Abstand. Er hatte sich schon einmal mit ihnen angelegt und offenbar große Lust, sich auf eine zweite Runde einzulassen.

Also blieben wir ungestört und allein, als Theodora neue Kräuter verbrannte und ich mit geschlossenen Augen, Azazels Griff um meine Taille blind vertrauend, erneut mit dem Fadenspiel begann.

Es war einfacher und zugleich schwerer als in der Stadt, die Spur des Wacholders aufzunehmen. Hier gab es zwar weniger Essenzen, die von Hexen und Dämonen stammten, dafür rauschten die magischen Einflüsse der Natur in wilden Wellen über meine Sinne hinweg. In jedem Baum und jedem Strauch schien ein verzauberter Funke zu schlummern, der vor mein inneres Auge eine Karte aus Lichtern malte, sodass ich das Leben um mich herum nur noch in leuchtenden Helligkeitsstufen sah.

Dort hindurch schlängelte sich die Spur des Wacholders, die ich mir als einen Faden aus grünem Glitzer vorstellte, was es mir leichter machte, ihm zu folgen.

»Geradeaus«, murmelte ich, nicht sicher, ob ich wirklich etwas gesagt hatte, bis ich spürte, dass Azazel dem Pferd die Sporen gab und wir eine Spur schneller ritten.

»Nach links.« Ein leichter Zug am Zügel und das Pferd folgte meiner Anweisung.

»June«, raunte Azazel mir ins Ohr. »Du kannst die Augen öffnen.«

»Was?«, fragte ich verwundert und blinzelte, als sei ich gerade erst aus einem tiefen Schlaf erwacht. »Warum?«

Am Ende dieses kleinen Pfades, über den wir ritten, ragten die verwitterten Mauern des Friedhofes von Arcanum aus dem schwarzen Dickicht.

Hätte ich nicht auf einem Pferd gesessen, wäre ich überrascht stehen geblieben.

Obwohl es noch helllichter Tag war, flogen Glühwürmchen und Feuerkäfer durch die Luft. Azazel zügelte das Pferd vor den antiken Flügeltoren, die die Mauern um den Friedhof herum unterbrachen, und half mir aus dem Sattel.

Ich wickelte den roten Faden um meine rechte Hand und schaute zu Theodora, die die Zügel ihres Pferdes einer der Wachen übergab.

»Ihr wartet hier«, befahl sie beiden Männern und ging, die Laterne mit den verbrannten Kräutern höher haltend, voraus.

Azazel nahm meine freie Hand und hauchte mir einen Kuss darauf, als er merkte, wie ich zögerte, Theodora zu folgen.

»Angst vor ein paar Toten?«

Ich lächelte schief.

»Und du?«

Er zuckte mit den Schultern.

»Die Lebenden beunruhigen mich mehr.«

»Dann hoffen wir mal, dass wir hier auf keine treffen.«

Gemeinsam betraten wir den ungeweihten Boden des Hexenfriedhofs, mit dem ich die unterschiedlichsten Emotionen verband. Neben Trauer und Nostalgie fühlte ich mich an diesem Ort meinen Eltern, die ich nie kennengelernt hatte, so nahe wie nirgends sonst. Hier, im Vorhof des Todes, verband uns die Vergänglichkeit mit den Hexen, die für uns gestorben waren.

Ich wanderte gedankenverloren über den Kiesweg, vorbei an mächtigen schwarzen Aschebäumen, in deren Schatten die Grabsteine wie die abgebrochenen Zähne eines gigantischen

Gebisses lagen. Bedeckt von roten Blättern, umwuchert von Efeu und bunten Blumen, die kreuz und quer über das Gelände wuchsen.

Ein sanfter Nebel waberte über den Boden, dessen Duft von feuchter Erde sich mit der des herbstlichen Laubs vermischte.

Hier und da standen Statuen, deren altes Gestein von Moos bedeckt wurde. Azazels Hand drückte sanft meine Finger und eine Welle aus warmer Energie flutete durch mich hindurch. Das letzte Mal, als wir hier gewesen waren, hatten wir als Hexe und Teufel Luzifers und Liliths Pakt erneuert, um weiterzuführen, was sie begonnen hatten.

Das letzte Mal, als wir hier gewesen waren, hatten wir zwei Hexen Lebewohl gesagt. Aber daran wollte ich jetzt nicht denken. Die Erinnerung an sie besaß die Macht, mich todtraurig oder unendlich glücklich zu machen, beides Zustände, in denen meine Konzentration zu schwanken begann. Und diese brauchte ich aktuell dringender als das nostalgische Schwelgen in der Vergangenheit.

Am Ende des Kieswegs stand das Mausoleum, ein achteckiger Zentralbau, dessen ehemals weißes Gestein längst von Moos und wildem Efeu überzogen war. Breite Stufen führten hinauf zu einem gigantischen Eingangsportal, das von Säulen mit reich verzierten Kapitellen gesäumt wurde.

Dort hatten wir in Grabkammern die dreizehn Hexen des ersten Arkanum-Zirkels, unsere Eltern, bestattet, um ihnen einen Ehrenplatz auf dem Friedhof der Stadt, die sie gegründet hatten, zu schenken.

Im Licht der Sonne funkelte das Buntglas der Kuppel, als bestünde diese aus unzähligen Edelsteinen. Ich erinnerte mich noch gut daran, wie durch das Loch in dieser die zwei

Engel gekommen waren, die meine Erinnerung an diesen Ort trübten.

Aber um Raphael und Gabriel musste ich mir keine Sorgen mehr machen.

»Also entweder du konzentrierst dich jetzt, oder wir drehen augenblicklich um«, unterbrach Theodora meine ausschweifenden Gedanken.

»'tschuldigung«, nuschelte ich und gab widerwillig Azazels Hand frei, um das Fadenspiel wiederaufzunehmen. Die leuchtende Spur des Wacholders führte mich überraschenderweise um das Mausoleum herum, vorbei an unzähligen Grabsteinen und wildwuchernden Sträuchern, zwischen denen Laternen standen.

Azazels Hand in meinem Nacken verhinderte rechtzeitig, dass ich geradewegs gegen eine Statue lief, die sich direkt neben dem Hintereingang zum Mausoleum befand.

Ich öffnete irritiert die Augen und starrte in das Gesicht eines Dämons, der zusammen mit seinem steinernen Zwilling eine alte Holztür flankierte.

»Guten Tag«, sagte ich höflich, mehr im Reflex, was Azazel ein leises Lachen entlockte.

»Das ist der Zugang zur Krypta«, erklärte Theodora.

Ich musterte die Tür.

»Wir haben eine Krypta?«

»Ich werde so tun, als hättest du das nicht gefragt.«

»Das hätte mir ja mal jemand sagen können!«, rief ich und verschränkte die Arme vor der Brust. »Allein im Palais entdecke ich heute noch neue Räume, von denen ich nie etwas gehört habe. Da stand das Mausoleum eben weiter unten auf meiner Erkundungsliste.«

Wie nebenbei griff ich nach der rostigen Klinke und

drückte sie herunter, in der Erwartung, dass die Tür ohnehin verschlossen war, und staunte daher nicht schlecht, als sie sich mit einem gequälten Quietschen öffnen ließ.

»Sollte das Ding nicht lieber verschlossen sein?«

»Für gewöhnlich *ist* es verschlossen«, brummte Theodora und starrte genauso wie ich in den düsteren Raum, von dem aus eine steinerne Treppe in die Dunkelheit hinabführte.

Azazel betrachtete den Riegel in der Tür, der merkwürdig schief aussah.

»Jemand hat es gewaltsam aufgebrochen«, sagte er und deutete auf die Innenseite der Tür, wo man deutlich erkennen konnte, dass scharfe Krallen das Schloss beschädigt hatten.

»Wer auch immer das war, wollte raus und nicht rein.«

Ich trat unwohl einen Schritt zurück, denn die dunkle Öffnung kam mir vor wie das Maul eines Monsters, aus dem der kalte Atem des Todes stöhnte, auch wenn das nur ein Lufthauch war.

»Was befindet sich in der Krypta?«

»Überwiegend Reliquien eurer Eltern, die als zu gefährlich, mächtig oder besonders angesehen wurden, um nicht mit ihnen begraben zu werden«, antwortete Azazel.

Zauberstäbe! War mein erster Gedanke, den ich für mich behielt.

»Die Krypta liegt direkt unter dem Altar des Mausoleums und verbindet die Katakomben der Stadt mit dem Friedhof, sodass man früher auch unterirdisch die Bestattungs-Prozessionen hatte zelebrieren können.«

»Allerdings war das zu einer Zeit, bevor die Draugar dort unten überhandgenommen haben«, warf Theodora ein und erinnerte mich damit an das Problem dieser zombieartigen Biester, die sich durch Claudius' Besetzung der Stadt zwanzig

Jahre lang dort unten hatten ausbreiten und vervielfältigen können, weil es keine unheiligen Bestattungen mehr gegeben hatte. Draugar waren ermordete Dämonen, die zu Untoten wurden, wenn man sie nicht in verfluchter Erde beisetzte.

Claudius hatte solche und andere Traditionen oder Rituale rein aus Prinzip verboten, was in zwei Jahrzehnten für alle möglichen Katastrophen und Schäden gesorgt hatte, die wir nun wieder richten mussten.

Aufräumarbeiten der magischen Art.

Ich betrachtete den roten Faden zwischen meinen Händen und konzentrierte mich noch einmal auf die schwindende Lebensenergie des Wacholderstrauches, dessen Nadeln darin eingewoben waren.

Die Spur traf mich dieses Mal mit einem kräftigen Schlag, denn sie kam unmittelbar neben mir zu einem Ende und lief dort mit der Quelle der Energie zusammen.

Zwischen den beiden Statuen, die die Tür wie zwei dämonische Soldaten bewachten, wuchs Wacholder.

Klein, kaum kniehoch und alles andere als gepflegt, dafür aber überraschend frisch und kräftig.

Der Anflug von Panik schlang sich wie eine eiskalte Hand um meine Kehle und schnürte mir die Luft ab.

Wer eins und eins zusammenzählen konnte, was früher zugegebenermaßen nicht eine meiner Stärken gewesen war, konnte sich ausrechnen, was hier passiert war.

»Er kam von dort unten«, flüsterte ich und berührte den Wacholderstrauch. »Vermutlich direkt aus den Katakomben.« Wenn der Dämon, den wir suchten, es gewagt hatte, den Weg durch die von Draugar verseuchte Dunkelheit zu nehmen, musste er komplett verrückt oder überdurchschnittlich mächtig sein. Im schlimmsten Falle sogar beides.

»Er hat es lebend bis hierher geschafft, und das Erste, was ihm nach solch einem mörderischen Spaziergang in den Sinn gekommen ist, war das Pflücken eines Wacholderzweiges.«

Mein finsterer Blick traf den von Azazel.

»Er hat an dich gedacht«, knurrte er und presste die Zähne so fest aufeinander, dass ich deutlich seine Kiefermuskeln arbeiten sehen konnte.

Hitze umwehte seinen Körper, als sammele sich in diesem jeder noch so kleine Funken von Höllenfeuer.

Wenn ihm jetzt durch Zufall der Dämon, den wir suchten, unter die Augen treten würde, hätte er ihn kommentarlos und ohne Gnade in Stücke gerissen.

»Es gibt nur noch eine Handvoll von Portalen in den Katakomben, die nicht registriert sind«, überlegte Theodora laut. »Vermutlich ist er durch eines davongekommen.«

Ich zuckte mit den Schultern und steckte den Faden in die Tasche meines Umhangs.

Die Stadt besaß in jeder Himmelsrichtung ein großes Hauptportal, das, seitdem wir Arcanum von Claudius und seinen Halbengeln befreit hatten, wieder offen und für jeden benutzbar war. Alle anderen privaten Ein- und Ausgänge waren geschlossen oder zerstört worden. Nur die in den Katakomben hatte niemand zu finden, geschweige denn zu versiegeln gewagt, aus denselben Gründen, aus denen ich jetzt nur ungerne nach ihnen suchte. Aber wir waren nicht bis hierher gekommen, um nun wieder umzudrehen.

»Da bleibt uns wohl nicht anderes übrig, als es zu finden.«

Theodoras Augen weiteten sich. Sie starrte mich an, als hätte ich heute Morgen zum Frühstück keinen Tee getrunken, sondern eine ganze Flasche Rum geext und nun im Rausch den Verstand verloren.

»Du willst da runter? In die Katakomben?«

»*Wollen* ist vielleicht das falsche Wort dafür.«

»Juniper, das letzte Mal, als du dort unten warst, wärst du beinah gestorben.«

»Ja, das war gar nicht schön. Aber was bleibt uns anderes übrig?«

Ich sah zu Azazel, dessen Miene so verschlossen war wie immer, wenn er nicht preisgeben wollte, worüber er nachdachte.

»Das erste Portal, welches der Krypta am nächsten liegt, ist keine hundert Meter davon entfernt«, murmelte er. »Die Wahrscheinlichkeit ist groß, dass er dieses benutzt hat, denn jedes andere wäre ein zu großes Risiko.«

Theodora blickte in den kleinen kammerartigen Raum, von dem aus die Steintreppe schneckenartig ins Dunkle hinabführte.

»Manchmal frage ich mich, ob euch die Risikobereitschaft verbindet – oder ob einer von euch einfach beschlossen hat, dem anderen im Wahnsinn Gesellschaft zu leisten.«

Theodora hob ihre Laterne und machte einen Schritt über die Türschwelle, als Barghest plötzlich ein tiefes Knurren ausstieß und witternd die Nase hob.

»Was ist los?«, fragte ich und legte meine Hand auf sein gesträubtes Fell, das durch meine Finger waberte wie Rauch.

Azazel kniff misstrauisch die Augen zusammen und packte reflexartig meinen Arm.

Ich öffnete den Mund, doch bevor ich etwas sagen konnte, begann der moosige Boden unter uns zu vibrieren. Ruckartig brachen Risse wie Blitze durch das Gras, sodass ganze Erdbrocken herausgesprengt wurden.

Ich blickte erschrocken auf und starrte Azazel an, der mich

an seine Brust riss und beide Arme um mich schlang, bevor das Erdreich unter unseren Füßen plötzlich nachgab und ich gerade noch Zeit hatte, einen erschrockenen Schrei auszustoßen, und wir gemeinsam ins Bodenlose stürzten.

6. Kapitel

Der Grinch

Ich hatte die Augen panisch zusammengepresst und wagte es erst, sie wieder zu öffnen, als unser Sturz abrupt endete. Anstatt zusammen mit den Erdhaufen, die unter unseren Füßen weggebrochen waren, auf dem steinigen Boden zu landen, federte Azazel meinen Fall ab.

Er hatte keinen Mucks von sich gegeben, obwohl er rücklings aus mindestens zehn Meter Höhe auf steinernen Boden geschlagen war.

»Azazel!«, rief ich besorgt, halb auf ihm liegend. »Geht es dir gut?«

»Blendend«, knurrte er und blieb einfach, mich an sich gepresst, liegen. Wir waren bedeckt von Dreck und Staub, aber so wie es aussah, unverletzt. Azazel hob sich ächzend in eine sitzende Position und zog mich behutsam auf seinen Schoß, als habe er Angst, ich könnte auseinanderbrechen, wenn er mich losließ.

»Hast du dir wehgetan?«

Ich schüttelte den Kopf.

»Bin weich gelandet.«

Er strich sich ein paar blonde Strähnen aus der Stirn und rieb mir den Schmutz von der Wange.

»Willst du mich beleidigen? Ich bin hart wie Stahl.«

»Azazel?«, hallte Theodoras Stimme aus dem Loch über unseren Köpfen. »June?«

»Uns geht's gut!«, rief ich und ließ mir von Azazel auf die Beine helfen.

»Geht zur Treppe! Kommt da sofort raus! Barghest, nein, hiergeblieben!«

Bevor ihr letzter Satz verklungen war, sah ich auch schon Azazels Höllenhund zu uns hinabstürzen. Er landete trittsicher wie eine Katze auf allen vieren und betrachtete mich besorgt aus seinen rot glühenden Augen.

»Alles gut, mein Junge«, versicherte ich und kraulte seinen Nacken, während ich in der schummerigen Dunkelheit etwas zu erkennen versuchte. Das einzige Licht fiel über unseren Köpfen durch das Loch, an dessen Rand Theodora stand, allerdings war es so weit oben, dass nicht viel davon hier unten ankam.

»Entweder wir beide sind schwerer als gedacht oder aber dieser verdammte Friedhof müsste einmal grundsaniert werden«, beschwerte ich mich und klopfte den Schmutz aus meinem Umhang.

»Ich glaube nicht, dass unser Gewicht oder die Stabilität des Bodens verantwortlich für das Loch ist«, murmelte Azazel.

»Wie meinst du das?«

»Wir sind nicht zufällig hier. Und sollten keinesfalls länger als nötig bleiben.«

Er erschuf ein kleines Feuerchen in seiner Hand und begann die Öllampen und Fackeln, die um uns herum an den Wänden hingen, zu entfachen. Nach und nach ergab sich für mich ein Bild, das aus architektonischer Sicht gewiss beeindruckend war, mir aber einen eisigen Schauer den Rücken hinabsandte.

Zwischen den Flammen zierten Hunderte von Totenschädeln die Wände. Die unebene Decke, die sich krümmte und wellte, war geschmückt mit Buntglasscheiben, die wunderschöne Mosaike bildeten. Szenen von Hexen in all ihrer magischen Pracht zierten Meter um Meter über unseren Köpfen. Wälder, in denen Rituale zelebriert wurden. Hexenfeste mit endlosen Feuern, über die Männer und Frauen sprangen. Runen und Symbole, deren Bedeutung längst in Vergessenheit geraten war.

Das Licht der Fackeln brachte jede einzelne Scherbe zum Funkeln und verlieh dem Ganzen eine träumerische, fast schon unwirkliche Ausstrahlung.

Um uns herum stützten Säulen die Decke. Dazwischen sah ich steinerne Altäre, auf denen in gläsernen Kästen, die mit Gold und Silber beschlagen waren, allerlei Dinge lagen. Schattenbücher, Athamen, Edelsteine, geschnitzte Knochen, uralte Tarotkarten und was man sonst noch so in der Grundausrüstung einer jeden Hexe findet.

Das mussten die Relikte des ersten Arcanum-Zirkels gewesen sein.

Ich trat neugierig an einen der Altäre heran, auf dem eine gläserne Schatulle stand, in der ich die vegilbten, kaum noch lesbaren Seiten eines aufgeschlagenen Buches sah.

An dem Altar war eine kleine goldene Plakette befestigt.

Josia Deshayes' Buch der Schatten

Ich zuckte unwillkürlich zusammen.

Jede Hexe arbeitete zeit ihres Lebens an einem eigenen Buch der Schatten, in dem sie all ihr Wissen sammelte.

Das hier hatte meinem Vater gehört.

Ein Mann, der nie mehr als ein Name für mich gewesen war.

Azazel legte mir eine Hand auf die Schulter und lächelte matt.

Es war nicht üblich, dass Eltern Kindern ihre Bücher vererbten, denn jeder musste sein eigenes Schattenbuch über die Jahre hinweg mit neuen Zaubern, Ritualen und Experimenten füllen.

Aber dieses hier hätte ich trotzdem gerne mitgenommen oder zumindest einmal durchgeblättert.

Azazel griff nach meiner Hand und drückte sie sanft, doch bevor er etwas sagen konnte, hallte ein unheimliches Knurren durch das Gewölbe. Sofort sprang Barghest vor uns und fletschte die Zähne.

Ich schluckte schwer und trat einen Schritt näher an Azazel heran.

»Das ... klang gar nicht gut.«

Er zog mich ruckartig mit sich, durch die Reihen der Altäre, bis er abrupt stehen blieb und angespannt auf ein geöffnetes Holztor starrte, hinter dem nichts als Dunkelheit lag.

Kalte Luft wehte durch die Öffnung und trug den Duft von Fäulnis und Tod an uns heran. Das widerwärtige Geräusch von Krallen, die über Stein kratzten, vermischte sich mit asthmatischem Röcheln, welches aus einem Dutzend Kehlen gleichzeitig zu kommen schien.

»Raus hier«, befahl Azazel. »Sofort!«

Wir rannten los, kamen aber nicht weit, denn da platschte plötzlich etwas von der Decke direkt vor uns auf den Boden.

Mit einem erschrockenen Keuchen wich ich zurück und starrte den Draugr an, der sich mit knackenden Knochen und knirschenden Zähnen ungelenk aufrichtete, wie eine Spinne, die ihre Beine zu sortieren versuchte.

Im unruhigen Schein der Fackeln erkannte ich seine moderige Kleidung, die in Fetzen von seiner kalkweißen aufgedunsenen Haut hing.

Bösartig keckernd bewegte er seinen kahlen Schädel in alle Richtungen, sodass ich seine leeren Augenhöhlen und die blauen aufgeplatzten Lippen erkennen konnte.

Er musste einst ertrunken sein, denn Wasser lief aus seinem Mund, in dem anstatt Zähnen nur noch schwarze Stumpen vor sich hin gammelten. Fische hatten der Wasserleiche das Fleisch von den Knochen gerissen und Teile seines Brustkorbes aufgeknackt. Seetang und Algen wuchsen durch die Rippen seines offenen Torsos, aus dem die farblosen Eingeweide wie faulige Schiffstaue hingen.

Azazel riss mich hinter sich und erschuf eine Wand aus blauem Feuer, die zwischen uns und dem Monster meterhoch in die Höhe schoss. In ihrem Schein konnte ich sehen, was über uns an der Decke klammerte.

Drei weitere Draugar hatten sich dort oben mit ihren Krallen an den Stein geklammert. Einer von ihnen besaß noch Augen, die zu groß für sein skelettartiges Gesicht wirkten und so geschwollen waren, als würden sie jeden Moment wie ein Ballon platzen. Sein Körper war übersät mit eitrigen Beulen und anderen pestilenzartigen Infektionen, die übernatürlichen Ursprungs sein mussten, weil keine menschliche Krankheit einen Dämon so schnell dahinraffte.

Daher wollte ich gar nicht erst wissen, woran dieses Exemplar gestorben war.

Ich wich Speichel, Blut und anderen Körperflüssigkeiten aus, die von den drei Wesen tropften, die sich nun in Bewegung setzen. Zwei von ihnen krabbelten an der Decke entlang, zu den Wänden, um von dort aus mit überraschender Schnelligkeit auf uns zuzuhumpeln, während der

Dritte sich so wie die Wasserleiche vor uns einfach zu Boden fallen ließ.

»Schere, Stein, Papier wer den eitrigen Schleimbeutel übernimmt?«, schlug Azazel vor und erschuf ein Schwert aus blauen Flammen. Ich zückte zwei meiner Dolche und lächelte grimmig, obwohl mir das Herz schmerzhaft im Hals schlug.

»Ich bereue es, dir dieses Spiel beigebracht zu haben.«

Die Entscheidung, wer welches der vier Monster zuerst erledigen wollte, wurde uns ziemlich schnell abgenommen. Denn die Wasserleiche sprang durch die Wand aus Azazels Feuer, wobei ihr nasser Körper nicht verbrannte, sondern lediglich in einer zischenden Dampfwolke auf unserer Seite ankam.

»Du kannst nicht alles mit Schere, Stein Papier regeln«, rief ich und stürzte mich mit gezückten Dolchen auf die Wasserleiche. Azazel brummte ein Lachen und hackte der Pestbeule, die sich kreischend und eitriges Blut spuckend auf ihn warf, mit einem Hieb den Kopf ab.

»Ich kann's wenigstens versuchen.«

Der Schädel rollte über den Boden und wurde kurzerhand von Barghest mit einem Schubs seiner Schnauze in die Wand aus Azazels Flammen befördert. Höllenfeuer gehörte nämlich zu den effektivsten Methoden, einen Draugr endgültig zu vernichten. Der kopflose Körper sackte in sich zusammen und blieb reglos liegen, während sich der Gestank seines fauligen Blutes in der Krypta ausbreitete.

Ich hatte schon viele Monster gesehen und gegen die schlimmsten von ihnen gekämpft, aber keine Sorte schlug mir so sehr auf den Magen wie diese.

Obwohl die Wasserleiche, der ich mich zu stellen hatte, wackelig auf seinen Skelettbeinen stand und sich so ungelenk bewegte wie ein Kind, das gerade erst Laufen lernte, wich der Draugr meinen Angriffen überraschend geschickt aus.

»June!«, hörte ich Theodoras Stimme durch die Krypta hallen.

»Was?«, schrie ich zurück und hackte wie ein Berserker auf das Monster ein. Azazel wandte sich den beiden anderen Draugar zu, die auf allen vieren die Wände hinabgeklettert kamen, wobei sie ihre Gliedmaßen so unnatürlich verdrehten, wie es nur Untote konnten, die ohnehin keinen Schmerz mehr spürten.

»Kommt da raus! Sofort!«

Ich stieß ein schrilles Lachen aus, bekam den Arm des Draugr zu fassen und hebelte ihn über meine Schulter nach vorne, sodass er zischend in Azazels Feuer landete, wo er zappelnd und schreiend verbrannte.

»Sind beschäftigt!«

Theodora stand plötzlich auf der steinernen Wendeltreppe, deren obersten Stufen in einem Deckendurchbruch über uns verschwanden.

Ein Knirschen und Knacken ließ mich erschrocken innehalten.

»Theodora, geh zurück!«, schrie ich und rannte auf sie zu, denn kaum hatte ich ihren Namen gerufen, gerieten die ersten Stufen der Treppe auch schon in Bewegung. »Spring!«

Sie gehorchte, ohne zu zögern, denn sonst wäre sie mit den Trümmern in die Tiefe gestürzt und schlimmstenfalls unter ihnen begraben worden. Ich war bereit, ihren Sturz mit meinem Körper abzufedern, auch wenn ihr das aus dieser Höhe nicht viel bringen und mich vermutlich ein paar gebrochene Knochen kosten würde, als Azazel plötzlich mit ausgebreiteten Armen vor mir stand und die Hexe geschickt auffing.

Krachend fiel die Treppe in sich zusammen und entsandte eine Wolke aus Staub, die uns wie dichter Nebel umhüllte. Um uns herum knurrte und röchelte es.

Keuchend und hustend wedelte ich mit der Hand vor meinem Gesicht herum, als sich zu dem Gestank der Draugar und den Gerüchen der Krypta ein Duft mischte, der mich schlagartig zu atmen vergessen ließ.

Schwefel.

Ich wirbelte herum und schnappte erschrocken nach Luft, als sich eine große Hand um meinen Hals schloss und mich rabiat herumriss. Bevor ich wusste, wie mir geschah, wurde ich mit dem Rücken gegen eine breite Brust gedrückt und unaufhörlich nach hinten gezogen.

»Az–« Mein Schrei wurde gnadenlos von den Fingern, die sich schmerzhaft um meine Kehle zusammenzogen, erstickt. Ich spürte die Kraft in dem Körper, gegen den ich gerückt wurde, roch den Schwefel, der ihn wie ein abstoßendes Parfüm umgab.

Einen Augenblick lang schwanden mir die Sinne, dann lockerte sich der Griff, sodass ich zumindest wieder atmen konnte. Keuchend, hilflos mit meinen Dolchen wild um mich schlagend, versuchte ich den Dämon zu verletzen, doch selbst wenn meine Klingen weiches Fleisch trafen, gab er mich nicht frei. Eine Hand schlang sich um meinen Oberkörper und machte mich bewegungsunfähig. Ich stöhnte auf vor Schmerz, als er mich wie eine Fliege zu zerquetschen drohte und dabei unaufhörlich durch die Staubwolke zog, die immer dunkler wurde. Ich roch heißen Qualm, der mir in der Lunge brannte, und fühlte mich, als würde ich direkt in den Schlund der Hölle hineingezogen werden.

»Wer ... wer bist du?«, keuchte ich atemlos. Meine Kehle

schmerzte von dem festen Griff um sie herum. Ich konnte kaum sprechen, so trocken fühlten sich Mund und Zunge an.

»Hast du mich etwa schon vergessen?«

Die melodische samtweiche Stimme kam mir fremd und vertraut zugleich vor. Sie war männlich, so viel erkannte ich, aber in meinem Leben hatte es viele Arschlöcher gegeben, die mich tot sehen wollten.

Ich ließ einen meiner Dolche fallen, um nach der Kleidung des Dämons zu greifen, und bekam den Saum seines seidigen Hemdes zu fassen. Da legte jemand Wert auf seine Garderobe. Zu dem alles überlagernden Schwefelgestank mischte sich der Duft eines herben, nach Zedernholz und Tanne riechenden Parfüms, als versuche er seine dämonischen Ausdünstungen zu übertönen.

»Verrat mir deinen Namen, dann sag ich dir, ob er mir in Erinnerung geblieben ist.«

Ein tiefes, sanftes Lachen brummte durch die Brust an meinem Rücken, sodass mir die Nähe seines übernatürlich starken Körpers noch einmal unangenehm bewusst gemacht wurde.

»Das würde uns nur den Spaß an diesem Spielchen verderben.«

Welcher verdammte Spaß?!

»Wenn du mich umbringen willst, dann tu es endlich.«

Mein Hinterkopf wurde gegen eine starke Schulter gedrückt. Im Augenwinkel sah ich ein glatt rasiertes Kinn und makellose kirschholzfarbene Haut.

Er war groß. Mindestens so groß wie Azazel.

»Nein«, raunte er mir ins Ohr. Ich glaubte seine Zähne an meinem Hals zu spüren, als er sich tiefer beugte und tief einatmete. »Ich habe Zeit. Alles, was ich in den letzten Jahrhunderten hatte, war Zeit.«

»Zeit wofür?«, knurrte ich und riss verzweifelt an meinen Armen, die er mir so gnadenlos an den Körper drückte.

»Zeit zum Nachdenken.« Plötzlich spürte ich etwas Feuchtes auf meiner Haut und erstarrte augenblicklich. »Zeit zum Planen.«

Angewidert presste ich die Zähne zusammen, als er mit seiner rauen Zunge über meine Halsbeuge strich und genüsslich knurrte.

»So weich. So süß.«

Der Ekel fuhr mir bis in die Zehenspitzen und lähmte mich einen Moment lang vor Angst und Abscheu.

»June!«

Azazels Stimme riss mich aus meiner Starre. Der Qualm um uns herum war so dicht und dick geworden, dass ich nicht einmal mehr seine Silhouette erkannte.

Die scharfen Krallen des Dämons bohrten sich in meine Kehle, fest genug, um die Haut zu verwunden. Warmes, klebriges Blut lief mir den Hals hinab und wurde von seinen Lippen aufgefangen.

»Du wirst an Jul zu mir kommen«, murmelte er und lockerte seinen Griff um meinen Körper, »und mir das Festmahl bringen, auf das ich so lange habe warten müssen.«

Die Erkenntnis traf mich mit der Intensität eines Blitzes, der jedes meiner Nervenenden zum Zittern brachte.

Der Grinch hatte sich mit seiner Blutgier gerade selbst verraten, denn ich persönlich kannte nur einen Dämon, der so besessen von meinem Geschmack war. Bereits bei unserer ersten Begegnung hatte er keinen Hehl daraus gemacht, wie sehr er sich nach Hexenfleisch verzehrte.

Daher musste ich mich nicht länger wehrlos geben und seine abartige Nähe keine Sekunde länger ertragen.

»Ventus levare!«, rief ich und schleuderte ihm all meine Magie entgegen. *Wind, erhebe dich.*

Eine kräftige Böe fegte durch die Krypta, zerstörte die Wolke aus Qualm und befreite mich aus den Armen des Dämons. Ich stolperte nach vorne, gegen Azazel, der mich auffing und verhinderte, dass ich zu Boden sackte. Kaum hatte ich freie Sicht, bemerkte ich die toten Draugar, die Azazels Gnadenlosigkeit zum Opfer gefallen waren. Abgesehen von ein paar verbrannten Gliedmaßen und verkokelten Eingeweiden war von ihnen nichts mehr übrig.

»June«, flüsterte Azazel und die Sorge in seiner Stimme schnürte mir die Kehle zu.

Seine Augen weiteten sich, als er die Wunden an meinem Hals entdeckte. Flammen schossen um ihn herum aus dem Boden und griffen wie Klauen aus blauen Flammen in alle Richtungen, doch das Monster, das Azazel problemlos in ein Häufchen Asche verwandelt hätte, war längst verschwunden.

»Was ist passiert?«, fragte er besorgt und strich mir das zerzauste Haar aus der Stirn. Hektisch holte ich Luft und schluckte schwer, um meine trockene Kehle zu befeuchten.

»Asmodäus«, keuchte ich und hüllte mich in Azazels schützende Wärme, die die Kälte der Angst aus meinen Gliedmaßen vertrieb. Azazel sah mich mit weit aufgerissenen Augen, in denen die Wut der Hölle loderte, an und heilte wie nebenbei meine Wunden.

»Asmodäus?«

Mein Herz schlug so schnell und laut, dass es mir in den Ohren dröhnte und ich Azazel kaum verstand. »Bist du dir sicher?«

Ich nickte hektisch und ließ zu, dass er mich in seine Arme

schloss. Mein Körper schien sich nicht entscheiden zu können, wie genau er auf des Rätsels Lösung reagieren sollte.

Ich war stinksauer und trotzdem den Tränen nahe.

Theodora trat hinter Azazel hervor und musterte mich besorgt.

»Wie hat er seinem Gefängnis entkommen können?« Ich schüttelte den Kopf.

»Keine Ahnung.« Meine Stimme war ein heiseres Flüstern. Azazel strich mir behutsam durchs Haar, küsste meine schmutzige Stirn und murmelte beruhigende Worte.

»Ich hätte ihn schon viel früher für dich umbringen sollen«, knurrte er und streichelte meinen Rücken. »Dieses Mal wird er nicht in irgendeine Grotte verbannt, sondern in den tiefsten Schlund der Hölle gesperrt. Dieses Mal lasse ich ihn für das, was er dir angetan hat, auf ewig brennen.«

7. Kapitel

Profis der Verdrängung

»Liebe Hölle, was ist passiert?«, rief Maya erschrocken, als sie zusammen mit drei anderen Zirkelhexen in den Garten des Palais gerannt kam.

»Alles«, knurrte ich schlecht gelaunt. Wir hatten es durch einen kleinen Ausgang, der von der Krypta direkt ins Mausoleum führte, aus der Gruft heraus und im Ganzen, ohne weitere Zwischenfälle, zurück nach Hause geschafft.

Physisch und psychisch lädiert, aber immerhin lebendig.

An eine Pause war jedoch nicht zu denken.

Wie hatte es Asmodäus aus seinem Gefängnis geschafft?

Und warum hatte er so ... *anders* gewirkt?

Während Azazel erzählte, was auf dem Friedhof geschehen war, untersuchten Theodora und ich den Teich des Schlossgartens, eine wunderschöne Anlage mit wildwuchernden Sträuchern, Aschebäumen und endlosen Beeten voller Hexenkräutern.

»Wie ist das möglich?«, fragte Maya, die Eloy bei Tarel gelassen hatte, worüber sie nun wohl sehr erleichtert war, denn mit Asmodäus auf freiem Fuß mussten wir alle besonders vorsichtig sein.

»Das versuchen wir gerade herauszufinden«, murmelte

Theodora und kniete sich vor einen der zwölf Steine, die um den Teich platziert waren.

Dieser war ein – für gewöhnlich – verschlossenes Portal.

Die zwölf kniehohen, mit Runen versehenen Felsen darum herum stammten noch von unseren Eltern, denn es war der erste Arcanum-Zirkel gewesen, der Asmodäus vor sehr langer Zeit in eine Grotte verbannen musste, nachdem er es gewagt hatte, Lilith und Luzifers erste Tochter Ada zu entführen.

Ich war ihm dort unten zum ersten und letzten Mal begegnet und gerade so mit meinem Leben davongekommen. Seine Strafe war es gewesen, in dieser Höhle zu verrotten.

»Es war eine Falle«, beendete Azazel seinen Bericht und sah zu mir. »Er hat damit gerechnet, dass wir den Wacholderzweig für eine Suche benutzen werden, die uns direkt zu ihm führen würde. Die Draugar in der Krypta waren kein Zufall. Nur mächtige Dämonen können hirnlosen toten Wesen wie ihnen ihre Befehle aufzwingen.«

»Wozu das Ganze?«, frage Magnolia und wickelte sich nervös eine blonde Strähne um den Zeigefinger.

»Um June einzuschüchtern.« Selbst ich zuckte bei Azazels eiskalter Stimme unwillkürlich zusammen, obwohl seine Wut allein dem Dämon galt. »Asmodäus hat solche Spielchen schon immer geliebt. Er quält seine Opfer, bevor er sie …«

»Frisst«, beendete ich den Satz, der ihm kaum über die Lippen kam.

Magnolia verzog das Gesicht.

»Igitt. Was hat dieser Kerl nur für eine Obsession mit deinem Fleisch?«

»Er hat Ada nicht gekriegt, also will er jetzt June«, murmelte Theodora und ging vor einem der Gesteinsbrocken in die Knie. »Ich glaube, ich habe was.«

Azazel, der wie nebenbei meine Hand nahm, als wir hinter die Hexe traten, trug seine eiskalte Höllenfürst-Maske, die nicht durchblicken ließ, was er dachte, aber ich spürte, wie besorgt er war. Und wie wütend.

»Einer der Steine ist zerbrochen, weshalb der Versiegelungs-Zauber des Portals nicht mehr wirkt.«

Theodora strich über die eingravierten Runen, durch die haarfeine Risse liefen.

Ich holte überrascht Luft und ging neben ihr in die Hocke.

»Wie hat das passieren können?«

»Die Erschütterungen, die auch Arcanum beeinflusst haben, als die Höfe der Engel eingestürzt sind, müssen dafür verantwortlich sein«, sinnierte Azazel. »Man hat das himmlische Beben bis in die Hölle gespürt.«

Scheiße!

Wie hatte ich daran nicht denken können? Ganz Arcanum hatte gezittert, als Michael und Gabriels Hof vor nicht einmal sechs Monaten eingestürzt war.

Unsere Stadt lag auf einer metaphysischen Ebene direkt zwischen Himmel und Hölle, weshalb alle drei Welten miteinander verbunden waren.

Theoretisch hatte der Kampf zwischen den Erzengeln und einem abtrünnigen Dämonenfürsten – mit dem auch wir schon das ein oder andere »Problemchen« gehabt hatten – nichts mit der Hexenwelt zu tun. Trotzdem bekamen wir die Folgen ihres Disputs deutlich zu spüren, als ein Erzengelhof nach dem anderen zerstört wurde.

Teile davon waren wie Meteoriten aus dem Himmel herabgestürzt, glücklicherweise aber weit genug von Arcanum entfernt eingeschlagen. Doch das Beben hatte jedes Haus erzittern lassen und offenbar kleinen, aber schwerwiegenden Schaden angerichtet.

Ich erhob mich und hatte nicht übel Lust, den Stein zu treten, auch wenn mir das mehr wehgetan hätte als ihm.

Inzwischen war ich Azazels Meinung: Dieses Mal würden wir Asmodäus nicht einfach nur zurück in seine Grotte sperren, sondern ihn für alle Zeiten ins ewige Höllenfeuer verbannen.

Verdammt sollte ich sein, wenn dieser Arsch auch nur einen Bissen von mir bekam!

»Sollen wir Jagd auf ihn machen?«, fragte mich Maya, der meine Gemütsschwankungen nicht entgangen waren.

»Ich wüsste nicht wie«, gestand ich heiser und wurde plötzlich von einer so bleischweren Müdigkeit übermannt, dass ich mich am liebsten ins hohe Gras gelegt hätte. »Er hat mich für Jul als sein Festmahl eingeplant und ist der festen Überzeugung, dass ich ihm an diesem Tag Gesellschaft leisten werde.«

Magnolia stieß ein freudloses Lachen aus.

»Also ist er noch genauso verrückt wie früher.«

»Schon, aber irgendetwas an ihm ist … anders.«

Ich sah zu Azazel, der verwundert die Stirn runzelte.

»Dort unten in der Grotte haben die Jahrhunderte aus ihm ein deformiertes, wahnsinniges Monster gemacht, aber der Dämon, dem ich heute in der Krypta begegnet bin, wirkte völlig verändert.«

Bei unserer ersten Begegnung war Asmodäus in Lumpen gekleidet gewesen, die ihm in Fetzen von seinem entstellten, fast drei Meter großen, schief gebauten Körper hingen.

Der Dämon in der Krypta hatte feine Seide getragen und aufrecht gestanden.

»Die Grotte hat ihm im Laufe der Zeit all seine Macht geraubt«, erklärte mir Azazel. »Wenn er seinem Gefängnis während der Erschütterung Arcanums entkommen ist, hatte er ein halbes Jahr Zeit, um sich zu regenerieren.«

»Asmodäus hat vor seiner Verbannung zu einem der mächtigsten Höllenfürsten gehört«, fügte Theodora hinzu. »Er wird bis jetzt gewartet haben, um sich vollständig zu generieren.«

Ich ließ kraftlos die Schultern hängen.

»Großartig.«

Der Dämon, dem ich mich damals in der Grotte stellen musste, hatte mir schon beinahe den Garaus gemacht. Und die Konfrontation in der Krypta hatte ich nur überlebt, weil Asmodäus es allem Anschein nach darauf anlegte, mein Fleisch noch köstlicher zu machen, indem er mich tagelang in Angst und Schrecken versetzte.

Die ganzen Stresshormone mussten ganz nach seinem Geschmack sein.

Dabei fand ich die Idee, als Weihnachtsbraten zu enden, gar nicht schön.

»Ich werde Luzifers Dämonen nach Arcanum schicken«, beschloss Azazel, womit ich nicht gerechnet hatte. Die Dämonen von Luzifers Hof waren mystische, in Leichentücher gehüllte Schattenwesen, die ihr wahres Gesicht nur dann zeigten, wenn sie jemanden auf ewig traumatisieren wollten. Sie kümmerten sich aufopferungsvoll um Luzifers Hof und waren seit dessen Tod Azazel treu ergeben. Obwohl sie keine besonderen Fähigkeiten besaßen, schienen sie unsterblich und unverwundbar zu sein. In meiner Fantasie waren sie eine Mischung aus lebendiger Dunkelheit, die sich mit den Geistern frisch Verstorbener zu etwas verbunden hatten, das man mit Worten nicht beschreiben konnte.

*

Nachdem Azazel gegangen war, um seine Untertanen aus der Hölle nach Arcanum zu schicken, und ich mit dem Zirkel entschieden hatte, das Schloss nicht mehr zu verlassen, bis wir Asmodäus dingfest gemacht hatten, lenkten wir uns gemeinsam mit den weiteren Vorbereitungen für das Julfest ab.

Der Saal war beinah wieder vollständig dekoriert und im ganzen Palais roch es nach Plätzchen, Kakao und Zimt.

Überall brannten Kerzen und Laternen, magische Lichterketten aus Funken und brennenden Mistelzweigen. Das sanfte Knacken der Flammen vermischte sich mit dem Gelächter der anderen, die es sich im Innenhof des Schlosses bequem gemacht hatten, um dort gemeinsam Tarotkarten zu legen und Räucherrituale zu zelebrieren.

Sobald die Sonne unterging, entfachten wir ein großes Feuer auf dem steinernen Podest in der Mitte des kleinen Gartens, den wir mit bequemen Außensofas, bestickten Sitzkissen und Decken in ein kuscheliges Wohnzimmer im Freien verwandelt hatten. Durch die von Arkaden gestützten Wandelgänge huschten die verschleierten Dämonen von Luzifers Hof – lautlos wie Schatten im Zwielicht. Es war nicht kalt, dank der Magie, die wir fast schon verschwenderisch für kleine Spielchen benutzten, mit denen wir uns auf die ein oder andere Art abzulenken versuchten.

Ich saß auf einem der Liegesofas, einen randvollen Kelch mit Apfelpunsch in der Hand, und beobachtete lachend, wie

Maya, Magnolia und Ondine übers Feuer sprangen, als könnten die Flammen ihnen nichts anhaben.

Plötzlich spürte ich etwas Warmes, Weiches neben mir und sah überrascht Barghest an, der, ohne ein Geräusch von sich zu geben, auf das Polster gesprungen war.

»Na, mein Junge?«

Ich kraulte ihm das rauchige Fell.

»Hast du dich etwas ausruhen können?« Die sanften Worte kitzelten als warmer Atem mein Ohr.

Azazel war lautlos hinter mir erschienen, aber ich hatte seinen Duft nach Feuer und Zimt bereits gerochen.

Anstatt mich nach ihm umzudrehen, legte ich den Kopf in den Nacken und sah zu ihm auf.

»Kein bisschen«, gestand ich und prostete ihm zu. »Daher habe ich beschlossen, mich zu betrinken.«

»Genialer Plan.«

»Danke.«

Er ließ sich neben mir auf das Sitzkissen fallen, legte einen Arm über die Sofalehne und betrachtete das wilde Treiben im Hof. Magische Funken, die von Theodora und Esme heraufbeschworen wurden, hatten sich mit denen des Feuers vermischt und gaben eine mittelalterliche Melodie von sich.

»Ihr wisst auf jeden Fall, wie man sich ablenkt«, murmelte Azazel anerkennend und nahm sich von dem Tablett neben dem Sofa einen Kelch mit warmem Kirschglühwein.

Ich nickte geistesabwesend und trank einen großen Schluck.

»Zwanzig Jahre der Gefangenschaft haben aus den anderen Profis der Verdrängung gemacht.«

Was hatten sie auch für eine andere Wahl gehabt? Als Claudius' persönliche Spielzeuge, denen es nicht gestattet gewesen war, das Schloss zu verlassen. Ich hatte nur einen Bruchteil von dem durchleben müssen, was die anderen Arcanum-Hexen zwei Jahrzehnte lang erduldet hatten, und war dabei der Auspeitschung nur knapp entgangen.

»Außerdem«, fuhr ich fort und rieb mir die Stirn, hinter der sich seit Stunden ein unangenehmer Druck aufbaute, »sollte unser Julfest ins Wasser fallen, hatten wir wenigstens diesen Abend.«

Azazel strich mir eine Strähne hinters Ohr und betrachtete mich nachdenklich

»Das klingt schon optimistischer.«

»Ach ja?«

»Nein, nicht wirklich.«

Er zog mich an meinem Kinn vor sein Gesicht und lächelte matt. »Wir haben schon schlimmere Monster besiegt, June. Und trotzdem hast du, selbst als die Erzengel meinten, sich mit dir anlegen zu müssen, mehr Zuversicht gezeigt als jetzt. Was ist mit meiner scharfsinnigen, temperamentvollen Hexenkönigin passiert, deren Sturkopf die Tore zum Himmel einrammen könnte?«

»Die ist vernünftig geworden.«

Azazel stieß ein raues Lachen aus und hauchte mir einen leidenschaftlichen Kuss auf die Lippen.

»Wer's glaubt, wird selig«, murmelte er und biss mir neckisch in die Unterlippe. »Wenn selbst Glühwein und Räucherstäbchen deine Stimmung nicht heben, ist es Zeit für … andere Reize. Glücklicherweise versteht sich niemand so gut darauf, dir Vergnügen zu bereiten wie ich.«

Bevor ich wusste, wie mir geschah, hatte er unsere beiden Kelche auf den Tisch neben dem Sofa gestellt und mich auf die Beine gezogen.

Ich hob eine Augenbraue und schenkte ihm einen herausfordernden Blick.

»Gibt es in dieser Welt irgendjemanden, der noch überzeugter von sich selbst ist als du?«

Azazel neigte schmunzelnd den Kopf zur Seite und fuhr mit seinem langen, schlanken Finger über den rasenden Puls an meinem Hals.

»In dieser? Nein, vermutlich nicht. In der über oder unter uns? Definitiv.«

Schamlos, wie er war, verwandelte er selbst die harmloseste Berührung in ein stilles Versprechen – und ließ das Verlangen, das sein bloßer Anblick in mir entfachte, nur noch drängender werden.

»Darf ich mich wieder setzen oder hast du was Bestimmtes vor?«, fragte ich und verschränkte die Arme vor der Brust, um es ihm nicht unnötig leicht zu machen.

Seine Augen verdunkelten sich schlagartig. Ein gefährliches Lächeln stahl sich auf seine Lippen.

»Oh, Juniper, wenn du nur wüsstest.«

Plötzlich packte er mit beiden Händen meine Taille und warf mich geschickt über seine Schulter.

»Hey«, rief ich empört und zog damit die Aufmerksamkeit der anderen Hexen auf mich.

»Na endlich!«, hörte ich Tarel rufen, der Eloy ins Bett gebracht hatte und nun, nicht weit von uns entfernt, neben Maya auf einem der Sofas lümmelte. »Ich habe mich schon gewundert, wann du dich endlich um das Wohlbefinden deiner Hexe kümmern wirst. Du hast nachgelassen, mein Freund!«

»Ich mach's wieder gut«, knurrte Azazel und trug mich, ungeachtet meiner Proteste, aus dem Innenhof ins Schloss und durch die Flure, bis zu unserem Gemach.

»Azazel!«, rief ich, als er dir Tür hinter uns schloss und mich fast schon lächerlich sanft auf das Bett legte, nachdem er mich wie ein Barbar verschleppt hatte. »Geht's dir noch gut?« Ich konnte mir ein Grinsen nicht verkneifen, obwohl er wie ein dunkler Schatten über mir aufragte und mich mit der wilden Leidenschaft des Teufels, der er nun einmal war, betrachtete.

»Bestens, jetzt wo ich dich genau dort habe, wo ich will. Danke der Nachfrage«, knurrte er und schenkte mir ein süffisantes Lächeln, während seine Augen über meine Gestalt wanderten, langsam, gierig, als habe er noch nie etwas so Reizvolles gesehen wie mich.

8. Kapitel

Schöne Bescherung

Da bis jetzt keiner von uns beiden die Gelegenheit gehabt hatte, ein paar Kerzen und Fackeln zu entfachen, spendete uns lediglich der Schein eines fast vollen Mondes Licht, was die Atmosphäre noch intimer, noch geheimnisvoller machte.

»Du hättest mich auch auf etwas charmantere Art und Weise bitten können, mit dir in unsere Gemächer zu kommen«, beschwerte ich mich, obwohl mir sein raues Verhalten durchaus gefiel. »Was ist mit dem Mann passiert, der mir vorgestern noch ein romantisches Bad eingelassen hat?«

Ich benutzte mit Absicht eine ähnliche Fragestellung wie er vorhin, was ihm, wie so ziemlich alles, nicht entging.

Er beugte sich über mich, während sein glühender Blick über mein Gesicht wanderte.

»Der ist das genaue Gegenteil von vernünftig geworden. Und ich glaube, wir wissen beide, wer Schuld daran hat.«

»Du hast Nerven!«, rief ich amüsiert und konnte nicht anders, als mich von seiner dunklen Gestalt im weißen Mondlicht verzaubern zu lassen. »Gibst du mir die Schuld an deinem barbarischen Verhalten?«

»Barbarisch?«, wiederholte er überrascht und lachte leise in sich hinein, was so verlockend klang, dass sich mir die Nackenhaare aufstellten. »Würde es dir besser gefallen, wenn ich dich wie eine Jungfrau in Nöten behandeln würde?«

Ich bemerkte nur am Rande, wie er mit einem Wink seiner Hand die Kerzen im Zimmer entfachte, denn wenn ein fast zwei Meter großer gefallener Engel mit den Muskeln eines griechischen Gottes über einem aufragte, schenkte man dem Rest der Welt bloß noch wenig Beachtung.

»Dir den Hof machen«, sinnierte er und begann sinnliche Küsse auf meinem Hals zu verteilen. »Dich wie eine zarte Blume behandeln, die zu schön, zu unschuldig ist, um sie zu ... pflücken?«

Bedeutete das kein Sex?!

Trotz seiner warmen Lippen auf meiner Haut rissen mich diese Worte aus dem Nebel des Verlangens und brachten das Feuer in mir zum Lodern.

»Ich werde dir die hübsche Nase brechen, solltest du es jemals wagen, mich wie eine verdammte Jungfrau – ob in Nöten oder nicht – zu behandeln«, zischte ich und wollte ihm einen Kinnhaken verpassen, doch Azazel war schneller und bekam mein Handgelenk zu fassen, das er neben meinem Kopf auf die Matratze drückte.

»Miserable Reflexe«, tadelte er amüsiert und musterte mich von oben herab. Wenn jemand wusste, wie man meinen Kampfgeist weckte, dann war er es. »Ich dachte, ich müsste dich aufgrund all des Stresses schonen, dabei hätte ich dich noch härter rannehmen müssen.«

Mein erster hormongesteuerter Gedanke war: *Ja! Nimm mich. Hart. Hier und jetzt!* Aber das war natürlich keine Lösung, schon gar nicht, wenn man eine Diskussion – und nichts anderes war das hier – gewinnen wollte.

»Du glaubst auch, nur weil du mich so leicht ins Bett

kriegst, automatisch gewonnen zu haben.« Die Zweideutigkeit, mit der wir unsere intimeren Gespräche führten, gehörte zu dem Spiel, das vermutlich Teil unser beider DNA war, denn wir kamen ihm nicht aus.

Azazel beugte sich zu mir hinab und fuhr mit seinen Lippen meinen Kiefer nach.

»Du liegst unter mir, oder etwa nicht?«

»Mag sein, aber das da ist mein Dolch an deinen Genitalien.«

Azazel fuhr überrascht ein Stück zurück und sah zwischen unseren Körpern hinab. Mit meiner freien Hand hielt ich meine Athame, ein Art Dolch, den jede Hexe bei sich trug. Ich legte sie lediglich zum Schlafen ab, und das auch nur, wenn Azazel mich daran erinnerte. Die Spitze lag federleicht an seiner Hose, aber mit minimalem Kraftaufwand könnte ich problemlos durch deren Stoff stechen und ihn ernsthaft verletzen.

»Hm«, machte er, als würde ich nicht gerade seine Männlichkeit bedrohen, sondern ihm vom schwankenden Aktienkurs erzählen. Verdammt, konnte er noch unbeeindruckter klingen?

Er hob belustigt eine Augenbraue und schmunzelte.

»Vergiss nicht, dass du magst, was du da gerade mit einer Waffe bedrohst.«

Ich mochte es nicht nur, ich *liebte* es, aber gerade eben war ich zu stur, um auch bloß einen Zentimeter von meinem Standpunkt abzurücken.

»Außerdem hast du erst einen Bruchteil von dem, was ich damit anstellen kann, kennengerlernt.« Er streichelte meine Wange und betrachtete mich so liebevoll, dass ich misstrauisch wurde, weil es ihm nicht ähnlichsah, solch eine Situation mit Zärtlichkeit zu lösen – das war eher eine Ablenkung.

Ich runzelte misstrauisch die Stirn und zog meinen Dolch minimal zurück, weil auch meine Beherrschung Grenzen hatte.

»Irgendwie werde ich das Gefühl nicht los, dass du mich mit Sex handzahm zu bekommen versuchst.«

Azazel stieß ein überraschtes Lachen aus, das jeden Nerv in meinem Körper zum Vibrieren brachte. Nichts auf der Welt war für mich schöner oder wichtiger als sein Glück. Und wenn er lachte – wenn er meinetwegen lachte, wurde ich überwältigt von der Liebe, die ich für ihn empfand.

»Ganz im Gegenteil«, flüsterte er und strich meinen Bauch hinauf, zum Kragen der Bluse, deren ersten Knöpfe er mit flinken Fingern öffnete. »Ich will – nein, ich *brauche* dich genau so ungezähmt und bissig, wie du bist.«

Er beugte sich erneut zu mir hinab, und als sein heißer Atem meine Haut traf, schaffte ich es gerade noch, ein leises Stöhnen zu unterdrücken. Mit jedem Knopf, den er öffnete, legte er ein bisschen mehr Haut frei. Küsse folgten seinen Fingern, rau und zärtlich zugleich. Azazel strich behutsam den Stoff beiseite und legte seine Lippen an meinen Hals. Ich ließ den Dolch achtlos fallen, denn ich brauchte meine freie Hand, um in sein Haar zu greifen, damit er mir nicht noch einmal auskam.

Er knurrte zufrieden, als ich ein Bein um ihn schlang, und bedeckte meine nackten Schultern mit feuchten Küssen.

»Du hast da was fallen lassen«, murmelte er gedankenverloren und schob meinen Dolch beiseite, damit wir uns daran nicht noch versehentlich schnitten.

»Ich weiß«, keuchte ich und biss mir auf die Unterlippe. »Wie gedenkst du dich für meine Gnade zu bedanken?«

Er schnaubte belustigt und sah mir in die Augen, während seine Hand unter die Schleife meines BHs fuhr, die beide Körbchen zwischen meinen Brüsten verband.

»Da fällt mir spontan so einiges ein.«

Ohne viel Aufwand zerriss er sie, sodass er beide Hälften wie die Blätter einer Blume zur Seite streichen konnte.

»Wunderschön«, murmelte er und betrachtete mich im warmen Feuerschein, der unsere Gemächer in diese träumerische Atmosphäre hüllte.

»Am liebsten würde ich dich nie wieder aus diesem Bett lassen«, murmelte er und zeichnete mit einem schlanken Finger die Kurven meines nackten Oberkörpers nach, was mich von Kopf bis Fuß erschaudern ließ. Er beugte sich zu meinem Bauch hinab und bedeckte diesen mit sanften Küssen. Ich schluckte schwer und beobachtete ihn unter halb geschlossenen Lidern, wie er sich Zentimeter für Zentimeter nach oben arbeitete.

Unsere Blicke kreuzten sich, als er zwischen meinen Brüsten ankam und mit seinen Lippen heiße, feuchte Spuren zog.

»Du raubst mir noch den Verstand, wenn du mich weiterhin so ansiehst.« Mit seinen Hüften drückte er meine Beine auseinander und holte tief Luft, weil ich seine Erregung spürte, während er die meine eindeutig roch. »Ich weiß nicht, was mehr an meiner Selbstbeherrschung zerrt: die Lust in deinen Augen oder dieser süße Duft, den du verströmst.«

»Im Idealfall beides«, witzelte ich heiser, woraufhin er einen Arm über meinem Kopf abstützte und meinen Körper mit dem seinen bedeckte.

»Du liebst es, mich zu quälen, hm?«

Ich zuckte mit den Schultern und biss mir auf die Unterlippe, was sein Interesse wie magisch auf meinen Mund lenkte.

»Ein kleines bisschen vielleicht.« Meine Finger wanderten durch sein weiches Haar, das ihm verwegen in die Stirn fiel. »Es hat was ungemein Reizvolles, mit dem Teufel zu spielen.«

Er lächelte finster und umschlang mit seiner Hand meine Kehle, ohne jedoch irgendeinen Druck darauf auszuüben.

»Dafür würde ich dich bestrafen, wenn du nicht längst mein wärst.«

Ich lachte leise und schlang mein zweites Bein um seine Hüften, um ihn noch fester an mich zu drücken.

»Du denkst, dir zu gehören, sei Bestrafung?« Mit der freien Hand fuhr ich über Azazels breite Schultern und langsam tiefer, bis zu dem Bund seiner Hose, unter den ich aufreizend langsam meine Finger wandern ließ.

»Nicht ich habe dich, sondern du hast mich am Hals.«

Mit dem Daumen drückte er mein Kinn ein Stück nach oben, eine Geste, die mich seine Dominanz auf prickelnde, erregende Art spüren ließ.

»Wortwörtlich.«

Wie hypnotisiert starrte er mich an, als ich seine Erregung berührte und ihm damit ein heiseres Stöhnen entlockte.

»Du gehörst genauso sehr mir wie ich dir«, wisperte ich und neckte ihn mit meinen Fingern, die sich um seine harte Männlichkeit legten und sie zu massieren begannen.

Er holte scharf Luft und presste die Lippen zusammen.

»Gott sei Dank.«

Ich hob den Kopf und hauchte ihm einen Kuss auf die Lippen.

»Der hat damit glücklicherweise nichts zu tun. Das waren allein wir beide.«

Blitzschnell packte Azazel mein Handgelenk und pinnte es neben meinem Kopf auf die Matratze. Die Zeit des Redens war vorbei. Sein Mund traf meinen mit einer Wucht, die mir den Atem raubte. Ich schloss die Augen, ließ mich fallen in das wilde Brennen, das sein Kuss in mir entfachte. Azazels Verlangen durchzog mich wie ein Sturm, ließ mein Herz rasen, meine Seele, längst eins mit der seinen, erzittern. Und als sich endlich auch unsere Körper fanden, gab ich mich ganz der Sehnsucht hin, die wir seit dem ersten Tag füreinander empfanden.

9. Kapitel

Nightmare before Christmas

»June! June, Azazel! Wacht auf!«

Ich blinzelte erschöpft gegen das Licht der Morgensonne an, die durch die Fenster unseres Schlafzimmers fiel.

Azazel lag neben mir und hatte einen Arm um mich geschlungen. Ich spürte, wie sein warmer nackter Körper sich zu regen begann, als er langsam erwachte.

Das Hämmern an der Tür hatte uns beide aus dem Schlaf gerissen.

»Was ist?«, krächzte ich heiser, noch völlig erschöpft von der langen Nacht. Azazel strich sich gähnend das Haar zurück und zog mich noch enger an sich.

»Irgendwas ist immer«, murmelte er, gab mir einen Kuss auf den Scheitel und richtete sich grummelnd ein Stück auf. »Ich hoffe, es ist wichtig!«

Er zog die Decke ein Stück höher, während ich mir den Schlaf aus den Augen rieb und widerwillig aufstand, um rasch meinen Morgenmantel überzuwerfen. Magnolia hörte nämlich einfach nicht auf, wie eine Verrückte gegen die verschlossene Tür zu hämmern.

Ich entriegelte sie und funkelte die Hexe, die im Nachthemd vor mir stand, genervt an.

»Was?«

Ein Blick in ihr panisches, kreidebleiches Gesicht ließ mich meinen schroffen Tonfall augenblicklich bereuen. Sie hatte Tränen in den Augen und zitterte am ganzen Körper.

»Ihr ... ihr müsst sofort kommen! Eloy ... Eloy wurde ...« Ein heftiger Schluchzer unterbrach ihr Gestammel. Ich packte sie an den Schultern, nicht nur, weil ich Angst hatte, dass sie jeden Moment in Ohnmacht fallen könnte, sondern auch, um sie zu beruhigen.

»Was ist mit Eloy?«, fragte ich heiser, ein furchtbares Gefühl im Magen.

Magnolia schniefte und wischte sich mit zitternden Händen übers Gesicht.

»Er wurde entführt!«

Mein Herz setzte einen Schlag aus. Ich vergaß zu atmen und wurde von einer Welle eiskalter Furcht überspült.

»Wann und wo?«, fragte Azazel, der sich blitzschnell angezogen hatte und nun hinter mir stand, um mir behutsam eine Hand auf die Schulter zu legen. »Wo ist Maya? Ist sie verletzt?«

Magnolia schüttelte den Kopf und unterdrückte ein weiteres Schluchzen.

»Sie ist ... sie ist in ihren Gemächern. Bei Tarel ... Ihr müsst sofort kommen und ihn beruhigen. Die beiden sind völlig am Ende!«

Ich knotete rasch meinen Mantel neu und wechselte einen verängstigten Blick mit Azazel, dessen Miene in Situationen der Gefahr für gewöhnlich eine undurchschaubare Maske war, doch jetzt konnte nicht einmal er seine Besorgnis verbergen. Gemeinsam eilten, oder vielmehr rannten wir Magnolia hinterher, den Korridor entlang, bis zu Mayas uns Tarels Gemächern, die nicht weit von den unseren lagen.

Die Tür stand offen. Die Hälfte des Zirkels davor.

»Der Hölle sei Dank, da seid ihr ja!«, rief Ondine, deren Augen glasig vom Weinen waren. Anaell hielt sie in den Armen und nickte Azazel stumm zu. Ich drängte mich an den anderen vorbei und stolperte ins Zimmer, wo das reinste Chaos herrschte.

Tarel umklammerte eine schluchzende Maya, die ihr Gesicht an seiner Schulter barg, obwohl um ihn herum die Luft vor Hitze vibrierte.

Zwei der dicken Pfosten des Doppelbettes waren zerschlagen worden. Der Teppich verkokelt, die Vorhänge zu Asche pulverisiert.

Ich widerstand dem Reflex, mir erschrocken die Hand auf den Mund zu schlagen, und wagte es kaum, auch nur einen Schritt weiter in das zerstörte Schlafzimmer zu gehen, als sei dieses ein Tatort.

»War das Asmodäus?«, fragte ich heiser.

»Nein, das war ich«, knurrte Tarel und holte bebend Luft. »Habe minimal die Kontrolle verloren. Sorry.«

Beinahe wäre mir ein hysterisches Lachen entkommen, so emotionslos und trocken klang er.

Theodora und Esme waren gerade dabei, die Türen zum Balkon zu öffnen und schwelende Sofakissen auf den Balkon zu tragen, deren beißender Rauch uns sonst noch alle vergiftet hätte.

Maya hob schluchzend den Kopf und sah mich aus roten, von Tränen verschleierten Augen an. Ihr Haar war völlig zerzaust, ihre Kleidung zerrissen und schmutzig. Sie hatte blutige Schrammen an den Wangen und eine kleine Wunde am Kopf.

»Scheiße«, fluchte ich und eilte auf sie zu. Tarel gab sie widerwillig frei, sodass sie sich aus seinen in meine Arme fallen lassen konnte. Kaum hielt ich sie, konnte sie sich nicht mehr auf den Beinen halten. Ich zog sie mit mir zu dem zerstörten Bett, wo sie sich zitternd auf die Matratze fallen ließ, ohne mich dabei loszulassen.

»Was ist passiert?«, fragte ich vorsichtig, während Tarel ihr behutsam das Haar aus der Stirn strich, um ihre Wunden zu heilen, wobei seine Finger sich verkrampften.

Die Wut und Verzweiflung, die er ausstrahlte, waren so intensiv, dass es mir heiß und kalt den Rücken hinablief.

»Wir ... wir waren ... spazieren«, begann Maya atemlos und kaum imstande, ein deutliches Wort zu formulieren. »Eloy und ich. Wie jeden Morgen.«

»Er schläft gelegentlich durch, wacht aber immer früh auf«, erklärte Tarel heiser, beide Hände auf die bebenden Schultern seiner Hexe gelegt. »Maya geht dann mit ihm eine kleine Runde um das Schloss herum spazieren. Natürlich begleitet von Wachen. Sie sind nie lang unterwegs. Manchmal nur eine halbe Stunde. Aber heute ...«

Er presste die Zähne zusammen und wurde umweht von einem Sturm aus prickelnder Energie, die sich in Form von Funken von seiner Haut löste.

Azazel griff nach seinem Arm und schaffte es, ihn mit nur einem tiefen Blick, der Befehl, Trost und Bitte zugleich war, wieder zu beruhigen.

»Heute kam Maya erst nach einer Stunde zurück. Allein.«

»Wir wurden angegriffen!«, weinte sie und schlug sich wimmernd die Hand vor den Mund. »Er ist wie aus dem Nichts aufgetaucht und hat eine Schlosswache nach der anderen abgeschlachtet. Ich habe Eloy aus dem Kinderwagen genommen und bin losgerannt, aber er war so schnell ... Plötzlich lag ich auf dem Boden, seine Klauen um den Hals. Er hat mir Eloy aus den Armen gerissen und ...« Sie warf den Kopf nach oben und sah mich verzweifelt an. »Er will dich, June. Ich soll dir sagen, dass du morgen bei Sonnenaufgang entweder freiwillig zu ihm kommst oder er wird ... wird Eloy in Stücke reißen!«

Ihr letzter Satz war nur noch ein geschluchzter Schrei, in dem so viel Schmerz und Angst lagen, dass sich mir die Kehle zuschnürte.

Mayas Stirn sackte gegen meine Schulter. Sie schien kaum noch bei Sinnen zu sein, müde und der Ohnmacht nahe, von all der Furcht, die Körper und Geist in einen Schockzustand versetzt hatten.

Ich streichelte behutsam über ihren Rücken und sah zu Tarel auf, dessen Gesicht so blass war wie noch nie. Er schien sich kaum zu trauen, ein Gefühl zu zeigen, vielleicht aus Angst, noch einmal die Kontrolle zu verlieren, wie in dem Moment, in dem Maya ihm erzählt hatte, was mit seinem Sohn geschehen war.

»Was sollen wir jetzt tun?«, unterbrach Theodora die quälende Stille im Raum.

Ich spürte sämtliche Blicke und einen immensen Druck auf mir, gab der bedrückenden Enge der Hilflosigkeit aber nicht die Chance, mich zu überwältigen.

»Handeln«, sagte ich ernst. »Und zwar sofort.« Behutsam löste ich Maya von mir und übergab sie Tarel, der augenblicklich die Arme um ihren kraftlosen Körper schlang.

»Was hast du vor?«, fragte sie leise. Unsere Blicke trafen sich. »Er wartet auf dich. Allein! Sollte er auch nur ahnen, dass Azazel dich begleitet ...«

Die Panik in ihren Augen verriet mir, wie sehr sie sich vor meiner Entscheidung fürchtete. Ich nahm es ihr nicht übel.

In jeder anderen Situation hätte Maya meiner Kompetenz blind vertraut. Aber nun ging es nicht um sie oder eine unserer Schwestern, sondern um ihren Sohn. Ein hilfloses Baby.

»Wir werden nicht bis zum Sonnenaufgang warten«, entschied ich ernst. Asmodäus hatte es gewagt, erneut ein Hexenkind zu stehlen. Und dafür würde er sterben. Heute noch.

10. Kapitel

Wütende Frauen

»Asmodäus' größte Schwäche ist sein Frauenhass«, erklärte ich den anderen. »In seiner Vorstellung sind wir schwache, naive Mädchen, zu fragil für den Kampf, zu einfältig für Macht.«

Wir hatten uns in Liliths Bibliothek versammelt, um von dort aus durch das Spiegelportal in die Hölle zu gelangen.

Der ganz aus schwarzem Stein gehauene, riesengroße Raum, an den weitere angrenzten, besaß mehrere Etagen, die voller alter magischer Bücher waren. Der dunkle Boden erinnerte mit den Sternen darin an einen endlosen Nachthimmel, sodass ich mir jedes Mal vorstellte, übers Universum zu wandern, wenn ich diesen Ort besuchte.

Ich stand vor den anderen, die sich in einem Halbkreis um mich herum versammelt hatten, alle in lederne Kampfmonturen gekleidet, mit Dolchen, Messern und magischen Utensilien bewaffnet.

Zwölf Frauen. Zwölf verdammt wütende Frauen, denen man ein Kind gestohlen hatte.

»Er wird uns immer unterschätzen – denn das Einzige, was schwerer wiegt als seine Arroganz, ist die Angst, sich seine eigene Fehlbarkeit einzugestehen, aufgrund welcher er mehrere Jahrhunderte lang in einer Grotte vor sich hin gefault hat.« Ich sah zu Azazel, der nicht mitkommen würde, da seine mächtige Präsenz sonst den Plan gefährden könnte. Seine Aufgabe war es, hier zu warten, um, wenn alles glattging, im richtigen Moment einzugreifen.

»Asmodäus war einst ein mächtiger Dämon«, führte er meinen kleinen Pep Talk fort. »Er ist erbarmungslos, stark und euch körperlich überlegen. Und das weiß er.«

Seine Stimme war eiskalt und ernst, als spräche er nicht zu seiner Familie, sondern zu Soldaten. Und das zeigte mir und den anderen, wie sehr er uns respektierte, auch wenn es befremdlich auf mich wirkte.

»Aber ihr seid schneller und klüger als er. Und auch das weiß er.« Ein Lächeln, das mein Herz zum Rasen brachte, schlich sich auf seine Lippen. »Asmodäus hat sich schon immer vor der Gerissenheit der Hexen gefürchtet. Vor euren Zaubern und eurem Einfallsreichtum.«

»Bei unserer ersten Begegnung war er nicht bei klarem Verstand«, sagte ich und sah zu Magnolia und Gwen, die damals mit in seine Grotte geschickt worden waren. »Wir wissen nicht, ob sich das seit seiner wiedergewonnenen Freiheit geändert hat, müssen aber davon ausgehen, dass sich nicht nur sein Körper, sondern auch sein Geist regeneriert hat.«

Azazel wandte sich dem mit Amuletten und Federn dekorierten großen Spiegel zu, der hinter ihm an der Wand stand, in welchen blassblaue Blüten eingelassen waren. Mit einer simplen Handbewegung öffnete er das Portal, denn anders als wir Hexen musste er dafür keine Zauber wirken, da er als Dämon mit der Hölle verbunden war.

Ein sanfter Wind brachte die Amulette zum Klimpern und die Federn zum Zittern. Rötlicher Nebel breitete sich langsam im Rahmen aus, bis das Spiegelbild von uns und der Bibliothek vollkommen verschluckt worden war.

Der sanfte, rote Strudel, von dem eine knisternde Wärme ausging, würde uns direkt zu Asmodäus' Anwesen in der Hölle bringen. Ein Ort, so behauptete Azazel, der seit der Gefangennahme seines Herren einzig von wilden Dämonen und Schatten betreten worden war.

Wir wussten also nicht genau, was uns dort erwarten würde.

Tarel gab Maya einen Kuss, in dem all seine Sorge und all sein Vertrauen steckten. Genauso wie Azazel würde auch er nicht mitkommen können und genauso wie wir würde Maya nicht hierbleiben.

Die anderen Zirkel-Hexen hatten sich zu Bändern geflochtene Ketten aus Eisenkraut um den Hals gehängt, was alles andere als angenehm sein musste, denn diese Pflanze diente als natürlicher Dämpfer für unsere Magie.

So würde Asmodäus die Energie der anderen erst spüren, wenn es für ihn bereits zu spät war.

Leider funktionierte diese Methode nicht mit Dämonenfürsten, aber Tarel, Anaell und Azazel würden hoffentlich trotzdem im entscheidenden Moment zu uns stoßen.

Ich rieb über das Armband aus Barghests rauchigem Fell, das mir schon einmal das Leben gerettet hatte.

»Pass auf dich auf und geh keine unnötigen Risiken ein«, flüsterte Azazel und strich mir durchs Haar.

Ich lehnte mich seiner Berührung entgegen und lächelte matt.

»Du kennst mich doch.«

Er schluckte hart und hauchte mir einen Kuss auf die Lippen.

»Eben.«

Widerwillig gab er mich frei und sah zu Tarel, dem es mindestens so schwer wie ihm oder Anaell fiel, seine Hexe vorausgehen zu lassen, während sie hier auf unser Zeichen warten mussten.

Mayas Finger zitterten, als sie die Schnallen ihres Waffengürtels kontrollierte, also verflocht ich meine mit den ihren und drückte sie sanft.

»Jetzt holen wir uns euren Sohn zurück.« Sie atmete tief durch, warf einen Blick über ihre Schulter zu den anderen Hexen, die so kampfbereit wirkten wie noch nie, und trat mit mir gemeinsam durch den Nebel im Spiegel.

Das vertraute Gefühl, das mich während unserer kurzen, aber intensiven Teleportation überkam, erinnerte ans Sterben.

Nicht, weil es schmerzhaft oder grauenvoll war. Aber in die Hölle zu reisen konfrontierte einen mit der eigenen Sterblichkeit und dem Ende, das uns früher oder später alle erwartete. Ruhig und warm, von allen irdischen Sorgen und Ketten befreit, erfüllt von der Gewissheit, dass wir Hexen den Tod nicht zu fürchten brauchten.

»Ach, du Scheiße«, hörte ich Magnolia sagen, die direkt hinter uns aus dem rötlichen Strudel trat. Azazels Portal hatte uns in weiser Voraussicht nicht direkt *in* Asmodäus' Anwesen gebracht, sondern kurz davor am Rande einer Klippe ausgespuckt. Der steinerne Torrahmen, aus dem nach und nach die anderen Hexen traten, befand sich in der Nähe einer maroden Holzbrücke, die über einen roten Fluss führte. Dass in diesem kein Wasser, sondern das Blut von Sündern floss, wusste ich auch erst seit meinem ersten Besuch in der Unterwelt. In dieser schien am rötlichen Himmel eine gigantische Sonne, deren Wärme etwas Bedrohliches hatte. Sie war dabei unterzugehen und tauchte unsere Umgebung in ein infernalisches Licht.

»Das sieht ja geradezu heimelig aus«, murmelte Esme, als sie neben Maya und mich trat. Ihr Blick klebte an dem düsteren Anwesen, das am Ende der Brücke direkt aus der Spitze eines schwarzen Gebirges zu wachsen schien. Wo andernorts ein Graben war, gähnte hier ein Abgrund – tief und bodenlos.

Ich ging voran und setzte vorsichtshalber erst einen Fuß auf die Balken der Hängebrücke, die unter meinem Stiefel Unheil versprechend knarzten. Aber sie hielt mein Gewicht, also marschierte ich weiter, in Gedanken Tarels Beschreibung durchgehend, die er uns gegeben hatte.

Zwar war sein letzter Besuch einige Jahrhunderte her, aber er hatte sich noch verhältnismäßig gut an den Weg zum Thronsaal erinnert, in dem mich Asmodäus erst bei Sonnenaufgang erwartete. Das ein einfacher Dämon wir er sich einen solchen Raum hatte bauen lassen, sah ihm ähnlich und unterstrich seine Überheblichkeit so deutlich, wie es nur noch eine eigene Krone tun könnte.

»Ihr seid bereit?«, fragte ich die anderen, als wir sicher auf der anderen Seite angekommen waren und uns vor dem offenen Eisentor, hinter dem der Vorhof des Anwesens lag, versammelten. Auf der anderen Seite lag das Hauptgebäude, welches zu beiden Seiten jeweils einen Anbau hatte, sodass alle drei zusammen ein U bildeten.

Theodora nickte und entschwand mit der einen Hälfte unseres kleinen Trupps nach links, während die andere Hälfte von Magnolia angeführt nach rechts schlich, um sich durch einen der vielen Nebeneingänge heimlich Zutritt zu verschaffen.

Maya und ich gingen erhobenen Hauptes geradeaus, einmal quer über den Hof.

»Es ist so still«, flüsterte sie und ließ nervös den Blick wandern.

»Hast du ein Begrüßungskomitee erwartet?«, versuchte ich zu witzeln.

Sie schüttelte den Kopf.

»Nein, aber wo sind die Kreaturen, die sich laut Azazel hier eingenistet haben?«

»Vielleicht hat Asmodäus sie alle vertrieben.«

Das Anwesen war eine abscheuliche Ruine, die zweifelsohne unter den Dämonen, die hier in der Abwesenheit von Asmodäus eingezogen waren, gelitten hatte. Alle Mauern waren mit schwarzem Unkraut überwuchert oder teilweise eingestürzt. Die endlosen Fenster zerschlagen. Der Boden bedeckt mit Scherben und Dachschindeln. Es roch nach verfaulendem Fleisch und dem Blut des Flusses. Wir erreichten die Tore zum Hauptgebäude, die offen standen, was mich nicht weiter überraschte. Innen setzte sich die Zerstörung fort. Schwarze Marmorsäulen und Treppen waren in sich zusammengekracht. Filigraner Stuck und Kreuzrippengewölbe lagen zerbrochen auf den Resten zersprungener Fliesen.

Hier und da schien die untergehende Sonne durch kaputte Fenster und Löcher in der hohen Decke, sodass wir noch keine Magie brauchten, um etwas zu sehen.

»Nach oben«, wisperte ich und schlich eine Treppe hinauf, die bloß noch zur Hälfte stand.

Bis zum Thronsaal begegneten wir nicht einer einzigen lebenden oder seelenlosen Kreatur, was mich erleichterte und gleichzeitig irritierte.

Hatte Asmodäus die Schädlinge aus seinem Heim wirklich vertrieben?

Zeit dafür war seit seiner Flucht aus der Grotte auf jeden Fall gewesen.

»Da ist es«, flüsterte Maya, als wir oben ankamen und direkt vor dem großen Tor zum Thronsaal standen, das halb geöffnet war. Ich schluckte schwer, zückte meine Athame und ging voraus.

Der Saal sah noch schlimmer aus als das Anwesen selbst. Die mindestens zehn Meter hohe Kuppeldecke aus Glas war fast vollständig eingestürzt. Überall lagen gigantische Scherben herum. Dazwischen zerstörte Wasserspeier, aus der Wand gebrochene Hochreliefs und die Reste der Rosettenfenster, durch die das blutrote Licht der Abendsonne fiel.

»Du bist zu früh. Und wie ich sehe, nicht allein.«

Ich blieb abrupt stehen, obwohl ich Asmodäus' Anwesenheit bereits gerochen hatte, bevor ich ihn am anderen Ende des Saals entdeckte. Ich erkannte ihn kaum wieder. Zwar war er noch immer riesig, mit krummen Gliedmaßen und kirschholzfarbener Haut, die übersät war mit wulstigen Narben. Sein Schädel war kahl und knochig, wie von einem Skelett. Doch anstatt Lumpen trug er einen altertümlichen, maßgeschneiderten Anzug aus feinen Stoffen, die größtenteils verbargen, wie schief seine Gestalt war.

Das musste zur Zeit seiner Verbannung die neueste Mode gewesen sein.

»Liliths Töchtern fällt es allem Anschein nach noch immer unermesslich schwer, sich an Abmachungen zu halten. Wie amüsant und bedauernswert zugleich.«

Er saß auf etwas, das lediglich mit viel Fantasie als Thron bezeichnet werden konnte.

Ein unförmiges Konstrukt aus Knochen, die teilweise schwarz, rot und sogar golden waren. Totenschädel von Tieren, Menschen und Dämonen zierten Arm- und Rückenlehnen, was der unbequem aussehenden Sitzgelegenheit einen noch schaurigeren Anblick verlieh.

»Ich wollte dich nicht warten lassen«, log ich mit möglichst fester Stimme. Und auch wenn er meine Unsicherheit und Angst riechen konnte, musste ich ihm beides nicht auch noch auf dem Silbertablett präsentieren.

»Wo ist mein Sohn?«, fragte Maya und ballte die Hände zu Fäusten.

»Wohlauf, keine Sorge, Hexe.« Er erhob sich und wir beide machten gleichzeitig einen Schritt zurück, was ihm ein breites Lächeln auf die dünnen Lippen zauberte, sodass seine Reißzähne hervorblitzten. Alles an diesem Dämon, von seinen rasiermesserscharfen Klauen bis hin zu dem haifischartigen Gebiss, war dafür gemacht, um rohes Fleisch zu zerfetzen. Im Idealfall das von Hexen.

»Ich sehe es dir nach, dass du nicht allein gekommen bist, Juniper«, wandte er sich an mich und stieg die Stufen seines Throns herunter. »Nichts ist so mächtig wie die Sorge einer Mutter. Glaub mir, das habe ich bereits am eigenen Leib erfahren. Lilith hätte für ihre Kinder die Welt in Flammen aufgehen lassen.« Er deutete eine Verbeugung in Mayas Richtung an und schnippte mit den knochigen Fingern. »Das respektiere ich.«

Ein kleinkindgroßer Dämon mit blauer Haut und ledrigen Flügeln kam in den Saal gehumpelt. Es waren Asmodäus' *Kinder*, die mir bereits damals in seiner Grotte begegnet waren und einen mindestens genauso großen Heißhunger auf Hexenfleisch hatten wie ihr Vater und Gebieter.

Maya schlug sich erschrocken die Hände vor den Mund und auch ich hielt den Atem an, als ich das kleine Bündel in seinen hässlichen Armen bemerkte.

»Ihm fehlt nichts«, versicherte Asmodäus und nahm seinem Lakaien das Baby ab. Maya machte einen Schritt nach vorne, aber ich hielt sie zurück, was der Dämon mit einem lauernden Blick zur Kenntnis nahm. Er betrachtete ihn fast schon liebevoll.

»So ein hübscher Junge. So klein und zerbrechlich.«

Mein Magen verkrampfte sich. Je länger er das Baby hielt, desto nervöser wurde ich.

»An dem kleinen Ding ist kaum was dran«, rief ich und ging langsam auf ihn zu. »Du wolltest mich und hier bin ich. Also gib zurück, was du gestohlen hast.«

Asmodäus hob überrascht den wulstigen Muskel seiner Augenbraue, auf der keinerlei Haare wuchsen, was seine Mimik so irritierend machte.

»Ich habe nicht vor, den Jungen zu fressen, meine Liebe.« Er wiegte das Kind in den Armen und schenkte mir ein joviales Lächeln. »Männliche Hexen sind nicht nach meinem Geschmack.«

Mir lief es kalt den Rücken hinab, aber ich ließ mir nicht anmerken, wie gut ich mich in diesem Moment an seinen Biss erinnerte – an die Furcht, lebendig zerfleischt zu werden.

»Maya, nicht wahr?«, fragte Asmodäus und winkte sie mit einer eleganten Geste zu sich. Sie wechselte einen raschen Blick mit mir, dann trat sie erhobenen Haupts nach vorne.

»Du hast da einen wirklich mutigen Sohn. Hat kaum geschrien und ist sofort eingeschlafen, nachdem ich ihn ein bisschen geschaukelt habe.« Mit seiner Klaue strich er behutsam über Eloys Wange, der selbst davon nicht aufwachte. »Die dämonische Hälfte in ihm ist stark. Nähre sie, dann wird er einmal ein mächtiger Fürst.«

Maya erwiderte nichts. Ihre Aufmerksamkeit richtete sich starr auf ihren Sohn, den Asmodäus ihr nach einer quälend langen Pause endlich aushändigte. Tränen funkelten in ihren Augen, als sie das Baby fest in die Arme schloss, mit einer Hand sein kleines Köpfchen schützend, und augenblicklich Abstand zwischen den Dämon und sich brachte, ohne ihm den Rücken zuzuwenden.

Ich atmete erleichtert aus, als die beiden wieder einen Schritt hinter mir standen, sodass ich mich zwischen ihnen und Asmodäus befand.

»Ihr beide dürft gehen«, befahl dieser und sah mich an. »Juniper bleibt.«

Er kam gemächlichen Schrittes auf mich zu und ließ seinen hungrigen Blick in aller Ruhe über meine Gestalt wandern. Mir entging der Appetit in seinen rot glühenden Augen nicht – die Gedanken an all die Dinge, die er meinem Körper antun wollte.

»June«, flüsterte Maya.

»Bring Eloy in Sicherheit«, befahl ich, ohne sie anzusehen. Asmodäus' Miene erhellte sich. Er blieb direkt vor mir stehen und wartete, bis Maya nach kurzem Zögern aus dem Saal verschwunden war, bevor er die Klaue an mein Gesicht hob.

»Dein Duft hat sich verändert«, murmelte er und strich mit einer Kralle über meine Wange, fest genug, um sie zu verletzen. Ich spürte, wie meine Haut aufriss und aus dem haarfeinen Schnitt Blut hervortrat.

»Er ist noch frischer, noch … himmlischer geworden.« Asmodäus holte tief Luft und schlang seine Hand um meine Kehle. »Jahrhunderte der Gefangenschaft waren nicht so quälend wie die vergangenen Monate meiner Freiheit, in denen ich auf diesen Moment warten musste.«

Obwohl ich am ganzen Körper zitterte, hielt ich seinem Blick stand.

»Geduld ist nicht jedermanns Stärke.«

Er lachte amüsiert auf und zog mich ruckartig an sich.

»Ich glaube, deine freche Zunge werde ich dir zuerst herausreißen.« Nachdenklich betrachtete er mich und drehte meinen Kopf zur Seite, sodass ich ihm meine blutige Wange präsentieren musste. »Obwohl ich mich schon darauf gefreut hatte, dich flehen zu hören – während ich deinem Körper all das antue, wovon ich in den letzten Monaten nur träumen durfte.«

Der Dämon war noch genauso größenwahnsinnig und grausam wie früher, auch wenn er sich jetzt etwas kultivierter zu artikulieren wusste.

»Weißt du, was dein Problem ist, Asmodäus?«, fragte ich und starrte gen Himmel, wo sich über der zerstörten Glaskuppel dunkle schwarze Gewitterwolken zusammenbrauten, während der Dämon über meine blutige Wange leckte und dabei genüsslich knurrte.

»Erleuchte mich, Hexe.«

Der Schnitt brannte leicht durch den toxischen Speichel seiner Zunge, aber ich regte mich nicht.

»Du hast noch immer nicht verstanden, wozu wir Frauen fähig sind, wenn man uns wütend macht.«

Kaum hatte ich den Satz beendet, zerriss ein ohrenbetäubender Donnerschlag die Luft und mit seinem Knall flutete ein Sturm aus Magie den Saal.

11. Kapitel

Spinnenphobie

In Asmodäus' feuerroten Augen loderte die Wut über seine eigene Unachtsamkeit, als die Macht des Arcanum-Zirkels durch sein Zuhause brauste.

Seine Krallen bohrten sich in meinen Hals, aber bevor er mir die Kehle aufschlitzen konnte, hatte ich meine Athame bis zum Anschlag in seiner Brust versenkt.

Er brüllte auf, ließ mich los und stolperte zurück. Die Magie der Waffe reagierte augenblicklich auf die Berührung und hüllte ihn in eine Rauchwolke seines eigenen verbrennenden Fleisches.

Allerdings wäre er nicht einer der ältesten und mächtigsten Dämonen gewesen, wenn das allein ausgereicht hätte, um ihn zu besiegen. Asmodäus stieß einen animalischen Schrei aus, riss die Athame aus seiner Brust und stürzte sich auf mich. Ich sprang zur Seite und entkam damit nur knapp seinen Klauen. Dabei berührte ich das Armband an meinem Handgelenk und wisperte Barghests Namen.

Mehr brauchte es nicht, um ihn und Azazel zu alarmieren.

»Ich werde dich nicht noch einmal davonkommen lassen, Hexe!«, zischte Asmodäus und warf eine Handvoll blauer Flammen in die Luft, aus denen sich binnen eines Wimpernschlages ein Dutzend blauhäutiger Dämonen mit ledrigen Flügeln formten, die kreischend durch den Saal flatterten.

Mit nichts anderem hatten wir gerechnet.

»Ventus levare!«, rief ich. Eine vor Magie knisternde Böe fegte über meinen Kopf hinweg und trieb die Dämonen, aus deren weit aufgerissenen Mäulern der Speichel tropfte, von mir weg.

Im selben Moment begannen die Mauern um uns herum zu vibrieren. Zuerst bröckelten sie, dann zerfiel Stein für Stein zu feinen Staubwolken, aus denen nach und nach die anderen Zirkel-Hexen traten.

Asmodäus riss überrascht die Augen auf.

Zur Zeit seiner Freiheit hatte unsere Magie noch in den Kinderschuhen gesteckt und Zauber wie diese kannte er wohl nicht.

Er wich knurrend zurück und fletschte die Zähne.

»Denkt ihr wirklich, mich in meinem eigenen Heim besiegen zu können?« Ruckartig riss er beide Hände gen Himmel und stieß einen grässlichen Piff aus.

Die fliegenden Dämonen stürzten sich kreischend auf uns, während durch das zerbrochene Kuppeldach spinnenartige Monster krabbelten, die nicht von ihm persönlich erschaffen worden waren, sondern allem Anschein nach lediglich seinen Befehlen gehorchten.

»Scheiße«, fluchte ich und wehrte mit einem Feuerzauber den fliegenden Dämon ab, der mir nachsetzte. »Das sind Tsuchigumo!«, rief ich den anderen zu, damit sie wussten, womit wir es zu tun hatten.

»Was?!«, rief Magnolia fassungslos. »Was haben die hier zu suchen?« Sie schoss mit ihrem Bogen gleich zwei blauhäutige Dämonen aus dem Himmel und zielte mit dem dritten Pfeil auf den ersten der sechs japanischen Spinnendämonen, die an den Wänden entlanggekrabbelt kamen.

»Tsuchigumo rotten sich meistens an verlassenen, dunklen Orten zusammen«, erklärte Theodora, als sei das hier eine ihrer Hexenlehrstunden. »Asmodäus hat es irgendwie geschafft, ihnen seinen Willen aufzuzwingen.«

Das war offensichtlich.

»Und das bei meiner Spinnenphobie«, jammerte Magnolia.

Diese eigentlich sehr seltenen und verdammt schwer zu tötenden Dämonen waren fast so groß wie ein Pferd. Ihre fetten, runden Körper waren mit dunklem verfilztem Fell überwachsen zwischen dem eitrigen Warzen wucherten. Der Gestank dieser Bestien war empörend. Ihre wolfsartigen Gesichter, in denen vier blutunterlaufene Augen in unterschiedliche Richtungen gleichzeitig blicken konnten, hatten menschliche Züge, was ihre Grimassen noch erschreckender machte. An jedem ihrer acht Beine wuchsen Reihen von Widerhaken, scharf genug, um jede Kampfrüstung zu durchbohren.

Ich hatte erst ein Mal gegen solch einen Spinnendämon kämpfen müssen und das nur um Haaresbreite überlebt.

Mit meinen beiden Dolchen holte ich einen weiteren Dämon, der von Asmodäus erschaffen worden war, aus der Luft, weil solche Waffen an einen Tsuchigumo verschwendet waren. Für diese brauchte ich ein Schwert, an das ich glücklicherweise gedacht hatte. Ich riss es aus der Scheide an meinem Gürtel, bestieg den fast zwei Meter hohen Schädel eines zerbrochenen Wasserspeiers und sprang von dort aus auf den Rücken des Spinnendämons, der mir am nächsten war.

»Das ist kein verdammtes Pony, June!«, rief Esme und schleuderte eine ihrer ätzenden Kräuterbomben – handgemachte Albträume aus Mutter Naturs giftigstem Vorrat – auf die Spinne. Diese zerplatzte auf der Stelle in ihre haarigen Einzelteile und dekorierte den Boden mit ihren dampfenden Eingeweiden.

Mein Exemplar, das unter mir wie ein tollwütiger Stier buckelte, erledigte ich mit einem Stich meines Schwertes, das ich ihr direkt in den fetten eitrigen Körper rammte.

Sie stieß einen schrillen Schrei aus und brach unter mir zusammen.

»Ekelhaft«, knurrte ich und sprang von ihrem Rücken, aus dem ätzendes Blut sickerte.

»June!«, rief Theodora plötzlich, doch da war es bereits zu spät. Asmodäus hatte es durch den Saal zu mir geschafft, ohne dass ich es bemerkt hatte.

Ich wirbelte herum, gerade noch rechtzeitig, um zu sehen, wie er mit dem Arm ausholte, reagierte aber nicht mehr schnell genug, um diesem auszuweichen. Er traf mich mit voller Wucht und all seiner Kraft und schleuderte mich so weit zurück, dass erst eine noch stehende Säule meinen Flug stoppte.

Mir wurde die Luft aus den Lungen gepresst, als ich mit dem Rücken dagegenkrachte und völlig benommen zu Boden sackte. Der Ohnmacht nahe lag ich seitlich im Dreck und sah das verschwommene Bild eines im Chaos des Kampfes versinkenden Saals.

Immer mehr Tsuchigumo kamen durch die kaputte Kuppel gekrabbelt und griffen ohne Rücksicht auf Verlust ihres eigenen Lebens an.

Asmodäus stapfte mit festen Schritten auf mich zu und erschuf dabei neue Dämonen aus seinen blauen Flammen, die die anderen davon abhielten, mir zu Hilfe zu eilten. Es roch nach verbranntem Fleisch, fauligem Eiter und Schwefel.

Am liebsten hätte ich einfach die Augen geschlossen und mich der nahenden Dunkelheit, die meine Sicht trübte, ergeben.

Damit wäre ich zumindest dem Schmerz in meinem Körper und diesem entsetzlichen Gestank entkommen.

Aber Aufgeben war keine Option, wenn es um das Leben meiner Schwestern ging. Stöhnend schaffte ich es, mich mit einem Ellbogen abzustützen, obwohl ich mir sicher war, mindestens eine Rippe gebrochen zu haben, denn jeder Atemzug fühlte sich an, als würde man mit einer stumpfen Waffe meine Lunge akupunktieren.

Ich zückte meinen Dolch, doch da war Asmodäus auch schon bei mir und schlang beide Klauen um meinen Hals.

»Das reicht jetzt«, knurrte er und ragte über mir auf wie ein wahr gewordener Albtraum, der aus all den Ängsten bestand, die ich als Hexe bis jetzt hatte durchleben müssen.

Er war ein Monster aus Rache, Feuer und Wut. Ein Dämon, der mir durch seine Grausamkeit und Bestialität letzten Endes überlegen war.

Röchelnd krallte ich meine Nägel in seine Arme, aber das schien er nicht einmal zu bemerken.

»Ich habe zu lange auf das hier gewartet, um mich jetzt noch von ein paar kleinen wertlosen Weibern besiegen zu lassen!«

Seine Fratze begann zu verschwimmen, aber er achtete sorgsam darauf, dass ich bei Bewusstsein blieb, auch wenn der Druck in meinem Schädel aufgrund des Sauerstoffmangels immer unerträglicher wurde.

Mit letzter Kraft versuchte ich nach ihm zu schlagen, doch er bekam mein Handgelenk zu fassen, riss es nach oben und biss hinein.

Ich schrie auf vor Schmerz und wand mich unter seinem schweren Körper, der mich zu zerquetschen drohte. Seine Zähne bohrten sich so tief in meinen Unterarm, dass seine spitzen Reißzähne auf der anderen Seite herausstachen.

Blut spritzte aus seinem Mundwinkel auf mein Gesicht. Klebrig und warm.

Er riss seine Zähne wieder heraus und stieß ein heiseres Knurren aus, das mir durch Mark und Bein ging.

Das Brennen der Wunde fraß sich meinen Arm hinauf und raubte mir fast den Verstand.

Ich presste wimmernd die Lippen zusammen, um nicht zu schluchzen, obwohl mein Stolz mit den Tränen, die mir aus den Augen liefen, ohnehin nichts mehr wert war.

Asmodäus grinste feist, wobei ihm mein Blut von den Lippen tropfte.

»Das war erst der Anfang.« Er packte meine Haare und riss mich daran nach oben. Sein Blick fiel auf meine Kehle und ich wusste, dass sein nächster Biss mich töten würde.

Jemand schrie meinen Namen, aber keine der anderen Hexen schaffte es an den Dämonen, die sie mit Krallen und Zähnen angriffen, vorbei.

Verrückt, dachte ich. Da hatte ich Dämonenfürsten und Erzengel überlebt, nur um jetzt als Snack für jemanden zu enden, der in meiner Geschichte kaum ein Kapitel wert war.

Wie in Zeitlupe sah ich, wie Asmodäus seinen Mund exorbitant weit aufriss, sodass ich theoretisch jeden seiner scharfen, dolchartigen Zähne hätte zählen können. Ich holte tief Luft und bereitete mich auf das Ende vor, doch da wurde der Dämon plötzlich von etwas gepackt und zurückgerissen.

Sein Griff verschwand und ich sackte gegen einen Körper, dessen Duft ich überall wiedererkannt hätte.

»Azazel?«

Blinzelnd schaute ich auf, in sein Gesicht, das ich schon lange nicht mehr so ernst und gleichzeitig wütend erlebt hatte. Er schlang die Arme um mich und half mir auf die Beine, während seine warme Energie durch meinen Körper sickerte und jede noch so kleine Blessur heilte.

Auf einmal kam mir der Gedanke an den Tod nur noch albern vor und ich schämte mich dafür, wie leicht ich mich Asmodäus ergeben hatte. Dessen panischer Schrei hallte durch den Saal und übertönte sowohl das Kreischen der Tsuchigumo als auch die wilden Flügelschläge seiner Dämonen.

Was war geschehen?

Ich blinzelte die letzten Schleier der Besinnungslosigkeit fort und starrte fassungslos Barghest an, der sich in Asmodäus' Kehle festgebissen hatte.

Der Höllenhund war ohne jeden Zweifel ein Verfechter des Prinzips Auge um Auge, Zahn um Zahn.

Er und sein teuflischer Herr hätten nur ruhig etwas eher eintreffen können. Mir schien es Stunden her, dass ich mein Armband aus Barghests Fell berührt hatte.

Azazel versicherte sich, dass ich aus eigener Kraft stehen konnte, sodass er mich nur noch mit einem Arm um meine Taille halten musste.

»Finger weg von meiner Hexe«, knurrte er und entsandte mit einer eleganten Handbewegung ein Meer aus blauem Feuer, das kurzen Prozess mit Asmodäus' Dämonen machte. Einer nach dem anderen verbrannte über unseren Köpfen in einem Inferno aus höllischen Flammen und flatterte dabei kreischend durch den Saal, bis nichts mehr von ihnen übrig war außer ein zu Boden rieselndes Häufchen Asche.

Tarel und Anaell kümmerten sich um die Spinnenmonster, die, kaum hatten sie das Schicksal der anderen Dämonen begriffen, nur noch halb so angriffslustig wirkten.

Ich löste mich von Azazel und bildete zusammen mit den anderen Hexen einen Kreis um Asmodäus.

Mit einem raschen Blick versicherte ich mich, dass keine von ihnen lebensbedrohliche Verletzungen erlitten hatte. Wir nickten einander nach und nach zu und nahmen uns an den Händen, was genügte, um dem Dämon in unserer Mitte den Angstschweiß auf die Stirn zu treiben.

»Was ... was habt ihr vor?«

Barghest ließ von ihm ab und zog sich mit einem Knurren zurück, das fast schon ein bisschen hämisch klang. Asmodäus kam auf die Beine und drehte sich einmal im Kreis, wobei er sich nicht entscheiden zu können schien, wen von uns er zuerst angreifen wollte.

Er entschied sich schließlich für Gwen, vielleicht weil er sich an die letzte Begegnung mit ihr erinnerte. Aber sie war nicht länger das kleine, hilflos Mädchen, das weinend vor ihm im Schmutz gelegen hatte. Bevor er sie erreichte, hatte sie ihren Dolch gezückt und ihm diesen von unten durch den Kiefer gerammt. Er riss röchelnd den blutenden Mund auf und präsentierte uns die Spitze der Waffe, die darin hervorragte.

»Ihr könnt mich nicht töten!«, schnaufte er, wobei es ein Wunder war, dass er noch immer reden konnte. »Ihr seid nichts weiter als –«

Weiter kam er nicht, denn die Magie, die sich durch unseren Zusammenschluss im Kreis ausbreitete, raubte ihm den Atem. Weißes Licht begann unsere Körper zu umhüllen. Keuchend stürzte Asmodäus auf die Knie und starrte uns aus weit aufgerissenen Augen an. Der Wahnsinn, der ihn durch seine Gefangenschaft wie eine Krankheit befallen hatte, lag darin. Er hatte es nie verstanden und würde es vor seinem Tod auch nicht mehr tun:

Wir waren Lilith und Luzifers Nachfahren. Durch unsere Adern floss die Magie der ersten Hexe und das Licht des mächtigsten Engels.

Dieses entströmte nun unseren Körpern und traf Asmodäus von allen Seiten. Er schrie auf und krümmte sich, entkam aber weder dem Schmerz noch dem Ende, das wir für ihn bestimmten.

In einer blendenden Explosion aus reinem himmlischem Licht zerfiel der Dämon zu funkelnden Staubpartikeln, die von einem mächtigen Windhauch, der durch die Ruine fegte, in alle Himmelsrichtungen zerstreut wurden.

12. Kapitel

(un)heiliges Hexenfest

Die Wintersonnenwende war ein Fest der Natur, das wir Hexen bereits beim Aufwachen in den Knochen spürten.

An diesem Tag ehrten wir das Licht.

Die gesamte Stadt befand sich heute in einem Ausnahmezustand, den es so genau achtmal im Jahr zu bestaunen gab. Heute wurde nicht gearbeitet. Heute wurde getrunken und gefeiert. Auf jedem von Arcanums Marktplätzen brannte ein großes Feuer, um das Hexen und Dämonen tanzten. Der Rausch begann bei Sonnenaufgang und endete erst um Mitternacht. Die Luft war voller elektrisierender Magie. Jeder Atemzug schien einen Zauber zu bergen, den man nur noch nicht in Worte gefasst hatte. Die Natur strahlte auf eine Art und Weise, die man sehen und spüren konnte, als hätte die Sonne Licht und Wärme regnen lassen.

Wir Zirkel-Hexen hatten es uns in dem größten Saal des Palais gemütlich gemacht, denn auch wenn wir für gewöhnlich niemals Nein zu einem wilden Fest sagen würden, war uns heute mehr nach Entspannung und Ruhe.

»Und das ist für dich«, sagte Maya und reichte mir das letzte der zwölf Geschenke, die sie für ihre Schwestern in wunderhübsches Papier gewickelt hatte.

Jede von uns hatte für jede von uns etwas ganz Besonderes gekauft, weshalb wir seit Stunden dabei waren, Geschenke auszutauschen.

Dabei hockten wir auf einem Meer aus Sitzkissen und Decken, die wir um den geschmückten Tannenbaum ausgebreitet hatten.

Der lange Tisch war bereits gedeckt und aus einer kleinen magischen Box dudelte festliche Musik, die hervorragend zu dem Duft von Schokolade und Zimt passte.

»Vielen Dank, Maya!«, rief ich und betrachtete staunend die Athame, die unter dem Geschenkpapier zum Vorschein gekommen war.

Meine hatte den Kampf leider nicht überlebt.

Sie zwinkerte mir lächelnd zu und ließ sich wieder auf Tarels Schoß fallen.

Ondine und Anaell hatten es sich neben ihnen bequem gemacht und bespaßten den quickfidelen Eloy, weshalb ich mich nicht zum ersten Mal fragte, wann die beiden sich für ein Kind entscheiden würden.

Ich wusste, dass Ondine gerne welche hätte, und auch Anaell bekam jedes Mal leuchtende Augen, wenn sie Mayas Sohn in den Armen halten durfte.

Azazel und ich hatten darüber noch nicht nachgedacht, aber glücklicherweise besaßen wir für solch eine Entscheidung mehr Zeit als die Sterblichen.

Ich zeigte ihm stolz meine neue Waffe, als er sich mit zwei frisch gefüllten Kelchen neben mich setzte.

»Die sieht verdammt scharf aus«, sagte er und nickte anerkennend. »Mir wäre es recht, wenn du von nun an darauf verzichten würdest, damit ins Bett zu gehen.«

»Ich überlege es mir.«

Er schüttelte belustigt den Kopf und gab mir einen Kuss auf die Wange.

»Darf ich jetzt?«, fragte er und erhob sich. Überrascht ließ ich mich von ihm auf die Beine ziehen, während die anderen Mädchen kichernd die Köpfe zusammensteckten.

»Willst du sie schon wieder entführen, Azazel?«, lachte Tarel und prostete ihm mit einem randvollen Kelch zu. »Du weißt, dass Sex nicht als Geschenk zählt.«

Azazel schmunzelte und schenke seinem Freund einen spöttischen Blick.

»Bei dir vielleicht. Aber das liegt dann eher an deiner Performance.«

Nicht nur Maya, sondern auch ich presste die Lippen aufeinander, um mir ein Lachen zu verkneifen. Wir Hexen waren schließlich alles andere als prüde.

Azazel zog mich sanft mit sich, während Maya Tarel behutsam küsste und ihm versicherte, wie toll er doch war. Wir traten gemeinsam auf den Balkon, von dem aus man all die Feuer, die in Arcanum prasselten, sehen konnte. Ich hörte das Gelächter und die Musik, die auf den Plätzen gespielt wurde, und roch all die Köstlichkeiten, die man dort verzehrte.

Azazel drehte mich zu sich herum, was mich albern kichern ließ. Dann griff er in seine Hosentasche und holte ein kleines Kästchen heraus.

»Was ist das?«, fragte ich und neigte neugierig den Kopf zur Seite.

»Ob du es glaubst oder nicht, aber das wirst du gleich herausfinden«, tadelte er belustigt meine Ungeduld.

Ich presste verlegen die Lippen zusammen und öffnete sie gleich wieder, als er mir den Inhalt des Kästchens präsentierte.

»Machst du mir gerade einen Antrag?«, fragte ich atemlos und starrte den goldenen Ring an, der auf einem Bett aus Samt ruhte.

Er zuckte mit den Schultern.

»Wäre das denn so schlimm?«

Völlig überfordert ließ ich zu, dass er nach meiner Hand griff und mir den Ring an den Finger steckte. Natürlich passte er perfekt, was diese Situation nur noch surrealer machte.

»Dir ist schon klar, dass wir einander aufgrund des Paktes zwischen Teufel und Hexenkönigin ohnehin nicht mehr loswerden.«

Warum fühlte sich dieses kleine Schmuckstück dann trotzdem so ... bedeutsam an? Als steckte in ihm eine Form der Magie, die ich noch nicht kannte, obwohl sie mir so vertraut war.

Azazel betrachtete mich liebevoll.

»Mag sein, aber das ist trotzdem etwas anderes als ...« Er zögerte.

»Eine Ehe?«, fragte ich belustigt und trat näher an ihn heran.

»Ja.«

Ich hatte ihn noch nie so verlegen erlebt.

»Na gut«, sagte ich und schlang beide Arme um seinen Hals. Mein Herz quoll über vor all den Gefühlen, die mich in diesem Moment überwältigten. Liebe, Dankbarkeit und pures Glück, das mir beinahe die Sprache verschlug. Azazel sah mich überrascht an.

»Ist das ein Ja?«

»Kommt darauf an.« Es ging nicht anders. Ich musste ihn ein bisschen necken. »Noch hast du mir keine Frage gestellt.« Er lachte leise, legte beide Hände an meine Taille und versiegelte meine Lippen. Alles an diesem Kuss spiegelte wider, was wir beide füreinander empfanden. Es war mehr als nur wilde Leidenschaft und Lust. Es war ein Versprechen, tiefes Vertrauen und der sehnliche Wunsch, mehr als nur ein Leben miteinander zu verbringen.

Azazel holte tief Luft und lehnte sich ein Stück zurück, um mir in die Augen zu sehen.

»Juniper Deshayes, willst du mich heiraten?«

Ich lächelte und schwieg und schaffte es damit, den Teufel auf die Folter zu spannen.

»Ja.«

Regina Meissner

The golden Mistletoe

1. Kapitel

London, Dezember 2025

»Bei all dem Lichterglanz dürfen Sie nicht vergessen, dass der wahre Zauber der Weihnacht in unseren Herzen zu finden ist. Dafür braucht es weder beleuchtete Häuser noch diesen Baum. Wobei er«, ich trete ein Stück zur Seite und schaue an der gigantischen Tanne hoch, »zugegebenermaßen dieses Jahr besonders schön ist.« Er ist so dicht mit roten und goldenen Kugeln behangen, dass das Grün der Nadeln kaum hindurchschimmert. Durch die Lichterkette strahlt er wie tausend Sterne am nachtdunklen Himmel.

»Es freut mich, dass ich Ihnen heute Abend den vorweihnachtlichen Zauber Londons zeigen durfte.« Ich verbeuge mich spielerisch, wodurch das grüne Elfenkostüm knistert. Erst gestern ist der linke Ärmel eingerissen; der Stoff zu dünn zum Nähen. Dann nehme ich mir die rot-grüne Mütze vom Kopf und drehe sie um. »Mein Name ist Billie Woodstone. Ich bin nicht nur *Santa's Favourite Elf,* ich freue mich auch über eine kleine Spende.« Mit verstellter Stimme füge ich hinzu: »Glauben Sie bloß nicht den Geschichten. Am Nordpol darf man nicht den ganzen Tag Plätzchen essen und mit den Rentieren spielen. Das Leben bei Santa muss bezahlt werden.« Auffordernd strecke ich die Mütze mit dem Glöckchen an der Spitze in meine Touristengruppe, und als niemand Anstalten macht, etwas hineinzulegen, reiche ich sie dem Mann neben mir.

»Eine wirklich großartige Führung.« Er gibt sie der Frau neben sich, die etwas vor sich hin murmelt und mir die Mütze wieder entgegenstreckt.

Das war nicht der Plan.

Ein älterer Mann, der mich während meiner Führung mehrmals korrigiert und mit seinem Halbwissen angegeben hat, erbarmt sich schließlich, zieht einen Fünf-Pfund-Schein aus seinem Portemonnaie und drückt ihn mir direkt in die Hand. »Frohe Weihnachten, Billie«, sagt er mit knarziger Stimme.

Kurz warte ich, ob noch jemand etwas nachschieben möchte – und als das nicht der Fall ist, setze ich mir die Mütze zurück auf den Kopf und verbeuge mich erneut. »Ich danke Ihnen vielmals und wünsche noch eine magische Zeit in London.«

Nach und nach zerstreut sich die Gruppe – fünfundzwanzig Touristen aus aller Herren Länder. Erst als der Letzte aus meinem Sichtfeld verschwunden ist, erlaube ich meinen Mundwinkeln, nach unten zu sacken.

Fünf Pfund.

Das ist natürlich nicht das einzige Geld, das ich bekomme – aber *Travel Wide* zahlt nicht besonders gut, und durch den Preisanstieg der letzten Jahre …

Ich schiebe den Gedanken energisch zur Seite. Kopfzerbrechen führt zu nichts. Die Welt ist, wie sie ist – und die Menschen sind, wie sie sind. Und dieses Jahr auch zur Weihnachtszeit nicht besonders freigiebig.

In der nächstgelegenen Underground Station verschwinde ich in einer Toilettenkabine und tausche mein billiges Elfenkostüm gegen meine Baggy Jeans und einen Oversize Hoodie. Jetzt noch den grauen Mantel an, das Stirnband über meine blonden Haare und – ganz wichtig – Musik. Erst, als die Kopfhörer in meinen Ohren stecken und *FINNEAS – Another Year* startet, kann ich durchatmen. Wenn ich Musik höre, wird das Tosen der Welt ein bisschen leiser.

Ich atme durch, will gerade die Underground in Richtung Highbury & Islington nehmen, als mich die Menschenmassen, die durch das Drehkreuz strömen, abschrecken. Bis nach Hause dauert es zu Fuß locker neunzig Minuten, aber vielleicht kann ich wenigstens ein Stück laufen. Die Weihnachtslichter Londons einmal ganz für mich erleben und mich dabei durch die *Sad Gloomy Christmas*-Playlist hören, die ich gestern erstellt habe.

Die Luft ist eiskalt, und auch wenn es noch nicht geschneit hat, weiß ich, dass es nicht mehr lange dauern wird, bis die ersten Flocken vom Himmel segeln. Aus den Taschen meines Mantels hole ich die grünen Handschuhe, die ich mir mit Hannah in einem Secondhand Store gekauft habe. Der Himmel über mir mutet ungemütlich an, doch die Lichter des Weihnachtsmarktes sorgen für eine behagliche Stimmung. Aus der Entfernung sehe ich die süßen Stände, an denen Glühwein, Bratäpfel und gebrannte Mandeln verkauft werden. Kurz bleibe ich stehen und atme den Duft von Zucker und Karamell ein. Mir läuft das Wasser im Mund zusammen. Eine kleine Tüte gebrannte Mandeln kostet knapp fünf Pfund – mein ganzes Trinkgeld für heute Abend.

Ich hadere mit mir, denke an all die Dinge, die ich nachbezahlen muss. An die zugige Ecke in unserem Wohnzimmer und dass Granny unbedingt ein neues Heizkissen benötigt. Gebrannte Mandeln werden nichts dagegen ausrichten, dass sie ständig friert – aber vielleicht schenken sie uns ein bisschen von der Weihnachtsstimmung, nach der ich mich so sehr sehne.

»Eine kleine Portion bitte«, sage ich zu dem Jungen hinter dem Verkaufsstand, der einen dicken Strickpullover mit Tannenbaum trägt. Er greift in die Auslage und reicht mir eine der spitzen Tüten. Am liebsten würde ich sie sofort aufreißen und die süßen Nüsse an Ort und Stelle verschlingen. Stattdessen reiche ich ihm den Fünf-Pfund-Schein und verstaue die Tüte in meiner Manteltasche.

❄

Je mehr ich mich vom Zentrum entferne, desto spärlicher wird die Weihnachtsbeleuchtung. Desto weniger Mühe stecken die Leute in Häuserfassaden und Parkanlagen. Nach Hackney verlaufen sich um diese Jahreszeit nicht viele Touristen, was mir recht ist, denn durch meinen Job habe ich mehr als genug mit ihnen zu tun.

Granny und ich wohnen in einem roten Backsteinhaus, das wir uns mit sechs weiteren Familien teilen. Auf unserem Balkon stand sonst immer ein geschmückter Weihnachtsbaum. Der Lichterbogen, den wir normalerweise auf die Fensterbank in der Küche stellen, brennt dieses Jahr nicht.

Batterien, fällt mir das ein, was ich eigentlich kaufen wollte. Aber morgen ist ja auch noch ein Tag.

Vor unserem Haus lungert Freddie, der launische Straßenkater, und wirft mir einen missmutigen Blick zu, als ich an ihm vorbeigehe.

Dann öffne ich unseren Briefkasten und zerre drei Umschläge heraus, die ich mir absichtlich nicht genauer ansehe.

Mum hat mir versprochen, sich um die offenen Rechnungen zu kümmern, wenn sie wieder zu Hause ist. Ich vermisse sie schrecklich. Als Schauspielerin ist sie öfter unterwegs, als es mir lieb ist – und dieses Jahr eben auch über Weihnachten.

Ich hasse all die Zahlungserinnerungen, die täglich bei uns eintrudeln. Dabei muss Post nicht automatisch etwas Schlechtes bedeuten. Ein elektrisierendes Gefühl der Vorfreude breitet sich in mir aus, als ich an den goldenen Mistelzweig denke, den ich vor ein paar Tagen hier gefunden habe.

»Ich bin wieder da«, rufe ich in den Flur hinein, nachdem ich mich bis zum vierten Stock hochgekämpft habe. In der Wohnung ist es kalt; die Heizung will nicht richtig anspringen.

»Granny? Ich bin wieder da.« Ich schlüpfe aus Mantel und Stiefeln und ziehe mir das Stirnband runter, wodurch sich auch die Kopfhörer lösen. Mit den gebrannten Mandeln in der Hand gehe ich ins Wohnzimmer, und zumindest hier schlägt mir wohlige Wärme entgegen. Zusammen mit dem Geruch nach Desinfektionsmitteln, den wir einfach nicht loswerden, gleich, wie oft wir das Fenster aufreißen.

Granny liegt in ihrem Bett, das wir hierhin geschoben haben, weil ich so mehr Platz habe, mich um sie zu kümmern. Ihr Mund ist geöffnet, ein feines Rinnsal Spucke läuft ihr über das Kinn. Sie schnarcht zufrieden vor sich hin. Leise gehe ich zum Bett und hauche ihr einen Kuss auf den Scheitel. Ihr Kopf glüht immer noch – aber Schlaf ist, das hat uns Doctor Martin versichert, die beste Medizin.

»Schlaf gut, Granny.« Ich lege die Tüte gebrannte Mandeln auf das Nachtschränkchen neben ihr, auf dem sich auch ihre Schnabeltasse und ihr aktuelles Buch befinden. *Eingeschneit in den schottischen Highlands* – eine der kitschigen Weihnachtsgeschichten, für die sie brennt und in die sie sich den ganzen Dezember über flüchtet. Die Stelle des Lesezeichens zeigt mir, dass sie heute mehr als die Hälfte gelesen hat. Ich grinse. Granny ist und bleibt eine Romantikerin. Bevor ich das Wohnzimmer verlasse und das Licht lösche, damit sie im besten Fall heute gar nicht mehr aufwacht, fülle ich ihr Wasser auf. Vor dem Regal, in dem sich Kitschgeschichten stapeln, bleibe ich kurz stehen.

Hätte man mich vor zwei Wochen gefragt, ob ich an die wahre Liebe glaube, hätte ich das mit einem entschiedenen Nein beantwortet. Doch seit Kurzem bin ich mir da nicht mehr so sicher. Ein Lächeln huscht über mein Gesicht und ich kann gar nicht schnell genug in mein Zimmer kommen. Insgeheim habe ich den ganzen Tag auf diesen Moment gewartet. Die wenigen Stunden, die ich abends für mich allein habe, sind für mich die wertvollste Zeit. Und als ich die Tür hinter mir zugezogen habe, spüre ich, wie ein großer Teil der Last, die ich bewusst oder unbewusst mit mir herumschleppe, von mir fällt. Angezogen, wie ich bin, klettere ich auf mein Bett. Ich schlafe immer noch in dem Hochbett, das ich mir als kleines Mädchen zu Weihnachten gewünscht hatte. Doch das stört mich nicht. Auch mit neunzehn Jahren mag ich es, die Decke so nah über mir zu haben – und auf die Plastiksterne zu schauen, die ebenfalls seit meiner Kindheit hier hängen, selbst wenn sie nicht mehr so hell leuchten.

Unter meinem Kissen liegt er. Der goldene Mistelzweig. Meine Eintrittskarte in ein anderes Leben. Doch bevor ich *reise*, hole ich mein Smartphone aus der Hosentasche und scrolle durch alle ungelesenen Nachrichten der letzten sechs Stunden.

Ich melde mich bei meiner besten Freundin Hannah, dann

höre ich die Sprachnachricht von meinem Kumpel Wilhelm an, der in Deutschland lebt und in einer Firma arbeitet, in der der Inhalt jedes Meetings auch in einer E-Mail hätte geklärt werden können. Grinsend lege ich mich auf die Seite, das Smartphone neben mich, und lausche seinen neusten Eskapaden. Wir haben uns vor Jahren in einem Online-Forum zu einem Videospiel kennengelernt. Ich liebe es, Freunde in ganz Europa zu haben, aber manchmal fühlt sich das auch ganz schön einsam an. Hannah ist die Einzige, die hier bei mir in London lebt – und glücklicherweise mit mir zur Schule geht, sonst hätte ich dort niemanden.

Sehen wir uns morgen? Vermisse dich, schreibe ich in unseren WhatsApp-Chat und warte, bis sie online kommt.

Mach morgen schon was mit Colin. Sonntag?

Sonntag, bestätige ich und seufze leise. Jahrelang waren es Hannah und ich gegen den Rest der Welt. Seit zwei Monaten gibt es eine dritte Person in unserer Gruppe: *Colin Hammersmith.* Zwanzig Jahre alt, blonde Haare, hinreißende Grübchen – und leider ziemlich besitzergreifend. So viel Verständnis ich auch für Hannahs Gefühlswirrwarr habe – Verliebtheit benebelt nun mal den Kopf –, so sehr sehne ich mich nach den Zeiten zurück, als es nur uns beide gab.

Spekulatiustorte im Petite Parlor?, schlägt Hannah vor, was ich mit einem Daumen-hoch-Emoji beantworte. Dann sperre ich das Smartphone und klemme es in den Spalt zwischen Matratze und Wand.

Ich ziehe den Mistelzweig unter meinem Kissen hervor. Er ist klein und unheimlich filigran ausgearbeitet. Mit den Fingern streiche ich über die einzelnen Blätter, die je nach Lichteinfall unterschiedlich funkeln.

Bis heute weiß ich nicht, wer mir diesen Zweig geschickt

hat. Er steckte in einem wattierten Umschlag mit einer kurzen Anleitung. Anfangs hielt ich das Ganze für einen schlechten Scherz, mittlerweile weiß ich, dass mehr dahintersteckt. Und dass ich nicht mehr aufhören kann.

Seit ich klein bin, träume ich von einem anderen Leben. Einer zweiten Existenz, in der ich all das tun kann, das mir momentan verwehrt bleibt.

Und dieser Mistelzweig hat mir die Möglichkeit dazu gegeben.

Ich lege mich auf den Rücken und schließe die Augen. Bette den Mistelzweig auf meinem Bauch und fahre die Struktur der Blätter nach. Am Anfang hat es eine Weile gedauert, mittlerweile klappt es innerhalb von Sekunden. Ein Kribbeln fährt durch meinen Körper und sammelt sich in meinen Fingerspitzen. Aufregung flutet mich – und dann sehe ich sie.

2. Kapitel

London, Dezember 1812

Ich sehe sie.

Und ich sehe mich. Billie Woodstone.

Bloß, dass ich es nicht mehr bin.

»Clara? Bist du so weit? Deine Eltern und deine Schwester warten bereits auf dich.«

Ich nicke meinem Spiegelbild zu, dann drehe ich mich zu Harriet, unserem Hausmädchen, um.

»Das neue Kleid steht dir ausgezeichnet.« Ihre Wangen sind leicht gerötet, als sie nach dem hellblauen Stoff greift und ihre Finger darüberfahren lässt. »Es bringt den Frühling nach England. Wie sehr sehne ich mich danach. Es ist kaum fünf Uhr und draußen tobt die Nacht.«

Ich folge ihrer Geste in Richtung Fenster. Einzelne Schneeflocken durchbrechen die Dunkelheit, die sich wie ein schwarzer Mantel über London legt.

»Das sollte dich allerdings nicht davon abhalten, diesen Abend zu genießen.« Harriet zwinkert mir zu. Ihre kindliche Aufregung steckt mich an, dabei ist sie doppelt so alt wie ich. »Freust du dich auf den Ball? Ich wünschte, ich könnte mal wieder eine Nacht durchtanzen!«

»Dann komm doch mit.« Halb im Ernst, halb im Scherz

sehe ich sie an. »Diese Veranstaltungen sind oft schrecklich langweilig, da freue ich mich über ein wenig Abwechslung.«

Harriet kichert mit vor den Mund gehaltener Hand. »Ein Dienstmädchen in der feinen Gesellschaft. Hatten wir nicht genügend Skandale in dieser Saison?«

Ich winke ab. »Wir ziehen dir eines meiner Kleider an und stecken deine Haare hoch. Noch ein bisschen Farbe auf die Wangen – und voilà – schon siehst du aus wie eine Prinzessin.«

»Dein Vater würde einen Herzinfarkt erleiden, wenn er mich unter den Gästen erspäht.« Harriet lacht abermals, auch wenn sich eine traurige Note daruntergeschlichen hat. »Nein, Clara. Das ist dein Abend. Genieße ihn in vollen Zügen und erzähle mir alles.«

»Einverstanden.« Ich hauche ihr einen Kuss auf die Wange, dann rausche ich an ihr vorbei. Mit einer Hand meinen Hut festhaltend, nehme ich die Treppe nach unten in den Eingangsbereich, wo Rose und meine Mutter bereits auf mich warten.

»Du bist reichlich spät«, kommentiert sie mein Auftreten und schiebt sich die schmale Brille zurück auf die Nase. »Allerdings siehst du hinreißend aus.« Ein kleines Lächeln zupft an ihren Mundwinkeln.

»Arthur wird nur Augen für dich haben.« Meine kleine Schwester schaut mich mit glänzendem Blick an – und die Erwähnung seines Namens sendet einen wohligen Schauer durch meinen Unterleib. Ich würde mich nicht halb so sehr auf heute Abend freuen, wäre da nicht dieser Mann, für den ich all die Strapazen, das viel zu eng geschnürte Kleid, die umständliche Frisur und den unbequemen Hut auf mich nehme. *Arthur Devonshire.* Londons begehrtester Junggeselle und – aus unerfindlichen Gründen – an mir interessiert.

»Vergiss zwischen all den verliebten Blicken nicht deine gute Erziehung«, raunt Mutter mir zu. Ich folge ihr nach draußen, wo die Kutsche auf uns wartet. Schneeflocken landen auf der Krempe meines Huts.

Auf dem Weg nach Callington Manor drücke ich mir die Nase an der Fensterscheibe platt und verfolge den Fall des Schnees. So inständig Harriet sich nach warmen Tagen sehnt, ich bin ein Kind des Winters. Wie gebannt beobachte ich die winzigen Flocken, von denen keine der anderen gleicht. Das Gerede meiner Eltern und Rose wird zur Hintergrundkulisse; ich nehme sie erst wieder richtig wahr, als die weiße Fassade des Anwesens, in dem der Ball stattfindet, vor mir aufragt.

Weil es zum guten Ton gehört, sind wir ein paar Minuten vor der Zeit da – so wie ein Großteil der anderen Gäste, die aus ihren Kutschen steigen. Fackeln erhellen den Gehweg bis zu dem kleinen Schloss, welches mit pittoresken Wänden, märchenhaften Türmen und massiven Säulen am Eingang aufwartet.

In dieser Saison haben Rose und ich unzählige Bälle besucht – vorrangig, um in die feine Gesellschaft eingeführt zu werden und uns mit dem männlichen Geschlecht bekannt zu machen. Schon nach zwei Tanzveranstaltungen schwirrte mir der Kopf von all den fremden Namen und Bezeichnungen. Auf der dritten traf ich Arthur.

Mein Herz schlägt schneller, als der Kutscher mir aus dem Wagen hilft. Ich umklammere seine Hand etwas zu fest. Dann folge ich meinen Eltern die Stufen hinauf zum Eingang, durch die mit Marmor ausgekleidete Empfangshalle, hin zu den offenen Türen, hinter denen sich der Ballsaal befindet.

Kaum haben wir Hut und Mantel an der Garderobe abgegeben, spüre ich eine Berührung an meiner Schulter. Schlanke

Finger, die durch den Seidenstoff meines Kleides dringen und mir eine Gänsehaut über den ganzen Körper schicken.

Als ich mich umdrehe, blicke ich in ein Paar moosgrüner Augen, umgeben von dichten Wimpernkränzen. Volle Lippen, die einen Spalt offen stehen. Dunkle, lockige Haare, in denen ich meine Hände am liebsten vergraben würde.

Ich werde blind für alles andere um mich herum, vergesse Rose, meine Eltern und den Ball.

»Arthur. Endlich«, hauche ich und genieße das Feuerwerk, das in meinem Inneren explodiert. Vielleicht wird irgendwann der Tag kommen, an dem ich seine Wirkung auf mich verstehe. An dem ich begreife, wieso meine Welt nur noch aus ihm besteht, sobald er anwesend ist. Wieso ich ihn die ganze Zeit anschauen möchte, auch wenn ich sein Gesicht auswendig kenne.

Seine Lippen legen sich in ein schalkhaftes Lächeln, dann wirft er einen Blick über die Schulter. Arthur greift nach meiner Hand – ich würde ihm überallhin folgen. Ein Kichern löst sich aus meiner Kehle, als er mich durch die Eingangshalle zieht, die Treppe nach oben, durch den Flur, der nur vereinzelt von Kerzen erhellt ist.

Wenn ich mit Arthur zusammen bin, vergesse ich meine gute Erziehung. Weil ich bei ihm das Gefühl habe, nicht die wohlerzogene Tochter sein zu müssen. Nicht darauf achten zu müssen, was ich von mir gebe, wie viel ich sage oder ob ich meine Meinung unverblümt äußern darf. Bei ihm habe ich nie den Eindruck, zu viel zu sein.

Wobei ich auf der anderen Seite auch nicht verstehe, was er an mir findet. Und wieso ein Mann wie er, dem halb London zu Füßen liegt, sich ausgerechnet für mich entschieden hat.

»Hier hinein.« Seine Stimme klingt rau und geheimnisvoll. Arthur schließt die Tür am Ende des Gangs, kaum dass ich das Zimmer dahinter betreten habe.

»Was machen wir hier?«, frage ich ihn atemlos. Der Raum liegt in Dunkelheit, die Vorhänge sind zugezogen. Ich erkenne nichts als Schatten. Bis Arthur Kerzen anzündet und sie im gesamten Zimmer verteilt: auf dem alten Schreibtisch, auf dem sich Bücher stapeln, auf der Fensterbank, die mit Rauschgoldengeln und Glocken geschmückt ist, und auf dem Nachtschränkchen neben dem Bett.

Arthur kommt auf mich zu und legt seine Hand um meine Taille. Mein Blick verhakt sich mit seinem und der Teppich unter mir fühlt sich nicht mehr so sicher an.

»Worte vermögen nicht ansatzweise auszudrücken, wie sehr ich dich vermisst habe.« Er nimmt mein Gesicht leidenschaftlich zwischen seine Hände und presst seine Lippen auf meine. Mir entflieht ein überraschter Laut, der sich alsbald in ein Seufzen verwandelt. Arthur drängt mich gegen die Wand, intensiviert seinen Kuss, sodass ich seine Wirkung auch überall dort spürte, wo eine Lady vor der Ehe gar nichts spüren sollte.

Ich weiß, dass das, was wir tun, jeglichen Anstand überschreitet und für einen Skandal sorgen würde, wenn es je an die Öffentlichkeit käme. Doch es ist mir gleichgültig. Gerade will ich nicht mehr als das: uns beide in einer von Kerzenlicht erleuchteten Kammer, einander um den Verstand küssend.

Seufzend lege ich den Kopf in den Nacken. Arthur lässt seine Zunge an meinem Hals hinabgleiten, dann schlingt er seine Arme um meine Hüfte, hebt mich mühelos hoch und trägt mich Richtung Bett.

Ich lache vergnügt, genieße den Moment, in dem die Matratze unter mir nachgibt und ich Arthurs schönes Gesicht über mir sehe. Seine vermaledeiten Grübchen, nach denen ich längst süchtig geworden bin. Seinen Dreitagebart, der auf Höhe des Kinns eine winzige Lücke hat. Die hohe Stirn, die ihn auf den ersten Blick ernst und humorlos wirken lässt.

»Was schaust du mich so an?« Er grinst schief.

»Ich kann mein Glück nicht fassen, das ist alles.« Mit den Ellbogen stemme ich mich nach oben und küsse ihn. Warte auf die Gelegenheit, bei der sich sein Mund öffnet und ich alles von ihm schmecken kann. Ich habe einmal gelesen, dass die Zeit stehen bleibt, wenn zwei Verliebte sich küssen – und genauso fühlt es sich an. Als wären alle Uhren Londons zum Erliegen gekommen und würden ihre Arbeit erst wieder aufnehmen, wenn wir voneinander lassen.

»Clara«, seufzt Arthur an meinem Mund. Ich kralle meine Finger in seinen Rücken, möchte diejenige sein, die über ihm thront und die Führung übernimmt. Da erklingen Schritte auf dem Flur.

»Verflixt.« Ich halte in der Bewegung inne, dann schiebe ich Arthur von mir.

»Ich habe abgeschlossen«, erinnert er mich. Auf seiner Stirn haben sich Falten ausgebreitet. »Dennoch sollten wir nach unten gehen. Es fällt auf, wenn wir so lange fehlen.«

Ich nicke. So viel mir die gestohlene Zeit mit ihm bedeutet, wir dürfen es nicht übertreiben. Das, was wir haben, ist zu kostbar, um an die Öffentlichkeit verschwendet zu werden.

Deswegen gehe ich mir durch mein Haar, löse die Knoten und streiche mir die Falten aus dem Kleid.

»Du zuerst«, raunt Arthur. »Ich warte zehn Minuten und folge dir dann.«

Ich werfe meinem Spiegelbild einen kurzen Blick zu. Meine Wangen sind gerötet, die Lippen geschwollen – und jeder, der mich nicht nur flüchtig kennt, sieht mir an der Nasenspitze an, dass etwas vorgefallen ist. Ich verharre vor dem Silberglas des Kleiderschranks und grinse. Meine Augen funkeln regelrecht. Ich wusste nicht, dass mir Glücklichsein so gut steht.

Dann verlasse ich das Zimmer, schleiche über den dunklen Flur und spähe nach unten in die Eingangshalle. Die meisten Gäste scheinen sich in Richtung des Festes bewegt zu haben. Auf die Schnelle entdecke ich weder meine Eltern noch Rose. Hastig nehme ich die Stufen nach unten und schlüpfe durch die offen stehenden Türen zum Ballsaal, aus dem lebhafte Musik dringt. Die Veranstaltung ist in vollem Gange, die Tanzfläche gut besucht, sodass ich mich an der Wand entlangschiebe.

Eine Weile verliere ich mich in den tanzenden Menschen. Das Orchester spielt die Melodie eines englischen Country Dances, der durch Flöten und eine Geige abgerundet wird. Ich beginne mich im Rhythmus der Melodie zu wiegen.

»Miss Ellington? Ich hatte bereits das Vergnügen, Ihren Eltern meine Aufwartung zu machen. Erweisen Sie mir die Ehre des nächsten Tanzes?« Der Mann vor mir verbeugt sich so tief, dass sein Lockenkopf das Einzige ist, was ich sehe. Dennoch würde ich Arthur unter Tausenden wiedererkennen.

»Du hast mit meinen Eltern gesprochen?«, wispere ich und warte, bis er sich erhebt.

»Natürlich. Ich bin doch ein Gentleman.« Zweideutig zwinkert er mir zu, und als er mir seine Hand entgegenstreckt, ergreife ich sie. Meine Eltern befürworten die Verbindung zwischen Arthur und mir, was keine Überraschung darstellt, da er nicht nur gut aussieht, sondern einer der reichsten Familien Londons entstammt. Seinem Vater gehört ein großes Stück Land; die Devonshires blicken auf einen tadellosen Stammbaum und Generationen einflussreicher Männer zurück. Arthur macht es mir leicht. In einer Gesellschaft, in der wir Frauen oft wie Besitztümer angesehen werden und oftmals schreckliche Männer heiraten müssen, nur um kein Leben im Elend zu führen, habe ich mich wahrhaftig in ihn verliebt.

Arthurs Hand in meiner fühlt sich wie ein Sieg an. Wie eine Trophäe, die mir für ein Spiel überreicht wurde, bei dem ich eigentlich nicht einmal die Regeln kenne.

Der Moment, in dem er mich auf die Tanzfläche zieht und mir so nah kommt, dass nichts mehr zwischen uns passt, wird von Dutzenden neugierigen Augenpaaren begleitet. Das Orchester setzt zum nächsten Stück an; schon nach den ersten Tönen erkenne ich den langsamen Walzer. Ich versinke in Arthurs moosgrünen Augen und blende alles um uns herum aus, bis seine Hände an meiner Schulter das Einzige sind, was ich spüre.

3. Kapitel

London, Dezember 2025

Als ich die Augen öffne, ist es um mich herum dunkel. Meine Hände fühlen sich klamm an, die Decke hält mich nicht mehr warm. Ich drehe mich im Bett und greife nach meinem Smartphone. *Zwei Uhr nachts.* Also muss ich direkt nach der Zeitreise eingeschlafen sein, denn normalerweise dauern meine Ausflüge in die Vergangenheit nie mehr als ein paar Minuten in der Gegenwart. Eine *Zeitreise.* Noch immer kommt mir allein der Gedanke daran absurd vor – und ich kann das, was mit mir geschieht, auch nicht wirklich erklären. Doch wenn ich nach dem Mistelzweig greife und die Augen schließe, bin ich wieder da. Im London des 19. Jahrhunderts. Anfangs hielt ich das Ganze für einen Traum, doch die Geschichte meines zweiten Lebens – meines früheren Lebens? – geht jedes Mal weiter, wenn ich den Mistelzweig benutze.

Müde blinzele ich und überlege, ob es sich lohnt, aufzustehen und mir einen Pyjama anzuziehen, oder ob ich einfach weiterschlafe. Da zerreißt ein Husten die Stille.

Mein Körper spannt sich an, ich kralle die Finger um die Decke. Als Granny ein zweites, drittes und viertes Mal hustet, klettere ich nach unten. Von dem Haken an meiner Tür schnappe ich mir meinen Morgenmantel.

Im Wohnzimmer schalte ich die Lampe auf dem Nachttisch an. Grannys Augen sind geöffnet, dennoch braucht sie eine Weile, bis sie mich erkennt.

»Billie, wo bist du gewesen?« Verwirrt blickt sie sich um, dann streckt sie ihre Hand nach mir aus.

»Es ist mitten in der Nacht. Ich bin schon lange wieder zu Hause.« Meine freie Hand wandert an ihre Stirn. Dass das Fieber erneut gestiegen ist, macht mir Angst und öffnet den Abgrund in mir, von dem ich mich so verzweifelt fernzuhalten versuche. Denn er erinnert mich daran, dass Granny nicht ewig hier sein wird. Dass ein Leben ohne sie irgendwann meine Realität darstellen wird. Seit Wochen schleppt sie die Erkältung mit sich herum, und auch wenn es zwischendurch immer mal bergauf ging, ist sie doch nie ganz gesund geworden. Es würde mir leichter fallen, wenn Mom da wäre. Wenn ich mich gemeinsam mit ihr um meine Großmutter kümmern könnte. Doch der Nachteil, eine Schauspielerin als Mutter zu haben, besteht darin, dass sie mehr unterwegs als zu Hause ist – und zum ersten Mal leider auch über Weihnachten.

Bevor die negativen Gedanken mich vollends einnehmen können, wende ich mich wieder Granny zu. Ich habe mir fest vorgenommen, ihr dieses Jahr ein schönes Weihnachtsfest zu bereiten.

»Wir sollten noch mal Fieber messen.« Ich finde das Thermometer in der Schublade des Nachttischs und öffne die obersten Knöpfe ihres Nachthemds, um ihr den Fiebermesser unter die Achsel zu stecken.

»Mir geht es gut, Liebling«, beteuert Granny – wie immer. Vor allem dann, wenn es ihr alles andere als gut geht.

»Soll ich dir einen Tee kochen? Warte kurz, ich gehe in die

Küche.« Ich will Grannys Hand loslassen, aber sie schließt ihre Finger um meinen Arm.

»Das musst du nicht«, sagt sie und wird von einem Hustenfall überrascht, der sie nach Luft schnappen lässt. Mehrere Sekunden lang ist sie völlig außer Gefecht gesetzt. Schweißtropfen glänzen auf ihrer Stirn, der Griff um meine Hand wird lockerer, bis er schließlich ganz erschlafft. Das Thermometer piepst, die 39 Grad jagen mir einen Schauer über den Rücken.

»Ich mache mir Sorgen um dich, Granny. Vielleicht sollten wir Doctor Martin rufen.«

»Der hat Besseres zu tun, als die Erkältung einer alten Frau zu kurieren«, antwortet sie, sobald sie nicht mehr hustet. Das Lächeln kaufe ich ihr dennoch nicht ab.

Ich nehme neben ihr auf der Bettkante Platz.

»Wie war dein Tag?«, wechselt sie dann das Thema. »Hast du etwas Schönes erlebt?«

Aus Reflex möchte ich den Kopf schütteln, doch in ihren Augen liegt so viel Liebe, dass ich es nicht über mich bringe. Außerdem weiß ich, dass sie nichts Besonderes erwartet: keine lebensverändernden, großen Geschichten. Sie möchte lediglich an meinem Leben teilhaben.

»Ich war heute wieder als Elf unterwegs und habe einer Touristengruppe den Weihnachtsschmuck gezeigt«, beginne ich daher. »Es war eine sehr diverse Gruppe. Menschen aus Italien, Spanien und der Schweiz. Natürlich auch ein paar aus den USA, die sind irgendwie immer dabei.«

»Ich würde mir das so gern mal anschauen«, murmelt Granny. »Glaubst du nicht, du könntest mich mal mitnehmen? Ich habe die bunten Lichter so lange schon nicht mehr gesehen.«

Ich streichele ihr über die Stirn. »Eines Tages. Das verspreche ich dir. Aber es ist so kalt draußen und die Fahrt mit der Underground würde dir nicht guttun.«

»Ich habe es satt, in diesem Bett zu liegen.« Ihr Seufzen wird von einem dramatischen Augenrollen begleitet – und in mir macht sich das schlechte Gewissen breit. Der nagende Gedanke, dass ich mehr tun sollte.

»So war das nicht gemeint, Liebling.« Unbeholfen tätschelt sie mir die Hand. »Ich bin unendlich froh, dich zu haben. Aber meine Geduld neigt sich langsam dem Ende entgegen. Mir kommt es vor, als hätte ich dieses Haus seit Monaten nicht mehr verlassen.«

Ich wünschte, sie würde übertreiben, doch so falsch liegt sie damit nicht. Granny hat sich im November einen Virus eingefangen. Zunächst eine leichte Erkältung, welche schnell schlimmer geworden ist und Begleiterscheinungen wie Fieber und Gliederschmerzen hervorgerufen hat. Die Medikamente, die ihr anfangs geholfen haben, zeigen keine Wirkung mehr. Jedes Mal, wenn sie hustet, läuten in mir alle Alarmglocken. Falls sie eine Lungenentzündung bekommen sollte, dann …

»Billie Woodstone!« Ich zucke ertappt zusammen. »Welche dunklen Gedanken du dir da auch immer gerade machst, hör auf damit! Das führt nur dazu, dass du früher Falten bekommst!«

Ein Lächeln gleitet über meine Lippen. Ich drücke Grannys Hand fester. Unter einem Ächzen richtet sie sich auf.

»Erzähl mir von heute. Aber so, dass es sich echt anfühlt.« Sie hustet zweimal kurz. »Wo fängt deine Tour an? Wo triffst du deine Gruppe?«

»Covent Garden. Dort treffen wir uns. Nicht nur wegen dem gigantischen Weihnachtsbaum, sondern auch wegen der weihnachtlichen Straßenmusik und den Ständen. Oh.« Mein

Blick schweift zum Nachttisch. »Das habe ich ganz vergessen.« Ein kleiner Anflug von Vorfreude ergreift von mir Besitz, als ich die Tüte öffne und die gezuckerten Mandeln zum Vorschein kommen.

»Ich habe dir was mitgebracht. Hand auf.«

»Gebrannte Mandeln.« Grannys Augen werden groß.

Andächtig kauen wir auf dem Zuckerzeug herum.

»Covent Garden«, knüpfe ich an. »Danach geht es weiter nach Seven Dials. Hier gefällt mir die Beleuchtung am besten. Außerdem gibt es eine Menge hübscher Boutiquen und kleiner Läden.«

Granny lächelt selig. Die offene Tüte Mandeln liegt auf ihrer Decke. Ich sauge den friedlichen Moment auf.

»Lass mich raten«, knüpft sie an. »Danach geht's in die Regent Street?«

Ich grinse. »Egal, mit welcher Gruppe ich unterwegs bin, alle fragen immer nach der Regent Street.« Und nach den majestätischen Engelslichtern, die die ganze Stadt erhellen. An elf von zwölf Monaten verbinde ich London mit Materialismus und Konsum. Damit, innerhalb kurzer Zeit viel Geld zu machen und es ebenso schnell wieder auszugeben. Im Dezember habe ich die Hoffnung, dass es noch mehr geben könnte. Dass die Stadt nicht ganz so seelenlos ist, wie sie mir manchmal erscheint.

»Wie schade, dass deine Mutter nicht hier ist. Sie liebt die beleuchteten Engel. Hast du von ihr gehört?«

Ich nicke. »Sie hat mir heute Morgen geschrieben. Die Dreharbeiten gehen gut voran, und im Gegensatz zu uns hat es bei ihr in Italien fünfzehn Grad.« Sehnsüchtig seufze ich.

»Nimmst du es ihr übel, dass sie dieses Jahr nicht mit uns Weihnachten feiert?« Grannys Augen sind aufmerksam.

Ich würde gern verneinen, auch wenn es da den kleinen Teil in mir gibt, der meine Mutter allzu gern bei uns hätte. Aber in Wahrheit war ich diejenige, die sie erst ermutigt hat, die Rolle in der romantischen Komödie anzunehmen. Mom hat mich früh bekommen und musste zeit ihres Lebens so viel zurückstecken, sodass sie ihren Traum, Schauspielerin zu werden, nie angehen konnte. Umso wichtiger, dass sie jetzt, da ich erwachsen und in der Lage bin, für mich allein zu sorgen, alles daransetzt, doch noch die zu werden, die sie immer sein wollte.

»Nein. Ich vermisse sie nur, das ist alles.« Ich drücke Grannys Hand.

»An Silvester ist sie ja wieder da. Und dann lassen wir uns etwas ganz Besonderes einfallen.«

Das Lächeln auf meinen Lippen vertieft sich. Die Aussicht stimmt mich fröhlich – und bis zum Ende des Jahres ist es auch gar nicht mehr so lang. »Ich kann es kaum erwarten«, murmele ich.

4. Kapitel

London, Dezember 1812

»Wie fühlt es sich an? Ist es so wie in den Büchern?« Rose klettert zu mir aufs Bett und ich genieße den Moment, in dem meine kleine Schwester sich an mich schmiegt. Ich vergrabe meine Nase in ihrem nach Zimt duftenden Haar. Das Feuer im Kamin flackert verheißungsvoll, Schatten tanzen über Wände und den Holzboden. Draußen schneit es – und mein Kopf ist noch immer übervoll von Arthur. Seinem Lächeln. Seinem Geruch. Seinen Berührungen. Der Art und Weise, wie er mich ansieht, als wäre ich das Schönste, was er je anschauen durfte.

Rose mustert mich neugierig. »Bist du in ihn verliebt?«

Wenn Liebe bedeutet, dass ich hundertfach an ihn denken muss, die Erwähnung seines Namens mich völlig aus dem Konzept bringt und mir keine ruhige Stunde mehr bleibt … dann ja. Ich glaube, dann bin ich verliebt.

»Es ist noch zu früh, so etwas zu sagen.« Ich verwuschele Roses dunkles Haar und kneife ihr in die Wange.

In einem einzigen Rausch schlägt sie die Decke beiseite, richtet sich auf und stemmt die Fäuste in die Hüfte. »Du hattest auf dem Ball einen hochroten Kopf und hast kaum einen vernünftigen Satz zustande bekommen. Dich hat's erwischt, Clara, gib's zu!«

Ich kichere. »Habe ich so eine schlechte Figur abgegeben?«

»Vielleicht nicht Fremden gegenüber. Aber ich kenne dich gut genug, um zu wissen, dass er deine Welt gehörig auf den Kopf gestellt hat.«

Ich boxe ihr in die Seite. »Mit dreizehn solltest du dich für solche Dinge noch gar nicht interessieren.«

»Oh, das sieht Harriet anders. Sie meinte, dass sie das erste Mal mit zwölf so richtig verliebt war. In ihren Hauslehrer, Mister Grant. Der ist mittlerweile so alt wie Grandpa.« Rose verzieht das Gesicht und macht Würgelaute. Ich falle in ihr Kichern ein, bis uns ein Klopfen an der Tür aus dem Moment reißt.

Als hätte Harriet gelauscht, betritt sie das Zimmer, zwei dampfende Tassen in der Hand.

»Wer möchte eine heiße Schokolade?«, fragt sie, woraufhin Rose vom Bett springt und die halbe Matratze mit auf den Boden reißt. So erwachsen sie in den letzten Monaten auch geworden ist, in ihr wohnt immer noch der kleine Wirbelwind von damals.

Sie setzt sich auf die breite Fensterbank, von der aus man dem Schneefall zusehen kann, und winkt mich zu sich. Ich lasse mir von Harriet die heiße Schokolade geben und nehme gegenüber von Rose Platz. Unsere Knie stoßen gegeneinander, meine kalten Hände schließen sich um die warme Tasse.

»Und jetzt erzählst du mir ganz genau, wie du Arthur kennengelernt hast«, fordert sie.

»Aber das weißt du doch.«

Rose legt den Kopf in den Nacken und seufzt theatralisch. »Das ist völlig gleichgültig. Gute Geschichten darf man wieder und wieder hören.«

Ich werfe einen Blick zur Tür, in der Harriet schmunzelnd

steht. »Möchtest du dich zu uns setzen?«, frage ich sie, weil sie so viel mehr als ein Dienstmädchen für uns ist. Sie begleitet uns seit Jahren, ich könnte mir ein Leben ohne sie ebenso wenig vorstellen wie ein Leben ohne Rose.

»Unsere Eltern sind nicht zu Hause«, erinnert meine kleine Schwester Harriet.

»Nun gut.« Sie klopft sich den Staub von ihrem Rock und richtet ihre Haube, so als würde auf der Fensterbank eine Kleiderordnung herrschen, die wir selbst nicht kennen. Dann schließt sie die Tür und setzt sich zu uns.

»Also?« Meine Schwester sieht mich herausfordernd an. »Du wolltest uns etwas erzählen.«

»Falsch. *Du* wolltest etwas hören.«

»Macht das denn einen Unterschied?« Unschuldig sieht sie mich an. Ihre dichten Wimpern hat sie von Mutter geerbt. Die blaue Farbe ihrer Augen kommt von Vater. Während ich mit meinem aschblonden Haar aussehe, als würde ich gar nicht zur Familie gehören, ist Rose die perfekte Mischung aus unseren Eltern.

Ich beginne zu erzählen. Von Arthur Devonshire, Londons begehrtestem Junggesellen, der bis vor einigen Monaten noch Lady Anne versprochen war. Die beiden waren einander nicht sonderlich gut bekannt, dennoch hielten ihre Eltern die Verbindung für eine gute Idee.

»Alles begann auf dem Ball der Westwicks vor drei Monaten. Ich fühlte mich an dem Abend nicht gut, doch Mutter ermutigte mich, dennoch hinzugehen. Welch Glück, dass sie es getan hat.« Und welch Glück, dass die großen Veränderungen im Leben oft durch kleine Entscheidungen hervorgerufen werden.

»Die meiste Zeit des Abends stand ich abseits und beobachtete das Geschehen aus der Entfernung. Mir stand nicht der Sinn nach Tanzen und belangloser Konversation. Allem Anschein nach war ich da nicht die Einzige.«

Rose seufzt. »Ich wäre so gern dabei gewesen.«

»Ich auch.« Harriets Augen funkeln.

»Ich habe Arthur zunächst gar nicht bemerkt, dabei muss er schon eine Weile neben mir gestanden haben. Sein Gesicht war mir sehr wohl bekannt, ebenso die Geschichten, die sich um ihn rankten. Doch an diesem Abend sollte ich ihn das erste Mal persönlich sehen.« Dümmlich lächele ich in mich hinein, erschrocken darüber, wie viel die Schmetterlinge in mir jetzt schon angerichtet haben. »Er sah gut aus. Aber nicht auf die herkömmliche, glatte Art. Man sieht seinem Gesicht an, dass er Charakter hat: dunkle, wellige Haare, eine Denkerstirn, dichte Wimpern und hohe Wangenknochen. Seine Augen haben die Farbe von Moos im Frühling.«

»Bei Gott, Clara, du wurdest offensichtlich von Amors Pfeil getroffen.« Rose kichert – und ich senke den Blick, weil meine Wangen ganz heiß werden. Und weil das, was ich jetzt sagen werde, alle Vermutungen meiner kleinen Schwester bestätigt:

»Als Arthur mich ansprach und mir seine Aufwartung machte, spürte ich es: dass er der Mann für mich ist, mit dem ich den Rest meines Lebens verbringen möchte. Ohne den nichts mehr einen Sinn ergibt. Und Dank sei Gott im Himmel: Er fühlte ebenso.«

»Bloß, dass es da noch Lady Anne gab«, fährt meine kleine Schwester fort. Sie kennt die Geschichte in- und auswendig, dennoch steht auf ihrem Gesicht der gleiche gespannte Ausdruck wie beim ersten Mal.

»Womit Arthur für einen waschechten Skandal in der Londoner Gesellschaft sorgte. Wochenlang sprach man über nichts anderes als seine Abfuhr. Wochenlang fragte man sich, wer die geheimnisvolle Fremde war, der er stattdessen sein Herz schenkte.« Womit habe ich dieses Glück verdient? Zunächst waren Arthur und ich gezwungen, unsere Zuneigung geheim zu halten, doch nun, da die Öffentlichkeit von unserer Liebe wissen darf, fühlt sich das Leben leichter an.

»Ich kann eure Hochzeit kaum erwarten«, quietscht Rose. Die heiße Schokolade steht vergessen neben ihr. »Glaubst du, ich darf mir mein Kleid selbst aussuchen? Mutter hat immer so schrecklich altmodische Vorstellungen.«

»Ein Schritt nach dem anderen.« Ich spiele nervös an meinen Fingern herum. »Wir sind noch nicht einmal verlobt.«

»Und dennoch küsst ihr euch schon in geschlossenen Räumen.«

»Rose!« Alles in mir erstarrt. »Was erzählst du da für einen Unsinn?«

»Du denkst, ich würde das nicht merken, aber ich bekomme sehr viel mehr mit, als dir lieb ist. Glaubst du, ich habe dich nicht mit ihm die Treppe hinaufverschwinden sehen?«

»Kein Wort zu Mutter oder Vater«, zische ich.

»Deine Geheimnisse sind bei mir sicher.« Sie streckt mir ihren kleinen Finger entgegen, den ich ergreife, um unseren Pakt zu besiegeln.

»All das braucht noch Zeit«, lenke ich auf das Thema zurück, damit Harriet nicht die Möglichkeit gegeben wird, ihre Meinung zu gestohlenen Küssen hinter verschlossenen Türen kundzutun. Ich liebe sie aus vollstem Herzen, fürchte jedoch, dass ihre Ansichten veraltet sind. »Noch hat Arthur nicht um meine Hand angehalten.«

Für einen Moment gebe ich mich dennoch der Vorstellung hin: sehe mich selbst im cremefarbenen Seidenkleid mit Empire-Taille und fließendem Unterrock mit Schleppe. Meine blonden Haare sind zu einer komplizierten Flechtfrisur aufgetürmt, aus der sich zwei Strähnen lösen und meine Wangen hinabfallen. An keinem Tag in meinem Leben habe ich mich so schön gefühlt, nicht zuletzt, weil der Mann an meiner Seite mir genau dieses Gefühl gibt. Verliebt lächele ich ihn an.

»Hochzeiten im Frühling sind mir am liebsten.« Harriets Tonfall wird schwärmerisch. »Die Sonne zeigt sich zum ersten Mal, ist noch schüchtern, kommt aber mit einem verzaubernden Licht. Die Natur erwacht, erste Blumen wachsen.«

»Ich möchte auch endlich heiraten.« Rose seufzt, woraufhin Harriet und ich gleichzeitig loslachen.

»Du bist dreizehn. Du hast noch reichlich Zeit.« Ich streichele ihr über den Kopf und füge leise hinzu: »Wobei sich solche Dinge nicht planen lassen. Heiraten stand in meiner Vorstellung vom Leben nie besonders weit oben. Es erschien mir einfach nicht so wichtig. Aber manchmal tritt eine Person in dein Leben und ordnet alles neu.«

❄

Mein Herz ist kurz davor, mir aus der Brust zu springen, während ich nach draußen auf den Hof schaue. Die Kutsche von Arthurs Familie ist soeben vorgefahren, sie wird von zwei prächtigen schwarzen Pferden gezogen, deren Fell einen scharfen Kontrast zu der weißen Schneelandschaft bildet.

Ich trage mein schönstes Kleid, reserviert für Sonntage und besondere Anlässe. Mutter fand es übertrieben für einen Besuch, doch wenn ich an dem roten Rock hinunterschaue und die Spitze an meinem Ausschnitt zurechtzupfe, weiß ich, dass ich die richtige Entscheidung getroffen habe.

»Clara! Was lungerst du vor dem Fenster herum?« Mutters

erzürnte Stimme durchbricht die wolkenweiche Traumwelt, in der ich mich aufgehalten habe. Energisch zieht sie mich am Ärmel zurück. »Ein solches Verhalten gehört sich nicht für eine junge Dame. Nimm im Salon Platz und warte dort auf die Besucher wie eine wohlerzogene Dame.«

Ihre Stimme duldet keinen Widerspruch, weswegen ich mich schweren Herzens vom Fenster abwende. Genau in dem Moment, in dem der Kutscher die Tür öffnet und eine hochgewachsene Gestalt in Anzug und Zylinderhut die Stufen hinunterklettert.

»Nun komm schon mit.«

Ich folge Mutter in das Empfangszimmer, wo ich mich auf einen der Ohrensessel neben dem Kamin setze. Das Feuer flackert verheißungsvoll; auf dem Tisch steht neben einer Kanne Tee ein Teller mit Plätzchen. Beim Anblick der Lebkuchen läuft mir das Wasser im Mund zusammen, gleichzeitig fühlt sich mein Magen so flau an, dass ich sicher nicht einen Bissen herunterbekomme. Wann immer ein Treffen mit Arthur ansteht, fühle ich mich so: voller Vorfreude auf der einen und aufgekratzt auf der anderen Seite. Nervös trommele ich mit den Fingern auf die Sessellehne, als mein Blick auf Sir Paisley fällt, der schnarchend in seinem Körbchen neben dem Kamin liegt, die Augen friedlich geschlossen.

Der alte Kater begleitet mich seit meiner Kindheit, und ebenso lange straft er mich mit Verachtung. Als ich ein kleines Mädchen war, zeigte er keinerlei Interesse, an den Teegesellschaften mit meinen Puppen teilzunehmen. Genauso wenig wollte er bei einer Hochzeit den Bräutigam spielen. Und auch streicheln lässt er sich nur äußerst ungern – schon gar nicht, wenn er schläft.

Für den Bruchteil einer Sekunde überlege ich, ihn trotzdem mit meiner Anwesenheit zu behelligen. Da ertönt ein Klopfen an der Tür.

Mein »Herein« hört sich kläglich an, und die altbekannte Aufregung macht sich in mir breit. Die Momente, bis die Tür sich endlich öffnet, ziehen sich ins Unendliche.

»Miss Ellington?« James Stuart, unser Butler, betritt den Raum und verbeugt sich umständlich. »Mister Devonshire.«

Die Erwähnung seines Namens führt dazu, dass mein Herz kurz stoppt. Ich stehe so hastig auf, dass ich Mühe habe, mein Gleichgewicht zu halten, und spähe in Richtung Flur.

Ein kleiner Stich der Enttäuschung überkommt mich, als Harriet sich zu mir gesellt. Dabei hätte ich darauf vorbereitet sein sollen: Unverheirateten Frauen aus gutem Hause ist es nicht gestattet, sich allein mit einem jungen Herrn zu treffen. Schon gar nicht, wenn dieser ernsthafte Absichten ihr gegenüber verfolgt. Deswegen sind die Augenblicke, in denen ich mich mit Arthur davonstehle, umso wertvoller.

»Miss Ellington.« Der Mann, der neben unserem Butler steht und sich knapp verbeugt, ist nicht Arthur. Er nimmt seinen Hut ab und küsst mir respektvoll die Handfläche. Seine Augen sind von einem so hellen Blau, dass sie wie Wasserfarbe aussehen. Doch sie sind nicht das vorstechende Merkmal an seinem Gesicht: Vielmehr ist es die unförmige Brandnarbe, die sich von seiner Nase bis hin zu seinem Kinn zieht. Ich gebe mir Mühe, nicht allzu offensichtlich darauf zu starren.

»Miss Ellington«, wiederholt er. »Mein Name ist Henry Devonshire. Ich bin Arthurs älterer Bruder.«

»Oh.« Natürlich. Nun, da ich es weiß, sehe ich die Ähnlichkeiten zwischen den beiden. Die hohen Wangenknochen, die Kieferstruktur. Die Form seiner Lippen, auch wenn die von Henry schmaler daherkommen. Außerdem sind seine Haare nicht so lockig wie die von Arthur und eine Nuance heller. Haselnussfarben.

»Mein Bruder bittet vielmals um Verzeihung. Er hat sich eine hartnäckige Erkältung eingefangen und ist unpässlich.«

»Er ... ist nicht hier?«, frage ich und schaue wenig damenhaft an Henry vorbei.

»Es tut mir leid.«

Enttäuschung legt sich wie ein schwerer Stein in meinen Magen.

»Er hat mich höchstpersönlich zu Ihnen geschickt und bat mich, Ihnen dies zu überbringen.« Aus seiner Manteltasche holt Henry ein mit rotem Siegel verschlossenes Kuvert, welches er mir in einer geheimnisvollen Geste reicht. »Mein Bruder verspricht, alles für seine Genesung zu tun, sodass er seinen Besuch alsbald nachholen kann.«

Eine Weile starre ich auf den Umschlag, kämpfe immer noch gegen die Enttäuschung an.

»Wie überaus freundlich von ihm«, schaltet Harriet sich ein und greift nach dem Brief. »Nehmen Sie doch Platz, Sir.« Sie deutet auf die rosafarbene Ottomane, die wir vor ein paar Tagen mit weihnachtlichen Kissen ausgestattet haben. Nicht mehr lange, und der Christbaum wird neben dem Kamin sein Licht verbreiten.

»Sei freundlich zu ihm«, zischt Harriet mir zu, als ich mich zu Henry auf die Ottomane setze. Er ist ein Stück größer als Arthur, seine Schultern weniger definiert. Beinahe schlaksig.

»Haben Sie es gut durch den Schnee hierhergeschafft?«, sorgt Harriet für die nötige Konversation. Sie schenkt Henry eine Tasse Tee ein und ermutigt ihn, die Lebkuchen zu probieren.

»Mit solchen Schneemassen hatte ich in der Tat nicht gerechnet.« Lachend beißt er von der Köstlichkeit ab. »Wir mussten zweimal rasten und uns den Weg freischaufeln. Und wie es aussieht, will der Schnee gar nicht mehr aufhören«, fügt er mit Blick auf das Fenster hinzu.

Ich schiele auf den Umschlag, den Harriet auf den Kaminsims gelegt hat. Am liebsten würde ich mich auf mein Zimmer zurückziehen und in Arthurs Worten den Trost finden, den ich nach seinem Fernbleiben brauche. Aber es wäre unfreundlich, die beiden allein zu lassen, auch wenn Henry streng genommen nicht mein Besuch ist. Dennoch bleibe ich sitzen und lausche ihren belanglosen Gesprächen.

Henry ist ebenso eloquent wie sein Bruder, hat tadellose Manieren und zeigt sich Harriet gegenüber zuvorkommend und humorvoll. Dennoch schweifen meine Gedanken immer wieder ab, weil ich nicht greifen kann, was er sagt. Außerdem versuche ich, nicht allzu unverhohlen auf die Narbe zu starren, die sein Gesicht kennzeichnet. Wie er sie sich wohl zugezogen hat?

»Miss Clara!« Harriets Stimme lässt mich ertappt zusammenzucken. Ich habe nicht den geringsten Schimmer, über was die beiden sich unterhalten haben.

»Ich wollte Bescheid geben, dass ich mich nun auf den Weg nach Hause mache. Bevor der Schnee mich nicht mehr wegkommen lässt.« Henry lacht kurz. »Es war mir eine Freude, Sie kennenzulernen, Miss Ellington.«

Ich beiße mir auf die Unterlippe. *Kennenlernen* kann man das kaum nennen.

»Die Freude ist ganz meinerseits«, murmele ich dennoch, als er mir die Hand zum Abschied entgegenstreckt. Bevor er mit Harriet im Schlepptau den Salon verlässt, wirft er mir einen sonderbaren Blick zu, den ich nicht einordnen kann.

Traurigkeit liegt darin – doch es ist mehr: Melancholie, begleitet von etwas Düsterem. Verwirrt starre ich ihm hinterher.

Kaum haben sich die Türen geschlossen, nehme ich Arthurs Briefumschlag an mich. Es kostet mich Mühe, das Siegel nicht an Ort und Stelle zu brechen. Stattdessen atme ich tief durch und gehe betont langsam aus dem Salon, durch den Flur und die Treppe hinauf.

Erst als ich auf meinem Bett sitze, die Tür abgeschlossen, die Vorhänge zugezogen, öffne ich den Umschlag. Mein Blick fällt auf Arthurs Handschrift, die ich unter Hunderten wiedererkennen würde, und ein Lächeln schleicht sich auf meine Lippen. Gepaart mit dem warmen Gefühl, das meinen Magen flutet. *Liebe ist wie Opium, wie ein Rausch.* Früher habe ich all die Poeten nicht verstanden, hielt ihre Ausführungen für übertrieben und fern jeglicher Realität. Doch je mehr ich von Arthur erfahre, desto mehr verfalle ich ihm. Desto größer wird die Sehnsucht nach ihm.

Meine Clara,

schreibt er.

mein Herz. Es betrübt mich, nicht bei dir sein zu können, wo ich diesen Tag so lange herbeigesehnt habe. Leider macht es mir meine Gesundheit unmöglich, den Weg durch den Schnee zu dir auf mich zu nehmen. Außerdem könnte ich den Gedanken nicht ertragen, dich anzustecken und am schönsten Tag des Jahres krank im Bett zu wissen. Daher tue ich alles, um schnellstmöglich zu genesen und dich alsbald wiederzusehen.

Sei dir sicher, dass du all meine Gedanken besetzt – in den wachen und den schlafenden Stunden. Mein Kopf ist voll von dir, Clara, und ich möchte es nicht anders haben.

In ewiger Liebe,

dein Arthur.

5. Kapitel

London, Dezember 2025

Als ich den goldenen Mistelzweig im Briefkasten fand, hielt ich ihn zunächst für einen schlechten Scherz. Das Werbegeschenk einer Firma. Die Einladung zu einem kruden Schneeballsystem, das mit Zeitreisen wirbt und eigentlich nur dein Geld will.

Ausprobiert habe ich es trotzdem – und mich auf einmal im London des 19. Jahrhunderts wiedergefunden. Bei meiner ersten Zeitreise verstand ich nichts von alldem. Die Eindrücke waren so überwältigend, dass ich sie als besonders lebhaften Traum abstempelte.

Seitdem träume ich so gut wie jede Nacht.

Dennoch verstehe ich immer noch nicht, wie das Ganze funktionieren soll. Und wieso es ausgerechnet mich erwischt hat.

Sehr verehrte Billie Woodstone!

Sie sind auserwählt, hatte in dem Brief gestanden, den ich seither unter meiner Matratze verstecke, weil ich niemandem von ihm erzählen kann.

Sind Sie auf der Suche nach Ihrem persönlichen Weihnachtswunder? Sehnen Sie sich nach vergangenen Zeiten, nach einem früheren Leben? Diesen Dezember haben Sie die Möglichkeit, zu entdecken, wer Sie einst waren und wie Sie zu der geworden sind, die Sie heute sind.

Alles, was Sie dafür brauchen, ist ein magisches Artefakt, das Sie in diesem Umschlag finden. Begeben Sie sich an einen Ort, an dem Sie sich allein wähnen, nehmen den Gegenstand in die Hand und schließen die Augen. Meistens reichen schon wenige Sekunden, um Sie in die Vergangenheit zu schicken. Zurück kommen Sie von ganz allein – Sie werden am selben Ort wieder aufwachen, an dem Sie in die Vergangenheit aufgebrochen sind.

Das Erinnerungsfenster wird sich nur dieses Jahr für Sie öffnen – es ist ein exklusives Angebot, das zu keiner anderen Zeit nachgeholt werden kann.

Seien Sie mutig, Billie Woodstone. Auch wenn die Vergangenheit hinter uns liegt, hat sie uns manchmal noch etwas mitzuteilen.

Ich habe den Brief seitdem Dutzende Male gelesen. Einen Absender gibt es nicht und auch versteckte Hinweise habe ich nicht finden können. *Ein Geschenk zur Weihnachtszeit?* Aber von wem? Und wie ist das überhaupt möglich?

»Ich treffe mich mit Hannah in der Stadt«, rufe ich in Grannys Zimmer und schultere meinen Rucksack. Der erste Schnee, der London gestern wie eine Schicht Puderzucker bedeckt hat, ist verschwunden. Stattdessen begrüßen mich Regen und Matsch, kaum dass ich unser Haus verlassen habe. Seufzend ziehe ich mir die Kapuze über, als ein klägliches Miauen mich aus dem Moment reißt.

Freddie, der Straßenkater, sieht mich verzagt an. Mit der Pfote tippt er gegen meinen Stiefel.

»Du schon wieder«, murmele ich, und mir wird bewusst,

wie sehr er Sir Paisley aus der Vergangenheit ähnelt. Bloß, dass man Freddie sein Zuhause auf der Straße ansieht. In seinen Schnurrhaaren hat sich irgendwelches Gestrüpp verfangen.

Als Granny gesund war, hat sie ihn ab und zu mit in die warme Wohnung genommen. Im Gegensatz zu mir kann sie Katzen – und diesem mürrischen Exemplar – etwas abgewinnen.

Ich ziehe den Reißverschluss meines Mantels bis auf Anschlag und gehe zur nächsten Underground Station. Freddie folgt mir bis zum Eingang und wirft mir einen letzten vorwurfsvollen Blick zu.

Ich lege meine Oyster Card auf den Automaten, schlüpfe durch das Drehkreuz und fahre nach Highbury & Islington, von wo aus ich in die Victoria Line umsteige. Hannah und ich treffen uns im *Petite Parlor,* einem kleinen Café in der Nähe des Buckingham Palace. Eine Hochburg für Touristen, und nicht besonders günstig, aber meine beste Freundin hat darauf bestanden, mich einzuladen.

Als ich das Caféhaus erreiche, dessen Schaufenster mit bunten Lichtern geschmückt und in dem eine detaillierte Winterlandschaft aufgebaut ist, wartet Hannah bereits auf mich. Sie hat ihre dicken braunen Haare zu zwei Zöpfen geflochten und trägt rosa Plüschohrenschützer gegen die Kälte. Aufgeregt winkt sie mir zu, und als ich sie in den Arm nehme und ihren unverwechselbaren Duft nach Honig und Vanille einatme, erscheint mir das Leben gar nicht mehr so schlecht. Weil ich eine beste Freundin habe.

Hannah löst sich von mir. Ihre Finger stecken in rosafarbenen Lederhandschuhen. »Ich habe uns vorsichtshalber einen Tisch reserviert.«

An ihrer Seite betrete ich das *Petite Parlor,* das an einem Sonntagnachmittag gerammelt voll ist. Die Kellnerin, eine junge Frau mit Afrolocken, lotst uns zu einem Tisch am Fenster. Der Mistelzweig, der an einem Stock über uns hängt, lässt mich schmunzeln – und unweigerlich an Arthur denken. Wie gern würde ich Hannah von ihm erzählen, aber das ist der Preis der Zeitreisen: Sie wird mir nicht glauben.

»Wie läuft es zwischen Colin und dir?«, frage ich daher – und grinse, als ihre Augen aufleuchten.

»Es ist wundervoll, Billie.« Sie greift über dem Tisch nach meiner Hand – das ist typisch Hannah. Sie drückt ihre Liebe durch Berührungen aus, umarmt mich lieber einmal zu viel als zu wenig und hakt sich stets bei mir unter, wenn wir durch die Stadt schlendern. »Er ist aufmerksam, aber nicht aufdringlich. Will Zeit mit mir verbringen, lässt mir aber trotzdem Freiraum. Colin ist die totale Green Flag.« Sie lacht und greift nach der Speisekarte, auch wenn wir sowieso immer dasselbe bestellen.

»Zweimal heiße Schokolade und zwei Stück Spekulatiustorte«, ordert sie kurz darauf bei der Kellnerin, die uns darüber informiert, dass es aufgrund des Betriebs etwas länger dauern könnte. Doch das ist mir recht. Die Zeit mit Hannah darf sich bis in die Unendlichkeit ausdehnen. Bei ihr genieße ich es, zu entschleunigen.

»Es freut mich, dass du so glücklich bist. Du hast nur das Beste verdient, das weißt du hoffentlich.«

»Du aber auch.« Auf ihre ebenmäßige Stirn schleicht sich eine Falte – und auch das ist typisch Hannah. Seit ich sie kenne, macht sie sich Sorgen um mich. Fragt mich mehrmals am Tag, wie es mir geht und ob ich auch wirklich zurechtkomme. War mir ihre Fürsorge anfangs zu viel, weiß ich mittlerweile, dass ich genau das brauche. Denn ich gehöre zu den Menschen, die erst beim vierten Mal mit der Sprache rausrücken.

»Wie geht es deiner Oma?«

Seufzend senke ich den Blick auf die Tischkante. »Es wird einfach nicht besser. Dazu kommt, dass sie mir gegenüber nicht ehrlich ist. Sie gibt sich stark, aber im Endeffekt hilft uns das allen nicht.«

»Was sagt der Arzt?«

»Ich werde nächste Woche noch mal bei ihm anrufen. Aber schon die letzten zwei Male konnte er nicht viel machen. Die Medizin schlägt nicht richtig an und ...« Alle Gedanken, die sich diesem Satz anschließen, schiebe ich energisch zur Seite. *Sie wird wieder gesund. Ganz bestimmt.*

»Billie, wenn du Geld brauchst ...« Hannah greift erneut nach meiner Hand, doch dieses Mal entziehe ich sie ihr.

»Ich komme klar. Mom ist ja auch bald wieder da. Ich muss nur die Zeit bis Silvester überbrücken.«

Nachdenklich nickt sie. »Ich bin für dich da. Immer.«

»Das weiß ich.« In einem Leben voller Eventualitäten ist Hannah seit dreizehn Jahren meine Sicherheit. Seit dem Tag, als sie mich auf dem Schulhof entdeckt und nicht mehr von meiner Seite gewichen ist.

»Zweimal heiße Schokolade.« Die Kellnerin mit den Afrolocken nimmt die beiden dampfenden Tassen von einem schmalen Tablett und stellt sie vor uns hin. Ein Sahnehäubchen, in dem Marshmallows stecken, rundet das Kunstwerk ab. Hannah holt ihr Handy raus, um ein Foto für Instagram zu machen. Während sie eine Story vorbereitet, das Café verlinkt und nach einem passenden Song sucht, denke ich erneut daran, wie gern ich ihr von Arthur erzählen würde. Von dem, was ich in der Vergangenheit erlebe. Während Hannah ihr Herz bereitwillig verschenkt, war ich noch nie richtig verliebt. Die Typen aus unserer Schule haben mich eher genervt, als dass sie mir Herzklopfen bescherten – und auch Hannahs Obsessionen für diverse Musiker konnte ich nie so richtig nachempfinden.

Doch wenn ich an Arthur denke, setzt sich irgendetwas in mir in Bewegung. Ein Teil, der schon immer da gewesen ist, den ich aber erst jetzt richtig wahrnehme. Der mir rote Wangen und schwitzige Hände beschert und mich für ein paar Stunden von den Sorgen um Granny ablenkt.

»Irgendetwas an dir ist anders«, sagt Hannah, als hätte sie meine Gedanken gelesen. Nachdenklich legt sie den Kopf schief. Durch die Ohrschützer sind ihre Haare am Ansatz durcheinandergeraten.

»Du ... wirkst anders. Ich kann es selbst nicht ganz genau sagen ...« Sie trommelt mit den Fingern auf die Tischplatte. »Hast du was mit deinen Haaren gemacht?«

»Wenn du damit meinst, dass ich sie gewaschen habe, dann ja.«

Hannah prustet los. »Auch das ist eine Besonderheit, die wir nicht kleinreden sollten. Oh, da kommt unser Kuchen.«

Sehnsüchtig blicke ich auf das Stück Spekulatiustorte, das die Kellnerin vor mir abstellt. Das *Petite Parlor* lässt sich für jede Jahreszeit etwas Besonderes einfallen – Herbst und Winter sind mir dabei die liebsten.

»Wir sollten das nächste Mal die Lebkuchenwaffeln probieren«, sagt Hannah wie immer, nachdem sie die Gabel in der köstlichen Karamellcreme versenkt hat. Trotzdem wissen wir beide, dass wir hier nichts anderes essen werden, bis die Spekulatiustorte im Frühjahr wieder aus dem Programm genommen wird. Wenn du eine zehn von zehn gefunden hast, hältst du an ihr fest.

Ich seufze genüsslich – und sehe im Schnelldurchlauf, wie das Kuchenstück schrumpft, bis nur noch ein paar Krümel übrig bleiben. Neidisch starre ich auf Hannahs Teller. Im Gegensatz zu mir kann sie sich ihr Essen einteilen. Sie nimmt einen Schluck von ihrem Kakao; ein Rest der Schokolade bleibt an ihrer Oberlippe hängen.

»Hör zu, ich muss dir was sagen. Colin hat mir gestern schon sein Weihnachtsgeschenk gegeben.«

»Und das musst du mir erzählen, weil es so *verrucht* ist? *Unangemessen?«* Mit meinen Witzen versuche ich die unangenehme Stimmung zwischen uns zu vertreiben, die sich plötzlich eingestellt hat.

Hannah lacht nervös. »Nein, er hat mir eine Reise geschenkt. Nach Schottland. In die Highlands.«

»Oh, Han, da wolltest du doch schon immer mal hin.« *Mit mir.* Aber diesen Zusatz lasse ich weg, denn bis ich genügend Geld gespart habe, um mir einen Urlaub in Schottland leisten zu können, muss ich noch einige Jahre in das unbequeme Elfenkostüm schlüpfen.

»Ich weiß, dass wir das eigentlich zusammen machen wollten …«

Ich winke ab. »Quatsch. Ich freu mich für euch. Wirklich.« Obwohl ich mir Mühe gebe, scheint sie nicht ganz überzeugt zu sein.

»Da ist noch etwas«, sagt sie dann, und an der Art und Weise, wie sie den Henkel ihrer Tasse umklammert, verstehe ich, dass jetzt erst der wichtige Teil kommt.

»Colin war bei der Auswahl des Termins … ein wenig übereifrig.« Sie schiebt die Lippe vor. »Ich glaube, er wollte einfach Zeit mit mir verbringen. Und da ich ihm mehrfach gesagt habe, dass ich an Weihnachten keine großen Pläne habe …«, sie atmet tief durch, »geht unser Flug bereits am 23. Dezember.«

Ein Stein von der Größe eines Felsens legt sich auf mein Herz.

»Ich weiß, dass wir Weihnachten oft zusammen verbringen. Und ich weiß, dass es dieses Jahr besonders ungünstig ist, weil deine Mom nicht da ist und es deiner Granny schlecht geht …«

Ich blinzele die Tränen weg, die mir in die Augen gestiegen sind. *Dumme Gefühle. Ich bin doch eigentlich nicht so schwach.*

»Das ist … gar kein Problem«, sage ich dann und traue meiner eigenen Stimme nicht über den Weg. Dabei freue ich mich wirklich für sie! Und ich nehme mir felsenfest vor, das anstehende Weihnachten, so anders es dieses Jahr auch ist, dennoch zu etwas Besonderem zu machen.

»Ich fühle mich furchtbar, Billie. Und ich war kurz davor, es Colin zu sagen. Aber er hat sich so gefreut und … Hör zu, ich mach das wieder gut. Wir sind nur ein paar Tage weg. Silvester gehört auf jeden Fall uns. Und wir werden an Weihnachten facetimen. Und generell immer, wenn es dir nicht gut geht. Okay?« Sie sieht mich an mit dem Blick eines Hundewelpen auf Liebesentzug, was mich erneut zum Lachen bringt.

»Das ist schon in Ordnung. Es kommt bloß ein bisschen plötzlich, das ist alles.«

»Ich weiß. Und hätte ich gewusst, was er plant, hätte ich auf jeden Fall gesagt, dass ich erst in den Osterferien Zeit habe. Ich bin mir ohnehin nicht sicher, wie sehenswert die Highlands im Winter sind.« Hannah kichert.

»Ich möchte auf jeden Fall Fotos. Und Videos. Und mindestens jeden Abend eine detaillierte Zusammenfassung eures Tages.«

»Versprochen.« Reumütig nickt sie. Ich blicke auf ihre halb aufgegessene Spekulatiustorte. Bevor Hannah protestieren kann, habe ich nach meiner Gabel gegriffen und mir ein großes Stück in den Mund geschoben. »Das bist du mir schuldig«, sage ich im Kauen.

»Oh, ich bestelle dir noch drei weitere. Solange du mir nur verzeihst. Ich weiß, dass das Timing beschissen ist.«

Und sie hat recht: Es wird nicht leicht werden. Aber ich will stark sein. Für Granny. Und auch für mich.

»Ich habe einen Plan.« Hannah rückt ihren Stuhl näher an den Tisch heran, wodurch ihr Knie gegen mein Bein stößt. »Bis Weihnachten sind es noch gut zwei Wochen. Wir machen uns die Adventszeit so schön wie nur irgend möglich, okay? Weihnachtsmarkt, Basteln, Filmabend, Plätzchen backen ... was immer du dir wünschst.«

»Und was ist mit der Schule?« Wenn ich daran denke, dass wir vor den Weihnachtsferien noch drei Klausuren schreiben, wird mir ganz übel. Hinzu kommt meine Arbeit bei *Travel Wide,* die im Dezember durch zusätzliche Schichten besonders fordert.

»Das bekommen wir schon hin«, sagt Hannah in ihrem unerschütterlichen Optimismus. »Und wer weiß? Vielleicht finde ich in Schottland ja sogar einen Steinkreis für dich, durch den man in die Vergangenheit reisen kann. Dann kannst du Jamie Fraser endlich persönlich kennenlernen.« Sie lacht glockenhell – und ich denke leise bei mir, dass das gar nicht mehr nötig ist. Ich versenke meine Gabel aufs Neue in Hannahs Torte und kaue auf dem letzten Stück herum.

»Überleg dir schon mal, was du an Silvester machen willst.

Wir könnten auf die Party im *Oak's End* gehen – oder wir schauen endlich die dritte Staffel Bridgerton. Auch wenn ich schon komplett gespoilert bin …«

»Ich denke drüber nach«, unterbreche ich sie, während mein Blick nach draußen wandert, wo der Regen in einem gleichmäßigen Rhythmus gegen die Fensterscheibe schlägt. Aus einer Limousine, die am gegenüberliegenden Straßenrand hält, steigt ein edel gekleideter Mann. In seinem grauen Frack und dem altmodischen Zylinder erinnert er mich an Arthur. Wie von selbst gleiten meine Gedanken in die Vergangenheit. In dieses andere Leben, das vor zweihundert Jahren mal meins gewesen ist – auch wenn ich das noch immer schwer fassen kann. Und zum ersten Mal frage ich mich, wie wichtig dieser Moment, diese Existenz im 21. Jahrhundert überhaupt ist, wenn im Damals etwas auf mich wartet, das mich so viel glücklicher macht.

6. Kapitel

London, Dezember 1812

»Es ist nicht schwer, wenn du dich darauf einlässt. Du musst lediglich lernen, das Gleichgewicht zu halten. Danach ist es kinderleicht.« Harriet nickt mir mutmachend zu. Die Räder der Kutsche rattern über den unebenen Boden.

»Du vergisst, dass ich ganz und gar ungeschickt und nicht mal in der Lage bin, über einen Holzbalken zu balancieren.« Mit einem unguten Gefühl blicke ich auf das Paar weißer Schlittschuhe neben mir. Ich habe sie vor zwei Jahren von meinen Eltern zu Weihnachten bekommen und seitdem nicht ein Mal benutzt. Während meine kleine Schwester wie eine Primaballerina über das gefrorene Eis tanzt, stehe ich lieber am Rand und schaue ihr zu.

»Ich möchte mich nicht zum Gespött machen. Was, wenn Arthur ein Naturtalent ist und ich falle andauernd hin?«

»Er wird dir schon zu helfen wissen.« Harriet blinzelt zweideutig. Sie hat das Band ihres Mantels so eng um ihre Hüfte geschlungen, dass es aussieht, als würde es jede Sekunde reißen. Auf ihrer Stirn stehen Schweißtropfen. Der Morgen hat uns mit beißender Kälte überrascht, doch im Innenwagen der Kutsche ist es beinahe zu warm.

»Sorg dich nicht. Arthur ist es zweitrangig, ob du auf dem

Eis eine gute Figur abgibst. Er möchte Zeit mit dir verbringen.«

»Das ist mir bewusst.« Ich fahre mit dem Zeigefinger über die silberne Kufe des Schlittschuhs. »Dennoch ... ist alles zwischen uns noch so neu und aufregend. Du musst verstehen, dass ich nicht wie ein Tölpel wirken möchte.«

»In diesem Mantel? Unmöglich! Du siehst aus wie eine russische Großfürstin.«

Ich grinse. Tatsächlich erinnert mein Wollmantel mit seinem Pelzbesatz, dem hohen Kragen und der taillierten Silhouette an die Mode aus Russland. Ein Eindruck, der durch unzählige Goldfäden und eine ebenfalls pelzbesetzte Mütze verstärkt wird. Als ich vor dem Spiegel meines Ankleidezimmers stand, kam ich mir beinahe verkleidet vor.

»Oh, da ist es! *Devonshire Manor.*« Harriet winkt mich aufgeregt zu sich, dabei habe ich ein eigenes Fenster neben mir. »Sieht es nicht aus wie ein Märchenschloss?« Eine schwärmerische Note mischt sich in ihren Tonfall. »Die kleinen Türmchen und das viele Efeu! Wunderschön.«

Womit sie recht hat. Arthurs Familie ist wohlhabender als meine, und dadurch, dass die Devonshires nicht direkt in der Stadt wohnen, wo die Häuser dicht an dicht stehen, haben sie mehr Platz, ihren Reichtum zu zeigen. Der Garten, der mit einer dicken Schicht Schnee bedeckt ist, sieht im Sommer sicherlich hinreißend aus.

Als der Kutscher die Tür öffnet und mir über die Treppen nach unten hilft, sind meine Hände schwitzig. Harriet folgt mir mitsamt den Schlittschuhen. Meine Schritte sind unsicher. Dass der Boden rutschig ist, macht es nicht besser. Ich rede mir ein, dass meine Nervosität verschwinden wird, sobald ich Arthur sehe, doch als er just in diesem Moment an der Häuserfassade entlangspaziert und dann direkt auf mich zukommt, wird mir so übel, dass ich mich am liebsten übergeben würde.

Es ist zwei Wochen her, seit ich ihn das letzte Mal getroffen habe. Zwei Wochen, die er für seine Genesung benötigte und in denen ich mich jeden Tag gefragt habe, ob er überhaupt noch Interesse an mir hegt. Denn die nagende Stimme in mir sagt mir pausenlos, dass er früher oder später erkennen wird, dass ich ein gewöhnliches Mädchen ohne nennenswerte Qualitäten bin.

Doch als er sich vor mir verneigt und ich diese verräterische Röte auf seinen Wangen entdecke, legt sich ein Teil meiner Anspannung.

»Da bist du ja endlich«, flüstert er. Seine Augen leuchten auf. Sanft drückt er meine behandschuhte Hand, dann begrüßt er Harriet in aller Form und Würde.

»Und wie ich sehe, sind Sie bestenfalls auf unser Abenteuer vorbereitet.« Arthur wirft einen Blick auf das Paar Schlittschuhe. »Möchten Sie sich ebenfalls auf das Eis wagen, Miss Harriet?«

»Oh, das überlasse ich lieber den jungen Herrschaften.« Sie lacht kehlig. Arthur tauscht ein paar Freundlichkeiten mit ihr aus und erkundigt sich, ob wir zunächst im Warmen eine Tasse Tee trinken wollen. Doch mir steht nicht der Sinn nach schnöder Konversation.

»Ich habe eine Einladung zum Schlittschuhlaufen erhalten. Von einer Teegesellschaft war nie die Rede.«

»Ganz, wie Sie wünschen, Miss Ellington.« Seine zuvorkommende, distanzierte Art fühlt sich falsch an, doch in Anwesenheit dritter Personen müssen wir den Schein wahren. Auffordernd streckt er mir seine Hand entgegen.

»Wo sind Ihre Schlittschuhe?«, erkundige ich mich.

»Ich habe die Ausrüstung bereits an den See bringen lassen. Heute Nacht hat es gefroren, das Eis wird uns problemlos tragen.«

»Ich kann es kaum erwarten.« Ich gebe mich selbstbewusster, als ich bin, erinnere mich aber an das, was Harriet gesagt hat: dass es Arthur nicht darum geht, dass ich eine gute Figur abgebe, sondern er vor allem Zeit mit mir verbringen möchte. Eine Weile versinke ich in seinen moosgrünen Augen und genieße das Kribbeln in meinem Bauch.

Dann wird meine Aufmerksamkeit von einer Bewegung im Häusereingang eingefangen. Ein Mann im grauen Mantel stürmt die Stufen hinab; der Hut auf seinem Kopf sitzt nicht ganz fest. Mit verkniffenem Gesichtsausdruck hastet er an uns vorbei, ehe er innehält und wieder umdreht. In dem Moment, in dem er sich vor mir verbeugt und mich begrüßt, erkenne ich ihn: Es ist Henry. Bloß, dass er seinen Bruder mit keinem Blick wahrzunehmen scheint. Um seinen Mund liegt ein strenger Zug, der nichts mit dem freundlichen Henry gemein hat, den ich kennengelernt habe. Er wünscht uns knapp einen schönen Tag und verschwindet in den Stallungen hinter dem Anwesen.

»Ist etwas vorgefallen?«, erkundige ich mich bei Arthur. Überrascht nehme ich zur Kenntnis, dass dieselbe Abneigung auch auf seinem Gesicht zu finden ist. »Haben Sie Streit miteinander?«

»Bloß eine Bagatelle.« Das, was er sagt, steht im Gegensatz zu dem Ärger auf seinen Zügen. Arthurs Hand schließt sich fester um meine, beinahe, als wollte er sie zerdrücken. Entschlossen zieht er mich vom Landhaus weg, den Schotterweg entlang. »Bis zum See sind es nur wenige Minuten.«

Harriet folgt uns in sicherem Abstand, die Schlittschuhe immer noch in der Hand. Während ich überlege, was zwischen den Brüdern vorgefallen sein könnte, spricht Arthur über belanglose Dinge. Den vielen Schnee, das bevorstehende Weihnachtsfest, ein Abendessen mit seinen Eltern. Ich habe Mühe, ihm zu folgen, weil es die brennenden Augen seines Bruders sind, die ich nicht vergessen kann. Zumindest so lange nicht, bis wir über eine zugeschneite Wiese gehen, an deren Ende sich der gefrorene See befindet.

»Im Sommer eignet sich dieser Ort hervorragend zum Picknicken. Aber ich konnte der Sonne noch nie viel abgewinnen.« Arthur lächelt wölfisch, dann fängt er zu laufen an. Überrascht von dem plötzlichen Geschwindigkeitsumschwung, und weil er mich noch immer an der Hand hält, kippe ich nach vorn, kann mich aber in letzter Sekunde fangen und lasse mich von ihm über die Wiese ziehen. Harriet ruft mir etwas hinterher, das ich nicht verstehe.

»Schneller!«, treibt Arthur mich an, und das Lachen, das er daraufhin ausstößt, klingt kindlich und frei. Ich stolpere hinter ihm her, hebe meinen Mantel an, damit er nicht über den Schnee schleift.

Als wir den See erreicht haben, zieht Arthur mich hinter einen dicken Baumstamm. Seine Wangen sind gerötet, die Locken auf seinem Kopf durcheinandergeraten. Er schaut prüfend nach hinten, doch wir haben Harriet abgehängt. »Drei Minuten«, haucht er und presst seine kalten Lippen auf meine. »Wir haben allerhöchstens drei Minuten.« Er drückt mich gegen den Baumstamm. Sein Blick ist hungrig, wie ein Jäger sieht er mich an. Mein Herz schlägt schneller, wie von selbst öffnen sich meine Lippen für ihn. Bei Gott, was habe ich ihn vermisst. Bei Gott, wie gut fühlt er sich an!

Drei Minuten.

Und doch eine kleine Ewigkeit, wenn ich sie bei ihm verbringen darf.

Ich lächele an seinen Lippen, dann öffne ich die Knöpfe meines Mantels.

»Du bist so schön«, knurrt er, was mir einen wohligen Schauer den Rücken hinablaufen lässt. Ich schlinge meine Arme um seine Hüfte und ziehe ihn nah an mich heran.

»Allerhöchstens dreißig Sekunden«, sagt er, doch sie reichen aus, um seine Lippen meinen Hals bis zu meinem Dekolleté hinabwandern zu lassen. Ich seufze hingebungsvoll, lasse mich fallen, bis ich seine Finger nicht mehr auf meiner Haut spüre.

»Schnell!«, gibt er mir zu verstehen, da habe ich die Knöpfe bereits wieder geschlossen und meine Mütze gerichtet. Ich weiche ein paar Meter nach links aus, die Augen auf den See gerichtet. Von hinten höre ich Harriets Schritte im Schnee.

»Habt Erbarmen, ich bin keine zwanzig mehr«, beschwert sie sich. Sie reicht mir die Schlittschuhe, und ich nehme sie entgegen, ohne ihr ins Gesicht zu sehen. Dabei weiß sie wahrscheinlich sowieso, was Arthur und ich getan haben.

Die nächsten Minuten bin ich damit beschäftigt, mir die engen Schuhe überzuziehen und die Schlaufen doppelt zu binden, damit sie auf dem Eis halten. Als ich von Arthur hochgezogen werde, finde ich nur schwer Stand auf dem Schnee.

»Das wird gleich einfacher«, erklärt er. »Halt dich an mir fest.« Wahrscheinlich fällt ihm selbst nicht auf, dass er mich nicht mehr siezt, doch mich stört es nicht. Bereitwillig erlaube ich ihm, mir den Arm um die Schulter zu legen. Neben ihm setze ich einen Fuß vor den anderen, bis wir den gefrorenen

See erreicht haben. Seine Oberfläche glitzert verheißungsvoll im Licht der kalten Wintersonne.

Arthur betritt das Eis als Erster, selbstbewusst verlagert er sein Gewicht von der einen auf die andere Kufe. Wie ich es befürchtet habe, bewegt er sich sicher fort. Geschmeidig dreht er eine Runde, dann fährt er auf mich zu. »Komm her.« Er streckt beide Arme nach mir aus, ich setze den ersten Fuß auf das Eis, die Kufe rutscht nach vorn – und ich mit ihr. Unsanft pralle ich auf mein Hinterteil, doch der wahre Schmerz betrifft den Umstand, dass ich mich blamiert habe. Verbissen lasse ich mir von Arthur aufhelfen, nachdem er sich erkundigt hat, ob alles in Ordnung ist. Dann schlingt er seinen Arm um meine Hüfte und zeigt mir, wie ich die Füße setzen muss, um nicht die Haltung zu verlieren. Harriet feuert mich von hinten an, und mit zusammengebissenen Zähnen schaffe ich es, ein paar Meter zu fahren.

»Versuch dich zu entspannen. Dein Rücken verkrampft.« Ich drehe meinen Kopf in Arthurs Richtung, was sich als schlechte Idee entpuppt, da ich sofort wieder ins Schleudern gerate. Dieses Mal gelingt es ihm jedoch, mich aufzufangen, bevor ich auf dem harten Eis aufschlage.

»Das ist am Anfang vollkommen normal.« Er lächelt mir aufmunternd zu. »Gib dir ein paar Wochen und du wirst das Eis lieben lernen.«

Ich blase mir eine Haarsträhne aus dem Gesicht. »Ein paar Wochen! Habe ich dir schon erzählt, dass ich die Geduld eines Kindes am Weihnachtsmorgen habe?«

Er lacht glockenhell, und trotz der herausfordernden Situation, in der ich mich befinde, wird mir warm ums Herz. Mit Arthurs Hilfe gelingt es mir, ein paar Meter weiterzufahren.

»Schau geradeaus. Blick auf die Sonne gerichtet.« Mit dem

Zeigefinger deutet er auf den Himmel, während ich verzweifelt versuche, voranzukommen.

»Vielleicht sollten wir das nächste Mal einfach Schlittenfahren«, schlage ich halb im Scherz, halb im Ernst vor. »Darin habe ich Erfahrung.«

»Oh, es gibt nichts gegen ein gutes Wettrennen einzuwenden.« Seine Augen blitzen. »Henry und ich sind, als wir klein waren, die Berge hinuntergejagt.« Von jetzt auf gleich verdunkelt sich seine Miene. »Nun komm. Es ist nicht mehr weit.« Abermals gibt er die Richtung vor, und ich schaffe es irgendwie, mich aufrecht zu halten. Wenn Arthur mich festhält, fühle ich mich sicher und geborgen. Mit jedem Schritt werde ich mutiger, weniger verkrampft und spüre sogar einen Anflug von Spaß.

Wir haben das Ende des Sees beinahe erreicht. Gleichzeitig rückt auch die kalte Wintersonne immer näher. Ich genieße es, wie sie den Schnee zum Funkeln bringt, ohne zu blenden.

»Ich möchte etwas ausprobieren.« Arthur löst seine Hand von meiner Taille, was mich augenblicklich unsicher werden lässt. Er fährt ein paar Schritte nach hinten, bis wir uns im Halbkreis gegenüberstehen. Unsicher verlagere ich mein Gewicht von der einen auf die andere Seite. Beinahe stolz lächelt Arthur mich an, was dazu führt, dass ich schüchtern den Blick senke. Als ich meinen Kopf wieder hebe, ist er nicht mehr da.

Verwirrt schaue ich mich um – und sehe ihn schließlich vor mir knien. In seinen Händen hält er ein schwarzes Kästchen, das mich in einem Anflug von Überforderung die Augen aufreißen lässt. Ich taumele.

»Clara Marie Ellington«, sagt Arthur – es ist das erste

Mal, dass er mich bei meinem vollständigen Namen nennt. Ein warmes Gefühl flutet mich. »Seit ich dich auf dem Ball der Westwicks vor einhundertfünfzehn Tagen das erste Mal sah, ist nicht ein Tag vergangen, an dem ich nicht an dich gedacht habe. Du hast mich verzaubert – ganz und gar. Der Gedanke, ein Leben ohne dich zu führen, ist für mich unerträglich geworden.« Arthur schüttelt den Kopf, so als könnte er selbst nicht ganz verstehen, was er da von sich gibt. Verlegen richtet er seine Mütze, während in mir Hunderte Schmetterlinge fliegen, sich nicht darum scherend, dass sie bei Minustemperaturen in Kürze ihren Tod fänden.

»So egoistisch es auch klingen mag – und mir wurde nicht erst ein Mal gesagt, dass ich ein egoistischer Mann bin –, so ist es doch genau das, was ich fühle. Du bist der erste Gedanke, der mich morgens aufstehen lässt, und der letzte, bevor ich meine Augen schließe.« Er holt Luft, sein Atem manifestiert sich in kleinen weißen Wolken. »Und bevor ich drohe am Eis festzufrieren oder dein Dienstmädchen sich fragt, wieso ich so tief gesunken bin, möchte ich dir eine Frage stellen.« Arthur räuspert sich, und ich wünsche mir, dass die Zeit anhält. Dass sie stehen bleibt, bis ich den Augenblick vollends ausgekostet habe, bis ich das, was sich vor mir ereignet, nicht mehr für einen Traum halte.

Natürlich habe ich darüber nachgedacht, dass Arthur mir einen Antrag machen könnte. Aber damit gerechnet habe ich wohl nie so richtig.

»Clara Marie Ellington«, wiederholt er, »möchtest du mich zu deinem Mann nehmen, alle zukünftigen Tage, die hellen und die dunklen Stunden an meiner Seite verbringen und meine Ehefrau werden?« Seine Hände zittern, als er das schwarze Kästchen aufklappt, in dem sich ein goldener

Ring mit einem Diamanten befindet. Sosehr ich auch versuche, meine Emotionen im Zaum zu halten, weil es sich für eine wohlerzogene Frau nicht gehört, sich zu gefühlsbetont zu zeigen: Ich schaffe es nicht. Ich schlage mir die Hand vor den Mund und vergesse offensichtlich, dass ich Schlittschuhe trage. Denn sonst wüsste ich, dass es nicht besonders klug ist, wie eine Närrin auf und ab zu hüpfen. Ehe ich michs versehe, gerate ich ins Schlingern, verzweifelt darum bemüht, mit den Armen die Contenance zu wahren, und falle nach vorn: mitten auf Arthur.

Er stößt einen Schrei aus, versucht sein Gesicht zu schützen, wodurch ihm die Ringschachtel aus der Hand gleitet und quer über den See schliddert. Mein Versuch, sie aufzufangen, misslingt, stattdessen bringe ich Arthur zu Fall und lande auf seiner Brust. Stocksteif bleiben wir einige Sekunden liegen, ehe wir gleichzeitig zu lachen beginnen.

»Aus allen Reaktionen, die ich mir ausgemalt habe, habe ich mit dieser am wenigsten gerechnet.« Er schlingt die Arme um mich und bringt sich in eine sitzende Position.

»Es tut mir leid.« Ich muss so sehr lachen, dass mir die Tränen in die Augen steigen.

»Was tut dir leid?« Sein Blick wird scharf.

Da fällt mir ein, dass ich ihm noch eine Antwort schuldig bin. Ich robbe von seinem Schoß und krieche auf Knien über den zugefrorenen See, bis ich die Ringschachtel gefunden habe. Kleinlaut reiche ich sie Arthur – und strecke ihm dann meine Hand entgegen. »Einhundertmal Ja«, versichere ich ihm – denn was soll ich schon sagen? Ich könnte mir nichts Schöneres vorstellen, als mein ganzes Leben mit ihm zu verbringen.

Die Tränen, die daraufhin in seinen Augen schimmern,

machen mich überglücklich. Mit ungelenken Bewegungen steckt er mir den Ring an den Finger. Er passt wie angegossen.

»Ich liebe dich, Clara Marie Ellington«, flüstert er, und noch bevor ich es erwidern kann, hat er mein Gesicht zwischen seine Hände genommen und mich stürmisch geküsst. Als wären wir in einem schwülstigen Panorama, beginnt es in diesem Moment zu schneien. Flocken segeln auf uns hinab, legen sich auf seine dunklen Locken, meine erhitzten Wangen – und den goldenen Ring an meinem Finger.

Ich werde Arthur Devonshire heiraten.

7. Kapitel

London, Dezember 2025

Hin- und hergerissen zwischen einem Leben als wohlerzogene Tochter der vornehmen Gesellschaft und einer überforderten Neunzehnjährigen, die nicht weiß, wie es mit ihrer kranken Großmutter weitergehen soll, kommt mir so etwas wie Schule wie absolute Nebensache vor. Ich kann unserer Lehrerin, die von den Auswirkungen der Oktoberrevolution spricht, kaum folgen.

»Mrs Bright?« Ich hebe meine Hand und warte, bis sich die Mittfünfzigerin zu mir umgedreht hat. Sobald sie mich erkennt, wird ihr Blick missmutig. Sie war noch nie ein Fan von mir, und die letzten Wochen haben mein Image nicht gerade verbessert.

»Ich muss mal auf die Toilette.«

Sie verdreht die überschminkten Augen, als wäre der Drang, die Sanitäranlagen aufzusuchen, eine lästige Begleiterscheinung, auf die man verzichten kann. Da sie aber weiß, dass sie mir das nicht verbieten kann, nickt sie widerwillig. »Beeil dich.«

Kaum hat sie sich wieder dem Whiteboard zugewandt, packe ich meinen Kugelschreiber und den Block in meinen Rucksack. Möglichst leise schließe ich den Reißverschluss.

»Falls sie mich sucht, sag einfach, mir ging's nicht so gut und ich bin nach Hause«, raune ich Hannah zu.

»Mach ich. Viel Glück.«

Ich hebe die Hand zum Abschied, dann schleiche ich mich durch die hintere Tür nach draußen.

Mir ist bewusst, dass es meine Chancen auf einen guten Abschluss – oder überhaupt irgendeinen Abschluss – nicht erhöhen wird, wenn ich schwänze. Aber es gibt Dinge im Leben, die sind wichtiger als die Oktoberrevolution.

Granny zum Beispiel. Und die Tatsache, dass der Arzt sie nur heute Vormittag bei uns in der Wohnung besuchen kann.

Ich schlinge mir den Strickschal enger um den Hals und ziehe die Mütze bis kurz über die Augen. Das Wetter ist – typisch Dezember – unberechenbar, und kaum habe ich die Bridgefield School verlassen, schlägt mir eine Mischung aus Hagel und Regen ins Gesicht. In der romantisierten Vorstellung von Weihnachten sorgt der Schnee dafür, dass die Tage länger wirken, das Licht aussieht wie ein nie enden wollender Sonnenaufgang. In Wahrheit ist es kaum elf Uhr und schon wieder dunkel. Seufzend stecke ich mir die Kopfhörer in die Ohren, starte meine *Sad Gloomy Christmas*-Playlist und entscheide mich für *So Much Wine* von Phoebe Bridgers. Dann beeile ich mich, nach Hause zu kommen.

❄

Der Doktor hat sich für halb eins angekündigt, weswegen mir noch Zeit bleibt, um Granny notdürftig zu waschen und ihr ein frisches Nachthemd überzuziehen. Sie wirkt abwesend heute, als wäre sie mit den Gedanken weit weg. Hinzu kommt, dass sie kaum mit mir spricht, was nie ein gutes Zeichen ist.

»Hör zu, ich muss kurz das Fenster aufmachen, damit die schlechte Luft verfliegt. Soll ich dir noch eine Decke bringen?« Sie schüttelt bloß teilnahmslos den Kopf. Das Buch, das neben ihr auf dem Nachttisch liegt, hat sie seit ein paar Tagen nicht mehr angerührt.

Vorsichtig lege ich ihren Kopf auf das Kissen und stecke die Decke wie bei einem Neugeborenen um ihren Körper fest. Jedes Mal, wenn ich Granny anfasse, bin ich erschrocken darüber, wie dünn sie geworden ist. Jedes Mal, wenn ich merke, wie schlecht es ihr wirklich geht, frage ich mich, ob ich mehr tun könnte. Mir hat es geholfen, heute Morgen mit Mom zu sprechen. Auch wenn sie aus der Ferne nicht viel für mich tun kann, bedeutet es mir viel, ihre Stimme zu hören und sie auf dem Laufenden zu halten.

Und ich möchte mich auf die positiven Dinge konzentrieren. Dass Granny gestern eine halbe Stunde auf dem Balkon gesessen hat. Auf dem Balkon, auf dem noch immer kein Weihnachtsbaum steht …

Wenn ich heute Abend von meiner Schicht nach Hause komme, werde ich endlich die Kiste mit Adventsschmuck vom Dachboden holen, das nehme ich mir fest vor. Lichterketten und Rauschgoldengel ändern vielleicht nichts an unserer Situation, aber ein bisschen Glitzer hat noch niemandem geschadet.

Ein Miauen reißt mich aus dem Moment. Ich öffne das Fenster und drehe mich um. Im Flur steht Freddie und sieht mich aus großen gelben Augen an.

»Was zur Hölle«, murmele ich und gehe zu ihm. »Wie bist du denn hier hineingekommen?«

Er legt den Kopf schief, so als wüsste er die Antwort auf die Frage selbst nicht. Dafür, dass es heute den ganzen Tag geregnet hat, sieht er überraschend gepflegt aus. Einzig sein Geruch lässt mich die Nase rümpfen.

»Er ist über den Balkon reingeklettert«, sagt Granny da. Überrascht drehe ich mich zu ihr um. »Ich habe ihn an der Scheibe gesehen und ihn reingelassen.«

»Das heißt, du bist heute aufgestanden?« Ich verenge die Augen zu Schlitzen.

»Gestern Nachmittag war das. Seitdem treibt er hier sein Unwesen.«

Zweifelnd blicke ich von Freddie zu meiner Großmutter und wieder zurück. »Granny, wir können ihn nicht hierlassen. Außerdem braucht er Futter.«

»Er scheint nicht besonders wählerisch zu sein.« Ihre Stimme klingt schwach, aber ich bin froh, dass sie endlich mit mir spricht. »Er hat sich aus dem Eisschrank ein bisschen Fleisch ausgesucht, das ich ihm aufgetaut habe.«

»So, hat er das?«, wiederhole ich und frage mich, ob Granny damit den Truthahn meint, den ich für die Weihnachtstage gekauft habe, weil er im Sonderangebot war. Dann blicke ich wieder zu dem Kater, der es sich auf dem Flokatiteppich vor dem Fenster gemütlich gemacht hat. Freddie gähnt ausgiebig, ehe er sich zu einer Kugel zusammenrollt und die Augen schließt. Niedlich ist er ja schon, aber er gehört auf die Straße und nicht zu uns!

»Er hat bestimmt Krankheiten oder so …« Mein Murmeln wird von der Türklingel unterbrochen, die mich aufspringen und in Richtung Flur rennen lässt.

Doctor Martin steht kurz vor der Pensionierung, zumindest deuten seine weißen Haare und die Falten, die großzügig auf seinem Gesicht verteilt sind, darauf hin. Schon in meiner Kindheit ist er mir uralt vorgekommen.

Seine Brille ist beschlagen von der Kälte, als ich ihm die Tür öffne. Von seinem Mantel tropft der Schnee.

»Billie«, begrüßt er mich freundlich.

»Danke, dass Sie es sich einrichten konnten, Doctor Martin.« Ich merke, wie ich mich entspanne. Die Anwesenheit eines Arztes bedeutet, dass ich nicht mehr allein für Granny verantwortlich bin.

»Den Flur lang, durch die Tür dahinten«, sage ich, als wäre er nicht bereits öfter bei uns gewesen. Seine Stiefel hinterlassen ein quietschendes Geräusch auf dem Laminat. In der Hand trägt er eine alte Ledertasche.

Während Doctor Martin Granny untersucht, sitze ich auf der Couch und fühle mich nutzlos.

Granny gibt sich fitter, als sie ist. Schäkert mit dem Doktor, macht Witze und unterhält sich ausführlich über das Wetter. Es macht mich wütend, dass sie einfach nicht ehrlich ist.

»Billie? Könnte ich noch kurz mit dir sprechen?« Doctor Martin legt das Rezept, das er Granny soeben ausgestellt hat, auf den Couchtisch. Mit dem Kopf nickt er Richtung Tür, woraufhin ich ihn in die Küche führe. Bloß, dass ich hier dringend mal aufräumen müsste. Schmutziges Geschirr stapelt sich im Abfluss, auf dem Tisch liegt mein halb aufgegessenes Käsebrot von heute Morgen und der Fleck auf dem Boden stammt von einem Glas Apfelsaft, das ich verschüttet und nie weggewischt habe.

Kleinlaut rücke ich Doctor Martin einen Stuhl zurecht und bin froh, dass er seinen Blick nicht auf das Chaos um ihn herum, sondern einzig auf mich richtet. Ich setze mich ihm gegenüber auf die Eckbank.

»Ich möchte ehrlich sein, Billie«, beginnt er – und sofort spannt sich mein Körper wieder an. »Ich habe die Lunge deiner Großmutter abgehört und es ist nicht auszuschließen, dass sie eine Lungenentzündung entwickelt. Ihr fällt das Atmen schwer; es könnte sein, dass sich im Lungengewebe bereits Flüssigkeit gesammelt hat.« Seine Miene ist professionell, es ist das Mitgefühl darin, das mich trifft.

»Was bedeutet das?«, erkundige ich mich.

»Nun ja.« Doctor Martin faltet die Hände auf der Tischplatte. Beschämt schiebe ich mein angebissenes Käsebrot aus seiner Reichweite.

»Um eine bessere Diagnose stellen zu können, empfiehlt sich ein Krankenhausaufenthalt. Das muss nicht lange sein. Mit einer Röntgenuntersuchung können wir sicher erkennen, welche Teile der Lunge betroffen sind und auch einen Bluttest durchführen. Außerdem haben wir dort effektivere Behandlungsmöglichkeiten.«

Ich nicke, weil ein Teil von mir damit gerechnet hat. Der andere fürchtet sich vor den Gedanken, die damit verbunden sind: Wenn jemand ins Krankenhaus muss, bedeutet es, dass es ihm sehr schlecht geht. Dass ich ihn allein nicht mehr gesund bekomme. Ich kralle meine Hände um die Tischplatte.

»Es ist ein Rat, keine ärztliche Anordnung«, fährt Doctor Martin fort. »Ich würde anders mit dir sprechen, wenn ich es für absolut notwendig hielte. Trotzdem denke ich, es ist eine gute Idee.«

»Es wird schwer sein, sie davon zu überzeugen. Meine Großmutter mag Krankenhäuser nicht besonders.« Als ob das irgendjemand tun würde. Dennoch nickt Doctor Martin verständnisvoll. Auf seiner Oberlippe sprießen erste Härchen eines Barts, so als ob er sich heute Morgen nicht ordentlich rasiert hätte.

»Es ist schwer, mit ihr darüber zu reden. Falls es aber ...«, ich schlucke, »falls es irgendwann so weit sein sollte, hört sie sicher eher auf Sie als auf mich.« Erneut versuche ich mich an einem Lächeln. Ich kenne den Arzt, seit ich klein bin, und bis heute fühle ich mich in seiner Gegenwart wohl. Vielleicht wird es in meiner Kehle deswegen so eng, als er sich zu mir vorbeugt und fragt: »Kommst du zurecht, Billie? Du musst das hier nicht alles allein schaffen. Du kannst dir Hilfe holen. Wenn die Pflege deiner Großmutter irgendwann zu viel wird …«

Ich lasse ihn nicht aussprechen. »Es ist schon in Ordnung«, sage ich stattdessen und strecke die Schultern durch. »Meine Mutter kommt bald wieder heim, und ansonsten hoffe ich einfach, dass sie schnell wieder gesund wird. Das Rezept haben Sie auf den Couchtisch gelegt?«

Doctor Martin nickt, schiebt seinen Stuhl nach hinten und steht auf. »Ich wünsche euch ein schönes Weihnachtsfest.«

Ich begleite ihn in den Flur, reiche ihm seinen Hut und verabschiede ihn durch das Treppenhaus. Dann gehe ich zurück ins Wohnzimmer, wo Granny bereits wieder eingeschlafen ist. Ihr Mund steht offen, ihr Brustkorb hebt und senkt sich in gleichmäßigen Atembewegungen. Eine Weile setze ich mich auf das Sofa und beobachte sie. Ihr langes graues Haar, das einen Schnitt nötig hätte. Die eingefallenen Wangen, den faltigen Hals.

Etwas berührt mich am Bein, und als ich den Blick nach unten richte, sehe ich Freddie, der mit der Pfote gegen meine Wade klopft.

»Wo kommst du denn schon wieder her?«, murmele ich vor mich hin, aber weil er mich so traurig ansieht, fasse ich mir ein Herz und klopfe auf den freien Platz neben mir. Schnurrend schmiegt er sich kurz darauf an meine Hüfte. »Du weißt schon, dass du nicht für immer hierbleiben kannst?« Gedankenverloren kraule ich seinen kleinen Kopf und stupse gegen seine weiße Nase. In diesem Moment ist mir seine Anwesenheit gar nicht so unangenehm. Der Kater sorgt dafür, dass ich mich weniger allein fühle – und das ist mir in einem Leben, in dem ich mir Sorgen um Granny mache, immerhin ein kleiner Trost.

8. Kapitel

London, April 1813

Der Wandkalender vor mir hat keine freien Flächen mehr. Jedes einzelne Feld habe ich in den letzten Wochen und Monaten mit einem schwarzen X durchgestrichen, das letzte vor ein paar Stunden.

Denn heute ist es so weit: Heute werde ich Arthur Clyde Devonshire heiraten. Obwohl sein Antrag fast fünf Monate zurückliegt, kann ich es immer noch kaum glauben. Es gibt Momente, in denen ich so glücklich bin, dass sich mein eigenes Leben wie ein Traum anfühlt – und ich mich insgeheim davor fürchte, aufzuwachen. *Misses Clara Marie Devonshire.* Ein warmer Schauer gleitet mir über den Rücken.

Ich werfe meinem Spiegelbild einen letzten Blick zu und nehme die Treppenstufen nach unten in die Eingangshalle. Harriet verabschiedet sich tränenreich von mir; dann geleitet sie mich nach draußen, wo die Kutsche auf mich wartet. Vater steht vor dem Wagen, gekleidet in seinen feinsten Anzug. Mit einer Mischung aus Stolz und Wehmut sieht er mich an – und genauso fühle ich mich heute: stolz darauf, die Frau des Mannes zu werden, dem ich mein Herz geschenkt habe – und wehmütig, weil ich mein Leben, wie ich es kenne, hinter mir lassen und Arthur auf das Landgut seiner Familie folgen werde. Doch manchmal muss man das eine Glück aufgeben, um ein noch größeres zu erhalten.

Die Sonne strahlt vom Himmel, es ist der erste warme Tag nach einer langen Regenperiode. Heute scheint mir die Gunst des Frühlings hold zu sein. Ich atme die frische Luft ein, die nach Abenteuer und einem Neuanfang schmeckt – dann lasse ich mir an der Hand meines Vaters in die Kutsche helfen. Als sich der Wagen in Bewegung setzt und unser Haus hinter uns immer kleiner wird, realisiere ich allmählich, was passiert.

❄

»Bist du aufgeregt?«, fragt Vater mich, als sich die kleine Kapelle in mein Sichtfeld schiebt. Schon meine Eltern haben sich hier das Jawort gegeben, und ich bin froh, diese Tradition fortsetzen zu dürfen.

»Ja, aber vor allem freue ich mich. Ich habe so lange auf diesen Tag gewartet.« Ich streiche mir eine Falte aus dem rosafarbenen Kleid, das vollkommen nach meinen Wünschen gestaltet wurde: Seide mit einem Überrock aus Tüll mit hoher Empire-Taille und kurzen Puffärmeln. Doch erst die Rosenstickereien machen es zu einem wahrhaften Hingucker. Ich habe mich nie so schön gefühlt wie heute.

»Arthur ist ein Gentleman. Einem Vater fällt es niemals leicht, seine Tochter an einen anderen Herren zu übergeben, aber du hast es wahrhaft gut getroffen.« Er nickt, wie um sich selbst davon zu überzeugen. »Noch viel besser allerdings hat er es getroffen.«

»Danke, Vater.« Ich greife nach seiner Hand, spüre die Wärme unserer Familie, die mich auch durch die dunkelsten Tage getragen hat.

Und als die Kutsche anhält, bin ich bereit, mein neues Leben aufzunehmen. An Vaters Hand gehe ich bis zur Kapelle, in der sich die Hochzeitsgäste bereits eingefunden haben. Ich freue mich nicht nur auf die Zeremonie, sondern vor allem darauf, Arthur wiederzusehen. In den letzten Wochen war er geschäftlich viel unterwegs und ich vermisste ihn schmerzlich. Was mir jedoch blieb, waren seine Briefe: seine verliebten Worte, einzig an mich gerichtet. Nahezu jeden Tag brachte der Bote mir einen Umschlag, dessen Siegel ich unter meiner Bettdecke brach.

Ich kann es kaum erwarten, endlich wieder bei ihm zu sein. Vor allem, weil er sich, eingespannt in einen geschäftlichen Auftrag seines Vaters, in den letzten Tagen nicht mehr gemeldet hat.

Vor der Kapelle fasst Vater mich an beiden Händen und sieht mich so lange an, als müsste er sich jedes Detail meines Antlitzes einprägen. »Du bist mein ganzer Stolz und meine ganze Freude, Clara.« In seinen Augen schimmert es feucht. Er haucht mir einen Kuss auf die Stirn, der mich auf eine besondere Art und Weise bewegt, weil Berührungen in unserer Familie selten sind. Er nimmt mich kurz in den Arm, dann betritt er mit mir das Gotteshaus. An seiner Hand schreite ich den Gang entlang. Die Aufregung, die ich eben noch unter Kontrolle hatte, bricht aus mir heraus – wie ein wildes Tier aus dem Käfig. In meinem Mund wird es trocken, als mein Blick über die Gäste schweift. Wir feiern die Hochzeit im kleinen Kreis, dennoch trägt jeder einzelne Anwesende zu meiner Nervosität bei. Bis auf Rose, die in der ersten Reihe sitzt und mich anstrahlt. In ihrem hellgrünen Kleid und den zu Locken gedrehten Haaren sieht sie bezaubernd aus. Ich tausche ein Lächeln mit ihr, dann richte ich meine Aufmerksamkeit auf den Altar, vor dem der Pfarrer wartet, der Arthur und mich trauen wird.

Arthur. Ich drehe mich nach rechts, damit Vater mich meinem Zukünftigen übergeben kann. Bloß, dass da niemand steht. Arthur ist nicht da.

»Mit Verlaub«, dringt auf einmal eine Stimme aus der Menge der Anwesenden, in der ich Arthurs Mutter erkenne. »Mein Sohn wird sich verspäten. Er ist heute Morgen zu einem Reitausflug aufgebrochen …« Alles, was danach kommt, geht im Strudel meiner Gedanken unter. Es passt nicht zu Arthur, sich zu verspäten. Er war stets vor der Zeit, noch dazu würde er den wichtigsten Tag seines Lebens niemals mit solch schlechten Manieren bestreiten.

»Was soll ich tun?«, flüstere ich in Vaters Richtung, der lediglich mit den Schultern zuckt. »Er kommt sicherlich gleich«, sagt er – und tatsächlich öffnen sich in diesem Moment die Türen der Kapelle.

Ein Stein der Erleichterung fällt von meinem Herzen, bis ich realisiere, dass der Mann, der übereilt in die Kirche stolpert, nicht Arthur ist, sondern Henry. Sein älterer Bruder, dessen Fehlen mir bislang nicht aufgefallen ist. In seiner Hand hält er ein Stück Papier.

»Henry!« Misses Devonshire dreht sich zu ihrem Sohn um. »Was um Himmels willen ist geschehen?«

Henry nimmt keine Notiz von ihr. Stattdessen geht er mit wehendem Frack auf mich zu.

»Mein aufrichtiges Beileid, Miss Ellington«, sagte er – und in diesem Moment weiß ich, dass etwas Schreckliches passiert ist. Mein Unterbewusstsein liefert mir Bilder, bevor Henry seine Worte erläutert. Ich sehe Arthur im Graben liegen, verletzt nach einem Sturz von seinem Hengst. Sehe ihn überfallen von einer Bande Straßenräuber. Orientierungslos im Wald.

Henry kommt auf mich zu und ist mir schließlich so nah, dass man es als unschicklich bezeichnen könnte, wären da nicht die besonderen Umstände. Seine Stimme wird leise, die Worte, die er ausspricht, sind vorerst nur für mich gedacht. »Ich bitte aufrichtig um Verzeihung. Im Namen meines Bruders. Er … wird nicht kommen.«

»Was bedeutet das?« Meine Stimme bebt. Ich zwinge mich dazu, einzig auf Henrys Gesicht zu schauen und alle anderen Anwesenden auszublenden.

»Mein Bruder wurde heute Morgen in Gretna Green gesichtet, wo er einer unbekannten Frau das Jawort gab. Die beiden sind allem Anschein nach durchgebrannt.«

Ich schwanke, muss mich am Altartisch festhalten, um nicht das Gleichgewicht zu verlieren. Mit offenem Mund blicke ich zu Henry, doch das, was er sagt, ergibt keinen Sinn. Ich kenne Arthur, kenne ihn möglicherweise besser als meine eigene Schwester. So etwas würde er niemals …

Ein Streich. Das muss es sein. Arthur hatte schon immer einen komischen Sinn für Humor.

»Netter Versuch.« Meine Stimme zittert. »Aber da muss er sich schon etwas Besseres einfallen lassen.« Erneut blicke ich in Richtung der Kapellentüren, in der Hoffnung, dass Arthur hereinstürmt und seinen Streich aufklärt. Doch in mir hat sich längst ein Abgrund geformt, der größer wird, als Henry ungelenk einen Arm um meine Schulter legt.

»Es tut mir überaus leid, Miss Ellington.« Das, was er sagt, dringt wie im Nebel zu mir durch. »Ich hatte einen Verdacht, aber da mir die Beweise fehlten …«

»Er kommt wahrhaftig nicht?« Ich formuliere es als Frage,

doch eigentlich weiß ich, dass es sich um eine Tatsache handelt. Von jetzt auf gleich wird mir übel. Ich presse mir die Hand vor den Bauch, kämpfe gegen den Drang, mich zu übergeben, an und sehe die Anwesenden nur noch verschwommen.

»Clara! Wie furchtbar!« Mutter löst sich aus dem Pulk der Gäste, kommt auf mich zu, doch ich ertrage das nicht. Mir wird alles zu viel. Undamenhaft dränge ich mich an ihr vorbei und rausche durch den Kapellengang, auf die offenen Türen zu. Tränen steigen mir in die Augen, ich werde blind für alles andere. Hoffentlich folgt mir niemand. Scham breitet sich in mir aus. Darüber, dass ich Arthur so leichtfertig geglaubt habe. Dass ich seine Worte nicht einen einzigen Tag angezweifelt und ihm blind vertraut habe.

Die Frühlingssonne, über die ich mich heute Morgen noch freute, scheint mir nun hämisch ins Gesicht. Ich schirme meine Augen mit der Hand ab, blinzele gegen das Licht an und laufe unbeirrt weiter. Den Schotterweg entlang, den wir mit der Kutsche genommen haben, über ein Weizenfeld, bis ich eine Ansammlung von Bäumen finde, die das Sonnenlicht abhalten und in deren Schatten ich mich fallen lasse.

Ich schlage die Hände vors Gesicht und weine. Mein ganzer Körper bebt, ich schluchze hemmungslos – und für einen Moment fühlt es sich an, als würde ich sterben. Wütend reiße ich mir den Schleier vom Kopf und schleudere ihn gegen den Stamm der Eiche. Am liebsten würde ich auch das vermaledeite Kleid zerreißen.

Wie konnte ich nur so töricht sein?

Wie kann er mir das nur antun?

Die letzten Wochen spielen sich in einer Endlosschleife vor meinem inneren Auge ab. Verzweifelt suche ich nach Anzeichen für Henrys Taten, nach Indizien, die mich hätten warnen sollen. Und vielleicht gab es sie auch: seine lange Abwesenheit, dass er mir in den letzten Tagen nicht mehr schrieb … Doch ich war so voller Liebe für ihn, dass ich blind für alles andere wurde.

Grob wische ich mir über das Gesicht. Ein Abdruck von Rouge zeigt sich auf meinem Handrücken. Ich möchte gar nicht wissen, wie verweint ich aussehe. In einem Anflug von Überforderung ziehe ich die Beine an den Körper und schlinge meine Arme darum. Mit dem Kopf auf den Knien weine ich um all das, was ich verloren habe.

Es braucht eine Weile, bis sie mich finden. Und als ich schließlich Schritte höre, ist es niemand aus meiner Familie. Stattdessen blicke ich in das besorgte Gesicht von Henry Devonshire. In diesem Moment sieht er Arthur so ähnlich, dass es mich beinahe umbringt.

»Sie können meiner Familie ausrichten, dass ich noch ein paar Minuten benötige«, sage ich, meine Stimme klein und unsicher. »Dann komme ich zurück.« Ich blinzele gegen die Tränen an, als Henry sich neben mich setzt.

»Ich möchte …«

Allein sein, wollte ich sagen, jedoch spüre ich, dass mir seine Gegenwart nicht unangenehm ist. Im Gegenteil: Mein rasendes Herz wird etwas ruhiger. Dennoch schaffe ich es nicht, ihn anzusehen, richte den Blick stattdessen auf den Waldboden unter mir.

»Mein Bruder war in den vergangenen Wochen nicht oft zu Hause. Ich ging davon aus, dass er bei Ihnen weilt, aber wahrscheinlich war dem nicht so.« Henry ringt die Hände. »Mich überkamen die ersten Zweifel, als ich in den Stallungen einen fremden Damenhut fand. Und in Henrys Räumlichkeiten ein Parfüm roch, das dort nicht hingehörte.«

Ungehindert rinnen mir die Tränen über die Wangen. Sosehr ich auch versuche, mich zusammenzureißen, es will mir nicht gelingen.

»Ich Tölpel! Das hätte ich nicht sagen sollen. Das müssen Sie nicht wissen, Sie …«

»Nicht doch.« Ich schniefe und fahre mir über die Nase. »Ich möchte wissen, was passiert ist. Was ich … falsch gemacht habe.«

Nun sehe ich Henry doch an; er hat die Lippen fest aufeinandergepresst und die Stirn in Falten gelegt. »Clara, so etwas dürfen Sie nicht einmal denken. Mein Bruder war es, der einen Fehler gemacht hat – nicht Sie.«

»Und doch muss es irgendetwas an meinem Verhalten gewesen sein, das ihn dazu verleitet hat, mir nicht mehr treu zu sein.«

Henry mahlt mit dem Kiefer. »Wer auch immer Ihnen solche Gedanken eingepflanzt hat – Sie sollten sie schnellstmöglich vergessen. Sie haben nichts falsch gemacht, Clara. Einzig meinen Bruder trifft die Schuld.« Mit zusammengebissenen Zähnen fügt er ein »Was ein schrecklicher Mensch« hinzu.

»Wer ist es? Wen hat er …«

Geheiratet ist das Wort, das es nicht über meine Lippen schafft. Weil die Wahrheit, die sich dahinter verbirgt, zu überwältigend ist.

»Das weiß ich nicht«, sagt Henry, und ich bin mir nicht sicher, ob es das besser oder schlechter macht. Denn oftmals ist der Feind, den man kennt, leichter zu ertragen, als der, der namenslos daherkommt.

»Mein Bruder …«, Henry räuspert sich verlegen, »hatte schon immer eine Schwäche für das weibliche Geschlecht. Unserem Vater war sein Verhalten ein Dorn im Auge, während meine Mutter sich darüber freute, wie gut ihr Sohn bei den Londoner Damen ankam.« Henry bläht die Nüstern. Als er den Kopf in meine Richtung dreht, ist die Narbe auf seinem Gesicht alles, was ich sehe.

»Darf ich Ihnen eine Frage stellen?«

»Ein Brand«, sagt er schlicht. »Arthur war sechs, ich zehn. Wir waren zur Erholung auf dem Land bei unserer Tante Beatrice und haben uns verhalten … nun, so wie Kinder es nun mal tun. Eines Tages musste das Hausmädchen, das eigentlich auf uns aufpassen sollte, aufgrund eines Notfalls das Anwesen verlassen, wodurch Arthur und ich allein waren.« Er ballt seine Hand zur Faust. »Vielleicht hätte ich als großer Bruder besser auf ihn aufpassen sollen. Aber er ging mir gelinde gesagt gehörig auf die Nerven. Vier Jahre Altersunterschied sind nicht viel, wenn man bereits erwachsen ist. Doch wenn du selbst zehn bist und dein Bruder sechs, ist das eine immense Differenz.« Ein trauriges Lächeln huscht über seine Lippen. »Ich wollte bloß ein wenig Zeit für mich haben. Also ließ ich Arthur kurz allein und ging in den Garten. Als ich zurückkam, sah ich bereits die Flammen.«

»Was ist geschehen?«

»Das können wir bis heute nicht sicher sagen. Es liegt jedoch nahe, dass Arthur eine Kerze umgeworfen und diese daraufhin einen Vorhang in Brand gesetzt hat. Das Feuer breitete sich rasant aus, doch der einzige Gedanke, den ich hatte, galt meinem kleinen Bruder. Ich musste ihn retten.« Henry schluckt. »Ich lief in das brennende Haus und suchte verzweifelt nach Arthur, fand ihn allerdings nirgendwo.« Er tauscht einen kurzen Blick mit mir, ehe er auf das Weizenfeld vor uns schaut. »Das Letzte, woran ich mich erinnere, ist ein Knistern. Und ein brennender Balken, der mir direkt ins Gesicht fiel.«

Für einen Moment vergesse ich mein gebrochenes Herz. »Wie furchtbar.«

»Der Gärtner fand mich. Gerade rechtzeitig. Ich kam mit dem Leben davon, doch trage die Erinnerung auf ewig mit mir herum.« Seine Züge verhärten sich – und ich möchte etwas Aufbauendes sagen. Etwas, das seine dunklen Gedanken vertreibt. Doch das Einzige, das mir einfällt, ist: »Und Arthur?«

»War bereits in den Garten geflohen, nachdem das Feuer ausbrach. Er kam ohne den kleinsten Kratzer davon.« Ertappt sieht Henry mich an. »Das klingt, als würde ich es ihm übel nehmen. Bei Gott, das tue ich natürlich nicht. Dass er überlebt hat, ist ein Geschenk, für das ich dankbar bin. Und dennoch …«

Ist Arthur der Grund dafür, dass Henry nun diese Narbe trägt.

Ungelenk lege ich meine Hand auf seine. Eine Geste, die sich zunächst falsch anfühlt – und dennoch verharre ich so lange in der Position, bis das sonderbare Gefühl verschwindet.

»Es ehrt Sie, was Sie für Ihren Bruder getan haben.«

»Wenn man die Tatsache ignoriert, dass er erst durch meine Abwesenheit das Feuer legen konnte, vielleicht.« Henry schaut auf unsere verschränkten Hände, dann richtet er seine Aufmerksamkeit auf mich. Für eine Weile sehen wir uns nur an, und auf eine Art und Weise, die ich nicht genau bestimmen kann, bin ich froh, dass er hier ist. Dass er sich in einem Moment, in dem ich mich in einer Ausnahmesituation befinde, ebenfalls verwundbar gezeigt hat.

»Was werden Sie jetzt tun?«, fragt er mich.

»Wie es aussieht, werde ich mit meiner Familie reden müssen«, sage ich mit Blick auf die Gestalten, die sich am Rande des Weizenfeldes zeigen und in denen ich meine Mutter und

Rose vermute. »Und dann hoffe ich, dass dieser Tag ein Ende nimmt.«

Ich bin im Begriff, mich zu erheben, als Henry mich beim Arm fasst. »Falls ich irgendetwas für Sie tun kann, Clara, lassen Sie es mich wissen.«

»Das ist sehr freundlich von Ihnen.« Ich nicke, dann stehe ich auf und klopfe mir die Erde aus dem feinen Stoff. Henry reicht mir meinen Schleier. Mit ihm in der Hand stakse ich über das Feld, bereit, mich meinem Schicksal zu stellen.

9. Kapitel

London, Dezember 2025

Ich schlage die Augen auf – und etwas in meiner Brust brennt. Mein Herz sticht so sehr, dass ich wiederholt nach Luft schnappe und mich auf dem Bett in Embryonalstellung zusammenrolle. Heiße Tränen rinnen mir über die Wangen und tropfen auf das Kissen unter mir. Verzweifelt versuche ich, mich aufzurichten, doch ich habe keine Kraft. Es ist, als hätte ein böser Geist alles Leben aus meinem Körper gezogen.

»Hilfe«, will ich rufen, doch das Wort schafft es nur als Flüstern über meine Lippen. Mir bricht der Schweiß aus, ich bekomme es mit der Angst zu tun: Was passiert mit mir?

Irgendwie gelingt es mir, mir die Decke von den Beinen zu schieben und mich am Bettpfosten hochzuziehen. Nach und nach ergeben sich die Konturen meines Zimmers vor meinen Augen. Ich blicke vom Hochbett nach unten, auf den Fellteppich, auf dem der goldene Mistelzweig liegt.

Alles in mir erstarrt, ehe mein Kopf mich unbarmherzig mit Erinnerungen füttert: die geplatzte Hochzeit. Arthurs neue Frau. Ich allein vor dem Altar.

Ich schlinge die Arme um meine Mitte und schluchze, während ich mich frage, wie etwas, das meinem früheren Ich vor über zweihundert Jahren passiert ist, heute so wehtun kann.

Doch genau so ist es: Mir kommt es vor, als werde ich bei lebendigem Leib verbrannt. Der Gedanke an Arthur bringt mich um, gleichzeitig setzt er eine Wut in mir frei, die es mir endlich gestattet, die Treppe hinunterzuklettern. Ich bücke mich nach dem Mistelzweig und erinnere mich an das, was im Brief gestanden hat: *Möchten Sie die Reise in die Vergangenheit für immer beenden, zerstören Sie das Artefakt.* Meine Hände gleiten über die filigran ausgearbeiteten Blätter. Es wäre ein Leichtes, sie umzuknicken. Aber möchte ich das? Bin ich bereit, die Vergangenheit hinter mir zu lassen?

Es ist Granny, die mir die Entscheidung vorerst abnimmt. Denn während ich den Mistelzweig noch in der Hand halte, steht sie auf einmal im Türrahmen. In einem ihrer alten Hauskleider und mit gemachten Haaren. Vor Schreck lasse ich den Mistelzweig fallen.

Sie sieht immer noch blass aus, und doch ist es Wochen her, seit sie das letzte Mal selbst aufgestanden ist und sich zurechtgemacht hat. Die Tatsache erfüllt mich mit so großer Freude, dass ich über den Hustenanfall hinwegsehe, der sie ereilt und sie zwingt, sich am Türrahmen festzuhalten.

»Granny.« Ich laufe auf sie zu und vergesse Arthur für einen Moment. »Wieso bist du wach?«

»Weil ich erkannt habe, dass es nicht besser wird, wenn ich noch einen Tag in diesem vermaledeiten Bett verbringe.« Ihre Stimme klingt schwach, doch es ist das Lächeln auf ihren Lippen, auf das ich mich konzentrieren möchte. Das mir Hoffnung gibt.

»Aber du hast immer noch Fieber.«

Sie macht eine wegwerfende Geste, vor allem wohl, um mich daran zu hindern, ihr die Hand auf die Stirn zu legen.

»Die Medikamente von Doctor Martin schlagen an. Ich

fühle mich heute gut. Das sollten wir nutzen.« Sie hustet wieder; ihr Atem rasselt wie eine alte Dampflok. Ich weiß, dass das hier keine gute Idee ist. Dass sie nicht schneller gesund wird, wenn sie sich jetzt übernimmt. Aber ich habe es genauso satt, sie in diesem Bett zu sehen.

»Was hast du vor?«, frage ich deswegen. Gleichzeitig erklingt ein Miauen, und als ich auf den Boden schaue, sehe ich Freddie zu Grannys Füßen sitzen. Ich seufze, dabei bin ich selbst schuld, dass er immer noch hier ist. Zunächst war es Grannys Weigerung, ihn gehen zu lassen und ihr Wunsch nach Gesellschaft, solange ich weg bin. Aber ich habe selbst mitgespielt und ihm schließlich sogar Futter gekauft.

»In neun Tagen ist Weihnachten und diese Wohnung sieht aus wie ein Grab.« Granny schiebt anklagend die Lippe vor. »Wo sind die Lichterketten? Wo der Baum? Und hatten wir nicht auch mal einen großen Engel fürs Treppenhaus?«

»Es tut mir leid, dass ich mich noch nicht darum gekümmert habe. Ich … hatte dieses Jahr einfach nicht den Kopf dafür.« Und es nicht einmal auf den Dachboden geschafft, auch wenn ich es mir fest vorgenommen hatte.

Granny legt mir die Hand auf die Schulter. Jetzt, da ich ihr so nah bin, rieche ich, dass sie sogar etwas von ihrem Parfüm aufgetragen hat. »Wir haben ja noch ein paar Tage Zeit. Musst du heute arbeiten?«

»Ja, aber erst am Abend. Ich wollte mich vorher mit Hannah treffen und für die Matheklausur lernen.« Und das ist dringend nötig, sonst kann ich mir meinen Abschluss abschminken.

»Das könnt ihr hier machen«, schlägt Granny vor, woraufhin ich die Brauen hochziehe. Seit ihr Krankenbett bei uns im Wohnzimmer steht, habe ich niemanden mehr hierher eingeladen. Nicht nur, weil wir den Tisch an die Wand schieben mussten und er beladen mit Grannys Kleidung, Medikamenten und Hygieneartikeln ist, sondern weil – um es mit Grannys Worten zu sagen – *diese Wohnung aussieht wie ein Grab.*

»Ich koche euch eine heiße Schokolade – und vielleicht kann ich auch ein paar Plätzchen backen. Haben wir Zutaten für Vanillekipferl da?«

»Oh nein.« Ich sehe sie streng an. »Nur, weil du heute einen guten Tag hast, bedeutet das nicht, dass du gleich übertreiben musst. Du bist immer noch krank.«

Sie schnaubt. »Ich habe es satt ...«

»Das weiß ich. Und ich freue mich, dass du auf bist und dich angezogen hast. Aber wir müssen einen Schritt nach dem anderen nehmen, damit es nicht zu viel wird. Okay?« Ich beende unseren Blickkontakt erst, als sie seufzend zustimmt.

»Wir machen es folgendermaßen: Du setzt dich auf die Couch, ich mache dir einen dieser kitschigen Weihnachtsfilme an, die du so sehr magst, und rufe Hannah an. Wir räumen hier ein bisschen auf, sie kommt zum Lernen vorbei – und vielleicht bleibt dann noch genug Zeit, die Wohnung zu schmücken, bis ich zur Arbeit muss. Und falls wir nicht alles schaffen«, füge ich hinzu, weil Granny protestierend die Hand hebt, »ist morgen auch noch ein Tag. Da habe ich sogar frei.«

Sie grummelt etwas, gibt sich aber schließlich geschlagen. Ich schlinge den Arm um ihre Hüfte und führe sie zurück ins Wohnzimmer, wo mir eine Welle aus Hitze und Desinfektionsmittel entgegenschlägt. Unsere Wohnung sieht nicht aus wie ein Grab. Eher wie ein Schweinestall. Das schnelle Aufräumen wird nicht mehr als das Gröbste beseitigen können.

»Wir brauchen Musik. Es ist so leise in diesem Haus.« Granny sieht mich an, als wäre das meine Schuld.

»Schon gut, ich such uns was raus.« Wobei ich kaum glaube, dass sie sich mit meinen melancholischen Weihnachtssongs zufriedengibt. Wenig später sitzt sie auf der Couch, eine Decke um ihre Beine geschlungen, und schaut sich die ersten Minuten von *Tatsächlich ... Liebe* an. Kurz halte ich inne, den Blick auf den winzigen Fernseher gerichtet, wo Menschen sich am *Heathrow Airport* in den Armen liegen und die Liebe glorifiziert wird.

Mein Herz zieht sich zusammen. Der Gedanke an Arthur wird so unerträglich, dass ich das Zimmer verlassen und mir die Hand vor die Augen schlagen muss, damit Granny meine Tränen nicht sieht. Im Flur halte ich mich am Schuhschrank fest und atme tief durch.

Ich habe über Liebeskummer gelesen, kitschige Filme gesehen und Hannah jedes Mal getröstet, wenn ein Kerl ihr das Herz gebrochen hat. Und doch habe ich selbst nie welchen empfunden. Ich hatte keine Ahnung, wie weh es tut. Und wie erbärmlich es sich anfühlt, dass ich mir die Augen ausheule wegen eines Typen, der vor zweihundert Jahren gelebt und sich gegen mich entschieden hat.

❄

Im Dezember nicht in Weihnachtsstimmung zu kommen, ist schlimm. Schlimmer ist jedoch, so tun zu müssen, als wäre man in Weihnachtsstimmung, wenn man sich einfach nur ins Bett legen und weinen möchte.

Doch an Weihnachten geht es nicht um mich. Ich mache das für Granny. Das sage ich mir wieder und wieder, während ich die Kiste mit der Dekoration vom Dachboden hole und mir prompt den Finger am Karton aufreiße. Blut tropft über meine Hand auf den Boden.

Mir steht nicht der Sinn nach Lichterketten und Lametta. Umso dankbarer bin ich, dass Hannah früher aufgetaucht ist, um mir zu helfen.

»Der Wichtel kommt da oben auf den Schrank.« Wie ein Feldmarschall sitzt Granny auf der Couch und kommandiert uns herum. Sie hat gerade mit *Liebe braucht keine Ferien* angefangen, findet aber die weihnachtliche Schmuckaktion allem Anschein nach spannender. Genauso wie Freddie, der uns nonstop um die Beine streicht und dem ich schon zweimal auf den Schwanz getreten bin.

»Hilf mir mal.« Hannah entwirrt die Lichterkette und stellt sich auf die Zehenspitzen, um die obere Leiste des Wohnzimmerfensters zu erreichen. Mit Klebestreifen bringen wir die einzelnen Lampen an – und als ich die Lichterkette an den Strom anschließe, wird der Raum in sanftes warmes Licht getaucht.

Es ist das Licht meiner Kindheit. Als Weihnachten das Größte für mich war und der fünfundzwanzigste Dezember der schönste Tag des Jahres. Als ich es kaum erwarten konnte, meinen Wunschzettel zu schreiben und vor der Bescherung fast durchgedreht bin, weil ich es vor Anspannung nicht mehr aushielt. Als Mom mir Charles Dickens' *A Christmas Carol* vorgelesen hat und wir mit Granny Plätzchen backten. Als wir jedes Jahr detailliert das Festessen planten, als würden wir eine Armada an Gästen erwarten und nicht nur zu dritt feiern.

Für einen Moment fühlt sich der Gedanke an vergangene Tage warm an. Doch schnell legt sich ein dunkler Schleier darüber – und nicht zum ersten Mal frage ich mich, wie etwas so Mächtiges wie Weihnachten seinen Glanz verlieren kann.

»Billie? Alles okay mit dir?« Hannah sieht mich von der Seite an, und ich bin nicht schnell genug, meine Tränen wegzublinzeln.

»Weinst du?«

Ich werfe einen schnellen Blick zu Granny, weil ich nicht möchte, dass sie etwas mitbekommt. Ich möchte dieses Weihnachten unbedingt schön für sie machen. Um eine Ausrede zu haben, das Zimmer zu verlassen, greife ich im Karton nach einer Santa Claus-Figur, die in den Flur gehört. Auf halbem Weg passt mich Hannah ab.

»Was ist los? Du bist die ganze Zeit schon so schweigsam. Und nicht nur heute, du …«

»Nicht hier«, flüstere ich, dann nehme ich sie bei der Hand und führe sie in mein Zimmer, wo ich die Tür abschließen kann. Ich ziehe die Vorhänge zu, weil mir das kalte Winterlicht zu hell ist.

»Da rauf?« Hannah deutet auf mein Hochbett. Eine Couch habe ich auch nach all den Jahren nicht. Ich nicke, dann klettern wir beide nacheinander die Treppe hoch. Erst, als ich auf der Matratze sitze, kann ich durchatmen. Nur blöd, dass ich von hier oben die perfekte Sicht auf den goldenen Mistelzweig habe, der noch immer auf dem Teppich liegt.

»Willst du mir sagen, was los ist?« Hannahs Hand wandert auf meinen Oberschenkel. In Vorbereitung auf Weihnachten hat sie sich die Fingernägel rot-grün lackieren und mit einem Hauch Glitzer überziehen lassen.

»Es ist einfach sehr viel momentan«, sage ich das, was ich immer sage – und es stimmt ja.

»Da ist doch mehr.« Hannah dreht sich zu mir – und ich

blicke in das Gesicht, das ich seit meiner Jugend kenne und über das ich ein ganzes Buch schreiben könnte. Ich weiß, woher sie die Narbe oberhalb ihrer Lippe hat. Ich weiß, wieso in ihrer rechten Augenbraue eine Lücke ist. Ich vermisse ihre Sommersprossen, die sich nur zeigen, wenn es draußen warm ist.

Ich fühle mich bei niemandem so sicher wie bei Hannah. Und deswegen beschließe ich, mutig zu sein.

Ich kann ihr nicht die ganze Geschichte erzählen. Unmöglich wird sie mir glauben, dass ich in der Zeit gereist und meinem früheren Ich begegnet bin. Aber ich kann ihr zumindest sagen, wie ich mich fühle. Dass es da einen Typen gegeben hat, dem ich mein Herz geschenkt habe und der es gebrochen hat. Ich bin darauf vorbereitet, dass sie sich beschwert, wieso ich es ihr nicht früher erzählt habe – aber am Ende wird sie für mich da sein und Wunden heilen, die sie gar nicht verursacht hat.

10. Kapitel

London, Dezember 2025

Ich trage immer noch mein Elfenkostüm. Seit zwei Stunden liege ich im Bett. Genauso lange habe ich schon den goldenen Mistelzweig in der Hand und überlege, ob ich ihn noch einmal einsetzen soll. So geht das bereits seit Tagen, denn nach der geplatzten Hochzeit mit Arthur habe ich mich nicht mehr in die Vergangenheit getraut. Der alleinige Gedanke an ihn tut so weh, dass ich Herzrasen bekomme – und das, obwohl ich mir nachdrücklich eingeredet habe, dass es ihn eigentlich gar nicht gibt. Dass er in meinem Leben im 21. Jahrhundert keine Rolle spielt. Doch jedes Mal, wenn ich mir den Mistelzweig anschaue, gerate ich in Versuchung.

Was ist nach der Hochzeit geschehen? Ist Arthur wirklich über alle Berge – verheiratet mit einer anderen? Oder sehen wir uns noch einmal? Und was sagt meine Familie dazu? Dass ich auf Londons begehrtesten Junggesellen hereingefallen bin und nun wieder mittellos dastehe? In all dem Schmerz würde ich eine Sache gern wissen: Hat Arthur es jemals ernst mit mir gemeint? Oder war ich von Anfang an nur eine Ablenkung für ihn, ein schöner Zeitvertreib, in dem er aber nie mehr gesehen hat?

Ich erinnere mich an seine Augen. Seine Hände auf meiner Haut und all die Versprechen, die über seine Lippen kamen. War das am Ende alles eine große Lüge?

Ich werde es nicht herausfinden, wenn ich nicht noch einmal in die Vergangenheit reise. Doch jedes Mal, wenn ich den Mistelzweig in der Hand habe und kurz davor bin, die Augen zu schließen, errichtet sich eine Mauer in meinen Gedanken und ich schaffe es nicht. Ich schaffe es einfach nicht.

Seufzend klettere ich vom Bett und gehe in die Küche, um mir einen Tee zu kochen. Sosehr ich mich auch gegen die Dekoration gewehrt habe, so schön sieht die Lichterkette im Fensterglas jetzt aus. So gut macht sich das kleine Weihnachtsdorf im Flur auf dem Schuhschrank. Nicht zu vergessen der Tannenbaum, den Hannah und ich vor ein paar Tagen günstig ergattert und gestern geschmückt haben. Bloß dass wir die Kugeln weiter nach oben hängen mussten, weil Freddie jedes Mal, wenn er eine sieht, mit seiner Pfote dagegenschlagen und sie im schlimmsten Fall vom Baum schleudern will.

Das Wasser kocht; ich schnappe mir eine der extragroßen Tassen und hänge einen Zimt-Teebeutel hinein. Ich bin in einer Kultur groß geworden, die Tee als das Heilmittel für so ziemlich alles bezeichnet, und es kann ja nicht schaden, es zumindest einmal auszuprobieren.

Ich schlinge meine Hände um die warme Tasse, schließe kurz die Augen – und höre einen Schlag. Es klingt, als ob ein großer, schwerer Gegenstand von einem Schrank gefallen ist. Angestrengt lausche ich, doch es bleibt still.

Mit der Tasse in der Hand begebe ich mich in Richtung Wohnzimmer.

»Granny, ist dir was runtergefallen?«, frage ich, kaum dass ich die Tür geöffnet habe. Dann gleitet mir die Tasse aus der

Hand. Ich sehe noch, wie sie in Scherben zerspringt, da bin ich schon nach unten gesunken. Dorthin, wo ihr Körper liegt.

»Granny!« Panisch rüttele ich sie an der Schulter. »Granny, hörst du mich?« Sie liegt auf dem Rücken, den Mund seltsam geöffnet. Der obere Knopf ihres Nachthemds ist offen; die Spange, die ihr graues Haar zusammengehalten hat, liegt neben ihr.

»Granny!« Meine Berührungen werden nachdrücklicher, meine Stimme ängstlicher. Ich habe keine Ahnung, was ich in solch einem Fall tun soll, schlinge meine Finger um ihr Handgelenk, in der Hoffnung, einen Puls zu erfühlen. Als ich nichts finde, presse ich mein Ohr gegen ihren Brustkorb. Sie atmet.

Aber ich muss ihr helfen. Irgendwie.

Blindlings stehe ich auf, stolpere über die Scherben meiner Tasse und verlasse das Zimmer. Ich brauche gut und gern zwei Minuten, bis ich in den Untiefen meines Bettes mein Smartphone gefunden habe. Vor Aufregung beiße ich mir so fest auf die Unterlippe, dass ich mein eigenes Blut schmecke. Kurz überlege ich, ob ich Mom anrufen soll. Sie weiß sicher, was zu tun ist, aber habe ich so viel Zeit? Ich schüttelte den Kopf. Dann wähle ich mit eiskalten Fingern die 999. Drei ewig lange Freizeichen muss ich warten, bis sich die knarzige Stimme eines Mannes meldet.

»Meine Oma ... sie ... sie ist gestürzt. Sie ist schon länger krank, und ich ... ich weiß nicht genau, was passiert ist.« Ich halte inne, zwinge mich dazu, durchzuatmen. Wenn ich durchdrehe, ist niemandem geholfen. Daher setze ich mich auf den kleinen Sessel in meinem Zimmer und sage: »Mein Name ist Billie Woodstone. Ich wohne in der Brick Avenue Nummer 17 in Hackney. Meine Großmutter ist eben gestürzt und bewusstlos. Ich bekomme sie nicht mehr wach. Sie ist schon länger krank, hat hohes Fieber …« Meine Stimme bricht, doch immerhin habe ich das Wichtigste gesagt. Die Zeit, in der der Mann nichts erwidert, wird zur Zerreißprobe.

»Danke, Billie, dass Sie bei uns angerufen haben«, meldet er sich schließlich, und ich bin mir nicht sicher, ob ich ihm für seine professionelle Stimme dankbar sein oder ihn verachten soll. »Bitte versuchen Sie, ruhig zu bleiben. Ich verstehe, dass es eine nervenzehrende Situation für Sie ist. Wir schicken sofort einen Rettungswagen an die von Ihnen genannte Adresse. Er wird in wenigen Minuten da sein.«

Erleichtert atme ich aus. Die Tatsache, dass Hilfe auf dem Weg ist, beruhigt mich ungemein. Mit dem Handy in der Hand gehe ich zurück zu Granny ins Wohnzimmer. Sie ist immer noch bewusstlos. Ungelenk setze ich mich neben sie.

»Können Sie mir ein paar Fragen zum Gesundheitszustand Ihrer Großmutter beantworten, Billie?«

Ich nicke, auch wenn er das nicht sehen kann. »Ja«, hauche ich schließlich.

»Atmet sie?«

»Ja.«

»Sehr gut. Können Sie mir sagen, ob Ihre Großmutter Allergien hat oder bestimmte Medikamente einnimmt?«

»Sie verträgt Sellerie nicht«, sage ich und komme mir im nächsten Moment dumm vor. Als ob diese Information irgendjemandem etwas nutzen würde. »Die Medikamente«, fällt mir da ein. Umständlich stehe ich wieder auf und gehe zum Couchtisch, wo die Verpackungen von Grannys Medizin liegen. Nacheinander nenne ich dem Mann die komplizierten Namen und wiederhole sie ein zweites Mal, in der Angst, etwas vergessen zu haben.

»Vielen Dank, Billie. Das haben Sie gut gemacht. Ich leite

die Informationen an meine Kollegen weiter. Möchten Sie mit mir reden, bis jemand bei Ihnen angekommen ist?«

»Nein«, sage ich mutiger, als ich mich fühle. »Vielen Dank.«

»Danke für Ihr schnelles Handeln. Wenn noch etwas sein sollte, erreichen Sie mich jederzeit.« Damit drückt er mich weg, und die Stille in der Leitung wiegt schwer wie Blei.

Meine Hände zittern. Mit Mühe gelingt es mir, das Smartphone auf dem Tisch abzulegen. Dann robbe ich zu Granny und streiche ihr die Haare aus dem Gesicht. Ihre Augen stehen einen kleinen Spalt offen. Ich halte ihre Hand, bilde mir ein, dass sie immer kälter wird, und beobachte den Fall meiner Tränen auf ihr Gesicht.

»Granny, bitte …«, flüstere ich. Nachdem es ihr letzten Sonntag besser ging, war ich voller Zuversicht. Doch gestern ist ihr Fieber wieder gestiegen.

Hätte ich es ahnen können? Hätte ich etwas tun müssen?

Ich gehe zum Fenster, in der Hoffnung, dass der Rettungswagen schon vor unserem Haus steht. Doch wie immer, wenn man auf etwas wartet, vergeht die Zeit quälend langsam. Als es endlich an der Tür klingelt, erscheint es mir, als wäre eine Ewigkeit vergangen.

Hektisch durchquere ich das Wohnzimmer, steige über Granny hinweg und schiebe Freddie entschieden zur Seite, dessen Neugier ihn an den Ort des Geschehens getrieben hat. Meine Hände sind schweißnass, als ich den Türöffner betätige.

»Wir sind im vierten Stock«, rufe ich zur Sicherheit. Großzügig sehe ich über die Tatsache hinweg, dass ich immer noch das verdammte Elfenkostüm trage.

Kurz darauf höre ich Schritte im Treppenhaus. Zwei Männer, die eine Trage hochbalancieren.

»Meine Großmutter liegt im Wohnzimmer.« Ich deute in die Richtung und sehe sie im Flur verschwinden. Obwohl ich mir sicher bin, dass Granny noch atmet, schlägt mir das Herz bis zum Hals, als der blonde Sanitäter ihre Vitalzeichen überprüft und sie in die stabile Seitenlage bringt. Dann wirft er seinem Kollegen einen Schwall von Fremdwörtern entgegen, die ich nicht verstehe. Ich sinke zu den beiden auf den Boden, versuche aber genug Abstand zu halten, um ihre Arbeit nicht zu beeinträchtigen.

»Ich war nicht dabei, als es passiert ist. Ich habe nur den Knall gehört.« Ich habe im Gefühl, irgendetwas sagen zu müssen, damit ich mir nicht so überflüssig vorkomme.

Sie sind allerdings schon dabei, Granny auf die Trage zu hieven. Sie ist nach wie vor bewusstlos – und ich weiß nicht, ob das ein schlechtes Zeichen ist. Mit aller Kraft kämpfe ich gegen den Impuls an, *Sie wird doch wieder?* zu fragen, weil ich weiß, dass mir medizinisches Fachpersonal keine Versprechen machen darf. Dabei würde mir ein bisschen Sicherheit so sehr helfen.

»Wir nehmen Ihre Großmutter mit ins Krankenhaus. Möchten Sie mitkommen?«

Ich nicke schnell. »Soll ich … ich habe nichts für sie zusammengepackt, ich …« *Das* hätte ich mal tun sollen. Stattdessen habe ich wie festgefroren vor dem Fenster gestanden und nach einem Rettungswagen Ausschau gehalten.

»Es tut mir leid, ich …« Der blonde Sanitäter, er ist in seinen Vierzigern, legt mir beruhigend eine Hand auf die Schulter. »Wir brauchen ein paar Minuten, um Ihre Großmutter in den Wagen zu bringen. Vielleicht können Sie jetzt noch etwas zusammenpacken? Kleidung für ein paar Nächte, Hygieneartikel.«

Ich nicke schnell, dann haste ich an den beiden Männern vorbei in Richtung Badezimmer, wo ich blindlings Duschgel, Shampoo, Zahnpasta und eine Zahnbürste in einen Kosmetikbeutel packe. Dazu noch ein Deo, eine Bürste ... weiter geht's im Schlafzimmer.

Durch die Tür höre ich die Sanitäter leise miteinander reden. Wissen sie etwas, das ich nicht weiß? Sehen sie womöglich bereits das Ende vor sich und überlegen, wie sie es mir schonend beibringen können? Ich schluchze.

»Miss Woodstone? Wir wären so weit.« Der zweite Sanitäter streckt seinen Kopf zur Schlafzimmertür herein. Das Lächeln auf seinen Lippen erstirbt in dem Moment, in dem ich ihn das erste Mal direkt ansehe. Ich erstarre in der Bewegung – und dann erlebe ich eine Zeitreise. Springe zweihundert Jahre in die Vergangenheit, auf ein Weizenfeld, dessen Ausläufer Platz für einen Wald machen. Unter einer Eiche sitzen wir – er und ich – Henry und Clara.

Henry.

Arthurs Bruder.

Er steht vor mir. Offensichtlich nicht in der feinen Kleidung, die er auf der Hochzeit trug, sondern in seiner Sanitäteruniform. Und doch ist es unvergleichbar er – inklusive der Narbe auf seinem Gesicht. Eben, als alles schnell gehen musste, hatte ich keine Möglichkeit, ihn mir anzuschauen.

»Was zur Hölle«, murmele ich.

»Sind Sie so weit?«, fragt er dann. Der Ausdruck der Verwirrung ist von seinem Gesicht verschwunden.

»Natürlich«, stammele ich, auch wenn ich mir noch gar keinen Überblick über Grannys Garderobe verschafft habe. Was hat das zu bedeuten, dass er hier ist? Die Ähnlichkeit zu Henry ist so verblüffend, dass ich es unmöglich für einen

Zufall halten kann – ohnehin glaube ich nicht mehr recht an Zufälle. Aber wieso taucht er gerade jetzt hier auf?

Entschieden schiebe ich die Gedanken beiseite. Darüber kann ich später noch nachgrübeln.

Auf gut Glück greife ich in den Schrank, schnappe mir ein paar Oberteile, eine Jogginghose und Unterwäsche. Ich stopfe alles in die Reisetasche, die wir mal als Werbegeschenk einer Firma erhalten und nie benutzt haben.

Wie traurig, dass ihre erste Reise in ein Krankenhaus führt.

Als ich den Kopf hebe, ist der Sanitäter verschwunden. Schnell schlüpfe ich in meine Schuhe, ziehe den Mantel über und greife nach meinem Haustürschlüssel. Zeit, das Elfenkostüm gegen etwas Seriöses einzutauschen, bleibt mir keine. Auf dem Weg nach unten nehme ich immer zwei Stufen auf einmal.

Der ältere Sanitäter hilft mir in den Rettungswagen, wo Granny bereits auf der Trage liegt. Sie ist nach wie vor bewusstlos, aber ihre Augenlider flackern. Ein Zeichen, dass sie bald zu sich kommt?

»Setzen Sie sich hier hin.« Der Mann, der Henry zum Verwechseln ähnlich sieht, deutet auf einen Beifahrersitz in der Nähe der Liege. Während ich mich anschnalle, kann ich den Blick nicht von ihm nehmen. Das markante Kinn, die buschigen Augenbrauen, sein dichtes Haar – und wenn ich länger darüber nachdenke, ist sogar seine Stimme gleich. Ich kralle meine Hände in die Ritzen des Sitzes. *Das ist einfach nicht möglich.*

»Ist alles in Ordnung mit Ihnen, Miss Woodstone?«, fragt er, seine Stimme professionell und distanziert. Und doch war da eben ein Anflug von Überraschung auf seinem Gesicht. Was, wenn er tatsächlich Henry aus der Vergangenheit ist?

Wenn es ihn – genau wie mich – schon einmal gegeben hat? Und was bedeutet das dann für Arthur? Bewegt er sich ebenfalls im London des 21. Jahrhunderts und ich muss ihn nur finden?

Bei dem Gedanken verkrampft sich mein Herz. Nein, ich will ihn nicht finden. Er hat mich hintergangen – und ich werde nicht zu der Art Frau werden, die einem Mann, der ihr Unrecht getan hat, hinterherläuft. Das habe ich mir fest vorgenommen.

»Miss Woodstone?«

»Wie bitte?« Ich hebe den Kopf.

»Ob alles in Ordnung mit Ihnen bist? Brauchen Sie etwas?«

»Nein, ich … Wie heißen Sie?«

Henry 2.0 runzelt die Stirn. »Heath, Miss. Wieso …«

Ich schüttele den Kopf. Auf diese Weise erhalte ich keine Antworten. Mein Name in der Vergangenheit hat auch nichts mit meinem jetzigen Ich zu tun. Aber ich kann den Typen schließlich schlecht fragen, ob er in den letzten Tagen zufällig in der Zeit gereist ist.

»Wir fahren ins Homerton University Hospital. Dort kann Ihrer Großmutter geholfen werden. Wir sollten in fünf Minuten da sein.«

Ich nicke.

»Ich verstehe, dass Sie aufgeregt sind …«

Das ist es nicht. Und als mir das bewusst wird, bekomme ich ein schlechtes Gewissen. Ich sollte mich nicht in Fantasien verlieren, sondern Granny eine Stütze sein.

Mein Blick wandert zur Trage – vielleicht ist es kein Zufall, dass sie just in diesem Moment die Augen öffnet.

11. Kapitel

London, Dezember 2025

Ich hasse Krankenhäuser. Den Geruch nach Desinfektionsmitteln und steriler Luft. Die weißen Wände. Piepende Monitore. Gespräche über Krankheit und Verletzungen. Vor allem aber den Gedanken an den Tod. Dass er wie eine zweite Präsenz dauerhaft anwesend ist und nur auf seinen Einsatz wartet.

Mein ganzer Körper verkrampft. Ich sitze seit Stunden im Besucherraum und hasse mich dafür, dass ich vergessen habe, mein Smartphone einzustecken. Dafür kenne ich jetzt den ganzen Gossip aus der Klatschpresse.

Hier drin ist es warm und stickig – was vielleicht aber auch an dem Mantel liegt, den ich die ganze Zeit über trage, damit niemand mein knappes Elfenkostüm sieht. Seufzend lege ich den Kopf in den Nacken und schnaube. Da höre ich, wie sich die Tür öffnet.

»Miss Woodstone?« Eine blonde Krankenschwester mit rot angemalten Lippen lächelt mich freundlich an. »Sie können nun zu Ihrer Großmutter.«

Hastig stehe ich auf, stolpere über eine Ansammlung von Bauklötzchen, die ein Kind vor einer halben Stunde hiergelassen hat, und kann mich gerade noch an der Wand abfangen. Röte schießt mir in die Wangen. Dann folge ich der Krankenschwester hinaus in den Flur, bis in einen der großen Aufzüge, mit denen Besucher transportiert werden.

»Ihrer Großmutter geht es den Umständen entsprechend gut«, sagt die Krankenschwester und sorgt dafür, dass mir ein riesiger Stein vom Herzen fällt. »Sie hatte einen Schwächeanfall, der angesichts ihres hohen Fiebers nicht überraschend ist. Wir würden sie gern ein paar Tage zur Kontrolle hierbehalten. Bis Weihnachten sollte sie auf jeden Fall wieder zu Hause sein.« Sie zwinkert mir zu.

»Danke. Das ... das klingt vernünftig.«

Die Türen des Aufzugs öffnen sich mit einem *Pling*. »Ihre Großmutter liegt in Zimmer 321. Sie ist ansprechbar.« Die Schwester wirft mir einen mutmachenden Blick zu. Es braucht drei tiefe Atemzüge und das wiederholte Erinnern, dass es Granny besser geht, bis ich es schaffe, anzuklopfen und einzutreten.

In ihrem Zimmer stehen drei Betten, von denen allerdings nur eins belegt ist. Ich wage mich in den Raum und schließe die Tür hinter mir. Dann schiebe ich mir einen der Besucherstühle zurecht und greife nach Grannys Hand. »Ich hatte so eine Angst.« Tränen laufen mir übers Gesicht.

»Das war doch nur ein kleiner Schwächeanfall.« Sie klingt rau und nicht so sicher wie sonst. Außerdem erinnert ihre Hautfarbe an das Gespenst von Canterville. »Du hättest mich nicht gleich ins Krankenhaus schaffen müssen«, neckt sie mich.

»Du warst ohnmächtig. Ich dachte schon ...« Ich schluchze. »Sorry, Granny, ich will nicht weinen ...« Kurz wende ich mich ab, doch sie greift nach meinem Arm.

»Meine Zeit ist noch nicht gekommen, Liebling. Ich bleibe dir noch ein bisschen erhalten.«

»Versprochen?«

Und auch, wenn sie das unmöglich wissen kann, nickt sie. Und für den Moment ist es mir genug. »Du musst alles dafür tun, schnell wieder gesund zu werden. Halte dich an das, was die Ärzte sagen. Ich möchte an Weihnachten nicht allein sein.« Was für eine egoistische Aussage – und trotzdem nehme ich sie nicht zurück.

»Ach, Billie.« Granny versucht, sich aufzurichten, doch ich drücke sie sanft zurück auf die Matratze. »Unkraut vergeht nicht. Und glaube mir, ich will diesen Ort so schnell wie möglich wieder verlassen.«

Draußen ist es mittlerweile stockdunkel; der Tag hat sich schlafen gelegt und macht Platz für eine sternenlose Nacht.

»Soll ich heute bei dir bleiben? Ich darf wahrscheinlich nicht hier im Zimmer sein, aber unten gibt es einen Besucherraum ...«

»Und was willst du da machen? Stundenlang grübeln und damit doch niemandem helfen?«

»Ich ...«

Grannys knochige Finger umfassen mein Kinn. »Fahr nach Hause, Billie. Schlaf dich richtig aus und morgen kommst du mich besuchen. Es gibt nichts, was du jetzt für mich tun kannst. Du hast mich hierhergeschafft und die Ärzte werden sich um mich kümmern.«

Sie hat recht. Das weiß ich. Und doch fühlt es sich falsch an, sie allein zu lassen.

»Ich bestehe darauf«, sagt Granny, als hätte sie meine Gedanken gelesen.

»Na schön. Aber morgen früh bin ich gleich wieder hier.« Ich stehe auf, drücke ihre Hand und hauche ihr einen Kuss auf die Stirn. »Wenn du noch etwas brauchst ...«

»Es ist alles da, Billie. Ich komme zurecht.«

Aber gilt das auch für mich?

❄

Als ich das Krankenhaus verlasse, hat es zu schneien begonnen. Tausende Schneeflocken segeln vom Himmel und verwandeln das Londoner Grau in ein Märchenland. Ich beiße die Zähne zusammen. Welch Ironie, dass es ausgerechnet jetzt schneit, wo das übliche Schlammwetter so viel besser zu diesem beschissenen Tag passen würde. Ich ziehe die Kapuze meines Mantels auf und beschließe, heimzulaufen. Mir steht nicht der Sinn nach dicht gedrängten Menschen in der Underground. Zu Hause werde ich Mom anrufen und sie auf den neuesten Stand der Dinge bringen. Und dann noch mit Hannah quatschen – egal, wie spät es ist.

»Billie?«

Ich wirbele herum und sehe einen Mann vor dem Krankenhauseingang stehen. In seiner Bommelmütze und dem grauen Mantel erkenne ich ihn kaum.

Henry, denke ich.

»Heath«, fällt mir ein.

»Meine Schicht ist gerade zu Ende. Soll ich dich ... nach Hause fahren?«

Die Sache ist die: Ich steige normalerweise nicht in die Autos von wildfremden Typen. Aber besondere Umstände erfordern besondere Maßnahmen.

»Gern.« Ich nicke, und frage mich gleichzeitig, ob ich damit mein Todesurteil unterschrieben habe.

»Alles klar. Ich parke dort hinten.« Mit der behandschuhten Hand deutet er in Richtung Mitarbeiterparkplatz. Ich folge ihm durch die Dunkelheit bis zu seinem Auto, einem roten Renault Twingo. Schweigend nehme ich neben ihm Platz. Im Innenraum des Fahrzeuges riecht es nach Tannen und Wald.

»Warst du bei deiner Großmutter?«, fragt er, um das Schweigen zu brechen. In einer einzigen eleganten Geste fährt er das Auto aus der Parklücke und fädelt sich in den Verkehr ein.

»Ja. Sie war wach und es geht ihr schon besser. Zum Glück.«

»Der Aufenthalt im Krankenhaus wird ihr sicherlich guttun.«

Ich nicke und zwinge mich dazu, den Blick nach vorn zu richten und Henry – Heath – wie auch immer – nicht allzu verhohlen anzustarren. Sonderlich gut gelingt mir das nicht, denn er legt den Kopf schief.

»Ich habe fünf Jahre als Feuerwehrmann gearbeitet. Bei einem Einsatz ist ein brennender Balken auf mein Gesicht gefallen. Daher meine Narbe.«

»Oh.« Ich presse mir die Hand vor den Mund. »Ich habe nicht … ich wollte nicht …« Währenddessen setzt mein Gehirn die fehlenden Puzzleteile zusammen. *Ein Brand. Ein Balken, der ihn getroffen hat.* Ist so viel Zufall überhaupt möglich?

»Ich komme damit klar. Sicher, es ist nicht schön …«

»Nein, das wollte ich nicht sagen. Wirklich nicht.« Ich fasse ihn am Arm – und ziehe meine Hand sogleich wieder zurück, denn was zur Hölle tue ich hier? Vielleicht ist es besser, wenn ich einfach die Klappe halte.

»Wie war noch mal die Adresse?«

»Brick Avenue 17«, murmele ich, doch die Aussicht, zurück in das dunkle Haus zu gehen, behagt mir nicht. »Bist du auch aus London?«

»Ich wohne in Islington.« Er grinst mich an.

»Oh, das ist ja gar nicht weit.« Aus irgendeinem Grund freut mich das. Gleichzeitig wird mir bewusst, dass ich dringend Schlaf brauche.

»Was hatte eigentlich das seltsame Kostüm zu bedeuten?«

Ich werde krebsrot. »Ähm.«

»Kein Kostüm? Dein Alltagsoutfit? Dann bitte ich in aller Form und Würde um Verzeihung.«

Jetzt ist es an mir, zu grinsen. »Nein. Kein Alltagsoutfit. Aber kennst du den Moment, wenn du von der Arbeit nach Hause kommst und einfach nur deine Ruhe haben willst? Und keine Kraft hast, dich noch umzuziehen? Das war heute. Und es wäre beinahe gut gegangen ...«

»... wenn deine Grandma nicht einen auf Stuntfrau gemacht hätte?«

Ich lache. »Exakt.«

»Aber in welchem Job verkleidet man sich als Wichtel?«

»Ich bin kein Wichtel, ich bin ein Elf. Das ist ein wichtiger Unterschied«, stelle ich klar. »Ich zeige Touristen London zur Weihnachtszeit.«

»Wie schön.« Es hätte sarkastisch klingen können, aber seine Augen leuchten. Er hat *wirklich* schöne Augen.

»Ich liebe Weihnachten«, fügt er hinzu. »Es ist die schönste Zeit im Jahr für mich.«

Ich möchte dem etwas hinzufügen, doch wir haben unser Ziel bereits erreicht. Heath parkt direkt an der Straße. Meine Hand schließt sich um den Türöffner, aber aus unerfindlichen Gründen schaffe ich es nicht, auszusteigen.

Wenn ich jetzt gehe, sehe ich ihn wahrscheinlich nie wieder. Und werde mich mein Leben lang fragen, ob es eine Verbindung gibt. Zwischen Henry Devonshire und dem Mann neben mir, der fragend den Kopf zur Seite neigt.

Mein Mund öffnet sich zu einer Frage, aber ich schaffe es nicht. Stattdessen hebe ich ungelenk die Hand. »Danke fürs Heimfahren und schöne Weihnachten.«

»Schöne Weihnachten, Billie.«

12. Kapitel

London, kurz vor Weihnachten, 2025

So einsam es zu Hause auch ist, ich bin froh, dass Granny im Krankenhaus die Behandlung bekommt, die sie braucht. Ich besuche sie jeden Tag – und endlich sehe ich Fortschritte. Seit gestern wirkt sie nicht mehr so schwach, und auch der Husten hat nachgelassen. Die Ärzte sind zuversichtlich, dass ich Weihnachten zusammen mit ihr in unserer Wohnung verbringen kann.

Ich bin zwar immer noch nicht in festlicher Stimmung, aber die Tatsache, dass sich jemand um Granny kümmert, hat einen großen Teil des Gewichts von mir genommen.

Wäre da nicht der vermaledeite Mistelzweig.

Jeden Abend bin ich kurz davor, ihn zu benutzen. Ein letztes Mal in die Vergangenheit zu reisen. Doch ich bringe es einfach nicht über mich. Und vielleicht soll ich das auch gar nicht: Vielleicht endet meine Geschichte im 19. Jahrhundert genau so und es soll gar nicht weitergehen. Bloß verstehe ich dann nicht, was der Brief gemeint hat.

Auch wenn die Vergangenheit hinter uns liegt, hat sie uns manchmal noch etwas mitzuteilen.

Was soll mir diese Vergangenheit schon mitteilen? Dass ich vor zweihundert Jahren ein gutes Leben geführt habe, bis ich dumm genug war, mich in einen Mann zu verlieben, der mir das Herz gebrochen hat? Und von da an nur noch Ärger und Schmerz auf mich warteten? Soll das meine Lektion für mein jetziges Leben sein? Dass ich mich ja nie verliebe?

»Du weißt gar nicht, wie gut du es hast.« Ich kraule Freddies Kopf. »Du kannst den ganzen Tag faul hier drinnen liegen und musst dich um nichts kümmern. Du hast einen warmen Platz, genug zu fressen und brauchst dich nicht mit komplizierten Fragen zu beschäftigen.« Ich seufze verdrießlich und nehme einen Schluck von meinem Tee. Der Schnee der letzten Tage hat sich in ein graues Gemisch verwandelt. Es nieselt. Trotzdem muss ich jetzt meine Haare flechten, mich in mein Elfenkostüm quetschen und einer Gruppe Touristen den Zauber von Weihnachten näherbringen.

Ich schiebe den Kater zur Seite und hieve mich von der Couch. Zehn Minuten später sehe ich aus wie ein völlig übermüdeter Elf, der sich einfach nur wünscht, dass dieses Jahr ein Ende nimmt. Aber das ist nichts, was ein bisschen Glitzer nicht retten könnte, oder? Großzügig verteile ich ihn auf meinen Augen und klebe mir kleine Funkelsternchen auf die Wangen.

»Auf in den Kampf«, murmele ich, da klingelt es an der Tür. Verwirrt strecke ich den Kopf zum Fenster raus, kann aber auf die Schnelle niemanden ausmachen. Ich bin versucht, mich einfach taub zu stellen – denn wie wichtig kann es schon sein? –, als ich mich dann doch an der Gegensprechanlage melde.

»Hallo?« Mehrere Sekunden lausche ich die Stille, doch nichts passiert. Allem Anschein nach ein Versehen.

Also schnappe ich mir meine Kopfhörer, schlüpfe in Mantel und Schuhe und verlasse die Wohnung. Ich bin zwar noch ein bisschen früh, aber so muss ich mich zumindest nicht hetzen.

Kaum habe ich die Haustür geöffnet, entdecke ich das in rotes Seidenpapier eingewickelte Päckchen, auf dem sich mein Name befindet. Ich hebe die Brauen. Hannah und ich haben unsere Geschenke für dieses Jahr schon ausgetauscht, und sonst erwarte ich nichts. Verstohlen schaue ich mich um, dann reiße ich es auf. Geduld war noch nie meine Stärke.

Ein Papierkarton kommt zum Vorschein, in dem sich ein goldener Tannenzapfen befindet. Er ist etwa so groß wie meine Faust und macht sich sicherlich schön als Weihnachtsdekoration. Bloß wer soll mir so etwas schenken? Und wieso ...

»Du magst dieses Kostüm wirklich.«

Vor Schreck lasse ich den Karton fallen, als ich einen Mann hinter unseren Briefkästen sehe. Nein, nicht *einen* Mann. Heath. Ein wenig peinlich berührt kommt er auf mich zu, die Hände in dicken Fäustlingen versteckt, die graue Pudelmütze auf seinem Kopf.

»Ich bin auf dem Weg zur Arbeit. Kann ich ... kann ich dir helfen?« Mit fahrigen Bewegungen schiebe ich den Tannenzapfen zurück in den Karton.

»Ich ... nein.« Nervös wippt er auf den Fußballen auf und ab. »Ich wollte dir das nur geben.«

»Das ist von dir?« Natürlich ist es von ihm. Wieso sonst würde er hinter den Briefkästen rumlungern?

»Danke«, sage ich. »Das ... kommt überraschend.«

Er lacht, ein kehliger, dumpfer Ton, der meine Nervosität etwas löst. »Gott, das muss so komisch auf dich wirken, es tut mir leid.« Heath macht Anstalten, mir den Karton aus der Hand zu nehmen.

»Hey, der gehört mir«, erwidere ich grinsend. »Du kannst dir ja einen eigenen kaufen.«

»Das kann ich leider nicht.« Betreten blickt er auf seine Sneakers hinab, die bei dem Regenwetter bestimmt schon durchnässt sind. »Er … war selbst eine Art Geschenk.«

»Und da schenkst du ihn einfach weiter?« Ich schürze die Lippen.

»Er kam zusammen mit einem Brief Anfang Dezember. Einem komischen Brief, den ich nicht so richtig verstanden habe. Denn das, was darin stand …« Er kratzt sich an der Stirn. »Sorry, ich sollte nicht hier sein.«

»Warte.« Ich trete einen Schritt auf ihn zu. »Dieser Brief … war der zufällig ohne Absender? Und hat dich dazu eingeladen, eine Reise in die Vergangenheit zu unternehmen?« Ich hätte nicht gedacht, dass ich das mal laut aussprechen würde. Und noch weniger, dass mein Gegenüber heftig nickt.

»Ein goldener Tannenzapfen«, murmele ich. »Bei mir war es ein goldener Mistelzweig.«

»Du hast also auch eine Einladung gekriegt.« Er strahlt richtig – und ich kann es ihm nicht verdenken. Seit Wochen schleppe ich dieses Geheimnis mit mir herum.

»Habe ich. Und … ich habe es auch ausprobiert.«

Heath presst die Lippen zusammen. Für einen Moment schafft er es nicht, mich anzusehen. Dann aber macht er doch einen Schritt auf mich zu und greift nach meiner Hand. »Du bist es, oder? Clara Ellington?«

Ich nicke. Auf einmal wird mir ganz warm. Ob es die Röte auf meinen Wangen ist oder die Tatsache, dass Heath meine Hand hält – ich weiß es nicht.

»Und du bist …«

»Henry Devonshire, zu Diensten.« Er macht eine umständliche Verbeugung, die mich zum Lachen bringt.

»Glaubst du … es gibt uns *alle* in dieser Zeit?«

»Ich habe keine Ahnung. Du bist die Einzige, die ich gefunden habe.«

»Mh.« Dieses Gespräch fühlt sich nicht wie eines an, das wir im Regen vor der Haustür führen sollten. Wenn ich allerdings nicht gleich losgehe, komme ich zu spät zu meiner Schicht – und ich brauche das Geld.

Ich hole tief Luft. »Was machst du heute Abend?«

»Ich muss bis zehn arbeiten, danach bin ich frei.«

»Was hältst du davon, wenn wir uns im Hyde Park treffen? Ein bisschen spazieren gehen und … reden?«

Billie, meldet sich mein Unterbewusstsein. *Du kennst diesen Typen kaum. Mach mal halblang. Du hast keine Ahnung, wer er ist.*

Aber stimmt das? Kenne ich ihn wirklich nicht? Oder hat er vor zweihundert Jahren nicht schon einmal meine Hand gehalten und mich in den Arm genommen, als mein Herz gebrochen wurde?

❄

Wir haben keine Nummern ausgetauscht, und als es auf halb elf zugeht, glaube ich, dass er mich versetzt hat. Dass ihm die ganze Sache eine Spur zu krass ist und er sich lieber auf sein Leben im 21. Jahrhundert konzentriert. Was ich auch tun sollte. Vor allem, da ich eben erfahren habe, dass Granny morgen, am 23. Dezember, nach Hause kommt! Bis dahin gibt es noch einiges zu tun. Die Weihnachtsdekoration steht zwar, ist zwischen all dem schmutzigen Geschirr, den Kartons von Lieferdiensten und Bergen von Kleidung, die ich waschen sollte, aber schwer erkennbar.

»Sorry, dass ich zu spät bin. Wir hatten einen Notfall auf der Station.«

Ich blicke von meinem Smartphone auf – direkt in Heaths gestresstes Gesicht. Und ich merke, dass ich mich wirklich freue, ihn zu sehen. Ein Lächeln legt sich auf meine Lippen.

»Kein Problem. Alles okay im Krankenhaus?«

»Schön wär's. Aber ich hab zumindest jetzt frei.« Er zieht sich seine Mütze gerade – und dann teilen wir jenen unangenehmen Moment zwischen zwei Menschen, die sich gerade erst kennenlernen und noch nicht wissen, was sie einander sagen sollen.

»Wollen wir ein Stück gehen?« Heath deutet auf die beleuchtete Parkfläche.

Eine Weile tauschen wir uns über Belanglosigkeiten aus, die mir allerdings gar nicht so belanglos erscheinen. Denn mit jeder Sache, die er über sich erzählt, wächst meine Neugier.

Er heißt Heath Patrick Wellfair. Er ist vierundzwanzig Jahre alt und kommt ursprünglich aus Belfast. Was überraschend ist, denn seinen irischen Akzent hört man ihm nicht an. Er hat eine kleinere Schwester, die er über alles liebt, und eine Mutter. Sein Vater ist nach der Scheidung wieder zurück nach Irland gezogen. Heath wohnt in Islington in einer WG mit zwei anderen Jungs und liebt es zu tauchen. Seine letzte Beziehung ist, und ich weiß nicht so recht, wieso er mir das erzählt, zwei Jahre her.

Das sind die Dinge, die er mir über sich verrät.

Dabei erfahre ich mindestens genauso viel über ihn, wenn er *nicht* spricht. Dass er mir seine Jacke gibt, kaum dass ich zu frieren beginne. Dass er alle paar Minuten in den verschmutzten Himmel schaut, in der Hoffnung auf Sterne. Dass er mich ausreden lässt und wirklich zuhört, unabhängig davon, was ich gerade sage. Dass er mich zwischendurch immer mal wieder anschaut – und manchmal ein paar Sekunden zu lang.

»Ich glaube nicht, dass wir erfahren werden, wer uns diesen Brief geschickt hat«, sagt Heath. »Im Dezember passieren manchmal … unerklärliche Dinge. Vielleicht ist es ein Weihnachtswunder.«

»Als Weihnachtswunder würde ich das, was dein verdammter Bruder mir angetan hat, nicht gerade bezeichnen.«

»Das vielleicht nicht. Aber die ganze Sache drum herum. Dass wir schon mal gelebt haben. Und wir uns tatsächlich *erleben* durften.«

»Was magst du an deinem alten Ich?«

Wir nehmen nebeneinander auf einer Bank Platz, die Aussicht auf einen zugefrorenen Teich bietet. Zum Glück hat es vor ein paar Stunden aufgehört zu regnen. Lediglich die Sitzfläche ist noch etwas feucht.

»Oh, Henry hatte definitiv einen besseren Style als ich. Und er konnte sich besser ausdrücken. Aber ich hasse, was für ein Feigling er war.«

Ich hebe die Brauen. »Wieso das?«

»Henry ist eine jener Personen, die ihr Leben damit verschwenden, niemals zu sagen, was sie wirklich fühlen, aus Angst davor, verletzt zu werden.«

»Er kam mir nicht sonderlich … verschlossen vor.«

»Weil du ihn nicht kanntest. Das hätte er niemals zugelassen.«

Heath richtet den Blick auf den gefrorenen See, und ich denke daran, wie Arthur und ich Schlittschuhlaufen waren und er mir den Antrag gemacht hat. Sein Betrug tut noch immer weh, aber nicht mehr so sehr wie vor ein paar Tagen. Möglicherweise hat ein Teil meines Unterbewusstseins verstanden, dass Clara nicht wirklich *ich* ist, bloß jemand, der ich einmal war. Und dass das, was Arthur getan hat, einem anderen Leben angehört.

»Haben wir ... genau dasselbe in der Vergangenheit erlebt? Sind wir immer zeitgleich ... gereist?«

»Was war dein letzter Tag?«

»Die geplatzte Hochzeit. Danach habe ich es nicht mehr übers Herz gebracht. Und bei dir?«

»Ein paar Monate weiter noch.«

»Hast du ... hast du ihn noch mal gesehen?« Ich kann nicht leugnen, dass ich Angst vor seiner Antwort habe. Und beinahe erleichtert bin, als Heath den Kopf schüttelt.

»Nein, gar nicht mehr. Er hat sich nicht ein einziges Mal gemeldet. Und auch dich habe ich nicht mehr gesehen. Ich kann dir also leider nicht sagen, wie dein Leben weitergegangen ist.«

»Mh.«

»Hast du vor, noch mal zu reisen?«

Ich schüttele den Kopf, und in diesem Moment weiß ich, dass ich eine Entscheidung getroffen habe. »In diesem Brief steht ja sowieso, dass die Reisen nur für ein kleines Zeitfenster geöffnet sind.« Aus den Taschen meines Mantels hole ich mir meine Handschuhe, weil es langsam kalt wird. »Und trotzdem frage ich mich, was der Sinn hinter dem Ganzen ist. Welche Lektion ich daraus ziehen soll.«

»Muss es immer eine Lektion geben? Ich habe lange aufgehört, andauernd nach einem Grund zu suchen.« Ein Schatten schleicht sich auf sein Gesicht. »Als meine Eltern sich vor Jahren haben scheiden lassen, haben alle gesagt, dass ich den Grund verstehen werde, wenn nur genug Zeit vergeht. Nun, sagen wir es so: Ich warte immer noch.« Er lächelt, aber es erreicht seine Augen nicht.

»Das kenne ich. Meine Mutter hat mir meinen Vater nie vorgestellt. Ich bin quasi das *Produkt einer einzigen Nacht.*« Mein Lächeln verwandelt sich in eine Fratze. »Im Endeffekt bin ich froh, bei Mom und Granny groß geworden zu sein, denn sie haben mir alles gegeben, was ich brauchte. Und trotzdem habe ich nie den Sinn dahinter verstanden, wieso ich meinen Vater nicht kennenlernen durfte.« Ich seufze. Es sollte sich falsch anfühlen, Heath so früh schon so viel zu sagen, aber so ist es nicht. Vielleicht kennen unsere Seelen sich ja wirklich schon viel länger.

»In meinem Brief stand, dass die Vergangenheit mir etwas zu sagen hat. Vielleicht suche ich deswegen nach dem Warum.«

»Wirklich?« Heath dreht sich in meine Richtung. Seine Schulter streift meine für den Bruchteil einer Sekunde. »Bei mir stand drin, dass eventuell jemand in der Vergangenheit auf mich wartet.«

Seine Worte hängen schwer zwischen uns. Ein Teil von mir wartet darauf, dass er sie ausführt, doch Heath sagt nichts weiter.

»Wie auch immer diese Sache ausgeht … Das, was dieses Jahr passiert ist, werde ich wohl so schnell nicht vergessen. Blöd nur, dass ich mit niemandem darüber reden kann.«

»Wer weiß. Vielleicht hat dieses *Zeitreisen* gerade erst angefangen und immer mehr Menschen kriegen die Möglichkeit dazu. Vielleicht sind wir so was wie Versuchskaninchen.« Heath lacht, dann schaut er erneut gen Himmel. Es beginnt zu regnen – kleine Tropfen, die das Ende unseres Gesprächs einläuten. Schweigend laufen wir hintereinanderher, nehmen die Underground nach Hackney und verabschieden uns vor meiner Wohnung.

Heath streckt mir die Hand entgegen, aber alles an dieser Geste fühlt sich falsch an. Dafür kennen wir uns zu gut – zu lange. Deswegen bin ich mutig, trete auf ihn zu und nehme ihn in den Arm. Seine Haare riechen nach Tannen – genauso wie der Innenraum seines Autos. Ein paar Herzschläge zu lange halte ich ihn fest. Und an diesem Abend lerne ich noch eine Sache über Heath: *Er* fühlt sich gut an. *Sehr, sehr gut.*

13. Kapitel

London, Weihnachten, 2025

Liebe Grüße aus den Highlands! Hier hat es eben ein bisschen geschneit und alles ist so weihnachtlich! Ich hoffe, dir und deiner Oma geht's gut. Kann's kaum erwarten, dich wiederzusehen.

Das Bild von Hannah und Colin macht mich melancholisch. Sie stehen vor einer grünen Hügellandschaft, dick eingepackt in Winterjacken und Schals. Der Wind zerrt derart an ihren Haaren, dass ich ihre Gesichter kaum erkennen kann. Ich reagiere mit einem lachenden Emoji auf ihre Nachricht.

»Granny? Schau mal.« Ich öffne den Kameramodus und richte das Display auf meine Großmutter, die auf dem Sofa sitzt und von ihrem Buch aufschaut. Santa Claus hat ihr heute Morgen drei schlüpfrige neue Liebesromane geschenkt; mit dem ersten ist sie so gut wie durch. Granny blinzelt, dann schiebt sie sich die Brille zurück auf die Nase und grinst mit mir in die Kamera. Sie ist immer noch schwach, aber die Tage im Krankenhaus haben ihr gutgetan – und ich kann vorsichtig behaupten, dass sie sich auf dem Weg der Besserung befindet.

Liebe Grüße von uns, schreibe ich Hannah. *Vermisse dich.*

Dann nehme ich die zwei Schälchen Christmas Pudding aus dem Schrank und ziehe die Frischhaltefolie ab. Das Rezept dazu befindet sich seit Generationen im Familienbesitz; Granny hütet es so sehr, dass ich es nicht einmal mit Hannah teilen darf.

Ich setze mich zu ihr auf die Couch und stelle die beiden Schälchen mit Löffel vor uns ab. Draußen schneit es – und in meine traurige Weihnachts-Playlist haben es tatsächlich ein paar fröhliche Songs geschafft, die jetzt im Hintergrund laufen.

Bei allem, was hätte sein können, ist Weihnachten doch gar nicht so schlimm dieses Jahr.

Ich versenke meinen Löffel in der Creme und seufze, als sich der Geschmack von Trockenfrüchten, Zimt und einem Hauch Rum auf meiner Zunge ausbreitet. Wir haben beschlossen, den Tag mit einem süßen Frühstück zu starten. Heute Abend gibt es traditionell Truthahn mit Roast Potatoes, zumindest ist das der Plan. Ich hoffe, dass meine Kochkünste dafür ausreichen.

Aber selbst, wenn nicht – gerade habe ich so etwas wie Frieden mit meinem Leben geschlossen. Es gibt immer noch vieles, was nicht so läuft, wie ich es gern hätte, und nur, weil es Granny besser geht, bedeutet das nicht, dass sie wieder gesund ist. Doch gerade ist alles irgendwie okay. Und manchmal reicht das schon.

»Da fällt mir ein.« Granny beugt sich über die Lehne der Couch. »Das lag gestern vor unserer Tür.« Sie streckt mir einen roten Briefumschlag entgegen, auf dem mein Name steht.

»Von wem ist der?« Anscheinend wird es zur Gewohnheit, Briefe ohne Absender zu bekommen.

»Vielleicht ein geheimer Verehrer?« Granny wackelt mit den Augenbrauen.

»Dir steigen deine Liebesromane zu Kopf.«

»Na los, mach schon auf.«

Das muss sie mir nicht zweimal sagen, denn wie schon erwähnt: Geduld ist nicht meine Stärke. Ich reiße den Umschlag auf – und finde ein kleines quadratisches Stück Papier darin.

25. Dezember, 13 Uhr, Victoria Park. Ich habe etwas herausgefunden. Bring den Mistelzweig und den Tannenzapfen mit. Liebe Grüße, Heath.

Mein Herz schlägt eine Oktave höher, dann blicke ich panisch auf die Uhr neben Grannys Bücherregal. Halb eins.

»Glaubst du, ich kann dich eine Stunde alleinlassen?«

»Was hast du denn vor?« Neugierig sieht sie mich an.

»Ähm ... Das sage ich dir, wenn ich wieder da bin, in Ordnung?« Ich warte ihre Antwort nicht ab, sondern rausche aus dem Wohnzimmer und ziehe mir meinen Mantel und die Stiefel an. Im letzten Moment erinnere ich mich daran, Mistelzweig und Tannenzapfen mitzunehmen. Jetzt, da sie nicht mehr für Zeitreisen gebraucht werden, hängen sie als Dekoration im Flur.

Außer Atem erreiche ich den Victoria Park zehn Minuten zu spät. Vor dem *Crown Gate West,* dem großen Eingangstor, wartet niemand – und auch sonst wirkt die Parkfläche wie ausgestorben. Bin ich zu spät? Ist Heath schon gegangen? Wieso haben wir auch keine Handynummern ausgetauscht? Frustriert atme ich aus, als ich einen Schatten hinter mir wahrnehme.

»Du bist ja doch noch gekommen.«

Ich wirbele herum. Heath lächelt mich an. Seine Lippen

sind von der Kälte ganz blau und von seinem dunklen Haar perlt geschmolzener Schnee. Mein Herz klopft schneller, als ich ihn sehe und mir wird bewusst, dass ich ihn vermisst habe.

»Frohe Weihnachten übrigens. Wie geht es deiner Großmutter?«

»Gut so weit. Sie hält sich tapfer. Nun sag schon, was du herausgefunden hast.« Ich nestele den goldenen Mistelzweig und den Tannenzapfen aus meiner Manteltasche und strecke sie ihm auffordernd entgegen. Er greift jedoch nicht danach.

»Wollen wir ein Stück gehen?« Heath deutet in Richtung der *Chinese Pagoda,* ein mehrstöckiges Gebäude im chinesischen Stil, das eines der Wahrzeichen des Parks ist. Schweigend laufen wir nebeneinanderher – und irgendwann verstecke ich Mistelzweig und Tannenzapfen wieder in meiner Manteltasche, weil es nicht so aussieht, als würde er irgendetwas damit machen wollen.

»Erinnerst du dich an das, was ich dir über Henry gesagt habe?« Heath bleibt stehen.

»Dass er lieber sterben würde, als zu seinen Gefühlen zu stehen?«

»Ganz genau. Und vielleicht hat er deswegen letztlich einen Fehler gemacht.«

Ich lege den Kopf schief. Heath bläst die Backen auf, das, was er im Begriff ist, zu sagen, scheint ihm schwerzufallen. »Henry war in dich verliebt. Quasi von Anfang an. Seit er dich das erste Mal auf dem Ball der Westwicks gesehen hat. Es war wie ...«, er grinst, »eine Erleuchtung für ihn. Liebe auf den ersten Blick, falls du an so was glaubst. Er hat dich – er hat Clara – gesehen und wusste, dass sie die Eine für ihn ist.«

»Was?« Ich zermartere mein Gehirn nach Anzeichen, die darauf hingedeutet haben. Blicke, versteckte Berührungen, irgendetwas.

»Bloß, dass sein Bruder ihm zuvorkam. Arthur ist selbstbewusst und nimmt sich das, was er haben möchte. Henry ist introvertiert, lässt anderen den Vortritt – und verpasst dadurch sein eigenes Glück. Aber manchmal zieht er mit dieser Zurückhaltung auch andere ins Unheil.«

»Was meinst du damit?«

»Er kannte die ... Schwächen seines Bruders. Und wusste, dass Treue für ihn ein Begriff ist, den er immer wieder neu definiert. Clara war nur seine neueste Eroberung, sein neuestes Projekt.«

Mein Herz zieht sich zusammen. Heath tritt einen Schritt auf mich zu. »Ich wollte dich damit nicht verletzen.«

»Schon gut. Ich bin nur immer noch dabei, all das, was passiert ist, zu verarbeiten. Also ... Henry war die ganze Zeit in mich verliebt?«

»Ja. Und hätte er ein bisschen mehr Mut besessen, hätte er sich schon vorher um dich bemüht. Und dir gesagt, was er wirklich empfindet. Das hätte den Verlauf der Geschichte vielleicht verändert.«

Die Atmosphäre um uns herum wird dichter und irgendwie schwerer. Der Moment, in dem Heath schweigt, hallt laut in meinen Ohren wider. Ich räuspere mich. »Hast du da nicht jemanden vergessen?«

Er runzelt die Stirn. »Wen meinst du?«

»Mich. Clara. Denn selbst wenn Henry in Clara verliebt war, bedeutet das nicht, dass Clara seine Gefühle erwidert hätte. Denn ... um ehrlich zu sein, war ich ziemlich verknallt in Arthur. Auf diese Art und Weise, dass die Welt stehen bleibt, wenn er nicht bei dir ist, aber ein Wort von ihm ausreicht, um alles wiedergutzumachen.« Ja, das ist mir mittlerweile peinlich. Nein, ich kann nichts daran ändern.

»Ich weiß.« Heath fährt sich durch die Haare. »Aber vielleicht … geht es hier auch nicht nur um Henry.« Er holt so tief Luft, dass sich sein Atem in einer Rauchwolke manifestiert.

»Kommt jetzt der Punkt, an dem du mir erzählst, was du herausgefunden hast?«

Er lacht. »Ich glaube, ich muss dir was gestehen. Ich habe gar nichts herausgefunden. Ich brauchte einfach einen Vorwand, um mich mit dir zu treffen.«

Mir klappt die Kinnlade herunter. »Wie bitte?«

»Das bedeutet nicht, dass ich dir nichts zu sagen habe«, rudert er schnell zurück.

»Es bedeutet aber, dass ich die beiden Artefakte umsonst mitgenommen habe.«

»Vielleicht.«

Ich will ihm böse sein, aber ich schaffe es nicht. Stattdessen klopft mein Herz auf einmal ganz laut und meine Hände werden schwitzig.

»Henry hat sich nie getraut, dir zu sagen, was er wirklich fühlt. Vielleicht hätte es nichts geändert, vielleicht wären die Dinge trotzdem so eingetreten. Dennoch möchte ich nicht dieselben Fehler machen wie er.« Er stockt, schüttelt den Kopf und setzt neu an. »Vielleicht kommt das aus dem Nichts für dich, vielleicht ist es überstürzt. Aber für mich fühlt es sich an, als wäre ich seit über zweihundert Jahren in dich verliebt.« Er stößt die Luft aus seinen aufgeblasenen Wangen aus, schafft es nicht, den Blick zu halten. Weswegen er nicht sieht, wie ich lächle. Wie meine zitternden Hände auf einmal ganz ruhig werden.

»Heath?«

Er hebt den Kopf, auf seinem Gesicht ein Ausdruck von Reue. Aber da sind auch seine unfassbar blauen Augen. Seine vollen Lippen. Und vor allem: mein pochendes Herz.

»Ich möchte gern etwas ausprobieren.« Dann stelle ich mich auf die Zehenspitzen, um den Größenunterschied zwischen uns wettzumachen. Ganz sanft presse ich meine Lippen auf seine, warte darauf, wie er reagiert, doch er hat die Augen längst geschlossen. Ich lege meinen Kopf schief und intensiviere den Kuss.

Meinen *ersten* Kuss.

Denn das, was vor zweihundert Jahren geschehen ist, scheint auf einmal nicht mehr so wichtig. Ein anderes Leben, ein anderer Mensch. Und doch trage ich Clara Ellington in mir – und möchte es in Zukunft für sie besser machen.

Atemlos löse ich mich von ihm – und als Heath die Augen aufschlägt, glänzen sie.

»Verdammt. Damit habe ich nicht gerechnet.« Er spielt mit den Fingern meiner Hand herum, es fühlt sich warm und vertraut an.

»Weißt du was? Als Erinnerung an diesen ... besonderen Dezember sollst du meinen Mistelzweig bekommen. Und ich behalte deinen Tannenzapfen.« Meine freie Hand wandert in die Manteltasche, doch da ist nichts mehr. Lediglich ein bisschen Goldstaub klebt an meinen Fingerspitzen.

»Was ...«

»Vielleicht sollte es die ganze Zeit darauf hinauslaufen. Möglicherweise ... war es das, was die Vergangenheit uns zu sagen hatte. Wir sollten uns finden – und jetzt, da diese Mission geglückt ist, brauchen wir die Artefakte nicht mehr.«

Es klingt so simpel, fast schon ein bisschen zu einfach.

Aber vielleicht müssen die Dinge nicht immer kompliziert sein. Eventuell hält das Leben manchmal Überraschungen für uns bereit, Geschenke, die wir einfach annehmen und genießen dürfen.

Fam Schaper

Midnight Magic

1. Kapitel

Eins.

Ich atme tief ein und aus, um nicht durchzudrehen.

Zwei, drei.

Wie konnte das nur passieren?

Vier. Fünf.

Ich ermahne mich, weiter meinen Atem zu zählen. Was gar nicht so leicht ist, wenn man vor unterdrückter Spannung fast vibriert.

Sechs. Sieben. Acht.

Gerade bin ich mir sicher, dass ich den Ursprung all meiner Probleme auf einen Moment in meinem Leben zurückführen kann: das erste Mal, als ich Silas Drake gesehen habe.

Neun. Zehn.

Es war in meiner ersten Alchemiestunde. Ich wollte alles perfekt machen und beweisen, dass ich es verdient habe, Novizin in einer der größten Magiergilden New Yorks geworden zu sein. Ich war voll konzentriert. Und dann war da auf einmal dieser Junge mit den leuchtend blauen Augen.

In meiner Magengrube kribbelte es leicht, und auch in meinen Fingerspitzen. Das hätte ich als die Warnsignale erkennen müssen, die sie waren.

Dann würde ich jetzt nicht auf einem unbequemen Holzstuhl in dem Büro des Großmeisters sitzen und darauf warten, dass er zurückkehrt und über mein Schicksal entscheidet.

»Das ist alles deine Schuld«, zische ich Silas zu, der neben mir sitzt. Doch ich wende mich nicht zu ihm um, sondern halte den Kopf gesenkt. Vor Großmeister Hale will ich möglichst reuevoll aussehen, damit er mich nicht aus der Gilde wirft.

Allein beim Gedanken daran wird mir übel. Ich habe so hart gekämpft, um hier zu sein. Es kann nicht so enden.

Bitte bitte bitte nicht, flehe ich im Stillen, ohne zu wissen, an wen ich mich damit eigentlich richte.

»Meine Schuld?«, zischt Silas genauso leise zurück, obwohl wir nach wie vor allein in diesem großen Zimmer sind, in dem es immer ein bisschen durch die alten Glasfenster zieht, was mir auch jetzt wieder eine Gänsehaut beschert. »Mach es dir ruhig leicht.«

Ich schnaube. »Ist das nicht dein Ding, Drake?«

»Was willst du damit sagen, *Grimm?*«, fragt er spöttisch.

Ich kann seinen Blick spüren. Meine Wange kribbelt. Doch ich hebe nach wie vor nicht den Kopf. Wegen Großmeister Hale und der Reue, die ich gleich zur Perfektion verkörpern muss.

Und vielleicht – ganz vielleicht – auch, damit ich den lilafarbenen Knutschfleck an Silas' Hals nicht sehen muss, den ich dort vor gerade mal einer Stunde auf seiner Haut hinterlassen habe.

Meine Wangen werden heiß, als ich daran denke, was wir getan haben.

Und dann wird mir schlagartig eiskalt, als ich mich daran erinnere, wohin uns unser Leichtsinn geführt hat.

»Dass du riesige Fehler machen kannst, aber es letztendlich

nie eine Rolle spielt, weil du ein Drake bist und deine Familie dich immer rausboxen wird. Nicht jeder von uns genießt dieses *Privileg.*« Das betone ich wie ein Schimpfwort.

Ich spüre, dass sich Silas neben mir verspannt, ohne dass ich dafür zu ihm hinübersehen muss.

Er hasst es, wenn andere davon ausgehen, dass er seinen Platz in Silver Veil nur seiner Familie und nicht seinen Fähigkeiten zu verdanken hat. Er hat es verdient, Teil der Gilde zu sein. Das ändert allerdings nichts an der Tatsache, dass er selbst dann Novize geworden wäre, wenn es nicht so wäre.

Bevor Silas auch nur Luft holen kann, um mir bestimmt eine sehr schlagfertige Entgegnung an den Kopf zu werfen, geht die Tür in unseren Rücken mit einem lauten Knarzen auf.

Sofort verstummen wir beide. Ich beiße mir sicherheitshalber auf die Unterlippe, weil ich die unvorteilhafte Angewohnheit habe, immer in den unpassendsten Momenten mein vorlautes Mundwerk zu weit aufzumachen. Gerade kann ich es mir wirklich nicht leisten, das Falsche zu sagen.

Silas richtet sich neben mir noch etwas gerader auf. Ich sinke noch etwas mehr in mich zusammen.

Ich hasse in diesem Moment alles.

Ich hasse, dass Silas ernst genommen wird, egal, was er verbockt, ganz im Gegensatz zu mir.

Ich hasse, dass mich die anderen Novizen und auch die Professoren weniger respektieren, nur weil ich eine Frau bin und nicht aus einer jahrhundertealten Magierfamilie stamme.

Und ich hasse, dass ich mich so sehr zu Silas hingezogen fühle, dass ich dafür meine ganze Zukunft aufs Spiel gesetzt habe.

Ein Stuhl kratzt über den Holzfußboden, dann sitzt uns Großmeister Hale auf der anderen Seite seines Schreibtischs gegenüber. Er spricht nicht sofort. Die Stille, die beim Ausbleiben seiner Strafpredigt entsteht, scheint mich noch ein bisschen tiefer in meinen Stuhl zu drücken.

»Ihr hattet eine simple Aufgabe«, beginnt er schließlich mit getragener Stimme. »Ich war mir sicher, dass ich sie euch anvertrauen kann. Wie sehr ich mich getäuscht habe.«

Innerlich verkrampfe ich mich, doch ich zwinge mich, ruhig sitzen zu bleiben. Weiterhin halte ich den Blick gesenkt.

Reue, Reue, Reue, erinnere ich mich. *Zeig Reue.*

In meinem Sichtfeld befindet sich ein Teil von Hales Schreibtisch. Ich sehe aus dem Augenwinkel sein Tintenfass und sein Smartphone.

Die Gilden sind traditionsbewusst, gleichzeitig können sie sich nicht komplett gegen den Fortschritt wehren – obwohl einige Professoren das vermutlich gern tun würden. Tiberius Hale gehört nicht dazu.

Er trägt altmodische Umhänge ausschließlich zu besonderen Anlässen. Im Unterrichtsalltag sieht er aus wie ein ganz normaler Lehrer. Das lässt ihn jedoch nicht einen Funken seiner Erhabenheit verlieren. Er ist auch dann ein einschüchternder Mann, wenn er nur Jeans und T-Shirt trägt.

»Evelyn, sieh mich an«, sagt er mit einem Tonfall, der keinen Raum für Widerworte lässt. Sofort hebe ich den Kopf und begegne seinem wütenden Gesichtsausdruck.

Tiberius Hale ist Ende vierzig und damit der jüngste Großmeister, den es jemals gab. So erfolgreich wird man nur, wenn man sich keine Fehler erlaubt und auch anderen keine durchgehen lässt. Das war mir immer bewusst. Und trotzdem war ich leichtsinnig, nur weil so ein dahergelaufener Typ besonders blaue Augen und ein besonders schiefes Lächeln hat.

»Das Symboltier zu beschützen, ist eine große Ehre«, fährt

er getragen fort. Ich muss nicht zu Silas hinüberschauen, um zu wissen, dass er die Augen verdreht.

Tiberius Hales Lippen werden zu einer strengen Linie. Ihm ist es nicht entgangen. »Es ist eine große Ehre. Bist du nicht derselben Meinung, Silas?«

»Natürlich bin ich derselben Meinung«, erwidert Silas.

»Tatsächlich?«, fragt Hale skeptisch. »Dir ist also bewusst, dass der Rabe nicht nur unser Wappen ziert, weil uns nichts Besseres eingefallen ist?«

»Ja, natürlich.« Jetzt klingt Silas fast kleinlaut.

»Der Rabe steht für unsere Ehrbarkeit und unsere Disziplin. Nox ist seit Jahrhunderten unser Beschützer. Da sollte dir doch eigentlich klar sein, dass er mehr ist als eine gewöhnliche Krähe.«

Obwohl sich diese Strafpredigt nicht an mich richtet, beginne ich unwillkürlich zu schwitzen.

»Natürlich ist er ...« Doch weiter kommt Silas nicht.

»Wir, als Magier von Silver Veil, einer der glorreichsten Gilden New Yorks, die sich auf eine bedeutsame Geschichte stützen können, halten Nox in Ehren. Ich hatte erwartet, dass ihr das auch tun würdet.«

»Das tun wir«, sagt Silas.

Hales Augen verengen sich, während er ihn mustert. Oh Gott. *Hat er den Knutschfleck entdeckt?*

Ich habe keine Ahnung, aber meine Wangen fangen vorsichtshalber schon mal an zu brennen.

»Dann kann ich mir nicht erklären, wie ihr es zulassen konntet, dass Nox unter eurer Aufsicht entführt wird.«

Ich kann es sehr gut erklären.

Man ist eben weniger konzentriert, wenn man nicht nur die eigene Zunge im Mund hat.

Ich danke allen Göttern, die es hören wollen, dass Silas und ich in dem Moment, als Hale von Nox' Verschwinden erfahren hat, keinerlei Körperkontakt hatten. Wüsste er den Grund, warum wir abgelenkt waren, säßen wir vermutlich gar nicht in diesem Büro. Er hätte uns ohne Umschweife mit gepackten Koffern auf die Straße gesetzt.

»Und ausgerechnet jetzt«, entfährt es ihm voller Wut. »Beim Silvesterball ohne Nox aufzutauchen ... was eine Schande. Aldric Thorne wird mich das niemals vergessen lassen.«

»Er und seine Novizen von Obsidian Fang sind bestimmt dafür verantwortlich, dass Nox fort ist. Wir könnten ...«, setzt Silas an, doch Hales vernichtender Blick lässt ihn mitten im Satz die Sprache verlieren.

»Was du nicht sagst«, meint Hale spöttisch. »Natürlich haben sie Nox entführt. Wer denn sonst?«

Silas ist klug genug, um auf diese rhetorische Frage keine Antwort zu geben.

Hales Blick wird noch ein bisschen bohrender, und kurz denke ich, dass es kälter im Raum wird, weil er die Wassermoleküle in der Luft gefrieren lässt. Aber gleich darauf wird mir klar, dass ich es mir nur einbilde. Großmeister Hale ist wütend, aber Magie ist uns allen heilig. Sie wird nicht verwendet, um zu bestrafen.

»Der Silvesterball ist wichtig«, sagt er nur streng.

Das stimmt. Seit ich Mitglied der Gilde geworden bin, fiebere ich auf diese Feier hin. Es werden Magier dort sein, die ich schon mein ganzes Leben lang bewundere. Zum Beispiel Maelis Castor, die Großmeisterin von Gilded Serpent, die erste Frau, die jemals diesen Posten bekleidet hat. Sie ist mein größtes Vorbild, denn sie hat sich in dieser männerdominierten Welt durchgesetzt. Etwas, das ich auch tun will.

Die Möglichkeit, mit ihr zu sprechen und sie zu fragen, wie sie das angestellt hat, werde ich sonst niemals haben, denn die Gilden bleiben unter sich. Nur an Silvester feiern sie zusammen.

Bei diesem Ball tun alle so, als würden sie sich gut vertragen und als gäbe es keine Rivalität unter den Gilden, die die Novizen unter anderem dazu bringt, so kindische Streiche zu spielen, wie die Symboltiere der anderen zu klauen, als wären es nur Maskottchen einer rivalisierenden Sportmannschaft. Die Großmeister tauchen zu Mitternacht beim Ball auf, jeder in Begleitung seines Tiers. Ohne es dort zu erscheinen, würde bedeuten, vor den anderen das Gesicht zu verlieren. Weswegen die Tiere vor allem vor Silvester rund um die Uhr bewacht werden. Was auch Silas' und meine Aufgabe war.

Ich schwitze wieder stärker. Ich habe mich auf den Abend gefreut. Nun liegt ein riesiger Klumpen in meinem Magen.

»Evelyn.« Hales Aufmerksamkeit richtet sich auf mich, obwohl ich gehofft hatte, er würde seine ganze Wut auf Silas konzentrieren. Wo sie schließlich auch hingehört.

»Professor Hale«, kriege ich kleinlaut an dem riesigen Kloß in meinem Hals vorbeigewürgt. Meine Stimme ist furchtbar dünn. So kenne ich mich nicht. In seinem Unterricht ist meine Stimme fest, meine Worte sehr gewählt und mein Arm beinahe ständig in der Luft, weil ich meist die Antworten auf seine Fragen kenne.

Gerade ist mein Gehirn zum allerersten Mal in meinem Leben komplett leer gefegt.

»Hast du nichts zu deiner Verteidigung zu sagen?«, fragt er herausfordernd.

Ich bin mir sicher, dass ich nur das Falsche darauf erwidern kann. Aber zu schweigen, wäre auch nicht besser. Also bleibt mir nichts anderes übrig, als die Zähne von meiner Unterlippe zu lösen und den Mund aufzumachen.

»Nein«, sage ich mit trockener Kehle. »Was wir getan haben, ist unentschuldbar.«

Einen Moment mustert mich Hale sehr aufmerksam. Dann nickt er. »Ganz recht.« *Zufrieden* ist zwar nicht das richtige Wort, um seinen Gesichtsausdruck zu beschreiben, aber er sieht wenigstens ein bisschen weniger wütend aus. Vielleicht werde ich heute nicht aus der Gilde geworfen. Vielleicht werde ich doch noch eines Tages eine große Magierin. Vielleicht geht alles gut.

»Wir werden alles tun, um das wiedergutzumachen«, füge ich hinzu.

»Das werdet ihr«, sagt er mit Nachdruck. »Euch wird gar nichts anderes übrig bleiben, wenn ihr euren Platz in der Gilde behalten wollt.«

Es könnte sein, dass ich an einem Herzinfarkt sterbe, bevor er je zum Punkt kommt – so schnell ist mein Puls.

»Ich gebe euch eine letzte Chance. Weil ich so gütig bin. Mehr nicht.«

Ich kann kaum noch atmen.

»Ihr werdet Nox finden und zu mir zurückbringen.«

Mein Herz schlägt immer noch heftig, doch nun rutscht es mir auch noch in die Hose. Es ist anscheinend multitasking-fähig.

Wie zur Hölle sollen wir das anstellen? New York ist riesig. Und die Magier von Obsidian Fang werden schlau genug sein, Nox nicht aus den Augen zu lassen – im Gegensatz zu uns. Wie genau sollen wir es schaffen, bei ihnen einzubrechen? Als Novizen, die nicht mal ein Jahr in der Gilde sind. Wie sollen wir –

»Und ihr habt dafür Zeit bis Mitternacht.«

»Professor Hale, das ist un–«, beginne ich, doch genauso wie Silas vor mir bringt unser Großmeister auch mich mit einem einzigen Blick zum Verstummen.

»Ihr bringt mir Nox bis Mitternacht. Oder ihr braucht gar nicht mehr wiederzukommen.«

2. Kapitel

Silas und ich waren von der ersten Unterrichtsstunde an Rivalen. Alles begann mit der Frage nach dem besten Zeitpunkt für das Brauen eines Verjüngungstranks. Natürlich ist die richtige Antwort die Wintersonnenwende, was jeder Novize, der etwas auf sich hält, wissen sollte. Doch in der Stunde hoben nur Silas und ich die Hände. Silas wurde drangenommen, und nachdem er gelobt worden war, drehte er sich zu mir um und grinste mich selbstgefällig an. Ich verengte die Augen zu Schlitzen und versprach ihm mit meinem Blick, dass ich seine Herausforderung hiermit annahm.

Seitdem versuchen wir uns in jeder Stunde zu überbieten. Es ist ein endloses Spiel und wir beide weigern uns, aufzugeben.

Doch eine Sache musste ich schon in meiner ersten Woche als Novizin erkennen: Er ist der, von dem alles erwartet wird. Ich bin die, von der nichts erwartet wird. Und eigentlich weiß ich, dass er genauso oft die Rolle mit mir tauschen will wie ich mit ihm. Trotzdem macht es mich wütend, dass ich dazu verdammt bin, diese Rolle zu spielen.

So auch jetzt.

Als Silas und ich endlich Hales Büro verlassen – er so lässig wie immer, während meine Beine so weich sind wie zu lang gekochte Spaghetti –, wartet im Gang bereits unser Publikum.

Fünf Novizen aus unserem Jahrgang lungern im Flur herum und haben anscheinend nur darauf gewartet, dass wir durch die Tür treten.

»Na, Drake. Alles gut gelaufen?«, fragt Eamon, der sich schon am ersten Tag in der Gilde an Silas gehängt hat, weil er eben ein Drake ist. Eamon sieht aus wie die Magier-Version eines Treuhandfond-Babys. Um den Hals trägt er eine so schwere Goldkette mit einem leuchtenden Anhänger, dass ich manchmal damit rechne, er würde gleich vornüberkippen. Leider passiert das nie.

Einmal hat er viel zu laut im Unterricht damit geprahlt, dass es ein Erbstück seiner Familie ist. Wie alt es schon ist. Welche wichtigen Leute es getragen haben. Bla. Bla. Bla. Eamon ist jemand, der sich auf die Erfolge anderer stützen muss, weil er selbst niemals etwas erreichen wird.

»Du weißt doch. Um mich musst du dir keine Sorgen machen«, erwidert Silas locker. Ich hasse, wie er mit Eamon spricht. Dann klingt er wie einer von ihnen.

Er ist einer von ihnen, ermahne ich mich zum millionsten Mal, seitdem ich ihn kenne. Doch dieses Mantra ändert letztendlich nie etwas daran, wie ich ihn sehe. Silas hat den großen Namen, die großspurigen Freunde und die großkotzigen Sprüche. Trotzdem steckt mehr hinter seiner Fassade.

Manchmal wünsche ich mir, ich hätte nie einen Blick dahinter geworfen. Mein Leben wäre so viel einfacher, wenn ich ihn nur scheiße finden würde.

»Ich habe gehört, Grimm hat Nox verloren. Keine große Überraschung, wenn man mich fragt«, meint Eamon, und seine Mitläufer lachen auf diese ekelerregend gönnerhafte Weise, die ein klebriges Gefühl auf meiner Haut hinterlässt.

»Dich hat aber niemand gefragt«, zische ich. Ich verspüre

den Impuls, das Wasser aus der Vase neben dem Fenster auf ihn herabregnen zu lassen, um ihm das elende Grinsen vom Gesicht zu spülen, doch ich gebe ihm nicht nach. Eamon hat wirklich Glück, dass ich mich immer an die Regeln halte.

Ich gehe zielstrebig an ihnen vorbei. Während mein Kopf in Hales Büro reuevoll gesenkt war, ist er jetzt würdevoll erhoben. Solange sie nicht merken, dass sie mich mit ihren Worten treffen können, fühlen sich die Treffer weniger schmerzhaft an.

»Es war nicht allein ihre Schuld«, sagt Silas.

Wenn er mich vor den anderen verteidigt, bin ich so viel wütender auf ihn als während unseren Auseinandersetzungen im Unterricht. Denn dann traut er mir wenigstens zu, mit seinen Herausforderungen umzugehen. Nimmt er mich in Schutz, fühle ich mich, als würde er mir nichts zutrauen. Genauso wie alle anderen.

»Ich brauche deine Hilfe nicht.«

Silas schnaubt, folgt mir aber, ohne es zu kommentieren.

»Wir müssen was erledigen. Aber wir sehen uns auf dem Ball«, ruft er den anderen noch zu. Dann lassen wir sie Gott sei Dank hinter uns.

»Ich kann Nox auch allein finden«, sage ich, obwohl mir bewusst ist, dass unsere Chancen auch zu zweit schon sehr schlecht stehen.

Wieder schnaubt Silas. »Komm schon, echt jetzt? Wir stecken da gemeinsam drin.«

Leider hat er recht. Was mich gerade nur noch mehr anpisst.

»Tu, was du nicht lassen kannst«, kriege ich hervor. Mein Kiefer ist so verkrampft, dass meine Wangen schmerzen.

Wir lassen die langen, kargen Gänge hinter uns und erreichen die Wendeltreppe, die sich endlos in die Höhe schraubt.

Unsere Schritte hallen von den Stufen. Die Wände schließen sich eng um uns wie ein Korsett. Ich laufe still nach oben, bis Silas mich auf einmal am Arm festhält.

Er steht dicht hinter mir, doch noch drehe ich mich nicht zu ihm um. Wir sind uns in diesem engen Treppenhaus viel zu nah. Die Wände scheinen auf uns zuzukommen und näher aneinanderzurücken. Aber vermutlich denke ich das nur, weil ich einen Schuldigen für die Tatsache suche, dass mein Körper sich ihm intuitiv entgegenlehnt.

»Evie«, flüstert er beschwörend und seine Stimme wird für einen Moment so butterweich, dass es mir eine Gänsehaut beschert, die rein gar nichts mit dem Durchzug zu tun hat. So klingt er, wenn wir nebeneinander im schmalen Bett meines Dachbodenzimmers liegen, in das wir kaum zu zweit passen. Auf einmal habe ich den Geruch meiner Laken und den seiner warmen Haut in der Nase, die immer zu glühen scheint, wenn wir uns küssen. Als würde Zuneigung ein Fieber in ihm auslösen. Vielleicht ist es so. Kein Wunder bei so einer kalten Familie.

Ich zwinge meinen Körper dazu, sich endlich aus seiner Starre zu lösen und mich ihm zuzuwenden.

»Was?« Ich will ihn anfahren, doch auch meine Stimme ist leise, als hätte sie sich automatisch an seine Tonlage angepasst.

Nur wenige Zentimeter trennen unsere Nasenspitzen voneinander. Ich spüre seinen warmen Atem auf meiner Wange. In seinen dunkelblauen Augen kann ich die helleren Flecken erkennen, die seine Iriden aussehen lassen wie kleine Galaxien. *Wie passend,* denke ich. Denn Silas hält ein ganzes Sonnensystem an versteckten Gefühlen in sich verschlossen, auf das man nur flüchtige Blicke werfen kann, wenn man ihm so nah ist wie ich gerade.

Doch ich kann ihm seine Geheimnisse nicht übel nehmen. Wenn er eine versteckte Galaxie ist, dann bin ich ein Buch, das niemand aufschlagen darf.

»Wir werden nicht aus der Gilde geworfen. Wir kriegen das hin. Gemeinsam.«

Gemeinsam.

Ich würde es gern glauben.

Gemeinsam klingt so viel tröstlicher als *allein*.

Doch mit allein kenne ich mich besser aus. Allein macht mir weniger Angst. Auf allein kann ich mich verlassen. Auf gemeinsam nicht.

»Allein schaffst du das nicht«, ermahnt er mich, als könnte er meine Gedanken lesen. Als ich ihn kennengelernt habe, hat es mich irritiert, wie oft er sich mit seinen Aussagen genau auf das bezogen hat, was ich eine Sekunde zuvor gedacht hatte. Doch inzwischen verstehe ich es. Er redet in solchen Momenten nicht nur mit mir, sondern vor allem mit sich selbst. Und auch wenn ich mir einreden will, dass ich anders bin als alle anderen hier, muss ich einsehen, dass Silas und ich viel gemeinsam haben.

»Wir brauchen einander.«

Mein Herz schlägt verräterisch schnell. Ich hoffe, dass er meinen Puls nicht an meinem Handgelenk spürt, das er nach wie vor mit seinen Fingern umschlossen hält.

Ich atme einmal sehr tief durch, bevor ich ihm wieder in die Augen sehe. Die beiden Galaxien, die kein Forscher jemals ergründen wird.

»Zumindest bis Mitternacht«, sage ich so kühl ich kann.

Er lässt mich los, als hätte er die Kälte meiner Worte auch an meiner Haut gespürt.

»Richtig«, erwidert er, nun nicht mehr weich, sondern fest.

»Unser erster Schritt sollte sein, den Tatort zu untersuchen. Vielleicht haben die Täter was zurückgelassen.«

Silas' typisches selbstgefälliges Grinsen verzieht sein Gesicht, und all die Intimität, die gerade noch zwischen uns hing wie ein schweres Parfüm, verflüchtigt sich schlagartig, als hätte jemand alle Fenster in diesem Gebäude auf einmal aufgerissen. *»Tatort? Täter?«* Er versucht nicht einmal zu verstecken, dass er sich über mich lustig macht. »Jetzt übertreib mal nicht.«

»Wenigstens einer von uns sollte das hier ernst nehmen«, fauche ich und eile weiter, Silas dicht an meinen Fersen.

So schnell und selbstverständlich schlüpfen wir wieder in unsere Rollen, als wären sie maßgeschneiderte Kleidung. Doch obwohl ich mich nicht gegen sie wehre, muss ich zugeben, dass sie ein bisschen kratzt.

3. Kapitel

Für mich ist Silas wie der Mond.

Wenn ich in seiner Nähe bin, wechseln sich das seltsame, ungebetene Kribbeln und die heiße Wut, die meine Hände zum Zittern bringt, ständig ab. Es ist wie Ebbe und Flut. Und diesen Gezeiten kann ich kaum etwas entgegensetzen. Er nennt mich Evie und in meiner Magengruppe kribbelt es. Er grinst selbstgefällig und meine Wut lässt in meinem Inneren nur verbrannte Erde zurück.

Diese widersprüchlichen Gefühle haben auch zu dem geführt, was uns jetzt unsere Plätze in der Gilde kosten könnte.

Wir standen in dem einsamen Turmzimmer, wo Nox seine Tage verbringt. Ich kann mich gar nicht mehr so genau daran erinnern, worüber Silas und ich gestritten haben. Da wir über alles streiten, was uns einfällt, verliere ich manchmal den Überblick.

Auf jeden Fall haben wir gestritten. Er hat mich überlegen angesehen und meine Handflächen haben erwartungsvoll gepocht, als würden sie sich vorstellen, wie sie mit seiner Wange kollidieren. Und dann ist die Stimmung genauso abrupt gekippt, wie sie es immer tut.

Aus Silas' arrogantem Grinsen, das ich hasse, wurde das schiefe Lächeln, das mir viel zu gut gefällt. Er hat mir gesagt, dass ich ausnahmsweise mal recht habe, ich mich daran aber nicht gewöhnen sollte. Ich habe bestimmt etwas sehr Schlagfertiges geantwortet, doch ich konnte mich kaum noch konzentrieren, weil er bereits intensiv meine Lippen gemustert hat.

Sie haben erwartungsvoll gepocht, als würden sie sich vorstellen, wie es wohl wäre, mit seinen zu kollidieren.

Und im nächsten Moment mussten sie es sich nicht mehr vorstellen.

Nun betreten wir über eine Stunde später erneut das Turmzimmer. Der Raum ist sehr kahl. Die Wände sind bis auf das obere Drittel mit Holz vertäfelt. Der Bereich darüber und auch die Decke sind in einem so dunklen Grün gestrichen, dass es fast schwarz aussieht. Nox mag es dunkel. So fühlt er sich am wohlsten. Es gibt zwar eine Lampe, aber als Silas sie anmacht, wird es nur unmerklich heller.

Hinter den bodentiefen Fenstern, durch die man einen atemberaubenden Blick über den Central Park hat, den Nox mitten in der Nacht gern überfliegt, dämmert es inzwischen, also schalten wir beide unsere Handytaschenlampen ein.

»Wonach genau suchen wir?«, fragt er mich.

»Das wissen wir, wenn wir es sehen«, erwidere ich vage.

»Danke für nichts«, murmelt Silas in sich hinein, und da ist er schon wieder – der Sog der Gezeiten. Ich atme sehr tief durch. Ich darf mich weder von meiner Wut noch von Silas' Lippen ablenken lassen.

Ich gehe durch den Raum, der eigentlich eher eine große Halle ist. Ganz am anderen Ende ragen ein paar Stäbe aus der Wand, auf die Nox sich setzen kann.

»Hier«, sage ich, als mir darunter etwas ins Auge fällt. Einen Moment später steht Silas neben mir und folgt meinem Blick. Er beugt sich nach vorn und hebt etwas vom Boden auf.

Es ist ein großer Reißzahn. Wie ihn alle Novizen von Obsidian Fang um den Hals tragen.

»Sie wollten sichergehen, dass wir wissen, mit wem wir es zu tun haben«, sagt Silas und klingt genauso aufgebracht, wie ich mich fühle. »Sie spielen mit uns.«

Wir haben zwar einen Hinweis gefunden, aber er beweist nur etwas, was wir ohnehin schon wussten.

»Haben sie ihn in den Hauptsitz ihrer Gilde gebracht?«, überlegt Silas laut.

»Vermutlich nicht«, widerspreche ich. »Dort würden wir doch zuerst nach ihm suchen.«

»Wobei es nicht gerade leicht ist, dort einzubrechen«, gibt Silas zu bedenken.

Das stimmt. Und Aldric Thorne hat Nox sicherlich nicht selbst entführt, sondern seine Novizen haben das übernommen. Die Großmeister können sich nicht öffentlich an diesen dämlichen Streichen beteiligen. Die Blöße würden sie sich niemals geben.

»Wie haben sie es unerkannt an uns vorbeigeschafft?«, fragt Silas nun.

Ich ziehe vielsagend die Augenbrauen hoch, während mir verräterische Wärme in die Wangen kriecht.

»Das meine ich nicht.« Er winkt ab. Es ist vermutlich nur eine optische Täuschung oder entspringt meinem Wunschdenken, aber ich glaube, Silas läuft ebenfalls ein bisschen rot an. Ich muss mir ein Grinsen verkneifen. »Natürlich waren wir … abgelenkt.«

Kurz bleibt sein Blick wieder an meinen Lippen hängen. Ein bisschen zu lang, um als beiläufig durchzugehen. Das passiert ihm ständig. Ich glaube, er merkt es die Hälfte der Zeit nicht. Im Gegensatz zu mir. Mir fällt es jedes einzelne Mal auf.

»Aber ich habe sie wirklich nicht gesehen. Ich meine, versteh mich nicht falsch, du bist *sehr* ablenkend.«

»Danke«, sage ich trocken.

»Aber doch nicht genug, dass ich *gar nichts* mitbekomme.«

Ich verstehe, was er meint. Eine Entführung kann nicht komplett an uns vorbeigegangen sein. Silas küsst wirklich gut. Aber so gut nun auch wieder nicht.

Im Raum wird es mit jeder verstreichenden Sekunde dunkler. Ich blicke zu den bodentiefen Fenstern. Was würden die Menschen dort unten auf den Straßen New Yorks wohl denken, wenn sie wüssten, dass sich in einer der teuren Immobilien an der Park Avenue der Hauptsitz einer Magiergilde befindet?

Langsam versinkt die Sonne zwischen den Gebäuden auf der anderen Seite des Parks. Ein letztes Mal bricht sich ihr Licht in den Fenstern der Hochhäuser, dann ist sie verschwunden. Mein Hals wird eng. Uns bleiben nur noch sieben Stunden bis Mitternacht. Das ist nicht genug. Und die Dunkelheit, die allmählich über den Himmel kriecht, führt mir deutlich vor Augen, dass die Zeit unbarmherzig voranschreitet.

»Evie«, ruft Silas vom anderen Ende des Raums. Ich reiße meinen Blick los und eile zu ihm hinüber.

Er hockt auf dem Boden, lässt einen Finger über die Holzdielen gleiten und hält ihn dann in den Schein seiner Handytaschenlampe. Schwarze glitzernde Staubpartikel haften an seiner Haut und reflektieren das Licht.

»Ein Tarnzauber«, sage ich ehrfürchtig. »Wie zur Hölle sollen Novizen so einen komplizierten Trank gebraut haben?«

Unsere Magie ruht im Wasser. Es ist ihr Speicher. Wenn wir Tränke zubereiten, können wir das Wasser mit mächtigerer Magie anreichern. Doch dafür brauchen wir Zeit, viele

Zutaten und für jedes Gebräu andere Begebenheiten der Natur, wie einen Vollmond, eine bestimmte Jahreszeit.

Wenn wir schnell einen Zauber wirken wollen, können wir nur die Beschaffenheit von Wasser verändern.

Silas zerreibt die kleinen Kristalle zwischen seinem Daumen und seinem Zeigefinger, bevor er mir antwortet. »Haben sie nicht. Sie haben ihn bestimmt auf dem Schwarzmarkt gekauft.«

Ich sauge geschockt die Luft ein, was Silas ein kleines Grinsen entlockt.

»Nur, weil du dich an jede noch so kleine Regel hältst, heißt das nicht, dass das die anderen Novizen auch so machen. Mit Tränken vom Schwarzmarkt können sie ihre eigenen Fähigkeiten verstärken.«

»Wer es nötig hat«, erwidere ich.

Silas sieht zu mir herauf, immer noch lächelnd. »Du sicher nicht.«

Im ersten Moment denke ich, dass er sich erneut über mich lustig macht. Doch dann realisiere ich, dass in seinem Ton nichts lag – abgesehen von Aufrichtigkeit.

»Wir wissen, dass es jemand von Obsidian Fang war. Mithilfe von Schwarzmarktzaubern«, fährt Silas fort, als wäre ihm gar nicht aufgefallen, dass er mich gerade aus dem Konzept gebracht hat. »Aber wir können nicht einfach bei denen auftauchen, ohne zu wissen, wen wir überhaupt beschuldigen. Wir müssen herausfinden, wer es war, damit wir gezielt nach der Person suchen können. Dann könnten wir sie beschatten, bis sie uns zu Nox führen.«

Ich nicke und bedeute ihm, fortzufahren.

»Also würde ich vorschlagen, wir folgen diesem Hinweis«, sagt er und guckt auf seine Finger, auf denen nur noch ein

Hauch des Tarnzaubers haftet, der die Hälfte seines Daumens hat verschwinden lassen.

»Und wo sollen wir anfangen?«

Silas grinst, sich darüber bewusst, dass mir die Antwort nicht gefallen wird. »Beim Schwarzmarkt.«

Mein Herz schlägt schneller, als mir klar wird, wohin uns unsere Suche führen wird.

Unter die Straßen von New York.

4. Kapitel

Das letzte Mitglied meiner Familie, das vor mir ein Mitglied einer Magiergilde war, war mein Großvater. Als kleines Mädchen habe ich es geliebt, seinen Geschichten über seine wunderbare Zeit als Novize zu lauschen. Schon damals wusste ich, dass ich in seine Fußstapfen treten wollte. Ich traf diese Entscheidung mit sechs, und auch mit zweiundzwanzig halte ich noch daran fest.

Ich denke gern an seine Ratschläge zurück, die er mir gegeben hat, als ihm bewusst wurde, dass ich mein Ziel verfolgen würde.

Sei immer besser auf die Unterrichtsstunden vorbereitet als alle anderen.

Das tue ich sehr gewissenhaft.

Höre auf deine Lehrer und respektiere sie.

Das tue ich auch.

Stütze dich auf die anderen Novizen. Mit ihnen wirst du Freundschaften schließen, die ein ganzes Leben lang halten.

In diesem Punkt muss ich meinen Großvater leider enttäuschen.

Halt dich von den Drakes fern. Sie sind die arrogantesten Magier, denen du jemals begegnen wirst.

Also, was das betrifft …

Geh niemals zum Schwarzmarkt. Du bist besser als das.

Wenn er wüsste, dass ich gerade neben einem Drake die Stufen zur New Yorker Subway hinabsteige, würde er sich im Grab rumdrehen.

Ich schlängle mich gehetzt an den Menschen vorbei, die sehr geschäftig auf uns zukommen. In New York gilt: Weich aus oder werde platt getrampelt. Manchmal vermisse ich die Kleinstadt in New England, in der ich aufgewachsen bin. Dort konnte ich vor die Haustür treten, ohne das Gefühl zu haben, dass ich drei anderen Leuten im Weg stehe.

Ein eisig kalter Luftzug rast durch den Tunnel, der zum Bahnsteig führt, und lässt mich noch ein bisschen stärker zittern. Ich verfluche Vergangenheits-Evie, die mich in diese Situation gebracht hat. Wäre sie dazu in der Lage, bessere Entscheidungen zu treffen, dann würde ich mir jetzt nicht den Arsch abfrieren.

Wir halten am Bahnsteig inne, wo gerade ein Zug einfährt. Menschen werden herausgedrückt und dann andere Menschen wieder hineingedrückt. Ich hüpfe von einem Bein aufs andere, in einem verzweifelten Versuch, nicht zu erfrieren, weil ich in Anwesenheit von Menschen keine Magie wirken darf, auch nicht um mich zu wärmen. Silas steht einfach lässig vor mir, in einer Lederjacke, in der er sich den Tod holen müsste, hat aber nur die Hände in den Taschen vergraben. Seine dunklen Haare werden vom Windzug der abfahrenden Subway durcheinandergebracht, sehen dadurch aber nur noch besser aus. Er wirkt, als könnte ihn nichts aus der Ruhe bringen.

Es ist zum Verrücktwerden.

»Bereit?«, fragt er, als der Zug fort ist.

»Es macht ja auch keinen Unterschied, wenn ich es nicht wäre«, gebe ich zurück und folge ihm, als er zielstrebig auf das Ende der Plattform zusteuert.

Silas wirft einen letzten prüfenden Blick über seine Schulter, um sicherzugehen, dass gerade niemand in unsere Richtung schaut. Dann springt er auch schon in den Subway-Schacht. Ich springe hinterher, bevor ich es mir anders überlegen kann.

Schnell eilen wir in den dunklen Tunnel. Unser Atem hängt schwer in der Luft. Für eine halbe Ewigkeit ist er das Einzige, was ich höre. Dann nehme ich in der Ferne ein Rauschen wahr. Ich erkenne weit weg die Scheinwerfer einer sich nähernden Bahn, die die Dunkelheit vor sich zerschneidet, bis sie dasselbe auch mit uns tun kann.

»Wo ist der beschissene Eingang?«, frage ich.

»Hier«, ruft Silas, während er wild an einer Tür rüttelt. Sie gibt nicht nach.

Ich schnaube wütend. »Mal wieder ein grandioser Plan von dir. Ich würde es durchaus bevorzugen, nicht gleich an der Vorderseite der Subway zu kleben wie ein Insekt an der Windschutzscheibe eines Autos.«

»Nicht hilfreich«, gibt Silas zwischen zusammengebissenen Zähnen zurück. Er reißt weiter an der Klinke, obwohl er doch inzwischen eingesehen haben sollte, dass die Tür nicht auf pure Muskelkraft reagieren wird.

Das Rauschen wird lauter. Obwohl ich die Leuchtpunkte sehe, stelle ich mir trotzdem vor, dass uns nicht die Subway, sondern die brutale Brandung eines vom Sturm aufgepeitschten Meers entgegenkommt, um uns zu verschlucken.

Ich halte die Luft an, als würde ich tatsächlich gleich unter Wasser gedrückt werden. Es klingelt in meinen Ohren.

Und dann bin ich auf einmal ganz klar.

Ich schubse Silas zur Seite und stelle mich direkt vor die Tür. Immer wieder hauche ich in meine Hände, spüre meinen warmen Atem und konzentriere mich auf die hohe Luftfeuchtigkeit darin. Wasser ist überall, wenn man nur weiß, wie man nach ihm suchen muss.

Mein Kopf wird leer, Gedanken verschwinden. Da ist nur noch die Verbindung zum Wasser, die Verbindung zum Leben selbst. Ich spüre, wie die Magie durch mich fließt. Sie fühlt sich genauso an wie die Quelle, die es uns ermöglicht, sie zu wirken. Wie Wasser in all seinen Formen. Manchmal ist die Magie ein reißender Fluss, manchmal so tief wie das Meer. Gerade ist sie so ruhig und klar wie die Oberfläche eines Sees an einem windstillen Tag.

Ich ziehe das Wasser aus der Luft, und es sammelt sich eine kleine Pfütze in der Kuhle meiner Handflächen. Mit einer sanften Bewegung meiner Finger lasse ich es in das Schlüsselloch der Tür schweben.

Der Zug ist jetzt ganz nah. Ich schließe die Augen, während ich meinen Tod auf mich zurasen höre. Der Tod hat viele Gesichter und Stimmen. Gerade ist seine Stimme tief, ratternd und mechanisch.

Das Wasser breitet sich im Schlüsselloch aus und ich bitte es höflich – denn Wasser darf man nicht hetzen, wenn es einem helfen soll –, zu gefrieren. Das Eis setzt sich in die Scharniere, rastet ein. Mein Handgelenk bewegt sich, als würde ich einen Schlüssel umdrehen. Das tue ich schließlich auch. Einen aus Eis.

Das Schloss klickt, die Tür geht auf. Bevor ich wieder ganz aus dem Strom der Magie aufgetaucht bin, schubst mich Silas auch schon durch die Tür. Der Zug fährt eine Sekunde später dort vorbei, wo wir gerade noch gestanden haben. Der Lufthauch ist so stark, dass ich einen Schritt nach vorn stolpere. Die Stimme des Todes ist ohrenbetäubend, doch er kann gerade nichts anderes tun, als uns aus der Ferne anzuschreien. Wir sind ihm entgangen.

Der Wind zerrt an meinem Mantel, der gegen meinen Oberkörper schlägt wie die Flügel eines aufgeregten Vogels.

Und dann ist es von einer Sekunde auf die andere wieder still. Mein offener Mantel flattert noch ein paarmal erschöpft und beruhigt sich dann wieder.

Außer Atem wende ich meinen Kopf zu Silas. Sein Brustkorb hebt und senkt sich ebenfalls sehr schnell, doch auf seinen Lippen liegt dieses Lächeln, das er nur trägt, wenn er einfach er selbst ist. Nicht Silas Drake, ein Magier aus einer langen Linie großer Männer, sondern Silas.

»Ist es seltsam, dass es mir gefällt, mich wie eine Jungfrau in Nöten zu fühlen, die von einer strahlenden Ritterin gerettet wird?«, scherzt er und die Anspannung in meinen verkrampften Muskeln löst sich durch ein schrilles Lachen, das von kahlen Wänden widerhallt. »Ein bisschen vielleicht.«

Er lacht ebenfalls erleichtert auf. »Ein Schlüssel aus Eis?«

Ich nicke.

»Beeindruckend, Grimm. Wirklich beeindruckend.«

Für einen Moment sehen wir uns tief in die Augen, sein Blick fällt auf meine Lippen. Dann räuspert er sich und ich wende mich von ihm ab. Erst da fällt mir das metallene Geländer direkt vor uns auf. Über den Rand kann ich ein Treppenhaus erkennen, das mehrere Stockwerke in die Tiefe führt. Gedämpft dringen Geräusche zu uns herauf. Dort unten muss er sein. Der Schwarzmarkt.

»Wir scheinen richtig zu sein«, meint Silas siegessicher und setzt seinen Weg fort. Er wirkt aufgeregt.

Ich kann seine Begeisterung für den Schwarzmarkt nicht

teilen. Magie fußt auf Regeln und diese Regeln gibt es aus gutem Grund. Sie muss gewissenhaft gelehrt und fleißig gelernt werden. Niemand sollte eine Abkürzung gehen dürfen, wenn es um etwas so Mächtiges geht, das unkontrolliert großen Schaden anrichten kann.

Ich weiß, wovon ich spreche.

»Komm«, sagt Silas mit leuchtenden Augen. Wir steigen immer weiter und weiter hinab. Die Geräusche werden mit jedem Schritt, den ich vor den nächsten setze, lauter.

Irgendwas fühlt sich merkwürdig an, doch erst mit einigen Sekunden Verzögerung registriere ich, was ich in der Luft spüre. Oder besser gesagt: Was ich nicht spüre.

»Die Luft ist ziemlich trocken«, sage ich alarmiert. Auf unserem Weg nach unten kann ich in regelmäßigen Abständen Lüftungen ausmachen, die laut rauschen. Sie entziehen der Luft die Feuchtigkeit.

»Das ist ein Schwarzmarkt«, sagt Silas für meinen Geschmack viel zu gelassen. »Natürlich wollen sie nicht, dass hier ständig Magie eingesetzt wird.«

Die Luft wird immer trockener und irgendwann kommt es mir so vor, als befände ich mich in einer Wüste, keine Wasserquelle in Sicht. Von Magie getrennt zu sein, ist so, als würde man verdursten. Ich verfluche mich selbst dafür, dass ich kein Wasser mitgenommen habe.

Bevor ich noch etwas dazu sagen kann, lassen wir auch schon die letzte Stufe hinter uns und stehen auf einmal mittendrin.

Im Getümmel. Zwischen den Ständen, die mich an einen in die Jahre gekommenen Wanderzirkus erinnern. Die Farben der Schilder, die ihre Waren anpreisen, blättert an vielen Stellen ab. Tausend Gerüche drängen sich vor meinen Nasenlöchern und wollen alle zuerst eingelassen werden.

Über unseren Köpfen ist ein Stofftuch mit nur einem Satz gespannt: *Magie wirken verboten!*

Abgesehen davon kann ich die Abwesenheit von Regeln quasi auf der Haut spüren. Und zu meiner eigenen Überraschung ist es nicht nur ein schlechtes Gefühl.

»Siehst du.« Silas deutet auf das Schild. »Sie sorgen nur dafür, dass hier alles in geregelten Bahnen verläuft.«

Dieser Ort ist vieles, aber sicherlich nicht geregelt, den Spruch verkneife ich mir jedoch.

»Lass uns loslegen«, sage ich stattdessen.

Silas lächelt mich so breit an, als hätte er sehnsüchtig darauf gewartet, dass ich das endlich sage. Dann setzt er sich auch schon in Bewegung. So schnell, dass ich ihn kurz aus den Augen verliere, als er zwischen den vielen Leuten verschwindet.

»Evie!«, ruft Silas ein bisschen ungeduldig, als er aus dem Menschenmeer wieder auftaucht, um mich an der Hand zu packen und mit sich hineinzuziehen. Ich lächle verstohlen, während ich seine Augen dabei beobachte, wie sie hektisch von einer Ecke zur nächsten springen. So gelöst habe ich Silas nur selten erlebt. Vermutlich hat er die Last der Erwartungen, die mehrere Jahrhunderte Familiengeschichte mit sich bringen, kurz abgestreift.

»Wie cool ist das denn?« Er deutet auf einen Stand, der angeblich sprechende Tiere anbietet. Ich schnaube verächtlich. Jeder weiß, dass außer den Symboltieren der Gilden alle magischen Tiere ausgestorben sind.

Oder vielleicht doch nicht *jeder*. Ein potenzieller Käufer diskutiert gerade mit der Verkäuferin, die ihm hartnäckig beteuert, der Hamster in seiner Hand könne sehr wohl sprechen. Er sei nur schüchtern.

»Denkst du, er lässt sich reinlegen?«, frage ich Silas.

»Wieso denn reinlegen?«

Ich lächele ihn sanft an, weil ich einfach nicht anders kann. »Ach nichts.«

Wir setzen unseren Weg fort. Vor einem Stand mit Amuletten bleibe ich unwillkürlich stehen und starre eine filigrane Kette mit violettem Stein an, in dessen Schliff ich mich gleich zwanzig Mal spiegeln kann.

»Schön, nicht wahr?«, fragt der Verkäufer, der sofort auf mich aufmerksam wird.

»Mh«, mache ich nur und kann den Blick nicht davon abwenden. Ein Kloß setzt sich in meinem Hals fest.

»Evie?«, fragt Silas und zieht sanft an meiner Hand, um mich zum Weitergehen zu bewegen.

Ich wende mich ab.

»Was ist?«, fragt er.

»Das Amulett sieht dem von meinem Großvater einfach sehr ähnlich«, kriege ich irgendwie hervor und überspiele mit einem Räuspern, wie rau meine Stimme ist.

Silas zieht die Augenbrauen zusammen.

»Sie haben ihn mit dem Amulett um den Hals beerdigt.«

Ich habe keine Ahnung, warum ich diesen Satz ausgesprochen habe. Obwohl ich bereits mehrmals mit Silas geschlafen habe und danach im Schutz der Nacht mit ihm wach lag, habe ich doch nie so etwas Privates mit ihm geteilt. Auf einmal fühle ich mich nackt. Und zwar auf eine ganze andere Weise als die, die ich ihn bisher habe sehen lassen.

»Das tut mir leid.«

»Es ist Brauch, Magier mit ihren liebsten Gegenständen zu begraben«, erwidere ich schnell.

»Du weißt, wie ich das meine.«

Das tue ich, aber ich habe mich dazu entschieden, ihn falsch zu verstehen.

»Lass uns weitergehen«, sage ich. Auf einmal bin ich nicht mehr verzaubert von den vielen Eindrücken um mich herum, sondern nur noch überfordert. Jetzt ist es zu voll, zu laut und einfach zu viel. »Wir haben ein Ziel.«

»Du hast recht«, sagt Silas, weil er vermutlich genau weiß, dass er mich jedes Mal überrascht, wenn er diesen Satz zu mir sagt. Dann zieht er mich auch schon weiter und tut so, als wäre ihm gar nicht aufgefallen, dass ich für einen Moment emotional geworden bin.

»Tarnzauber«, sagt er und deutet auf das Schild, das über einem Stand hängt, der komplett in Schwarz gehalten ist. Der feine glitzernde Staub haftet auch an dem etwa fünfzigjährigen Verkäufer in dicker Winterjacke. Seine Wange glänzt, und wenn er sich leicht zur Seite neigt, verschwindet sie. Ich kann nicht anders, als an genau den Punkt zu starren, wo eigentlich die Wange des Mannes sein müsste.

Sobald wir vor seinem Stand ankommen, wendet er sich uns zu – und mustert uns abschätzig.

»Ihr seht aus, als wärt ihr noch grün hinter den Ohren«, kommentiert er arrogant. Seine bernsteinfarbenen Augen sind so intensiv wie zwei kleine Flammen. Er ist drahtig und derart groß, dass er wie ein Turm vor uns aufragt.

Silas übergeht seinen Kommentar und lächelt freundlich. »Wir sind hier, weil wir wissen wollen, wer sonst noch dieses Tarnpulver erworben hat.«

»Halb New York, Junge. Was soll das denn für eine Frage sein?«

Ich stehe einen halben Schritt hinter Silas und nun sieht

der Mann auch mich missbilligend an. »Warum wollt ihr das wissen?«

Ich räuspere mich umständlich. »Uns wurde etwas gestohlen. Und die Diebe haben dieses Pulver benutzt, um unerkannt an uns vorbeizukommen.«

Der Mann grinst. »Beschuldigst du mich einer Straftat? Auf einem Schwarzmarkt?«

»Nein, nein«, sage ich schnell. Ich fühle mich beim Reden so schwerfällig, als würde meine Zunge in meinem Mund nur im Weg liegen. »Ich glaube nicht, dass Sie es waren. Ich versuche bloß herauszufinden, wer es war.«

»Du musst schon ein bisschen spezifischer werden, Süße. Ich habe viel Kundschaft.«

Ich knirsche mit den Zähnen und Silas wirft mir einen beruhigenden Blick zu. Er erinnert sich wohl auch daran, wie ich Eamon angeschrien habe, als er mich einmal *Süße* genannt hat.

»Novizen von Obsidian Fang«, offenbare ich.

Das Gesicht meines Gegenübers versteinert von einer Sekunde auf die andere. Silas hält meine Hand plötzlich noch ein wenig fester, als wollte er mich davon abhalten, etwas Unüberlegtes zu sagen. Dabei ist es dafür offensichtlich schon zu spät, wenn ich mir die mahlende Kieferpartie des Verkäufers so ansehe.

»Seid ihr etwa Novizen von einer dieser Gilden, wo sich alle für was Besseres halten?«

Er redet nicht laut, aber das Wort *Gilde* schlägt so laut ein wie ein Meteorit und hinterlässt um uns herum einen tiefen Krater, den auch die Umstehenden anstarren. Ich spüre Blicke auf meiner Wange, die schlagartig heiß wird.

»Äh«, mache ich wenig hilfreich.

Silas holt Luft. Vermutlich, um sich rauszureden. Doch er kommt nicht weit. Der Verkäufer unterbricht ihn.

»Was macht ihr denn im Untergrund? Habt ihr euch verlaufen?« Seine offene Feindseligkeit ist nicht zu überhören. Mein Herz schlägt schneller. Es scheint mir den Takt für meine Schritte vorzugeben, die mich besser früher als später von hier wegtragen sollten. Doch ich rühre mich nicht von der Stelle, weil ich schließlich aus einem Grund hierhergekommen bin.

»Ich möchte nur zurückholen, was uns gestohlen wurde«, erkläre ich so ruhig ich kann.

»Das wollen wir auch, glaub mir.«

Ein immer engerer Kreis aus Menschen zieht sich um uns zusammen wie ein Strick um einen Hals.

»Was wurde Ihnen denn gestohlen?«, kann ich mir nicht verkneifen zu fragen, obwohl ich ahne, dass es die Situation nicht entschärfen wird.

Die strenge Miene des Verkäufers bestätigt meine Befürchtung. »Was uns gestohlen wurde?« Das erste Mal wird seine Stimme lauter, damit ihn alle Umstehenden gut verstehen können. Der Kreis um uns hat sich zugezogen – der Strick sitzt so fest, dass er die Luft abdrückt.

»Lass mich mal überlegen? Die Möglichkeit, die Magie auszuüben, mit der wir geboren wurden?«

»Weil Sie nicht Teil einer Gilde wurden?«

Silas stößt mich unsanft mit dem Ellbogen in die Seite. Vermutlich, um mir zu verstehen zu geben, dass ich endlich die Klappe halten soll. Doch ich kann nicht anders. Ich habe Angst, aber gleichzeitig verstehe ich auch nicht, was hier gerade passiert. Und ich konnte es noch nie gut ertragen, auf Fragen keine Antworten zu wissen.

»Weil Sie nicht Teil einer Gilde wurden«, äfft mich der Verkäufer nach, was verächtliches Raunen und wütendes Schnauben rund um uns herum erklingen lässt. »Uns ist es verboten, unsere Magie zu wirken, obwohl wir mit ihr geboren wurden. Es ist so, als dürften wir unsere Beine nicht benutzen, um zu laufen.«

Zustimmendes Brummen von allen Seiten.

»Und wenn wir nutzen, was sowieso uns gehört, landen wir im Gefängnis. Verschwinden an Orten, die kaum jemand wieder lebend verlässt.«

Ich starre ihn aus großen Augen an, was ihn tatsächlich für eine Sekunde aus dem Konzept zu bringen scheint.

»Das lehrt dich deine wundervolle Gilde wohl nicht?«, fragt er. Für einen Moment wirkt er sehr ruhig, fast schon besänftigt. Als wäre ihm das Theater, das wir den Schaulustigen bieten, ebenfalls zu viel. Doch dann kehrt die Wut zurück. Er unterbricht den Augenkontakt und wendet sich an die Meute. »Wollen wir ihnen zeigen, was wir von Gildensprösslingen halten?«

Neben mir bewegt sich Silas kaum merklich. Dann beugt er sich zu mir herunter.

»Wenn ich es dir sage, lauf«, flüstert er, was von dem Grölen um uns herum fast übertönt wird. Die Menschen kommen immer näher. Der Strick hat die Luftabfuhr gleich komplett abgetrennt. In der Sekunde wirft Silas ein Glas auf den Boden, es zerspringt und schwarzer Staub verteilt sich in alle Richtungen. Ich huste, als er mir mitten ins Gesicht weht. Aber Silas lässt mir keine Zeit, um mich zu sammeln.

»Lauf«, schreit er und zerrt mich hinter sich her.

Ich stolpere ihm nach und unterdrücke einen überraschten Aufschrei, weil ich unsere ineinander verschlungenen Hände nicht sehen kann. Auch Silas' linkes Bein fehlt und sein halber Oberkörper.

»Nicht langsamer werden. Und nicht umdrehen!«, sagt er, als würden wir über eine Schlucht gehen und ich dürfte nicht erkennen, wie tief es runtergeht.

Nicht alle Abgründe haben mit Höhe zu tun. Die tiefsten tatsächlich gar nichts. Das musste mir niemand beibringen. Das habe ich selbst erkannt.

Der gehetzte Atem hinter uns nähert sich. Ich spüre es deutlich.

»Pass auf«, ruft Silas. Dann schmeißt er auch schon die Auslage des nächsten Stands um, an dem wir vorbeikommen, um den Weg hinter uns zu versperren. Noch mehr wütende Rufe ertönen. Er hat eine ohnehin schon zornige Bestie noch mehr gereizt. Doch ich spare es mir, ihm das zu sagen, denn mir fällt keine bessere Lösung ein.

Silas schnappt sich im Vorbeirennen ein weiteres Gefäß von irgendeinem Stand und wirft es hinter uns – ohne zu wissen, was es bewirkt. Das erfahren wir, als uns die Stoßwelle der Explosion nach vorn schleudert und von den Beinen hebt. Ich lande unsanft auf den Knien und schürfe mir meine Hände auf.

Silas zieht mich direkt wieder hoch. Wir rennen weiter. Er schmeißt einen weiteren Stand um – den mit den Amuletten.

Dann haben wir den Ausgang endlich erreicht. Ich will einen Schritt auf die erste Stufe setzen, als mich auf einmal jemand am Arm packt und zurückhält.

Ich schreie auf und fahre herum.

Silas ballt die Fäuste.

Doch die Person vor uns hebt abwehrend die Arme, als würde sie sich ergeben.

»Ich will euch nichts Böses.« Das Gesicht der Frau liegt im Schatten ihres alten Umhangs verborgen, dessen Kapuze sie sich tief ins Gesicht gezogen hat. »Wenn ihr nach Antworten sucht. Über die Novizen von Obsidian Fang. Und alles andere …« Beim letzten Satz sieht sie mir direkt in die Augen und ihre bernsteinfarbenen Iriden leuchten auf. »Dann geht zu Madame Bouvoir.«

Noch immer sieht sie mich an. Ich habe das Gefühl, sie wiederzuerkennen. Aber ich habe keine Ahnung, wo ich ihr zuvor schon mal begegnet sein soll.

»Wer …« Doch ich kann meine Frage nicht beenden, denn durch die Trümmer, die wir auf unserer Flucht hinterlassen haben, kämpfen sich nun einige Verfolger frei. Einer hebt drohend die Hand – und eine Sekunde später saust ein spitzer Eispfeil durch die Luft, zerreißt das Schild, auf dem *Magie wirken verboten!* steht, und schlägt in der Wand hinter mir ein. Das Eis splittert und ich reiße die Hände vor mein Gesicht.

»Sie brechen für euch sogar die einzige Regel, an die sie sich sonst halten«, sagt die unbekannte Frau. »Lauft.«

Der nächste Eispfeil saust auf uns zu, wird aber mitten in der Luft gestoppt und fliegt zurück. Die Fremde hat die Arme erhoben. Sie hilft uns.

Ich würde mich gern bedanken, doch da zieht mich Silas bereits weiter.

Wir sprinten polternd die Stufen hinauf, rennen durch die Metalltür und werden auch nicht langsamer, bis wir den Subway-Schacht endlich hinter uns gelassen haben.

5. Kapitel

Regeln halten uns am Leben.

Diesen Satz haben meine Eltern so oft gesagt, dass ich mir sicher bin, dass er in meinen Zellen niedergeschrieben steht. In vielen Nächten verheddert er sich in den Spinnweben meiner Träume und ist ebenfalls in dem Schlaf, den ich mir am nächsten Morgen aus den Augenwinkeln reibe.

Zum ersten Mal habe ich diesen Satz gehört, als ich über einem Erdloch stand, in das ein Sarg hinuntergelassen wurde. Ich war überrascht, als er nur wenige Meter unter der Oberfläche innehielt und dann mit Erde bedeckt wurde. Für mich wäre es logischer gewesen, hätte man ihn immer tiefer und tiefer abgeseilt, bis zum Erdkern. Als Kind dachte ich mir, dass mein Großvater so nicht weit genug von mir fort war, um zu akzeptieren, dass er wirklich tot war.

Nach einer Woche, ohne mit ihm gesprochen zu haben, habe ich erkannt, dass drei Meter manchmal eine größere Distanz sind als mehrere Kilometer.

Gerade fühlen sich mehrere Kilometer nicht weit genug weg an. Silas und ich stehen beide mit wild pochenden Herzen in einer ratternden Subway, die uns von der wütenden Meute wegbringt. Trotzdem werfe ich immer wieder beunruhigte Blicke über meine Schulter, obwohl in diesem Waggon nur gewöhnliche Menschen in ihren dicken Wintermänteln sind.

Als wir Brooklyn erreicht haben, stupst Silas mich an und bedeutet mir, ihm zu folgen. Wir verlassen die Subway und treten zurück an die Oberfläche. New York mit seinen Millionen Werbeplakaten und Billboards und Screens und Menschen und Autos kommt mir gerade wie ein atmendes Monster vor. Doch gerade bin ich dankbar dafür, von ihm verschluckt zu werden.

»Hast du irgendjemanden verletzt?«, stelle ich die Frage, die mich schon die ganze Zeit umtreibt. »Die Explosion und –«

»Ich habe niemanden verletzt«, sagt Silas und läuft zielstrebig weiter, ohne sich zu mir umzudrehen.

Eigentlich möchte ich nachhaken, doch die Härte in seiner Stimme gibt mir zu verstehen, dass das gerade keine gute Idee wäre.

»Sie hassen uns«, sage ich mehr zu mir als zu ihm. »Nur weil wir in einer Gilde sind.«

Er wirft mir einen Blick zu und biegt um die nächste Ecke. Ich denke schon, dass er gar nicht darauf eingehen wird, als er kurz darauf ein bisschen langsamer wird, damit ich zu ihm aufholen und neben ihm laufen kann. »Natürlich tun sie das.«

»Wieso?«

Ungläubig starrt er mich an. Ich komme mir in diesem Moment naiv und dumm vor. Als würde ich die Welt, in der ich lebe, nicht richtig verstehen.

»Weil es uns erlaubt ist, Magie zu wirken. Und ihnen nicht.«

»Diese Regeln gibt es aus Sicherheitsgründen«, sage ich und sehe wieder den Sarg vor mir, der unter der Erde verschwindet.

Silas zieht die Augenbrauen hoch. Die rechte wie immer etwas höher als die linke. »Dass ausgerechnet du das sagst.«

Fragend schaue ich ihn an. Der kalte Wind, der unbarmherzig durch die Häuserschluchten rast, erfasst seine Haare und bringt sie auf diese perfekte Weise durcheinander.

»Du leidest doch auch unter den alten Regeln der Gilde. Du bist eine der wenigen Frauen, die aufgenommen wurden.«

»Das beruht auf keiner Regel«, widerspreche ich vehement. »Das beruht auf antiquierten Vorstellungen von alten Männern, die ihre Traditionen als Vorwand nehmen, um weiterhin an ihren Vorurteilen festhalten zu können.«

Silas nickt langsam. »Aber kommt es dir nicht unfair vor, dass nicht für alle Magier dieselben Regeln gelten?«

»Nicht alle Magier sind in der Lage, ihre Magie zu kontrollieren«, sage ich und der Sarg flackert zum wiederholten Male vor meinem inneren Auge auf, als wollte mir dieses Bild die Sicht auf die Realität verstellen.

Vielleicht tut es genau das, denke ich, während Silas' Worte in mir arbeiten.

»Aber wer entscheidet, wer dazu in der Lage ist und wer nicht?«, fragt Silas und stoppt vor einem Wohnhaus. Steile Stufen führen zu einer Eingangstür. Am Klingelschild steht es: *Madame Bouvoir.*

Meine Gedanken haben mich so geblendet, dass ich gar nicht realisiert habe, wo Silas mich hinführt.

»Wie hast du sie gefunden?«

»Google Maps«, antwortet er trocken.

Er will gerade klingeln, da fällt mir auf, dass die Tür angelehnt ist. Ich drücke sie auf und wir treten ein.

Wir finden uns in einem schlichten Flur wieder, mit einem Sofa und einem Kleiderständer. Hier ist es warm, sodass meine kalten Wangen prickeln.

Auf einer Holztür entdecke ich einen Schriftzug: *Erfahre deine Zukunft.*

»Sie gibt sich als Wahrsagerin aus«, sage ich überflüssigerweise.

Das bedeutet, dass auch sie eine Magierin ohne Ausbildung der Gilde ist und ihre Kräfte illegalerweise einsetzt. Ein Kommentar liegt mir bereits auf der Zunge, doch nach den Ereignissen auf dem Schwarzmarkt und dem Gespräch mit Silas lasse ich es lieber.

Ein Post-it klebt unter dem Schild. Silas reißt ihn ab und zeigt ihn mir.

Ich bin gleich wieder da.

»Jetzt heißt es wohl warten«, sagt Silas, schält sich aus seiner Lederjacke und lässt sich so selbstverständlich aufs Sofa fallen, als wäre es sein eigenes.

»Ich hasse warten«, entgegne ich, tue es ihm aber gleich.

»Ich weiß«, meint er nur.

Wir sitzen eine Weile schweigend auf dem Sofa nebeneinander und starren auf Madame Bouvoirs Namen, der irgendwann vor meinen Augen verschwimmt, weil ich nicht oft genug blinzle.

»Du überraschst mich«, sage ich schließlich unvermittelt.

»Wieso?«

»Dass ein Drake die Regeln der Magiergemeinschaft hinterfragt ...«, setze ich vielsagend an.

Silas schnaubt und schaut auf seine Hände, die er in seinem Schoß verschränkt hat. »Denkst du wirklich, dass ich die Überzeugungen meiner Familie einfach so hinnehme, ohne sie zu hinterfragen?«

Ich will mit Ja antworten, aber dann realisiere ich, dass ich das bloß machen will, weil ich genau das tue.

Mit einem unguten Gefühl in der Magengrube beiße ich mir auf die Unterlippe, wie ich es immer tue, wenn ich mir unpassende Worte verkneifen will.

»Sei nicht immer so hart zu dir«, sagt Silas besänftigend und nimmt meine Hand, die leicht aufgeschürft und rot verfärbt ist. Er berührt mich nur sanft, und eine Sekunde später legt sich wohltuende Kühle über meine Haut.

»Wieso nicht?«, frage ich mit gespielt lockerem Unterton, weil mir das gerade alles zu intim wird. Noch dazu kann ich den Knutschfleck an seinem Hals viel zu gut betrachten, wenn er so nah neben mir sitzt. »Das sind alle anderen doch auch.«

Silas lächelt, was einzig davon unterbrochen wird, dass er herzhaft gähnt. Ich muss es direkt erwidern. Nun, da sich das Adrenalin aus meinem Körper zurückzieht, spüre ich die Müdigkeit, die mich zunehmend tiefer in das Sofa sinken lässt, das mir auf einmal herrlich bequem erscheint. Wir haben die ganze Nacht und den halben Tag in Nox' Zimmer Wache gehalten. Es ist viel zu lange her, dass ich geschlafen habe.

»Mach ruhig kurz die Augen zu«, sagt er. »Sie wird gleich kommen, ich passe solange auf dich auf.«

Ich schlucke meine Widerworte runter und gestatte meinen Augen zuzufallen. Silas' Geruch umgibt mich, und kurz denke ich, ich würde wieder mit ihm in meinem viel zu schmalen Bett liegen.

Ich bin eingeschlafen, bevor ich Silas ermahnen kann, wach zu bleiben.

❄

»Wen haben wir denn hier?«

Ich schrecke hoch, woraufhin es unangenehm in meinem

Nacken zieht. Mein Kopf lag bis vor einer Sekunde noch auf Silas' Schulter.

Auch er kommt zu sich und reibt sich den Schlaf aus den Augen. So viel zu seinem Versprechen, auf mich aufzupassen. Leicht benommen sieht er erst mich an und hebt dann den Blick. Ich tue es ihm gleich.

Vor uns steht eine Frau, deren Auftreten ein bisschen zu laut danach schreit, dass sie eine Wahrsagerin ist. Sie trägt wallende Kleidung aus bunten Stoffen. Ihre Ärmel sind so ausladend, dass sie eher wie Flügel wirken. Ich würde sie auf Ende sechzig schätzen.

Ihre Augen sind klar wie zwei Bergseen, und kurz stelle ich mir vor, dass sie scharf genug sind, um nicht nur weit in die Ferne, sondern auch weit in die Zukunft zu blicken. Obwohl ich weiß, dass das gar nicht möglich ist.

»Wir haben ein paar Fragen an Sie«, sage ich schnell und stehe auf. Silas' Geruch haftet an mir, und auch als ich einen Schritt von ihm weg mache, hängt er mir in der Nase.

»Jeder, der zu mir kommt, hat Fragen an mich«, sagt sie belustigt. »Du musst schon ein bisschen spezifischer werden.«

Sie schließt die Tür auf, auf der ihr Name prangt, und lässt uns den Vortritt. Das Zimmer ist bis unter die Decke mit Kristallkugeln und Phiolen und Kräutern vollgestellt. Abgesehen vom Fenster gibt es keinen freien Zentimeter.

Hinter dem Schreibtisch steht eine alte riesige Uhr aus Holz mit einem laut tickenden Zeiger. Als ich die Zeit sehe, stockt mir der Atem.

Es ist bereits acht Uhr. Mitternacht rückt immer näher.

Wir haben nur noch vier Stunden, um Nox zu finden.

»Setzt euch. Hier rumzustehen, ist doch fürchterlich ungemütlich.« Madame Bouvoir deutet auf zwei Samtsessel vor ihrem Tisch. Ich sinke tief ins Polster, als ich ihrer Aufforderung nachkomme.

»Welche Fragen wollt ihr denn an mich richten?«

Silas und ich wechseln einen nervösen Blick. Ich kann ihm ansehen, dass er sich ebenfalls daran erinnert, was passiert ist, als wir das letzte Mal zu ehrlich auf diese Frage geantwortet haben.

»Lasst mich raten. Ihr wollt wissen, ob eure Beziehung eine Zukunft hat? Das wollen immer alle wissen.«

Reflexartig schüttle ich den Kopf. Dabei bin ich so vehement, als säße eine Spinne in meinen Haaren, die ich loswerden will. »Wir sind nicht … Wir wollen nicht …«

Die Wahrsagerin vor mir grinst wissend. »Ich ärgere dich nur, Mädchen. Ich weiß genau, warum ihr hier seid.« Auf einmal klingt sie nicht mehr belustigt, sondern ernst, und ihre durchdringenden Augen bereiten mir eine Gänsehaut, obwohl es in diesem Raum so warm ist, dass es mich fast wieder schläfrig macht.

»Sie wissen, warum wir hier sind?«, fragt Silas kritisch nach.

»Natürlich, kleiner Drake.«

Ich spüre, dass sich Silas anspannt.

»Wer hat Ihnen gesagt, dass wir kommen würden?«, fragt er scharf.

Ist das eine Falle? Wir sind dem Hinweis einer fremden Person mit verborgenem Gesicht gefolgt. Wie konnten wir so leichtsinnig sein? Die Überreste der Müdigkeit, die bis eben schwerfällig in meinem Kopf hingen, ziehen sich endgültig zurück.

»Habt ihr das Schild nicht gelesen? Ich bin Wahrsagerin. Dinge zu wissen, die ich nicht wissen dürfte, ist meine Berufsbeschreibung.«

»Es gibt keine Wahrsager«, entgegne ich reflexartig.

Madame Bouvoir grinst überlegen. »Du solltest doch die Letzte sein, die andere unterschätzt. Wenn man bedenkt, wie sehr du es hasst.«

Mein Herz pocht mir in den Ohren. Ich fühle mich so durchsichtig, als bestünde ich aus Glas.

»Der gequälte Junge aus der großen Familie. Das unterschätzte Mädchen ohne bedeutsamen Namen. Zwei Seiten derselben Medaille. Gefangen in Rollen, die ihnen eine alte Ordnung aufgezwungen hat. So wie uns allen. Denkt ihr nicht, dass sich daran etwas ändern sollte?«

Das übergehe ich, weil mir die passenden Worte fehlen. »Wir sind hier, weil wir das Symboltier unserer Gilde suchen und den Tipp erhalten haben, dass wir bei Ihnen möglicherweise Antworten finden.«

»Ihr dürft nicht scheitern, was?« Madame Bouvoir hat offensichtlich nicht vor, es uns einfach zu machen. Wir könnten gehen und dieses Theater beenden. Aber wo würden wir dann weitermachen? Wir haben keine anderen Anhaltspunkte. Also bleibt uns nichts anderes übrig, als sitzen zu bleiben. Denn sie hat recht: Wir dürfen nicht scheitern.

»Er darf nicht versagen, damit die anderen nicht erkennen, wie falsch sie ihn eingeschätzt haben«, sagt die Wahrsagerin und deutet auf Silas, dessen Miene so unbewegt ist, als wäre er aus Stein gemeißelt.

»Und sie darf nicht versagen, damit die anderen nicht erkennen, dass sie von Anfang an recht hatten, was sie betrifft.«

Ich schlucke schwer. Auf einmal habe ich alle herablassenden Worte, die Eamon und seine Mitläufer im letzten Jahr zu mir gesagt haben, im Ohr.

Die Bergseen bohren sich tief in meine Seele, scheinen überzuschwappen und in mich hineinzulaufen.

»Ihr seid beide Gefangene eurer eigenen Ansprüche. Warum haltet ihr vor eurer Gilde geheim, was zwischen euch ist? Und was vielleicht die noch wichtigere Frage ist: Warum tut ihr es voreinander?«

Meine Wangen brennen und ich traue mich nicht, zu Silas hinüberzusehen.

»Glaubt ihr immer noch, dass es keine Wahrsager gibt?«, fragt Madame Bouvoir herausfordernd. »Im Wasser liegt die Erinnerung der ganzen Welt. Es hat viel zu erzählen, wenn man nur weiß, wie man zuhören muss.« Sie sieht mich ernst an. »Seid ihr bereit, euch einzugestehen, dass eure geliebte Gilde euch viele Wahrheiten über die Magie verschwiegen hat, um euch zu kontrollieren? So wie uns alle.«

Zweifel kriechen mir unter die Haut und lassen sie jucken. Ich reibe mir über die Oberarme, aber es wird nicht besser.

»Können Sie uns helfen, Nox zu finden, oder nicht?«, frage ich mit brüchiger Stimme, der ich doch befohlen hatte, fest und bestimmt zu klingen.

Madame Bouvoir lächelt milde. »Das kann ich«, sagt sie. »Aber ich weiß nicht, ob ich will.«

»Wenn Sie uns nicht helfen, verlieren wir unsere Plätze in der Gilde«, rufe ich aufgebracht. »Ich verliere meine Zukunft.«

»Passt diese Zukunft, die du dir so fein säuberlich zurechtgelegt hast, wirklich zu dir?«, sagt Madame Bouvoir, die sich von meinem emotionalen Ausbruch gar nicht aus der Fassung bringen lässt. »Vielleicht sieht deine Zukunft ganz anders aus, als du immer gedacht hast.«

»Wovon reden Sie?« Möglicherweise spreche ich auch nur

so laut, um meine Zweifel zu übertönen, die in meinen Ohren dröhnen. »Ich habe mein ganzes Leben darauf hingearbeitet.«

Langsam beugt sich die Frau über den Tisch in meine Richtung und umgreift vorsichtig meine Hand. Sie tätschelt sie liebevoll, als wäre es nicht das erste Mal. »Es tut mir leid, dass du auf diese Weise deinen Großvater verloren hast. Ich weiß, dass er dir viel bedeutet hat. Genauso wie dein Bruder.«

»Mein Bruder lebt.« Mein Rachen ist auf einmal staubtrocken. Diese Worte flüstere ich lediglich.

»Du hast ihn auf eine andere Weise verloren. Die ist ebenso schmerzhaft. Um ihn darfst du auch trauern.«

Ich rede nie über meinen Bruder, weil ein Gedanke an ihn reicht, um mein Inneres in eine erfrorene Tundra zu verwandeln, in der nichts mehr wächst. Auch jetzt passiert das. Mir ist eiskalt, meine Hände zittern, obwohl die Heizungswärme in diesem kleinen Raum schwer in der Luft hängt. Ich habe seinen Namen schon so viele Jahre nicht mehr in den Mund genommen, dass meine Zunge ihn vermutlich gar nicht mehr formen kann.

»Aber ein tragisches Erlebnis darfst du nicht den Rest deines Lebens nutzen, um damit all dein Handeln zu rechtfertigen. Es tut mir leid, dass es dir passiert ist. Aber wenn es für immer deine Handlungen bestimmt, dann sorgst du selbst dafür, dass es dir wieder und wieder zustößt.«

Ich will widersprechen, ich will laut werden. Ich will sie anschreien. Ihr klarmachen, dass sie mich nicht kennt. Dass sie keine Ahnung hat, wovon sie redet. Doch ich kriege keinen Laut heraus.

»Lassen Sie sie in Ruhe!«, braust Silas auf.

Ich werde leise und er wird laut.

Abwehrend hebt Madame Bouvoir die Hände. »Manchmal sind Worte so viel stärker als jeder Trank, nicht wahr?« Sie räuspert sich und fixiert nun auch Silas. »Du hast ein gutes Herz. Ein großes, warmes Herz. Deine Familie konnte es nicht erkalten lassen, egal, wie sehr sie es auch versucht haben. Aber du tust so, als wären sie erfolgreich gewesen. Und wenn du nicht aufpasst, dann wird dir selbst gelingen, woran sie gescheitert sind.«

Silas' Schweigen entzieht dem Zimmer den wenigen Sauerstoff, den ich übrig gelassen habe.

»Ihr behauptet, ihr seid hier, um Nox zu finden.« Sie fährt fort, weil wir beide die Fähigkeit zu sprechen verloren haben. »Aber eure Mission endet nicht, wenn ihr den Raben gefunden habt. Sie beginnt erst dann. Bitte vergesst das nicht.« Sie lächelt und klatscht einmal geschäftig in die Hände, was uns beide zusammenzucken lässt. Ich komme allmählich wieder zu mir. Doch mir ist schon jetzt klar, dass ich diesen Ort vielleicht verlassen kann, er mich aber nie ganz gehen lassen wird.

»Die Novizen von Obsidian Fang treffen sich in einer Bar, einem ehemaligen Speakeasy. Hier ist die Adresse.« Sie schreibt ein paar Zeilen auf eine Karte und hält sie mir hin. Ich ergreife sie mit eiskalten Fingern.

Noch einen Moment sitzen wir uns gegenüber und sehen uns an. Dann steht Madame Bouvoir auf und deutet zur Tür. Erst wirft sie alles in meinem Inneren um, jetzt wirft sie mich auch noch raus. Doch ich fühle mich so erschöpft, dass ich ihr gar nicht die Meinung sagen kann.

Besser so, denke ich. Gerade habe ich sowieso keine Ahnung, was meine Meinung ist.

Silas und ich erheben uns und gehen zur Tür. Er ist schon hindurchgetreten, da umfasst Madame Bouvoir mein Handgelenk und hält mich zurück.

Sie steht jetzt direkt vor mir. So nah, dass ich die Leberflecke und Sommersprossen und Falten in ihrem Gesicht zählen könnte.

»Unterschätzt zu werden ist nicht nur ein Nachteil. Wenn du es nicht mehr zu deiner größten Schwäche erklärst, kannst du es zu deiner größten Stärke machen.«

»Was bedeutet das?«, flüstere ich in den kleinen Raum zwischen unseren Gesichtern.

Madame Bouvoir lächelt. Ihr Atem riecht nach Minzbonbons und auch ein bisschen nach Lakritz. »Darauf musst du schon selbst kommen.« Sie lässt meine Hand los. Dann fügt sie sanfter hinzu: »Aber das wirst du.«

Ich verlasse ihren Raum, dessen Tür sie vor meiner Nase schließt. Ich schlüpfe in meinen Wintermantel. Mein Körper bewegt sich irgendwie, aber alles fühlt sich mechanisch an. Silas tritt zuerst aus dem Wohnhaus. Ich folge ihm die steilen Stufen hinab.

Auf der Straße bleiben wir stehen. Die kalte Luft brennt erst in meiner Nasenspitze, dann im Hals und dann in meiner Lunge. Mein Atem steigt als warme Wolke auf. Immer und immer wieder. Die Straßenlaternen bringen den Asphalt, noch nass vom letzten Schneeregen, zum Glänzen. Ihr Lichtschein spiegelt sich verzerrt auf der schwarzen Oberfläche wie auf einem Fluss.

»Was ist mit deinem Großvater und mit deinem Bruder passiert?«, fragt Silas nach einem Moment, der von betretener Stille gefüllt war.

»Das geht dich gar nichts an.« Ich bin erleichtert, dass meine Stimme ihre Kraft zurückhat.

Silas reagiert nicht direkt darauf. Dann räuspert er sich. Sein Blick brennt auf meiner Wange, doch ich starre nur auf einen erfrorenen Blumentopf, einsam und allein auf einem kleinen Balkon.

»Halten wir voreinander geheim, wie wir uns wirklich fühlen?«

Er wechselt von einem Thema, über das ich auf keinen Fall reden will, zu einem anderen, das ich totschweige.

»Nimmst du jetzt tatsächlich eine *Wahrsagerin* ernst?«, frage ich bissig, obwohl ich tief in mir spüre, dass ich genau das tue.

»Du etwa nicht?«, gibt Silas aufgebracht zurück. »Wir sollten darüber reden.«

Anstatt darauf einzugehen, laufe ich einfach los. Hauptsache, weg von ihm. Aber natürlich gibt er sich nicht so leicht geschlagen und eilt mir hinterher.

»Sehr erwachsen, Evie. Wirklich«, schimpft er. »Wir müssen darüber sprechen. Warum halten wir das zwischen uns geheim? Wieso sind wir nicht einfach …«

Er kann den Satz nicht beenden. Gut so. Sonst hätte ich jetzt vermutlich zu einem Sprint angesetzt, der sämtliche Weltrekorde gebrochen hätte.

»Evie, tu nicht so, als würdest du mich nicht hören. Ich weiß, dass du jedes Wort verstehst.«

Mit vor der Brust verschränkten Armen drehe ich mich zu ihm um und funkle ihn an. »Wieso ist es dir auf einmal so wichtig? *Du* bist doch derjenige, der vor Eamon und den anderen nicht das Gesicht verlieren will.«

Silas zuckt vor mir zurück, als hätte ich ihn geschlagen. Dann starrt er mich völlig irritiert an. »Das stimmt überhaupt nicht.«

»Gib es doch wenigstens zu.« Ich balle die Hände zu Fäusten, damit er nicht sehen kann, dass sie zittern.

»Das ist nicht der Grund.« Silas stößt ein ungläubiges Lachen aus. Doch es klingt überhaupt nicht belustigt. Ganz im Gegenteil. »*Du* bist diejenige, der es wichtig ist, uns geheim zu halten.«

»Das ist gar nicht wahr«, sage ich kleinlaut.

»Natürlich ist es das.« Und zum ersten Mal erkenne ich richtigen, echten, ehrlichen Schmerz in Silas' Gesicht. Gerade versucht er nicht, es vor mir zu verstecken. Er hat einen Vorhang beiseitegeschoben, damit ich eine gute Sicht auf sein Innerstes habe.

Und ich weiß, dass mich der Anblick bis in meine Träume verfolgen wird.

»Du ziehst mich doch immer hektisch in dein Zimmer und guckst, ob jemand im Flur ist, bevor ich wieder rausgehe. Du musst unsere Rivalität in den Unterrichtsstunden betonen. Ich weiß, dass du dir die Geschichte erzählst, dass ich der arrogante Drake bin, der denkt, du wärst nicht gut genug für ihn. Doch dir sollte klar sein, dass du die Autorin dieser Geschichte bist. Sie ist nicht die Wahrheit. Du bist nicht mein dreckiges Geheimnis. Ich bin deins.«

Wir stehen einfach voreinander. Draußen im Dunkeln in der Kälte. An uns laufen Menschen vorbei, die aufgeregt von ihren Silvesterplänen erzählen. Und das alles könnte nicht weiter von uns entfernt sein. In diesem Moment kommen mir auch all meine Ziele unendlich weit weg vor, obwohl ich sie doch immer vehement an meine Brust gepresst habe, um sie niemals zu verlieren.

Ich muss sie wieder in die Hände nehmen und mich an ihnen festklammern. Sonst tut sich der größte aller Abgründe unter mir auf.

Es gibt so viel, was ich darauf erwidern könnte. Ich könnte es abstreiten. Ich könnte mich rechtfertigen.

Stattdessen kriege ich nur hervor: »Lass uns das Speakeasy finden.«

Kurz denke ich, Silas wird mir das nicht durchgehen lassen. Doch er seufzt nur schwer. Seine Schultern sacken herunter. Es wirkt, als hätte er aufgegeben. Er gibt sich geschlagen. Und obwohl ich im letzten Jahr so viel Energie darauf verwendet habe, ihn zu besiegen, fühlt sich der Triumph jetzt fahl und leer an.

»Lass uns gehen«, sagt er bloß, nimmt mir die Karte mit der Adresse ab und geht voraus. Ich wollte, dass er das Thema fallen lässt, doch jetzt spüre ich in mir eine seltsame Leere, während ich ihm durch die Nacht folge.

6. Kapitel

Ich liebe Regeln, Symmetrie. Wenn ich weiß, woran ich mich halten muss. Wenn alles dort ist, wo es hingehört. Deswegen kann ich mir nicht erklären, warum ich es so mag, wenn Silas lächelt. Damit meine ich nicht dieses gehässige Grinsen, das er aufsetzt, wenn wir uns im Unterricht messen. Ich meine das Lächeln, das er mir nur zeigt, wenn wir allein sind. Es ist unsymmetrisch, schief, ungerade, geradezu unordentlich. Und komischerweise gefällt mir genau das.

Manchmal, wenn er in meinem Bett schläft, betrachte ich ihn wie ein Gemälde im Museum, von dem ich mich nicht losreißen kann.

Jetzt sehe ich überall hin, bloß nicht in sein Gesicht, weil ich Angst habe, das Lächeln, nach dem ich mich so sehne, nie wieder dort zu finden.

Die Nacht hat sich über die Welt gelegt, doch an New York scheitert sie mal wieder. Überall sind Lichter, überall sind Menschen, als wollten sie der Dunkelheit voller Trotz verkünden: Du bestimmst nicht, wann der Tag beginnt, sondern wir.

Oder vielleicht kommt mir der Gedanke auch bloß, weil Trotz ein Gefühl ist, mit dem ich auf die intimste Art vertraut bin. Es war meine erste große Liebe und von der erholt man sich bekannterweise nie so richtig.

Ich höre die Stimme meines Vaters in meinem Kopf: *Du wirst niemals eine Magierin sein.*

Mein Trotz hat mir den Antrieb gegeben, die Aufnahme in die Gilde zu meistern. Schon mein ganzes Leben bin ich unterschätzt worden. Und schon mein ganzes Leben habe ich erfolglos versucht, anderen zu beweisen, dass ich zu Großem fähig bin. Damit auch ich es endlich glauben kann.

Unterschätzt zu werden ist nicht nur ein Nachteil. Wenn du es nicht mehr zu deiner größten Schwäche erklärst, kannst du es zu deiner größten Stärke machen.

Die Worte fühlen sich in meinem Inneren schwer an, als würde ihnen eine große Bedeutung innewohnen. Aber was genau soll das bitte sein?

Was zur Hölle bedeutet das?!

Das würde ich am liebsten in den dunklen Himmel weit über meinem Kopf schreien. Als Kind habe ich das immer getan, in der Hoffnung, wenigstens die Sterne könnten mich hören, aber zwischen den Wolkenkratzern kann ich nicht einen sehen.

Der Weg zum Speakeasy führt uns einmal quer durch die Stadt. In der Subway ist viel los. Alle brechen zu Partys auf. Auf den Straßen höre ich Musik und ausgelassenes Gelächter, das Klacken von schicken High Heels.

Ich rechne jede Sekunde damit, dass Neid in mir hochkocht, weil mein silbernes Kleid, das so gut zu meinen braunen Haaren und grünen Augen passt, einsam und allein in der Innenseite meiner Schranktür hängt und vergeblich auf mich wartet. Doch der Neid bleibt aus. Der Gildenball erscheint mir nach diesem Tag geradezu lächerlich. Ich verstehe überhaupt nicht mehr, warum er mir einmal wichtig gewesen ist.

Maelis Castor kommt mir in den Sinn. Die Großmeisterin von Gilded Serpent, der ich so viele Fragen stellen wollte, dass ich sie mir auf einen Zettel geschrieben und ihn in meine Handtasche gesteckt habe. Doch was würde ich jetzt zu ihr sagen? Würde ich sie fragen, ob all die Dinge, die ich heute erfahren habe, stimmen? Würde ich mich das überhaupt trauen? Würde ich die Wahrheit verkraften?

Mein Nacken kann meinen Kopf kaum noch tragen, so viele Gedanken stecken darin.

Unsanft kehre ich in die Realität zurück, als Silas vor mir so abrupt innehält, dass ich mit seinem Rücken kollidiere. Sofort springe ich einen Schritt zurück, als hätte ich mich an ihm verbrannt.

Er sieht sich kurz zu mir um, seine Miene undurchsichtig, als würde er eine Maske tragen. Doch seine Fassade verfehlt seine Wirkung, weil ich vorhin einen Blick dahinter geworfen habe.

»Wir sind da«, teilt er mir mit und deutet um die nächste Häuserecke.

Fünfzig Meter von uns entfernt mache ich ein leuchtendes Saxofon aus, das einmal pro Sekunde blinkt. Eine Treppe führt hinunter und ich kann von hier aus nur das obere Viertel der Eingangstür sehen.

»Kein guter Fluchtweg«, kommentiere ich.

»Nein«, kriegt Silas zwischen zusammengebissenen Zähnen hervor. »Das stimmt.«

Er sieht mich auch nicht mehr an.

»Vielleicht gibt es irgendwo ein Fenster«, überlege ich. »Damit wir die Lage erst mal sondieren können.«

Silas kommentiert meinen Vorschlag nicht, aber er setzt sich in Bewegung und wir laufen einmal in großem Abstand um das Gebäude herum, bis wir an einer Seite einen Vorgarten entdecken. Wir schleichen uns an den Büschen vorbei und knien uns dann vor ein schmales, kleines Fenster, durch das wir in den Schankraum sehen können. Man erkennt nicht viel, weil eine Topfpflanze im Weg und der Winkel beschissen ist. Aber besser als nichts.

Silas und ich legen uns nebeneinander auf die gefrorene Erde. Die Kälte kriecht in unsere Kleidung. Er starrt durch den kleinen Schlitz, durch den das Licht nach außen quillt, als wäre die Bar bis zum Überlaufen damit gefüllt.

Schatten tanzen auf seinem Gesicht, während er die Stirn runzelt und dann die Lippen zu einer schmalen Linie zusammenpresst.

Habe ich ihn tatsächlich zu meinem dreckigen Geheimnis gemacht?

»Es wäre hilfreich, wenn du das Speakeasy betrachten würdest und nicht mein Gesicht«, meint er trocken, ohne sich mir zuzuwenden.

Mit heißen Wangen blicke nun auch ich durch das kleine Fenster. Trotz der Topfpflanze kann ich vier Leute ausmachen, die alle ungefähr in unserem Alter sind. Es müssen die Novizen sein. Einige von ihnen tragen Fangzähne um den Hals. Der, den wir in Nox' Refugium gefunden haben, ruht vermutlich noch immer in Silas' Jackentasche.

»Er muss hier sein«, flüstere ich, obwohl ich auch in normaler Lautstärke reden könnte. Auf den Straßen ist es laut und aus dem Speakeasy dringt kein Laut zu uns.

Ich würde sie gern belauschen, doch das Fenster zu öffnen, wäre zu riskant, weil sie den Luftzug spüren könnten.

»Wir kommen schlecht unerkannt rein und wieder raus«, murmle ich vor mich hin. »Aber siehst du die Tür da?« Ich deute hinter die Theke. »Da müssten sie ihn versteckt haben, oder?«

Silas nickt.

»Bloß wie kommen wir rein?«

Silas holt wortlos etwas aus seiner Jackentasche. Eine Phiole mit glitzerndem Puder.

Ich reiße die Augen auf. »Du hast ihn bestohlen.«

»Während er damit beschäftigt war, eine Meute auf uns zu hetzen«, fügt er hinzu und gibt sich nicht einmal Mühe, den Stolz aus seiner Stimme zu verbannen. Ich öffne schon den Mund, aber er kommt mir zuvor. »Willst du dich wirklich darüber beschweren, anstatt dich zu freuen, dass es uns jetzt zur Verfügung steht?«

Ich schließe meinen Mund unverrichteter Dinge. Ich gebe ihm weder recht noch unrecht. Stattdessen schnappe ich mir einfach das Fläschchen und verteile den Inhalt auf seinem Körper. Das Letzte, was ich von ihm sehe, ist sein selbstgefälliges Grinsen, das ihm gerade nicht so recht gelingen will, und dann ist er auch schon verschwunden.

Ich zucke zusammen, als eine unsichtbare Hand mir die Phiole abnimmt. Er scheint das Prozedere bei mir zu wiederholen, denn auf einmal verschwindet meine Hand vor meinen Augen und anschließend der Rest meines Körpers. Es ist verdammt gruselig, an sich herunterzusehen und ins Nichts zu blicken. Ich kriege eine Gänsehaut, doch natürlich kann ich auch das nicht sehen.

»Bringen wir es hinter uns«, sage ich unbehaglich. Ich stehe auf. Es raschelt neben mir, also scheint Silas das Gleiche zu tun.

»Wir schleichen uns ins Hinterzimmer, holen Nox und hauen wieder ab«, sage ich in die Nacht hinein und fixiere einen Punkt, wo Silas vermutlich gar nicht steht.

»Machen wir so«, kommt es von einer Stelle ein Stückchen weiter rechts.

Silas' Anblick löst nicht immer nur schöne Emotionen in mir aus, trotzdem muss ich mir in diesem Moment eingestehen, dass es definitiv schlimmer ist, ihn nicht mehr sehen zu können.

Ich räuspere mich, um meine Gedanken zu übertönen, und setze mich in Bewegung. Meine Füße hinterlassen verräterische Abdrücke in einem Blumenbeet, das noch nicht komplett zugefroren ist.

Ich will bereits zur Treppe gehen, die zur Tür führt, als drei junge Männer um die nächste Ecke biegen und direkt auf uns zusteuern. Ich hoffe, dass Silas genauso schnell ausweicht wie ich, doch keiner von ihnen strauchelt, also ist wohl niemand mit einer unsichtbaren Wand kollidiert. Ich atme erleichtert aus.

»Und ihr würdet wirklich ein gutes Wort bei Aldric Thorne für mich einlegen?«, fragt einer der Männer, der eine knallrote Mütze trägt, die zu seiner knallrot angelaufenen Nase passt. In seinen Augen strahlt Hoffnung.

»Klar«, sagt einer der anderen, die ihn in die Mitte genommen haben. Er schlägt ihm freundschaftlich auf die Schulter, aber es ist ein bisschen zu fest, sodass er stolpert. Die anderen beiden wechseln einen vielsagenden Blick hinter dem Rücken des Rotnasigen, und sofort schrillen in meinem Inneren alle Alarmglocken.

Ich habe aber keine Zeit, weiter darüber nachzudenken, denn die drei gehen die Stufen hinunter und öffnen die Tür. Das ist unsere Chance, hineinzuschlüpfen. Also wage ich es, mich so nah wie möglich hinter ihnen in den Innenraum zu schieben.

Im Raum ist es warm. Meine eiskalten Wangen beginnen sofort zu kribbeln. Auf der linken Seite ist eine lange Theke aus massivem Holz und an der Wand dahinter sind in Regalreihen, die bis zur Decke reichen, teuer aussehende Alkoholflaschen aufgereiht. Runde Bistrotische stehen im ganzen Raum verteilt. Alte Landschaftsgemälde hängen überall und die Wände und Decke sind dunkelrot gestrichen.

»Hier trefft ihr euch immer?«, fragt der junge Mann mit der noch immer roten Nase, während er Jacke und Mütze ablegt. Er sieht sich ehrfürchtig um.

»Dieser Ort gehört den Novizen von Obsidian Fang«, sagt ein besonders schlaksiger Typ, der lässig an der Theke lehnt. In seinen Zügen liegt etwas Lauerndes.

»Es wäre so toll, wenn ich doch genommen werde.«

Die anderen lachen, als hätte er einen Witz gemacht, den nur sie verstehen. Der mit der roten Nase will etwas fragen, doch seine Worte gehen in einem lauten Knall unter.

Reflexartig hebe ich meine Hände vor mein Gesicht. Eine Sektflasche, die auf einem der runden Bistrotische stand, ist geplatzt. Sekt spritzt in alle Richtungen, genauso wie die Scherben. Und die Novizen ... sie lachen.

»Hast du die Flüssigkeit gefrieren lassen, damit sie sich ausdehnt?«, fragt der Nicht-Novize. Er sieht nicht mehr ganz so begeistert aus wie beim Betreten der Bar.

»Richtig«, sagt der Schlaksige an der Theke gönnerhaft. »*Du* kannst den Trick ja leider nur machen, indem du eine Sektflasche in die Gefriertruhe steckst und sie dort vergisst.«

»Aber nicht, wenn ihr ein gutes Wort bei ...«

Die anderen lachen gehässig. Ich balle automatisch die Hände zu Fäusten und bemerke jetzt erst, dass ich seit mehreren Minuten an derselben Stelle stehe, anstatt mich zur Hintertür zu schleichen. Ganz langsam setze ich mich in Bewegung, lasse dabei aber die Novizen keine Sekunde aus den

Augen. Sie schließen einen Kreis um den anderen, als wären sie ein Rudel hungriger Wölfe, die ihr Opfer in die Enge treiben.

»Briar, bist du wirklich so naiv?«, fragt der Schlaksige.

»Ich … dachte … ich …«, setzt Briar an, doch wieder unterbricht ihn ein Knall. Und noch gehässigeres Lachen.

Die Novizen lassen immer mehr Sekt- und Bierflaschen platzen. Der Alkohol geht als gefrorene Klumpen zu Boden und sickert in die alten Perserteppiche.

Ich muss ein wütendes Schnauben unterdrücken. Es ist strengstens verboten, Magie zu nutzen, um andere anzugreifen.

Briar will sich zur Tür zurückziehen, doch die anderen versperren ihm den Weg.

»Willst du schon gehen?«

Noch eine Flasche fällt ihrer Magie zum Opfer, die Scherben fliegen durch den Raum und erwischen Briar im Gesicht. Er schreit auf. Sofort rast mein Puls in die Höhe.

Dass ich einen Schritt in seine Richtung gemacht habe, bemerke ich erst, als sich zwei Hände um meine Oberarme schlingen und mich zurückhalten. Silas kann mich genauso wenig sehen wie ich ihn, trotzdem hat er mich gefunden.

»Nicht«, flüstert er mir so leise ins Ohr, dass ich es kaum hören kann.

Ich würde Silas gern widersprechen, aber ich weiß selbst, dass ich kein Risiko eingehen darf. Wir sind zu zweit, sie sind zu sechst. Wir hätten keine Chance.

Ich drücke eine von Silas' Händen zur Bestätigung, dass ich ihn verstanden habe, und der Druck seiner Hände lässt nach.

Briar steht immer noch verloren inmitten dieser Arschlöcher. Er hält sich die verletzte Wange und zwischen seinen Fingern quillt das Blut hervor.

Auf einmal kann ich nicht mehr richtig denken.

Die Novizen lachen nach wie vor. Lauter und lauter. Und mein Atem geht schneller und schneller. Flacher und flacher.

Bilder wollen sich in mein Bewusstsein schieben, und es kostet mich all meine Kraft, sie zurück in die Schubladen zu drängen, in die ich sie vor Jahren gepackt habe. Ein paar Fetzen können mir dennoch entwischen. Da ist Blut. So viel Blut. Das Rot ist greller als jedes Billboard in dieser Stadt. Es blendet mich, bis Lichtflecken vor meinen Augen tanzen und es mir unmöglich machen, klar zu sehen.

Da ist ein Körper. Gebrochen. Mit Gliedmaßen, die in Richtungen abstehen, die so unnatürlich aussehen, als wäre er gar kein Mensch. Und gewissermaßen stimmt das auch. Sobald er auf dem Boden aufkam, hörte er auf, ein Mensch zu sein.

Ein Schrei durchzuckt mich. Erst mit Verzögerung verstehe ich, dass er nicht aus meiner Gegenwart dringt, sondern aus meiner Vergangenheit, die immer nur knapp unter der Oberfläche meines Bewusstseins lauert.

»Evie«, flüstert Silas beschwörend. Der Druck seiner Hände nimmt wieder zu und hindert mich daran, in den Abgrund zu stürzen, der sich auf einmal vor mir auftut.

Erst, als ich meinen Mund öffne, merke ich, dass ich meine Zähne in meine Unterlippe gebohrt habe. Ich schmecke Blut auf der Zunge. Es ist überall. In meinen Träumen, an der Wange des jungen Mannes, in meinem Mund.

Ich schüttle mich. Das ist der denkbar schlechteste Moment, um dem Drängen meiner Vergangenheit nachzugeben. Ich kann später auseinanderfallen, noch muss ich zusammenhalten.

Mit zittrigen Beinen laufe ich auf die Theke zu. Silas' Hände verschwinden, aber ich weiß, dass er ganz nah bei mir ist.

Ich habe die Tür hinter der Theke fast erreicht, als die Eingangstür plötzlich mit voller Wucht aufgerissen wird und mit einem lauten Knall gegen die Wand schlägt.

Sofort richten sich alle Novizen zu ihrer vollen Größe auf. Sie wirken wie Soldaten, die Spalier stehen. Vorsichtig drehe ich mich um – und mein Atem stockt.

Im Eingang steht Aldric Thorne, der Großmeister von Obsidian Fang.

Kalter Schweiß sammelt sich in meinem Nacken, während mein Herz zu rasen beginnt. Es hämmert so laut, dass ich Angst habe, dass es mich verraten wird.

»Was geht hier vor sich?«, donnert seine Stimme durch den Raum. Aldric Thorne ist eine beeindruckende Erscheinung. Er ist Anfang sechzig, sein Gesicht zeugt von den Zornesfalten und strengen Mienen, die es schon seit Jahrzehnten formt. Seine Haare sind grau meliert und sehr kurz geschnitten, genauso wie sein Bart. Er hat die Ausstrahlung eines Generals, der seine Truppen dazu bringt, ihm in die gefährlichsten Missionen zu folgen.

Für einen langen Moment lässt er den Blick durch die Bar schweifen. Er entdeckt die Scherben, den Alkohol, der von allen Oberflächen heruntertropft, den blutenden jungen Mann.

»Du bist nicht in meiner Gilde«, sagt er zu Briar.

»Nein …«, stottert dieser, während Blut über seine Wange läuft und von seinem Kinn tropft. »Die Novizen haben mich eingeladen, weil sie meinten, dass sie ein gutes Wort bei Ihnen einlegen würden. Aber sie wollten mich nur …« Ihm scheint nicht das passende Wort einzufallen.

Thorne stiert alle Anwesenden in den Boden. Ich warte auf

eine Strafpredigt, die noch in den Träumen der Novizen nachhallen wird. Eine, die ihnen klarmacht, dass sie ihre Privilegien nicht so leichtfertig mit Füßen treten dürfen. Dass sie sich nicht besser als andere fühlen sollen, nur weil sie Teil einer Gilde sind.

Doch das bleibt aus.

Auf einmal verzieht sich sein Gesicht zu einem bösartigen Grinsen. »Und du hast diese Flaschen platzen lassen?«

Briar wird leichenblass. »Nein. Das waren die anderen ...«

»Du bist kein Novize. Dir ist bewusst, dass das illegal ist und du mit harten Strafen rechnen musst.«

»Aber ich war nicht ...«

»Jungs, was ist passiert?«

Der Schlaksige grinst auf eine Weise, die in mir den Wunsch weckt, ihm eine reinzuhauen. Selbst wenn ich mir dabei die Hand brechen sollte. »Er hat einfach angefangen Magie zu wirken. Keine Ahnung, was mit ihm los ist.«

Briar treten Tränen der Verzweiflung in die Augen. »Ich habe nicht ...«

»Junge, das ist deine letzte Chance. Ich werde dich jetzt gehen lassen, aber meine Güte kennt ihre Grenzen.«

Für einen Moment wirkt Briar wie erstarrt. Er macht sich auch nicht mehr die Mühe, seine Wunde zu bedecken. Aus dem Schnitt, der von seiner Nase bis zu seinen Wangenknochen reicht, läuft das Blut. Er wirkt, als hätte er genau in diesem Augenblick den Glauben an das Gute in der Welt verloren.

Ich verstehe das. Ich habe gerade meinen Glauben an die Gilden verloren.

Endlich kommt Leben in Briar, er schnappt sich seine Sachen und sprintet aus der Bar, verfolgt von dem Lachen der

Novizen, die aussehen, als könnten sie das Wort Reue nicht einmal buchstabieren.

»Da das geklärt ist …«, sagt Thorne so entspannt, als wäre diese Situation Alltag für ihn. »Ich wollte nur sichergehen, dass ihr euch rechtzeitig für den Ball fertig macht. Ich verlange Pünktlichkeit. Verstanden?«

Die Novizen nicken alle eifrig.

»Dann noch viel Spaß«, sagt Thorne. Bevor er wieder durch die Tür tritt, bleibt er noch einmal stehen. Im Regal hinter der Theke gehen gleich fünf Flaschen auf einmal zu Bruch, Scherben regnen auf mich herab, doch ich gebe keinen Ton von mir.

Die Novizen jubeln ihrem Großmeister zu, der sich scherzhaft verbeugt und dann die Bar verlässt.

Diesen Geräuschpegel nutze ich, um die letzten Meter zur Tür zu überwinden. Ich schlüpfe hindurch und spüre, dass Silas direkt hinter mir ist.

Sobald die Tür uns von den anderen trennt, kann ich endlich wieder richtig atmen. Wir befinden uns in einem Vorratsraum. In den Regalen stehen Alkohol und riesige Packungen Nüsse und hinter einer riesigen Stahltür vermute ich einen Kühlraum. Die Wände sind dick, deswegen traue ich mich, zu flüstern.

»Er hat sie nicht einmal ermahnt.« Ich klinge fassungslos.

»Natürlich hat er das nicht.« Silas klingt nur resigniert.

»Sie haben diesen armen Jungen einfach …« Auch mir fehlen die Worte, um zu beschreiben, was ich gerade mit angesehen habe. »Und Thorne hat ihm gedroht, obwohl er genau wusste, was passiert ist.«

»Natürlich hat er das«, sagt Silas tonlos.

»Warum überrascht dich das nicht?«

»Weil ich weiß, wie sich geachtete Magierfamilien hinter

geschlossenen Türen verhalten.« Das Wort *geachtet* spuckt er gehässig aus.

»Du meinst deine Familie.«

Er bleibt ewig still, dass ich schon denke, er hat sich fortgeschlichen und mich hier allein gelassen. Dann spüre ich ihn. Noch berührt er mich nicht, aber das muss er auch nicht, damit ich weiß, dass er direkt vor mir steht. Seine Wärme strahlt auf mich ab. Und nicht nur das. Silas' Präsenz fühlt sich immer so intensiv an, dass sie mir zu Kopf steigt wie süßlicher Rauch.

»Ja«, flüstert er heiser. Dieses Eingeständnis scheint ihm viel abzuverlangen. »Ich finde es schön, dass du daran glaubst, dass die Magiergilden nur Gutes im Sinn haben.«

»Glaubte«, kriege ich genauso mühsam hervor wie er sein Geständnis.

»Glaubte«, wiederholt Silas. »Es tut mir leid, dass du daran nicht mehr glauben kannst.«

Meine Gedanken so deutlich ausgesprochen zu hören, tut weh. Doch meine Zweifel sind inzwischen so laut, dass ich sie nicht länger ausblenden kann. Sie schwellen an zu einem Chor, und in meinem Kopf ist die Akustik so gut wie in einem großen Kirchenschiff.

Die Gilden wählen aus, wem es erlaubt ist, Magie zu wirken. Sie entscheiden, wer würdig ist. Aber die Magier im Nachbarzimmer, die so leichtsinnig mit ihrer Macht umgehen, sind definitiv nicht würdiger als der Junge, den sie vorgeführt und verletzt haben.

»Wir müssen Nox finden«, sage ich, obwohl ich mich in diesem Moment kaum noch daran erinnern kann, warum es mir einmal so unfassbar wichtig gewesen ist, meinen Platz in der Gilde nicht zu verlieren.

Ich glaube, dass Silas nickt. Da ist ein Luftzug an meiner Stirn. Dann macht er einen Schritt zurück und nimmt seine Wärme und seinen Geruch mit sich.

Auch ich wende mich ab und öffne die Stahltür. Dahinter befindet sich tatsächlich eine Kühlkammer, in der Lebensmittel lagern. Doch von Nox fehlt jede Spur. Silas' Schritte erklingen in einer anderen Ecke des Raums. Wir sehen uns überall um. Nach zwei Minuten müssen wir allerdings einsehen, dass Nox nicht hier ist.

»Hat Madame Bouvoir uns belogen?«, fragt Silas.

Das muss sie getan haben. Doch irgendwas ergibt keinen Sinn. Sie hat so viel Wahres gesagt. Ich bin mir sicher, etwas zu übersehen, auch wenn ich keine Ahnung habe, was es ist.

»Sollen wir noch mal zu ihr gehen?«, hakt Silas nach, als ich stumm bleibe.

Meine Uhr zeigt bereits zehn Uhr. »Wir würden beim Weg durch die halbe Stadt zu viel Zeit verschwenden.« Ich riskiere einen kurzen Blick in den Schankraum. Die Novizen sind nach wie vor dort und betrinken sich und haben offensichtlich sehr viel Spaß.

Ich hingegen bin wie ausgehöhlt. Der Abend hat mir all meine Überzeugungen, alles, woran ich mit Inbrunst geglaubt habe, entrissen, und jetzt habe ich das Gefühl, dass nicht mehr genug da ist, um mich aufrecht zu halten.

Erschöpft lasse ich mich an der Wand hinabsinken. Silas tut es mit gleich. Inzwischen kann ich wieder seine Knie erkennen, die nun körperlos neben mir in der Luft schweben. Seine unsichtbare Hand fährt über meine Wange. Er tröstet mich, obwohl ich ihn nach unserem Besuch bei Madame Bouvoir von mir gestoßen habe.

So ist Silas, wird mir klar. Er hat den großen Namen, die

großspurigen Freunde und die großkotzigen Sprüche. All das stimmt. Aber wie auch die Wahrsagerin gesagt hat: Er hat vor allem ein sehr großes Herz.

»Endlich kann ich dich wieder sehen«, flüstert er so sanft, dass ich erschauere.

»Haben wir noch genug Tarnzauber übrig, um wieder hinauszugelangen?«, frage ich.

Silas holt nur wortlos die leere Phiole heraus.

»Also stecken wir hier fest, bis sie zum Ball aufbrechen«, sage ich. »Wie Großmeister Hale wohl darauf reagieren wird, wenn wir ohne Nox aufkreuzen?«

»Nicht gut. So viel steht fest«, meint Silas.

»Nicht, dass das jetzt noch eine Rolle spielt.«

»Es spielt eine Rolle. Ich will nicht, dass du deinen Platz in der Gilde verlierst.«

Er spricht nur über mich und nicht über sich selbst. Das scheint auch ihm aufzufallen, denn er stößt einen tiefen Seufzer aus.

»Mein Vater wird mich enterben und vor die Tür setzen«, gibt er zu. »Aber vielleicht ist das ja besser so. Ich wäre bestimmt ein richtig guter Mechaniker.«

»Mechaniker?«, frage ich zweifelnd, doch ich lächle leicht bei der Vorstellung.

»Ich mag es, mit den Händen zu arbeiten.«

Sofort wird mir ein bisschen heiß, obwohl er diese Aussage gar nicht anrüchig gemeint hat.

»Was wirst du tun?«

»Mein Vater wird mich nicht vor die Tür setzen«, beginne ich. »Wobei mir das fast lieber wäre.«

Silas bittet mich mit seinem Schweigen, fortzufahren.

»Er wird an der Türschwelle stehen, mit offenen Armen,

und das Schlimme daran wird sein, dass er so aussehen wird, als hätte er die ganze Zeit dort auf mich gewartet. Weil er immer gewusst hat, dass ich scheitern werde.«

Da Silas vermutlich einsieht, dass er nichts tun kann, um diesen Worten ihren Wahrheitsgehalt zu entziehen, ergreift er meine Hand. Unsere Finger verschränken sich ineinander und werden langsam wieder sichtbar.

»Was war vorhin los?«, fragt Silas sehr leise.

Er muss nicht erklären, was er meint. Als ich das Blut gesehen habe, bin ich in meine Erinnerungen gestürzt und seine Hände mussten mich zurückholen. Er hat mich vom Abgrund fortgezerrt. Silas' Gesicht erscheint vor mir. Und obwohl ich an den Abgrund denke, sehe ich nicht mehr nur die Schwärze, in die ich ständig drohe zu fallen, sondern auch das Blau seiner Augen, in das ich springen will wie in klares Meer.

Er lächelt mich aufmunternd an und die Geste funktioniert, weil ich mich in die Asymmetrie seines Gesichts fliehen kann. Er zieht die rechte Augenbraue immer höher als die linke. Auf seiner Stirn sind drei Leberflecke, aber nirgendwo sonst. In der linken Galaxie seiner Augen sind mehr Sterne.

»Jetzt ist nicht der richtige Moment für dieses Gespräch«, sage ich mit erstaunlich fester Stimme. »Wir müssen uns erst mal überlegen, wie wir hier wieder rauskommen.«

Silas wirkt, als wollte er mir widersprechen oder mich in den Arm nehmen. Doch er lässt beides bleiben. Nur kurz verschränkt er seinen kleinen Finger mit meinem. Ein Schwur, von dem ich mir sicher bin, dass er ihn niemals brechen wird.

Er ist bei mir. Er war schon immer bei mir, auch wenn ich nicht bereit gewesen bin, das einzusehen.

»Was hast du vor?«, fragt er dann, statt all der Dinge, die ihm vermutlich gerade die Zunge verbrennen.

Ich starre an die Wand gegenüber, als stünde die Antwort dort geschrieben. Solange ich zurückdenken kann, habe ich mich stets an Regeln gehalten. Ich hatte Angst davor, auch nur eine Kleinigkeit falsch zu machen. Ich wollte perfekt sein. Aber wozu eigentlich? Damit mich Magier respektieren, vor denen ich an diesem Abend all meinen Respekt verloren habe?

Ich komme auf die Beine, auf einmal von neuem Elan gepackt, und ziehe Silas hoch.

»Ich will, dass sie endlich aufhören, so zu lachen«, sage ich ernst.

Silas lächelt nur.

Ich öffne die Tür einen Spalt und linse hinaus. Die Szene, die sich mir bietet, ist unverändert. Aber das wird nicht mehr lang so bleiben.

Ein letztes Mal gestatte ich mir, tief durchzuatmen. Ich habe noch nie Regeln gebrochen und ich merke, dass es mir nicht leichtfällt, es jetzt zu tun. Aber ich habe meine Entscheidung längst getroffen.

Also stelle ich eine Verbindung zum Wasser her. Und eine Sekunde später platzt die nächste Sektflasche.

»Hey«, schreit der schlaksige Typ auf, eine teure Sektflasche in der Hand. »Wer war das?«

Die anderen heben abwehrend die Hände.

»Im Ernst. Wer …«

Zwei Bierflaschen auf der Theke explodieren.

»Ich würde gern noch in Ruhe trinken. Wer von euch war das?«

Die anderen wechseln irritierte Blicke.

Ich grinse in mich hinein.

»Ah!«, schreit der Aggressive und lässt die Sektflasche, aus der er gerade den nächsten Schluck nehmen wollte, fallen. Die Flüssigkeit darin brodelt, als sie sich auf dem Teppich verteilt. Der Geruch von verdunstendem Alkohol steigt mir in die Nase. Ich drehe mich zu Silas um, der mir verschwörerisch zuzwinkert, als wollte er mir sagen, dass er mir den Spaß ja nicht ganz allein überlassen konnte.

»Das ist nicht mehr witzig!« Der aufgebrachte Novize sieht einen von ihnen anklagend an.

»Ich war es nicht!«

»Das glaube ich dir nicht!«

»Ey, das ist nicht fair!«

Ein Streit bricht aus. Der schlaksige Typ, der anscheinend der Anführer der Gruppe ist, geht einen nach dem nächsten an. Einen schubst er so oft, bis dieser in die Topfpflanze unter dem kleinen Fenster, durch das wir vorhin gespäht haben, fällt. Ich blicke hinaus und kann die weißen Flocken sehen, die langsam vom Himmel rieseln.

»Wenn ich ›jetzt‹ sage, schleichen wir uns zum Ausgang«, flüstere ich Silas zu. »Hoffen wir mal, dass sie zu sehr abgelenkt sind, um in der Luft schwebende Hände und Köpfe zu entdecken.«

Silas nickt grinsend.

Ich schließe die Augen, während ich mich auf den Schnee vor dem Fenster konzentriere. Ich spüre die Verbindung. Es fühlt sich an, als würde ich einen Faden zu jedem einzelnen Eiskristall spinnen, und nun muss ich nichts weiter tun, als sanft daran zu ziehen.

Das Fenster zerspringt, als der Schnee sich mit ganzer Kraft dagegenstemmt. Ein Wintersturm nimmt die Bar innerhalb von wenigen Sekunden ein. Eiskalte Luft rast so unbarmherzig durch den Raum wie durch die Häuserschluchten in New York.

»*What the fuck!*«, schreit der schlaksige Typ und schlägt im nächsten Moment einem der anderen Novizen ins Gesicht.

»Jetzt«, flüstere ich und gehe gebückt los. Ich krabble hinter der Theke entlang. An deren Ende halte ich inne. Silas ist direkt hinter mir. Er ist fast wieder ganz aufgetaucht und uns trennen noch einige Meter vom Eingang.

Wir nicken uns einmal zu und laufen dann so schnell, wie wir es wagen. Die Scherben knirschen verräterisch unter unseren Schuhsohlen, und ich bete inständig, dass der Streit der Novizen laut genug ist, um uns zu übertönen.

»Da ist jemand«, schreit auf einmal einer von ihnen.

In dem Moment habe ich die Eingangstür schon erreicht, reiße sie auf und sprinte hinaus. Bevor sie wieder zufällt, lasse ich den Alkohol, der in die Teppiche gesickert ist, gefrieren. Ich höre, dass jemand fluchend zu Boden geht, drehe mich aber nicht noch einmal um.

Silas und ich rennen so schnell, als wollten wir gleich abheben. Wir fliegen durch die dunklen Gassen, während Schnee vom Himmel rieselt. Ein Lachen löst sich aus meiner Brust, obwohl doch an dieser Situation gar nichts lustig sein sollte. Weit hinter uns ertönen Schreie und das Poltern von Schritten.

Auf Silas' Lippen liegt ebenfalls ein irres Grinsen.

Ich hebe die Hände und der Schnee wird zu einem Nebel, der aus Puderzucker zu bestehen scheint. Er hüllt uns ein und wir können unerkannt um die nächste Ecke biegen. Silas stößt den Hintereingang zu irgendeinem Haus auf, aus dem der Bass von Technomusik dringt, zieht mich mit sich und drückt mich in den dunklen Raum. Direkt hinter mir ist eine Wand, direkt vor mir ist Silas.

Unsere Brustkörbe pressen sich bei jedem hektischen Atemzug gegeneinander. Wir lauschen und warten darauf, gefunden zu werden. Doch Minuten verstreichen und nichts geschieht.

Im selben Moment, in dem die Anspannung aus meinem Körper weicht, spüre ich, dass auch Silas erleichtert die Schultern sinken lässt. Er lehnt sich mir noch ein bisschen mehr entgegen und stützt sich mit einer Hand an der Wand neben meinem Kopf ab.

Ich sehe in der Dunkelheit zu ihm hinauf. Seine Augen blitzen, als bräuchten sie kein Licht von außen, um hell zu strahlen. Das altbekannte Kribbeln breitet sich in meinem Magen aus.

Bevor ich darüber nachdenken kann, dass das der schlechteste Augenblick dafür ist, stelle ich mich auf die Zehenspitzen, kralle mich mit einer Hand in seinem Nacken fest und küsse ihn.

7. Kapitel

Mein erster Kuss mit Silas hätte nie passieren sollen. Und trotzdem war er unausweichlich.

Weil wir uns in einer Unterrichtsstunde mal wieder miteinander angelegt hatten, sind wir von Großmeister Hale dazu verdonnert worden, den Raum aufzuräumen. Dabei haben wir uns aufs Neue gestritten – natürlich. Wir sind mit jedem wütenden Wort einen Schritt auf den anderen zugegangen. Und auf einmal standen wir direkt voreinander.

Ich kann mich nicht mehr daran erinnern, wer von uns den anderen zuerst geküsst hat. Ich glaube, wir waren es beide.

Und es war nicht nur ein Kuss, es war ein Zusammenprall. Unsere Münder wurden zu Meteoriten, die im anderen ein genauso tiefes Einschlagloch hinterließen wie dieser bei einem selbst.

So fühlt es sich auch in diesem Moment an. Zwischen Silas und mir gab es noch nie ein vorsichtiges Herantasten, nur ein Ineinander-stürzen mit dem Kopf voran, ohne zu wissen, wie tief das Wasser ist.

Meine Lippen berühren seine erst seit einer Sekunde, doch schon umschlingen mich seine Arme, als hätten sie nur auf diesen Startschuss gewartet. Er presst mich so heftig gegen die Wand, dass ich aufstöhne, als er mir die Luft aus der Lunge drückt. Ich atme einmal tief ein und dann tauche ich auch schon wieder unter. Meine Hände vergrabe ich in seinen Locken, die sich verboten gut unter meinen Fingerspitzen anfühlen. In diesem Kuss liegen all die Worte, die wir nicht sagen können. Die vor allem ich nicht sagen kann. Meine Nägel bohren sich in seinen Nacken, doch er keucht lediglich und vertieft den Kuss. Ich spüre seine Zunge an meiner Unterlippe, dann in meinem Mund.

Silas scheint zu glühen, wie er es immer tut, wenn wir uns küssen, und ich will seine Hitze spüren. Ich öffne seine Jacke und fahre unter den Stoff, dann unter sein Shirt.

Er löst den Mund von meinem, bevor ich mich aber darüber beschweren kann, küsst er meine Halsbeuge, mein Schlüsselbein, knabbert an meinem Ohr. Ganz von allein fällt mein Kopf in den Nacken, als hätte ich nicht mehr genug Körperspannung, um ihn aufrecht zu halten.

Gerade will ich nicht denken, nur noch fühlen.

Doch dann stoßen meine Finger auf etwas Hartes in der Innenseite von Silas' Jackentasche, als ich sie ihm von den Schultern streifen will.

Die kühle Oberfläche an meiner erhitzten Haut lässt mich aus meinem Körper in meinen Kopf zurückkehren, obwohl das doch der letzte Ort war, den ich heute noch mal besuchen wollte.

Silas lässt seine Arme sinken, als er bemerkt, dass ich seinen Kuss nicht mehr erwidere. Schwer atmend stehen wir voreinander, sein Atem streichelt sanft meine Wange, was mich erschauern lässt.

Langsam hole ich den Gegenstand hervor und erstarre, als ich ihn erkenne.

Es ist die Kette vom Schwarzmarkt. Ich spiegle mich zwanzig Mal in dem violetten geschliffenen Stein, während ich ihn direkt vor meinem Gesicht baumeln lasse.

Mein Herz zieht sich so fest zusammen, als wollte es die Gefühle herausdrücken, die seit so vielen Jahren in ihm eingesperrt sind. Ich bekomme nicht mehr richtig Luft und leider sind dafür nicht Silas' Lippen verantwortlich.

»Woher hast du die?«, hauche ich so leise, dass der dröhnende Bass aus dem Nachbarzimmer die Worte fast verschluckt.

»Ich habe den Stand bei unserer Flucht umgeworfen. Und diese Kette hatte dir gefallen. Ich habe sie gesehen und mir geschnappt. Evie, ist alles in Ordnung?«

Die zwei unergründeten Galaxien schweben direkt vor mir. Auf einmal sind sie gar nicht mehr so unergründlich. Ehrliche Sorge strahlt mir entgegen.

Und in genau diesem Moment bricht mein Herz auf. Alles, was ich mir verboten habe, zu fühlen, überschwemmt mich. Eine Sekunde lang starre ich Silas bloß an. In der nächsten breche ich in Tränen aus.

»Evie.« So viel Angst hat noch nie in Silas' Stimme gelegen. Er zögert nicht und nimmt mich erneut in den Arm. Die Berührung ist purer Trost, Fürsorge, Zuneigung. Er berührt mich so sanft, als wäre ich das Kostbarste, was er jemals in den Händen gehalten hat. Sofort schluchze ich noch etwas lauter.

Silas lässt mich nicht los. Er wartet darauf, dass ich das tue. Und das beruhigende Streicheln seiner Hände an meinem Rücken versichert mir, dass er auch bis in alle Ewigkeit mit mir in dieser Abstellkammer irgendeines Clubs stehen würde, wenn ich es brauche.

Irgendwann versiegen die Tränen. Ein paarmal schniefe ich noch, dann lehne ich mich so weit zurück, bis ich Silas in die Augen sehen kann.

»Was brauchst du, Evie?« Ich liebe es, wenn er meinen Namen sagt.

Dich, sage ich fast.

Doch über meine Lippen kommt: »Einen Drink.«

Kurz sieht Silas mich verdutzt an, dann lacht er so herzlich auf, dass meinem erschöpften Herzen ein bisschen warm wird.

»Das kriegen wir hin.«

Und mit diesen Worten führt er mich aus der Abstellkammer.

❄

Die ersten beiden Tequila-Shots habe ich noch nicht richtig gespürt. Der dritte füllt meinen Kopf mit Watte. Es ist angenehm. Jetzt können sich meine Gedanken in sie hineinfallen lassen, statt sich immer an den harten Kanten in meinem Kopf zu stoßen.

Silas und ich sitzen an der Theke des Clubs. Er hat bloß unsere Getränke bestellt und sonst nichts gesagt. Die Musik ist laut, aber die Tanzfläche relativ leer, weil kein New Yorker, der etwas auf sich hält, vor elf Uhr einen Club betritt.

Ich spüre Silas' Blick auf meinem Gesicht, starre aber auf den violetten Anhänger, der zwischen unseren Getränken liegt.

»Er heißt Varen«, sage ich unvermittelt. Sein Name fühlt sich nicht so fremd auf meiner Zunge an, wie ich erwartet habe. Doch zu meiner Schande muss ich zugeben, dass ich fast *hieß* gesagt habe, obwohl er noch am Leben ist.

Soweit ich weiß.

»Was?«, fragt Silas verständlicherweise sehr verwirrt nach.

»Varen«, wiederhole ich. »Mein Bruder.«

Silas will es sich nicht anmerken lassen, dennoch spüre ich, dass er überrascht ist, weil ich es von selbst anspreche.

»Mein Großvater war der letzte Magier in meiner Familie. Seinetwegen wollte ich zur Gilde. Seinetwegen bin ich so verbissen und halte mich an die Regeln. Dabei hilft ihm das ja auch nicht mehr.«

Mir ist klar, dass Silas meinen Worten kaum folgen kann. Für ihn können sie gar keinen Sinn ergeben. Aber es fällt mir schwer, die richtige Reihenfolge zu finden, um diese Geschichte zu erzählen. Meine Vergangenheit ist kein fein säuberlich aufgespultes Garn. Sie ist verheddert und überall sind Knoten, und ich weiß gar nicht, wo ich anfangen soll, um es zu entwirren.

»Mein Bruder war«, ich hasse mich dafür, dass mir die Vergangenheitsform nun tatsächlich herausgerutscht ist, »*ist* auch magiebegabt. Aber er war ungeduldig, wollte nicht auf die Bewerbung bei der Gilde warten. Mein Großvater und er haben sich gestritten. Ich habe das meiste nicht mitbekommen. Nur aus dem Nachbarzimmer. Bis ein lauter Schlag alle Bücher aus meinem Regal hat regnen lassen.«

Ich brauche einen Moment, um mich zu fangen. Silas schiebt mir einen weiteren Tequila-Shot hin, und nachdem ich ihn geext habe und mein Hals nicht mehr von den Worten, sondern vom Alkohol brennt, kann ich weitersprechen.

»Varen hat unseren Großvater durch die Luft geschleudert. Das Wasser in seinem Körper aus Versehen genutzt.« Es fällt mir nicht leicht, das zuzugeben. Auf das Wasser in menschlichen Körpern zuzugreifen, ist strengstens verboten. »Er ist gegen die Wand geprallt und zu Boden gestürzt. Sein Genick war sofort gebrochen.«

Ich umgreife das Amulett so fest, dass sich die Schliffkanten in meine Handfläche bohren. »Varen ist abgehauen. Als wir unseren Großvater beerdigt haben, war er schon lange fort.« Seit diesem Tag haben wir meinen Bruder so vehement totgeschwiegen, als hätten wir ihn für tot erklärt.

»Deswegen waren mir die Regeln wichtig. Weil ich weiß, was geschehen kann, wenn man sich nicht an sie hält.«

Aber Madame Bouvoir hat mit ihren Worten recht. Wenn ein tragisches Erlebnis für den Rest meines Lebens meine Handlungen bestimmt, dann sorge ich selbst dafür, dass es mir immer und immer wieder zustößt.

»Jetzt sehe ich vieles anders«, fahre ich direkt fort, bevor Silas auf meine Geschichte reagieren kann. »Die Novizen von Obsidian Fang haben ihre Privilegien nicht verdient, und die Menschen auf dem Schwarzmarkt haben allen Grund dazu, die Gilden zu hassen.« Ich seufze schwer, als ich zur Uhr blicke, die hinter dem Barmann an der Wand hängt. Es ist schon halb elf. »Wir werden aus der Gilde fliegen. Also können wir sie auch nicht verbessern.« Das erste Mal, seitdem ich mich auf diesen Barhocker gesetzt habe, sehe ich Silas an. »Du hältst mich bestimmt für schrecklich naiv, weil ich denke, dass ich etwas ausrichten könnte.«

Silas schüttelt behutsam den Kopf. »Überhaupt nicht«, sagt er mit Nachdruck. »Ich glaube, dass du zu sehr vielem fähig bist.«

Ich könnte schon wieder weinen, weil er den Satz sagt, nach dem ich mich schon mein ganzes Leben sehne. Doch nun, da ich ihn endlich höre, wird mir klar, dass er nicht heilen kann, was damals mit einem lauten Krachen und regnenden Büchern in mir kaputtgegangen ist. Niemand kann es mir abnehmen, an mich selbst zu glauben.

»Kannst du mir die Kette anlegen?«, frage ich.

Silas nickt lächelnd. Er stellt sich hinter mich und seine Finger streichen sanft über meine Haut, als er meine Haare beiseiteschiebt und schließlich den Verschluss der Kette zuschnappen lässt.

Da er gerade hinter mir steht und mein Gesicht nicht sehen kann, nutze ich diesen Moment voller Ehrlichkeit, um eine weitere Wahrheit auszusprechen, bevor mir der Mut wieder ausgeht.

»Du hattest recht«, flüstere ich. »Ich bin nicht dein Geheimnis. Du bist meins.«

Seine Hände in meinem Nacken erstarren.

»Mir ist es so wichtig, mich zu beweisen, mich durchzusetzen, dass ich manchmal alles andere vergesse. Auch meine Gefühle. Und deine.« Ich atme zittrig ein. »Ich will, dass mich die anderen akzeptieren. Meinetwegen. Und nicht, weil ich mit einem Drake zusammen bin. Ich will nicht, dass sie denken, dass ich mich hochschlafe.«

»Wenn sich hier jemand hochschläft, dann bin ich das«, versucht Silas die Situation mit einem Scherz aufzulockern. Doch das lasse ich ihm nicht durchgehen.

Ich drehe mich auf dem Barhocker, bis ich seinem Blick begegne. »Du weißt, wie ich das meine.«

Er seufzt schwer. »Das tue ich.«

»Und du weißt, dass sie das so sehen würden.«

»Eamon und so schon, das stimmt.« Ich bin ihm dankbar dafür, dass er nicht versucht, es abzustreiten. »Aber willst du wirklich, dass Eamon irgendeine deiner Entscheidungen beeinflusst?«

Ich grinse schwach, weil Silas und ich natürlich nicht dazu in der Lage sind, eine Unterhaltung miteinander zu führen, ohne uns mindestens einmal gegenseitig herauszufordern. »Natürlich nicht. Was eine manipulative Frage.«

Er grinst genauso schwach zurück.

»Aber da wir aus der Gilde geworfen werden, gelten ab jetzt sowieso andere Regeln«, sage ich. »Oder hast du in deinen Jackentaschen noch irgendwelche andere Sachen versteckt, die uns aus dieser beschissenen Lage befreien können?«

Silas kramt scherzhaft in seinen Jackentaschen, hält dann aber überrascht inne. Er holt die Karte heraus, auf die Madame Bouvoir die Adresse vom Speakeasy geschrieben hat.

»Leider nur das«, sagt er entschuldigend.

Ich nehme ihm die Karte ab, auch wenn ich keine Ahnung habe, was ich mir davon erhoffe. Die Schrift der Wahrsagerin ist schön geschwungen. Das Blatt ist klein und rechteckig wie eine Visitenkarte, obwohl darauf nicht ihr Name gedruckt ist. Ich wende den Zettel und stutze. Lediglich eine kleine Medaille ist dort abgebildet.

Sofort habe ich ihre weiche Stimme im Ohr.

Der gequälte Junge aus der großen Familie. Das unterschätzte Mädchen ohne bedeutsamen Namen. Zwei Seiten derselben Medaille.

Das hängt nicht zusammen, flüstert eine Stimme in meinem Hinterkopf, aber ich glaube ihr nicht. Alles, was Madame Bouvoir gesagt und getan hat, hat etwas bedeutet. Dass sie die Medaille erwähnt hat und eine aufs Papier geprägt ist, kann kein Zufall sein.

»Evie, was ist?«

Ich schüttle nachdenklich den Kopf und fahre mit dem Finger über die Karte. Immer und immer wieder. Und dann halte ich mitten in der Bewegung inne. Denn ich spüre etwas.

Das Wasser in der Karte ruft nach mir, als wollte es von mir gefunden werden. Ich stelle die Verbindung her, um seiner Bitte nachzukommen, und lasse es zu Eiskristallen erstarren.

Auf der Karte erscheinen Worte. Wieder eine Adresse.

»Ich werde es nur ein Mal sagen und dann nie wieder«, meint Silas, der direkt hinter mir steht und über meine Schulter blickt. »Du bist die beste Novizin von Silver Veil.«

Ich grinse leicht und sehe Silas in die Augen. »Lust, in diesem Jahr noch eine letzte schlechte Entscheidung zu treffen?«

8. Kapitel

Als ich das erste Mal Magie gewirkt habe, habe ich mich gefühlt, als hätte ich ein Tor in eine neue Welt aufgestoßen. Plötzlich konnte ich die Magie spüren, die durch meinen Körper fließt wie das Blut durch meine Adern.

Damals habe ich gedacht, dass es der bedeutendste Moment meines ganzen Lebens ist.

Doch die Sache ist die: Solche Momente erlebt man nicht nur einmal im Leben, auch wenn man sie für einzigartig hält.

Ständig passieren Dinge, die einen grundlegend verändern.

Mein Bruder hat meinen Großvater umgebracht, und es hat meine Überzeugungen für ein ganzes Jahrzehnt geprägt.

Ich wurde Mitglied einer Gilde, und ich habe mir ein Ziel erfüllt, das meine ganze Kindheit bestimmt hat.

Ich habe Silas Drake kennengelernt, und er hat Gefühle in mir ausgelöst, von denen ich geglaubt hatte, sie begraben zu haben.

Und in dieser Nacht habe ich so vieles erfahren, das meine Einstellungen in ihren Grundfesten erschüttert hat, dass ich mir noch gar nicht sicher bin, welche Konsequenzen es haben wird.

Als ich das erste Mal Magie gewirkt habe, habe ich mich gefühlt, als hätte ich ein Tor in eine neue Welt aufgestoßen.

Gerade fühle ich mich, als hätte die Welt ein neues Tor in mir geöffnet.

»Es geht nicht nur um die Gilde und was Eamon und die anderen denken«, sage ich unvermittelt, weil mir dieser Satz durch das aufgestoßene Tor entwischt.

Silas geht ruhig neben mir her und wartet, dass ich fortfahre. Die Adresse, die auf der Karte steht, ist nicht weit weg vom Club, also können wir dorthin laufen. Der Schnee knirscht unter unseren Schuhsohlen und fällt nach wie vor beständig vom Himmel. Die Flocken schmelzen auf meiner Haut. Licht schwappt aus den hohen Fenstern der Straßenschlucht um uns herum und ergießt sich auf uns und die Straße.

»Dich herauszufordern, ist leicht. Mit dir zu schlafen auch. Da muss ich mich nicht verletzlich machen. Aber dir zu erlauben, mich richtig kennenzulernen – das ist schwer.«

Silas lächelt schief. Eine Schneeflocke hängt zwischen seinen Wimpern. Es riecht nach heißer Schokolade und warmen Brezeln, als wir an einem Verkaufsstand vorbeikommen, und mein Magen knurrt, um mich daran zu erinnern, dass ich einen halben Tag nichts gegessen habe.

»Ich kenne dich doch schon längst«, sagt Silas sanft. Ohne es zu kommentieren, geht er zum Stand und kauft mir eine Brezel. Der erste Bissen schmeckt so gut, dass ich mir ein lautes Stöhnen verkneifen muss.

»Ich werde dich nicht für weniger stark halten, wenn du in meinen Armen weinst. Im Gegenteil. Du musst niemandem irgendwas beweisen. Am wenigsten mir.«

Er hat meine Ängste mit nur wenigen schlichten Worten so gut erfasst, dass ich mich nackt fühle. Aber vielleicht ist dieser Gedanke weniger beängstigend als noch vor einigen Stunden.

»Silas«, flüstere ich, ergreife seine Hand und halte ihn zurück. Ich sehe ihm in die Augen und habe auf einmal keine Ahnung mehr, was ich sagen soll.

Er lächelt wissend. »Wir müssen nicht jetzt darüber reden.«

Das war genau das, was ich hören musste. Ich habe ihn in mein Zimmer schleichen lassen, ihm lange nichts von meiner Vergangenheit verraten, ich habe ihm mit meinem Verhalten das Verbot erteilt, mich richtig kennenzulernen. Aber er hat sich einfach darüber hinweggesetzt.

»Okay«, bekomme ich kleinlaut hervor.

»Okay«, wiederholt er bloß und wir setzen unseren Weg fort.

Zehn Minuten später halten wir vor einem schlichten Wohnhaus. Die Brezel habe ich inzwischen aufgegessen. Mein Magen knurrt nicht mehr, aber er rumort aufgeregt.

Wir wechseln einen letzten Blick, versichern uns damit, dass wir keinen Rückzieher machen werden, und erklimmen die Stufen. Genauso wie die Haustür von Madame Bouvoir ist auch diese nur angelehnt und wir treten ein. Der Innenraum ist nicht beleuchtet. Wir befinden uns in einem dunklen und kalten Flur, doch am Ende des Gangs kann ich einen Lichtschein ausmachen, der unter einer geschlossenen Tür hervordringt.

Wir laufen darauf zu. Silas überlässt es mir, die Tür zu öffnen. Ich stoße sie auf. Der Raum dahinter ist genauso karg wie der Flur, den wir gerade durchschritten haben, doch hier stehen zwei Gestalten, als hätten sie bloß auf uns gewartet.

Beide drehen sich zeitgleich zu uns um. Es ist ein Mann, der so groß ist, dass sein Kopf fast die niedrige Decke berührt. Und eine Frau in einem schwarzen Umhang, deren Kapuze ihr Gesicht verbirgt.

»Da sind ja die Gildensprösslinge, die den Schwarzmarkt in Schutt und Asche gelegt haben«, sagt der Mann, den ich an seiner festen, unbarmherzigen Tonlage erkenne. Er ist der Verkäufer vom Stand mit den Tarnzaubern.

»Weil wir verfolgt wurden«, sagt Silas sofort.

Der Mann lacht gelöst auf, was so gar nicht zu seiner unnachgiebigen Stimme passen will. »Ich würde mich ja entschuldigen, aber es tut mir nicht leid.«

»Warum sollten wir hierherkommen?«, frage ich so ruhig, dass ich mich damit selbst überrasche. Ich stehe mit zwei Fremden in einer leeren Wohnung. Angst wäre in dieser Situation eine sehr angemessene Emotion, doch sie stellt sich nicht ein.

»Eine Frau, die direkt zum Punkt kommt. Ganz nach meinem Geschmack.« Die Fremde, die uns zu Madame Bouvoir geschickt hat, schiebt ihre Kapuze herunter, das Licht einer Straßenlaterne fällt auf ihr Gesicht, der Bernstein ihrer Augen funkelt, und ich atme erschrocken ein.

Vor mir steht niemand Geringeres als Maelis Castor, die Großmeisterin von Gilded Serpent, mein großes Idol – und wie es scheint die Strippenzieherin hinter allem, was an diesem Abend geschehen ist.

»Evie«, sagt Silas beschwörend und ergreift meine Hand. »Lass uns gehen.«

»Wollt ihr Nox denn nicht zurück?«, fragt die Großmeisterin.

Silas starrt sie an, doch sie hat nur Augen für mich, während es in meinem Inneren arbeitet. Ich lasse den ganzen Abend noch einmal vor meinem inneren Auge ablaufen, gehe all die Schritte zurück, die wir getan haben.

»Sie wollten, dass wir Obsidian Fang verdächtigen«, sage ich.

»Ich dachte, den Fangzahn liegen zu lassen, wäre ein bisschen zu offensichtlich«, sagt der Mann. »Aber anscheinend hat es bei Silver Veil niemanden misstrauisch gemacht.« Er klingt spöttisch, aber das kommt gar nicht richtig bei mir an. Meine ganze Aufmerksamkeit liegt auf Maelis Castor, während ihre auf mir ruht.

»Warum haben Sie das getan?«, frage ich.

Sie lächelt. »Aus demselben Grund, warum du die Novizen gegeneinander aufgebracht hast: Wenn sie zu sehr mit sich selbst beschäftigt sind, bemerken sie gar nicht, was du tust.«

»Sie haben uns nachspioniert?«

»Ich musste doch wissen, ob ihr geeignet seid«, erklärt sie schlicht.

»Wofür?«

Sie übergeht meine Frage und tritt zwei Schritte auf uns zu, der Mann tut es ihr gleich. Das Licht trifft nun auch sein Gesicht und setzt seine bernsteinfarbenen Augen in Brand.

»Ihr solltet sehen, was die Gilden wirklich sind«, sagt der Mann. »Die Magier haben vergessen, warum sie gegründet wurden. Es ging einst um Wissen für alle, nicht um Macht für wenige.«

Der Bernstein in den beiden Gesichtern vor mir lässt mich nicht los. Die Großmeisterin lächelt wissend, als hätte sie meine Gedanken gelesen. »Das erste Mal haben wir die Ungerechtigkeit der Gilden erfahren, als wir so alt waren wie ihr. Als ich in eine Gilde aufgenommen wurde und mein Bruder Elion nicht.«

Die Ähnlichkeit der beiden ist kaum zu übersehen, doch mein Verstand kann es noch immer nicht fassen. Ich habe alles über Maelis Castor gelesen, was ich finden konnte. Nie wurde ihr Bruder erwähnt.

»Das System muss sich ändern. *Wir* müssen es ändern«, sagt sie und ich spüre, dass sie mit dem Wir nicht nur sich und ihren Bruder meint. Es schließt auch Silas und mich mit ein.

Und in dem Moment verstehe ich, was uns genau an diesen Punkt geführt hat.

»Das alles war ein Test«, sage ich und erinnere mich, wie Elion sich auf dem Schwarzmarkt aufgeführt hat. Er hat eine Rolle gespielt. »Wir sollten Sie finden.«

Maelis nickt zufrieden. Sie wirft einen Blick auf ihre Uhr. »Uns bleibt nicht viel Zeit. In einer halben Stunde muss ich beim Gildenball sein – und ihr müsst Nox an Hale übergeben haben.«

Überrascht hebe ich die Augenbrauen.

»Ja, ich werde ihn euch zurückgeben. Ich will nicht, dass ihr euren Platz in der Gilde verliert.«

»Dann nutzt ihr uns nichts«, setzt ihr Bruder hinzu, der es im Gegensatz zu seiner Schwester offensichtlich vorzieht, sich undiplomatisch auszudrücken.

»Wir sollen euch nutzen?«, fragt Silas skeptisch. Er hat meine Hand noch immer nicht losgelassen.

»Nox' Entführung sollte viele Zwecke erfüllen«, setzt Maelis an. »Wir wollten, dass sich Thorne und Hale gegenseitig bekriegen, damit wir ungestört unserer Arbeit nachgehen können. Wenn Hale denkt, Thorne hätte Nox gekidnappt, ist das ein guter Auslöser für einen hochkochenden Streit. Aber wir wollten euch auch die Wahrheit zeigen. Eure Suche sollte euch an all die richtigen Orte führen. Zum Schwarzmarkt, zur Bar der Novizen. Und zu Madame Bouvoir.«

»Sie hat uns eingeschätzt«, sage ich, und wieder sieht mich Maelis an, als würde ich einen Test bestehen, dabei habe ich den ganzen Abend nicht gewusst, dass ich einem unterzogen werde.

»Und sie hat euch für geeignet befunden.«

»Für was? Um Ihre Spione zu sein?«, fragt Silas.

Der Blick, den die Geschwister miteinander tauschen, beantwortet seine Frage auch ohne Worte.

»Das System ist kaputt. Die Gilden entscheiden, wer Magie wirken darf und wer nicht. Und die Großmeister halten selbst vor ihren Magiern Wahrheiten über die Magie geheim. Bis ihr Madame Bouvoir kennengelernt habt, habt ihr vermutlich nicht an Wahrsagerei geglaubt?«

Auch Silas und ich geben mit unserem Schweigen eine Antwort.

»Wenn du unterschätzt wirst, wenn niemand erwartet, dass du irgendwas tust, dann kannst du tausend Dinge im Stillen unternehmen.« Und jetzt, da Maelis die Worte, die Madame Bouvoir zu mir gesagt hat, wiederholt, verstehe ich ihre Bedeutung.

Schon bevor wir den Fangzahn in Nox' Turm gefunden haben, ist Hale davon ausgegangen, dass Obsidian Fang für die Entführung verantwortlich ist. Er hat nicht einen Gedanken an Maelis verschwendet.

Ich habe so ein Gefühl, dass er das eines Tages bereuen wird.

»Wir haben keine Zeit mehr«, sagt Elion. »Es fällt auf, wenn du um zwölf nicht beim Ball bist.«

Seine Schwester nickt. »Gib ihnen Nox.«

Ihr Bruder verlässt mit zielstrebigen Schritten den Raum.

»Wollen Sie uns nicht fragen, ob wir bereit sind, Spione zu sein?«, frage ich irritiert. Maelis steuert bereits den Ausgang an und wir folgen ihr.

»Das brauche ich nicht«, sagt sie. »Ich werde es wissen, wenn Hale auf dem Ball entweder Thorne oder mich beschuldigt, Nox entführt zu haben.«

Der letzte Test, wird mir klar. Werde ich meinen eigenen Großmeister belügen und ihr Angebot damit annehmen oder ihm die Wahrheit sagen und es damit ausschlagen?

Bevor ich noch etwas erwidern kann, treten wir auch schon auf die Straße, wo zwei Taxis parken. Auf der Rückbank von einem ruht ein riesiger Käfig, der mit einem schwarzen Tuch bedeckt ist. Elion lehnt unruhig am anderen und tippt auf seine Uhr, um seiner Schwester zu bedeuten, dass sie sich beeilen müssen.

Sie wendet sich ein letztes Mal an uns. »Ich habe euch den ganzen Abend im Blick behalten. Ihr seid die Richtigen für diese Aufgabe. Davon bin ich felsenfest überzeugt.« Sie lächelt und es wirkt so echt, dass ich ihre Aufrichtigkeit gar nicht infrage stellen kann.

»Jetzt!«, ruft ihr Bruder ungeduldig.

Noch einmal drückt sie aufmunternd meine Hand, dann wendet sie sich zum Taxi.

In meiner Handtasche, die genauso wie mein schickes Abendkleid in meinem Zimmer liegt, steckt ein Zettel voller Fragen an diese Frau. Und nicht eine davon habe ich ihr an diesem Abend gestellt. Sie erscheinen mir nicht mehr wichtig.

Bis auf eine. Und deswegen rufe ich sie ihr zu, bevor sie sich auf die Rückbank ihres Taxis schiebt: »Wie sind Sie zur Großmeisterin einer Gilde geworden?«

Maelis hält inne und sieht sich zu uns um. »Indem ich mich nicht an die Regeln gehalten habe«, sagt sie nur. Eine Sekunde später knallt sie die Tür zur Rückbank zu, das Auto fährt an und ich kann ganz tief in mir spüren, dass ab heute ein neuer Satz in meinen Zellen niedergeschrieben steht.

❄

Mein Kopf schwirrt, während sich das Taxi durch verstopfte Straßen schlängelt. Die Konsequenzen meiner bevorstehenden Entscheidung scheinen neben mir auf der Rückbank zu sitzen, die wegen Silas und dem großen Käfig ohnehin schon viel zu eng ist. Silas und ich haben nicht darüber gesprochen, denn uns hört jemand zu, der davon ganz sicher nichts erfahren darf.

Als der Wagen durch ein besonders tiefes Schlagloch fährt, stoße ich gegen den immer noch abgedeckten Käfig.

»Hey!«, krächzt es von innen.

Der Taxifahrer wirft uns einen kritischen Blick im Rückspiegel zu und Silas verpasst dem Käfig einen warnenden Schubs.

»Papagei«, erklärt er dem Taxifahrer, der nur wieder griesgrämig auf die Straße vor sich blickt.

»Papagei«, schimpft Nox. »Frechheit.«

Silas räuspert sich laut, um ihn zu übertönen. Dann schaut er auf sein Handydisplay. Uns bleiben nur noch fünfzehn Minuten.

»Fuck!«, stößt er aus, als ein Anrufer auf seinem Bildschirm angezeigt wird: Tiberius Hale.

»So eine Ausdrucksweise verbitte ich mir«, kommt es wieder aus dem Käfig.

Silas übergeht es und nimmt den Anruf an. »Hallo, Sir.« Obwohl ich seine Worte nicht verstehe, höre ich doch die aufgebrachte Stimme des Großmeisters. Silas muss das Handy ein paar Zentimeter von seinem Ohr weghalten.

»Wir sind gleich da«, sagt er beschwichtigend. »Und wir haben Nox.«

Hales Stimme wird leiser, sodass ich sie nicht mehr vernehme, dann legt Silas auch schon auf und seufzt erschöpft. An dem sperrigen Käfig vorbei fängt er meinen Blick auf.

»Was sollen wir tun?«, fragt er.

Nox wird hoffentlich vermuten, dass wir Angst haben, nicht pünktlich beim Ball anzukommen, doch ich verstehe, was Silas damit wirklich sagen will.

Ich lächle ihn schwach an, bleibe ihm aber eine Antwort schuldig.

Die nächsten Minuten sind meine Muskeln zum Zerreißen gespannt. Jede rote Ampel und jedes leichte Abbremsen machen mich nervös. Doch das Taxi hält fünf Minuten vor zwölf in einer Seitengasse. Silas schmeißt mehrere Scheine nach vorn und ich steige so hektisch aus, dass ich fast über meine eigenen Füße stolpere. Silas nimmt Nox' Käfig und steuert den Hintereingang zum Ballsaal an, den Hale ihm als Treffpunkt genannt hat.

Unser Großmeister wartet in seinem schicken marineblauen Umhang in der angelehnten Tür, aus der Licht dringt, das seine Konturen noch schärfer umrandet, und wippt unruhig mit dem Fuß. Als er uns entdeckt, wirft er die Arme in die Luft.

»Ihr habt es aber spannend gemacht«, ruft er uns entgegen und reißt Silas den Käfig aus der Hand. Er lässt den schwarzen Stoff zu Boden fallen und gibt den Blick frei auf das stattliche Tier. Nox ist doppelt so groß wie ein gewöhnlicher Rabe, sein Gefieder ist tiefschwarz, glänzt aber wie Haare in Werbespots für den neusten Conditioner, der dein Leben verändern wird. Seine Augen hingegen sind schwarze Löcher, die alles Licht schlucken, anstatt es zu reflektieren. Und mit genau diesen stiert er mich jetzt in Grund und Boden.

»Sie sollten Ihren Novizen bessere Umgangsformen beibringen«, sagt Nox. Seine Stimme hat einen Klang, der mich an einen alteingesessenen Professor in Oxford denken lässt, mit Tweedjacke und bestickten Stofftaschentüchern und einer Taschenuhr an einer goldenen Kette.

»Daran werde ich arbeiten«, verspricht Großmeister Hale, bevor er sich uns abermals zuwendet. »Wenn auch nur knapp, habt ihr eure Aufgabe gemeistert. Ihr werdet also nicht aus der Gilde geworfen – vorerst!«

Silas und ich nicken nur.

»Und? Waren es die Novizen von Obsidian Fang?«, fragt er mich, mit einem Bein bereits im Gebäude.

Die Zeit dehnt sich aus, während sich die beiden möglichen Szenarien für meine Zukunft vor mir auftun. Ich stehe an einer Weggabelung, zögere einen Moment, atme einmal tief durch – und realisiere, dass ich die Entscheidung längst getroffen habe.

Im Club habe ich Silas gestanden, dass ich etwas ändern will. Maelis gibt mir die Möglichkeit, genau das zu tun.

»Richtig. Wie Sie vermutet haben«, bestätige ich also, ohne mit der Wimper zu zucken. Mein Herz rast, aber ich bereue es nicht. Nach allem, was ich an diesem Abend erlebt habe, könnte ich nicht zu einem Vorher zurückkehren. Es gibt nur noch das Danach.

Hale nickt zufrieden, vermutlich auch, weil er denkt, recht behalten zu haben, dann wendet er sich kommentarlos von uns ab und betritt das Gebäude. Wir wollen ihm folgen, doch er versperrt uns den Weg.

»Ihr werdet nicht am Ball teilnehmen«, sagt er streng.

»Strafe muss sein.« Und mit diesen Worten lässt er uns stehen und die Metalltür mit einem lauten Knall ins Schloss fallen.

»Damit hast du meine Frage von vorhin wohl beantwortet«, sagt Silas, sobald wir allein sind.

»Ich hätte mich mit dir absprechen sollen, aber dafür war keine Zeit und –«

»Du hast das Richtige getan«, unterbricht er mich sanft, und ich kann nicht anders, als ihn ungläubig anzustarren. »Madame Bouvoir hat uns doch gesagt, dass unsere Mission heute nicht endet, sondern erst beginnt.«

»Und was wird dein Vater sagen, falls jemals rauskommt, dass sein Sohn ein Spion geworden ist?«

Silas wirkt gelöst, als hätte er in dieser Nacht die Last seines Nachnamens einfach abgestreift. »Ich werde für ihn ohnehin immer nur eine Enttäuschung sein. Dann kann ich wenigstens dieser Rolle voll und ganz gerecht werden.«

Mir entkommt ein fassungsloses Lachen. Vor sieben Stunden war mir nichts wichtiger, als meinen Platz in der Gilde zu behalten, und jetzt ist irgendwie alles anders.

Ich bin anders.

Durch ein angelehntes Fenster im zweiten Stock dringen Gespräche, klassische Musik und das Klirren von Gläsern. Irgendjemand ruft, dass das neue Jahr in weniger als einer Minute beginnt.

Silas folgt meinem Blick zum Fenster.

»Es tut mir leid, dass du den Ball verpasst.«

Ich unterdrücke den Impuls *Das sollte dir auch leidtun* zu erwidern, denn ich will ihn gerade nicht herausfordern, sondern einfach nur ehrlich zu ihm sein.

»Mir nicht.«

Er sieht mich erstaunt an.

»Wir haben ab jetzt ein großes Geheimnis, aber ich will nicht mehr, dass *wir* eins sind.«

Der Countdown aus Hunderten Kehlen dröhnt zu uns auf die Straße.

Zehn, neun …

Mir ist eiskalt, ich stehe in einer engen Gasse, in der es nach Müll riecht, ich habe mich dazu entschieden, eine Spionin zu sein – und doch bin ich ruhig. In diesem Moment ist alles in Ordnung. Der Weg, der von uns liegt, ist zwar gefährlich, aber wir werden ihn gemeinsam gehen.

Acht, sieben …

»Sechs«, sage ich laut und mache einen Schritt auf Silas zu. »Fünf.« Und noch einen. »Vier.« Mit dem Countdown komme ich ihm immer näher und zähle nicht nur den Anfang eines neuen Jahres runter, sondern auch den Beginn von etwas ganz anderem.

Von uns.

»Drei. Zwei.«

Silas lächelt schief, auf genau die Weise, in die ich mich verliebt habe.

Und während die Welt um uns laut wird, jubelt, Champagnerflaschen knallen, werden wir ganz still. Diesmal ist es mein Blick, der auf seine Lippen fällt, die ich gleich küssen werde.

»Eins.«

Über die Autorinnen

Kira Licht ist in Japan und Deutschland aufgewachsen. In Japan besuchte sie eine internationale Schule, überlebte ein Erdbeben und machte ein deutsches Abitur. Danach studierte sie Biologie und Humanmedizin. Sie lebt, liebt und schreibt in Bochum, reist aber gerne um die Welt und besucht Freunde.
Instagram **@kiralicht**
TikTok **@kira_licht**

Asuka Lionera ist eine im Jahr 1987 geborene Träumerin, die schon als Kind fasziniert von Geschichten und Comics war. Bereits als Jugendliche begann sie, Fan-Fictions zu ihren Lieblingsserien zu schreiben und kleine RPG-Spiele für den PC zu entwickeln, wodurch sie ihre Fantasie ausleben konnte. Ihre Leidenschaft machte sie nach einigen Umwegen und Einbahnstraßen zu ihrem Beruf. Heute ist sie eine erfolgreiche Autorin, die mit ihrem Mann und ihrem Fellnasenkind in einem kleinen Dorf in Hessen wohnt, das mehr Kühe als Einwohner hat.
Instagram **@asuka.lionera**
TikTok **@asuka.lionera**

Magdalena Gammel wurde 1997 in München geboren. Literatur und Film waren schon immer ihre Leidenschaft. Ein paar Ausflüge in die Schauspielerei machten ihr aber klar, dass sie die Geschichten lieber erzählt, als sie darzustellen. Auf das Kunst-Abitur folgte eine Ausbildung zur Mediengestalterin für Bild und Ton. Wenn sie nicht gerade in Südafrika bei ihrer Familie nach neuen Abenteuern sucht, lebt und schreibt Magdalena in ihrer Heimatstadt München.
Instagram **@magdalena.gammel.autorin**
TikTok **@magdalena.gammel**

Regina Meissner wurde 1993 in einer Kleinstadt in Hessen geboren. Durch lesebegeisterte Eltern entdeckte sie die Liebe zur Literatur früh und versuchte sich am Schreiben eigener Geschichten. Regina hat Lehramt auf Deutsch und Englisch studiert und arbeitet als Produkt- und Social-Media-Managerin in einem Medienunternehmen. Neben dem Schreiben liebt sie das Lesen, das Reisen und alles, was mit Schweden zu tun hat.
Instagram **@regina_meissner_author**
TikTok **@regina_meissner_author**

Fam Schaper wurde 1997 in der Nähe von Frankfurt am Main geboren, lebt aber seit einigen Jahren in Berlin. Sie hat schon New Adult-Romane veröffentlicht, doch seit ihrer Kindheit schlägt ihr Herz für Fantasy-Geschichten. Ihre Zeit verbringt sie am liebsten mit Freunden im Park, in Secondhand- und natürlich Buchläden. Neben ihrer Arbeit als Autorin ist sie auch als Lektorin tätig – sie beschäftigt sich also den ganzen Tag mit Geschichten und möchte damit auf keinen Fall wieder aufhören.
Instagram **@famschaper**

Mehr über Loomlight, unsere Bücher und Autor:innen unter:
www.thienemann.de/unsere-verlage/loomlight und auf
Instagram **@loomlightverlag** und auf
TikTok **@thienemannverlage**

Direkt zu unseren Events und Lesungen:
www.thienemann.de/events-lesungen

Kira Licht, Asuka Lionera, Magdalena Gammel,
Regina Meissner, Fam Schaper
Sparkling Nights
5 Romantasy Winter Stories
ISBN 978 3 522 90002 7

Umschlaggestaltung: Giessel Design unter Verwendung von Bildern von Shutterstock.com: Karlygash/Olezzo/ace03/Sayan Puangkham/TWINS DESIGN STUDIO/avtk/Artnizu
Autorenfotos: © Picturepeople (Licht), © privat (Lionera), © Isabelle Böhm (Gammel), © Sarah M. Bergfeld (Meissner), © Schaper Kommunikation (Schaper)
Innengestaltung und Satz: Julia Astrup
Reproduktion: DIGIZWO GbR, Stuttgart
Druck und Bindung: CPI Moravia Books s.r.o.

MIX
Papier | Fördert gute Waldnutzung
FSC www.fsc.org
FSC® C083411